實用台語小字典

胡鑫麟◎編著

目　錄

實用台語小字典

序

本字典的目的是要予台灣人學寫台灣話，並不是要予外地人學講台灣話的，雖然若是有人想愛要用來餾伊的台灣話是还會用得。

台灣話是咱大家的話，咱從出世就是聽、聽這號話，講、講這號話，想、亦是用這號話去想。但是若是講要將咱的話給寫落去紙裡呢，恐驚仔就有問題啦。我想一定有真多人是寫無路來才着。因為偲有可能真罕得，抑是甚至都有可能根本不曾去看着寫台灣話的文章，按尔要哪會知影台灣話愛用什麼款的字來表示。

這个時陣，今要按怎才好呢？

一个辦法就是活用這本小字典啦！這本小字典正是為要幫助此的人編的，要予偲家己會當去查看應該愛用何一字來寫出偲心內所想的那句話。

包括台灣話在內的閩南話文獻，因為過去足少人寫，所以確實無到若多。但是無多是無多，經過四百年的久長的期間，此彼所留落來，所積起來的成果，亦應該獪算做真少。本字典所收錄的用字，主要亦是來自此的先人的著作。尤其是「十五音」等等彼的古韵書，偲若親像是一座豎在烏暗的海洋中的燈塔一樣，兩百年來，一直在給咱炤咱愛行的路，給咱指咱愛去的方向。「簡單平易通俗合理，同時又復獪含糊」，這正是貫通彼的古韵書的精神，實際上，亦是咱應該愛遵守的基本原則。按這个原則出發，咱才會當去得着大家所追求的「好寫、好讀、好記、好用」的，有實用性，有性命力的字眼來應用。

台灣話是咱的母語。日常在用的程度的母語，普通是應該無需要人特別去學習的。但是字就無同。因為字是話的符號，是一種工具，必須着另外學習，才會曉運用。其實，講起學習，咱大家攏嗎有讀過冊，有學過漢字。只是，雖然咱攏識字，咱不復𣍐曉應用彼的漢字來寫咱的話，這是按怎着的呢？問題有兩點。第一，現步學校在教的漢字攏是讀北京音。這滿咱要「講台語」「寫台文」，漢字當然愛讀台灣音才會用得，所以若是不識台灣音，咱着先學習此的台灣音。這是一點。復來是從到今的漢字與咱的話的關係。一般講，字是話的符號，無管是什麼字什麼話。抑漢字呢？雖然咱從古早就一直在寫漢字，但是真可惜，伊卻不是咱的話的符號。拆白講，伊是古來的漢族共同書面語（文言）的符號。文言與咱的話有真無同的所在，不但語音、語法以及語彙都攏加減有爭差，干乾就字來講，𪜶內底就有真多字咱的話𣍐去用，同時咱的話內底亦有真多詞是無正式的漢字可好寫的。就是按尔，要用𪜶彼的漢字來寫咱此的台灣話，實在講，是真正難復難的代志，無另外採取其他變通辦法是𣍐用得的啦。這當然还復較需要咱大家來好好研究學習。

過去有真多文人學者，攏無去考慮到這點，不知是憑什麼，一口氣就認定講台灣話攏有字，並對一部分台灣話內底彼的有音無字詞提出種種五花十色的寫法來，講號做是彼的詞的本字正字。但是結果呢？亦攏無人要給用，一發表就予人𣍐記得去啦。𪜶的想法做法咱且給囥坫一邊勿講，實際上，無管是着不着，干乾看見𪜶所擬出來彼的字眼，咱就知叫是註定無效的啦，因為對一般人來講，彼的字實在太深太難，又復真呢生僻複雜古怪離奇，完全違反着頂面所講的原則，根本無法度可予一般大眾接受。

與𪜶相反，在民間真正在流通的，顛倒是另外一種予𪜶看做是土字的無合規矩的字。用這號字，過去市面上曾出版過真多歌仔冊，內底有歌仔，有七字仔，有雜念仔等等，近來街頭巷尾又復出來𣍐少的童謠、民謠、流行歌曲以及講笑科等等的錄音帶與𪜶的歌詞台詞。看𪜶的用字，一般講起來，都攏真成通俗淺易，淺到有可能連識無若多字的人都看有讀有的程度。這是真着啦，莫怪𪜶會當普遍深入民眾的內底去。但是淺罔淺，有時亦會淺到傷過無程度，致出一四界白字錯字滿滿是，同時又復常常會真亂，有的是同一句話寫做幾若款寫法，無就是同一字要予人讀做幾若款讀法幾若種意思，而且寫法又無固定，隨人隨時隨地攏會無同，予讀的人真呢無法度應付。這又是另一種文字的致命傷。

所以本字典所收錄的字，雖然是來自先人的筆下，但本字典並無將先人所提的全部用字，原原本本照收，是有經過取捨選擇的啦。選擇的標準當然是頂面所講過的那幾字，「簡單平易通俗合理，同時又復𣍐含糊」。就是講，實際上本字典所收錄的就是豎坫這个大原則，對先人的各種寫法，從各方面一一給伊仔細檢討比較了後整理出來的特選的字眼，雖然亦無可能講逐字攏十全十美，亦有可能內底攙有個人的偏好，總是原則上若是照按尔寫落去，我相信，至少上述的兩大毛病是應該會當避免才着啦。

本書名叫字典，但是看起來並無起碼的字典的體裁：有注音，卻無全，有釋義，亦只部分。這是因為本字典的對象是咱此的以台灣話為母語的，識字的台灣人，目的只是要予𪜶做查字檢字之用而已。同時為着攜帶查檢的方便，一方面愛要將冊的形體盡量予伊束結，另方面又不願將內容給伊削減，才會來採取這款方式啦。

就是講本字典的主要用途是查字。有一句話不知要按怎寫的時陣，來掀這本字典，咱就會當按音來查出字。另外若是抵着一字不知要按怎讀，抑是愛要知影意思的時，亦是會用得按檢字表來查出音，再復在本文內底查出大概的意思，這是还復辦會到。不過若是愛要瞭解徹底，這可能着愛等候將來的正式的台語大辭典啦，因為本字典是假定各位讀者本來就會曉台灣話，無需要另外詳細解說，所以釋義盡量簡化，會省就省，抑是只用舉例來代替說明。至於普通一般人𣍐去用的較特殊的詞就煞歸下給省略去啦。這完全是為着目前一般的實用。

現在台文还復是在建設的過程中。將來有一日台文若是建設起來，為要進一步發展，一部完善的台語大辭典當然是會出現的啦。还未到這个地步以前，希望大家將這本小字典不時給扎咧身軀邊，無論要寫要讀，抑是閑閑無代志的時，隨時隨地，隨便給掀起來看看做參考以外，盡量給伊看予慣勢，讀予慣勢，予伊慣勢成自然，按尔落去，我相信，不但會當漸漸增加咱對寫作與閱讀的能力，同時亦會當一步一步挽回咱一直要𣍐記得去的母語內底彼的優美的語詞以及用法。

母語與母語文字是咱人一切精神活動的起點。廿一世紀已經來到在咱目前，世界全盤當咧大轉變的現在，在咱這旁，「恢復台語」「建設台文」正是時代的迫切的要求。

講起台語，大家就不時愛提起伊的古老典雅，但是我一點仔都無稀罕這。上要緊是對將來的展望，不是對過去的懷念。咱愛看頭前，不可顧看後面。為着咱家己的新文化，咱所需要的是有科學性，復有文學性的現代化台文。咱應該愛為這个「科學的文學的現代台文」來共同努力。對這點，本字典若是加減會當起些作用，本人就已經感覺真萬幸啦。不過干乾有一點本人还𣍐當放心的是由於個人學識淺陋，經驗不足，本書內面必定有𣍐少缺點和錯誤，這就只有請各位先輩賢達以及一般鄉親大眾，為着咱台文的將來，不可棄嫌，多多賜教指正就是啦。

最後在此我愛要給咱彼的與本書直接間接有關聯的人表示我最誠摯的謝意：第一是從我出世以後與我有接觸過的所有的人，因為我對𪜶彼得着台灣話，尤其在某孤島與各地、各階層、各種類的朋友相與生活那段其間，𪜶不但予我的語彙大大增加，復加深我對台語的認識，這當然攏有反應在本書頂面。第二是我的親成朋友，因為有𪜶替我搜集各種可貴難得的資料來予我，我才有可能在異國之地進行我這項工作。第三便是彼的早前的以及現代的語文工作者。𪜶會用得算做攏是這方面的我的導師，雖然有的是正面的，有的是反面的。𪜶的智慧與經驗，有結晶在我的字典裡。

此的人，因為範圍太闊，在此無法度一一指出名來，但是𪜶永遠刻在我的腦海內。總是有此的人，我才會當完成我的稿，一方面完稿了後又復得着自立報社吳豐山發行人的大力支持，本書才會當來與各位讀者見面啦。這个時陣，當然嗎𣍐當𣍐記得魏淑貞總編輯以及各位同仁的協助帮忙，尤其當初好得有李明瑱博士向吳凱民、吳樹民先生推荐催生，在此要做一夥給𪜶大家致謝。

編　者　　1994 年 4 月

凡　　例

1.　本字典主要是要予咱的人要寫咱的話的時可做參考查字之用。

2.　本字典干乾收錄口頭在用的詞，包括一般口語詞以及一些口頭常用的文言詞。

3.　本字典的台語用字，有字可寫就照寫以外，有音無字的詞就按先人所用過的俗寫字、訓讀字、同音字等等各種書寫形式中酌情選出比較合用的來應用。至于其選定即以「節單平易通俗合理，同時又復媧含糊」為原則，並以「好記、好寫、好讀、好理解」為目標。

4.　本字典照羅馬拼音字母次序排列以外，書前有〈部首檢字表〉和〈難檢字筆劃索引〉，以方便讀者查檢。

5.　本字典用大的字體表示單字條目，復在那下面用較細的字體列舉一些用例以及多字條目，另外用黑體表示後面再有用例的合成詞。

6.　本字典借用羅馬拼音字母標音。字頭標音，用大寫起頭表示文讀音或文言音、其餘即為口語音或白話音，包括白讀音、訓讀音、俗讀音等。單字條目以外的字亦盡量攏有注音在字後。標音只注原調，無注變調。輕聲讀音，用小圓點表示在音節前。

注音暫以台南府城音為主，並以方括號表示台南以外的所在的音。

單字條目，形同音不同者，分立條目。

7.　本字典將同音同調的字攏有給排做一夥，所以對羅馬字还無什麼熟的人嗎是應該無什麼問題，只要其中有一字伊所識的，代志就解決啦，其餘的字亦攏給讀做同音同調就無不着啦。

8. 釋義借用中文，以正楷字體，收在條目下面抑是個別義項的頭前的圓括號內。至于通俗淺易、見字自明的，或者形義與中文相同的，就無要復注釋，抑是干乾用舉例來代替說明。但是若是形同義無同的，抑是與原義有出入的，以及假借其音或者其他疑難的字／詞，着攏有給注解說明。

義項若是不只一項，就用分號（；）隔開，分別並舉。舉例若是同款，原仔不但一例，例與例之間就用逗號（，）給隔開，另外例文中若是有停頓的所在，就給附頓號（、），其他若是有「有亦好、無亦好」的字，就用圓括號給圍起來表示講無管有無那字，意思攏相同。至于一些普通可能獪去用的字就無做說明亦無舉例，干乾注音出來備用就是。

9. 其他標號还有

斜線／　表示〈或者〉〈亦作〉〈亦讀〉。

等號＝　表示〈等於〉。

箭頭→　表示〈見〉〈另見〉〈參見〉。

反箭頭←表示合音現象的來源。

羅馬拼音一覽表

a)聲母：

羅馬拼音	p	ph	m	b
國際音標	p	pʻ	m	b
注音符號	ㄅ	ㄆ	ㄇ	
例如	玻	波	毛	茂
	(po)	(pho)	(mô͘)	(bō͘)

羅馬拼音	t	th	n	l
國際音標	t	tʻ	n	l
注音符號	ㄉ	ㄊ	ㄋ	ㄌ
例如	刀	討	儒	羅
	(to)	(thó)	(nō͘)	(lô)

羅馬拼音	k	kh	h	g	ng
國際音標	k	kʻ	h	g	ŋ
注音符號	ㄍ	ㄎ	ㄏ		ㄫ
例如	哥	考	河	餓	伍
	(ko)	(khó)	(hô)	(gō)	(ngó͘)

羅馬拼音	ch		chh		s		j
國際音標	ts	tɕ	ts‘	tɕ‘	s		dʑ
注音符號	ㄗ	ㄐ	ㄘ	ㄑ	ㄙ	ㄒ	
例如	左	之	草	痴	鎖	詩	兒
	(chó)	(chi)	(chhó)	(chhi)	(só)	(si)	(jî)

b)韻母：

羅馬拼音	a	e	i	o	o͘	u
國際音標	a	e	i	o	ɔ	u
注音符號	ㄚ	ㄝ	ㄧ	ㄛ		ㄨ
例如	鴉	的*	衣	蚵*	烏	有*
	(a)	(ê)	(i)	(ô)	(o͘)	(ū)

羅馬拼音	-n	-ng	-m
國際音標	-n	-ŋ	-m
例如	安	尪*	庵
	(an)	(ang)	(am)

羅馬拼音	-t	-k	-p	-h
國際音標	-t	-k	-p	-ʔ
例如	遏	握	壓	鴨*
	(at)	(ak)	(ap)	(ah)

羅馬拼音	—^{n}				
國際音標	≃				
例如	a^n	e^n	i^n	hia^n	soa^n
	ã	ẽ	ĩ	hĩã	sũã
	餡*	嬰*	圓*	兄*	山*
	(ā^n)	(e^n)	(î^n)	(hia^n)	(soa^n)

c)聲調（八聲）：

上平	a	tong	東	下平	â	tông	堂
上	á	tóng	黨				
上去	à	tòng	凍	下去	ā	tōng	洞
上入	ah	tok	督	下入	a̍h	to̍k	毒

輕聲 ・ khòa^n・tioh 看*着*

khīa・khi-lai 豎*起來

變調

上平→下去	下平→下去（台南）
上聲→上平	↘上去（台北）
上去→上聲	下去→上去
上入→下入	下入→上去

（註：*表示語音）

主要參考文獻

1. 黃　謙：《新鐫彙音妙悟全集》，嘉慶五年，薰園藏板。
2. 謝秀嵐：《彙集雅俗通十五音》，光緒庚子，福州集新堂刊。
3. C.Douglas: Chinese-English Dictionary of the Vernacular or Spoken Language of Amoy, 1873, London.
4. J. MacGowan: English and Chinese Dictionary of the Amoy Dialect, 1883, London.
5. 甘為霖：《廈門音新字典》(1913)，1933第4版，上海競新印書館。
6. T. Barclay: Supplement to Dictionary of the Vernacular or Spoken Language of Amoy, 1923, The Commercial Press, Shanghai (上海商務印書館)。
7. 小川尚義：《台日大辭典》，1931-2，台灣總督府。
8. 王育德：《台灣語常用語彙》，1957，東京。
9. Maryknoll Fathers:Amoy-English Dictionary, 1976, 台中。
10. 村上嘉英：《現代閩南語辭典》，1981，日本。
11. B. Embree:A Dictionary of Southern Min, 1984, 台北。
12. 周長楫：《普通話閩南方言詞典》，1982，上海。
13. 吳守禮：《綜合閩南台灣語基本字典初稿》，1987，台北。

部首檢字表

〔說　明〕

1.本檢字表採用新的部首系統，與舊部首略仔有小可無同。部首次序按部首筆劃數目多少排列；同劃數的，按起筆丶一丨ノマ（包括亅ㄱㄴく）的順序排列。

2.同一部首的字按除去部首以外的劃數排列；同劃數的，按起筆丶一丨ノㄱ的順序排列。

3.有的字分收在幾个部首內。

4.無好分部首的字，按起筆的筆形收入丶一丨ノㄱ五个單筆部首內。

5.檢字表後面另有「難檢字筆劃索引」備查。

㈠部首目錄

(部首正手旁的號碼表示檢字表的頁數)

七劃

八劃

九劃

十劃

十一劃

十二劃以上

㈡檢字表

（每字攏有注羅馬拼音，其中以大寫起頭者爲文讀。後面的數目字表示字典正文的頁數。）

、部

丸 Oân 412
之 Chi 37
主 Chú 62
㞢 koe̍h 254
半 poàn 456
piàn 443
pòa^{n} 453
州 Chiu 53
良 Liông 342
[Liâng] 334
叛 Poān 456
為 Ûi 694
Ūi 695

一部

一 It 187
chi̍t 52

一至二劃

七 Chhit 92
丁 Teng 591
三 Sam 494
Sàm 495
sa^{n} 491
干 Kan 207
koa^{n} 247
于 U 691
[I] 170
Û 692
[Î] 171
下 Hā 123
ē 106
[Hē] 123
hē 131
khē 274
上 Siōng 535
[Siāng] 521
Siōng 536
[Siāng] 522
chīơ^{n} 49
[chīu^{n}] 53
chhīơ^{n} 89
[chhīu^{n}] 94
丈 Tiōng 617
[Tiāng] 604
tīơ^{n} 614
[tīu^{n}] 620
tn̄g 623
万 Bān 9
与→與

才 Châi 26
Chhâi 68
chiah 41

三劃

天 Thian 670
thi^{n} 667
夫 Hu 163
下 chē 32
井 Chéng 35
ché^{n} 32
[chí^{n}] 39
丐 Kài 204
廿 Ji̍h 192
jia̍p 191
五 Ngó͘ 402
gō͘ 119
u 691
不 Put 464
m̄ 368
不 chê 31
卅 Sa̍p 497
冇 phà^{n} 465
丑 Thíu 676
屯 Tūn 647
互 Hō͘ 149
hò͘ 148
牙 Gâ 110
gê 112

四劃

有 tēng 594
平 Pêng 436
pê^{n} 433
[pî^{n}] 440
pîa^{n} 441
pîn 446
pīn 447
phêng 472
phê^{n} 471
[phî^{n}] 474
phîa^{n} 475
未 Bī 13
bōe 18
[bē] 12
末 Boa̍t 18
boa̍h 18
but 23
正 Chèng 35
chìa^{n} 41
chia^{n} 41
甘 Kam 206
lam 308
世 Sè 500
sì 511
卌 siap 522
且 Chhía^{n} 81
sá^{n} 492
可 Khó 290
khó͘ 292
khóa 293
thang 655
丙 pía^{n} 441
冊 chheh 75

五劃

夹 giap 116
共 Kiōng 237
kāng 209
亘 Soan 552
再 Chài 25
吏 Lī 329
在 Chāi 26
tāi 573
tī 597
teh 589
百 Pek 435
peh 433
pah 421
而 Jî 190
有 Iú 187
ū 693
至 Chì 38
亙 Khèng 276
丞 Sêng 508

六劃

巫 Bû 21
甫 Hú 163
pơ 451
更 Keng 219
Kèng 221

	ke^{n}	216
	[ki^{n}]	225
束	Sok	555
求	Kîu	238
尪	ang	4
夾	Kiap	230
	七劃	
武	Bú	21
表	Piáu	444
	pío	447
奉	Hōng	162
長	Tióng	616
	[Tiáng]	604
	chióng	51
	[chiáng]	44
	tíơ^{n}	613
	[tíu^{n}]	620
	Tiông	617
	[Tiâng]	604
	tn̂g	622
亞	A	1
	À	1
來	Lâi	306
東	Tong	639
	tang	578
事	Sū	559
兩	Lióng	342
	[Liáng]	334
	léng	323
	níơ	392
	[níu]	393
	nn̄g	395
	[nō͘]	395
	八劃	
奏	chàu	30
甚	Sīm	528
巷	Hāng	129
柬	Kán	208
歪	Oai	410
甭	bông	21
面	Biān	14
	bīn	15
	九劃以上	
哥	Ko	241
孬	bái	8
焉	Ian	176
棗	Chó	55
整	Chéng	35
	Chá^{n}	24
囊	Lông	359
	丨部	
	三至六劃	
中	Tiong	616
	Tiòng	616
	chiòng	51
	chòng	61
	tèng	592
內	Lōe	354
	lāi	307
丮	kit	238
弔	Tiàu	606
半	Poàn	456
	piàn	443
	pòa^{n}	453
北	Pok	459
	pak	424
凸	Tu̍t	648
	phòng	487
旧	Kīu	239
	kū	260
甲	Kap	209
	kah	202
申	Sin	529
由	Iû	188
且	Chhía^{n}	81
	sá^{n}	492
冄	Jiám	
史	Sú	558
央	Iong	185
	[Iang]	178
	iang	178
	ng	397
凹	nah	386
	naih	386
出	Chhut	104
曲	Khiok	288
	khek	276
	khiau	284
	khiâu	285
肉	Jio̍k	194
	he̍k	132
	bah	7
串	Chhoàn	98
	chhǹg	95
	[chhùi^{n}]	103
	七劃以上	
非	Hui	165
暢	Thiòng	675
	[Thiàng]	675
	丿部	
	一至二劃	
入	Jip	195
九	Kíu	238
	káu	212
乃	Nái	386
千	Chhian	83
	sian	519
	chheng	77
川	Chhoan	98
	chhng	94
	[chhui^{n}]	103
么	mih	376
	mi̍h	376
	mí	376
久	Kíu	238
	kú	258
及	Kip	237
	三劃	
爻	Ngâu	399
乏	Hoa̍t	155
	ha̍t	129
午	Ngó͘	402
	gō͘	119
壬	Jîm	193
夭	Iáu	179
升	Seng	506
	chin	47
反	Hoán	153
	péng	436
丹	Tan	576
氏	Sī	513
卆	Chu̍t	66
	四劃	
乎	hơ^{n}	150
	hơh^{n}	158
生	Seng	506
	se^{n}	502
	[si^{n}]	513
	chhe^{n}	75
	[chhi^{n}]	80
失	Sit	538
丘	Khiu	288
	khu	300
冬	Tong	639
	tang	577
氐	Te	585
冊	chheh	75
用	Iōng	186
	ēng	109
	iòng	185
	五劃	
兆	Tiāu	608
年	Liân	333
	nî	389
朱	Chu	61
丟	Tiu	619
乒	Pin	445
	pin	445
	phin	478

	phín	478
乓	Piàng	443
	piang	443
	phiang	477
	phóng	487
向	Hiòng	143
	[Hiàng]	140
	hìơ^{n}	142
	[hìu^{n}]	145
	hîa^{n}	136
	ǹg	398
	hiàng	140
后	Hō͘	149
色	Sek	503
危	Gûi	122
	Hûi	166
各	Kok	255
	koh	254

六劃

我	Ngó͘	402
	góa	119
每	móe	380
	[múi]	382
兔	Thò͘	680
希	Hi	134
系	Hē	131
卵	Loán	353
	nn̄g	395
	[nūi]	396

七劃

肴	Ngâu	399
卑	Pi	437
阜	Hū	165
乖	Koai	249
	Koāi	249
垂	Sûi	562
	sôe	554
	[sê]	502
秉	Péng	436
周	Chiu	52

八劃

重	Tiōng	617
	têng	593
	Tiōng	617
	tāng	580
拜	Pài	422
帥	Sòe	553
禹	Ú	691
	[Í]	171
甮	bòng	20

九劃

烏	O͘	405
乘	Sêng	508
	Sēng	508
	sīn	531
師	Su	557
	sai	492

十劃以上

甥	Seng	506
喬	Kiâu	232
弒	chhì	79
衆	Chiòng	51
	chèng	36
粵	Oa̍t	414
睪	Ko	241
舞	Bú	21
孵	Hu	163
疑	Gî	113
靠	Khò	291
	khòa	293
舉	Kú	258
	[Kí]	223
	gia̍h	114
	[kia̍h]	228
歸	Kui	260
	ka	199
𣍐	bē	11
	[bōe]	18
爨	choán	58

乙部

(乛𠃍乚)

乙	It	187

一至三劃

九	Kíu	238
	káu	212
刁	Thiau	672
	tiau	605
刃	Jīm	193
了	Liáu	336
乜	mih	377
也	Iá	172
乞	Khit	288
孑	Khiat	283
以	Í	170
予	Ú	691
	[Í]	171
	Û	692
	[Î]	171
	hō͘	150
	hơ	147
丮	kit	238
尹	Ín	182
	[Ún]	697
尺	Chhek	76
	chhioh	90
弔	Tiàu	606
丑	Thíu	676
巴	Pa	419
	pà	421
卆	Chu̍t	66
孔	Khóng	299
	kháng	271
	khang	270

四劃以上

司	Su	557
	si	509
	sai	492
民	Bîn	15
乩	Ki	222
乳	Jú	196
	[Jí]	190
承	Sêng	508
	sîn	530
癸	Kùi	262
飛	Hui	165
	poe	457
	[pe]	431
發	Hoat	155
	hoa̍t	155
亂	Loān	353
	lān	312
豫	Ū	693
	[Ī]	171

亠部

一至五劃

亡	Bông	20
六	Lio̍k	341
	la̍k	308
	liu	344
	liu̍h	346
亢	Khòng	299
	khó	290
市	Chhī	79
玄	Hiân	139
	goân	120
交	Kau	211
	kiau	231
	khiau	284
	ka	198
亦	E̍k	107
	ia̍h	175
	a̍h	2
	iā	173
	ā	1
充	Chhiong	90
亥	Hāi	125
亨	Heng	133

六至七畫

京 Keng 219
kia^{n} 226
亨 Hióng 143
[Hiáng] 140
卒 Chut 65
夜 Iā 173
氓 bâng 10
帝 Tè 586
彥 Gān 111
亭 Têng 592
亮 Liōng 343
[Liāng] 334
liāng 334
哀 Ai 2

八至九劃

旁 Pông 461
pêng 437
衰 Soe 553
畝 Bó· 17
衷 Thiong 675
高 Ko 241
kau 212
koân 251
[koâi^{n}] 250
產 Sán 496
sóa^{n} 550
商 Siong 535
[Siang] 521
毫 Hô 147
烹 Pheng 471
孰 Sio̍k 534
袞 Kún 263
率 Lu̍t 366
Sut 565

十劃以上

就 chīu 53
棄 Khì 279
廉 Liâm 331
裏 Lí 327
稟 Pín 445
péng 436
齊 Chê 31
[chôe] 59
豪 Hô 146
膏 Ko 241
kô 242
裹 Kó 242
褒 Po 449
齋 Chai 25
che 31
褻 Siat 523
襄 Siong 535
[Siang] 521
嬴 Êng 109
iâ^{n} 173

冫部

冲 chhèng 78
次 Chhù 102
sù 559
决 Koat 252
冰 Peng 435
况 Hóng 161
Hòng 161
冷 Léng 323
冶 Iá 172
冽 Lia̍t 336
凉 liâng 334
nîo· 393
[nîu] 393
凊 chhìn 88
凄 chhi 79
[chhi^{n}] 80
凌 Lêng 324
凍 Tòng 640
tàng 579
准 Chún 64
凋 Tiau 605
⿰冫彥 Gàn 111
凑 Chò· 56
Chhàu 73
減 Kiám 228
馮 Pâng 429
寒 Hân 128
kôa^{n} 248
凜 Lím 339
凝 Gêng 113
gân 111

冖部

冗 Jióng 194
[Jiáng] 194
jiáng 191
chhiáng 84
chháng 71
写 Sía 514
罕 Hán 127
軍 Kun 263
冠 Koan 250
Koàn 251
冥 Bêng 12
bin 15
keng 220
冤 Oan 411
un 697
⿰參冘 Tìm 609

二部

二 Jī 190
干 Kan 207
koa^{n} 247
于 U 691
[I] 170
Û 692
[Î] 171
⿱一下 chē 32
五 Ngó· 402
gō· 119
u 691
井 Chéng 35
ché^{n} 32
[chí^{n}] 39
元 Goân 120
kho· 292
云 În 182
[Ûn] 698
互 Hō· 149
hò· 148
亙 Khèng 276
亘 Soan 552
些 kóa 246
亞 A 1
À 1

十部

十 Si̍p 537
cha̍p 29
千 Chhian 83
sian 519
chheng 77
廿 Ji̍h 192
jia̍p 191
卅 Sa̍p 497
午 Ngó· 402
gō· 119
卆 Chu̍t 66
支 Chi 37
ki 223
古 Kó· 244
ku 258
考 Khó 290
卍 Bān 9
克 Khek 275
khat 272
卒 Chut 65
卓 Tok 637
toh 636
直 Ti̍t 618
卑 Pi 437
阜 Hū 165
協 Hia̍p 140
ha̍h 124
南 Lâm 309
乾 Kan 207
Khiân 283
ta 567

kòa 247
以 Í 170
令 Lēng 325
仝＝同 Tông
囚 Sîu 541
合 Ha̍p 129
ha̍h 124
Kap 209
企 Khì 279
nè 387
[nì] 389
neh 388
[nih] 391

五至八劃
含 Hâm 127
kâm 207
kâ^{n} 201
khâ^{n} 266
hām 127
ba 7
bâ 7
bah 8
佘 Sîa 515
余 Û 692
[Î] 171
巫 Bû 21
夾 Kiap 230
(giap) 116
舍 Sìa 514
侖 Lûn 365
命 Bēng 12
mīa 375
來 Lâi 306
衾 Khim 285
倉 Chhong 100
chhng 94
拿 Ná 383

九劃以上
盒 A̍p 5
a̍h 2
禽 Khîm 285
舒 Su 558
[Si] 509
chhu 101
[chhi] 79
翕 Hip 143
傘 Sàn 497
sòa^{n} 550
僉 Chhiam 82
會 Hōe 157
hōe 158
[hē] 132
ē 106
[oē] 416
Kòe 253
舖 Phò͘ 482
劍 Kiàm 228
kìa^{n} 227
龕 Kham 268

亻部

二劃
仁 Jîn 193
什 Si̍p 537
cha̍p 29
sím 528
仇 Kîu 239
仍 Jêng 190
化 Hòa 151
oà 408

三劃
仕 Sū 559
仗 Tiōng 618
[Tiāng] 604
付 Hù 164
代 Tāi 573
tē 588
tài 572
仙 Sian 519
chhian 83
sin 529
sián 520
他 Tha^{n} 649
[Tha] 649
仔 Chú 62
á 1

四劃
伉 Khòng 299
伙 hóe 156
[hé] 131
休 Hiu 144
伎 Kī 225
伍 Ngó͘ 402
伏 Ho̍k 159
伐 Hoa̍t 155
仳 Pí 438
仲 Tiōng 617
伝 goán 120
[gún] 122
伧 sông 556
soâi^{n} 551
份 Hūn 168
件 kīa^{n} 227
任 Jîm 193
Jīm 193
仰 Gióng 118
[Giáng] 116
伨 Thīn 674
似 Sū 560
sāi 494
伊 I 170

五畫
佗 Tô 627
位 Ūi 695
住 Chū 63
tōa 632
tiāu 607
伴 phōa^{n} 483
估 Kó͘ 244
体 Thé 662
thé 662
[thóe] 684
thái 650
何 Hô 146
oâ 408
tó 626
toh 637
to̍h 637
tói 637
tá 567
tah 571
佐 Chò 55
佑 Iū 189
佈 Pò͘ 451
但 Tān 577
nīa 390
nā 385
伸 Sin 529
chhun 104
chhng 94
佃 Tiān 603
伶 Lêng 323
léng 323
作 Chok 60
choh 59
cho 55
伯 Pek 435
peh 433
pit 448
佣 Iōng 186
低 Te 585
kē 215
你 lí 327
[lú] 360
伺 Su 557
佛 Hu̍t 169
pu̍t 464
伽 Kîa 226
khīa 281

六畫
依 I 170
佯 Iông 186

傸 sáng 497
傫 thōe 684
thē 663
僂 liâu 338
催 Chhui 103
傷 Siong 535
[Siang] 521
siơ^{n} 531
[siu^{n}] 242

十二劃

僧 Cheng 35
僐 Siān 521
僥 Hiau 140
㒓 That 658
僚 Liâu 337
僭 Chhiàm 83
僕 Po̍k 460
僑 Kiâu 232
僞 Gūi 122
像 Siōng 536
[Siāng] 522
chhīơ^{n} 89
[chhīu^{n}] 94

十三劃

億 Ek 107
儀 Gî 113
僵 Kiong 237
[Kiang] 230
Khiong 288
[Khiang] 283
價 Kà 200
[Kè] 200
kè 215
儉 Khiām 282
khīơ^{n} 286
[khīu^{n}] 289
儌 Hiau 141
僻 Phek 471
phiah 475
儎 Chāi 26

十四劃以上

儕 sê 502
儐 Pìn 445
儒 Jû 196
[Jî] 190
儑 gām 111
優 Iu 187
儢 Lū 361
[Lī] 329
償 Siông 536
[chhiâng] 536
sióng 535
儡 Lúi 362
lé 318
lí 327
儲 Thú 686
[Thí] 667
Thû 686
[Thî] 667
儱 láng 312
儳 sâm 495
儷 Lē 320
儸 Lô 347
儼 Giám 115

勹部

勺 ioh 184
勻 Ûn 698
勿 Bu̍t 23
but 23
mài 370
勾 Kơ 244
kau 211
句 Kù 259
匆 Chhong 101
chhóng 101
包 Pau 430
Pâu 431
bau 10
旬 Sûn 564
匈 Hiong 143
甸 Tiān 603
[illegible] bòng 20
匐 Po̍k 460
夠 kàu 212
匏 pû 462
[illegible] bē 11
[bōe] 18

儿部

元 Goân 120
khơ 292
允 Ín 182
[Ún] 697
兄 Heng 132
hia^{n} 136
充 Chhiong 90
光 Kong 256
kng 239
[kui^{n}] 262
兇 Hiong 142
先 Sian 519
seng 506
sin 529
兆 Tiāu 608
兌 Tōe 636
tūi 646
克 Khek 275
khat 272
免 Bián 14
兒 Jî 190
兔 Thò͘ 680
党 Tóng 639
兜 Tau 582
兢 Keng 219
競 Kēng 221
kèng 221

几(⺇)部

几 Kí 223
凡 Hoân 154
hoān 155
夙 Siok 533
壳 Khok 297
Khak 268
秃 Thut 689
thuh 686
thu̍t 690
凭 Pîn 446
phēng 472
凰 Hông 162
凱 Khái 267
鳳 Hōng 163
ông 418

厶部

允 Ín 182
[Ún] 697
去 khì 279
[khù] 300
台 Tâi 572
Thai 650
牟 Bô͘ 17
私 Su 557
si 509
sai 493
畚 pùn 463
參 Sam 495
Chham 69
Sim 527
som 556
chhiam 83

又(ヌ)部

又 Iū 188
叉 Chha 67
chhe 73
支 Chi 37
ki 223
友 Iú 187
反 Hoán 153
péng 436
双 Song 556
siang 521
取 Chhú 101
[Chhí] 79

廴部

卩(㔾)部

阝(在左)部

二至四劃

五劃

六至七劃

八劃

九劃

十劃以上

阝(在右)部

二至五劃

六至八劃

九劃以上

hiơ^{n} 142
[hiu^{n}] 145
鄒 Chơ 56
鄙 Phí 473
鄭 Tēng 594
tē^{n} 589
[tī^{n}] 598
鄲 Tan 576
鄧 Tēng 594

凵部

凶 Hiong 142
hong 160
出 Chhut 104
凸 Tu̇t 648
phòng 487
凹 nah 386
naih 386
函 Hâm 127
幽 Hiu 144
Iu 187
凿 chhȧk 69

刀(ク)部

刀 To 624
刁 Thiau 672
tiau 605
刃 Jīm 193
切 Chhiat 85
Chhè 74
分 Hun 167
pun 462
Hūn 168
召 Tiàu 606
危 Gûi 122
Hûi 166
色 Sek 503
初 Chhơ 96
chhe 73
[chhoe] 99
免 Bián 14
券 Koàn 251
Kn̂g 240
[kùi^{n}] 262
兔 Thò͘ 680
急 Kip 237
剪 Chián 43
象 Siōng 536
[Siāng] 522
chhīơ^{n} 89
[chhīu^{n}] 94
詹 Chiam 42
𠩺 Lėk 322
賴 Nāi 386
nōa 396
lōa 352
龜 Kui 260
ku 258

力部

力 Lėk 322
lȧt 314
lí 327

二至六劃

办 Pān 427
功 Kong 256
kang 208
夯 gîa 114
加 Ka 198
[Ke] 198
ke 214
幼 Iù 188
劣 Loat 354
劳 lô͘ 349
劫 Kiap 230
助 Chō͘ 56
男 Lâm 309
努 Ló͘ 349
效 Hāu 130
劾 Hāi 125
協 Hiȧp 140
hȧh 124

七劃以上

勁 Kēng 222
勃 Pu̇t 464
努 Chân 28
勉 Bián 14
勇 Ióng 185
脅 Hiȧp 140
脇 Hiȧp 140
hȧh 124
勘 Khàm 268
動 Tōng 641
tāng 580
務 Bū 22
勞 Lô 347
hô 147
Lō 348
甥 Seng 506
勝 Sèng 507
募 Bō͘ 17
勢 Sè 501
sì 511
勤 Khîn 286
[Khûn] 303
勥 khiàng 283
勳 Hun 167
辦 Pān 427
勵 Lē 320
勸 Khoàn 295
khǹg 289
[khùi^{n}] 289

氵部

二至三劃

汁 Chiap 44
氾 Hoàn 154
汗 Hān 128
kōa^{n} 248
污 U 691
Ù 692
江 Kang 208
汏 thōa 681
汕 sòa^{n} 550
汐 tėh 589
汛 Sìn 529
池 Tî 596
汲 Khip 288
chhīơ^{n} 89
[chhīu^{n}] 94

四劃

沉 Thiâm 670
thîm 674
沈 Sím 527
Tîm 609
tiâm 601
汪 ang 5
oai^{n} 410
沐 Bȯk 19
沛 Phài 467
汰 Thài 651
thoah 682
沌 Tūn 648
沙 Sa 491
se 500
soa 548
沖 Chhiong 90
chhiâng 84
泛 Hoàn 154
汽 Khì 279
沃 Ak 3
沒 Bu̇t 23
決 Koat 252

五劃

泣 Khip 288
注 Chù 62
tù 643
泬 chuh 63
泌 Pì 438
泳 éng 109
沫 phoėh 486
[phėh] 471
沫 bī 14
法 Hoat 155

泔 ám 3
泄 Siat 523
chhoah 98
沽 Kơ 243
河 Hô 146
lô 348
沾 bak 8
況 Hóng 161
Hòng 161
油 Iû 188
泏 choah 57
泱 ia^{n} 173
泅 Sîu 541
泠 leng 323
泊 Pȯk 460
沿 Iân 177
iān 178
泡 Phàu 469
pho 480
phȯk 487
治 Tī 596
泥 Lê 319
Nî 389
nī 389
lè 318
泯 Bín 15
沸 Hut 169
phū 489
波 Pho 479

六劃

洲 Chiu 53
洋 Iông 186
[Iâng] 178
iâng 178
iô·^{n} 183
[iû^{n}] 189
洪 Hông 162
âng 5
洒 hìu 144
洘 Khó 290
泚 chhē 74
洩 siȧp 523
洞 Tōng 641
洽 Hiȧp 140
洗 sé 500
[sóe] 553
染 Jiám 191
ní 389
活 Hoȧt 155
oȧh 409
涎 Iân 178
siân 520
nōa 396
派 Phài 467
洛 Lȯk 356
津 Chin 47
tin 610

七劃

流 Lîu 345
lâu 316
浪 Lōng 359
nn̄g 395
浡 phu̇h 489
酒 Chíu 53
浙 Chiat 45
涇 khēng 277
消 Siau 524
sau 499
涉 Siȧp 523
浞 chhioh 90
浮 Hô· 149
phû 488
涂 Tô· 629
thô· 680
浴 Iȯk 185
ėk 108
浩 Hō 147
海 Hái 125
浸 Chìm 47

八劃

淀 tī^{n} 598
淳 Sûn 563
淬 chhū 102
液 Ėk 107
淤 U 691
[I] 170
Ì 171
[Ù] 692
淡 Tām 576
chía^{n} 41
淚 Lūi 363
Lē 320
深 Chhim 86
清 Chheng 77
chhi^{n} 80
添 Thiam 669
thi^{n} 668
淇 Kî 224
淋 Lîm 339
lâm 310
liâm 331
淹 Iam 175
im 181
涯 Gâi 110
淺 Chhián 84
khín 286
chhí^{n} 80
淑 Siok 533
淖 nōa 395
混 Hūn 169
涸 Khok 297
渦 Ko
淫 Îm 181
淨 Chēng 36
chīa^{n} 41
淪 Lûn 365
涶 sōe 554
[sē] 502
淮 Hoâi 152
淘 Tô 626
tîu 620
涵 Hâm 127

九劃

[illegible] Khò 291
khòa 293
湾 Oan 411
oân 413
渧 Tè 586
渡 Tō· 630
游 Iû 188
湔 chi^{n} 39
滋 Chu 61
渾 Hûn 168
Hūn 169
湊 Chhò· 56
chhàu 73
澾 thȧt 658
港 Káng 209
湮 Ian 176
湖 Hô· 149
Ô· 406
渣 che 31
減 Kiám 228
渠 Kû 259
[Kî] 225
湳 Lâm 309
湼 Liap 334
湯 thng 676
温 Un 696
lûn 365
溼 Sip 537
渴 Khat 272
khoah 294
湒 Chhip 91
sip 537
湄 bāu 11
滑 Ku̇t 264
測 Chhek 76
渺 Biáu 14
湍 Thoan 683
湠 thòa^{n} 682
湓 bùn 22
湃 Phài 467
湫 chhio 88

	Chhiu	92
湆	tâm	575
淵	Ian	176
湧	éng	108
溉	Khài	267

十劃

滓	tái	571
	[Chhái]	571
	táng	578
溶	Iông	186
	iô·^{n}	184
	[iûn]	189
滂	Pông	461
漓	Lî	328
溢	Ek	107
	ió	183
	ioh	184
溝	kau	211
漠	Bô·	17
	Bo̍k	19
	mo̍·h	382
滅	Bia̍t	14
滇	Tian	602
溽	chhio̍k	90
匯	Hōe	158
源	Goân	120
準	Chún	64
滄	Chhong	100
滔	Tho	677
溜	Liu	343
	Lìu	344
溺	Jio̍k	194
	Le̍k	322

十一劃

演	Ián	177
漳	Chiang	44
滴	tih	609
滾	Kún	263
漉	Lo̍k	356
	lok	355
	lak	308
漩	soān	553
漾	iā^{n}	174
滬	Hō·	149
滸	Hó·	148
漖	kà	200
漱	sóa	548
	sek	505
	[sak]	505
	[siak]	505
漢	Hàn	127
滿	Boán	18
	móa	380
滯	Thì	667
	tù	643
漬	Chù	62
	tū	644
漆	chhat	71
漚	Au	6
漂	Phiau	478
	phìo	479
	thìo	675
漸	Chiām	43
滷	lō·	352
漫	Bān	9
漡	sîo^{n}	532
	[sîu^{n}]	542
漁	Gû	121
	[Gî]	113
	hî	135
	[hû]	165
滲	Sìm	528
	siàm	518
漏	Lō·	352
	lāu	317
漲	Tiòng	617
	[Tiàng]	604
	tìo^{n}	613
	[tìu^{n}]	620

十二劃

潔	Kiat	230
	koeh	253
潸	chhām	70
	chhîm	87
	chhiâm	83
潛	Chiâm	43
潮	Tiâu	607
	tîo	612
	chhî	79
澎	phê^{n}	471
	[phî^{n}]	474
澀	siap	522
潭	Thâm	653
潦	Ló	347
潰	Hōe	157
	Hùi	166
	khùi	302
潘	phoa^{n}	483
澄	Têng	593
潑	Phoat	484
	phoah	483
	phòa	483
潺	Chhan	70
潤	Jūn	197
	sûn	564
潠	bū	22

十三劃

濛	bang	9
	mng	377
	[mui]	377
	mi	373
澤	Te̍k	590
	tia̍h	600
濁	Cho̍k	60
	To̍k	638
	ta̍k	574
	lô	348
濃	Lông	359
澳	ò	405
	ù	692
激	Kek	218
澱	Tiān	603

十四劃

濱	Pin	445
濟	Chè	31
濤	Tô	
濫	Lām	310
濕	Sip	537
闊	khoah	294
濯	Cho̍k	60

十五劃

瀋	Sím	528
瀉	Sìa	514
瀆	To̍k	638
濾	Lū	361
	[Lī]	329
瀑	Pho̍k	487
濺	chōa^{n}	57
瀏	Lîu	346

十六劃

瀛	Êng	109
瀨	lòa	352
	lōa	352
瀝	Le̍k	322
	le̍h	321
	leh	320
瀟	Siau	525
瀕	Pin	445
	Pîn	446

十七劃以上

瀰	Bî	13
瀾	Lân	311
灌	Koàn	251
灇	châng	29
灘	Than	653
	thoa^{n}	681
灑	Sá	491
灣	Oan	411
	oân	413

忄(小)部

一至四劃

忙 Bông 20
bâng 10
忖 Chhún 104
忱 Sîm 528
忤 Ngó͘ 402
忄卬 gông 121
忝 Thiám 670
快 Khoài 294
khòa^{n} 294
[khoài^{n}] 295
[khùi^{n}] 302

五劃

怦 phē^{n} 471
[phī^{n}] 474
怯 Khiap 283
怙 kō͘ 246
怖 Pò͘ 452
忄牙 gê 112
怛 Thán 654
性 Sèng 507
sè^{n} 503
[sì^{n}] 513
sìn 529
怢 thih 673
怍 chòh 59
怕 Phà^{n} 465
怪 Koài 249
kòe 253

六劃

恃 Sī 513
恭 Kiong 236
恆 Hêng 133
恢 Khoe 296
恍 Hóng 161
hóa^{n} 151
恫 Tōng 642
恰 Khap 272
恬 Thiâm 670
[Tiâm] 670
tiām 602
恤 Sut 565
恨 Hīn 142
[Hūn] 169

七劃

悅 Oa̍t 414
Ia̍t 179
悖 Pōe 458
悟 Ngō͘ 403
Gō͘ 119
悍 Hán 127
悔 Hóe 156

八劃

惋 Oán 411
悴 Chūi 64
惓 khoâi^{n} 295
情 Chêng 36
悵 Tiòng 617
[Tiàng] 604
惜 Sek 504
sioh 533
悼 Tō 628
惘 Bóng 20
惧 Khū 300
[Kī] 225
惆 Tîu 619
悸 Kùi 262
惟 Ûi 695
[Î] 171
惚 Hut 169
悿 Thiám 670

九劃

慌 Hong 160
hiong 143
惰 Tō 627
tōa^{n} 634
愖 Sīm 528
愕 Gók 121
ngia̍h 400
愣 gāng 111
惻 Chhek 76
愉 Û 692
[Î] 171
Jû 196
[Jî] 190
惶 Hông 162
hîa^{n} 137
愧 Khùi 301
慨 Khài 267
惱 Ló 347
náu 386

十劃

慕 Bō͘ 17
慄 Lek 321
neh 387
la̍k 308
忄幷 bòng 20
愼 Sīn 530

十一劃

慷 Khóng 299
慪 áu 6
慒 Cho 55
慚 Chhâm 70
慳 Kian 229
忄鹵 Ló͘ 349
慢 Bān 9
慟 Tōng 641
慘 Chhám 69
慣 Koàn 251
[koài^{n}] 250

十二劃

憐 liân 333
Lîn 340
憤 Hún 168
Hùn 168
懂 Tóng 639
táng 578
憚 Tān 577
憬 Kéng 220
憮 Bú 21
憔 Chiâu 45
憫 Bín 15

十三劃

憶 Ek 107
it 187
懍 lún 364
憾 Hām 127
懊 Ò 405
àu 6

十四劃以上

懦 Nō͘ 395
懫 Chì 38
chih 46
懷 Hoâi 152
kûi 262
懵 Bóng 20
懶 Lán 310
nóa 395
nōa 396
懺 Chhàm 69
懾 Liap 335

宀部

二至四劃

宄 Kúi 261
宇 Ú 691
[Í] 171
守 Síu 540
chíu 53
Sìu 541
宅 the̍h 664
安 An 4
oa^{n} 408
字 Jū 196
jī 191
灾 che 31

完 Oân 412
goân 120
宋 Sòng 556
宏 Hông 162
牢 Lô 348

五至六劃

宗 Chong 60
定 Tēng 593
tīa^{n} 599
宝 Pó 449
宜 Gî 113
宙 Tīu 620
官 Koan 250
koa^{n} 247
宛 Oán 411
宣 Soan 552
sian 520
宦 Hoān 155
宥 Iū 189
室 Sek 505
sit 538
客 Khek 276
kheh 275

七劃

宰 Chái^{n} 26
害 Hāi 125
案 Àn 4
oà^{n} 409
家 Ka 198
[Ke] 198
ka 198
ke 214
宵 Siau 524
宴 Iàn 177
容 Iông 185

八至九劃

密 Bit 16
ba̍t 10
寇 Khò͘ 292
寅 În 182
寄 Kì 224
kìa 226
寂 Che̍k 34
chi̍p 52
宿 Siok 533
Sìu 541
寑 chhím 87
寒 Hân 128
kôa^{n} 248
富 Hù 164
pù 461
寔 cha̍t 29
寓 Gū 122
[Gī] 114
寐 bī 13

十至十一劃

塞 Sek 504
sat 498
siap 523
seh 503
[soeh] 554
Sài 494
寞 Bo̍k 19
寬 Khoan 295
khoa^{n} 294
khòa^{n} 294
寧 Lêng 325
Lēng 325
蜜 Bi̍t 16
寨 Chē 32
賓 Pin 445
寡 Kóa^{n} 247
kóa 246
實 Si̍t 538
察 Chhat 71
寥 Liâu 338
寢 Chhím 87

十二劃以上

寮 Liâu 337
審 Sím 527
寫 Sía 514
憲 Hiàn 138
寰 Hoân 154
賽 Sài 494
寵 Thióng 675
寶 Pó 449

广部

二至五劃

庀 Phí 473
庅 moa 380
庄 chng 54
床 chhn̂g 95
庇 Pì 438
序 Sū 560
[Sī] 513
sī 513
店 Tiàm 601
府 Hú 164
底 Tí 595
té 585
[tóe] 636
tī 597
庚 Keng 219
ke^{n} 216
[ki^{n}] 225

六至八劃

度 Tō͘ 630
To̍k 638
庋 tēng 594
庭 Têng 593
tîa^{n} 599
席 Se̍k 505
si̍t 539
sia̍h 517
庫 Khò͘ 292
座 Chō 55
唐 Tông 641
tn̂g 623
廊 Lông 358
庶 Sù 559
[Sì] 511
庵 Am 3
麻 Mâ 369
Bâ 7
Mô͘ 379
môa 380
ma 369
mà 369
庸 Iông 186
康 Khong 298
khng 289
鹿 Lo̍k 356

九至十一劃

廂 Siong 535
[Siang] 521
siơ^{n} 532
[siu^{n}] 542
廓 Khok 297
廍 Phō͘ 482
廉 Liâm 331
廈 Hā 123
[Hē] 123
廣 Kóng 256
kńg 240
[kúi^{n}] 262
腐 Hú 164
Hū 165
àu 6
廖 Liāu 338

十二劃以上

廚 Tû 644
tô͘ 630
廟 bīo 16
廠 chhíơ^{n} 89
[chhíu^{n}] 94
廢 Hòe 157
hòe 157
[hè] 131
hùi 166

辶(辶)部

二至四劃

五劃

六劃

七劃

八劃

九劃

十劃

十一至十二劃

十三劃以上

io 183
避 Pī 439
邊→边
邏 Lô 348

工部

工 Kong 256
kang 208
khang 271
左 Chó 55
巧 Kháu 272
khá 265
khiáu 284
邛 Giōng 118
功 Kong 256
kang 208
式 Sek 505
sit 538
杢 khit 288
汞 Hóng 161
巫 Bû 21
攻 Kong 256
差 Chha 67
choȧh 57
Chhai 68
chhe 73
貢 Kòng 257
項 Hāng 129

土部

土 Thó͘ 679
Tō͘ 630
thô͘ 680

二至三劃

圣 koėh 254
圤 Phok 486
去 khì 279
[khù] 300
在 Chāi 26
tāi 573
tī 597
teh 589
寺 Sī 512
至 Chì 38
圪 ka 199
圳 Chùn 65
地 Tē 587
[tōe] 636
tī 597

四劃

坟 phûn 490
坊 Hong 159
hng 145
坑 khe^{n} 274
[khi^{n}] 280
社 Sīa 515
坏 Hoāi 152
址 Chí 37
坔 Lām 309
坐 Chō 55
chē 32
chhē 74
坌 Pūn 464
均 Kin 234
[Kun] 263
坎 Khám 268
gám 110
圿 koeh 253
坍 Tam 575

五劃

垃 lâ 305
lah 306
lap 314
幸 Hēng 134
坪 phîa^{n} 475
phê^{n} 471
[phî^{n}] 474
坩 kha^{n} 266
坷 Khó 290
坯 phoe 484
[phe] 470
坫 Tiàm 601
坦 Thán 654
thá^{n} 649
坤 Khun 302
坱 eng 108
夌 lēng 326
坵 khu 300
垂 Sûi 562
sôe 554
[sê] 502
坡 Pho 480

六劃

垵 oa^{n} 408
型 Hêng 133
垮 Khóa 293
城 Sêng 508
sîa^{n} 517
垢 káu 212
垎 keh 216
垛 tōa 633

七劃

埔 Pơ 450
phơ 481
埕 tîa^{n} 599
埋 Bâi 8
tâi 572
袁 Oân 412
埒 loȧh 353
垺 pû 462
埃 Ai 2
ia 172

八劃

培 Pôe 457
pōe 458
[pē] 432
堃 Khun 302
執 Chip 51
堵 Tó͘ 628
tū 644
基 Ki 222
域 Hėk 132
堅 Kian 229
堂 Tông 640
tn̂g 623
堆 Tui 645
tu 642
埤 Pi 437
埠 pơ 451
埭 Tē 587
埽 Sò 545

九劃

報 Pò 449
堯 Giâu 117
堪 Kham 268
塔 thah 649
堛 phoėh 486
[phėh] 471
堤 Thê 663
塭 Ùn 697
場 tîơ^{n} 613
[tîu^{n}] 620
chhiâng 84
堡 Pó 449
塊 tè 586

十劃

塗 Tô͘ 629
塞 Sài 494
Sek 504
sat 498
seh 503
[soeh] 554
siap 523
塘 Tông 641
tn̂g 623
塑 Sok 555
塚 Thióng 675
墓 Bō͘ 17
bōng 21
填 Tiân 603

Thiân 671
thūn 689
thiam 670
塌 Thap 657

十一至十二劃

境 Kéng 221
塾 Siȯk 534
塵 Tîn 611
墊 Tiām 601
墘 kî^n 226
塹 Chām 27
墭 sīa^n 517
墅 Sū 560
墨 Bėk 12
bȧk 8
bȧt 10
墜 Tūi 646
墩 Tun 647
增 Cheng 35
chēng 36
墳 Hûn 168
phûn 490
墟 Hi 134
[Hu] 163

十三劃以上

壇 Tân 577
tôa^n 634
壅 èng 109
墼 kat 211
墾 Khún 303
壁 Phek 471
piah 441
壕 Hô 147
壙 Khòng 299
khàng 271
khǹg 289
壞 Hoāi 152
壟 Lóng 357
壢 Lėk 322
疆 Kiong 237
[Kiang] 230
Khiong 288
[Khiang] 283
壤 Jióng 194
[Jiáng] 194
壩 Pà 421
pè 431

士部

士 Sū 559
壬 Jîm 193
吉 Kiat 230
[Kit] 238
志 Chì 38
壳 Khok 297
Khak 268
壯 Chòng 60
chàng 29
声 Seng 506
sia^n 516
壺 Hô· 149
ô· 406
喜 Hí 134
鼓 Kó· 245
橐 lok 356
嘉 Ka 198
[Ke] 198
壽 Sīu 541
賣 Māi 370
bē 11
[bōe] 18
隸 Lē 320
聲→声
[illegible] thong 685
馨 Hiong 143
[Hiang] 139
hia^n 136
hiang 139

艹(艹)部

二至三劃

艾 Ngāi 399
hīa^n 137
芒 Bông 20
bâng 10
mê 372
[mî] 374
芝 Chi 37
芋 ō· 407
芍 Chiok 50
[Chiak] 42
芎 Kiong 236
keng 220
kin 234

四劃

芳 Hong 159
phang 468
芯 Sim 527
芙 Hû 165
phû 489
芸 În 182
[Ûn] 698
芽 gê 112
lê 319
芷 Chí 37
芥 Kài 204
kòa 247
kè 215
芩 Khîm 285
芬 Hun 167
花 Hoa 150
hoe 155
hia 136
芹 Khîn 286
[Khûn] 303
芪 Kî 225
芡 Khiàm 282
芟 San 496
苡 Í 170
芭 Pa 419

五劃

范 Hoān 154
苧 Thú 686
[Thí] 667
tē 588
[tōe] 636
茉 bȧk 8
苦 Khó· 292
ku 258
苛 Kho 290
O 404
若 Jiȯk 194
jōa 195
lōa 195
gōa 120
oā 408
ná 383
lán 311
lián 333
nā 385
茂 Bō· 17
茇 Poȧt 456
苗 Biâu 14
苒 Jiám 191
英 Eng 108
ia^n 173
e^n 106
[i^n] 172
苘 kheng 276
茁 Choat 58
苓 Lêng 324
苑 Oán 411
苟 Kó· 244
苞 pô· 452
苳 tang 578
苔 Thai 650
thî 667
茅 Mâu 371
hm̂ 145
茄 Ka 198
[Ke] 198
kîo 235
苺 m̂ 368

六劃

茳 Bông 20
bâng 10
茭 ka 198
kha 265
荒 Hong 160
hng 145
[hui^{n}] 166
荆 Keng 219
茸 Jiông 194
荐 Chiàn 43
巷 Hāng 129
荖 láu 315
草 Chhó 95
chháu 72
茼 tâng 579
茵 In 181
茴 Hôe 157
茶 tê 587
茱 Chu 61
茯 Ho̍k 159
荀 Sûn 564
茹 Jû 196
[Jî] 190
荔 nāi 386
lāi 308
lē 320
茲 Chu 61
si^{n} 513

七劃

莞 iân 178
華 Hoa 150
Hôa 151
荸 bé 11
莆 Phô͘ 482
莢 ngeh 400
[ngoeh] 403
莽 Bóng 20
莖 Keng 219
莫 Bo̍k 19
bo̍h 19
莧 hēng 134
[hāng] 134
荽 Sui 561
莉 nī 389
莠 Iú 187
莪 Gô 118
莓 môe 381
[mûi] 382
荷 Hô 146
hâu 130
hau 130
ho 146
o 404
荻 Te̍k 590
莊 Chong 60
chng 54

八劃

萍 Phêng 472
菠 poe 457
[pe] 431
菅 koa^{n} 247
菩 Phô͘ 482
菸 hun 167
菁 chhe^{n} 75
[chhi^{n}] 80
菱 Lêng 324
著 Tù 643
[Tì] 596
黃 Hông 162
n̂g 398
[ûi^{n}] 696
萊 Lâi 307
菄 tang 578
菲 Hui 165
Húi 166
菓 Kó
菖 Chhiong 91
[Chhiang] 84
chhang 70
chhiơ^{n} 89
[chhiu^{n}] 94
萌 î^{n} 172
菌 Khún 302
萵 O 404
菜 Chhài 68
萎 Ui 693
Úi 694
萸 Jû 196
[Jî] 190
菊 Kiok 236
[kek] 219
萄 Tô 627
菰 Kơ 244
菇 Kơ 243

九劃

落 Lo̍k 356
lo̍h 354
lau̍h 318
lak 308
lāu 315
loh 354
葷 Hun 167
萱 Soan 552
蒂 tì 596
葉 Ia̍p 178
hio̍h 142
葫 Hô͘ 149
葬 Chòng 60
韮 kú 258
募 Bō͘ 17
萬 Bān 9
葛 Kat 210
蕚 Go̍k 121
董 Tóng 639
táng 578
葩 Pha 465
葡 phô 480
phû 489
葱 chhang 70
葵 Kûi 262
khoe 296
[khe] 273
葯 Io̍k 185
[Ia̍k] 175
io̍h 184
葦 Úi 693

十劃

蒲 Pô͘ 452
phô͘ 482
蒞 Lī 329
蓉 Iông 186
蒡 Pōng 461
蓑 Sui 561
蒿 Ho 146
oe 414
[e] 105
蓆 chhio̍h 90
蓄 Thiok 675
蒙 Bông 20
蓁 Chin 47
蒜 Soàn 552
蓍 Si 509
蓋 Kài 204
kòa 247
kah 202
ka 199
菆 hoâi^{n} 152
墓 Bō͘ 17
bōng 21
幕 Bō͘ 17
夢 Bōng 21
bāng 10
蒼 Chhong 101
chhang 70
蓖 Pi 437
蓬 Hông 161
pōng 461
phōng 488
蒯 Koái 249
蔭 Ìm 181
蓪 Thong 685
蒸 Cheng 34
chhèng 78

奠 Tiān 603
敧 Khi 277
奧 Ò 404
奩 Liâm 331
奪 Toa̍t 636
獎 Chióng 51
[Chiáng] 51
chiáng 44
chió^{n} 49
[chiú^{n}] 53
樊 Hoân 154
奮 Hùn 168

廾(在下)部

弄 Lōng 359
lāng 313
弈 Ī 171
葬 Chòng 60
弊 Pè 431
鼻 Pi̍t 448
phī^{n} 474

尢(兀)部

尤 Iû 188
尪 ang 4
尳 the̍h 665
[thoe̍h] 684
就 Chīu 53

寸部

寸 Chhùn 104

二至六劃

对 Tùi 645
ùi 694
守 Síu 540
chíu 53
Sìu 541
寺 Sī 512
寿 Sīu 541
封 Hong 160
耐 Nāi 386

七劃以上

辱 Jio̍k 194
射 Sīa 515
cho̍h 59
chō· 56
專 Choan 58
尉 Ùi 694
Ut 699
將 Chiong 50
[Chiang] 50
Chiòng 51
[Chiàng] 51
chiàng 44
尊 Chun 64
尋 Sîm 528
siâm 519
chhōe 100
[chhē] 75
奪 Toa̍t 636
壽→寿
對→对
導 Tō 627
爵 Chiok 50
[Chiak] 42

弋部

弋 E̍k 107
式 Sek 505
sit 538
武 Bú 21
弑 chhì 79

才部

一至二劃

扎 chah 25
打 Tá^{n} 568
phah 466
扒 pê 431
扔 hí^{n} 135

三劃

扛 kng 239
扣 khau 272
khàu 273
托 Thok 684
thuh 686
扨 mơh 381

四劃

抖 tīo 612
抗 Khòng 299
扰 tìm 609
扶 Hû 164
扽 Tùn 647
技 Kī 225
ki 223
扼 chhih 86
jih 192
拒 Kū 259
[Kī] 225
找 Chāu 30
批 Phi 473
phoe 484
[phe] 470
扯 Chhé 73
抄 Chhau 71
扮 Pān 427
折 Chiat 44
at 5
抝 Bu̍t 23
抓 Choa 56
jiàu 192
jiàu^{n} 192
扳 Pan 426
pian 442
拌 phóng 487
抚 ió 183
投 tâu 584
tîo 612
抑 Ek 107
iah 174
iá 172
ah 2
á 1
拋 Phau 469
pha 465
拎 gīm 117
giām 115
抏 ńg 397
[úi^{n}] 696
抒 Su 558
[Si] 509
Thú 686
[Thí] 667
抉 koat 252
扭 Níu 393
ngíu 402
gíu 118
把 Pà 421
Pá 420
pé 431

五劃

拉 La 305
là 305
lâ 305
La̍p 314
Lia̍p 336
拄 tuh 644
拕 tioh 614
抗 Hiat 140
拌 pōa^{n} 454
抨 Pêng 437
pia̍^{n} 440
抹 boah 17
抾 khioh 286
拑 khî^{n} 280
拙 thoah 682
拓 Thok 684
thuh 686
拔 Poa̍t 456
poa̍h 455
poe̍h 458
[pui̍h] 462
拈 Liam 330
ni 388

pah 422
史 Sú 558
兄 Heng 132
hia^n 136
叱 Thek 665
句 Kù 259
叽 ki 223
台 Tâi 572
Thai 650
司 Su 557
si 509
saì 492
叫 kìo 235
kioh 236
叩 Khò͘ 292
khàu 273
khà 266
叨 Tho 677
lo 346
召 Tiàu 606
另 Lēng 325
加 Ka 198
[Ke] 198
ke 214

三劃

吁 U 691
吓→嚇
吐 Thò͘ 679
thó͘ 679
吉 Kiat 230
[Kit] 238
吭 hǹg 145
n̍gh 400
吏 Lī 329
同 Tông 640
tâng 579
sîang 522
sâng 497
kâng 209
siāng 522
sāng 497
kāng 209
吊 Tiàu 606
合 Ha̍p 129
ha̍h 124
Kap 209
吃 chia̍h 42
chhit 92
吒 Chhia 80
向 Hiòng 143
[Hiàng] 140
hiàng 140
ǹg 398
hìa^n 136
hìo^n 142
[hìu^n] 145
后 Hō͘ 149
名 Bêng 12
mîa 375
吸 Khip 288
khiu̍h 289
kiuh 239
吆 o 404
i 170
iú 188
iû 188
ú 692
吔 Si 509
如 Jû 196
[Jî] 190

四劃

吝 Līn 341
吭 Khòng 299
khngh 289
khn̍gh 289
kǹg 240
kn̍gh 241
呈 Têng 593
tîa^n 599
Thêng 666
呆 Tai 571
lai 306
吾 Ngô͘ 403
呃 hn̍gh 146
否 Hó͘ 148
hó͘^{n} 150
吥 phò 480
呔 Thái 650
吠 pūi 462
呃 eh 106
[uh] 693
吱 Chi 37
吳 Ngô͘ 402
Gô͘ 119
吵 Chhau 72
chháu 72
chhá 67
呐 thu̍h 686
吟 Gîm 117
含 Hâm 127
kâm 207
kâ^n 201
khâ^n 266
hām 127
ba 7
bâ 7
bah 8
吩 Hun 167
hoan 153
吞 Thun 688
告 Kò 242
听(聽) Theng 665
thia^n 668
Thèng 665
吹 Chhui 103
chhoe 99
[chhe] 73
吻 Bún 22
呂 Lū 361
[Lī] 329
君 Kun 263
咿 i 170
ki 223
khi 277
邑 Ip 187
吧 Pa 419

五劃

呟 hńg 145
味 Bī 13
呿 khu̍h 301
咕 kū 260
呵 O 404
·a 1
咂 cha̍p 29
chia̍p 44
呸 phúi 489
咁 kā^n 201
若 Jio̍k 194
jōa 195
gōa 120
oā 408
ná 383
lán 311
lián 333
nā 385
呾 tà^n 569
哎 Ai 2
呪 Chìu 53
呻 Sin 529
chhan 70
呷 hà^n 123
hah^n 124
咄 Tu̍t 648
tut 648
周 Chiu 52
𠰲 soa̍ih^n 552
命 Bēng 12
mīa 375
舍 Sìa 514
呼 Hơ 147
khơ 292
âu 6
咋 ché 31
[chóe] 58
知 Ti 594

十七劃以上

囗部

二至四劃

五至七劃

八劃以上

巾部

二至五劃

六至八劃

九劃以上

山部

四至七劃

嫦 Siông 536
[Siâng] 522
嬌 Kiau 231
嫺 Kán 208
嬰 Eng 108
e^{n} 106
[i^{n}] 172
嬪 Pîn 446
嬸 Chím 46
孀 sng 543
孌 Loân 353

幺部

幺 Iau 179
io 183
iāu 180
幻 Hoàn 154
幼 Iù 188
茲 Chu 61
幽 Iu 187
Hiu 144
幾 Ki 222
Kí 223
kúi 261
樂 Ga̍k 110
Lo̍k 357
Ngāu 399
畿 Ki 222

子部

子 Chú 62
kiá^{n} 227
[ká^{n}] 201
jí 190
chí 38
孑 Khiat 283

一至五劃

孔 Khóng 299
kháng 271
khang 270
孕 Īn 182
字 Jū 196
jī 191
存 Chûn 65
chhûn 104
孝 Hàu 130
hà 123
孜 Chu 61
学→學
享 Hióng 143
[Hiáng] 140
孟 Bēng 13
孤 Ko͘ 243

六劃以上

孩 Hâi 125
孫 Sun 563
sng 543
[sui^{n}] 562
屘 Ban 9
孰 Sio̍k 534
孱 Chhan 70
孵 Hu 163
學 Ha̍k 126
o̍h 416
孺 Jû 196
[Jî] 190
孽 Gia̍t 116
孿 Loân 353

巛部

巡 Sûn 563
ûn 698
災 Chai 25
巢 Châu 30
sīu 542

灬部

四至七劃

杰 Kia̍t 231
𤆬 chhōa 97
点 Tiám 600
炰 pû 461
羔 Ko 241
烈 Lia̍t 336
烏 O͘ 405
馬 Má 369
bé 11
烹 Pheng 471
庶 Sù 559
[Sì] 511
焉 Ian 176
黑 Hek 132
鳥 Niáu 391
chiáu 45
魚 Gû 121
[Gî] 113
hî 135
[hû] 165

八至九劃

煮 Chú 62
[Chí] 38
爲 Ûi 694
Ūi 695
無 Bû 21
bô 16
焦 Chiau 45
chau 29
chhiau 85
ta 567
tâ 568
然 Jiân 191
煎 Chian 43
choa^{n} 57
蒸 Cheng 34
chhèng 78
煦 ù 692
照 Chiàu 45
chìo 48
煞 soah 550

十劃以上

熬 Gô 119
ngâu 399
熙 Hi 134
熊 hîm 141
熟 Sio̍k 534
se̍k 505
熱 Jia̍t 192
joa̍h 195
燕 Ian 177
Iàn 177
ì^{n} 172
熹 Hi 134
燃 Jiân 191
燻 Hun 167
爊 O 404

斗部

斗 táu 582
戽 Hō͘ 148
科 Kho 289
[khe] 273
khoe 296
[khe] 273
料 Liāu 338
斜 Sîa 515
Chhîa 81
chhoa̍h 98
斛 Ha̍k 126
斟 Chim 46
thîn 674
斡 Oat 413
魁 Khoe 296

文部

文 Bûn 22
刘→劉
齐→齊
吝 Līn 341
虔 Khiân 283
紊 Būn 23
斑 Pan 426
斌 Pin 445

方部

方 Hong 159
hng 145
pang 428
png 448
[pui^{n}] 448
房 Pông 461
pâng 429
於 U 691
[I] 170
Û 692
[Î] 171
放 Hòng 161
pàng 428
施 Si 508
Sì 510
旁 Pông 461
pêng 437
旅 Lú 360
[Lí] 327
旌 Cheng 35
族 Cho̍k 60
cha̍k 26
旋 Soân 553
chn̄g 54
[chūi^{n}] 54
se̍h 503
旒 Lîu 345
旗 Kî 224

火部

火 Hó͘^{n} 150
hóe 156
[hé] 131

二至四劃

灰 Hoe 155
hoe 155
[he] 131
hu 163
灯 Teng 591
灾 che 31
灶 chàu 30
灸 Kíu 238
kù 259
灼 Chiok 50
[Chiak] 42
灵→靈
災 Chai 25
炕 Khòng 299
khàng 271
炎 Iām 176
炉→爐
炖 Tūn 648
炒 chhá 67
炙 Chìa 41
chia̍h 42
炊 Chhui 103
chhoe 99
[chhe] 73

五至六劃

炫 Hiān 139
炳 Péng 436
炭 Thàn 654
thòa^{n} 681
炸 Chà 24
chà^{n} 24
cha̍h 25
chīa 41
炮 Phàu 469
炤 chhīo 88
烘 Hōng 162
hang 128
烞 Pok 459
po̍k 460
烟 Ian 176
烙 Lo̍k 356
lo 346
lō 348
烚 hah^{n} 124
[hah] 124

七至八劃

烺 Lōng 360
⿰火花 hoa 150
焊 hōa^{n} 152
焇 sau 498
烰 phā 465
焀 kok 255
烽 Hong 160
焅 Khò 291
⿰火君 Kûn 264
焙 Pōe 458
pōe 458
[pē] 432
焠 chhū 102
chhuh 102
焿 ki^{n} 225
ke^{n} 216
[ki^{n}] 225
焚 hîa^{n} 136
焟 chioh 49
焰 Iām 176

九劃

⿱前火 chòa^{n} 57
煤 môe 381
[mûi] 382
煠 sa̍h 492
煉 Liān 333
煙 Ian 176
煏 Pek 435
piak 442
煩 Hoân 154
煴 ūn 699
煅 thn̄g 677
[thūi^{n}] 688
tn̄g 622
[tūi^{n}] 622
煌 Hông 162
hîa^{n} 137

十劃

熔 Iông 186
iô͘^{n} 184
[iû^{n}] 189
熒 Êng 109
榮 Êng 109
熇 ho 146
hoh 158
hơh^{n} 158
煽 Siàn 520
熕 Kòng 257
熄 Sek
sit 538
⿰火侯 Tīm 610
熥 thang 656

十一至十二劃

⿰火着 to̍h 637
熚 pit 448
熨 Ut 699
熮 nâ 385
燙 thǹg 676
燐 Lîn 340
燒 sio 531
燎 Liâu 337
燃 Jiân 191
燜 Būn 23
燈→灯

十三劃以上

營 Êng 109
iâ^{n} 174
ih^{n} 180
燦 Chhàn 70
燥 Sò 545
燭 Chiok 50
chek 34
燻 Hun 167
爊 O 404
爁 nā 385
爆 Pho̍k 487
po̍k 460
piak 442
爍 nà 384

ē 106
祿 Lȯk 357
福 Hok 158
hō 147
禎 Cheng 35
禧 Hi 134
禪 Siân 520
Siān 521
禮→礼
禱→祷

王部

王 Ông 417

一至四劃

主 Chú 62
玉 Giȯk 118
gėk 113
[gîo] 118
玎 tin 610
全 Choân 58
chn̂g 54
[chûi^{n}] 54
尪 ang 4
弄 Lōng 359
lāng 313
呈 Thêng 666
Têng 593
tîa^{n} 599
宝 Pó 449
玩 Goán 120
oán 411
玫 môe 381
[mûi] 382

五劃

珂 Kho 290
玷 Tiàm 601
玲 Lêng 324
珍 Tin 610
chin 47
玳 Tāi 573
珀 Phek 471
皇 Hông 162
珊 San 496
sian 520
soan 552
玻 Po 449

六至七劃

班 Pan 425
pai 422
珰 Tong 639
tang 578
珧 Iâu 180
珠 Chu 61
珮 Pōe 458
pòe 457
琉 Lîu 345
望 Bōng 21
bāng 10
球 Kîu 239
khîu 289
現 Hiān 139
理 Lí 326
琇 Sìu 541

八至九劃

斑 Pan 426
琵 Pî 439
琴 Khîm 285
琶 pê 432
琢 Tok 638
琥 Hó͘ 148
瑟 Sek 504
聖 Sèng 507
sìa^{n} 516
sīo^{n} 533
[sīu^{n}] 542
瑚 Hô͘ 149
ô͘ 406
hô 147
lô 348
瑁 pōe 458
[pē] 432
瑞 Sūi 562
瑰 Kùi 262
瑕 Hâ 123
[Hê] 123
瑙 Ló 347

十畫以上

璃 Lî 328
lê 319
瑪 bé 11
瑣 Só 545
chhó 96
瑤 Iâu 180
璋 Chiong 51
[Chiang] 51
璇 soān 553
璫→珰
環 Hoân 154
khoân 296
瓊 Khêng 276
璧 Phek 471
瓏 Lông 359
long 357
⿰王羅 Lô 348

木部

木 Bȯk 19
bȧk 8
bȧt 10

一至二劃

本 Pún 463
未 Bī 13
bōe 18
[bē] 12
末 Boȧt 18
boȧh 18
but 23
札 Chat 29
朽 Híu 144
朴 Phok 486
phak 468
phoh 486
朱 Chu 61
机→機
朵 Tó 625
tô 627
朳 put 464

三劃

宋 Sòng 556
床 chhn̂g 95
杧 Bông 20
来→來
杆 Kan 207
koa^{n} 247
koai^{n} 249
杜 Tō͘ 631
杠 kn̄g 240
杢 khi̍t 288
杖 Tiōng 618
[Tiāng] 604
thiōng 675
thn̄g 677
村 Chhoan 98
Chhun 103
chhng 94
[chhui^{n}] 103
材 Châi 26
Chhâi 68
chhâ 67
杙 khi̍t 288
呆 Tai 571
lai 306
杏 Hēng 134
束 Sok 555
困 Khùn 303
杉 Sam 495
杓 siȧh 517
杞 Kí 223
李 Lí 326

四劃

杰 Kiȧt 231
枋 pang 428
杭 hâng 129
枕 Chím 46
枉 Óng 417
林 Lîm 339
nâ 384
ná 384
nía 390
枝 Chi 37
ki 223
杯 Poe 456
柜 Kūi 262
杶 Thun 688
枇 Pî 439
果 Kó 241
kóe 252
[ké] 214
東 Tong 639
tang 578
采 Chhái 68
松 Siông 536
chhêng 78
杵 Thú 686
[Thí] 667
析 Sek 504
板 Pán 426
牀 sn̂g 544
杷 Pâ 421
pê 432

五劃

染 Jiám 191
ní 389
柱 Chū 63
thiāu 673
柿 Khī 279
柑 Kam 206
某 Bó· 16
枯 Kơ 243
koa 246
柯 Kho 290
koa 246
柄 Pèng 436
pè^{n} 433
[pì^{n}] 440
柭 phòe 485
[phè] 470
柩 Kīu 239
柬 Kán 208
查 Cha 24
chhâ 67
相 Siong 534
[Siang] 521
siơ^{n} 531
[siu^{n}] 542
chhiơ^{n} 89
[chhiu^{n}] 94
Siòng 535
[Siàng] 522
sìơ^{n} 532
[sìu^{n}] 542
chhīơ^{n} 89
[chhīu^{n}] 94
sio 531
[sa^{n}] 492
柚 Iū 189
柙 kah 203
枳 Chí 37
枴 koái^{n} 249
[Koái] 249
柵 Sa 491
chheh 76
柏 Pek 435
peh 433
柝 khȯk 298
枸 Kó· 245
柳 Líu 344
枱 Tâi 572
柔 Jîu 195
枷 kê 215
架 Kà 200
[Kè] 200
kè 215
khòe 297
[khè] 274

六劃

案 Àn 4
oà^{n} 409
校 Hāu 130
Kàu 212
kah 202
核 Hėk 132
Hu̇t 169
hȧt 130
桊 kǹg 240
[kùi^{n}] 262
框 Khong 298
kheng 276
桂 kùi 261
桔 Kiat 230
[Kit] 238
栲 Khó 290
栳 lō 348
栽 Chai 25
栗 Lek 321
lȧt 315
桄 Kong 256
khong 299
柴 Chhâ 67
桌 toh 636
桐 Tông 640
thâng 657
栓 sng 543
[sui^{n}] 562
chhng 95
[chhui^{n}] 103
桃 Thô 679
tô 627
殺 Sat 498
sài 494
株 Tu 642
栿 Hȯk 159
栢 khēng 277
桀 Kiȧt 231
Khiȧt 284
格 Kek 218
keh 216
桅 Ûi 695
桑 Song 556
sng 543
根 Kin 233
[Kun] 263

七劃

渠 Kû 259
[Kî] 225
梁 Liông 342
[Liâng] 334
nîơ 393
[nîu] 393
梓 Chú 62
梳 se 500
[soe] 553
梯 The 661
thui 687
械 hâi 125
kòe 253
彬 Pin 445
梵 Hoân 154
梗 Kéng 221
kēng 222
梧 Gô· 119
ngô· 403
桱 kè^{n} 216
[kì^{n}] 226
梢 Sau 498
Siau 524
桿 koái^{n} 250
[kúi^{n}] 262
桯 tê^{n} 588
[tī^{n}] 598
梏 Khok 297
梨 Lê 319
lî 328
lâi 307
梅 môe 381

[thūi^n] 688
檢 Kiám 228
khiám 282
chhám 69
檜 Kòe 253
檐 chî^n 40

十四劃
檸 Lêng 325
lê 319
檳 Pin 445
pun 463
[pin] 445
檨 kôa 247
櫃 Kūi 262
檑 Lûi 363

十五劃以上
櫥 Tû 644
麓 Lȯk 357
櫓 Ló͘ 349
櫱 í^n 172
權 Koân 251
櫻 Eng 108
欄 Lân 311
nôa 396
欉 châng 29
欖 Lám 309
ná 384
鬱 Ut 699

犬部
犬 Khián 282
戾 Lē 320
狀 Chōng 61
chn̄g 54
chiōng 51
哭 Khok 297
khàu 273
臭 Hìu 144
chhàu 72
献 Hiàn 138

獃 Gâi 110
kâi^n 205
默 Bėk 12
獸 Sìu 541
獻 Hiàn 138

歹部
歹 Tái 571
tái^n 573
thái^n 652
phái^n 467
lái 306

二至八劃
列 Liȧt 336
死 Sú 558
sí 510
夙 Siok 533
殃 Iong 185
[Iang] 178
殊 Sû 559
殉 Sûn 564
殖 Sit 539
chit 52
殘 Chân 28
chhân 70
chôa^n 57

九劃以上
殞 Ún 697
斃 Pē 432
殭 Khiong 288
[Khiang] 283
殮 Liām 332
liám 330
殯 Pìn 445
殲 Chhiam 83

戈部
戈 Ko 241

一至三劃
戊 Bō͘ 17
划 Hôa 151
Kò 242
戎 Jiông 194
戍 Sù 559
戌 Sut 565
成 Sêng 507
sîa^n 517
chîa^n 41
chhîa^n 81
戒 Kài 204
我 Ngó͘ 402
góa 119

四至八劃
或 Hėk 132
戕 chhiâng 85
哉 Chài 26
战→戰
咸 Hâm 127
威 Ui 693
栽 Chai 25
戛 khat 272
戚 Chhek 76
盛 Sēng 508
sīa^n 517
裁 Chhâi 68
戟 Kek 219
giauh 117
ngiauh 401
戞 Khiat 284
khiȧt 284
惑 Hėk 132
幾 Ki 222
Kí 223
kúi 261

九劃以上
載 Chài 25
Chái^n 26
戡 Kham 268
盞 chóa^n 57
戥 Téng 592
賊 Chėk 34
chhȧt 71
chȧt 29
截 Chiȧt 45
chȧh 25
chėh 33
[choėh] 59
戮 Liȯk 341
畿 Ki 222
戰 Chiàn 43
chùn 65
戴 Tài 572
tì 596
tè 586
戲 Hì 135
戳 Chhȯk 100

比部
比 Pí 438
昆 Khun 302
皆 Kai 203
琵 Pî 439

瓦部
瓦 Oá 407
hīa 136
瓮 àng 5
瓪 thȯh 684
瓷 hûi 166
瓶 pân 427
甌 thâng 657
瓿 âm 4
甄 Chin 47
甌 Au 6
甕 àng 5
甓 phiȧh 476

止部
止 Chí 37
正 Chèng 35
chìa^n 41

chia^{n} 41
此 Chhú 101
chia 40
企 Khì 279
nè 387
[nì] 389
neh 388
[nih] 391
步 Pō͘ 452
武 Bú 21
歧 Kî 225
些 kóa 246
肯 Khéng 276
[khián] 283
歪 Oai 410
耻 Thí 667
焉 Ian 176
歲 Sòe 554
hòe 157
[hè] 131
齒 Chhí 79
khí 278
整 Chéng 35
chá^{n} 24
歷 Le̍k 322
歸 Kui 260
ka 199

攴部

敀 pe 431
[illegible] phô͘ 482
敆 Kap 210
寇 Khò͘ 292
敨 tháu 659
敥 iā 173
[illegible] thóng 685
敲 Khau 272

支部

支 Chi 37
ki 223
歧 Kî 225
肢 Chi 37
ki 558
翅 Chhì 79
豉 Sī 513
sī^{n} 514
攲 Khi 277
鼓 Kó͘ 245
鼕 thong 685

日部

日 Jit 195

一至三劃

旦 Tàn 576
tòa^{n} 633
旧 Kīu 239
kū 260
亘 Soan 552
早 Chó 55
chá 24
chái 25
旬 Sûn 564
旭 Hiok 142
旨 Chí 37
旷 lòng 358
旱 Hān 128
oā^{n} 409
時 Sî 511

四劃

旺 Ōng 418
者 Chía 40
昔 Sek 504
昆 Khun 302
昌 Chhiong 91
[chhiang] 84
昇 Seng 506
明 Bêng 12
bîn 15
hân 128
mê 372
[mâ] 370
mî 374
mîa 375
lêng 325
昏 Hun 167
hng 145
[hui^{n}] 166
hūn 169
易 Ī 171
Ī^{n} 172
E̍k 107
ia̍h 174
昂 Gông 121

五劃

春 Chhun 103
昧 Mūi 382
māi 370
是 Sī 512
映 Iòng 185
[Iàng] 185
ià^{n} 173
ǹg 398
iá^{n} 173
星 Seng 506
chhe^{n} 75
[chhi^{n}] 80
san 496
昨 cha 24
chang 28
cho̍h 59
昭 Chiau 45

六至七劃

晏 oà^{n} 409
時 Sî 511
晋 Chìn 47
晃 Hóng 161
匙 Sî 511
晡 Pơ 450
晤 Ngō͘ 403
Gō͘ 119
晨 Sîn 530
晢 Chiat 45
晦 Hòe 157
晚 Boán 18
mńg 377
[múi] 377
ún 697
晝 Tìu 619
tàu 583

八劃

晬 chè 31
景 Kéng 220
普 Phó͘ 481
晴 Chêng 36
chê^{n} 32
[chî^{n}] 40
暑 Sú 558
[Sí] 558
量 Liông 342
[Liâng] 334
nîơ 392
[nîu^{n}] 393
Liōng 343
[Liāng] 334
nīơ 393
[nīu] 393
lōng 360
lēng 326
晶 Cheng 34
chi^{n} 39
智 Tì 596
晷 Kúi 261

九至十一劃

暗 Àm 4
暈 n̄g 398
[ūi^{n}] 696
暖 Loán 353
暇 Hā 123
[Hē] 123
hē 132
暝 mê 372

[mî] 374
暮 Bō͘ 17
暱 Lek 321
暢 Thiòng 675
暴 Pō 450
pô͘ 452
pok 459
po̍k 460
暫 Chiām 43

十二劃以上

曇 Thâm 653
曉 Hiáu 141
曆 Le̍k 322
la̍h 306
曙 Sū 560
[Sī] 513
曖 Ài 3
曠 Khòng 299
khàng 271
khǹg 289
曝 Pho̍k 487
pha̍k 468

日(冂)部

曰 Oa̍t 414
曲 Khiok 288
khiau 284
khiâu 285
khek 276
更 Keng 219
ke^{n} 216
[ki^{n}] 225
Kèng 221
沓 Ta̍p 581
tap 581
ta̍uh 585
tia̍uh 609
tha̍h 649
冒 Mō͘ 379
māu 371
書 Su 558
[Si] 509
chu 62
曹 Chô 55
曼 Bān 9
mōa 380
冕 Bián 14
曾 Cheng 35
chan 27
kan 208
Chêng 36
chēng 36
bat 10
[pat] 430
替 thè 663
[thòe] 684
最 Chòe 58
會 Hōe 157
hōe 158
[hē] 132
ē 106
[oē] 416
Kòe 253
魯 Ló͘ 349

父部

父 Hū 165
pē 432
斧 pó͘ 451
爸 pa 419
pâ 421
爹 Tia 598
爺 Iâ 173

牛(牜⺧)部

牛 Gîu 118
gû 122
ngîu 402

二至五劃

牟 Bô͘ 17
牢 Lô 348
牡 Bó͘ 17
告 Kò 242
牧 Bo̍k 19
物 Bu̍t 23
mi̍h 376
mngh 378
牽 khan 269
牲 Seng 506
cheng 35

六劃以上

特 Te̍k 590
tiau 606
tiâu 608
thiau 672
thiâu 673
牽 Khian 282
犁 Lê 319
[lôe] 354
觕 tak 574
犍 Kiān 229
犀 sai 493
犒 Khò 291
靠 Khò 291
khòa 293
犟 Kiōng 237
kīơ^{n} 235
[kīu^{n}] 239
犢 To̍k 638
犧 Hi 134

手部

手 Síu 540
chhíu 93

四至八劃

承 Sêng 508
sîn 530
拜 Pài 422
拳 Koân 251
kûn 264
拿 Ná 383
掔 khian 282
掌 Chióng 51
[Chiáng] 51
chiáng 44
chíơ^{n} 49
[chíu^{n}] 53
拼 peh 434

九劃以上

摹 Bô͘ 17
bō͘ 17
摩 Mô͘ 379
mō͘ 379
摯 Chì 38
撐 the 661
[the^{n}] 664
擊 Kek 218
擘 peh 434
舉 Kú 258
[Kí] 223
gia̍h 114
[kia̍h] 228
擥 â^{n} 2
攀 Phan 468
攣 Loân 353

毛部

毛 Mô͘ 378
mâu 371
mg 378
[mô͘] 378
尾 Bí 13
bóe 18
[bé] 11
毡→氈
毥 pū 462
耄 Mō͘ 379
毤 thǹg 676
[thùi^{n}] 688
毫 Hô 147
毯 thán 654
毴 bai 8
屈 Khu̍t 304

氈 Chian 43
chi^{n} 39

气部

氛 Hun 167
氟 Hut 169
氧 Ióng 185
[Iáng] 178
氣 Khì 279
khùi 301
氫 Kheng 276

攵部

二至七劃

收 Siu 539
攻 Kong 256
改 Kái 203
ké 214
[kóe] 252
孜 Chu 61
放 Hòng 161
pàng 428
政 Chèng 36
故 Kò͘ 245
敉 mī 375
致 Tì 595
敝 Pè 431
啓 Khé 274
赦 Sìa 515
教 Kàu 212
kà 200
kah 202
kiau 231
敕 Thek 665
[Thit] 675
救 Kìu 238
敗 Pāi 423
敏 Bín 15
敢 Kám 206
ká^{n} 201
kiám 228
khiám 282

八劃以上

敦 Tun 647
散 Sán 496
sóa^{n} 549
chhóa^{n} 97
Sàn 496
sòa^{n} 550
敬 Kèng 221
敞 chhîo^{n} 89
[chhîu^{n}] 94
敵 Te̍k 590
敷 Hu 163
數 Sò͘ 547
sòng 556
Só͘ 547
整 Chéng 35
chá^{n} 24
斂 Liám 330
斃 Pē 432
變 Piàn 442
pì^{n} 440
徽 Bî 13

片部

片 Phiàn 477
phì^{n} 474
牉 phía^{n} 475
版 Pán 427
牌 Pâi 422
牒 Tia̍p 604
牘 To̍k 639

斤部

斤 Kin 233
[Kun] 263
斥 Thek 665
折 Chiat 44
at 5
祈 Kî 225
斧 pó͘ 451
所 Só͘ 547
欣 Him 141
斷 Toàn 635
Toān 635
tn̄g 624
[tūi^{n}] 624
tńg 622
[túi^{n}] 622
斬 Chám 27
斯 Su 557
新 Sin 528
斷→断

爪(爫)部

爪 Jiáu 192
妥 Thò 678
Thó 678
tó 626
受 Sīu 542
采 Chhái 68
爭 Cheng 34
che^{n} 32
[chi^{n}] 39
爬 Pâ 421
pê 432
乳 Jú 196
[Jí] 190
舀 ió͘^{n} 183
[iú^{n}] 189
彩 Chhái 68
舜 Sùn 563
爲 Ûi 694
Ūi 695
愛 Ài 2
[ò] 405
亂 Loān 353
lān 312
孵 Hu 163
爵 Chiok 50
[Chiak] 42

月(⺝)部

月 Goa̍t 120
goe̍h 120
[ge̍h] 112

一至三劃

有 Iú 187
ū 693
肌 Ki 222
肋 Le̍k 322
肝 Kan 207
koa^{n} 247
肟 U 691
肛 Kong 256
肚 Tō͘ 631
tó͘ 628
肘 Tíu 619
肖 Siàu 526

四劃

育 Io̍k 185
io 183
肩 Kian 229
keng 219
khai^{n} 267
肨 phiāng 477
肢 Chi 37
ki 558
肺 Hùi 166
hì 135
肯 Khéng 276
[khián] 283
肭 lut 366
肴 Ngâu 399
肼 phía^{n} 475
朋 Pêng 437
股 Kó͘ 244
肥 Hûi 166
pûi 462
服 Ho̍k 159

五劃

胖 phàng 468
胡 Hô͘ 149
ô͘ 406

胴 khô 291
胚 phoe 485
[phe] 470
背 Pōe 458
pōe 458
[pē] 432
phāi^{n} 467
Pòe 457
pòe 457
[pè] 431
kha 265
[ka] 199
胆 Tám 575
tá^{n} 569
胛 kah 203
胃 Ūi 695
冑 Tīu 620
骨 Kut 264
胞 Pau 430
胎 Thai 650
the 661
脢 bóng 20
bú 21

六劃

脊 Chek 33
Chit 52
chiah 42
朕 Tīm 610
朔 Sok 555
朗 Lóng 357
láng 312
胰 Î 171
ih 180
胿 Kui 260
胱 Kong 256
胭 Ian 176
脈 Be̍k 12
me̍h 373
[be̍h] 373
胳 koh 254
脆 Chhùi 103
chhè 74
胸 Hiong 143
heng 133
脂 Chi 37
能 Lêng 323
脇 Hia̍p 140
ha̍h 124
脅 Hia̍p 140

七劃

望 Bōng 21
bāng 10
脫 Thoat 683
thoah 682
脖 pô 450
脚 kha 265
kioh 236
脰 tāu 584
脯 pó· 451
豚 thûn 689
脛 Kēng 222
脬 pû 462
pha 465
脙 Hàm 126
脩 Siu 540
隋 Sûi 562

八劃

腔 Khiong 288
[Khiang] 283
khiang 283
khiơ^{n} 286
[khiu^{n}] 289
腕 Oán 411
oá^{n} 409
腋 E̍k 107
腑 Hú 164
勝 Sèng 507
脹 Tiòng 617
[Tiàng] 604
tiơ^{n} 613
[tìu^{n}] 620
期 Kî 225
朞 Ki 222
朝 Tiau 605
Tiâu 607
腎 Sīn 530
siān 521
腌 Am 3
a 1
腓 Hûi 166
腡 lê 319
腈 chi^{n} 39
腄 sê 502
腄 chui 63
脾 Pî 439
phî 473
腱 Kiān 229
kiàn 229
腼 ham 126

九劃

腤 Am 3
腰 io 183
腸 Tiông 617
[Tiâng] 604
tn̂g 623
chhiân 84
chhiâng 84
腥 chhe^{n} 75
[chhi^{n}] 80
腮 chhi 78
腭 Go̍k 121
腫 chéng 35
腹 Hok 159
bak 8
pak 425
腺 sòa^{n} 550
腯 Thún 688
腿 Thúi 687
腦 Ló 347
náu 386

十劃

膀 Pông 461
pōng 461
phōng 488
膏 Ko 241
kô 242
膌 sio̍h 533
膁 Liám 330
膂 lâ 305
膜 mo̍·h 382
膈 Kek 218
keh 217

十一至十二劃

膝 Chhek 76
膚 Hu 163
膠 ka 199
滕 Têng 593
膦 lám 309
膳 Siān 521
膩 Jī 190
膨 Phêng 472
phōng 488
膭 kūi 262
膴 Bú 21

十三劃

臆 Ek 107
ioh 184
膻 hiàn 138
臁 Liâm 331
膾 Thêng 666
têng 593
臌 Kó· 245
朦 Bông 21
膿 Lông 359
lâng 313
臊 Chho 95
臉 Liám 330
Lián 332
lán 311
gián 115
臂 Pì 439

突	Tu̍t	648
	tu̍h	645
窃	Chhiap	85
穿	Chhoan	98
	chhng	94
	[chhui^{n}]	103
	chhēng	78
窋	puh	462
窈	Iáu	179
窕	Thiáu	672

七劃以上

穽	làng	312
窗	Chhong	101
	thang	656
𥦗	thàng	656
窘	Khún	302
窩	O	404
	u	691
窟	Khut	304
窯	Iô	183
窮	Kiông	237
	kêng	221
	khêng	277
窰	iô	183
窵	Tiàu	607
窿	Liông	342
竅	Khiàu	285
竄	Chhoàn	99
竇	Tō͘	631

立部

立	Li̍p	343
	lia̍p	336

二至七劃

辛	Sin	529
	hiam	137
妾	Chhiap	85
彥	Gān	111
站	Chām	27
	chàn	28
章	Chiong	50
	[Chiang]	50
	chiơ^{n}	48
	[chiu^{n}]	53
竟	Kèng	221
童	Tông	641
	tâng	580
	tn̂g	623
	thâng	657
竣	Chùn	65

八劃以上

靖	Chēng	36
豎	khīa	281
	[khā]	266
意	Ì	171
竫	thīa^{n}	669
竭	Kia̍t	231
端	Toan	635
	toa^{n}	633
䬎	Sap	497
竮	phîn	478
競	Kēng	221
	kèng	221

疒部

二至四劃

疔	Teng	591
疕	Phí	473
疝	kiau	231
疝	Sàn	497
疥	kè	215
	[kòe]	253
疷	khî	279
疫	E̍k	108
	ia̍h	175
疤	Pa	419

五劃

痃	Hiân	139
症	Chèng	36
疳	Kam	206
病	Pēng	437
	pē^{n}	433
	[pī^{n}]	440
疸	Thán	654
疽	Chu	61
疹	Chín	47
	phia̍h	476
疾	Chi̍t	52
	che̍k	34
疼	thàng	656
痀	Ku	257
疱	Phāu	469
	phā	465
	pha̍uh	470
疲	Phî	473

六劃

𤵖	thiāu	673
痒	chīơ^{n}	49
	[chīu^{n}]	53
痔	Tī	597
疵	Chhû	102
痊	Chhoan	98
𤵸	Hàng	128
痕	Hûn	168

七劃

痧	soa	548
痘	Tō͘	631
痡	pơ	451
痞	Phí	473
痚	he	131
	he^{n}	132
	he̍h^{n}	132
痟	Siau	524
痢	Lī	328
痠	sng	543
	[sui^{n}]	562
痛	Thòng	685
	thìa^{n}	668

八劃

瘀	U	691
	[I]	170
痰	Thâm	653
𤸫	Lēng	326
痱	pùi	462
痼	Kò͘	245
痬	ia̍h	174
痺	Pì	438
痴	Chhi	78

九至十劃

瘧	Gio̍k	118
	[Gia̍k]	115
瘍	Iông	186
	[Iâng]	178
	iô͘^{n}	184
	[iû^{n}]	189
瘟	Un	696
瘉	Jú	196
瘚	liau	336
瘦	Só͘	547
	sán	496
瘋	Hong	160
㾸	Ko	241
瘼	mơh	382
瘡	chhng	94
瘢	Pan	426
瘤	Lîu	346

十一至十二劃

癀	Hông	
瘻	lāu	317
瘰	Lúi	362
	lí	327
癐	khôe	297
	[khê]	274
癆	Lô	347
癍	Pan	426
療	Liâu	337
癉	Tan	576
	toa^{n}	633
癌	Gâm	110

碖 Lún 364
碌 Lo̍k 357

九劃

碦 khi̍h 285
磋 Chho 95
磁 Chû 62
hip 144
碧 Phek 471
碡 ta̍k 574
碪 Chim 46
碟 ti̍h 609
碩 Se̍k 505
碭 thn̄g 677
碳 Thàn 654
thòa^{n} 682

十至十一劃

磅 Pōng 461
碻 kóe 252
[ké] 214
khia̍uh 285
確 Khak 268
磕 kha̍p 272
碼 bā 7
bé 11
磊 Lúi 362
磐 pôa^{n} 454
碾 Lián 332
磨 Bō 16
Mô͘ 379
bôa 17
磲 Kû 259
[Kî] 225
磬 Khèng 276
khàn 270
磺 Hông 162
hn̂g 145
[hûi^{n}] 167
n̂g 398
磚 chng 54
[chui^{n}] 54
磟 lâ 306
nâ 385

十二劃以上

礅 tún 647
磷 Lîn 340
礁 Chiau 45
Ta 567
礎 Chhó͘ 96
礐 Ha̍k 126
礉 Kha̍uh 273
礦 Khòng 299
礒 ió͘^{n} 183
[iú^{n}] 189
磜 chhoah 98
礬 Hoân 154
礫 Le̍k 322
礱 lâng 313

业部

凿 chha̍k 69
黹 Chí 38
業 Gia̍p 116
叢 Chhông 101

目部

目 Bo̍k 19
ba̍k 8

二至四劃

盯 tè^{n} 588
[tì^{n}] 598
盲 Bông 20
直 Ti̍t 618
首 Síu 540
chhíu 93
相 Siong 534
[Siang] 521
sio^{n} 532
[siu^{n}] 542
chhio^{n} 89
[chhiu^{n}] 94
Siòng 535
[Siàng] 522
sìo^{n} 532
[sìu^{n}] 542
chhīo^{n} 89
[chhīu^{n}] 94
sio 531
[sa^{n}] 492
冒 Mō͘ 379
māu 371
省 Séng 507
[sé^{n}] 503
眨 chiauh 46
盼 Phàn 468
看 Khàn 270
khòa^{n} 294
盾 Tún 647
眉 Bî 13
bâi 8

五至六劃

眩 Hiân 139
hîn 141
眞 Chin 47
眠 Biân 14
bîn 15
mn̂g 377
昲 phú 488
着 Tio̍k 615
tio̍h 614
to̍h 637
眷 Koàn 251
眯 bui 22
眶 khang 271
眺 Thiàu 673
眽 gío 118
líо 341
lioh 341
略＝眽
眸 Bô͘ 17
眼 Gán 111
gián 115
géng 113

七至八劃

睍 Liap 335
睏 Khùn 303
鼎 Téng 592
tía^{n} 598
睒 siam 518
睦 Bo̍k 19
睹 Tó͘ 628
瞄 Biâu 14
瞖 kheh 275
[khoeh] 297
睫 chiah 42
督 Tok 637
睭 Chiu 53
睬 Chhái 68
睡 Sūi 562
chōe 59
[chē] 32
睨 gîn 117
[gûn] 122

九至十一劃

睾 Ko 241
瞑 mê 372
[mî] 374
瞌 ka 199
瞖 he 131
瞥 Phiat 477
瞞 môa 380
縣 koān 252
[koāi^{n}] 250
[kūi^{n}] 263
瞰 Khàm 269

十二劃以上

瞳 Tông 641
瞭 Liáu 337
Liâu 337
瀸 chhi̍h^{n} 86
瞬 Sùn 563

二至三劃		
利	Lī	328
	lāi	307
禿	Thut	689
	thuh	686
	thu̍t	690
秀	Sìu	540
私	Su	557
	si	509
	sai	493
和	Hô	146
	hôe	157
	[hê]	131
	Hō	147
	ham	126
秉	Péng	436
委	Úi	693
季	Kùi	261
四至五劃		
科	Kho	289
	[khe]	273
	khoe	296
	[khe]	273
秋	Chhiu	92
秒	bío	15
香	Hiong	143
	[Hiang]	139
	hiang	139
	hiơ^{n}	142
	[hiu^{n}]	145
秘	Pì	438
秤	Pêng	437
	Phêng	472
秦	Chîn	48
秫	Chu̍t	66
乘	Sêng	508
	Sēng	508
	sīn	531
租	Chơ	56
秧	ng	397
秩	Tia̍t	605
称	Chheng	77
	Chhèng	77
	chhìn	87
秖	tai	571
六至七劃		
移	Î	171
稂	Lông	358
稅	Sòe	554
	[sè]	502
酥	Sơ	546
稍	Chhiáu	85
稈	koái^{n}	250
程	Têng	593
	tîa^{n}	599
	Thêng	666
	thîa^{n}	669
稀	Hi	134
黍	sé	500
	[sóe]	553
八至十劃		
稜	Lêng	324
馚	Hûn	168
稚	Tī	597
稗	phōe	486
	[phē]	470
稠	Tîu	619
	tiâu	608
	tiu	619
	tu	642
稱→称		
種	Chióng	51
	chéng	35
	Chèng	36
稿	Kó	241
穀	Kok	255
稽	Khe	273
	Khé	274
	[khóe]	297
稷	Chek	33
	sek	505
稻	Tō	628
	tīu	620
黎	Lê	319
十一劃以上		
積	Chek	33
馞	Phut	490
穆	Bo̍k	19
稯	chấng	28
穎	Éng	108
穗	Sūi	562
黏	khô͘	293
穫	He̍k	132
穡	sit	538
穢	Oè	414
	[è]	105
馥	Hok	159
穩	Ún	697
馨	Hiong	143
	[Hiang]	139
	hiang	139
	hia^{n}	136
黐	Thi	666
白部		
白	Pe̍k	435
	pe̍h	434
百	Pek	435
	peh	433
	pah	421
皂	Chō	56
怕	Phà^{n}	465
帕	Phà	465
帛	Pe̍k	435
	pe̍h	435
	pit	448
的	Te̍k	590
	Tek	589
	Teh	589
	ê	105
皇	Hông	162
皆	Kai	203
皈	Kui	260
泉	Choân	58
	chôa^{n}	57
皅	bā	7
葩	Pha	465
魄	Phek	471
瓜(瓜)部		
瓜	Koa	246
	koe	252
瓠	Hô͘	149
瓠	hia	136
瓢	phîo	479
瓣	bān	9
用部		
用	Iōng	186
	ēng	109
	iòng	185
甫	Hú	163
	pơ	451
甬	bông	21
甮	bòng	20
	bàng	10
矛部		
矛	Mâu	371
	Bâu	11
茅	Mâu	371
	hm̂	145
柔	Jîu	195
矜	Keng	219
	Khim	285
務	Bū	22
蝥	bâ	7
疋(⺪)部		
疋	Phit	479
蛋	toa^{n}	633
	tàn	577
疏	Sơ	546
	se	500

皮部

母部

(見毋部)

衣部

二至六劃

七劃以上

羊（⺷⺶）部

三至五劃

六劃以上

米部

三至五劃

六至八劃

九至十劃

糙 Chhò 96

十一劃以上

糜 môe 381
[bê] 11
mi 373
糠 khng 289
糟 chau 30
chhau 72
糞 Hùn 168
pùn 463
穄 chhè 74
[chhòe] 99
糧 nîơ 392
[nîu] 393
䊩 phun 489
糴 tia̍h 600
糶 thìo 674

耒部

耒 lē 320
[lōe] 354
耕 Keng 219
耙 pê 432
耞 ké^{n} 216
[kí^{n}] 225
耡 Thû 686
[Thî] 667
thî 667
耦 ngauh 399
䎱 pē 432

老(耂)部

老 Ló 346
láu 315
ló· 349
nó· 395
niáu 391
lāu 317
lauh 318
考 Khó 290
耆 Kî 225
耄 Mō· 379

耳部

耳 Ní 388
nîa 390
nīa 390
hī^{n} 135
[hī] 135

二至七劃

取 Chhú 101
[Chhí] 79
chhíu 93
耶 Iâ 173
耽 Tam 575
耻 Thí 667
聆 Lêng 324
聊 Liâu 338
聖 Sèng 507
sìa^{n} 516
sìơ^{n} 533
[sīu^{n}] 542
聘 Phèng 472

八劃以上

聞 Bûn 22
聚 Chū 63
[Chī] 63
聲 Seng 506
sia^{n} 516
聰 1 Chhong 101
chhang 71
聯 Liân 333
𦗠 lō 348
職 Chit 52
聶 Liap 335
聾 Lông 359
lâng 313
聽 Theng 665
thia^{n} 668
Thèng 665

臣部

臣 Sîn 530
臥 Ngō· 403
Gō 119
堅 Kian 229
竪 khīa 281
[khā] 266
監 Kam 206
ka^{n} 201
Kàm 206
賢 Hiân 139
gâu 111
臨 Lîm 339
liâm 331

西(襾)部

西 Se 499
sai 492
si 509
要 Iau 179
Iàu 180
boeh 18
[beh] 12
栗 Lek 321
la̍t 315
票 phìo 479
粟 chhek 76
sek 505
覃 Thâm 653
賈 Ká 199
[Ké] 199
覆 Hok 159

虍部

虎 Hó· 148
hu 163
虐 Gio̍k 118
[Gia̍k] 115
ge̍k 113
gio̍h 118
虔 Khiân 283
彪 Piu 448
處 Chhú 102
[Chhí] 79
Chhù 102
[Chhì] 102
虛 Hi 134
[Hu] 163
號 Hō 147
kō 243
虜 Ló· 349
虞 Gû 122
[Gî] 113
慮 Lū 361
[Lī] 329
膚 Hu 163
盧 Lô· 350
戲 Hì 135
虧 Khui 301

虫部

虫 Thiông 675
thâng 656
tâng 580

一至四劃

虬 Kîu 239
kî 225
虱 sat 498
虹 Hông 162
khēng 277
虽(雖) Sui 561
虼 ka 199
蚋 ioh 184
蚤 cháu 30
蚊 báng 10
蚌 Pāng 430
蚨 pô· 452
蚕(蠶) Chhâm 70
chhân 70
蚣 kang 208
蚓 kún 263
[ún] 697

甜 ti^{n} 597
舒 Su 558
[Si] 509
chhu 101
[chhi] 79
辞(辭) Sû 559
sî 512
舖 Phò͘ 482
舘 Koán 251

竹(⺮)部

竹 Tiok 615
tek 590

二至四劃

竺 Tiok 615
竿 koa^{n} 247
笈 Khip 288
笔(筆) Pit 447
笑 Siàu 526
Chhiàu 85
chhìo 88
笊 chóa^{n} 57
笐 ńg 397
[úi^{n}] 696
笏 Hut 169
笋 Sún 563
笆 Pa 419

五劃

笠 le̍h 321
[loe̍h] 354
笨 Pūn 464
笛 Te̍k 590
ta̍t 582
笙 Seng 506
符 Hû 165
笱 kô 242
笞 Thi 666
第 Tē 588
[tōe] 636

六劃

笅 ka 198
筐 kheng 276
等 Téng 592
tán 576
策 Chhek 76
筒 Tông 640
tâng 580
tháng 656
答 Tap 581
tah 570
筅 chhéng 77
筕 kîa^{n} 227
筵 Iân 178
筋 Kin 233
[Kun] 263
筍 Sún 563
筆 Pit 447
筲 chhiauh 86

七劃

筹(籌) Tîu 620
筴 ngeh 400
[ngoeh] 403
筢 pê 432
筥 Ip 187
筧 kéng 221
khìo 286
筶 Poe 456
筩 thâng 657
節 Chiat 44
cheh 33
[choeh] 59
chat 29

八劃

箔 po̍h 459
管 Koán 251
kńg 240
[kúi^{n}] 262
kóng 257
箸 tī 597
箕 Ki 222
箬 ha̍h 124
箍 Khơ 291
箋 Chian 43
算 Soàn 553
sǹg 544
[sùi^{n}] 562
箆 poe 456
[pe] 431
箄 pín 445
箠 chhôe 100
[chhê] 74
箏 Cheng 34
箒 Chíu 53
箘 ham 126

九劃

篊 hâng 129
箭 chì^{n} 40
篇 Phian 476
phi^{n} 474
篋 kheh 275
[khoeh] 297
箱 siơ^{n} 532
[siu^{n}] 542
範 Hoān 154
箴 Chim 46
箹 khoe 297
[khe] 273
箳 phia^{n} 475
篆 Thoàn 683
toān 636

十劃

篙 Ko 241
篱 lē 320
篤 Tok 637
tak 574
ta̍k 575
tauh 584
ta̍uh 585
築 Tiok 615
choh 59
篹 Chhoàn 99
篩 thai 650
篦 pìn 446
篷 phâng 469

十一至十二劃

簇 Chhok 100
篨 chù 62
[chì] 62
簧 Hông 162
簌 suh 561
筬 sīa^{n} 517
篾 bi̍h 15
簐 Kám 206
䉄 nn̂g 394
簙 Phok 486
poa̍h 455
籛 chhoa^{n} 97
簪 chiam 42
簡 Kán 208

十三至十四劃

簿 Phō͘ 482
簾 Liâm 331
lî 328
lâm 310
nî 389
簸 pòa 453
簷 Liâm 331
chî^{n} 40
簽 Chhiam 82
簫 Siau 525
籍 Che̍k 34
chi̍p 52
籌 Tîu 620
籃 nâ 385
纂 Chhoàn 99

十五劃以上

籤 Chhiam 82
籗 khah 266

籠	Lóng	358
	Lông	359
	lam	308
	lang	312
	láng	312
	lâng	313
	lāng	314
籬	Lî	328
籮	Lô	348
	lôa	352
籲	Io̍k	185
	[Ia̍k]	175

臼部

臼	Khū	300
兒	Jî	190
舀	ió͘^{n}	183
	[iú^{n}]	189
舂	cheng	35
與	Ú	692
	[Í]	171
	Ū	693
	[Ī]	171
	kap	210
舅	kū	260
興	Hin	141
	Heng	133
	Hèng	133
輿	Û	692
	[Î]	171
舉	Kú	258
	[Kí]	223
	gia̍h	114
	[kia̍h]	228
舊	Kīu	239
	kū	260

自部

自	Chū	62
息	Sek	505
	sit	538
臭	Hìu	144
	chhàu	72
鼻	Pi̍t	448
	phī^{n}	474

血部

血	Hiat	140
	hoeh	158
	[huih]	167
衆	Chiòng	51
	chèng	36

舟部

舟	Chiu	53
舢	sam	495
舫	Hóng	160
航	Hông	161
	hâng	129
	phâng	469
舨	Pán	427
般	Poan	456
	poa^{n}	453
舵	Tō	628
	tōa	633
	tāi	573
舷	Hiân	139
⿰舟古	Ko͘	243
舺	Kap	209
	kah	203
舶	Pe̍k	435
船	chûn	65
艇	Théng	665
艄	sau	499
盤	Poân	456
	pôa^{n}	454
	pîa^{n}	441
	Phoân	484
	khoân	296
艙	chhng	94
艚	Chô	55
⿰舟敢	Kám	206
艦	Kàm	206
	Lām	310

羽部

羽	Ú	691
	[Í]	171
扇	Siàn	520
	sì^{n}	513
翅	Chhì	79
翁	Ong	417
	ang	5
翌	E̍k	107
翎	Lêng	324
	lēng	326
習	Si̍p	537
翔	Siông	536
	[Siâng]	522
翕	Hip	143
翠	Chhùi	103
翡	Húi	166
揻	hi̍t	144
翩	Phian	476
翰	Hān	128
翺	kō	242
撇	Phia̍t	478
翳	Ì	171
	[È]	105
翼	E̍k	108
	si̍t	539
翹	Khiàu	284
翸	Phún	489
翻	Hoan	153
耀	Iāu	180

聿部

(見聿部)

艮(艮)部

良	Liông	342
	[Liâng]	334
即	Chek	33
既	Kì	224
墾	Khún	303
艱	Kan	207
懇	Khún	303

糸(糹)部

一至三劃

系	Hē	131
糾	kìu	238
紅	Hông	162
	âng	5
紂	Tīu	620
約	Iok	184
	[Iak]	175
	ioh	184
紈	Hoân	154
級	Kip	237
	khat	272
	khiat	284
紀	Kí	223
	khí	278

四劃

紊	Būn	23
紋	Bûn	22
	sûn	562
紡	Hóng	160
	pháng	468
素	Sò͘	547
索	Sek	504
	soh	554
	sok	555
紮	Chat	29
純	Sûn	563
紕	phòe	485
	[phè]	470
紗	Sa	491
	se	500
納	La̍p	314
紛	Hun	167
紙	chóa	56
紐	Líu	344

五劃

累	Lúi	361

Lūi 363
Lûi 363
細 Sè 501
sè 501
[soè] 554
紬 Thiu 676
紳 Sin 529
組 chơ 56
紩 thī^{n} 668
終 Chiong 50
紹 Siāu 526

六劃

絞 ká 199
統 Thóng 685
tháng 656
絭 kǹg 241
[kùi^{n}] 262
結 Kiat 230
kat 210
絨 Jiông 194
紫 chí 38
泚 Chhé 74
絪 in 181
給 Kip 237
kā 200
ka 198
綁 Páng 428
絎 Hâng 128
絡 Lo̍k 356
lo̍h 355
le 318
[ne] 387
絕 Choa̍t 58
che̍h 33
絮 Sù 559
[Sì] 511
絲 Si 508

七劃

継（繼）Kè 215
經 Keng 219
ke^{n} 216
[ki^{n}] 225
綃 chhiâu 86
絹 kìn 234
綉 Sìu 541

八劃

綜 Chong 60
綻 tìa^{n} 599
綾 Lêng 325
lîn 341
緒 Sū 560
[Sī] 513
綫 sòa^{n} 550
緋 Hui 165
綽 Chhiok 90
[Chhiak] 82
chhioh 90
緊 Kín 234
khám 268
ân 4
網 Bóng 20
bāng 10
綱 Kong 256
緄 Kún 263
縄 chîn 48
綬 Sīu 542
綵 Chhái 68
維 Ûi 695
[Î] 171
綿 Biân 14
mî 374
綹 Líu 344
綳 pe^{n} 432
[pi^{n}] 440
綢 Tîu 619
綴 Chòe 59
Toat 636
綠 Lio̍k 341
le̍k 322

九劃

締 Tè 586
Thè 662
編 Pian 442
phian 476
pìn 446
練 Liān 333
緝 Chhip 91
chip 52
緩 Oān 413
ûn 698
緞 Toān 635
線 sòa^{n} 550
縋 lūi 363
緫 Chhong 101
緯 Hūi 166
緣 Iân 177

十劃

縖 hâ 123
縈 î^{n} 172
纒(纏) Tiân 603
tî^{n} 598
tê^{n} 589
縛 pa̍k 425
緻 Tì 595
tī 597
縣 koān 252
[koāi^{n}] 250
縫 Hông 161
pâng 429
phāng 469
縐 Jiàu 192
Jiàu^{n} 192

十一劃

縮 Siok 534
sok 555
kiu 238
kìu 238
kiuh 239
繃 Pheng 472
績 Chek 33
cheh 33
繁 Hoân 154
總 Chóng 60
cháng 28
縱 Chhióng 91
Chhiòng 91
徽 Hui 166

十二劃

織 Chit 52
繕 Siān 521
繞 Jiáu 192
繐 sui 561
繚 Liâu 337
liâu 338
繭 Kián 229
kéng 221
繏 sǹg 544
[sùi^{n}] 562

十三劃以上

繫 Hē 131
纀 Liap 335
繳 Kiáu 231
繩 chîn 48
辮 pī^{n} 440
繼 Kè 215
纂 Chhoàn 99
纏 Tiân 603
tî^{n} 598
tê^{n} 589
續 Sio̍k 534
sòa 548
變 Piàn 442
pì^{n} 440
纓 ia^{n} 173
纖 Chhiam 83
Siam 518
纔 Chhâi 69
纜 Lám 309
Lām 310

辛部

辛 Sin 529
hiam 137
辜 Kơ 244
辞(辭) Sû 559
sî 512
辟 Phek 471
phiah 475
辣 Lȧt 314
loȧh 353
辨 Pān 427
Piān 443
辦 Pān 427
瓣 Pān 428
bān 9
辮 pī^n 440
辯 Piān 443

言部

言 Giân 115
[Gân] 111

二至三劃

計 Kè 215
kì 224
訂 Tèng 592
訃 Hù 164
訌 Kong 256
Hông 162
討 Thó 677
訊 Sìn 529
訕 soan 552
訖 Gut 122
[Git] 118
訓 Hùn 168
記 Kì 224

四劃

訪 Hóng 160
訝 Gā 110
ngāi 399
訟 Siōng 537
許 Hú 164
[Hí] 134
khó͘ 292
hiah 137
訛 Ngô͘ 403
設 Siat 523
訣 Koat 252

五劃

註 Chù 62
評 Phêng 472
証 Chèng 36
詁 Kó͘ 244
詈 lé 318
[lóe] 354
診 Chín 47
詐 Chà 24
訴 Sò͘ 574
詞 Sû 559
詔 Chiàu 45

六劃

該 Kai 203
詳 Siông 536
[Siâng] 522
試 Sì 510
chhì 79
詩 Si 508
詰 Khiat 284
誇 Khoa 293
詼 khoe 296
[khe] 273
誠 Sêng 508
誅 Tu 642
話 Hōa 151
Ōa 408
ōe 415
誕 Tān 577
tàn 577
詹 Chiam 42
詭 Khúi 301
kúi 261
詢 Sûn 564
詣 Gē 112

七劃

說 Soat 553
soeh 554
[seh] 503
Sòe 554
誡 Kài 204
誌 Chì 38
誣 Bû 22
誓 Sè 501
[Sì] 511
chōa 57
語 Gú 121
[Gí] 113
誚 sau 499
誤 Ngō͘ 119
Gō͘ 119
tâ^n 569
誥 Khò 291
誘 Iú 187
獄 gȧk 110
gėk 113
誦 Siōng 537
認 Jīm 193
Jīn 193

八劃

誼 Gī 113
諒 Liōng 342
[Liāng] 334
談 Tâm 575
tām 576
請 Chhéng 77
chhía^n 81
諸 Chu 61
諲 ò͘^{n} 407
諾 Lȯk 357
誹 Húi 166
課 Khò 290
Khòe 297
[khè] 274
論 Lūn 365
諍 Chèng
chè^n
[chì^n]
諉 Úi 694
誰 Sûi 562
[chîa]
[chôa] 57
[chūi] 64
調 Tiâu 607
Tiāu 608
tiau 606
thiau 672
tiàu 607
諂 Thiám 670

九劃

諦 Tè 586
Thê 663
諳 Am 3
諺 Gān 111
謎 bī 14
諞 Pián 442
謊 Hong 160
謀 Bô͘ 17
諜 Tiȧp 604
諫 Kàn 208
諧 Hâi 125
謔 Hiok 142
[Hiak] 142
hiauh 141
giȯh 118
謁 Iat 179
謂 Ūi 695
諭 Jū 197
[Jī] 191
諷 Hóng 161
hong 160
諱 Hùi 166

十劃

謗 Pòng 460
謙 Khiam 282
講 Káng 209
kóng 256
譁 khōa 293
謠 Iâu 180
謝 Sīa 515
chīa 41
謄 Thêng 666
têng 593

十一至十二劃

謹 Kín 234
譀 Hàm 126
謬 Bīu 16
識 Sek 503
bat 10
[pat] 430
譈 Tun 647
譜 Phó͘ 481
警 Kéng 221
譚 Tâm 575
tâ^{n} 569
證 Chèng 36
譎 Khiat 284
譏 Ki 222

十三至十四劃

議 Gī 113
護 Hō͘ 149
譽 Ū 693
[Ī] 171
譴 Khiàn 283
譯 E̍k 107
譫 Chiam 42
譬 Phì 473
[phé] 470
辯 Piān 443

十五劃以上

讀 Tho̍k 684
tha̍k 352
Tō͘ 631
tāu 584
讐 Sîu 541
變 Piàn 442
pì^{n} 440
讓 Jiōng 194
nīơ 393
[nīu] 393
讋 chhoh 100
讒 Chhâm 70
讖 Chhàm 69
讕 Lân 311
讚 Chàn 27

走部

走 cháu 30
赴 Hù 164
起 Khí 277
𧺆 chông 61
赹 khîu 289
𧺝 [Jip] 195
越 Oa̍t 413
趄 chhu 101
lu 360
趁 thàn 654
超 Chhiau 85
趒 tîo 612
thîo 675
趙 tīo 612
趕 kóa^{n} 247
趖 sô 546
sîo 531
趉 jiok 194
趣 Chhù 102
[Chhì] 102
趜 chhî^{n} 80
chhiāng 85
thàng 656
趝 sìm 528
趧 nn̂g 394
[nûi] 396
趨 Chhu 101
[Chhi] 78

赤部

赤 Chhek 76
chhiah 81
siat 523
赦 Sìa 515
赫 Hek 132
赭 Chía 40

豆部

豆 Tō͘ 631
tāu 584
豈 Khí 278
thái 650
thah 649
khah 267
豉 Sī 513
sī^{n} 514
短 Toán 635
té 585
登 Teng 591
豊 Hong 160
phang 468
phong 487
豌 oán 411
頭 Thô͘ 680
Thîo 675
thâu 660
𧯷 sî^{n} 514
豔 Iām 176

車部

車 Ki 222
[Ku] 222
Ku 258
[Ki] 223
chhia 80

一至六劃

軋 Ut 699
kauh 213
軍 Kun 263
軌 Kúi 261
Khúi 301
軒 Hian 138
斬 Chám 27
軟 nńg 393
[núi] 396
軸 Te̍k 590
𨊷 ka 199
較 Kàu 212
khah 266
載 Chài 25
Chái^{n} 26
暈 n̄g 398
[ūi^{n}] 696

七至八劃

輒 Tiap 604
輔 Hù 164
輕 Kheng 276
khin 286
輓 Boán 18
輦 Lián 332
輩 Pòe 457
輛 Liōng 343
[Liāng] 334
輝 Hui 165
輪 Lûn 365
ûn 698
[lîn] 341
lián 332
lin 340
lìn 340
擊 Kek 218
範 Hoān 154

九劃以上

輳 Chò͘ 56
輻 Hok 158
輭 Joán 195
Loán 353

輯 Chip 51
Chhip 91
輸 Su 557
轄 Hat 129
轅 Oân 412
輿 Û 692
[Î] 171
輾 Tián 603
轆 lak 308
轉 Choán 58
tńg 621
[túi^n] 621
轍 Tia̍t 605
轎 kiō 235
轟 Hong 160
轢 Le̍k 322
lek 321

酉部

酉 Iú 188
iū 189

二至七劃

酋 Sîu 541
酊 Téng 592
酒 Chíu 53
酌 Chiok 50
[Chiak] 42
配 Phòe 485
phòe 485
[phè] 470
酣 Ham 126
酥 So͘ 546
酬 Sîu 541
酩 Béng 12
酪 Lo̍k 356
酵 kà^n 201
酺 pô͘ 452
酷 Khok 297
khò 291
酶 môe 381
[mûi] 382
酸 Soan 552
sng 543
[sui^n] 562

八劃以上

醉 Chùi 64
醇 Sûn 564
醋 Chhò͘ 96
醃 Am 3
醚 Bê 11
醒 Séng 507
chhé^n 75
[chhí^n] 80
醜 Chhíu 93
醫 I 170
醬 chìo͘^{n} 49
[chìu^n] 53
醭 phú 488
醮 chìo 48
醴 Lé 318
醺 Hun 167
釀 Jiòng 194
[Jiàng] 194

辰部

辰 Sîn 530
辱 Jio̍k 194
唇 Tûn 647
晨 Sîn 530
蜃 Sīn 530
農 Lông 359

豕部

家 Ka 198
[Ke] 198
ka 198
ke 214
豚 thûn 689
象 Siōng 536
[Siāng] 522
chhīo͘^{n} 89
[chhīu^n] 94
豪 Hô 146
豫 Ū 694
[Ī] 171

里部

里 Lí 326
厘 Lî 327
重 Tiōng 617
tāng 580
Tiông 617
têng 593
野 Iá 172
童 Tông 641
tâng 580
tn̂g 623
thâng 657
量 Liōng 343
[Liāng] 334
lōng 360
lēng 326
nīo͘ 393
[nīu] 393
Liông 342
[Liâng] 334
nîo͘ 392
[nîu] 393

貝部

貝 Pòe 457

二至四劃

貞 Cheng 34
頁 ia̍h 174
則 Chek 33
負 Hū 165
貢 Kòng 257
財 Châi 26
員 Oân 412
責 Chek 33
貪 Tham 652
貶 Pián 442
貧 Pîn 446
敗 Pāi 423
貨 hòe 157
[hè] 131
販 Hoàn 153
phòa^n 483
貫 Koàn 251
kǹg 240
[kùi^n] 262

五劃

貯 Thú 686
[Thí] 667
té 585
[tóe] 636
貼 Thiap 671
tah 570
貴 Kùi 261
貺 hēng 134
[hāi^n] 125
買 Mái 370
bé 11
[bóe] 18
貸 Tāi 573
貿 Bō͘ 17
báu 11
ba̍uh 11
貽 Î 171
費 Hùi 166
賀 Hō 147

六至七劃

資 Chu 61
賊 Che̍k 34
cha̍t 29
chha̍t 71
賈 Ká 199
[Ké] 199
賄 Hóe 156
Iū 189
賂 Lō͘ 351
賓 Pin 445
實 Sit 538

賑 Chín 47
賒 Sia 514

八劃

賠 pôe 458
[pê] 432
賦 Hù 164
賛 chān 28
賬 siàu 526
賣 Māi 370
bē 11
[bōe] 18
賭 Tó͘ 628
kiáu 232
賢 Hiân 139
gâu 111
賤 Chiān 43
chōa^{n} 57
賞 Sióng 535
[Siáng] 521
síơ^{n} 532
[síu^{n}] 542
賜 Sù 559
質 Chit 52
賙 Chiu 53

九劃以上

賴 Nāi 386
nōa 396
lōa 352
賽 Sài 494
賺 choán 58
購 Kó͘ 245
Kò͘ 245
hak 126
贅 Chòe 59
[cheh] 33
贄 Chì 38
贈 Chēng 36
贋 Gān 111
贌 pȧk 425
贊 Chàn 27
贏 Êng 109
iâ^{n} 173
贍 Siām 519
贐 Sīn 531
贓 Chong 60
chng 54
贖 Siȯk 534

見部

見 Kiàn 229
kì^{n} 225
視 Sī 513
現 Hiān 139
規 Kui 260
覓 bā 7
bāi 8
māi 370
硯 hī^{n} 135
親 Chhin 87
chhan 70
chhe^{n} 75
[chhi^{n}] 80
覷 chhuh 102
覺 Kak 205
覽 Lám 309
觀 Koan 250
kòa^{n} 248

足(⻊)部

足 Chiok 50

二至四劃

趴 phak 468
⿰⻊于 U 691
趼 lan 310
距 Kū 259
[Kī] 225
趾 Chí 37
⿰⻊内 lap 314
趻 sōm 556
sōng 556
thōm 684

五劃

跎 Tô 627
跋 Poȧt 456
跕 Liam 330
跌 Tiȧt 605
tiȧp 605
poȧh 455
跔 ku 258
跑 Pháu 469
跅 thȯh 684
跛 pái 422

六劃

跬 hoȧh 152
跨 hā^{n} 124
跐 chhū 102
𬦰 peh 433
跳 Thiàu 672
路 Lō͘ 350
跺 chàm 27
跪 Kūi 262
跟 Kin 234
[Kun] 263
⿰⻊聿 luh 361

七至八劃

踈 lāng 313
踃 Siau 524
踊 Ióng 185
踪 Chong 60
踖 chȯh 59
踜 Liòng 342
[Lèng] 323
⿰⻊亞 oaih^{n} 410
踔 chhėk 77
踢 that 658
踏 tȧh 571

九至十劃

蹄 Tê 586
[tôe] 636
蹁 phîn 479
踸 Chhím 87
跮 oái 410
踰 Jû 196
[Jî] 190
⿰⻊參 sām 495
踴 Ióng 185
蹍 chan 27
蹂 Jîu 195
蹋 Thap 658
蹈 Tō 628
蹌 chhiáng 84

十一至十二劃

蹠 chhioh 90
jiah 191
蹡 siàng 522
[sàng] 522
蹩 Phiat 477
phoat 484
躇 Tû 644
thû 686
蹧 chau 30
chiau 45
⿰⻊習 chhê 74
[chhôe] 100
蹲 khû 300
蹺 Khiau 284
躂 That 658
蹽 Liâu 337
蹭 chā^{n} 24
蹻 Khiau 284

十三劃以上

躁 Sò 545
⿰⻊當 tang 578
躄 phih 478
躊 Tîu 620
躍 Iȯk 185
[Iȧk] 175
蹟 chek 34
躪 Līn 341
⿰⻊毚 sām 495

鐙 Tèng 592
thèng 666

十三劃以上

鐮 Liâm 331
nî 389
鐳 Lûi 363
lui 361
鐲 sȯh 555
鐺 Tong 639
鑔 chhe 73
chhe^n 75
[chhi^n] 80
鑄→铸
鑑 Kàm 206
鑢 lè 318
[lòe] 354
鑠 siak 518
鑩 Lėk 322
鑲 Siong 535
[Siang] 521
sio͘^{n} 532
[siu^n] 542
鑰 iȯh 184
鑱 Chhâm 70
chhiâm 83
chhîm 87
鑾 Loân 353
鑿 Chhȯk 100
chhȧk 69
鑼 Lô 348
鑽 soān 553
chǹg 54
[chùi^n] 54

隹部

二至六劃

隻 chiah 42
售 Sîu 541
雀 Chhiok 90
[Chhiak] 82
chhek 77
焦 Chiau 45
chau 29
chhiau 85
ta 567
tâ 568
雇 Kò͘ 245
集 Chi̇p 51
雁 Gān 111
雄 Hiông 143
hêng 133
雅 Ngá 398
[Ngé] 399
雉 Tī 597
thī 667
khī 280
雌 Chhu 101
[Chhi] 78

八劃以上

霍 Hok 159
雕 Tiau 605
虧 Khui 301
雖 Sui 561
雜 Chȧp 29
chȧuh 30
離 Lî 328
Lī 328
難 Lân 311
Lān 311
oh 416
耀 Iāu 180
糴 tiȧh 600
讐 Sîu 541
糶 thìo 674

門部

門 Bûn 22
mn̂g 377
[mûi] 377

一至五劃

閂 chhòa^n 97
門 long 357
閃 Siám 518
sih 527
閉 Pì 439
問 Būn 22
mn̄g 378
[mūi] 378
閔 Bín 15
悶 Būn 22
閏 Jūn 197
開 Khai 267
khui 301
閑 Hân 128
êng 109
間 Kan 207
Kàn 208
keng 220
閙 Lāu 317
Nāu 387
閘 chȧh 25

六至七劃

関(關) Koan 250
koai^n 249
[kui^n] 262
閨 Kui 260
Ke 213
聞 Bûn 22
閩 Bân 9
閤 Hȧp 129
Khap 272
閥 Hoȧt 155
閣 Kok 255
koh 255
閱 Iȧt 179
Oȧt 414
iat 179
oat 414
閭 Lû 360
[lî] 328

八劃以上

閹 Iam 175
閻 giâm 115
闊 khoah 294
闇 Am 3
闌 Lân 311
闆 Phàn 468
闋 oȧih^n 410
闈 Ûi 694
闕 Khoat 296
闖 Chhoàng 99
chhòa^n 97
闡 Chhián 84
闢 Pi̇t 448

音部

音 Im 180
章 Chiong 50
[Chiang] 50
chio͘^{n} 48
[chiu^n] 53
竟 Kèng 221
韵 Ūn 699
響→响

革部

革 Kek 218
勒 Lėk 322
lȧh 306
nėh 388
[ni̇h] 392
leh 320
neh 387
靭 jūn 197
靴 Hia 136
靶 pé 431
鞋 ê 106
[oê] 414
鞍 oa^n 408
鞏 Kióng 237
鞘 sìu 541
鞠 Kiok 236
鞦 Chhiu 92

㈢難檢字筆劃索引

（字後舉出可查部首）

首：八
茲：八幺
奏：一大
哉：戈
甚：一
巷：一艹己
歪：一止
甭：一
峇：山
幽：山幺
拜：丿手
重：里
臿：丿
癸：乙大
飛：乙

十劃

畝：亠田
孬：一
尬：尢
乘：丿禾
能：月
弱：弓

十一劃

產：亠
執：土
焉：一灬
黃：八廿
乾：乙十
匏：勹大
爽：大
戚：戈
匙：日
夠：夕勹

十二劃

就：亠
報：土
喪：一十口
棗：一木
舒：人
甥：丿力
發：乙弓殳

十三劃

鼓：支
聖：王耳
幹：十
嗇：口
賴：刀貝
亂：乙爪
肅：肀

十四劃

壽：士
截：戈
斡：十斗
夥：夕
暢：日
舞：丿
睾：丿罒
孵：丿子
疑：丿疋

十五劃

憂：夂心
舖：人口
靠：丿牛
豫：乙豕

十六劃

翰：十羽
整：一攵
舉：丿手
龜：刀

十七劃

贏：亠貝
戴：戈
韓：十韋
爵：爪寸
黏：禾
嚮：口

十八劃以上

歸：丿止彐
疆：土弓
馨：士
耀：羽
囊：一口
豔：豆
鬱：彡木

實用台語小字典

胡 鑫 麟　編著

A

A 阿 阿爹 tia，阿兄 hia^{n}；阿不 put 倒 tó；阿里 lí 不達 tȧt。

啊 啊啊叫 kìo。

鴉 烏 ơ 鴉。

亞 亞洲 chiu。

a 腌 腌臢 cha (=am-cham)

á 仔 姨 î 仔，狗 káu 仔，豆 tāu 仔，一 chit 个 ê 仔，淡 tām 薄 pȯh 仔。

á=ah=iah 抑 有 ū 抑無 bô？要 boeh[beh] 抑不m̄？抑你咧？

á=iá=iáu 还 还有 ū，还好 hó，还未 bōe[bē]，还復 koh/kú。

À 亞 亞軍 kun。

啞 聾 lông 啞。

à 拗 拗霸 pà（專橫，蠻不講理）。

ā=iā=ȧh=iȧh 亦 有 ū 亦好 hó、無 bô 亦好；（表示反問）我亦知 chai，亦使 sái，亦着 tiȯh，亦有 ū。

.a 呵 （後綴，在人名或稱呼之後表示親暱）阿 a 花 hoe 呵，𪜶 in 爸 pâ 呵。

á^{n} 揞 （抱）囝 gín 仔 á 給 ka 揞去 khì 睏 khùn；（緊靠）嘴 chhùi 揞嘴，用 ēng 枋 pang 揞壁 piah；（袒護）西 si 瓜 koe 揞大 tōa 旁 pêng。

à^{n} 俯 (低下)俯頭 thâu，俯腰 io；(向)俯海 hái，俯山 soa^{n}，面 bīn 俯南 lâm。

â^{n} 擥 (取，占) 擥大 tōa 份 hūn，擥咧 leh 吃 chiah；(袒護) 相sio[sa^{n}]擥，擥親 chhin。

ā^{n} 餡 豆 tāu 餡，餡餅 pía^{n}，識 sek 皮 phôe[phê] 包 pau贛 gōng 餡。

ah 押 押伊讀 thak 冊 chheh，押味 bī；押船 chûn；抵 tí 押，胎 thai 押；押日子 chí；押韻 ūn。

　鴨 鴨雄 hêng (公鴨)，鴨鵤 kak。

　抑 抑勒 lah (强迫)。

ah=iah→á 抑

ah 盒／匣 匣仔 á，粉 hún 匣，針 chiam 匣。

ah=iah→ā 亦

Ai 哀 悲 pi 哀。

　埃 塵 tîn 埃。

　挨 挨次 chhù。

　餲 臭 chhàu 油 iû 餲，餲味 bī。

　唉

　哎

Ái 餲 餲味 bī。

　藹 和 hô 藹。

Ài 愛 意 ì 愛，愛情 chêng；(喜歡，要) 愛看 khòa^{n}，愛要 boeh[beh]；(容易，常常) 愛𣍐 bē[bōe] 記 kì 得·tit，愛哭 khàu；愛玉 giok(=ò-gîo)，愛玉子 chí，愛玉凍

tàng。

噯　噯喲 iō 喂 oê。

曖　曖昧 māi/mūi。

隘　險 hiám 隘，關 koan 隘。

āi^{n}　揹　揹囝 gín 仔 á，揹巾 kin[kun]。

Ak　沃　(澆，淋) 沃水 chúi，沃雨 hō͘，沃澹 tâm。

握　握手 chhíu。

齷　齷齪 chak (狹窄，煩燥)。

Am　庵　尼 nî 姑 ko͘ 庵。

腌　腌臢 cham。

[虫奄]　[虫奄]蚨 pô͘ 蠐 chê。

醃　醃瓜 koe。

腤　腤爨 choán (一種烹調法)。

諳　不 put 諳世 sè 務 bū。

闇　倥 khong 闇，闇貪 tham。

am　掩　(捂，掩蓋) 掩目 ba̍k 睭 chiu，掩蓋 khàm；(庇護) 掩蔭 ìm，掩擎 â^{n}；(合在一起) 掩做 chò[chòe] 夥 hóe[hé]，掩咧 leh 吃 chia̍h，掩來扯 chhé 去；(圍攏) 用 ēng 衫 sa^{n} 仔 á 帕 phè 掩倚 oá 來 ·lâi；(收口，收攏) 嘴 chhùi 掩咧 ·leh，掩缸 kng (口窄的水缸)。

Ám　揞　揞扁 pí^{n} (壓扁)，揞扁糕 ko，壓 teh 一 chi̍t 下 ē 變 pì^{n} 揞扁糕。

ám　泔　(米湯) 泔糜 môe[bê]，泔湯 thng，泔漿 chio͘^{n}[chiu^{n}]，泔沫 phoe̍h[phe̍h]，潘 phun 泔。

Àm 暗 (不明) 暗冥 bin 摸 bong，暗漠漠 bȯk，烏 ơ 暗；(晚) 早 chá 暗，暗頭 thâu；(秘密的) 暗事 sū，暗示 sī；(呑没) 私 su 暗，暗起來。

âm 𤭛 (暗溝) 水 chúi 𤭛，溝 kau 𤭛，𤭛孔 khang。

ām 頷 頷頸 kún，頷腄 sê。

茂 (茂密) 樹 chhīu 木 bȧk 真 chin 茂，毛 mn̂g 茂。

An 安 安穩 ún，安歇 hioh，安插 chhah，安搭 tah；(包上) 安金 kim。

an 按 按孔 khang，自 chū 按 (以這樣，從而)。

án 按 按尔 ne[ni]，按尔 né[ní] 生 se^{n}[si^{n}] (這樣)。

Àn 按 按電 tiān 鈴 lêng；按下 hā；按照 chiàu，按時 sî，按怎 chóa^{n}；按語 gú[gí]；(估量，推斷) 按算 sǹg，按看 khòa^{n} 覓 māi[bāi]，按伊的額 giȧh；(從，由) 按厝 chhù 內 lāi 出來。

案 案桌 toh；備 pī 案，檔 tòng 案；方 hong 案；案件 kīa^{n}；案語 gú[gí]。

ân 緊 緊當當 tòng，縛 pȧk 緊；手 chhíu 頭 thâu 緊，緊斗 táu (嚴)，稽 sit 頭 thâu 緊斗，緊單 tan (緊)，結 kat 頭真緊單。

ān 限 (期限) 過 kòe[kè] 限，寬 khoan 限；(緩期) 予 hō͘ 伊限，限底 tī 時 sî。

ang 尪 (丈夫) 尪婿 sài，尪某 bó͘；(佛像) 尪佛 hu̍t，尪姨 î；(玩偶，圖像) 尪仔 á，尪仔圖 tô͘，尪仔冊 chheh，尪仔物 mih。

翁 翁婆 pô，翁公 kong 婆仔 á，釣 tìo 魚 hî 翁；海 hái 翁。

汪 (姓)。

Áng 傓 傓儱 láng (不明事理，固執) 傓儱想 sīoⁿ[sīuⁿ]，傓儱惡 ok。

àng 瓮/甕 水 chúi 甕，酒 chíu 甕；甕肚 tō· (甕腰；陰險)；土 thô· 甕 (地窖)，鼻 phīⁿ 甕 (鼻腔)，耳 hīⁿ[hī] 甕仔 (耳腔)。

襬 襪 boėh[bėh] 襬。

韊 靴 hia 韊。

齆 齆鼻聲。

âng 紅 紅絳絳 kòng，紅口 kháo，紅霓 gê (紅潤)，紅膏 ko 赤 chhiah 蠘 chhih，起 khí 紅霞 hê，紅糟 chau。

洪 (姓)。

Ap 壓 壓迫 pek，壓倒 tó，壓袂 bē[bōe] 住 tiâu。

ap 狎 狎褻 siat (下流的)，狎屑 sap (髒)。

Ȧp 盒 花 hoe 盒。

狎 狎褻 siat。

At 遏 (制止) 遏止 chí，遏制 chè，遏扼 chhih (阻止)，遏煞 soah (煞住)，遏手 chhíu 把 pà (扳腕子)；遏仔 á (木條)；(調處) 賢 gâu 遏，遏代 tāi 志 chì，遏嘹 liâu 拍 phek；(醱) 遏湯 thng，遏予 hō 乾 ta。

at 折 折曲 khiau，折撤 chih，折斷 tn̄g，折做 chò[chòe] 兩 nn̄g 半 koėh。

Au 漚 (浸泡) 漚衫 sa^{n}，漚肥 pûi，漚做 chò[chòe] 一 chit 堆 tui，漚糟 chau (陳舊骯髒的) 。

甌 (杯子) 茶 tê 甌。

歐 歐洲 chiu。

凹

Áu 拗 (弄彎) 拗曲 khiau；(折疊) 拗做 chò[chòe] 兩 nn̄g 拗，拗紨 pô͘；(强逼) 強 kiông 拗，拗屈 ut；(固執) 拗頑 bân，拗橫 $ho\hat{a}i^{n}$，拗癖 phiah。

毆 毆辱 jio̍k。

áu 嘔 (吐) 嘔吐 thò͘，嘔紅 hông；嘔心 sim 血 hiat；嘔祭 chè (遺透) 。

慪 慪气 khì。

Àu 拗 執 chip 拗(=áu)。

àu 腐 (腐爛發臭) 腐去·khi，腐折 chiat (食物壞而變味)，腐濃 lông (腐臭)；(不好) 腐仙 sian，腐貨 hòe[hè]，腐步 pō͘，面 bīn 腐漬漬 tū。

懊 懊惱 náu (心裡不愉快)，懊鬱 ut。

押 押尾 bóe[bé] (後來) 。

âu 喉 嚨 nâ 喉，咽 ian 喉。

呼 呼救 kìu，呼叫 kìo。

āu 後 後面 bīn，後壁 piah，後斗 táu，後尾 bóe[bé]，後身 sin，後世 sì，後層 chan (臼齒) ，後肻 $te^{n}[ti^{n}]$。

B

ba/bâ 含　含眯 bui (愉快；稍微)，心 sim 肝 koa^{n} 含眯，目 ba̍k 賙 chiu 含眯 (眯縫著眼睛)，含眯甜 ti^{n} (帶甜味的)，含眯酸 sng (帶酸味的)。

ba /bah 含　含吻 bún (微笑)，嘴 chhùi 含吻，含吻笑 chhiò (微微一笑)。

Bâ 痲　(麻木) 手 chhiú 麻，麻麻，麻痺 pì，腳 kha 痺手麻，講到 kàu 嘴 chhùi 麻；麻疹 chín，麻風 hong；麻面 bīn；麻雀 chhiok。

bâ 貓　貓仔 á，山 soa^{n} 貓。

媌　娼 chhiong 媌，後 āu 母 bó[bú] 媌。

錨　鐵 thih 錨兒 jî。

蝥　斑 pan 蝥。

bā 峇　(緊密) 蓋 khàm 峇，罩 tà 峇，搭 tah 峇，峇峇。

皅　(發白) 上 chhīo^{n}[chhīu^{n}] 皅；皅霧 bū，天 thi^{n} 色 sek 皅霧，鏡 kìa^{n} 面 bīn 皅霧，天 thi^{n} 皅霧光 kng。

覓　(尋找)，覓吃 chiah，覓頭 thâu 路 lō͘。

鴄　鴄鴞 hio̍h；(抓住)鴄鴞鴄雞 ke[koe] 仔 á，鴄頭 thâu 鬃 chang。

碼　一 chit 碼布 pò͘。

bah 肉　豬 ti 肉，牛 gû 肉，精 chia^{n} 肉，白 pe̍h 肉，三 sam

膤 chân 肉，肉脯 hú，肉酥 so͘，肉干 koa^{n}，肉燥 sò，肉䏲 sî^{n}；鏡 kìa^{n} 肉，刀 to 肉。

含 含吻 bún 笑 chhìo。

bai 毴 毴仔 á，㞗 chi 毴（陰户）。

bái 䆀 （不好）好 hó 䆀，䆀味 bī，䆀代 tāi（壞事），䆀搭 tah，䆀貨 hòe[hè]，䆀才 châi；（醜）美 súi 䆀，䆀看 khòa^{n} 相 sìo^{n}[sìu^{n}]，䆀猴 kâu；（文火）䆀火 hóe[hé]，死 sí 䆀。

Bâi 埋 收 siu 埋，埋葬 chòng；埋伏 hȯk。

bâi 眉 目 bȧk 眉，目眉毛 mn̂g 揸 sa 無 bô 起 khí；月 goėh[gėh] 眉，一 chit 眉仔 á。

楣 門 mn̂g 楣。

bāi 覓 覓脈 mėh，覓病 pē^{n}[pī^{n}]（探病），覓喪 song（弔喪）；(→māi) 試 chhì 覓，看 khòa^{n} 覓。

bak 沾 沾水 chúi，沾涾 tâm，扻手 chhíu，沾着 ·tioh，沾着烏 o͘ 墨 bȧk，沾着一个查 cha 某 bó͘，沾一个名 mîa；沾牰 tak（纏手；貪婪），討 thó 沾牰（自討麻煩），我到 kah 許 hiah 沾牰提 thėh 你的物 mih，扻 ni 沾(揩油)。

腹 腹肚 tó͘。

bȧk 木 樹 chhīu 木，木屐 kiȧh。

目 目睭 chiu（眼睛）；竹 tek 目，跤 kha 目，賬 siàu 目，字 jī 目，題 tê[tôe] 目。

墨 烏 o͘ 墨，墨硯 hī^{n}；墨賊 chȧt。

茉 茉莉 nī 花 hoe。

Ban 屘 (排行最小) 屘仔 á 子 kíaⁿ，屘叔 chek。

bán 挽 (摘，採，拔) 挽花 hoe，挽嘴 chhùi 齒 khí；(拉) 挽弓 keng，挽留 lîu，挽回 hôe；(撐持) 強 kiông 挽，挽𣍐 bē[bōe] 住 tiâu；(發硬) 挽挽，挽搣 me[mi]/meh[mih] (手指向內彎曲發僵；發冷，發抖)，挽挽𢯭𢯭 choāi，挽肩 keng (端著肩膀)。

Bân 蠻 野 iá 蠻。

饅

閩 閩南 lâm。

bân 頑 (頑固) 頑皮 phôe[phê]，頑柴 chhâ 頭 thâu (呆木頭)；(緩慢) 病 pēⁿ[pīⁿ] 真 chin 頑，火 hóe[hé] 頑，頑頑。

Bān 曼 曼陀 thô/tô 花 hoe。

慢 慢仔 á 是 sī；慢才 chiah；憨 ham 慢，慢火 hóe[hé]。

漫 散 sàn 漫。

蔓 蔓延 iân。

萬 一萬；萬代 tāi 年 nî，萬幸 hēng，萬事 sū，萬物 bu̍t/mih，萬丈 tn̄g 深坑 kheⁿ[khiⁿ]；千 chhian 萬，萬萬，萬不 put 得 tek 已 í。

卍 釣 tìo 卍字 jī，困 khûn 卍字。

bān 瓣 柑 kam 仔 á 瓣，蒜 soàn 瓣。

饅 饅頭 thâu。

bang 濛 (微雨狀) 雨 hō͘ 仔 á 濛，落 lo̍h 雨濛仔 (下毛毛雨)，雨濛濛；幼 iù 濛濛。

魍 （抓）予 hō· 人 lâng 魍去·khi，魍着·tioh。

báng蚊 蚊仔 á，蚊罩 tà，蚊捽 sut，蚊燻 hun。

罔 欺 khi 罔；覷 chhuh 罔（眯縫眼）；輕 khin 罔罔。

魍 （勾當，鬼把戲）在 teh 變 pìⁿ 什么魍，變無 bô 魍。

蟒 大 tōa 蟒；蟒甲 kah（獨木舟）。

艋 艋舺 kah。

bàng/bòng 甮 （别，不用）你甮去 khì，你甮給 kā 伊講 kóng。

bâng忙 手 chhíu 忙脚 kha 亂 loān，帮 pang 忙。

芒 菅 koaⁿ 芒。

茫 茫茫，茫霧 bū。

氓 流 lîu 氓。

bāng望 向 ǹg 望，希 hi 望。

夢 做 chò[chòe] 夢，眠 bîn 夢，夢見 kìⁿ，托 thok 夢，
圓 oân/în 夢。

網 網仔 á；網紗 se，網仔窗 thang；網魚 hî。

bat[pat] 曾 曾看 khòaⁿ 過·koe[ke]。

識 （懂得）識字 jī，識想 sīoⁿ[sīuⁿ]，識透透 thàu，識到
kah 有 ū 剩 chhun；（認識）相 sio[saⁿ] 識。

ba̍t 密 雲罩 tà 密密，嘴 chhùi 真密。

木 木虱 sat。

墨 墨賊 cha̍t。

bau 包 （向裡面打卷）嘴 chhùi 包包，包唇 tûn，包乾 kîⁿ。

Báu 卯 卯時 sî；卯名 mîa（冒名），卯人的錢 chîⁿ（侵吞）。

昴 昴星 chheⁿ[chhiⁿ]。

bấu→bau̍h 貿 貿工 khang 課 khòe[khè]，貿俗 sio̍k 貨 hòe[hè]，貿着·tioh（賺了錢）。

Bâu 矛 矛盾 tún。

bāu 渳 渳麵 mī（用水泡煮麵條）。

bau̍h 貿 （包辦）總 chóng 貿，貿工 khang[kang] 課 khòe[khè]，扛 kng 棺 koaⁿ 柴 chhâ 佮 kah 貿哭 khàu，貿人·lang（發包，包給人家），貿工 kang，貿頭 thâu(包商)；(成批買或賣)貿俗 sio̍k 貨 hòe[hè]，貿貨底 té[tóe]，做 chò[chòe] 一 chit 下 ē 貿，掩 am 咧 leh 貿，全 choân 貿。

bé 馬 騎 khîa 馬，馬匹 phit。

瑪 瑪瑙 ló。

碼 碼仔 á，碼子 chí，暗 àm 碼，光 kng 碼；碼頭 thâu。

荸 荸薺 chî。

bé[bóe] 買 買菜 chhài，買賣 bē[bōe]；買通 thong，買收 siu，買辦 pān；買命 mīa。

[bé]→bóe 尾

Bê 迷 迷人·lang，迷目 ba̍k，迷信 sìn，迷戀 loân。

醚

[bê]→môe 糜

bē[bōe] 𣍐 (不會) 𣍐寒 kôaⁿ，𣍐曉 hiáu，𣍐記 kì 得·tit，𣍐克 khat 得，𣍐堪 kham 得，𣍐用 ēng/iōng 得，𣍐使 sái 得，𣍐當 tàng。

賣 買 bé[bóe] 賣，賣菜 chhài，拍 phah 賣；出 chhut 賣

；賣命 mīa。

[bē]→bōe 未

[bē]→mōe 妹

[beh]→boeh 要

béh 麥 麥仔 á，大 tōa 麥，小 síó 麥，番 hoan 麥，麥穗 sūi，麥稿 kó，麥芽 gê/lê 膏 ko。

[béh]→boéh 襪

Bék 默 默禱 tó。

墨 墨守 síu。

麥

脈 親 chhin 血 hiat 脈。

Béng 猛 勇 ióng 猛，猛將 chiòng。

錳

酩

Bêng 明 明亮 liāng；明白 pék，明瞭 liâu，明明，明（其 ki）知 chai；講 kóng 明，明品 phín；開 khai 明，明達 tát，明理 lí。

盟 同 tông 盟，聯 liân 盟。

名 名稱 chheng；名份 hūn；聞 bûn 名；名家 ka。

銘 銘文 bûn。

冥 冥壽 sīu。

螟 螟蛉 lêng。

鳴 鳴謝 sīa。

Bēng 命 命令 lēng；命題 tê[tôe]；人 jîn 命；命途 tô͘ 。

孟 孟臣 sîn 罐 koàn。

bi 微 風 hong 微微，笑微微。

矀 (悄悄地躲避) 矀來矀去，矀在 tī 背 kha[ka] 脊 chiah 後 āu；(偷看) 偷 thau 矀，矀咧 leh 看 khòa^n。

Bí 米 白 pe̍h 米，糙 chhò 米，秫 chu̍t 米；米絞 ká(碾米機)，米仔 á 麩 hu，米粽 chhè[chhòe]，米荖 láu，米芳 phang，米糕 ko，米篩 thai 目 ba̍k；蝦 hê 米，茶 tê 米，菜 chhài 脯 pó· 米。

美 美人 jîn，美意 ì，美滿 móa/boán。

尾 首 síu 尾，塵 sú 尾。

彌 多 chē[chōe] 彌滿 móa (多得很)。

Bî 微 微微仔 á，微細 sè[sòe]，微末 boa̍t；稀 hi 微，衰 soe 微；微妙 biāu，微渺 biáu。

薇 薔 chhiơ^n[chhiu^n] 薇。

黴 黴菌 khún。

眉 眉目 bo̍k。

楣 帳 tìơ^n[tìu^n] 楣。

彌 彌勒 le̍k 佛 hu̍t。

瀰

bî 寐 (小睡) 小 sío 寐一下，寐去·khi，寐寐 (似睡非睡地打盹兒)。

咪 (叫鴨、貓之聲) 貓 niau 咪，鴨 ah 咪。

Bī 未 未來 lâi，未必 pit 然 jiân，未免 bián，未便 piān。

味 滋 chu 味，氣 khì 味；一 it 味，味是 sī (一味，只管），笑 chhìo 味是（只管笑）。

bī 謎 猜 chhai 謎，臆 ioh 謎。

沬 (潛入水中) 坫 tiàm 沬，沬水 chúi；(沉湎，入迷) 沬落去。

Bián 免 不 m̄ 免，免在 teh 歡 hoaⁿ 喜 hí，免除 tû，免得 tit，免得予 hō͘ 人麻 mâ 煩 hoân。

勉 勉強 kióng。

娩 分 hun 娩。

冕 加 ka 冕。

鮸 鮸魚 hî。

bián 愍 愍忌 kī（去世祖先的生日）。

Biân 眠

綿

Biān 面 面會 hōe；體 thé 面，方 hong 面；面積 chek。

Biat 滅 消 siau 滅，滅無 bô。

蔑 輕 kheng 蔑。

Biáu 渺 茫 bông 茫渺渺，渺小 siáu。

藐 藐視 sī。

Biâu 苗 苗圃 phó͘；苗條 tiâu。

描 描寫 sía，描述 su̍t。

瞄 瞄準 chún。

Biāu 妙 美 bí 妙，奧 ò 妙，巧 khiáu 妙，妙計 kè，妙論 lūn。

bih 匿 (躲藏)偷 thau 匿，匿咯 ko̍k 嗘 ke（捉迷藏），匿雨hō͘；匿頗 chhih（害羞而垂下頭）；匿喘 chhùi（哭喪臉）。

bih 箆 竹 tek 箆，箆仔 á，箆蓆 chhio̍h，箆簾 lî，箆絲 si 籃 nâ。

bin 冥 暗 àm 冥摸 bong。

Bín 抿 (刷) 抿仔 á (刷子)，齒 khí 抿，鞋 ê[oê] 抿；抿嘴 chhùi 齒 khí，抿予 hơ 清 chheng 氣 khì。

泯

敏 敏過 kòe[kè] 敏，敏感 kám。

閔 閔豆 tāu。

憫 憐 lîn 憫。

Bîn 民 人 jîn 民，民眾 chiòng，平 pêng 民，居 ku[ki] 民，公 kong 民。

bîn 眠 眠一下，陷 hām 眠，貪 tham 眠，淺 khín 眠，重 tāng 眠，眠夢 bāng，眠床 chhn̂g。

明 明仔 á 再 chài，明仔早 chái 起 khí。

bīn 面 (臉) 人 lâng 面，頭 thâu 面，面肉 bah，面框 kheng，面形 hêng，面馬 bé，面模 bô͘/pô͘，面水 chúi (容貌，姿色)，面上 chīơⁿ[chīuⁿ] (面子)，面相 chhiơⁿ[chhiuⁿ]，面孔 kháng，好 hó͘ 面孔，歹 pháiⁿ 面孔，大 tōa 面孔，厚 kāu 面孔，小 siáu 七 chhit 面，孝 hàu 男 lâm 面，屁 phùi 面；(表面) 表 piáu 面，桌 toh 面，布 pò͘ 面，水 chúi 面；(方面) 頂 téng 面，下 ē 面，方 hong 面。

bīn[būn] 蝒 蝒虫 thâng。

bío 秒 秒針 chiam，秒速 sok。

bîo 描 描字 jī，描圖 tô· 樣 iō·^{n}[iū^{n}]；描寫 sía，描畫 oē[ūi]。

bīo 廟 廟宇 ú，宮 keng 廟，寺 sī 廟，廟公 kong，廟祝chiok。

Bit 密 密切 chhiat；秘 pì 密，保 pó 密；密婆 pô（蝙蝠）。

蜜 蜂 phang 蜜，蜜水 chúi；甜 ti^{n} 蜜，蜜語 gú[gí]。

Bīu 謬 荒 hong 謬，謬論 lūn。

bó[bú] 母 父 pē 母，母子 kía^{n}；雞 ke[koe] 母，母的·e；字 jī 母，酵 kàn 母。

拇 大 tōa 頭 thâu 拇，拳 kûn 頭拇。

bô 無 無要 boėh[beh]，無情 chêng，無采 chhái（可惜），無疑 gî 悟 gō·（沒想到），無法 hoat 得·tit，無意 ì 中 tiong，無影 iá^{n} 迹 chiah，無夠 kàu，無局 kio̍k（乏味；無聊），無齒 khí 虎 hó·，無攬 lám 無絡 le/ne/勒 leh/neh（懶洋洋），無聊 liâu（無聊；生活困難），無了 liáu 時 sî（沒前途），無捨 sía 施 sì（可憐），無神 sîn（沒有精神），無事 sū 使 sái（沒有用），無奈 tâ（得 tit）何 oâ，無打 tá^{n} 緊 kín，無當 tàng=無塊 tè 可 thang（沒地方可…），無底 tī 代 tāi（無關）。

Bō 磨 石 chio̍h 磨；磨粽 chhè[chhòe]。

帽 帽仔 á。

Bó· 某 某人 lâng；(女人) 查 cha 某；(妻子) 尪 ang 某，某子 kía^{n}。

母 母親 chhin。

姆 保 pó 姆。

牡 牡丹 tan。

畝 田 chhân 畝。

Bô͘ 謀 計 ké 謀。

漠 沙 sa 漠。

模 模樣 iō͘^{n}[iū^{n}]，模範 hoān，規 kui 模；手 chhíu 模，指 chí 模，面 bīn 模 (面龐)，模型 hêng，印 ìn 模；結 kiat 歸 kui 模，身 sin 軀 khu 起 khí 一模一模。

摹

蟆

牟

眸

Bō͘ 戊

茂 茂盛 sēng。

貿 貿易 e̍k。

募 招 chio 募。

幕 開 khai 幕，內 lōe 幕。

墓 公 kong 墓。

慕 愛 ài 慕。

暮 暮年 liân。

bō͘ 摹 摹寫 sía，描 bîo 摹。

bôa 磨 (磨東西) 磨刀 to，磨石 chio̍h 仔 á；(操勞) 拖 thoa 磨。

boah 抹 (塗抹) 抹粉 hún，抹油 iû；責 chek 任 jīm 抹予 hō͘ 別 pa̍t 人 lâng；抹消 siau (抹掉，勾消) 。

boáh 末 (末子) 五 ngó͘ 香 hiang/hiong 末，研 géng 末，幼 iù 末末。

鮇 鮇仔 á (鰐魚)。

鴟 鴟鴞 hioh。

Boán 滿 滿出來，滿墘 kîⁿ，滿滿；滿分 hun，滿意 ì，滿足 chiok。

晚 晚會 hōe。

輓 輓聯 liân。

boân→Goân 原 原底 té[tóe] (本來)。

Boát 末 (盡頭) 本 pún 末；(蕭條) 生 seng 理 lí 真 chin 末。

bóe[bé] 尾 尾仔 á，尾脽 chui，頭 thâu 尾，路 lō͘ 尾，煞 soah 尾，後 āu 尾，押 ah/âu 尾，尾溜 liu，尾梢 sau，尾景 kéng (晚年，晚景)；尾蝶 iàh (蝴蝶)。

[bóe]→bé 買

bôe 媚 (討好女人) 賢 gâu 媚查 cha 某 bó͘。

囮 (囮子) 鳥 chiáu 囮，客 kheh 囮。

[bôe]→môe 糜 媒

bōe[bē] 未 (還沒) 還 iáu 未，天 thiⁿ 還未光 kng，未曾 chēng，未曾講 kóng 我着 tioh 知 chai 啦·lah，未曾未，還艙 bē[bōe] 曉 hiáu 行 kîaⁿ 未曾未着 toh 要 boeh[beh] 學 oh 飛 poe[pe]。

[bōe]→bē 艙 賣

boeh[beh] 要 要抑 ah 不m̄ (要不要)？愛 ài 要 (想要)，在 teh

要（將要），要欲 tih^n[tih]（需要），要落 lo̍h 雨 hō·，要暗 àm 仔 á（傍晚），要代 tāi（幹嗎），要呢 nih（幹嗎），要何 tó（哪兒去），要怎 chóa^n/chái^n 仔（可怎），要無 bô（不然），要是我。

boe̍h[be̍h] 襪　襪仔 á，絲 si 仔襪。

bo̍h 莫　莫應 èng（不要），莫應講 kóng，莫得 tit（不要，別），莫得茹 jû 絮 sù 夢 bāng，莫得生 se^n[si^n] 痛thìa^n 較 khah 好識 bat 藥，莫講 kóng 是 sī(莫說)，莫(講)(叫) kioh（莫說，何況），連 liān 囝 gín 仔 á 都 to 會 ē[oē]，莫講叫大 tōa 人 lâng。

bok 濮　在 tī 水 chúi 內 lāi 在 teh 濮下·che 濮下；(疙瘩)花真大 tōa 濮。

Bo̍k 木　樹 chhīu 木。

沐　沐浴 io̍k。

牧　牧場 tîo^n[tîu^n]。

目　目標 phiau。

睦　和 hô 睦。

莫　莫怪 koài，莫非 hui。

寞　寂 che̍k 寞。

漠　沙 sa 漠；漠視 sī；漠漠泅 sîu；暗 àm 漠漠。

穆

bong 摸　摸頭 thâu 殼 khak，摸心 sim 肝 koa^n；暗 àm 摸揸 sa(暗中摸索)，摸無穩 cháng（摸不著頭緒）；(進行工作)摸磨 bôa（忙碌於家務），摸歸 kui 日 jit；(疙瘩) 結

kiat 歸 kui 摸；暗 àm 摸摸。

Bóng 罔 (姑且) 講 kóng 罔講，罔且 chhía^{n} 坐 chē，罔 (將 chiong[chiang]) 就 chīu；(蒙蔽) 欺 khi 罔。

惘 惘然 jiân。

網 羅 lô 網。

莽 魯 ló͘ 莽，莽撞 tōng (魯莽冒失)；闊 khoah 莽莽。

蟒 蟒袍 phâu。

懵 懵懂 tóng (糊塗，不明事理) 。

bóng/bú 胟 大 tōa 胟四 sì 界 kòe[kè]，大胟个 ê，大胟把 pé。

bòng ⿰忄莽 (漫不經心) ⿰忄莽⿰忄莽，⿰忄莽仙 sian。

甮 (=莫應 bȯh-èng) (別，不用) 甮去 khì。

⿰扌蒙 (揍) ⿰扌蒙予 hơ 半 pòa^{n} 死 sí；(塊)一⿰扌蒙一⿰扌蒙，結 kiat 歸 kui ⿰扌蒙；(冒出) 火 hóe[hé] ⿰扌蒙起來。

Bông 亡 滅 biȧt 亡；流 lîu 亡。

忙 慌 hong 忙。

忘 忘恩 in[un]。

芒 芒種 chéng 雨 hō͘ 。

杧

盲 夜 iā 盲。

茫 茫茫渺渺 biáu，白 pėh 茫茫。

硭 硭硝 siau。

雺 (霧) 上 chhīo^{n}[chhīu^{n}] 雺，罩 tà 雺，雺霧 bū。

蒙 啓 khé 蒙，蒙昧 māi/mūi，醉 chùi 蒙蒙；蒙蔽 pè；蒙難 lān，蒙受 sīu。

檬　檸 lêng 檬。

朦　朦朧 lông。

矇　矇霧 bū（模糊看不清）。

bông 甭　（別，不用）甭加 ke 嘴 chhùi，甭管 koán。

Bōng 望　遠 oán 望台 tâi；渴 khat 望，盼 phàn 望；探 thàm 望；名 bêng 望。

妄　妄想 sióng。

夢　夢境 kéng，夢想 sióng，夢泄 siat。

bōng 墓　墳 hûn 墓，墓仔 á 埔 pơ，墓壙 khòng，培 pōe[pē] 墓，探 thàm 墓厝 chhù。

Bú　武　武功 kong。

鵡　鸚 eng 鵡。

侮　侮辱 jiȯk。

舞　跳 thiàu 舞；鼓 kó· 舞；舞關 koan 刀 to；（搞，弄）舞歸 kui 日；舞弊 pè。

撫　撫育 iȯk。

憮　憮然 jiân。

膴　膴脂 thún/tún（矮胖結實），膴捆 khún（同前）。

bú/bóng 胟　大 tōa 胟漢 hàn，大胟聲 sia^n，心 sim 肝 koa^n 大胟个 ê。

[bú]→bó 母拇

Bû　無　無所 só· 不 put 至 chì。

毋

巫　巫婆 pô。

誣 誣賴 lōa，誣告 kò。

Bū 務 事 sū 務。

霧 上 chhīo͘^{n}[chhīu^{n}] 霧，罩 tà 霧，起 khí 霧；目 ba̍k 睭 chiu 霧。

bū 噗 (含在口中而噴出) 噗水 chúi，含 kâm 血 hoeh[huih] 噗天 thi^{n}；噗㘉 ti (胳肢)。

瀵 (沸騰而溢出) 瀵出來。

bui 眯 (眼皮微微合上) 目 ba̍k 睭 chiu 眯眯，眯目 (眯縫著眼睛)，含 ba 眯，沙 sa 眯，滋 chu 眯 (喜悅狀)，吃 chia̍h 到 kah 滋眯，嘴 chhùi 眯一下 (微微笑一下)。

微 酸 sng 微，雨 hō͘ 微。

Bún 吻 (嘴唇) 接 chiap 吻 (親嘴)，吻合 ha̍p (完全符合)，好 hó 口 kháu 吻 (能說善道)；(媚笑) 吻吻仔笑 chhìo，(含 ba/bah) 吻笑。

刎 自 chū 刎。

bùn 鼢 (鑽進土裡使土隆起) 鼢土 thô͘，鼢出來，鼢走 cháu，鼢 (地 tē[tōe]) 鼠 chhú[chhí] (鼢鼠)。

湓 (水等冒出) 水 chúi 泉 chôa^{n} 在 teh 湓。

Bûn 文 文章 chio͘^{n}[chiu^{n}]。

紋 斜 chhîa/sîa 紋。

門 鬼 kúi 門關 koan。

聞 新 sin 聞。

Būn 問 問題 tê[tôe]。

悶 心 sim 悶，悶悶，悶悶懵懵 cho，悶悶仔 á 痛 thìa^{n}。

燜 燜飯 pn̄g。

紊 紊亂 loān。

[būn]↦bīn 蝒

but 勿 酸 sng 勿勿，甜 ti^{n} 勿勿。

魩 魩仔 á 魚 hî。

未 幼 jù 未未。

Bu̍t 勿

㧊 (抽打) 用 ēng 箠 chhôe[chhê] 仔 á 㧊。

物 動 tōng 物。

沒 湮 ian 沒，埋 bâi 沒；沒藥 io̍h。

CH

Cha 查 檢 kiám 查；查甫 po͘ (男人)，查某 bó͘ (女人)；山 san /sian 查。

cha 昨 昨日 jit，昨昏 hng，昨暝 mê[mî]，昨暗 àm。

臢 腌 a 臢。

chá 早 早慢 bān；早起 khí (早上)，早暗 àm，早齋 chai。

怎 怎樣 iō͘^{n}[iū^{n}]。

Chà 乍

炸 爆 po̍k 炸，炸彈 tân/tôa^{n}。

詐 奸 kan 詐，詐欺 khi。

榨 榨菜 chhài。

chá^{n} 整 齊 chê[chôe] 整。

剸 (截，斬) 剸半 pòa^{n} 腰 io；剸手 chhíu 袂 ńg，剸較 khah 短 té 咧 ·leh。

怎 怎樣 iō͘^{n}[iū^{n}]。

chà^{n} 炸 炸油 iû，炸雞 ke[koe]；炸日 jit (晒一下太陽)。

châ^{n} 蹅 (撲，縱，穿) 草 chháu 螟 meh 蹅火 hóe[hé]，馬 bé 蹅過 kòe[kè] 墻 chhîo͘^{n}[chhîu^{n}] 仔 á，對 tùi 公kong 園 hn̂g 給 kā 伊蹅過；(攔) 雙 siang 手 chhíu 給 kā 我蹅咧 leh 不 m̄ 予 hō͘ 我過，人在 teh 冤 oan 家 ke 去給 ka 蹅開 khui。

chāⁿ 撊 (舀取) 撊水 chúi，用網 bāng 瓠 hia 撊魚 hî，鹽 iâm 撊一 chit 大 tōa 下 ē。

chah 扎 (攜帶) 扎錢 chîⁿ，扎銃 chhèng，偷 thau 扎金 kim 仔 á；(束，撩起) 扎褲 khò͘，衫 saⁿ 仔 á 裾 ku 扎起來，擘 pih 扎；(攙扶) 給 kā 伊扎咧 ·leh，鬥 tàu 扎，好 hó 後 āu 扎。

cha̍h 閘 (水閘，柵欄) 水 chúi 閘，門 mn̂g 閘仔 á。

截 (遮，阻攔) 截風 hong，截屏 pîn，截光 kng，截暗 àm，遮 jia 截，攔 nôa 截，截車 chhia，截路 lō͘，截人的話 oē 頭 thâu，擘 âⁿ 截 (遮擋；爲袒護一方而阻擋)。

鍘 (用鍘刀切) 鍘斷 tn̄g，鍘草 chháu，鍘藥 io̍h，虎 hó͘ 頭 thâu 鍘。

炸 油 iû 炸，炸肉 bah 丸 oân，炸雞 ke[koe]。

Chai 栽 栽花 hoe；栽培 pôe；(幼苗) 魚 hî 栽；(摔倒) 倒 tò 頭 thâu 栽。

災 災禍 ē/hō。

齋 化 hòa 齋，吃 chia̍h 早 chá 齋，吃長 tn̂g 齋。

chai 知 知影 iáⁿ，不 m̄ 知，明 bêng 知，真 chin 知，知頭 thâu，知位 ūi，知轉 tńg。

chái 早 早起 khí (早上)，昨 chang 早起，明 bîn 仔 á 兮 ê 早。

Chài 再 再來 lâi，再復 koh。

載 載貨 hòe[hè]；(承當) 載力 la̍t，載無 bô 法 hoat 得 ·tit，接 chih 載 (承受)，接載𣍐 bē[bōe] 住 tiâu (

支不住)；記 kì 載。

哉 哀 ai 哉，該 ka/kai 哉（幸而，幸虧）。

Châi 才 才能 lêng，才調 tiāu，才情 chêng；奴 lô͘ 才。

材 材料 liāu；人 jîn,lâng 材，身 sin 材。

財 錢 chî^{n} 財，發 hoat 財，横 hoâi^{n} 財，貪 tham 財。

châi 臍 肚 tō͘ 臍，斷 tńg 臍；歪 oai 臍（性情乖僻）。

Chāi 在 在在，自 chū 在，豎 khīa 在，打 phah 在，心掠 liah 在，老 lāu 步 pō͘ 在，在膽 tá^{n}；存 chhûn 在，在場 tîo͘^{n}[tîu^{n}]，所 só͘ 在；在人 lâng，據 kù/隨 sûi/出 chhut/由 iû 在（任憑）。

儎 滿 boán 儎，重 tāng 儎。

Chái^{n} 宰 主 chú 宰，宰相 siòng；宰殺 sat，宰牛 gû。

滓 渣 che 滓。

載 一年 nî 半 pòa^{n} 載。

chái^{n} 指 手 chhíu 指，腳 kha 指，指 kí 指，中 tiong 指，尾 bóe[bé] 指。

怎 怎樣，怎可 thang 按 án 尔 ne[ni]，怎得 tit 了 liáu。

chak 齪 (擠，悶) 厝 chhù 內真齪，心 sim 肝 koa^{n} 真齪，齷 ak 齪；(擾) 齪嘈 chō/chô (攪擾)，莫 bòh 得 tit 齪我。

chák 族 種 chéng 族。

嗾 (嗆) 飲 lim 茶 tê 去嗾着，着咳 ka 嗾；嗾嗾叫 kìo。

Cham 臢 腌 am 臢，腌死 sí 臢。

cham 噆 (蒼蠅等吸吮) 蝴 hô͘ 蠅 sîn 在 teh 噆，蜂 phang 噆花 hoe。

Chám 斬 斬斷 tn̄g；斬截 che̍h[choe̍h] (果斷)。

嶄 嶄然 jiân (相當)。

chàm 跺 (踩) 跺腳 kha，跺蹄 tê[tôe]，跺土 thô͘ 腳，跺眠 mn̂g[bîn] 床 chhn̂g 鼓 kó͘，跺門 mn̂g，跺破 phòa。

châm 譖 (勸阻) 給 kā 伊譖，打 phah 譖，破 phòa 嘴 chhùi 譖，譖人的話 oē。

Chām 站 路 lō͘ 站，中 tiong 站，長 tn̂g 站，斷 tn̄g 站，織 chih 站，窐 làng 站，落 làu 站，到 kàu 站；坎 khám 站；這 chit 站 (此時)。

蹔

鏨 鏨仔 á；鏨花 hoe，鏨字 jī。

chām 剼 (砍)剼雞 ke[koe] 肉 bah，剼斷 tn̄g，剼做cho[chòe] 四 sì 塊 tè，白 pe̍h 剼雞。

chan 曾 (姓)

層 後 āu 層齒 khí。

罾 罾仔 á，四 sì 腳 kha 罾，牽 khan / 舉 kia̍h /討 thó 罾；罾魚 hî。

踭 腳 kha 後 āu 踭 (脚後跟)。

chán 嶄 (棒，優異) 真 chin 嶄，有 ū 夠 kàu 嶄。

Chàn 贊 贊成 sêng，贊助 chō͘，贊力 la̍t，贊聲 siaⁿ，贊嘴 chhùi。

讚 稱 chheng 讚。

chàn 棧 (旅館) 客 kheh 棧；(倉庫) 棧間 keng，棧房 pâng，貨 hòe[hè] 棧，茶 tê 棧。

層 三 saⁿ 層樓 lâu。

站 站豎 khīa，站隊 tūi，站班 pan，站崗 kang。

Chân 殘 殘廢 hòe；殘忍 jím，殘酷 khok，殘暴 pō。

努 (用尖的東西刺進) 努腹 pak/bak 肚 tó͘，努死；(閹割)努猪 ti 仔 á；(扒竊) 努人的錢，努腰 io 肚 tó͘；(搞)土 thó͘ 努 (不是正式的，是自个儿搞出來的)。

chân 層 籃 nâ 層，三 sam 層肉 bah，層次 chhù (次序) 。

chān 贊 (幫助，支持) 相 sio[saⁿ] 贊，帮 pang 贊，鬥 tàu 贊，贊助 chō͘，贊錢 chîⁿ，贊聲 siaⁿ，贊嘴 chhùi，贊手 chhíu，贊力 la̍t，贊後 āu (在後面幫助) 。

chang 棕 棕屐 kia̍h，棕樹 chhīu。

鯮 赤 chhiah 鯮。

鬃 頭 thâu 鬃；馬 bé 鬃，猪 ti 鬃。

搈 (一把抓起) 用 ēng 手 chhíu 來搈，搈起來。

昨 (←cha-hng 昨昏) 昨暗 àm，昨中 tiong 晝 tàu，昨早 chái 起 khí。

cháng 總 (總攬) 總頭 thâu，(總管) 伊在 teh 總頭，總權koân，權予 hō͘ 人總去·khi，總家 ke 伙 hóe[hé]。

穗 (成束的東西) 菜 chhài 穗，稻 tīu 稿 kó 穗，穗頭 thâu；掠 lia̍h 穗 (抓頭緒)，摸 bong 無 bô 穗，揸 sa 着 tio̍h 穗；(假髮) 假 ké 穗，續 sòa 穗 (接假髮)，頭 thâu 穗 (髮髻；頭緒) 。

chàng 粽 肉 bah 粽，菜 chhài 粽，焿/鹼 ki^n 粽，縛 pȧk 粽，粽葉 hiȯh。

壯 四 sì 壯生 se^n[si^n]（身體强壯結實），𩎟 àng 壯生（體格粗大强壯）。

châng 灇 (淋）灇水 chúi，灇浴 ėk。

欉 樹 chhīu 欉，花 hoe 欉，大 tōa 欉。

Chȧp 雜 複 hȯk 雜，雜插 chhap，雜嘈 chô，雜膜 mȯh（心煩），雜牌 pâi，雜細 sè（婦女日用的零星雜貨）。

chȧp 十 十足 chiok，十全 chn̂g；若 jōa 十好 hó。

什 什錦 kím[gím]。

咂 吃 chiȧh 到 kah 咂咂叫 kìo；咂嘴 chhùi，哀 ai 咂，咂啥 sía^n 代 tāi。

Chat 札 批 phoe[phe] 札（書信），布 pò͘ 札，札記 kì。

紮 紮布 pò͘，紮手 chhíu 骨 kut，紮營 iâ^n。

chat 節 （各段相連的地方）竹 tek 節，骨 kut 節，關 koan 節，筋 kin[kun] 節；（段落）手 chhíu 節，頂 téng 節，下 ē 節，半 pòa^n 節，斷 tn̄g 節；（節制）節勢 sè，節力 lȧt，節咧 leh 用 ēng，老 lāu 根kin[kun] 節，撙 chún 節；節脈 mėh。

chȧt 寔 （裡面填滿沒有空隙）寔統統 thóng，飽 pá 寔，冇 tēng 寔，寔偝 chi^n，寔實 sit，寔腹 pak；寔鼻phī^n，寔氣 khùi（憋氣），喉 âu 寔。

賊 墨 bȧk 賊，烏 o͘ 賊。

chau 焦 焦心 sim 掰 peh 肝 koa^n；（沒有燒透的）柴 chhâ 焦

，炭 thòa^n 焦，還 iáu 未 bōe[bē] 上 chīơ^n[chīu^n] 焦。

糟　糟粕 phoh，酒 chíu 糟，紅 âng 糟肉 bah；漚 au 糟，老 láu 糟（陳腐），穿 chhēng 到 kah 真糟，亂 loān 糟糟；(耽于) 糟眠 bîn，糟酒 chíu 色 sek，糟查 cha 某 bó͘。

蹧　蹧躂 that（欺負，折磨）。

cháu　走　行 kîa^n 走，四 sì 界 kòe[kè] 走；走雨，走反 hoán；走色 sek，走音 im，走精 cheng，走消 sau（弄亂，走樣；更改），㩹 thia̍p 好好不 m̄ 可 thang 打phah 走消，𣍐 bē[bōe] 走消得·tit，走差 choa̍h（走樣）；走水 chúi，走桌 toh；走腹 pak，走瀉 sìa，走動 tāng（上廁所）。

蚤　虼 ka 蚤。

chàu　灶　灶腳 kha；口 kháu 灶；豬 ti 灶。

奏　演 ián 奏；奏歹 pháiⁿ 話 oē。

Châu　巢　卵 nn̄g 巢；巢穴 hia̍t。

剿　剿襲 sip；剿滅 bia̍t。

Chāu　找　找尋 chhōe[chhē]/sîm，找麻 mâ 煩 hoân；找錢 chî^n，找還 hêng。

cha̍uh　雜　雜念 liām（嘮叨）。

Che　劑　藥 io̍h 劑，強 kiông 心 sim 劑，劑量 liōng，調 tiau 劑。

che　這　這那 he。

渣　渣滓 tái[chái^{n}]，豆 tāu 渣，藥 io̍h 渣（熬過第一遍的中藥），油 iû 渣（油的沈渣）。

齋　齋懺 chhàm。

災　（瘟疫）着 tio̍h 雞 ke[koe] 災，猪 ti 災；着 tio̍h 睏 khùn 災，死 sí 囝 gín 仔 á 災；（蔫）菜 chhài 攏 lóng 災落去，災痀 ku（蔫，萎縮）菜災痀，人較 khah 災痀，生 seng 理 lí 災痀落去。

che[choe] 粩　（煮熟的“粽”）粿 kóe[ké] 粩，軟 nńg 粩，麵 mī 粩，餅 pían^{n} 粩。

ché 姐　姐夫。

這　（=這個 chit-ê／此的 chia-ê）（這個，這些）這人 lâng，這代 tāi 那 hé 代（這樣那樣）。

ché[chóe] 咋　（指桑罵槐）咋人·lang，媳 sim 婦 pū 打 phah 囝 gín 仔咋偲乾 ta 家 ke。

Chè 制　制度 tō͘；制限 hān。

製　製造 chō。

祭　祭祖 chó͘，祭孤（祭孤魂；吃）。

際　交 kau 際，實 sit 際。

濟　救 kìu 濟，接 chiap 濟，經 keng 濟。

chè 債　欠 khiàm 債，還 hêng 債；受 sìu 債；討 thó 債。

晬　度 tō͘ 晬（週歲），晬幾 kúi。

Chê[chôe] 齊　整 chéng 齊，齊備 pī；齊頭 thâu，齊奏 chàu。

Chê/chhê 蠐　蝳 am 蚨 pô͘ 蠐。

chê 个　（一個）亦 iah 不無 bô（誰說沒有），亦不不 m̄（誰說不）。

Chē 寨 營 iâ^{n} 寨，山 soa^{n} 寨，賊 chha̍t 寨，安 an 寨，紮 chat 寨。

chē 坐 坐車 chhia；坐禪 siân；(下沈) 坐底 té[tóe]，坐清 chheng；地 tē[tōe] 基 ki 坐落去，坐臼 khū (門墩下沈)；(減弱) 風較 khah 坐啦 lah，痛 thìa^{n} 較坐；後 āu 坐 (臀部)，尾 bóe[bé] 坐；坐向 hiòng，坐址 chí (地址)，坐落 lo̍h (房子、土地的所在地)。

下 (一下) 光 kng 下·che 光下，光下閃 siám 下 (閃爍著)，伸 chhun 下縮 kiu 下。

chē[chōe] 多 多少 chío，偌 chiah 多，許 hiah 多，若 jōa/lōa/gōa 多，多彌 bí/mí 滿 móa (多得是)，嘴 chhùi 多，多話 oē。

[chē]→chhe 坐

[chē]→chōe 罪睡

chē^{n}[chi^{n}] 爭 (力求，爭奪) 爭做 chò[chòe] 前 chêng，相 sio[sa^{n}] 爭在 tāi 先 seng，爭家 ke 伙 hóe[hé]。

ché^{n}[chí^{n}] 井 水 chúi 井，鼓 kó͘ 井，井底 té[tóe] 水 súi 雞；天 thi^{n}/thian 井，深 chhim 井。

chè^{n}[chì^{n}] 諍 (爭辯) 相 sio[sa^{n}] 諍，諍嘴 chhùi，諍死 sí 諍活 oa̍h，諍獪 bē[bōe] 煞 soah。

chê^{n}[chî^{n}] 晴 天 thi^{n} 晴，雨 hō͘ 晴，半 pòa^{n} 陰 im 半晴。

錢 錢文 î^{n}。

chē^{n}[chī^{n}] 靜 風 hong 靜，燒 sio 靜；暗 àm 靜 (悄悄地)。

cheh 仄 平 pîa^{n} 仄。

撮　(糟踏) 撮花 hoe 撮蕊 lúi，撮扔 hìⁿ 揀 sak，撮汰 thoah，撮汰五 ngó͘ 穀 kok，撮治 tī (作踐；洵氣)。

績　(紡，捻) 紡 pháng 績，績線 sòaⁿ；剑 lap 績，落 làu 績 (潦倒) 。

cheh[choeh] 抑　(搌) 抑乾 ta，抑起來。

節　年 nî 節，節氣 khì[khùi]，節季 kùi。

[cheh]→Chòe 贅

chėh 絕　死 sí 絕，絕種 chéng。

嘖　嘖嘖叫 kìo。

chėh[choėh] 截　(切斷，分割) 截做 chò[chòe] 四 sì 周 chiu，截斷 tn̄g；有 ū 斬 chám 截(定奪)；搾kheh[khoeh] 截 (欺負，折磨)，硜 kháiⁿ 截 (欺負) 。

Chek 即　即時 sî，即刻 khek。

則　規 kui 則；則管 koán。

責　責任 jīm；責備 pī。

績　成 sêng 績。

積　積積做 chò[chòe] 一 chit 堆 tui，積水 chúi，積住 tiâu，積下 hē，囤 tún 積，粒 liȧp 積；積德 tek；積極 kėk。

迹　筆 pit 迹。

脊　脊椎 chui。

鶺　鶺鴒 lêng。

借

稷　社 sīa 稷。

騭　陰 im 騭，歹 pháiⁿ 騭德 tek（前世的報應），好 hó 騭德（前世的善果），做 chò[chòe] 騭德。

chek 叔　阿 a 叔。

擠　擠膿 lâng，擠痱 thiāu 仔 á；擠倚 oá，擠許 hiah 多 che[chōe] 人 lâng；予 hō͘ 伊擠到 kah 無 bô 話 oē 講 kóng，對 tùi 擠（對質）。

燭　蠟 la̍h 燭，燭台 tâi。

躓　（扭傷）腳 kha 去躓着·tioh。

Che̍k 寂　寂寞 bo̍k。

藉　狼 lông 藉。

籍　籍貫 koàn。

嫉　嫉妒 tò͘。

賊　盜 tō 賊。

che̍k 疾　痢 lī 疾，痼 kò͘ 疾。

Cheng 爭　爭取 chhú[chhí]；爭執 chip；爭差 chha/choah（差别，差異），無 bô 爭差到 kah 若 jōa 多 chē[chōe]。

箏

晶　結 kiat 晶。

精　精華 hôa；精彩 chhái；精緻 tì；酒 chíu精，糖thn̂g 精，精水 chúi（精液）；（機靈）人真精，精神 sîn（睡醒，清醒）；（準確）打 phah 銃 chhèng 真 chin 精。

征　出 chhut 征。

蒸　蒸氣 khì，粉 hún 蒸肉 bah。

貞　貞節 chiat。

偵 偵探 thàm。

禎

曾 曾祖 chó͘ 。

僧 僧侶 lū。

增 增加 ka。

旌

Cheng/Teng/Tin 徵 特 tek 徵；徵兵 peng；徵收 siu；徵求。

cheng 盅 酒 chíu 盅，茶 tê 盅，蓋 khàm 盅。

鐘 搖 iô 鐘；時 sî 鐘；喉 âu 鐘仔 á（小舌）。

舂 舂米 bí，舂臼 khū。

衝 （撞擊）衝着 tio̍h 壁 piah，相 sio[sa^n] 衝，衝兵 piàng（破門搶劫的强盜）。

牲 牲生 se^n[si^n]（禽獸；牲口）。

cheng→chi^n 摐 （揍）。

Chéng 整 完 oân 整；整齊 chê；整理 lí；(購置，籌備，搞) 整些 kóa 身 sin 穿 chhēng，整家 ke 私 si 頭 thâu，整本 pún 錢 chî^n，整戲 hì，整船 chûn。

井 井底 tí 蛙 oa 不 m̄ 知 chai 天 thi^n 若 jōa 大 tōa。

chéng 種 種類 lūi；種子 chí；(繼承) 種父 pē，種伊 in 老 lāu 母 bó[bú]。

腫 腳 kha 腫，腫腫，脝 hàm 腫，痝 hàng 腫，浮 phû 腫，水 chúi 腫。

chéng[chńg] 指 指頭 thâu 仔 á，指甲 kah。

Chèng 正 正經 keng（端莊正派；眞的）。

政 政治 tī。

症 病 pē^{n}[pī^{n}] 症，症頭 thâu。

証/證 證明 bêng，證見 kì^{n}，干 kan 證（作證）。

諍 諫 kàn 諍。

chèng 衆 衆人 lâng，公 kong 衆。

種 栽 chai 種，種樹 chhīu 仔 á，種作 choh。

薦 茭 ka 薦，棕 chang 薦，管 koa^{n} 薦。

Chêng 曾

層 層次 chhù。

情 心 sim 情；情形 hêng。

晴

chêng 前 前後 āu，早 chá 前，眼 gán/gián 前，現 hiān 前，做 chò[chòe] 頭 thâu 前，面 bīn 前，好 hó 面前堂 tông/豎 khīa。

Chēng 靜 靜靜，肅 sok 靜，清 chheng 靜；安 an 靜，動 tōng 靜。

淨 淨香 hiō^{n}[hiu^{n}]，清 chheng 淨；淨重 tāng，淨實 sit。

靖

贈 贈與 ú，贈送 sàng，贈閱 iat。

chēng 曾 未 bōe[bē] 曾未。

增 加 ke 增重 tāng，增予 hō͘ 伊夠 kàu 額 giáh，增水 chúi（摻水）；（長，隆起）增肉 bah（長肉），地 tē[tōe] 面 bīn 增高 koân 起來。

從 從頭 thâu，從細 sè[sòe] 漢 hàn，從到 kàu 今 ta^{n}，從古 kó͘ 以 í 來。

Chi 之

芝 芝麻 môa。

支 支持 chhî；支出 chhut，支理 lí (代人支付處理)；支厘 lî (小氣；嘮叨)；支部 pō͘。

吱

枝 枝節 chiat；荔 nāi 枝。

肢 四 sù 肢，肢骨 kut。

脂 脂肪 hong，胭 ian 脂。

chi 𡰪 𡰪毴 bai；三 sam 八 pat 𡰪；(臭罵) 𡰪到 kah 無 bô 一 chit 塊 tè。

嗤 (=chhi) 嗤武 bú 嗤唆 chū。

Chí 只 只好；(沓) 一只紙 chóa。

枳

鯺 鯺仔 á 魚 hî。

止 阻 chó͘ 止；為 ûi 止；不 put 止 (超出；很)；行 hêng 止。

址 住 chū 址。

芷 白 pe̍h 芷。

祉

趾 腳 kha 生 se^{n}[si^{n}] 凍 tàng 趾。

姊 大 tōa 姊，姊妹 mōe[bē] 仔 á 群 kûn。

旨 宗 chong 旨；聖 sèng 旨。

指　指模 bô͘ (指印)；指名 mîa，指人 lâng，指點 tiám，指示 sī，指定 tēng，指揮 hui，指導 tō，指教 kàu，指數 sò͘，指標 phiau；指責 chek，對 tùi 指 (對質)，當 tng 面指；手指 (戒指)。

黹　針 chiam 黹。

chí 這　這代·tai 那 hí 代 (這個那個)。

子　種 chéng 子，菜 chhài 子，瓜 koe 子；果 kóe[ké] 子；魚 hî 子，腰 io 子；銃 chhèng 子，小 sío / 細 sè [sòe] 粒 liap 子；日 jit 子，甲 kah 子，窗 thang 仔子，烘 hang 爐 lô͘ 子　。

紫　紫色 sek。

[Chí]→Chú 煮

Chì 至　及 kip 至到 kàu 那 hit 時 sî，甚 sīm 至，周 chiu 至。

志　志向 hiòng，志氣 khì。

誌　雜 chap 誌。

摯　真 chin 摯。

贄

懫　懫治 tī (捉弄)。

Chì [Chù] 漬　淤 ì[ù] 漬 (污穢)。

chî 糍　麻 môa 糍，豆 tāu 糍；落 làu 糍＝流 lâu 糍(墜腮)。

鷀　鸕 lô͘ 鷀鳥 chiáu。

薺　荸 bé 薺。

[chî]→chû 薯蜍

Chī 巳 巳時 sî。

[Chī]→chī^{n} 舐

chi^{n} 晶 水 chúi 晶。

偂 (硬塞進去) 偂入去，硬 ngē[ngī] 偂，偂做chò[chòe] 一夥 hóe[hé]，偂到 kah 㝎㝎 chȧt，㝎偂；(楔子)柴 chhâ 偂；(榨) 偂油 iû；偂寒 kôa^{n} 偂熱 jiȧt。

湔 (洗) 衫 sa^{n} 滴 tih 着 tiȯh 豆 tāu 油 iû，着趕 kóa^{n} 緊 kín 給 ka 湔。

掟 (=cheng)(揍) 用拳 kûn 頭 thâu 拇 bó[bú] 掟，相 sio[sa^{n}] 掟 (打架)。

精 妖 iau 精，狐 hô͘ 狸 lî 精；(精靈) 不 put 止 chí 精，識 sek 精 (聰明鬼)，鬼 kúi 精 (鬼靈精)，鳥 chiáu 精 (小聰明)，吃 chiȧh 精 (食家)，變 pì^{n} 精，綿 mî 精 (一味)，綿精想 sīo^{n}[sīu^{n}] 錢 chî^{n}。

氈 氈帽 bō，氈毯 thán；溜 lìu 氈 (掉頭髮)。

䏃 腳 kha 䏃 (脚尖)，用腳䏃踢 that。

[chi^{n}]→che^{n} 爭

chí^{n} 嫩 幼 iù 嫩，嫩綽 chhioh (幼小)，嫩身 sin，嫩葉hiȯh，嫩竹 tek，嫩草 chháu，嫩薑 kio^{n}[kiu^{n}]，老 lāu 嫩；嫩仔 á (小鴿)。

[chí^{n}]→ché^{n} 井

chì^{n} 搢 (塞進) 搢胿 kui，搢予 hō͘ 飽 pá；(插，擠) 搢喙 chhùi，搢入，搢人 lâng 縫 phāng；(推) 搢做 chò [chòe] 頭 thâu，搢在 tāi 先 seng；(溯) 搢水 chúi

，搢流 lâu，搢風 hong。

箭 射 sīa 箭，火 hóe[hé] 箭；使 sái 目 ba̍k 箭。

牏 牏油 iû，牏肉 bah 丸 oân，牏路 lō͘ 。

[chì^{n}]→chè^{n} 諍

chî^{n} 錢 錢項 hāng，錢銀 gîn[gûn]，錢頭 thâu，錢水 chúi，錢孔 khang，錢額 gia̍h，錢財 châi，趁 thàn 錢，了 liáu 錢，值 ta̍t 錢，成 chîa^{n} 錢，工 kang 錢，軟 nńg 錢，手 chhíu 痠 sng 錢（力錢），見 kì^{n} 錢死 sí，錢鬼 kúi，（守 chíu）錢奴 lô͘ ；（冥鈔）金 kim 錢，庫 khò͘ 錢；上 chīó^{n}[chīu^{n}] 錢（撒嬌，撒賴）；一錢重 tāng。

簷／檐 簾 nî 簷，簷口 kháu。

[chî^{n}]→chê^{n} 晴錢

chī^{n} [Chī] 舐 （舔）用 ēng 舌 chih 來 lâi 舐，舐嘴 chhùi 箍 khơ。

[chī^{n}]→chē^{n} 靜

Chia 遮 遮掩 iám（掩蓋）。

chia 此 （這裡）在 tī 此，按 àn 此來 lâi（從這邊來），對 tùi/ùi 此去 khì（從這裡去）；此的 ê（這些），咱 lán 此的人 lâng。

Chía 姐 小 síó 姐。

者 學 ha̍k 者，記 kì 者，作 chok 者，使 sú 者，愛 ài 好 hò͘^{n} 者。

赭

Chìa 借 借口 kháu/khó͘ ，借重 tiōng。

蔗 甘 kam 蔗。

炙 麵 mī 炙。

鷓 鷓鴣 ko͘。

[chîa] 誰

chīa 炸 油炸粿（油條）。

謝 （姓）。

chia^n 正 正月 goėh[gėh]；正實 sit（眞的）。

精 妖 iau 精；精肉 bah（瘦肉），半 pòa^n 精白 pėh。

chía^n 淡 鹹 kiâm 淡，淡水 chúi；淡淡，白 pėh 淡，淡漾 iā^n，淡身 sin，淡嗶 pih／噼 phih／浡 phuh 浡；淡色 sek；淡淡事 sū（一點點簡單事）；軟 nńg 淡（纖弱）。

chìa^n 正 四 sì 正；真 chin 正，正港 káng（眞貨）；（右）正旁 pêng，正手 chhíu。

chîa^n 成 本 pún 成，先 se^n[si^n] 成，成樣 io͘^{n}[iū^n]；成月 goėh[gėh] 日 jit，成萬 bān 人 lâng；親 chhin 成（親戚），心 sim 成（心情）；（很，夠）成好 hó，成吃 chiah 力 lat。

chīa^n 掙 硬 ngē[ngī] 掙（硬而有韌性）。

淨 （花臉）紅 âng 淨，烏 ó 淨。

chiah 才 （剛才）今 ta^n 才，抵 tú 才，才才，日頭才落山；較 khah 停 thêng 才來去，按 án 尔 ne[ni] 才好，慢 bān 才；（只）才按 án 尔 ne[ni] 但 nā 定 tīa^n（才不過如此），才無 bô 若 jōa 久 kú。

偌 （這麼）偌遠 hñg，偌久 kú（這麼久；最近），偌呢 nih

早 chá。

隻　鳥 chiáu 隻，船 chûn 隻。

脊　背 kha[ka] 脊，腰 io 脊骨 kut。

迹　無影 iá^n 無迹。

睫　目 bȧk 睫毛 mn̂g。

chiȧh 吃　吃飯 pn̄g，吃食 sit，吃穿 chhēng；趁 thàn 吃，賺 choán 吃，吃頭 thâu 路 lō͘；吃我真夠 kàu，吃伊過過 kòe[kè]，吃傖 sông，吃偷 thau；吃菜 chhài，吃教 kàu；吃名 mîa（冒名）；吃色 sek，吃漿 chiớ^n [chiu^n]；吃力 lȧt；吃氣 khì，吃癖 phiah；吃認 jīn，吃罪 chōe，吃虧 khui；吃命 mīa（運氣特佳），吃市 chhī（繁華）。

炙　油 iû 炙粿 kóe[ké]。

[Chiak]→Chiok 芍灼酌爵

Chiam 占　占卜 pok，占卦 kòa；三 sa^n 占錢 chî^n。

尖　尖尖，尖利 lāi，尖頭 thâu；尖鑽 chǹg（鑽營）；尖仔 á 米 bí。

針　稟 pín 針（别針）；針黹 chí。

詹

瞻　（注意看）相 sio[sa^n] 瞻，瞻看 khòa^n（張望），店 tiàm 頭 thâu 小 síó 給 kā 我瞻咧·leh。

譫　譫語 gú[gí]。

chiam 簪　扁 pí^n 簪，簪仔 á 頭 thâu 插 chhah。

Chiàm 占　占位 ūi，占咧 leh 做 chò[chòe]，占在 tāi 先 seng

(搶先)，占便 pan 宜 gî；(調解) 占人冤 oan 家 ke。

Chiâm 潛 潛水 chúi 艇 théng，潛在 chāi，潛伏 hòk，潛意 ì 識 sek。

Chiām 漸 漸漸。

暫 暫時 sî，暫權 koân，暫且 chhía^{n}，暫且用 ēng 看 khòa^{n} 覓 māi。

Chian 煎 煎魚 hî，煎油 iû，煎炒 chhá，煎爨 choán，蚵 ô 仔 á 煎。

箋

氈

Chián 剪 剪斷 tn̄g；剪布 pō͘ (買布匹)；剪絡 líu 仔 á (扒手)。

餞 餞別 piat。

chián 蟳 蟳仔 á，蟳仔虫 thâng，蟳魚 hî，蟳蠘 choah (蠹魚)。

Chiàn 戰 戰爭 cheng。

薦 推 thui 薦。

棧

chiàn 餞 蜜 bit 餞。

Chiân 前 以 í 前，從 chiông 前，眼 gán/gián 前，前途 tô͘；前線 sòa^{n}，前例 lē。

Chiān 賤 下 hā 賤，臭 chhàu 賤；(擺弄，淘氣) 賤水 chúi (玩水)，賤電 tiān 風 hong，不 m̄ 可 thang 賤，囝仔這 chit 滿 móa 上 siōng 蓋 kài 賤，賤腳 kha 賤手 chhíu，腳手真賤，賤虫 thâng (淘氣鬼)；嘴 chhùi 賤嘴 (算是說著玩兒吧)。

踐 實 sit 踐。

Chiang 漳 漳州 chiu。

chiang 張 乖 koāi 張。

chiáng 掌 手 chhíu 掌，掌中 tiong；掌管 koán。

奬 褒 po 奬，奬勵 lē。

槳

長 長進 chìn。

chiàng 將 將材 châi (身材魁梧)；將時 sî (=這 chit 當 tang 時)(這個時候)，將時你才 chiah 來，舊 kū 年 nî 將時。

障 內 lāi 障。

Chiap 接 接近 kīn[kūn]，接觸 chhiok；接骨 kut，接續 sòa，接痕 hûn，接叕 chōa；接着 tio̍h 批 phoe[phe]，接手 chhíu；迎 gêng 接，接待 thāi。

汁 奶 ni[lin] 汁，柑 kam 仔 á 汁；衫 sa^n 穿 chhēng 到 kah 要 boeh[beh] 出 chhut 汁，汁汁。

chia̍p 捷 (快) 跤 kha 手 chhíu 真 chin 捷，緊 kín 捷快 khoài；(頻頻) 捷捷吃 chia̍h，捷捷寫 sía 批 phoe [phe]，密 ba̍t 捷 (頻頻不停地)。

咂 吃 chia̍h 到 kah 咂咂叫 kìo。

Chiat 節 節目 bo̍k；節省 séng；節操 chhò。

折 骨 kut 折；曲 khiok 折；打 phah/$tá^n$ 折，折頭 thâu；折錢 $chî^n$，折算 sǹg，折舊 kū；折味 bī，折福 hok。

浙　浙江 kang。

哲

Chiȧt 捷　敏 bín 捷；戰 chiàn 捷。

截　截人的話 oē（打岔），截止 chí。

Chiau 招　招待 thāi，招集 chip，招搖 iâu。

昭

焦　焦點 tiám，焦慮 lū，心肝悶 būn 焦焦。

蕉　蓮 liân 蕉，芭 pa 蕉。

礁　礁石 chiȯh。

chiau 蹧　蹧躂 that（欺負，折磨），真賢 gâu 蹧躂人·lang。

chiáu 鳥　鳥仔 á；鳥嘴 chhùi（亂說話），鳥精 chi^n（機靈），鳥屎 sái（調戲女人）。

屌　𡳞 lān 屌（陰莖）。

姐　姐母 bó[bú]。

Chiàu 照　照常 siông，照舊 kū，照額 giȧh（按道理，本來），照勻 ûn（依次），照輪 lûn，照紀 khí 綱 kang；照辦 pān；照顧 kò͘；照對 tùi；照相 siòng 機 ki；執 chip 照，牌 pâi 照。

詔　詔書 su。

chiàu 瞧　（看）來去小 sío 瞧一下。

Chiâu 憔　憔悴 chūi，憔心 sim 拚 peh 腹 pak。

樵　樵夫 hu。

chiâu 仝　（都，全）仝來（統統來），仝到 kàu（到齊），仝好 hó（都好），仝大 tōa（一樣大），仝備 pī（齊備），仝全

chn̂g（齊全），仝仝（統統，一樣的）；（勻稱）打 phah 予 hō͘ 仝，漆 chhat 予 hō͘ 仝，仝勻 ûn（順利；均勻；不間斷的），雨 hō͘ 水 chúi 真仝勻。

chiauh 眨 目 ba̍k 睭 chiu 真賢 gâu 眨，躡 nih 眨躡眨。

chih 接 （迎接）接人 lâng 客 kheh，迎 ngîa 接，接接 chiap（應接；接頭）；（接受）接錢 chîⁿ；（承受）會 ē[oē] 接力 la̍t，接載 chāi 𣍐 bē[bōe] 住 tiâu。

摺 （折疊）摺衫 saⁿ，摺紙 chóa；手 chhíu 摺簿 phō͘（小筆記）。

懫 懫治 tī（捉弄），懫卒 chuh（淘氣）。

chi̍h 舌 嘴 chhùi 舌，吐 thó͘ 舌，舌尾 bóe[bé]，舌頭 thâu，舌根 kin[kun]，舌下 ē，舌苔 thai，舌菰 kō͘；賢 gâu 轉 tńg 舌關 koan；大 tōa 舌（口吃），大舌口 kấu；火 hóe[hé] 舌（火苗）。

櫼 打 phah 櫼，折 at 櫼，櫼站 chām（中斷）。

喞 喞咂 cha̍p 叫 kìo，喞啾 chiu̍h 叫 kìo。

Chim 唚 （親嘴）抱 phō 起來唚，攬 lám 咧 leh 唚，相 sio [saⁿ] 唚，唚嘴 chhùi。

斟 斟酌 chiok（小心；留神）。

碪 碪仔 á；（用鐵鎚等打）好 hó 心 sim 予 hō͘ 雷 lûi 碪。

箴 箴言 giân。

Chím 枕 枕頭 thâu。

嬸 阿嬸，小 síо 嬸，嬸婆 pô。

chím 今　今仔 á=這 chit 滿 móa。

Chìm 浸　(泡在液體裡) 浸水 chúi，浸澹 tâm，浸藥 io̍h，浸漬 chù；浸柿 khī。

chîm 蟳　紅 âng 蟳，菜 chhài 蟳，蟳仁 jîn，蟳膏 ko，蟳管 kóng。

Chin 眞　真正 chìa^{n}，真抵 tú 真，當 táng/tàng 真，頂 téng 真，認 jīn 真；聽予 hơ 真，查 chhâ 較 khah 真，真知 chai；(很) 真好 hó，真成 chîa^{n} (很)，真成好。

瞋　生 chhe^{n}[chhi^{n}] 瞋 (瞪眼；驚惶失色；突然)。

津　津液 e̍k。

甄　甄別 pia̍t。

蓁　菅 koa^{n} 蓁。

chin 珍　珍珠 chu。

升　一 chit 升米 bí，升聲 sia^{n}，升斗 táu。

Chín 振　振作 chok。

賑　賑濟 chè。

震　震災 chai。

疹

診　診治 tī。

拯　拯救 kìu。

Chìn 進　進前 chêng，進行 hêng，進展 tián；進貢 kòng，進香 hio͘^{n}[hiu^{n}]，進酒 chíu，進貨 hòe[hè]；後 āu 進 (後棟；後裔)。

晉　晉江 kang。

Chîn 秦 秦始 sí 皇 hông。

chîn 繩 (繩墨) 繩索 soh，繩線 sòa^{n}，牽 khan 繩，對 tùi 繩，準 chún 繩；(瞄準) 繩了 liáu 無 bô 準 chún；(定睛細看) 掠 lia̍h 伊一 it 直 tit 繩，目 ba̍k 睭 chiu 緩 ûn 仔 á 繩。

Chīn 盡 講 kóng 𣍐 bē[bōe] 盡，盡皆 kai (統統)；盡有 ū，盡趁 thàn 盡開 khai；盡尾 bóe[bé]，盡磅 pōng；盡量 liōng，盡心 sim；盡職 chit；(限於) 盡今 kin 仔 á 日 jit；(叮嚀) 復 koh 給 kā 伊盡一擺。

贐 贐儀 gî。

chio 招 招朋 pêng 友 iú，相 sio[sa^{n}] 招邀 io；招親 chhin；招生 seng；招呼 hơ。

蕉 芎 kin/keng/gêng 蕉，粉 hún 蕉。

椒 胡 hô͘ 椒，辣 loa̍h 椒，辛 hiam 椒仔 á，椒料 liāu。

chío 少 多 chē[chōe] 少，少數 sò͘，少人 lâng，少算 sǹg，少缺 khoeh[kheh] (多得是)。

chìo 照 照光 kng，西 sai 照日 jit，日倒 tò 照；照鏡 kìa^{n}，照面 bīn；執 chip 照，護 hō͘ 照。

醮 做 chò[chòe] 醮，醮壇 tôa^{n}。

chiơ^{n} [chiu^{n}] 章 文 bûn 章。

樟 樟腦 ló，樟柴 chhâ。

鱆 鱆魚 hî。

漿 泔 ám 漿，吃 chia̍h 漿 (上漿)，起 khí 漿 (去漿)；漿泔 ám，漿衫 sa^{n}。

螿 螿蜍 chû[chî]。

chío͘^{n}[chíu^n] 掌 手 chhíu 掌，掌心 sim，掌痕 hûn，斷 tn̄g 掌，一巴 pa 掌大 tōa；鴨 ah 掌，熊 hîm 掌。

獎 褒 po 獎，誇 khoa 獎，得 tek 獎，獎金 kim。

槳 船 chûn 槳，划 kò 槳。

蔣 （姓）。

麞 麞仔 á。

chìo͘^{n}[chìu^n] 醬 豆 tāu 醬；醬料 liāu；醬醬渧渧 sîo͘^{n}[sîu^n]；（弄髒）醬土 thô͘，醬水 chúi，醬到 kah 歸 kui 身 sin 軀 khu，醬驚 kia^n 人 lâng（弄髒）；（＝這 chit）醬旁 pêng（這邊）。

chîo͘^{n}[chîu^n] 裳 衣 in/i 裳。

chīo͘^{n}[chīu^n] 上 上山 soa^n，上崎 kīa，上落 lo̍h，上水 chúi 鮮 chhi^n，頭上（仔 á）子 kía^n；上妝 chng，上錢 chî^n（撒嬌，撒賴），上樣 iō͘^{n}[iū^n]；上頭 thâu 上面 bīn（恬不知恥）。

痒 扒 pê 痒，痒痛 thìa^n。

chioh 借 借錢 chî^n，借用 ēng，借坐 chē，借睏 khùn，借住 tòa，借豎 khīa；借單 toa^n，胎 thai 借字；借問 mn̄g，借過 kòe[kè]（借光）。

焟 （取暖）落 lo̍h 霜 sng 有 ū 日 jit 焟、烏 ó 寒 kôa^n 死 sí 無 bô 藥 io̍h，焟日（晒太陽），焟燒 sio，焟火 hóe[hé]（烤火）。

迹 踏 tah 人的迹，底 té[tóe] 迹（底細）。

績 棉 mî 績被 phōe[phē]。

蹠 (=chhioh) 腳 kha 蹠底 té[tóe]。

chio̍h 石 石頭 thâu，石條 liâu，石獅 sai。

Chiok 足 滿 boán 足；充 chhiong 足，十 cha̍p 足，足足，足額 gia̍h；(很，非常) 足多 chē[chōe]，足好 hó。

祝 慶 khèng 祝；祝你成 sêng 功 kong。

燭

屬 屬意 ì，屬望 bōng。

囑 遺 ûi 囑。

矚 矚目 bo̍k，矚望 bōng。

Chiok[Chiak] 芍 芍藥 io̍h。

灼 灼熱 jia̍t。

酌 對 tùi 酌；斟 chim 酌。

爵 封 hong 爵；爵士 sū 音樂。

Chiong 終 終歸 kui (畢竟，到底)，終點 tiám，臨 lîm 終；終日 jit，終世 sì 人 lâng，終身 sin。

鍾 鍾愛 aì，鍾情 chêng。

Chiong[Chiang] 將 將心比心，將計 kè 就 chīu 計，將錯 chhò 就錯，姑 ko͘ 且 chhía^{n} 不 put 得 tek 已 í 而 jî 將就→姑 ko͘ 不 put (而 jî) 將；將這 che 交 kau 予 hō͘ 伊辦 pān；將來，將近 kīn[kūn]；將信 sìn 將疑 gî；將軍 kun。

章 文 bûn 章；章程 thêng；印 ìn 章；領 nía 章。

彰 表 piáu 彰。

璋　弄 lōng 璋。

chiong 張　慌 hiong 張。

Chióng 種　種類 lūi，那 hit 種人，那種門 mn̂g 的人，種種；種族 cho̍k。

Chióng[Chiáng] 掌　合 ha̍p 掌拜 pài，掌中 tiong，掌心 sim；鴨 ah 掌；掌握 ak ，掌權 koân，掌鋪 phò͘ (掌灶的)，掌鋪人 lâng。

獎　誇 khoa 獎，發 hoat 獎，獎狀 chn̄g，獎勵 lē。

chióng[chiáng] 障　故 kò͘ 障。

長　長進 chìn，長志 chì (志氣)，許 hiah 呢無 bô 長志。

Chiòng 衆　民 bîn 衆，大 tài 衆，觀 koan 衆，聽 thiaⁿ 衆，衆人 lâng 怨 oàn。

Chiòng[Chiàng] 將　勇 ióng 將，將領 léng，將材 châi。

障　內 lāi 障，障礙 gāi。

chiòng 中　不 put 中用 iōng。

Chiông 從　隨 sûi 從；服 ho̍k 從，從伊的願 goān；從頭 thâu 到 kàu 尾 bóe[bé]，自 chū 從，從前 chêng/chiân，從來 lâi；從堂 tông 兄 hiaⁿ 弟 tī。

chiōng 狀　狀元 goân。

Chip 執　執行 hêng；固 kò͘ 執，執古 kó͘ 板 pán。

輯　編 pian 輯。

chip 咠　(小口地喝) 寬寬 khoaⁿ仔 á 咠，咠咧·leh 咠咧，咠一嘴 chhùi 酒 chíu。

Chip 集　集合 ha̍p，集倚 oá，集會 hōe；全 choân 集，文 bûn 集。

chip 咠 (=chip)

緝 通 thong 緝。

寂 圓 oân 寂。

籍 戶 hō͘ 籍。

Chit 質 氣 khì 質，性 sèng 質，水 chúi 質；物 bu̍t 質；質問 mn̄g/būn；質押 ah。

織 紡 pháng 織，毛 mn̂g 織，織布 pò͘；組 chó͘ 織。

職 職務 bū。

脊 脊椎 chui；厝 chhù 脊，中 tiong 脊，翹 khiàu 脊；山 soa^{n} 脊。

鶺 鶺鴒 lêng。

chit 這 這个 ê 人，這滿 móa，這迭 tia̍p，這陣 chūn，這久 kú (此時)，這迹 jiah，這搭 tah (這裡)，這號 hō/lō (這種)，這氣 khùi (這次) 。

鯽 鯽仔 á 魚 hî。

Chit 疾 疾病 pē^{n}[pī^{n}]，疾苦 khó͘ 。

chit 一 一堆 tui，一些 kóa，一様 iō͘^{n}[iū^{n}]，一世 sì 人 lâng，一眉 bâi 仔 á，一疕 phí 仔，一屑 sut 仔，一霎 tah/tiap 久 kú 仔 (一會兒)，一目 ba̍k 瞷 nih 久。

殖 殖民 bîn 地 tē[tōe]。

嫉 嫉妒 tò͘ 。

Chiu 周 周圍 ûi；周轉 choán；周至 chì，周到 tò；(四分之一) 切 chhiat 做 chò[chòe] 四 sì 周。

週 週末 boa̍t；週期 kî，週率 lu̍t。

睭 目 bak̍ 睭（眼睛）。

賙 賙濟 chè。

州 泉 choân 州。

洲 亞 a 洲；沙 soa 洲＝洲仔 á。

舟

Chíu 酒 吃 chiah̍ 散 sàn 酒，吃酒醉 chùi。

箒 掃 sàu 箒。

chíu 守 守寡 kóaⁿ，守空 khang 房 pâng，守暝 mê[mî]，守錢 chîⁿ 奴 lô͘。

Chìu 咒 念 liām 咒，咒罵 mē[mā]；咒誓 chōa（發誓），咒死 sí 絶 che̍h 誓，咒死厲 lē 誓，咒誓予 hō͘ 別 pa̍t 人 lâng 死；咒懺 chhàm（怨言，發牢騷）。

chìu 蛀 蛀虫 thâng；蛀孔 khang，蛀齒 khí；蛀核 hu̍t，蛀鼻 phīⁿ（爛塌鼻）。

Chīu 就 （遷就）來就伊，相 sio[saⁿ] 就；（靠近）就近 kīn [kūn]，就倚 oá；（到）就位 ūi，就職 chit，就醫 i；（趁便）就地 tē[tōe]；成 sêng 就；就伊的話來想 sīoⁿ[sīuⁿ]；早 chá 就按 án 尔 ne[ni]；（自）就細 sè[sòe] 漢 hàn 到 kàu 今 taⁿ。

[chiuⁿ]→chioⁿ 章樟鱆漿蟼

[chíuⁿ]→chíoⁿ 掌槳槳蔣礱

[chìuⁿ]→chìoⁿ 醬

[chîuⁿ]→chîoⁿ 裳

[chīuⁿ]→chīoⁿ 上痒

chiuh 啾 恬 tiām 啾啾 (靜悄悄)，密 ba̍t 啾啾 (密密麻麻) 。

chiu̍h 啾 啾啾叫 kìo。

chng 庄／莊 村 chhoan 莊，田 chhân 莊，莊社 sīa，莊腳 kha，莊裡·lin/nih，莊裡 lí/nih 人 lâng，莊裡款 khoán；錢 chî^n 莊，布 pò͘ 莊。

粧／妝 梳 se[soe] 妝，妝艷 thā^n (妝飾)，妝身 sin 命 mīa，妝美 súi 美；嫁 kè 粧，添 thiam 粧。

裝 假 ké 裝，裝病 pē^n[pī^n]；裝佛 pu̍t；裝行 hêng 李 lí。

贓 賊 chha̍t 贓。

chng[chui^n] 磚 磚仔 á 頭 thâu，雁 gān 子 chí 磚，花 hoe 磚，磚甓 phia̍h 瓦 hīa。

[chńg]→chéng 指

chǹg[chùi^n] 鑽 鑽仔 á，轆 lak 鑽；打 phah 鑽，鑽孔 khang；鑽縫 phāng，見 kì^n 錢 chî^n 鑽 (惟利是圖)，尖 chiam 鑽 (善牟利)，趡 nǹg 鑽 (鑽營) 。

chn̂g[chûi^n] 全 仝 chiâu 全，齊 chê[chôe] 全，嫖 phiâu 賭 tó͘ 飲 ím 三 sa^n 字 jī 全，十 tsa̍p 全。

chn̄g 狀 (文件) 訴 sò͘ 狀，告 kò 狀，所 só͘ 有 iú 權 koân 狀，委 úi 任 jīm 狀，獎 chió^n[chíu^n] 狀，賞 sió^n[síu^n] 狀。

臟 五 ngó͘ 臟，臟腑 hú。

chn̄g[chūi^n] 饌 (舔) 饌奶 ni[lin] 頭 thâu，饌舌 chi̍h，饌筆 pit 尾 bóe[bé]。

旋 卷 kńg 旋（打漩兒）；頭 thâu 殼 khak 旋（旋兒），螺 lê 旋。

Cho 愺 （燒心；心煩）心 sim 肝 koaⁿ 頭 thâu 愺，愺愺，愺亂 loān；焦 chiau 愺，愺心 sim，愺悶 būn，愺煩 hoân，聽 thiaⁿ 了 liáu 愺耳 hīⁿ[hī]（聽了壓煩）。

遭 遭遇 gū；（次，回）這 chit 遭，後 āu 遭，第 tē 一 it 遭。

cho 作 作料 liāu（配料）。

Chó 左 左手 chhíu。

早

棗 棗仔 á，紅 âng 棗，烏 ơ 棘，棗干 koaⁿ。

Chò 佐 輔 hù 佐；官 koaⁿ 佐。

chò[chòe] 做 做衫 saⁿ，做餅 píaⁿ，做詩 si，做工 kang，做代志，做官 koaⁿ，做尪 ang 某 bó͘，做對 tùi 頭 thâu，做伴 phōaⁿ，做夥 hóe[hé]，做陣 tīn；（隨）做你講，你做你、我做我。

Chô 曹

嘈 （喧嚣）耳 hīⁿ[hī] 孔 khang 嘈，雜 cha̍p 嘈（雜亂，嘈雜），嘈齪 chak（煩鬧），嘈人·lang（吵人）。

槽 水 chúi 槽；牙 gê 槽，心 sim 肝 koaⁿ 槽。

艚 艚仔 á 船 chûn，罛 kơ 艚。

Chō 坐 坐落 lo̍k，坐向 hiòng，坐臥 ngō͘ 兩 lióng 用 iōng，坐骨 kut，坐標 phiau。

座 滿 boán 座；佛 pu̍t 座，茶座；星 seng 座；一座山

soa^n。

造 製 chè 造；造路 lō͘ ，深 chhim 造。

皂 (肥皂) 藥 io̍h 皂；(亂塗) 皂烏 ơ 墨 ba̍k，烏 ơ 白pe̍h 皂，亂 loān 皂，皂猶 siáu 貓 niau 面 bīn；(胡說) 生se^n[si^n]/chhe^n[chhi^n] 皂 (揑造)，生皂話，生皂白 pe̍h 設 siat。

chō/chô/chò 嘈 齪 chak 嘈 (打攪)，憔 chiâu 嘈 (焦慮) 。

Chơ 租 租房 pâng 間 keng，租用 iōng，出 chhut 租；租稅 sòe[sè]，完 oân 租，收 siu 租。

鄒 (姓) 。

chơ 組 組織 chit，組成 sêng，小 sío 組。

Chó͘ 祖 祖先 sian。

阻 阻擋 tòng，阻止 chí。

齟 齟齬 ngô͘ /gú。

Chò͘ 湊/湊

輳 輻 hok 輳。

Chō͘ 助 帮 pang 助，協 hia̍p 助，互 hō͘ 助，資 chu 助，助贊 chān，助膽 tá^n。

驟 步 pō͘ 驟。

chō͘ 射 用中 tiong 指 chái^n 給 kā 伊射。

choa 抓 抓牌 pâi 仔 á，抓籤 chhiam，一 it 把 pá 抓。

chóa 紙 白 pe̍h 紙，格 keh 仔 á 線，紙條 liâu 仔，紙坯 phoe [phe]，紙枋 pang。

chôa 蛇 毒 to̍k 蛇。

掏 (=tôa)(篩)掏米 bí，掏予 hō 清 chheng 氣 khì。

誰 (←chī chūi-á)

chōa 叕 (線條)花 hoe 叕(花道兒)，拗 áu 叕，敆 kap 叕(騎縫)，歸 kui 叕，跳 thiàu 叕(跳行)；(行程，趟)單 toa^n 叕，双 siang 叕，來 lâi 回 hôe 叕，逮 tòe[tè] 無 bô 叕，短 té 叕，一 chit 叕來一叕去，後 āu 叕。

誓 咒 chiù 誓，咒死 sí 絶 che̍h 誓。

choa^n 煎 煎茶 tê，煎滾 kún 水 chúi，煎藥 io̍h。

chóa^n 盞 酒 chíu 盞；金 kim 盞花 hoe。

笊 笊籬 lî/nî。

怎 按 àn 怎，怎講 kóng。

chòa^n ⿱前火 (熬油)⿱前火肉 bah 油 iû。

chôa^n 泉 水 chúi 泉，溫 un 泉，活 oa̍h 泉，死 sí 泉。

殘 (嘴唇沾過的痕跡)嘴 chhùi 殘，沾 bak 狗 káu 殘。

chōa^n 賤 貴 kùi 賤，爛 nōa 賤(賤價)；懶 nōa 賤(散漫)。

濺 (液體向四外射出)濺出來，濺水 chúi，濺尿 jīo，濺屌 siâu/精 cheng(射精)。

choah 泏 (因搖晃而溢出)泏出來，打 phah 泏，搖 iô 泏。

choa̍h 差 (差異)爭 cheng 差，走 cháu 差(走樣)，差小 sío 可 khóa，無 bô 差；(扭傷)差着筋 kin[kun]。

蠘 蟉 ka 蠘，蟫 chiân 蠘。

choāi ⿰扌罪 (丑)歪歪 oai ⿰扌罪⿰扌罪，⿰扌罪斷 tn̄g，⿰扌罪來⿰扌罪去，⿰扌罪着·tioh(扭傷)。

Choan 專 專工 kang，專心 sim，專門 mn̂g，專刊 khan；專制 chè，專權 koân。

Choán 轉 移 î 轉，轉變 piàn，轉途 tô͘，轉交 kau，轉播 pò͘，轉載 chài。

choán 賺 賺錢 chîⁿ，賺吃 chiàh，好 hó 賺，僥 hiau 倖 hēng 賺；(賺便宜) 予 hō͘ 伊 i 賺去·khi。

爨 煎 chian 爨，腤 am 爨。

Choân 全 完 oân 全，齊 chê 全，全盤 pôaⁿ，全部 pō͘，全體 thé。

泉 漳 chiang 泉。

Choān 撰 (寫作) 自 chū 撰，杜 tō͘ 撰；(編造) 撰到 kah 有 ū 枝 ki 有葉 hio̍h，土 thó͘ 撰，腹 pak 內 lāi 撰 (自個兒胡謅)。

choān 鏇 (擰，上) 鏇錶 pío 仔，鏇門 mn̂g，鏇開 khui；螺 lō͘ 絲 si 鏇，酒 chíu 鏇。

Choat 拙 愚 gū 拙；拙作 chok；拙內 lōe。

茁 (顛溢) 豆 tāu 餡 āⁿ 茁出來；肥 pûi 到 kah 要 boeh [beh] 茁出來。

撮 撮要 iàu，撮影 éng。

Choa̍t 絕 絕情 chêng，絕氣 khùi，絕路 lō͘；絕色 sek，絕品 phín。

[choe]→che 楂

[chóe]→ché 咋

Chòe 最 最新 sin，最後 āu，最高 ko 潮 tiâu。

贅 入 jip 贅；贅言 giân；[cheh] 贅仔 á（贅疣），魚 hî 鱗 lân 贅仔。

綴

[chŏe]→chò 做

[chôe]→chê 齊

Chōe[chē] 罪 罪過 kòa/kò，得 tek 罪，犯 hoān 罪，吃 chiȧh 罪，赦 sìa 罪；受 sīu 罪。

chōe[chē] 睡 拄 tuh/ 豚 tok 瞌 ka 睡（打瞌睡）。

[chōe]→chē 多

[choeh]→cheh 抑節

[choėh]→chėh 截

choh 作 作穡 sit，作田 chhân，耕 keng 作，種 chèng 作，做 chò[chŏe] 敋 kap 作（做木匠）；做 chò[chŏe] 作（作態），發 hoat 作，下 hā 作（下流，下賤）。

築 築牆 chhîoⁿ[chhîuⁿ]，築灶 chàn，築埤 pi，築水 chúi（堵水）。

chȯh 昨 昨＝日 jit（前天），落 loh 昨＝日，大 tōa 昨＝日，昨＝日暝 mê[mî]。

怍 生 chheⁿ[chhiⁿ] 怍（驚慌）。

擿 （投擲）擿去·khi，擿抗 hiat 咯 kȧk，擿窟 khut 仔 á；（拋棄，棄置不顧）擿咧·leh，擿前 chêng 擿後 āu；雜 chȧp 擿（不齊；複雜）。

射 射箭 chìⁿ。

踖 （急奔）赵 chông 踖（馳突），走 cháu 踖（奔走，奔波)，踖錢 chî^n 孔 khang（爲籌款而奔走）。

Chok 作 作文 bûn，作曲 khek，作怪 koài，作弄 lōng，作孽 giȧt。

Chȯk 族 家 ka 族，民 bîn 族，種 chéng 族，漢 hàn 族，族譜 phó͘。

鏃 (侮辱人家的動作) 鏃人·lang。

濁 (過于濃艷，過膩) 傷 sio͘^{n}[siu^n] 濁（不雅)，臭 chhàu 濁（庸俗，陳腐）。

濯

Chong 宗 宗派 phài。

綜 綜合 hȧp。

踪 踪迹 chek/jiah。

莊 莊嚴 giâm。

粧 化 hòa 粧。

裝 服 hȯk 裝；裝備 pī。

贓 分 hun 贓。

Chóng 總 攏 lóng 總，總共 kiōng，總貿 báu/bȧuh；總鋪 phơ (大床舖)，總舖 phò͘（廚師)；總是（經常；無論如何；畢竟)，總無 bô（難道)，早 chá 就 chīu 講 kóng 好 hó、總無到 kàu 時 sî 要 boeh[beh] 復 koh 反 hoán，斯 su 文人總無不 m̄ 識 bat 禮 lé 數 sò͘。

Chòng 壯 勇 ióng 壯。

葬 埋 bâi/tâi 葬，出 chhut 葬，送 sàng 葬，合 hȧp 葬，葬身 sin。

chòng/tiòng/chiòng 中 不 put 中用 iōng。

Chông 崇 崇高 ko，崇拜 pài。

藏 暗 àm 藏，收 siu 藏。

chông 趴 (縱) 趴起 khí 樹 chhīu 頂 téng；(奔走) 走 cháu 趴，趴入趴出，趴來趴去趴無 bô 路 lō͘，趴錢 chî^n，趴踖 chòh (奔走)。

Chōng 狀 形 hêng 狀。

奘

藏 寶 pó 藏；西 se 藏。

臟 內 lōe 臟，臟腑 hú，臟器 khì。

Chu 朱 朱紅 âng。

侏 侏儒 jû。

茱 吳 gô͘ 茱萸 jû。

珠 珍 chin 珠，數 sò͘ 珠，珠螺 lê 鮭 kê[kôe]。

硃 硃砂 se 記 kì。

姿 風 hong 姿，姿勢 sè。

資 資本 pún，資格 keh。

茲

滋 滋味 bī，滋養 ióng；滋眯 bui (喜悅)。

諸 諸位 ūi。

孜 孜孜(專注)，孜孜相 siòng(凝視)；(經常)孜孜想sīo^n[sīu^n]，孜孜來，孜孜按 án 尔 né[ní] 生 se^n[si^n]。

輜

疽

chu 書　書冊 chheh，書呆 tai；婚 hun 書。

柱　江 kang 珧 iâu 柱。

Chú 主　主人 lâng；主要 iàu；公 kong 主；神 sîn 主。

子　子孫 sun；男 lâm 子；瞳 tông 子；子夜 iā。

仔　仔細 sè[sòe]。

梓　梓里 lí。

Chú[Chí] 煮　煮吃 chiah，煮飯 pn̄g，煮熟 sek，煮爛 nōa，煮㤐 thiám。

chú/sú 使　亂 loān 使（胡來），亂使來 lâi，亂使開 khai，亂使刣 thâi。

Chù 注　注意 ì，注目 bak，注重 tiōng；注音 im。

註　註解 kái，註明 bêng；註冊 chheh，註銷 siau；註定 tīa^n，註死 sí，註好好 hó，註該 kai，註該伊敗 pāi 。

駐　駐守 síu。

漬　浸 chìm 漬兩 hō͘；淤 ù/ì 漬 chù/chì。

鑄　鑄造 chō。

chù[chì] 箎　茭 ka 箎（草袋）。

Chû 慈　慈悲 pi，慈善 siān；家 ka 慈。

磁　磁石 chioh，磁氣 khì，磁性 sèng。

chû 㸌　（喚雞聲）雞 ke[koe] 㸌。

chû[chî] 薯　番 han 薯。

蜍　蟼 chio͘^{n}[chiu^n] 蜍。

Chū 自　自己 kí；自然 jiân；自古 kó͘，自早 chá，自細 sè[sòe]（漢 hàn），自頭 thâu，自本 pún，自底 té[tóe]

，自從 chiông，自按 an＝自就 chīu 按 án 尔 ne[ni]
(就以這樣)。

住 住所 só͘；痛 thiaⁿ 有 ū 較 khah 住，住手 chhíu；對不 put 住。

柱 江珧 iâu 柱。

駐 駐地 tē[tōe]。

Chū[Chī] 聚 聚集 chip，聚餐 chhan。

chū 衬 (墊，襯墊) 衬紙 chóa；尿 jīo 衬，椅 í 衬，鞋 ê[oê] 衬。

字 字名 mîa，貴 kùi 字，小 siáu 字。

唆 (＝chhū) 嗤 chi 武嗤唆。

chuh 泏 (一點一點地冒出) 泏出來，泏些·koa 泏些，隨 sûi 些 kóa 泏。

Chui 椎 脊 chek 椎，椎骨 kut。

錐 古 kó͘ 錐 (玲瓏可愛)；(盛得帶尖兒) 貯 té[tóe] 到kah 錐起來，錐錐滿滿 móa。

雕 交 ka 雕。

chui 脽 雞 ke[koe] 尾 bóe[bé] 脽，尾脽肉 bah；搖 iô 獅 sai 尾脽 (耀武揚威地走)。

chúi 水 井 chéⁿ[chíⁿ] 水，黃 n̂g 涶 sōe[sē] 水；水土 thó͘；(潮水) 水時 sî (漲/落潮時)，赴 hù 水時，趕 kóaⁿ 水時，水返 tńg (漲潮)，水淀 tīⁿ (漲潮)，水洘 khó (退潮)；(動植物繁殖或收穫的次數)到 kàu 水，頭 thâu 水，尾 bóe[bé] 水，割 koah 兩 nn̄g 水韮 kú 菜，這

chit 水雞仔 á；色 sek 水；錢 chîⁿ 水；抵 tú 水（頂撞）。

Chùi 醉 酒 chíu 醉；飽 pá 佮 kah 醉（夠受的）。

chûi 剶 （截，砍斷）剶落去，剶頭 thâu 殼 khak；剶價 kè 賬 siàu（殺價）。

Chūi 悴 憔 chiâu 悴。

瘁

[chūi]誰 誰知 chai，是 chi 誰仔 á。

Chun 尊 尊貴 kùi；尊敬 kèng，尊重 tiōng；（尊讓）相sio[saⁿ]尊，相尊坐 chē 位 ūi，相尊吃 chiah 有 ū 剩 chhun，尊存 chhûn，相尊存；令 lēng 尊，尊內 lōe。

遵 遵趁 thàn 命 bēng 令 lēng，遵命 bēng，遵守 síu。

Chún 准 批 phoe 准， 允 ún 准；准將 chiòng。

準 標 phiau 準，水 chúi 準，憑 pîn 準，準憑，準則chek，準繩 chîn；講 kóng 話 oē 真準，有 ū 準，準確khak，準時 sî；（權且當作）暝 mê[mî] 準日 jit、日準暝，有 ū 準無 bô、無 bô 準做 chò[chòe] 有 ū，做工 kang 準賬 siàu，準當 tǹg（抵當），準抵 tú 好 hó，掠 liáh 準（以為），我掠準伊不 m̄，若 ná 準（好像），若準外人 lâng，若準是若準不是，若準親像；（如果）準若是你、你敢 kám 要 boeh[beh]，換 oāⁿ 準你、你要按 àn 怎 chóaⁿ，準無 bô 嗎 mā 無要 iàu 緊 kín；（一定）明 bîn 仔 á 再 chài 來、準有；待 thāi 準（別管），待準我。

撙 撙節 chat（控制掌握、使適度不過分）。

Chùn 圳 水 chúi 圳，埤 pi 圳，圳溝 kau。

俊 英 eng 俊。

峻 險 hiám 峻。

竣 竣工 kang/kong。

駿 駿馬 má。

chùn 戰 (發抖) 手 chhíu 戰，戰腳 kha，癯癯 gih 戰，着 tio̍h 戰風 hong，聲會 ē[oē] 戰。

Chûn 存 生 seng 存；保 pó 存；存款 khoán/khóa^{n}；(心裡懷著) 存心 sim，存意 ì，存疑 gî；(請示) 存伊·i。

chûn 船 船隻 chiah，船仔 á，帆 phâng 船，渡 tō͘ 船，龍 liông/lêng 船，火 hóe[hé] 船，汽 khì 船，客 kheh 船，漁 hî 船，搭 tah 船，眩 hîn 船，駛 sái 船，撐 the 船，划 kò 船，船身 sin，船肚 tó͘，船艙 chhng，船槳 chió͘^{n}[chíu^{n}]，船桅 ûi，船舵 tō，船澳 ò/ù。

前 前=年·ni (前年)，落 loh 前=年，舊 kū 前=年 (大前年)。

chūn 陣 這 chit 陣，那 hit 陣，時 sî 陣，臨 liâm 時臨陣，一陣雨 hō͘，雨陣，風陣，奶 ni 陣，做 chò[chòe]陣痛 thìa^{n}，催 chhui 陣 (催陣痛) 。

捘 (擰) 捘面 bīn 巾 kin[kun]，捘予 hó͘ 乾 ta，捘時 sî 鐘 cheng，捘手 chhíu 骨 kut，捘斷 tn̄g；滾 kún 捘(扭)，滾 kún 滾 lún 捘捘(扭動身體；曲折；糾纏)，乖 kōai 捘 (扭歪；乖僻)，掍 kùn 捘 (掙扎) 。

Chut 卒 小 siáu 卒，烏 o͘ 卒仔 á，走 cháu 卒；鬱 ut 卒。

猝 猝然 jiân。

Chut 秫 秫米 bí (糯米)

卆 (稍微塗抹一下) 卆一下，濫 lām 摻 sám 卆，卆乾 ta，卆歹 phái^{n}，用 ēng 手 chhíu 袂 ńg 卆鼻 phī^{n}；(濺) 水 chúi 卆到 kah 歸 kui 面 bīn，水卆 (水槍)，用水卆卆水；洘 khó 卆卆。

CHH

Chha 差 争 cheng 差，有 ū 差，無 bô 差，大 tōa 差，差多 chē[chōe]，差無許 hiah 多，差無若 jōa 多，差不 put 多 to，差有 iú 限 hiān/hān，差厘 lî 絲 si，差得 tit 遠 hn̄g，差去 khì 遠，差真離 lī 經 keng；差錯 chhò。

叉 (交搭) 叉倚 oá，帳 tìoⁿ[tìuⁿ] 叉叉倚來，叉手 chhíu。

chhá 吵 真吵；吵人的眠 bîn，攪 kiáu/ká 吵，吵鬧 nāu，吵撈 lā；吵嘴 chhùi。

炒 炒菜 chhài，炒飯 pn̄g，炒麵 mī。

chhà 岔 打 táⁿ 岔 (打攪；差錯)，我在 teh 無 bô 閑 êng，不 m̄ 可 thang 來打岔，賬 siàu 目 bak 𣍐 bē[bōe] 使 sái 得 tit 有什么打岔。

Chhâ 柴 柴頭 thâu，柴屐 kiah，柴耙 pê；(不靈活) 柴柴。

chhâ 查 查字 jī 典 tián，查問 mn̄g，查賬 siàu。

材 棺 koaⁿ 材。

chhā 喳 水 chúi 滾 kún 喳喳，喳喳叫 kìo，嘁 chhī 武 bú 嘁喳 (耳語，私語)，趴 phak 咧 leh 耳 hīⁿ[hī] 孔 khang 邊 piⁿ 給 kā 伊喳，落去油 iû 鼎 tíaⁿ 給 ka 喳一下，大 tōa 嘁喳一下 (騷動了一下)。

chhā^{n} 鉦 鑼 lô 鼓 kó͘ 鉦鉦嗚 tân；與 kap 伊鉦（跟他拚），鉦落去。

chhah 插 插花 hoe，插旗 kî 仔 á；安 an 插，穿 chhēng 插；插腰 io，插手 chhíu，手插胳 koh，扶 hû 插（攙）；（打賭）插錢 chî^{n}，相 sio[sa^{n}] 插，落 lo̍h 插。

Chhai 猜 猜謎 bī，猜看 khòa^{n}；猜疑 gî。

差 出差，郵 iû 差，差遣 khiàn。

Chhái 采 無 bô 采（可惜），凊 chhìn 采（隨便），檢 kiám 采（萬一；或許）＝敢 kám 采＝抵 tú 采；風 hong 采，神 sîn 采，精 cheng 采，清 chheng 采。

採 採取 chhú[chhí]，採茶 tê，採用 iōng，採買bé[bóe]；採掇 chhoah（慪氣鬧別扭）。

彩 五 ngó͘ 彩，彩霞 hâ，彩色；光 kong 彩，喝 hat/hoah 彩；彩排 pâi；彩頭 thâu，彩兆 tiāu。

綵 結 kat 綵，剪 chián 綵。

睬 理 lí 睬，俲 chhìu 睬。

Chhài 菜 菜蔬 se[soe]，青 chhe^{n}[chhi^{n}] 菜；飯 pn̄g 菜，便 piān 菜；菜堂 tn̂g。

Chhâi 才 （木材單位）一 chit 才（七尺長一寸四方）。

材 木 bo̍k 材。

豺 豺狼 lông。

裁 裁縫 hông，裁紙 chóa；裁員 oân，裁減 kiám；裁判 phòa^{n}，裁決 koat；制 chè 裁，獨 to̍k 裁；體 thé 裁。

纔 纔纔才 chiah 來。

chhāi 祀 (安放) 祀神 sîn 主 chú；祀柱 thiāu 仔 á，祀電 tiān 視 sī 機 ki；歸 kui 日 jit 攏 lóng 祀在 tī 彼 hia，定定 tīa^n 祀咧 leh 坐 chē；(一動不動) 一个 ê 祀祀，目 bak 神祀祀；(個子) 一祀真大 tōa 祀。

撒 撒潑 phoat (使性子)，撒潑 phōa 爛 nōa (鬧別扭)。

chhái^n →Chhái 彩 彩畫 oē[ūi]。

chhài^n 襯 (用雜色畫或繡) 襯色，襯白，襯些 kóa 紅 âng。

chhak 簇 (掛軸) 一幅 pak 簇仔 á，畫 oē[ūi] 簇，卷 kńg 簇，褙 pòe[pè] 簇。

chhak 凿／鑿 鑿孔 khang，鑿着·tioh，鑿目 bak，鑿耳 hī^n [hī]，刺 chhì 鑿；鑿仔 á。

Chham 參 參加 ka；參考 khó，參詳 siông (商量)；參見 kiàn；參差 chhu[chhi]，參碎 chhùi (不齊)；(跟，同) 我要 boeh[beh] 參伊去。

摻／攙 (攙和) 攙糖 thn̂g，攙水 chúi，攙咧 leh 吃 chiah，佮 kah 攙，濫 lām 攙，攙攙做 chò[chòe] 一 chit 夥 hóe[hé]，頭毛攙白 peh，攙雜 chap (混雜)，攙插 chhap (混雜；介入)。

Chhám 慘 當 tng 慘，慘死 sí，淒 chhi[chhi^n] 慘，慘慼chheh [chhoeh]。

chhám 檢 (=kiám) 檢采 chhái (萬一；說不定)。

Chhàm 懺 懺悔 hóe；經 keng 懺；咒 chìu 懺 (怨言發牢騷)。

讖 讖語 gú[gí] (預言)。

Chhâm 慚 慚愧 khùi。

蠶 蠶仔 á，蠶繭 kián，蠶蛾 ngô͘ ；蠶食 sit。

讒 讒害 hāi。

鑱 (銅鈸) 打 phah 大 tōa 鑱。

chhām 潸 (不停地) 雨 hō͘ 潸潸落 lo̍h，目 ba̍k 屎 sái 潸潸流 lâu。

Chhan 餐 餐廳 thia^{n}。

孱 孱弱 jio̍k。

潺 茶 tê 砧 kó͘ 水 chúi 在 teh 潺，水潺潺流 lâu。

chhan 呻 (呻吟) 哀哀 ai 呻，哼哼 hai^{n} 呻，哭 khàu 呻 (訴苦，牢騷)，哮 háu 呻。

親 (=chhin) 親像 chhīơ^{n}[chhīu^{n}] (好像)。

Chhàn 燦 燦爛 lān。

襯 鞋 ê[oê] 襯，襯皮 phôe[phê] (鞋墊兒)；襯衣 i。

chhân 田 田園 hn̂g，田溝 kau，田岸 hōa^{n}，田 (岸) 路 lō͘，作 choh 田，耕keng 田，播 pò͘ 田；田莊 chng。

蜻 蜻蜓 e^{n}[i^{n}]。

蠶 蠶豆 tāu。

殘 (凶惡) 粗 chhơ 殘；(狠，果斷) 殘殘 (狠心)，貴 kùi 是貴、殘殘給 ka 買 bé[bóe] 起來。

chhang 葱 葱仔 á，葱頭 thâu，葱白 pe̍h，葱珠 chu；奶ni[lin] 葱；糖 thn̂g 葱。

蒼 白 pe̍h 蒼蒼。

菖 菖蒲 pô͘。

娼 老 lāu 娼。

聰 聰明 mîa。

chháng 冗 茹 jû 冗冗。

Chhàng 鬆 (毛、髮等豎起) 鬆鬆，鬆毛 mn̂g，鬆鬚 chhiu，起khí 鬆，毛鬆起來，鬆毛管 kńg，鬆雞 ke[koe] 母 bó[bú] 皮 phôe[phê]，鬆尾 bóe[bé]。

chhàng 藏 偷 thau 藏；藏匿 bih；藏縫 phāng(暗藏縫裡；乘隙)，藏縫走 cháu 雨 hō͘；藏水 chúi(潛水)，藏水沫 bī。

Chhap 插 (插手) 插代 tāi 志 chì，愛 ài 插閑 êng 事 sū，雜 cha̍p 插，交 kau 插，攙 chham 插，插嘴 chhùi，插嘴筅 chhéng，插插伊，勿 mài 插伊；(摻合，攪合) 插牌 pâi 仔 á，插予 hō͘ 伊全 chiâu，插色 sek，插雜 cha̍p (混雜，雜亂)；插走 cháu (哪里，怎能)，插走是按 án 尔 ne[ni]。

歃 歃血 hiat。

chha̍p 唽 唽唽滴 tih；雨仔 á唽唽落 lo̍h；目賙 chiu唽唽躡 nih。

Chhat 察 失覺 kak 察 (疏忽) 。

擦 摩 mô͘ 擦，擦番 hoan 仔 á 火 hóe[hé]；(塗抹) 擦色 sek，擦鞋 ê[oê] 油 iû；(塗去，抹掉) 擦起來，樹 chhīu 奶 ni 擦仔 (橡皮)。

chhat 漆 漆料 liāu，漆器 khì，漆筅 chhéng；漆油漆，漆烏 o͘。

chha̍t 賊 賊仔 á，着 tio̍h 賊偷 thau；白 pe̍h 賊 (謊言) 。

Chhau 抄 (照原文寫) 抄文 bûn 件 kīaⁿ，抄寫 sía；抄襲 sip

；(搜查，沒收)抄家 ke，抄封 hong；(從側面走捷徑)抄後 āu 斗 táu，對 tùi 後 aū 面 bīn 抄來；(撩起)抄衫 saⁿ 仔 á 裾 ku，抄蚊 báng 罩 tà。

吵 亂 loān 吵吵，鑔 chhe/chheⁿ 吵。

鈔 美 bí 鈔，鈔票 phìo。

剿 剿家 ka 滅 biat 族 chok。

chhau 操 體 thé 操，操練 liān；操作 chok；操南 lâm 腔 khioⁿ[khiuⁿ]；操煩 hoân，操神 sîn，操心 sim，操勞 lô。

糟 (=chau) 亂 loān 糟糟。

Chháu 吵 敲 khau 吵，吵鬧 nāu。

chháu 草 草仔 á；草厝 chhù；草地 tē[tōe] (鄉下)；皮 phôe[phê] 草 (毛皮)，毛 mn̂g 草 (毛皮的毛)；(粗造的)草呢 nî，草霸 pà 王，草丑 thíu 仔 á。

口 (情況) 市 chhī 口，市口真好 hó，好市口，歹 pháiⁿ 市口，力 lat 口，力口真飽 pá，好口頷 hâm (胃口好)。

chhàu 臭 臭辛辛 hiam，臭味 bī，臭臊 chho，臭腥chheⁿ[chhiⁿ]；臭火 hóe[hé] 烙 lo，臭火焦 ta，臭酸 sng，臭折 chiat，臭油 iû 餲 ai，臭膻 hiàn，臭香 hioⁿ[hiuⁿ]，臭風 hong，臭臃 sioh，臭殕 phú；臭鬢 pìn 邊 piang/piⁿ，臭耳 hīⁿ[hī] 聾 lâng；臭老 lāu，臭濁 chok，臭賤 chiān，臭恷 chhiân (絮叨)，臭懶 nōa (散漫)。

湊/湊 湊(抵 tú)坎 khám，湊巧 khiáu/khá。

chhàuh 喋 喋喋念 liām(嘮嘮叨叨地說個不停)；喋喋矚 nih。

Chhe 妻 夫 hu 妻，妻舅 kū，未 bī 婚 hun 妻。

chhe 差 差伊去，差教 kah，差用 ēng，差叫 kìo，差使 sái；欽 khim 差，雜 cháp 差，差派 phài，差遣 khián，差事 sū；差押 ah(查封)。

叉 分 hun 叉，開 khui 叉，撇 phoat/phiat 叉(筆尖等裂開成叉形；打叉；使性子，發倔)，筆 pit 撇叉膾 bē[bōe] 寫 sía 得 ·tit，字 jī 寫不 m̄ 着 tio̍h 予 hō͘ 老師撇叉，雙 siang 叉路，竹篙 ko 叉；(叉住)用手叉頷 ām 頸 kún。

尺/ⅹ (音名)上 siang 工 kong ⅹ。

chhe[chhoe] 初 初一 it 十 cháp 五 gō͘，初裡 ·lin，月 goéh [gėh] 初。

chhe =chheⁿ 鐢 鐢仔 á(小鐃鈸)；鐢吵 chhau(飯菜豐盛)。

[chhe]→chhoe 吹炊

Chhé 扯 (部分重疊地排列)厝 chhù 瓦 hīa 相 sio[saⁿ] 扯；魚鱗 lân 扯，人 jîn 字 jī 扯(推成人字形)；(交叉)旗 kî 插 chhah 相 sio[saⁿ] 扯；(使均勻)平 pêng 均 kin[kun] 扯，扯勻 ûn，牽 khian 扯勻去(使平均)，掩 am 來扯去(截長補短)，總 chóng 扯，扯尾 bóe [bé](了結)，賬 siàu 無 bô 扯尾不 m̄ 知 chai 損 sún 益 ek，代 tāi 志 chì 未 bōe[bē] 扯尾；(結合)扯倚 oá，扯呷 khi/i 緊 ân，扯咧 leh 做 chò[chòe]

一 chit 堆 tui，扯活 oa̍h 結 kat；(拉) 牽 khan 扯 (牽連，諉罪于人)，扯手 chhíu (繮繩)。

紕 紕仔 á 線 sòaⁿ。

chhé 嘖 (咂嘴聲) 嘖，插 chhap 走 cháu！

[chhé]→chhóe 髓

Chhè 切 一 it 切。

廁 廁所 só͘，公 kong 廁，男 lâm 廁，女 lú 廁。

chhè 脆 會 ē[oē] 脆，人 lâng 命 mīa 脆脆，脆命，脆身 sin (脆弱)，脆皮 phôe[phê](皮膚薄弱；慷慨；小孩聽話)；脆雷 lûi (霹雷)，使 sái 脆力 la̍t (一口氣使盡全力)。

嗄 破 phòa 嗄聲 siaⁿ；雨 hō͘ 落 lo̍h 到 kah 嗄嗄叫 kìo，漏 lāu 嗄嗄。

chhè[chhòe] 𢴾 (刷洗用具) 鼎 tíaⁿ 𢴾，菜 chhài 瓜 koe 𢴾；(磨擦) 𢴾鼎，𢴾着 ·tioh (擦傷)，𢴾破 phòa 皮 phôe [phê]；鼻phīⁿ 着𢴾到 kah 平 pêⁿ[pîⁿ](叩謝)，鼻𢴾搭搭 tah，𢴾破鼻褲 khò͘；(用力擦) 𢴾藥 io̍h 水 chúi。

粿 米 bí 粿，粿 kóe[ké] 粿，圓 îⁿ 仔 á 粿，揣 chhiau 粿，雫 nóa 粿。

chhê[chhôe] 踏 (拖地) 踏土 thô͘ 腳 kha，踏咧 leh 行 kîaⁿ。

[chhê]→chhôe 箠

chhē 泚 雨 hō͘ 水 chúi 泚泚倒 tò，目 ba̍k 屎 sái 泚泚滴 tih。

尺 (=chhe) (音名) 六 lîu 工 kong 尺。

chhē[chē] 坐 (承擔，賠) 我坐你，我給 kā 你坐，坐賬 siàu，坐錢 chîⁿ，坐額 gia̍h，坐擔 tàⁿ，坐投 tâu (承擔)，

坐底 té[tóe]（替人處理善後），叫 kìo 伊坐底；（賠罪）坐不 put 是 sī，坐不 m̄ 着 tio̍h，坐理 lí，到 kah 是我的過 kòe[kè] 失 sit 我應 èng 當 tong 坐理。

[chhē]→chhōe 尋

chheⁿ [chhiⁿ] 生　生生吃 chia̍h，生魚 hî，生氣 khùi；生疏 sơ，生手 chhíu；生頭 thâu 凊 chhìn 面bīn；生柴chhâ，生鹽 iâm，生絲 si；生驚 kiaⁿ，生瞋 chin，生狂 kông，生怍 chȯh，生凊 chhìn，生飢 iau；（預支）工 kang 生（預借的工資）。

星　天 thiⁿ 星，星宿 sìu；救 kìu 星；官 koaⁿ 星；火 hóe[hé] 金 kim 星。

腥　臭 chhàu 腥。

青　青乓乓 piàng，青白 pe̍h，青損損 sún，青呆 lai（略帶青色）；青瞑 mê[mî]（瞎）。

菁　（蓼藍）山 soaⁿ 菁，菁仔 á；（靛藍）菁膏 ko，菁桶 tháng；（檳榔）菁仔 á（子 chí），菁仔欉 châng。

親　親姆 ḿ。

鐐　鐐吵 chhau（盛餐）。

chhéⁿ [chhíⁿ] 醒　打 phah 醒，叫 kìo 醒，睏 khùn 醒；點 tiám 醒，醒悟 ngō͘ /gō͘ ；醒目 ba̍k（顯眼），醒嘴 chhùi（爽口）。

chheh 冊　（書籍）手 chhíu 冊，名 mîa 冊，畫 oē[ūi] 冊，紀 kí 念 liām 冊，經 keng 冊，讀 tha̍k 冊，頁 ia̍h 冊

，著 tù 冊；(堆疊) 冊瓦 hīa，冊予 hơ 好 hó 勢 sè。

柵　柵欄 nôa。

chheh [chhoeh] 慼　(怨恨) 怨 oàn 慼，慼心 sim，慼變 pìⁿ (死了心而改變)，还 iáu 復 koh/kú 𫝛 bē[bōe] 慼變；(抽噎) 慼氣 khùi (哽咽)，悽 chhi[chhiⁿ] 慘 chhám 慼，慼慼啼 thî；(厭惡) 聽 thiaⁿ 了 liáu 真慼。

[chheh]→chhoeh 啜

chhe̍h 迣　(下沈) 地 tē[tōe] 基 ki 迣落去，迣底 té[tóe] (掉底)，迣輪 lûn (門墩的承窩下降)，米 bí 價 kè 較 khah 迣落來，雨 hō͘ 較迣啦，大 tōa 病 pēⁿ[pīⁿ] 一擺 páiⁿ[pái]、身 sin 軀 khu 迣一半 pòaⁿ，落 lāu 迣 (懶散) 。

唶　破 phòa 唶聲；唶雷 lûi (落雷) 。

Chhek 尺　尺牘 to̍k；尺骨 kut。

赤　赤道 tō。

戚　親 chhin 戚。

策　計 kè 策，策動 tōng。

側　側面 bīn。

測　測驗 giām，推 thui/chhui 測。

惻　惻隱 ín[ún]。

膝　膝下 hā；牛 gîu 膝。

chhek 粟　粟仔 á。

促　催 chhui 促；(靠近) 促倚 oá，促近 kīn[kūn]；(調整) 促來促去，促短 té，促長 tn̂g，促較 khah 低 kē

，促減 kiám，促予 hơ 直 tit，推 chhui 促(調停)；(架勢) 促馬 bé 勢 sè。

觸 觸着 tio̍h 鬼 kúi，觸衰 soe (觸霉頭)，觸惡 ò͘ (玷污，污穢的) 。

雀 雀鳥 chiáu 仔 á (麻雀) 。

chhe̍k 摵 (使上下振動) 摵牛 gû 奶 ni[lin] 矸 kan 仔 á，地 tē[tōe] 動 tang 厝 chhù 掠 lia̍h 咧 leh 摵，船 chûn 一 it 直 tit 摵；摵予寔 cha̍t，摵齊chê[chôe]；心 sim 肝 koaⁿ 摵一下；(遷就) 對 tùi 摵，摵較 khah 倚 oá 咧 ·leh。

踔 踔腳 kha 雞 ke[koe]，踔踔跳 thiàu。

Chheng 青 青春 chhun，青年 liân。

清 清炖 tūn；清幽 iu/hiu，清靜 chēng；清氣 khì (乾淨)；清算 sǹg；清苦 khó͘；(光) 清看 khòaⁿ 都 to 看繪 bē[bōe] 了 liáu。

稱 稱呼 hơ；稱讚 chàn。

chheng 千 一 chit 千萬 bān。

Chhéng 請 請求 kîu，請示 sī，請教 kàu，申 sin 請。

chhéng 筅 (撣) 筅仔 á，竹 tek 筅，雞 ke[koe] 毛 mn̂g 筅；筅桌 toh 頂 téng，筅黗 thûn，筅掃 sàu；筅灰hoe[he] (粉刷)，筅壁 piah；雞母 bó[bú] 在 teh 筅土 thô͘；心 sim 肝 koaⁿ 噗噗 pho̍k 筅，插 chhap 嘴 chhùi 筅 (雜亂無章；多嘴多舌)，打 phah 筅 (揮霍浪費)。

Chhèng 稱 稱意 ì，稱心 sim，稱職 chit。

chhèng 銃　打 phah 銃，開 khui 銃，放 pàng 銃，短 té 銃；手 chhíu 銃。

沖　(冒出) 沖火 hóe[hé] 煙 ian，鼻血 hoeh[huih] 貢貢 kòng 沖，水 chúi 一 it 直 tit 沖出來；(上升) 飛 hui 彈 tôa^n 沖上 chīo^n[chiu^n] 天 thi^n，行 hâng 情 chêng 在 teh 沖，物 bu̍t 價 kè 沖起來，沖真高 koân；(盛氣而放肆) 做 chò[chòe] 人 lâng 不 m̄ 可 thang 傷 sio^n[siu^n] 沖；(燻) 用花 hoe 沖茶 tê，沖芳 phang；(嗆) 沖着 tio̍h 毒 to̍k 氣 khì，沖破 phòa 人鼻 phī^n 孔 khang，芳沖沖。

蒸　蒸油 iû 飯 pn̄g，蒸番 han 薯 chû[chî]。

擤　擤鼻 phī^n (擤鼻涕) 。

chhêng 松　松柏 peh。

榕　榕樹 chhīu，榕鬚 chhiu，古 kó͘ 榕，鳥 chiáu 榕。

傖　笨 pūn 傖 (笨重)，屘 khu̍t 傖 (乖僻) 。

chhēng 穿　穿衫 sa^n，穿鞋 ê[oê]，穿燒 sio；(衣著) 吃 chia̍h 穿，衫穿，身 sin 穿，穿插 chhah (裝束，打扮)，粗 chho͘ 穿；(安上) 穿榫 sún，榫頭穿𣍐 bē[bōe] 峇 bā，穿落 lo̍h 榫，相 sio[sa^n] 吃穿，穿門 mn̂g。

Chhi 痴　痴獃 gâi；痴情 chêng，痴迷 bê；痴哥 ko (好色)，痴哥神 sîn。

[Chhi]→Chhu 蛆趨雌差嵯

chhi 腮　牙 gê 槽 chô 腮，頷 ām 頸 kún 腮。

鰓　魚 hî 鰓。

嗤　(象聲詞) 水 chúi 在 teh 嗤，嗤嗤叫 kìo，嗤嗤滾 kún，嗤嗤喳喳 chhā，嗤嗤唔唔 chhap，嗤嗤唆唆chhū，嗤武 bú 喊 chhī 唆；嗤水，嗤油 iû。

chhi[chhi^{n}] 淒　淒慘 chhám 落 lo̍k 魄 phek。

[chhi]→chhu 舒

Chhí 侈　奢 chhia 侈。

齒　咬 kā 牙 gê 切 chhiat 齒。

[Chhí]→Chhú 取處鼠

Chhì 刺　籛 chhoa^{n} 刺，竹 tek 刺，魚 hî 刺，幼 iù 刺；刺刺；刺鑿 chha̍k，刺掇 chhoah，刺激 kek，刺目 ba̍k；刺探 thàm；行 hêng 刺，刺客 khek。

翅　魚 hî 翅。

幟　旗 kî 幟。

chhì 試　試滋 chu 味，試穿 chhēng，試辦 pān。

弒　弒逆 ge̍k。

屍　見 kì^{n} 屍。

Chhî 持　支 chi 持，堅 kian 持，保 pó 持，維 ûi[î] 持；主 chú 持；相 sio[sa^{n}] 持，且 chhía^{n} 持咧，行 hâng 情較 khah 持。

chhî 潮　(潮濕) 潮潮，上 chhīo͘^{n}[chhīu^{n}] 潮，起 khí 潮，反 hoán 潮，轉 tńg 潮。

徐　(姓)。

Chhī 市　都 to͘ 市，街 ke[koe] 市；市場tîo͘^{n}[tîu^{n}]，菜chhài 市，夜 iā 市；(貨物買賣的情況) 市情 chêng，市口

chháu，當 tng 市，吃 chia̍h 市，好 hó 市，鈍 tūn 市，軟 nńg 市，無 bô 市，敗 pāi 市，利 lī 市。

chhī 飼 養 ió͘^{n}/iú^{n} 飼，育 io 飼，飼料 liāu；(餵) 飼囝 gín 仔 á，飼奶 ni[lin]，飼飯 pn̄g；飼查 cha 某 bó͘。

嘁 嘁喳 chhā 叫 kìo，嘁武 bú 嘁喳 chhā。

chhi^{n} 鮮 鮮花 hoe，鮮綽 chhioh (新鮮)，上 chīo͘^{n}[chīu^{n}] 水 chúi 鮮；海 hái 鮮，魚 hî 鮮。

清 清明 mîa。

[chhi^{n}]→chhi 凄

[chhi^{n}]→chhe^{n} 生星腥青菁親鐐

chhí^{n} 淺 (淺藍) 淺色 sek，淺布 pò͘，笑 chhìo 淺 (淡淺藍)，默 tìm 淺 (深淺藍)。

[chhí^{n}]→chhé^{n} 醒

chhî^{n} 趟 (撲上去) 狗 káu 趟倚 oá 來要 boeh[beh] 咬 kā，金 kim 龜 ku 趟火 hóe[hé]；(掠過) 鵣 lāi 鴞 hio̍h 趟水 chúi 面 bīn；(溯) 趟水 chúi/流 lâu (逆著水流)，趟進 chìn 前 chêng，趟風 hong (頂著風)。

Chhia 奢 奢華 hôa/hoa，奢侈 chhí，奢望 bōng。

吒 哪 lô 吒。

chhia 車 火 hóe[hé] 車，汽 khì 車；(用車子搬運) 車貨 hòe[hè]，車家 ke 私 si，車盤 pôa^{n} (搬來搬去；爭論計較)；(利用輪軸旋轉的工具) (裁 chhâi 縫 hông) 車仔 á，水 chúi 車，紡 pháng 車；車車仔 (用縫紉機縫)，車衫 saⁿ，車嘴 chhùi 齒 khí。

推 (推) 給 ka 推去·khi，塌 thap 頭 thâu 推 (向前倒)，推畚 pùn 斗 táu (翻觔斗)，推拋 pha 輪 lin；(傾倒，翻倒) 推倒 tó 茶 tê，雨 hō· 推咧 leh 拚 pìaⁿ/倒 tò；(擾亂) 屜 thoah 仔 á 內 lāi 給 kā 我烏 o͘ 白 pe̍h 推，推箱 sioⁿ/siuⁿ 仔 á，搬 poaⁿ 推 (搬出來亂弄)，推跌 poa̍h (掙扎)，推跌反 péng (亂滾；輾轉翻覆)。

Chhîa 斜 斜斜，歪 oai 斜，攲 khi 斜，傾 kheng 斜，斜線 sòaⁿ，斜叕 chōa，使 sái 斜目 ba̍k (斜眼看)，斜視 sī，斜對 tùi 面 bīn，日斜山 soaⁿ。

Chhíaⁿ 且 且坐 chē，且等 tán 咧·leh，且慢 bān，且寄 kìa 你·li，且一 chit 邊 piⁿ (姑且不論)，暫 chiām 且，尚 siōng 且，而 jî 且，並 pēng 且，況 hòng 且，姑 ko͘ 且，苟 kó͘ 且。

chhíaⁿ 請 相 sio[saⁿ] 請，請客 kheh；請坐 chē，請問 mn̄g，請便 piān；請令 lēng；請佛 pu̍t。

chhìaⁿ 倩 (雇佣代作) 央 iang 倩，倩工 kang 人 lâng，倩車 chhia；(＝央) 倩人寫 sía 批 phoe[phe]。

chhîaⁿ 成 (成全) 成伊成 chîaⁿ 人 lâng，成到 kàu 親 chhin 像 chhīoⁿ[chhīuⁿ] 人 lâng，成持 tî (培養成人)，成家 ke (扶持家庭)，成尾 bóe[bé] (收尾)；(致使) 成人凊 chhìn 心。

chhiah 赤 紅 âng 天 thiⁿ 赤日 jit 頭 thâu，赤牛 gû (黃牛)

，赤土 thô͘ ，赤鯮 chang，赤肉 bah（瘦肉），赤瑠瑠 tang；(凶悍) 野 iá 赤，赤查 cha 某 bó͘ ，赤扒扒pê；(貧窮) 散 sàn 赤，赤人 lâng；(光著) 赤腳 kha，赤手 chhíu，赤身 sin 露 lō͘ 體 thé，赤裼 theh，赤條條 tiâu。

刺 刺血 hoeh[huih]；刺字 jī（文身）；刺凸 phòng 紗 se，刺網 bāng，刺繡 sìu；刺目 ba̍k（刺眼；耀眼；眼紅），刺心 sim（燒心），打 phah 刺酸 sng 呃 eh，刺瘍 ia̍h（刺撓；煩燥）；(鏈)刺土 thô͘ ，刺草 chháu 肵 phían，刺仔 á（鏈子）。

側 使 sái 側目 ba̍k，側目看 khòan（側目而視）。

[chhiak]→chhiok 雀鵲綽

chhia̍k 嚓 (東西在裡面相擊的聲音) 嚓嚓叫 kìo，籤 chhiam 筒 tâng 嚓下·che 嚓下；(心跳) 心 sim 肝 koan 去 khì 嚓着·tioh，嚓一下 ē，嚓嚓趒 tîo，嚓嚓跳 thiàu；(誇耀，擺架子) 愛 ài 嚓，你不 m̄ 免 bián 在 teh 傷 sion[siun] 嚓，嚓猴 kâu 無 bô 底 té[tóe](裝腔作勢腹中空)，傷嚓猴才 chiah 會 ē[oē] 哭 khàu 喉 âu。

Chhiam 僉 僉舉 kú[kí]。

簽 簽名 mîa，簽約 iok；簽仔 á，簽條 tiâu；番 han 薯 chû[chî] 簽，菜 chhài 脯 pó͘ 簽，筍 sún 簽；(刺) 簽血 hoeh[huih]（抽血），簽藥 io̍h 水 chúi（注射）。

籤 求 kîu 籤，抽 thiu 籤，籤詩 si，籤筒 tâng。

纖　纖細 sè[sòe]，纖維 ûi[î]，纖毛 mô͘。

殲

chhiam 尖　尖擔 ta^{n}（長而兩端尖的扁擔）。

參　扯 chhé 參（把右手背過去行曲膝之禮）。

Chhiám 鏨　鏨仔 á（叉子）；(扎)鏨着·tioh，腳 kha 鏨着鐵 thih 釘 teng，鏨歸 kui 孔 khang，鏨真深 chhim；鏨起來，鏨肉 bah，李 lí 仔 á 糖 tn̂g 鏨歸鏨；鏨花 hoe；李仔鏨；(簽) 鏨衫 sa^{n} 仔 á 裾 ku，鏨邊 pi^{n}（縫邊兒）。

chhiám 槧　船 chûn 槧（船的龍骨，船底）。

Chhiàm 僭　(越分的) 我較 khah 僭，僭份 hūn 坐 chē 大 tōa 位 ūi，𣍐 bē[bōe] 曉 hiáu 得·tit 復 koh 要boeh[beh] 僭嘴 chhùi（多嘴），僭權 koân，僭越 oa̍t。

chhiàm 鑯　(刺) 鑯刀 to，鑯猪 ti，鑯血 hoeh[huih]。

chhiâm 𠝹　(扎進去) 對 tùi 腹 pak 肚 tó͘ 邊 pi^{n} 給 kā 伊𠝹落去。

鑱　大 tōa 鑱鼓 kó͘。

潜　(=chhîm) 目屎 sái 潜潜流 lâu（眼淚不停地流）。

Chhian 千　千萬 bān，千真萬確 khak，千古 kó͘，千載 chái^{n} 一遇 gū。

遷　遷徙 sóa，遷去別 pa̍t 所 só͘ 在 chāi，遷就 chīu，遷延 iân；變 piàn 遷。

韆　韆鞦 chhiu，挴 hài^{n} 韆鞦，扔 hì^{n} 韆鞦。

chhian 仙　仙草 chháu（凍 tàng）。

Chhián 淺 深 chhim 淺，淺水 chúi (淺水處)，淺落 lóh(進深淺)，淺現 hiān (淺顯)，淺易 ī，淺想 sīơⁿ[sīuⁿ]，淺眠 bîn，淺色 sek；淺拖 thoa (拖鞋)。

闡 闡明 bêng，闡述 sút。

chhián 棧 米 bí 糕 ko 棧。

chhiân 延 (拖延) 延 iân 延，延時 sî 間 kan，延伊的工kang，三延四延；臭 chhàu 延 (嘮叨)；(謙讓) 相 sio[saⁿ] 延，不 m̄ 可 thang 與 kap 我延，延手chhíu，延辭 sî，延讓 nīơ[nīu]。

腸 烟 ian 腸，粉 hún 腸。

[Chhiang]→Chhiong 昌菖猖娼

chhiáng 蹌 (一拐一拐地走路不穩) 緩 ûn 仔 á 蹌，蹌腳 kha 行 kîaⁿ，蹌腳瘸 khôe[khê]，孤 kơ 腳蹌 (只靠一脚走，另一只脚不踏地)。

冗 茹 jû 冗冗。

[Chhiàng]→Chhiòng 倡唱

chhiàng 倡 倡起 khí 頭 thâu (帶頭)。

唱 走 cháu 唱，唱高 koân 調 tiāu；(大聲叫) 唱名 mîa，唱價 kè；(事先言明) 明 bêng 唱，與 kap 人唱；凸 phòng 唱 (鋪張)。

chhiâng 常 常在 chāi (時常)。

場 排 pâi 場，凸 phòng 場 (愛裝飾門面)。

腸 臘 lah 腸。

沖 沖水 chúi，沖身 sin 軀 khu；大 tōa 雨 hō· 沖落

來。

牚 (鏟子) 鐵 thih 牚，土 thô͘ 牚；(鏟起) 牚土；(戳上) 對 tùi 腹 pak 肚 tó͘ 給 ka 牚落去；(拚) 與 kap 伊牚；硬 ngē[ngī] 牚 (硬而挺)，吃 chia̍h 漿 chiơ^n[chiu^n] 的布 pò͘ 較 khah 硬牚。

傖 (=chhêng) 笨 pūn 傖 (粗笨)，粗 chhơ 傖 (粗獷)，高 kau 傖 (高大强壯)。

chhiāng 趟 (偶遇) 趟着·tioh，抵 tú 趟，相 sio[sa^n] 趟，趟抵趟 (偶然)，趟 (呵·a) 抵硄 khōng (呵·a)=硄抵趟 (湊巧)。

Chhiap 妾 妻 chhe 妾；妾身 sin。

竊 竊盜 tō；竊思 su。

Chhiat 切 切開 khui，切斷 tn̄g；切切；親 chhin 切，懇khún 切。

Chhiau 超 超過 kòe[kè]，超出 chhut，超級 kip，超重 tāng，超載 chài，超車 chhia。

chhiau 搜 (搜查) 搜身 sin 軀 khu，搜看 khòa^n，搜尋 chhōe[chhē]；搜盤 pôa^n (=車 chhia 盤) (重提舊事吵嚷)。

揣 (攪拌) 揣麵 mī 粉 hún，揣紅 âng 毛 mn̂g 土 thô͘；揣摵 chhe̍k。

焦 焦心 sim 掰 peh 腹 pak，焦煩 hoân。

Chhiáu 稍 稍稍仔 á (稍微)。

Chhiàu 笑 說 soat 笑，笑談 tâm，，笑容 iông，笑納 la̍p。

chhiâu 撨 (挪，調整) 撨振 tín 動 tāng，撨椅 í 桌 toh，撨倚 oá 來·lai，撨徙 sóa 位 ūi，撨骨 kut，撨時 sî 鐘 cheng；撨價 kè 錢 chî^n，與 kap 伊撨，推 chhui 撨 (互相讓步遷就妥協；籌措款項)；(挪款) 撨借 chioh，撨撥 poah。

綃 烏 o͘ 綃，花 hoe 綃。

chhiauh/chhia̍uh ⿱竹帝 (拍板) ⿱竹帝仔 á，拍 phah ⿱竹帝；(饒舌) 嘴 chhùi ⿱竹帝，亂 loān 使 chú ⿱竹帝；(蹦蹦跳) 一 it 直 tit ⿱竹帝來·lai。

chhih ⿰氐頁 (低頭) 頭 thâu 壳 khak ⿰氐頁⿰氐頁，⿰氐頁落來，匿 bih ⿰氐頁 (羞答答地低著頭)；(向前倒) ⿰氐頁落去。

唧 無 bô 閑 êng 唧唧，鬧 lāu 熱 jia̍t 唧唧。

chhi̍h 揤 (=jih) (壓，按) 揤予 hō͘ 寔 cha̍t，揤扁 pí^n，揤風 hong 琴 khîm，揤電 tiān 鈴 lêng；揤倚 oá 來 (猛撲上來)；(制止) 硬 ngē[ngī] 揤，遏 at 揤。

蠘 蠘仔 á (梭子蟹)；紅 âng 膏 ko 赤 chhiah 蠘 (赤紅臉兒) 。

唧 唧嗆 chhn̍gh 叫 kìo。

chhih^n 鉦 鉦錚 chhà^n 叫 kìo。

chhih^n 鉦 鉦錚 chhā^n 叫 kìo。

⿰目戠 ⿰目戠⿰目戠嗆 chhn̍gh 嗆，⿰目戠嗆叫 kìo。

Chhim 深 深昿昿 lòng，深坑 khe^n[khi^n]；深山 soa^n；深夜 iā；深綠 le̍k；深造 chō。

侵 (侵犯) 侵別 pa̍t 人 lâng 的 ê 地 tē[tōe] 界 kài

，侵占 chiàm；(虧欠) 侵落去，侵隋 thām，侵用 ēng，侵提 thėh，侵欠 khiàm。

Chhím 寀/寑 (剛剛) 寀才 chiah 來 (才剛來)，寀到 kàu，日 jit 才 chiah 寀暗 àm，寀寀才講 kóng 隨 sûi 𣍐 bē [bōe] 記 kì 得·tit，寀寀仔 á；(迫近) 寀年 nî (快到年底)，寀水 chúi 墘 kîⁿ (迫近水邊)，傷 sioⁿ [siuⁿ] 寀 (太靠邊緣)，布 pò͘ 拗 áu 傷寀紩 thīⁿ 𣍐 bē[bōe] 住 tiâu，榫 sún 鬥 tàu 了 liáu 傷寀才 chiah 𣍐住咧·leh。

寑 就 chīu 寑，寑室 sit/sek，寑具 kū。

鋟 (插) 土 thô͘ 面 bīn 着 tio̍h 先 seng 鋟鋟才 chiah 熨 iā 菜 chhài 子 chí。

踸 (用脚探索著走) 緩 ûn 仔 á 踸，踸看 khòaⁿ，踸脚 kha 行 kîaⁿ；(探查) 踸看伊的意 ì 思 sù，踸實 sit 行 hâng 情 chêng (查明行情) 。

chhîm 鑱 (銅鈸) 鑱仔 á 。

潸 目 ba̍k 屎 sái 潸潸流 lâu。

Chhin 親 母 bó[bú] 親；父 hū 親，双 siang 親；親戽戽 hò͘，親篤篤 tauh，親人 lâng，親成 chîaⁿ (親戚)；親事 sū，結 kiat 親，娶 chhōa 親；親愛 ài，親密bit；親像 chhīoⁿ[chhīuⁿ] (好像)；親目 ba̍k，親身 sin，親手 chhíu，親嘴 chhùi；公 kong 親。

Chhìn 櫬

chhìn 稱 稱仔 á，稱花 hoe，稱星 chheⁿ[chhiⁿ]，稱桿 koáiⁿ

，稱鉤 kau，稱盤 pôaⁿ，稱繚 liāu 索 soh，稱 thûi 錘，稱頭 thâu；稱重 tāng。

清 寒 kôaⁿ 清（很涼），冷 léng 清清，湫 chhio/chhiu 清（涼快），生 chheⁿ[chhiⁿ] 清（陰森，毛骨悚然）；嘴 chhùi 清（反胃），清心 sim（灰心），清面 bīn（冷冰冰的面孔），清笑 chhìo（冷笑），清 kōaⁿ 汗（冷汗），清涎 nōa，清朕 tīm（冷落），清市 chhī（蕭條）；清飯 pn̄g，清糜 môe[bê]；清爍 nà，清膜 mo͘h（凹 nah）（蕁麻疹）；清采/彩 chhái（隨便）。

chhio 俏（花哨）穿 chhēng 到 kah 真俏，俏漾 iāⁿ（顯眼），俏趒 tîo（活潑，生氣勃勃）。

䲾（發情）起 khí 䲾，趕 kóaⁿ 䲾，䲾矍矍 kiak，䲾嗶嗶 kih，䲾哥 ko（色鬼）；（放肆）嘴 chhùi 䲾。

峭（尖而翹起）峭脊 chit。

chhio/chhiu 湫 湫清 chhìn（涼快）。

chhìo 笑 好 hó 笑，笑詼 khoe[khe]（笑話；滑稽），笑味 bī 是 sī（光笑），滾 kún 笑；（正面朝上）坦 thán 笑，反 péng 笑，笑筶 poe；（顏色不深而鮮麗）笑色 sek，笑紅 âng，笑青 chheⁿ[chhiⁿ]。

chhìo[chhìuⁿ] 唱 唱歌 koa；唱高 koân 調 tiāu；唱喏 jīa（揖禮）。

chhīo 炤（照亮）炤光 kng，舉 giàh[kiàh] 燈 teng 仔 á 炤路 lō͘，炤水 súi 雞 ke[koe]。

chhioⁿ [chhiuⁿ] 槍 刀 to 槍；槍替 thè[thòe]，做 chò[chòe]

槍，倩 chhìa^{n} 槍，槍手síu/chhíu，槍主 chú。

相 歹 phái^{n} 面 bīn 相。

菖 石 chio̍h 菖蒲 pô͘ 。

鯧 白 pe̍h 鯧，鯧魚 hî。

chhíơ^{n} [chhíu^{n}] 搶 搶劫 kiap，搶剝 pak，搶奪 toa̍t/te̍h；搶掇 chhoah (粗暴地奪取；粗暴地胡搞；迅速辦理)；搶面 bīn 前 chêng 光 kng；搶吃 chia̍h，搶先 sian，搶救 kìu。

廠 工 kang 廠，糖 thn̂g 廠，廠商 siong。

chhîơ^{n} [chhîu^{n}] 牆 牆仔 á，圍 ûi 牆。

薔 薔薇 bî。

楊 楊莓 m。

颺 颺風 hong (讓風吹)；(簸揚) 颺粟 chhek，颺風櫃kūi。

敞 光 kng 敞 (光亮) 。

chhīơ^{n} [chhīu^{n}] 汲 汲水 chúi。

上 (出現) 上皅 bā，上斑 pan，上青 chhe^{n}[chhi^{n}] 苔 thî，上潮 chhî，上殕 phú，上雺 bông，上鹽 iâm 踶 sî^{n}；(裝上) 上門 mn̂g，上褲 khò͘ 頭；(囤積) 上倉 chhng，上糖 thn̂g；上墓 bōng (＝培墓)。

匠 木 ba̍k 匠，鐵 thih 匠。

象 象牙 gê，象鼻 phī^{n}，象管 kńg；象棋 kî。

像 伊 i 真 chin 像個 in 老 lāu 父 pē，較 khah 像，親 chhin 像。

相 師 kun 仕 sū 相。

Chhioh 尺 裁 chhâi 尺，屈 khut 尺，曲 khiok 尺，篙 ko 尺；有 ū 尺頭 thâu，寸 chhùn 尺，量 nîơ[nîu] 尺；腰 io 尺（胰）。

綽 嫩 chín 綽（很幼小），鮮 chhin 綽（非常新鮮的）。

蹠 腳 kha 蹠底 té[tóe]。

浞 （使濕）浞湆 tâm（弄濕），鄭票浞湆才 chiah 拆 thiah 會 ē[oē] 起來，浞水 chúi（用水浞濕）。

螫 （咬）予 hō͘ 蜈 gîa 蚣 kang 螫着·tioh，螫皮 phôe [phê]。

chhio̍h 蓆 草 chháu 蓆，篾 bih 蓆，藤 tîn 蓆，舒 chhu 蓆仔 á，蓆草 chháu（藺）。

Chhiok 觸 接 chiap 觸，觸着伊 i 的 ê 意 ì，觸犯 hoān 着法 hoat 律 lu̍t。

促 催 chhui 促，督 tok 促；急 kip 促。

捉 捉拿 ná。

Chhiok[Chhiak] 雀 孔 khóng 雀；麻 bâ 雀。

鵲 喜 hí 鵲。

綽 綽號 hō。

chhio̍k 搦 （揉搓）搦土 thô͘，搦紙 chóa；搦鹹 kiâm 鮭 kê [kôe]；（踩踏）搦水 chúi。

濘 （泥濘）落 lo̍h 雨 hō͘、路 lō͘ 真 chin 濘。

Chhiong 充 充分 hun，充足 chiok；充電 tiān，充飢 ki；充落 lo̍h 公 kong，充軍 kun。

沖 沖滾 kún 水 chúi，沖茶 tê，沖罐 koàn；沖洗 sé

[sóe]，沖散 sòa^{n}；相 sio[sa^{n}] 沖，八 peh[poeh] 字 jī 相沖，對 tùi 沖，沖剋 khek 着·tioh，沖犯 hoān。

衝 衝出去，衝倚 oá，衝着 tiȯh 壁 piah，衝撞 tōng/tn̄g (撞上)，衝突 tu̇t；要 iàu 衝。

從 從容 iông。

縱

Chhiong[Chhiang] 昌 昌盛 sēng。

菖 菖蒲 pô͘。

猖 猖狂 kông。

娼 娼妓 ki。

Chhióng 縱 縱事 sū，縱使 sú。

搶 搶修 siu。

Chhiòng 縱 縱貫 koàn，縱斷 toàn 面 bīn，縱隊 tūi；放 hòng 縱，操 chhau/chho 縱。

Chhiòng[Chhiàng] 倡 提 thê 倡，倡始 sí，倡首 síu，倡導 tō。

唱 唱和 hô。

chhiòng 蓯 肉 jiȯk 蓯蓉 iông。

Chhip 湒 湒湒仔 á 水 chúi (一點點水)，湒湆 tâm (沾濕)。

蝟 船 chûn 底 té[tóe] 生 se^{n}[si^{n}] 蝟。

緝 通 thong 緝。

輯 編 phian 輯。

桼 (積在容器上的沈澱物) 上 chhīo͘^{n}[chhīu^{n}] 桼，茶 tê 甌 au 住 tiâu 桼，茶桼，尿 jīo 桶 tháng 桼。

chhip 蹐 (以小步慢慢走) 蹐蹐仔 á 行 kîa^{n}，蹐步 pō͘ 行 kîa^{n}，行路 lō͘ 蹐下·che 蹐下。

Chhit 七 七夕 sek/siah，七月 goeh[geh] 半 pòa^{n} 鴨 ah 仔 á，七呵·a 勿 mài 笑 chhìo 八 peh[poeh] 呵，不 put 答 tap 不七，七晝 oē[ūi] 八晝，七早 chá 八早，七扣 khàu 八除 tû，七起 khí 八落 loh。

chhit 拭 (擦) 拭桌 toh 頂 téng，拭乾 ta，拭清 chheng 氣 khì，拭嘴 chhùi，拭目 bak 屎 sái，拭掉 tiāu；拭仔 á (橡皮擦，擦兒)。

吃 瘻 mauh 吃 (私吞，侵占)。

chhit [Thit] 迌 迌迌 thô (玩耍)，好 hó 迌迌，迌迌物 mih，迌迌伴 phōa^{n}，迌迌人 lâng；迌迌查 cha 某 bó͘，迌迌弦 hiân 管 koán；吃 chiah 迌迌，弈 ī 迌迌 (賭玩)。

Chhiu 秋 秋天 thi^{n}，竪 khīa 秋；打 phah 秋風 hong。

湫 湫清 chhìn (涼快)；溜 liu 湫。

鰍 鰍鮎 kó 魚 hî。

鞦 韆 chhian 鞦。

鶖 烏 o 鶖。

chhiu 鬚 嘴 chhùi 鬚，鬍 hô͘ 鬚，鬆 chhàng鬚，鬚鬆chhàng 目 bak 降 kàng；蝦 hê 鬚，觸 chhiok 鬚，花 hoe 鬚 (雄蕊)，菜 chhài 瓜 koe 鬚，榕 chhêng 鬚，抽 liu/拔 poeh[puih] 虎 hó͘ 鬚；帳 tìo^{n}[tìu^{n}] 鬚，絲 si 鬚，鬚鬚；日 jit 鬚，水 chúi 鬚，雨

hō͘ 仔 á 鬚，噴 phùn 雨鬚，涎 nōa 鬚。

羞 (使人感到難為情) 羞羞𦨳 bē[bōe] 見 kiàn 笑 siàu，羞人·lang，給 kā 伊 i 羞，驚 kia^{n}/畏 ùi 人 lâng 羞。

Chhíu 帚 掃 sàu 帚。

醜 醜惡 ok。

chhíu 手 正 chìa^{n} 手，倒 tò 手，手蹄 tê[tôe] (手掌)，手蹠 chhioh 心 sim，手腑 sio̍h，手盤 pôa^{n} (手背)，手指 chái^{n}(手指頭)，手痕 hûn，手模 bô͘/pô͘，手曲khiau，手彎 oan，手後 āu 骬 te^{n}[ti^{n}](肘)；手頭 thâu，權 koân 在 tī 伊 i 的 ê 手頭，手頭緊 ân，手頭量 lēng，手頭重 tāng；手指 chí (戒指)，手橐 lok (手套)，手袂 ńg (袖子)；手冊 chheh，手摺 chih 仔 á，手銃 chhèng (手槍；淘氣；手淫)，手擋 tòng (手剎車)；熟 sek 手，生 chhe^{n}[chhi^{n}] 手，親 chhin 手，隨 sûi 手；手拑 khî^{n}，手賤 chiān；頭 thâu 手，下 ē 手，帮 pang 手；過 kòe[kè] 手 (過後)，尾 bóe[bé] 手 (後來)，後 āu 手 (後頭)。

首 首飾 sek，一首詩 si。

取 (贖) 取牽 khan 頭 thâu。

Chhìu 瞅 (理睬) 無 bô 人 lâng 要 boeh[beh] 瞅伊，瞅睬 chhái (理睬)，不 m̄ 瞅不睬。

chhìu[chhìu^{n}] 嚏 打 phah 咳 ka/kha 嚏，喝 hat/hah 哈嚏。

Chhîu 愁 憂 iu 愁，愁容 iông。

chhîu 揪 (捯) 揪索 soh，揪線 sòa^n，揪釣 tìo，揪碇 tìa^n；(追究) 揪根 kin[kun] 源 goân，揪話 oē (盤問)，揪出來，挽 bán 瓜 koe 揪藤 tîn (抽藤摘瓜)；揪水 chúi (逆流而上) 。

chhīu 樹 樹仔 á，樹欉 châng，樹木 bȧk/bȯk，樹林 nâ 苞 pô͘，樹椏 oāi^n，樹枝 ki，樹絡 le (樹梢)，樹身 sin，樹目 bȧk，樹斷 thn̄g (樹桩子)，樹頭 thâu，樹尾bóe[bé]，樹葉 hiȯh，樹皮 phôe[phê]，樹壳 khak，樹心 sim，樹腹 pak，樹奶 ni[lin,leng]，樹腳 kha，樹陰 ńg，樹影 iá^n。

[chhiu^n]→chhio͘^{n} 槍相菖鯧

[chhíu^n]→chhío͘^{n} 搶廠

[chhìu^n]→chhìu 嗆

[chhìu^n]→chhìo 唱

[chhîu^n]→chhîo͘^{n} 墻薔楊颺敞

[chhīu^n]→chhīo͘^{n} 汲上匠象像相

chhng 倉 倉庫 khò͘。

艙 船 chûn 艙，艙底 té[toé]。

瘡 痔 tī 瘡，生 se^n[si^n] 瘡。

伸 伸手 chhíu，伸直 tit。

chhng[chhui^n] 川 尻 kha 川 (屁股) 。

村 鄉 hio͘^{n}[hiu^n] 村。

穿 (通過) 穿針 chiam，穿線 sòa^n，穿孔 khang；(細孔) 蛀 chìu 穿，起 khí 穿，奶 ni[lin] 穿 (乳汁的出口

)，一 chit 穿仔 á 子 kíaⁿ；穿山 soaⁿ 甲 kah。

栓 車 chhia 栓。

chhńg[chhúiⁿ] 啫 （用嘴把食物可食部分剔下來吃）啫魚 hî 頭 thâu，啫骨 kut；(啄) 啫翼 sit，啫毛 mn̂g（鳥啄毛）；(找) 啫吃 chia̍h，啫孔 khang 縫 phāng，啫搤 iah（挑剔），啫刺 chhiah（尋利飽慾），啫人 lâng 的 ê 錢 chîⁿ（敲竹槓）。

chhǹg[chhùiⁿ] 串 串珠 chu 仔 á；縛 pa̍k 歸 kui 串（綁成一串）；串仔 á 魚 hî。

竄 有縫 phāng 可 thang 竄，竄入竄出，竄走 cháu。

chhn̂g 床 眠 mn̂g/bîn 床，床鋪 phơ，床褥 jio̍k，床巾kin[kun]，床單 toaⁿ，床墊 tiām。

chhngh/chhńgh 嗆 （抽或排出鼻涕的聲音）鼻 phīⁿ 嗆嗆叫 kìo，鼻嗆出來；嗆不 m̄ 嗆（板著臉）；(抽搭的樣子) 嗤嗤 chhi 嗆嗆（哭泣），哮 háu 到 kah 嗆嗆叫 kìo，唧chhih 嗆叫 kìo，在 teh 嗆啥 síaⁿ 代 tāi。

Chho 臊 臭 chhàu 臊，魚 hî 臊，油 iû 臊；吃 chia̍h 臊，開 khui 臊，臊桌 toh。

操 體 thé 操。

磋 切 chhiat 磋琢 tok 磨 mô͘。

蹉 蹉跎 tô。

Chhó 草 草木 bo̍k，草本 pún；甘 kam 草，草橄 kan 欖 ná；蓪 thong 草，草 hoe 花；草塞 that 仔 á（軟木塞）；草字 jī，草書 su，草寫 sía；潦 ló 草，草率 sut

，草草了 liáu 事 sū；草案 àn，草稿 kó。

chhó 楚 清 chheng 楚。

瑣 瑣碎 chhùi。

Chhò 挫 挫折 chiat。

造

糙 糙米 bí。

操 操縱 chhiòng，節 chiat 操。

噪 噪耳 hī^n[hī]。

chhò 錯 無 bô 錯，失 sit 錯，錯誤 gō͘；差 chha 錯。

剉 (砍) 剉柴 chhâ，剉樹 chhīu，剉肉 bah (把肉剁碎)，剉肉醍 sî^n，剉萎 ui (糟蹋東西而快壞)，伊 i 用 ēng 物 mih 真剉萎。

Chho͘ 初 初初，起 khí 初，當 tong 初，當原 goân 初；初見 kì^n 面 bīn，初設 siat；初級 kip。

粗 雨 hō͘ 不 put 止 chí 粗，粗家 ke 私 si；粗笨 pūn，粗工 khang 課 khòe[khè]；粗碗 oá^n，粗布 pò͘；粗穿 chēng；粗心 sim；粗魯 ló͘；粗坯 phoe[phe]。

屜 屜肥 pûi。

Chhó͘ 楚 楚霸 pà 王 ông。

礎 基 ki 礎。

Chhò͘ 措 措施 si。

錯

醋 酸 sng 醋；吃 chiàh 醋，醋神 sîn 真重 tāng，醋桶 tháng，推 chhia 倒 tó 醋甕 àng。

chhòa 蔡 (姓)。

chhōa 𤆬 (引導) 引 ín 𤆬，牽 khan 𤆬，相 sio[sa^{n}] 𤆬，𤆬路 lō͘，𤆬港 káng (領港員)，𤆬頭 thâu (帶頭)。

娶 娶某 bó͘，娶家 ke 後 āu，娶親 chhin，娶新 sin 娘 nîơ[nîu]，嫁 kè 娶，娶嫁 kè (伴郎)。

遺 遺尿 jīo (尿床)。

chhoa^{n} ⿱竹殘 (刺) 鏨 chhak 着 tio̍h ⿱竹殘，⿰扌截 giah ⿱竹殘 (挑刺)，⿱竹殘刺 chhì，指 chéng[chńg] 甲 kah ⿱竹殘；⿱竹殘着 tio̍h 刺；⿱竹殘人·lang；起 khí ⿱竹殘 (找碴兒)。

chhóa^{n} 散 懶 nóa 散，散懶 nōa (散漫，慢慢吞吞)，散骨 kut (懶漢)。

⿰彗刂 (鏟平) ⿰彗刂 hō͘ 予伊平 pê^{n}[pî^{n}] (把地鏟平)；(削去) ⿰彗刂柴 chhâ (粗刨)；(縫) ⿰彗刂衫 sa^{n} 仔 á 裾 ku；(掠過) 銃 chhèng 子 chí 對 tùi 肩 keng 頭 thâu ⿰彗刂過·koe[ke] (子彈掠過肩頭)。

chhòa^{n} 閂 門 mn̂g 閂，頂 téng 下 ē 閂；閂門，閂落去；閂筋 kin[kun] (栓進板內的木條栓子)，打 phah 閂筋。

闖 (亂穿) 闖路 lō͘，對 tùi 公 kong 園 hn̂g 闖過·koe[ke] (抄道穿過公園)；(傲慢) 做 chò[chòe] 人 lâng 傷 siơ^{n}[siu^{n}] 闖眾 chèng 人 lâng 惡 ò͘^{n}。

chhôa^{n} 遄 (穿過) 對 tùi 草 chháu 埔 phơ 掠 lia̍h 直 tit 給 kā 伊遄過·koe[ke] (直接穿過草埔)；(切除一部分) 猪 ti 肉 bah 對邊 pi^{n} 呵·a 遄一塊 tè 仔 á，遄扔 hì^{n} 揀 sak；(從旁搶走) 遄權 koân，予 hō͘ 人遄去

·khi。

chhōa^{n} 鏇 田 chhân 鏇，鰻哥·ko 鏇哥·ko（無賴之徒）。

chhoah 顫 (發抖) 肉 bah 會 ē[oē] 顫，噼噼 phih 顫；(害怕) 顫了 liáu 錢 chîⁿ，不 m̄ 免 bián 顫。

掇 (拔) 掇喙 chhùi 鬚 chhiu，掇斷 tn̄g；搶 chhíơ^{n} [chhíu^{n}] 掇；採 chhái 掇 (嘔氣鬧別扭)。

礤 菜 chhài 礤 (礤床)；礤番 han 薯 chû[chî]，礤冰 peng。

泄 (禁不住而泄出) 泄屎 sái，泄尿 jīo，泄出來；泄卵 nn̄g (下蛋)。

chhoáh 斜 歪 oai 斜，坦 thán 斜，掠 liáh 斜，對 tùi 斜；斜對 tùi 彼 hia 去 khì。

Chhoan 川 河 hô 川；四 sù 川。

釧 釧簪 chiam。

村 鄉 hiong/hiơ^{n}[hiu^{n}] 村，村庄 chng，村落 lòh。

穿 穿孔 khong。

銓 銓敘 sū。

痊 痊癒 jú。

悛 悛改 kái。

chhoán 喘 喘氣 khùi，怦 phē^{n}[phī^{n}] 怦喘，喘膾 bē[bōe] 離 lī。

Chhoàn 串 貫 koàn 串；串通 thong，串供 keng/kiong；串根 kin[kun]（扎根；存根），串單 toa^{n}（收據）；客 kheh 串，串演 ián；(老是，每每) 串講 kóng 無 bô 字 jī

話 oē，串串行 kîaⁿ 險 hiám 路 lō͘ ，慣 koàn 串
(老是，擅長) 。

鉀 (竹 tek) 鉀仔 á (竹矛)，竹 tek 篙 ko 鉀。

竄 亂 loān 竄，流 lîu 竄；竄改 kái；(橫向或偏斜地通過去) 竄隊 tūi，竄出去，直 tit 竄入來；(歪斜地長出來) 竄牙 gê，竄萌 íⁿ，竄根 kin[kun]，樹 chhīu 根竄過 kòe[kè] 壁 piah 路 lō͘ ，竄透 thàu，竄透隔 keh 壁間 keng。

篡 篡位 ūi。

纂 編 phian 纂。

Chhoân 拴 (備辦) 拴嫁 kè 粧 chng，拴碗 oáⁿ 箸 tī，拴予 hơ 便 piān，拴辦 pān。

chhoân 傳 (傳開) 話 oē 傳出去。

Chhoàng 闖 闖禍 hō。

chhoàng 壯 (漂亮) 壯佮 kah 巧 khiáu，壯點 tiám (美麗；走紅)，壯兄 hiaⁿ / 哥 ko。

Chhoat 撮 撮要 iàu，撮影 éng。

chhoe[chhe] 吹 吹風 hong，吹螺 lê，吹簫 siau；風吹 (風箏)，鼓 kó͘ 吹，荪 hun 吹。

炊 (蒸) 用籠 lâng 牀 sn̂g 炊粿 kóe[ké]，炊鍋 oe[e]。

[chhoe]→chhe 初

chhóe [chhé] 髓 骨 kut 髓，痛 thìaⁿ 到 kah 入 jip 骨 kut 髓，頭壳 khak 髓；精 cheng 髓。

[chhòe]→chhè 縩擦

chhôe[chhê] 箠　箠仔 á (小竹鞭)，亦 iah 着 tio̍h 箠亦着糜 môe[bê]。

[chhôe]→chhê 踏

chhōe[chhē] 尋　(尋找) 尋物 mih 件 kīaⁿ，尋無 bô 着 tio̍h；(訪問) 尋朋 pêng 友 iú 坐 chē，搜 chhiau 尋，揞 póe[pé] 尋，揞草 chháu 尋親 chhin；尋孔 khang 縫 phāng，尋人 lâng 麻 mâ 煩 hoân，尋死 sí 路 lō͘。

chhoeh[chheh] 啜　(喝) 啜泔 ám 糜 môe[bê]，啜湯 thng。

[chhoeh]→chheh 慼

chhoh 譬　(用粗話詈罵) 譬人·lâng，譬幹 kàn 撟 la̍k 撟 kiāu，譬罵mē[mā]，譬譬叫 kìo。

Chhok 錯　錯亂 loān，錯愕 go̍k。

簇　(聚集成的團或堆) 一 chit 簇人 lâng。

chhok 撮　一 chit 撮仔 á 鹽 iâm (一小撮鹽)；使 sái 嘴chhùi 撮 (抿嘴示意)。

觸　觸人的心 sim 事 sū；觸景 kéng (偶然)，觸景撞 tn̄g 着·tioh，觸綜 chong (碰巧，無意中)，觸綜提 the̍h 着頭 thâu 等 téng。

Chho̍k 戳　戳記 kì，戳印 ìn。

鑿　穿 chhoan 鑿。

Chhong 倉　倉惶 hông。

創　創傷 siong。

滄　滄海 hái。

愴　悲 pi 愴。

蒼　蒼白 pe̍h，蒼天 thian。

窗　同 tông 窗。

匆　匆匆，匆碰 pōng（冒失）。

總　金 kim 總。

聰　聰明 bêng。

chhóng 匆　匆碰 pōng（冒失）。

Chhòng 創　(開始) 創立 li̍p，創造 chō；(做，幹) 創代 tāi 志 chì，創予 hō͘ 人 lâng 看 khòaⁿ；(作弄) 創景 kéng，創治 tī。

Chhông 叢　叢書 su。

Chhu 樞　中 tiong 樞，樞要 iàu。

Chhu[Chhi] 趨　趨勢 sè，趨向 hiòng。

雌　雌蕊 lúi。

嵯　參 chham 嵯。

蛆　水 chúi 蛆（孑孓），赤 chhiah 蛆；(疹) 藥 io̍h 蛆。

chhu 趄　(傾斜) 趄趄，無 bô 趄䁪 bē[bōe] 卸 sìa 水 chúi，坦 thán 趄，趄坡 pho；趄落去。

chhu[chhi] 舒　(鋪，墊上) 舒蓆 chhio̍h，舒被 phōe[phē]，舒枋 pang。

Chhú 此　此時 sî 此刻 khek，此後 āu，此去 khì，此外 gōa，此中 tiong，此次 chhù。

Chhú[Chhí] 取　取寶 pó，取經 king，取一 chit 步 pō͘ 俗 sio̍k，取有 ū 幾 kúi 个 ê 親 chhin 像 chhīoⁿ[chhīuⁿ]

伊·i，可 khó 取，有 ū 上 chīơ^{n}[chīu^{n}] 取(有可取之處)，取代 tāi，取齊 chê[chôe](集合) 。

處 相 siong 處，處理 lí。

鼠 老 niáu 鼠，錢 chî^{n} 鼠；鼠賊 chha̍t 仔 á。

Chhù 次 初 chhơ 次；依 i 次；次要 iàu；次序 sū (→sù-sī)(整齊) 。

Chhù[Chhì] 處 辦 pān 事 sū 處，到 tò 處，好 hó 處。

趣 趣味 bī，興 hèng 趣。

chhù 厝 (房屋) 厝宅 the̍h，厝內 lāi，厝邊 pi^{n}，厝頂 téng，厝蓋 kòa。

Chhû 疵

Chhū[Chhī] 娶 續 siok 娶。

chhū 跙 (脚下滑動) 跙倒·to，土 thô͘ 脚 kha 真滑 ku̍t 予 hō͘ 我跙一 chit 倒 tó，跙落·loh 去，跙一下 ē。

唆 (指使) 唆狗 káu 相 sio[sa^{n}] 咬 kā；(耳語) 唆來唆去，嗤 chhi 武 bú 嘁 chhī 唆，在 teh 唆啥 sía^{n} 代 tāi。

淬 (噴水) 淬水 chúi，用 ēng 水給 ka 淬，淬芳 phang 水；淬中指 chái^{n} (侮辱人的動作) 。

焠 (用火燙) 予 hō͘ 香 hiơ^{n}[hiu^{n}] 焠着·tioh，焠香，焠火 hóe[hé]，焠鐵 thih。

chhuh 覷 (瞇縫著眼) 目 ba̍k 睭 chiu 覷覷，覷罔 báng，覷目 ba̍k。

焠 (燙) 衫 sa^{n} 予 hō͘ 薰 hun 屎 sái 焠一孔 khang，予

香 hiơ^{n}[hiu^{n}]焠着·tioh，焠香；(插進) 焠稻 tīu 仔 á，焠甘 kam 蔗 chìa。

Chhui 吹 鼓 kó͘ 吹。

炊

崔 (勒緊) 崔緊 ân，崔倚 oá，崔頷 ām 頸 kún，崔死·si。

催 給 ka 催較 khah 緊 kín 咧·leh，復 koh 去催一遍 piàn，催趕 kóa^{n}，催陣 chūn，催生 se^{n}[si^{n}]/seng，催眠 bîn，催賬 siàu。

推 推薦 chiàn；推測 chhek；推卻 khiok。

Chhúi 揣 揣摩 mô͘，摧度 tòk，揣伊的心 sim 肝 koa^{n}。

Chhùi 碎 碎碎，拆 thiah 碎，碎糊糊 kô͘ / 溶溶 iô͘^{n}[iû^{n}]/ 屑屑 sap；碎片 phì^{n}，碎杮 phòe[phè]；褸 lùi 碎，零 lân/lêng 碎，參 chham 碎，雜 cha̍p 碎，瑣 chhó 碎。

翠 青 chhe^{n}[chhi^{n}] 翠；翡 húi 翠。

脆 脆弱 jio̍k。

chhùi 嘴 嘴鬚 chhiu，嘴唇 tûn，嘴舌 chih，嘴齒 khí，嘴涎 nōa，嘴箍 khơ，嘴酏 phóe[phé]，嘴下 ē 斗 táu。

粹 純 sûn 粹，精 cheng 粹。

[chhui^{n}] →chhng 川村穿栓

[chhúi^{n}] →chhńg 啍

[chhùi^{n}] →chhǹg 串竄

Chhun 春 春天 thi^{n}，春餅 pía^{n}；青 chheng 春；插 chhah 春。

村 農 lông 村。

chhun **伸** 伸手 chhíu，伸直 tit，伸一下縮 kiu 一下，伸腰 io，伸輪 lûn/ûn (伸懶腰) 。

剩 (剩餘) 剩錢 chî^{n}，吃 chia̍h 有 ū 剩，剩長 tn̂g/tiông (盈餘) 。

鶉 鵪 ian 鶉。

Chhún **蠢** 愚 gû 蠢，蠢笨 pūn；蠢動 tōng。

忖 忖度 to̍k。

舛 舛誤 gō͘ 。

Chhùn **寸** 寸尺 chhioh，無 bô 分 hun 寸，寸寸仔 á (一點一點地) 。

chhûn **存** (保留) 存伊 i 的 ê 額 gia̍h，存後 āu 步 pō͘ ，存長 tn̂g (保留以備將來)，賢 gâu 存長；(懷著某種念頭) 存要 boeh[beh] 予 hō͘ 伊看 khòa^{n} (故意要給他看)，存辦 pān (準備，打算)，無 bô 存辦要去，存辦要與 kap 伊拚 pìa^{n} 生 se^{n}[si^{n}] 死 sí，存心 sim，存死 (不惜一死)；(尊讓) 相 sio[sa^{n}] 存有 ū 剩 chhun，尊 chun 存 (尊重而推讓)，無存序 sī 大 tōa。

Chhut **出** 出去，出世 sì，出破 phòa (敗露)，出水 chúi (出出氣)，對 tùi 伊出水，出燒 sio (責問，出出氣)，出身 sin (出身；發迹)，出脫 thoat(發迹)，獪bē[bōe] 得 tit 出脫，出着 tioh (出人頭地)；(出價還價) 出價 kè；(任) 出在 chāi 你。

齣 戲 hì 齣，齣頭 thâu (節目)，苦 khó͘ 齣，慘chhám齣，換 oā^{n} 齣；还 iáu 復 koh 有 ū 幾 kúi 齣菜chhài。

E

e 倭 倭寇 khò͘。

萵 (=o) 苳 tang/茼 tâng 萵。

e[oe] 挨 (推) 相 sio[saⁿ] 挨，相挨身 sin (相擦而過)，挨來揀 sak 去，挨入去 (擠進去)，挨倒 tó，挨出去，挨搾 kheh[khoeh] (擁擠)；挨推 the，挨予 hō͘ 別 pa̍t 人 lâng；(推磨) 挨米 bí，挨粿 kóe[ké]，挨磨 bō；(拉) 挨弦 hiân 仔 á。

[e]→oe 鍋萵

é 啞 啞口 káu (啞吧)，啞口壓 teh 死 sí 子 kíaⁿ，啞聲 siaⁿ (啞嗓子)，哭 khàu 到 kah 啞聲，啞喉 âu (嘶啞)。

é[oé] 矮 (身材短) 矮人 lâng，矮肥 pûi，矮鼓 kó͘；(高度小) 矮腳 kha 雞 ke[koe]。

è[oè] 挓 (拿) 挓來·lai，挓予 hō͘ 伊，偷 thau 挓。

[È]→ì 裔翳

[è]→oè 穢

ê 的 紅 âng 的花 hoe，寒 kôaⁿ 的所 só͘ 在 chāi，人 lâng 的心 sim，你的還 hoân 你的、我的還我的。

个 這 chit 个，三个，一半 pòaⁿ 个仔 á。

兮 (表示當天) 兮早 chái 起 khí，兮晝 tàu，兮晡 po͘，兮

暗 àm，兮昏 hng。

欸 (嘆詞) 欸，哪 ná 會 ē[oē] 按 án 尔 ne[ni]。

ê[oê] 鞋 皮 phôe[phê] 鞋，樹 chhīu 奶 ni 鞋，鞋衬 chū (鞋墊子)，鞋抿 bín (鞋刷子)，鞋拔 poėh[puih] (鞋拔子) 。

ē 下 下底 té[tóe]，下腳 kha，下身 sin；下回 hôe[hê]，下半 pòa^{n} 年 nî；一 chit 下，大大 tōa 下。

禍 災 chai 禍，惹 jía 禍。

廈 廈門 mn̂g。

ē[oē] 會 會的人，會曉 hiáu (會)，會當 tàng (能，會)，會做 chò[chòe] 得·tit，會用 ēng/iōng 得，會使 sái 得，會行 kîa^{n} 得，會堪 kham 得，忍 lún 會住 tiâu，看 khòa^{n} 會得 tit 出 chhut，教 kà 會倒 tó，放 pàng 會落 lȯh 手 chhíu，擔 tam 當 tng 會起 khí，讀 thȧk 會來 lâi，做 chò[chòe] 會去 khì，提 thėh 會着 tiȯh，會得過 kòe[kè]，會人·lang，會人你不 m̄ 着 tiȯh 給 ka 款 khoán 勸 khǹg、復 koh 顛 tian 倒 tò 鼓 kó͘ 舞 bú 伊去。

e^{n}[i^{n}] 嬰 紅 âng 嬰仔 á。

蝏 蜻 chhân 蝏。

英

ê^{n}[î^{n}] 楹 楹仔 á，中 tiong 楹。

eh 厄 厄運 ūn，災 chai 厄。

呃 打 phah 呃 (打噎) ，臭 chhàu/刺 chhiah 酸 sng 呃

，呼 khó 呃仔 á（打嗝），呼屎 sái 呃，吐 thò͘ 呃；呃酸sng，呃水 chúi，呃奶 ni[lin,leng]，呃起來。

e̍h[oe̍h] 狹　所 só͘ 在 chāi 太 thài 狹，狹𤆬𤆬 chi^{n}，狹條 liâu，狹抽 thiu（狹長），狹榨 kheh[khoeh]（狹窄），狹塞 seh[soeh]（窄；擠上），狹細 sè[sòe]（狹小），山 soa^{n} 路 lō͘ 狹細，心 sim 行 hēng 狹細（心懷狹窄）。

[e̍h]→oe̍h 檜

Ek　益　利 lī 益；益人·lang（對人有益）。

溢　溢出來；海 hái 湧 éng 在 teh 溢來溢去；溢奶ni[lin]（漾奶），溢酸 sng。

抑　抑制 chè。

億　億萬 bān。

憶　回 hôe 憶。

臆　臆測 chhek。

E̍k　弋　游 iû 弋。

亦

易　易主 chú；貿 bō͘ 易。

液　液體 thé。

腋　腋下 hā。

劃　計 kè 劃。

逸　安 an 逸。

佾　佾生 seng。

譯　翻 hoan 譯。

翌　翌日 jit。

翼　右 iū 翼，左 chó 翼。

役　兵 peng 役。

疫　疫症 chèng，檢 kiám 疫，免 bián 疫。

ėk 浴　洗 sé[sóe] 浴，瀧 châng 浴，海 hái 水 chúi 浴，浴間 keng，浴池 tî，浴盆 phûn，浴巾 kin[kun]。

Eng 英　英雄 hiông。

應　應該 kai。

鷹　鷹鳥 chiáu，貓 niau 頭 thâu 鷹。

鶯　黃 n̂g/hông 鶯。

嬰　嬰兒 jî。

櫻　櫻花 hoe，櫻桃 thô。

鸚　鸚哥/鵡 ko，鸚鵡 bú。

罌　罌粟 sek 花 hoe。

eng 坱　(灰塵等飛揚) 坱着 tio̍h 風 hong 飛 poe[pe] 沙 soa，坱埃 ia (塵埃)，坱坱，坱起來。

癰　蜂 phang 巢 sīu 癰。

Éng 永　永久 kíu；白 pe̍h 巴 pà 永。

影　影響 hióng；影像 siōng。

穎　穎悟 ngō͘。

éng 往　(常常) 往往，咱 lán 人 lâng 往會 ē[oē] 不 m̄ 着tio̍h；(過去的) 往時 sî (從前)，往時陣 chūn，往當 tang 時，往常 siông 時 (往常)，往過 kòe[kè] (上次)，往日 jit，往年 nî。

湧　(波浪) 海 hái 湧，水 chúi 湧，起 khí 風 hong 湧，

湧鬚 chhiu（浪花的飛沫）。

泳 游 iû 泳。

Èng 應 答 tah 應，應酬 sîu；應該 kai（然 jiân），應當 tong（然），應額 giàh，莫 bòh 應，莫應去。

èng 壅 （澆）壅肥 pûi，壅水 chúi，壅田 chhân；（隆起的土堆）老 niáu 鼠 chhú[chhí] 壅，夯 gîa／冲 chhèng 壅。

蕹 蕹菜 chhài（空心菜）。

Êng 榮 光 kong 榮；榮華 hôa，榮光 kng。

熒 熒光 kong 燈 teng；（←兮 ê 昏 hng）熒暗 àm（今晚），熒（暗）時 sî（夜間），熒頓 tǹg（晚餐）。

螢

營 經 keng 營；營養 ióng。

盈 盈利 lī。

贏

瀛 東 tong 瀛（台灣）。

êng 閑 有 ū 閑，無 bô 閑唧唧 chhih，閑閑，閑仙仙 sian，清 chheng 閑，拉 la 閑，閑身 sin，閑身人 lâng，閑行 hēng（無聊的行為），愛 ài 插 chhap 閑仔 á事 sū，吃 chiàh 閑飯 pn̄g，閑話 oē。

ēng 用 （使用）用筆 pit 寫 sía 字 jī；（花錢）開 khai 用，敢 káⁿ 用，甘 kam 用，省 séng 用；（吃喝）請 chhíaⁿ 用茶 tê，用飯 pn̄g；（使喚）差 chhe 用；（表示可能）會 ē[oē] 用得·tit；用怙 kō͘（憑著，憑藉），用怙講 kóng 是無 bô 路 lō͘ 用。

G

Gâ 牙 牙關 koan；(螺絲紋，螺齒) 正 chìa^n 牙，倒 tò 牙，牙萎 ui 去·khi。

Gā 訝 疑 gî 訝 (懷疑；可疑)，不 m̄ 可 thang 疑訝，有 ū 疑訝的所 só͘ 在 chāi。

Gâi 獃 (傻) 痴 chhi 獃，獃笨 pūn，獃僫 gām；(不靈活) 動 tōng 作 chok 較 khah 獃，笱 kô 獃 (行動不方便)。

崖 斷 toān 崖。

涯 天 thian 涯；生 seng 涯。

Gāi 碍 無 bô 碍，碍着·tioh，相 sio[sa^n] 碍，碍胃 ūi，碍事 sū，碍腳 kha 碍手 chhíu，碍虐 giȯh (彆扭，不自然，不舒服)，掛 kòa/khòa 碍，阻 chó͘ 碍，妨 hông 碍。

Gȧk 樂 音 im 樂。

岳 山 soa^n 岳；岳父 hū。

嶽 山 soa^n 嶽。

gȧk 獄 監 ka^n 獄，牢 lô 獄，獄囚 sîu，地 tē[tōe] 獄。

gám 坎 (刻紋) 一 chit 坎一 chit 坎，石 chiȯh 坎仔 á (石台階)，榫 sún 頭 thâu 鬥 tàu 無 bô 落 lȯh 坎 (榫子沒有套進卯眼)。

Gâm 岩 岩石 chiȯh，石岩。

癌 胃 ūi 癌，癌症 chèng。

gām 儑 (不明事理)儑儑，儑頭 thâu 儑面 bīn，儑賊 chha̍t。

Gán 眼 眼球 kîu；雙 siang 眼鏡 kìa^{n}；眼光 kong，眼神sîn，眼色 sek；扇 sì^{n} 眼，字 jī 眼；(看) 予 hō͘ 我眼一下。

Gàn ⿰氵彥 (覺冷) 手 chhíu 會 ē[oē] ⿰氵彥，嘴 chhùi 齒 khí ⿰氵彥，⿰氵彥⿰氵彥，⿰氵彥着·tioh；(冷卻，淬) ⿰氵彥水 chúi，⿰氵彥霜sng (冰一冰)，⿰氵彥鐵 thih；⿰氵彥錢 chî^{n} (燒冥鈔後之奠酒)。

Gân 顏 顏色 sek，顏面 bīn 神 sîn 經 keng；顏料 liāu。

gân 凝 (凍僵) 骹 kha 手 chhíu 凝，嘴 chhùi 齒 khí 凝，天 thi^{n} 氣 khì 凝凝，陰 im 凝凝 (寒氣刺骨)。

[gân]→Giân 言

Gān 彥

諺 俚 lí 諺。

唁

岸 海 hái 岸。

雁 雁鳥 chiáu；雁子 chí 磚 chng。

贗

gāng 愣 愣愣，听 thia^{n} 一下煞 soah 愣去·khi。

Gap 哈 魚 hî 嘴 chhùi 在 teh 哈，哈水 chúi；錢 chî^{n} 予 hō͘ 伊哈去·khi (吞没去)。

gâu 賢 (有本事) 伊真賢，賢人 lâng，𣍐 bē[bōe] 賢得·tit；(善於) 賢寫 sía，賢讀 tha̍k，賢做 chò[chòe] 人 lâng；(常常) 賢流 lâu 汗 kōa^{n}，賢破 phòa 病 pē^{n} [pī^{n}]；(很) 賢早 chá，賢趖 sô，賢拖 thoa。

gè 嚙 予 hō͘ 老 niáu 鼠 chhú[chhí] 嚙着·tioh，嚙甘 kam 蔗 chìa。

Gê 霓 面 bīn 紅 âng 霓 (紅潤)。

Gê[gôe] 倪 (姓)。

gê 牙 牙齒 khí，咬 kā 牙切 chhiat 齒，牙槽 chô (下顎)，牙膏 ko；象 chhīoⁿ[chhīuⁿ] 牙，牙箸 tī；做 chò[chòe] 牙，尾 bóe[bé] 牙。

芽 窋 puh 芽，出 chhut 芽；豆 tāu 芽。

伢 (厭惡) 看 khòaⁿ 着 tio̍h 都 to 伢，伢死·si，伢佮 kah 哏 gīn (非常討厭)；(模糊迷亂) 目 ba̍k 睭 chiu 看到 kah 伢去 (眼花繚亂)，伢唰唰 soa̍h (慌亂不迭)，腳瘸 khôe[khê] 手伢 (手忙腳亂)。

衙 官 koaⁿ 衙，警 kéng 察 chhat 衙。

Gē 詣 造 chō 詣。

毅

Gē[gōe] 藝 手 chhíu 藝，技 ki 藝，工 kang 藝；藝術 su̍t，文 bûn 藝，武 bú 藝，曲 khiok 藝，藝閣 koh，藝旦 tòaⁿ；變 pìⁿ/做 chò[chòe] 工藝(消遣)，做 chò[chòe] 藝量 nīo[nīu]，無 bô 藝量。

[ge̍h] →goe̍h 月

Ge̍k 逆 逆境 kéng；逆天 thiⁿ，逆喉 âu (刺激喉嚨)；橫 hoâiⁿ/hêng 逆；(遇抵觸而生氣) 逆着·tioh，氣 khì 着逆着逼 pek 着。

額

gėk 玉 玉仔 á，寶 pó 玉，玉杯 poe。

獄 地 tē[tōe] 獄。

虐 虐待 thāi。

géng 研 (磨) 研磨 bôa，研末 boȧh，研予 hơ 幼 iù，研碎chhùi，研槌 thûi，研鉢 poah，研槽 chô；(用力壓住揉) 注 chù 射 sīa 了 liáu 着 tiȯh 研研咧·leh，研予 hơ 散 sòa^{n}。

眼 龍 gêng 眼，福 hok 眼，紐 líu 仔 á 眼。

Gêng 迎 迎接 chiap。

凝 凝血 hoeh[huih]，凝一 chit 丸 oân，凝歸 kui 塊 tè；(慾悶，痛心) 我真凝，凝心 sim，凝在 tī 心肝koa^{n} 頭 thâu。

gêng 龍 龍眼 géng，龍眼干 koa^{n}，龍眼核 hu̍t，龍眼宅 thėh。

Gí 擬 擬定 tīa^{n}，擬稿 kó；比 pí 擬，擬古 kó͘ 。

[Gí]→Gú 語圄齬

Gî 宜 合 hȧp 宜；便 pan 宜。

儀 儀表 piáu；儀式 sek；賀 hō 儀；儀器 khì。

疑 懷 hoâi 疑，堯 giâu 疑 (懷疑)，生 chhe^{n}[chhi^{n}] 疑，臭 chhàu 疑 (往壞的方面猜疑)；疑問 būn；(意料) 疑悟 gō͘ (料想)，無 bô 疑 (悟) 伊亦 iȧh 來。

[Gî]→Gû 魚漁隅愚娛虞

Gī 義 意 ì 義；道 tō 義；義務 bū；義父 hū；義眼 gán。

議 提 thê 議；議論 lūn。

誼 情 chêng 誼。

毅 剛 kong 毅。

gī/gē 藝 做藝量 nīơ[nīu](做消遣)，無 bô 藝量（無聊）。

gī 㗊 （笑）㗊㗊笑 chhìo，你在 teh 㗊啥 síaⁿ 代 tāi（你笑什麼）。

[Gī]→Gū 寓遇御禦

gîa 抬 抬椅 í 抬桌 toh，抬起 khí 抬落 lȯh，抬枷 kê。

夯 （興起，升起，高漲，隆起）舊 kū 病 pēⁿ[pīⁿ] 復 koh 夯起來，夯雲 hûn 尪 ang（起積亂雲），海 hái 湧 éng 夯起來，價 kè 錢 chîⁿ 較 khah 夯，夯壅 èng；（木材單位，＝三十六才）。

蜈 蜈蚣 kang。

蝸 蝲 lâ 蝸。

gîa/ngîa 迎 迎鬧 lāu 熱 jiȧt，迎媽 má 祖 chó͘，迎新 sin 棄 khì 舊 kū。

[gîa]→gô 鵝

giah[kiah] 攑 （挑）攑刺 chhì，攑籛 chhoaⁿ，攑破 phòa；攑門門 chhòaⁿ，攑開 khui（撬開）。

giȧh[kiȧh] 舉 （舉起，拿著）舉筆 pit，舉香 hiơⁿ[hiuⁿ]，舉枴 koáiⁿ 仔 á，舉順 sūn 風 hong 旗 kî；（抬起）舉頭 thâu 看 khòaⁿ，舉手 chhíu，舉高 koân，舉舉，舉目 bȧk 看；（把兒）鏡 kìaⁿ 舉。

giȧh 額 錢 chîⁿ 額，名 mîa 額，人 lâng 額，份 hūn 額；有 ū 額，無 bô 額，在 chāi 額，夠 kàu 額；應 èng 額（照理說），照 chiàu 額（照理），合 hȧp 額，硬 ngē[ngī]

額（一定），硬額會 ē[oē] 返 tńg 來。

giak 謔 （嘲諷）謔摔 siak，謔佮 kah 擗 phiak(冷嘲熱諷抨擊）。

giȧk 謔 謔摔 siak（挖苦），講 kóng 謔（控苦，諷刺）。

[Giȧk]→Giȯk 虐瘧

Giám 儼 儼然 jiân；儼硬 ngē[ngī]（堅强，堅忍）。

噞 （厭惡）看 khòaⁿ 着 tiȯh 真噞，噞着·tioh（討厭），噞屌 siâu，對 tùi 噞（相處得不好）。

Giâm 嚴 莊 chong 嚴，嚴重 tiōng；嚴密 bit，嚴格 keh。

巖 山 soaⁿ 巖，巖院 īⁿ。

giâm 閻 閻羅 lô 王。

Giām 驗 驗身 sin 軀 khu，驗血 hoeh[huih]；應 èng 驗，靈 lêng 驗；效 hāu 驗。

giām 拎 （拳）一拎手 chhíu（一拳長），拎半 pòaⁿ 手長 tn̂g(一拳半長）。

Gián 研 研究 kìu，研討 thó，研讀 thȯk，研習 sip。

gián 臉 小 siáu 鄙 phí 臉（小氣，吝嗇）。

眼 眼前 chêng，眼時 sî（目前）。

妍 （嬌媚又帶點驕氣）真妍，妍妍，妍氐氐 te，妍的的 teh。

giàn 癮 癮酒 chíu，癮頭 thâu，起 khí 癮，過 kòe[kè] 癮，獪 bē[bōe] 癮，干 kan 乾 ta 癮，癮錢 chîⁿ 若 ná 命 mīa（愛財如命），癮目 bȧk；（瘦）瘦 sán 癮，伊 i 人 lâng 真 chin 癮，癮仙 sian。

Giân[Gân] 言 語 gú[gí] 言，古 kó͘ 人 lâng 言；言明 bêng；

五 ngó͘ 言詩 si。

giang 鈃 (鈴) 鈃仔 á，司 sai 公 kong 鈃；鈃鈃仔，鈃仔在 teh 鈃，鈃鈃叫 kìo；起 khí 摸 mơ 會 ē[oē] 鈃 (舒服)，起摸𣍐 bē[bōe] 鈃 (不舒服)；美 súi 鈃鈃。

[Giáng]→Gióng 仰

giàng 齴 (齙) 齴牙 gê，嘴 chhùi 齒 khí 齴齴。

giāng 攘 (喝拳猜令) 咱來攘，攘看 khòaⁿ 啥 sía 人 lâng 在 tāi 先 seng。

giap 夹 予 hō͘ 蟳 chîm 管 kóng 夹着 ·tioh，公 kong 事 sū 包 pau 夹咧 ·leh 就 chīu 去 khì 啦 ·lah；夹仔 á (夾子)，紙 chóa 夹，頭 thâu 毛 mn̂g 夹仔。

Giȧp 業 工 kang 業；職 chit 業；學 hȧk 業；事 sū 業；業產 sán；罪 chōe 業，真 chin 業，業命 mīa，業相 siòng，業神 sîn (勞碌命)。

giȧp 挟 挟住 tiâu，挟在 tī 中 tiong 央 ng，挟坫 tiàm 身 sin 軀 khu (夾在身上，夾在胳膊底下)。

Giat 齧 (蟲等啃·咬或剪斷) 予 hō͘ 蟲 thâng 齧着 ·tioh；齧仔 á (虫) (衣魚)；用鉸 ka 刀 to 齧斷 tn̄g；(糊弄，欺負) 予 hō͘ 你𣍐 bē[bōe] 齧得 ·tit，講 kóng 話 oē 撇 phiat 掛kòa 齧 (大聲叱責)，齧人 ·lang 撇人 ·lang。

giat 蠍 蠍仔 á。

Giȧt 孽 罪 chōe 孽，孽子 chú，孽畜 thiok；(奇怪)成 chîaⁿ 孽，怪 koài 孽，孽狀 chōng (怪樣子)；(頑皮) 作

chok 孽 (小孩頑皮搗蛋；造孽)，孽削 siat (挖苦奚落)，孽屄 siâu，孽話 oē。

Giâu 堯 堯帝 tè；堯疑 gî (生疑) 。

蟯 蟯虫 thâng。

giauh→ngiauh 戭

gih/kih 砌 砌磚 chng 仔 á，砌石 chio̍h 頭 thâu。

gih 癯 癯癯顫 chhoah，癯癯戰 chùn。

[Gím]→Kím 錦

gìm 唫 唫痀 ku (垂頭彎腰，萎縮沒精神的樣子)，老 lāu 唫唫；黃 n̂g 唫唫。

Gîm 吟 吟詩 si，吟咏 ēng，吟誦 siōng；沈 tîm 吟；呻 sin 吟。

矜 (門階) 矜仔 á，石 chio̍h 矜，矜 墘 kîⁿ，矜簷 chîⁿ。

gīm 扲 (握) 手 chhíu 扲物 mih，扲手，扲住 tiâu，扲緊 ân，扲拳 kûn 頭 thâu 拇 bó[bú]，一扲長 tn̂g。

gín 囝 囝仔 á，囝仔人 lâng，囝仔豚 thûn (大孩子)，囝仔相 siàng (孩子氣) 。

Gîn[Gûn] 銀 金 kim 銀；錢 chîⁿ 銀，銀行 hâng；銀幕 bō͘；輕 kheng 銀 (鋁)，水 chúi 銀。

齦 齒 khí 齦。

gîn[gûn] 睨 (瞪眼) 目 ba̍k 睭在 teh 睨，相 sio[saⁿ] 睨，睨惡 ok/ò͘ (怒目而視)，睨惡惡 ò͘ 。

gīn[gūn] 哏 (厭惡) 哏神 sîn (氣憤)，弄 lāng 哏 (使人生氣厭惡)，伊特 tiau 工 kang 要 boeh[beh] 弄哏我。

gío/lío 脈/略 (瞟) 目 bȧk 睭給 ka 脈一下，相 sio[sa^n] 脈 (互送秋波)；脈嘴 chhùi (以嘴示意)。

gîo 蟯 蟯仔 á，粉 hún 蟯 (文蛤)；蟯的·e (同名的)。

橈 橈筊 poe。

[gîo]→Giȯk 玉 愛 ò 玉。

gīo/kīo 蕎 蕗 lō͘ 蕎。

giȯh 虐 碍 gāi 虐。

謔 (嘲弄) 謔人·lang，相 sio[sa^n] 謔，謔俗 siȯh (嘲笑)。

Giȯk 玉 玉石 sėk，玉容 iông，玉照 chiàu；玉女 lú[lí]；愛 ài 玉子 chí，玉蘭 lân，玉山 san。

Giȯk [Giȧk] 虐 暴 pō 虐。

瘧 瘧疾 chėk，瘧症 chèng。

Gióng [Giáng] 仰 仰望 bōng；信 sìn 仰，仰慕 bō͘，久 kíu 仰。

giōng 邛 (快要，差點就要) 邛要 boeh[beh] 起 khí 狷 siáu，目 bȧk 屎 sái 邛邛要流 lâu 出來，邛要死 sí。

[Git]→Gut 迄訖

gíu 扭 (揪) 扭人的衫 sa^n 仔 á 裾 ku，扭住 tiâu，扭大tōa 索 soh (拔河)；扭生 seng 理 lí，扭人客 kheh，扭票 phìo。

Gîu 牛 牛疫 ėk；牛蒡 pông。

Gô 俄 蘇 so͘ 俄。

莪 莪仔 á 菜 chhài。

鵝 草 chháu 鵝，鵝仔 á 毛 mn̂g；企 khì/豎 khīa 鵝。

熬 熬酒 chíu。

遨 (旋轉) 干 kan 樂 lo̍k 在 teh 遨，打 phah 𣍐 bē[bōe] 遨，圓圓 î^{n} 遨；遨石 chio̍h 磨 bō；予 hō͘ 伊拖 thoa 咧 leh 遨。

Gō 餓 飢 iau 餓，餓𣍐 bē[bōe] 死 sí 脹 tiò͘^{n}[tiù^{n}] 𣍐肥 pûi。

傲 驕 kiau 傲。

臥 臥車 chhia，臥房 pâng/室 sek。

Gô͘/Ngô͘ 吳 (姓)。

蜈 蜈蜞 khî。

梧 梧桐 tông，松 siông 梧。

鯃 白 pe̍h 鯃，紅 âng 鯃。=䱱。

Gō͘/Ngō͘ 悟 覺 kak 悟，醒 chhé^{n}[chhí^{n}] 悟，疑 gî 悟 (料想)，無 bô (疑)(悟)(沒想到)。

晤 會 hōe 晤。

誤 相 sio[sa^{n}] 誤錯 tā^{n} (互相誤會；發生差錯)，對 tùi 頭 thâu 誤，失 sit 誤；誤點 tiám；誤人 lâng 的 ê 子 chú 弟 tē；誤殺 sat。

gō͘ 五 五日 jit 節 cheh[choeh]，五个 ê 五个 (彼此一樣)，五花 hoe 五花 (不相上下)。

午 午時 sî。

娛 娛樂 lo̍k。

góa 我 你做 chò[chòe] 你我做我。

gōa 外 外口 kháu，外頭 thâu，外面 bīn，外身 sin，外旁pêng

；外位 ūi；外國 kok；外家 ke，外親 chhin；另 lēng 外，此 chhú 外，以 í 外；外外，放 páng 外外，激kek 外外，佯 tèⁿ[tìⁿ] 外外；外氣 khì（漂亮，講究）。

若 若多 chē[chōe]，無若（多）。

Goán[gún] 伭 伭兜 tau，伭老 lāu 父 pē。

Goán 玩 玩具 kū；古 kó͘ 玩；玩賞 sióng。

Goân 元 紀 kí 元，元始 sí，元祖 chó͘；元素 sò͘，元氣 khì；元首 síu，元帥 sòe，元老 ló；元宵 siau；元寶 pó；元朝 tiâu。

原 原版 pán，原本 pún；原在 chāi（仍然），原底 té[tóe]（本來），原舊 kū，照 chiàu 原；原料 liāu；原諒liōng；平 pêng 原。

源 來 lâi 源，源頭 thâu。

頑 頑固 kò͘。

goân 玄 玄孫 sun；玄參 sim/som。

完 完全 choân。

Goān 願 心 sim 願，甘 kam 願，情 chêng 願；下 hē 願，發 hoat 願，謝 sīa 願。

Goat 月 日 jit 月潭 thâm，月（下 hā）老 ló（人 jîn）。

[gôe]→Gê 倪（姓）。

Gōe 外 外甥 seng。

[gōe]→Gē 藝

goéh[géh] 月 月娘 nîo͘[nîu]，月色 sek，月光 kng，月影 iáⁿ，月暗 àm 暝 mê[mî]；月餅 píaⁿ，月琴 khîm；一 chit

月日 jit，月半 pòa^{n} 日，月頭 thâu，月初 chhe [chhoe]，月尾 bóe[bé]，月底 té[tóe]，正 chia^{n} 月，閏 jūn月；月經 keng，月內 lāi，滿 móa 月。

Gȯk 愕 錯 chhok 愕，愕然 jiân。

鄂

萼 花 hoe 萼。

腭

鰐 鰐魚 hî。

鱷 鱷魚 hî。

鶚 鶚鳥 chiáu；鶚的 tek，成 chîa^{n} 伊的鶚的。

Gông 昂 昂首 síu；昂貴 kùi；(高傲自大)你免在 teh 傷 sio͘^{n} [siu^{n}] 昂，激 kek 昂 (擺架子) 。

gông 卬 (發暈，發昏) 頭 thâu 殼 khak 卬卬，人 lâng 煞 soah 卬去·khi，卬愕 ngiȧh (吃驚發呆) 。

Gōng 戇 (傻) 戇拄拄 tuh ，講 kóng 戇話 oē，戇呆 tai，愚 gû 戇，闇 am 憨 khám 戇，倲 tòng 戇，戇直 tit，戇神 sîn，戇虎 hó͘ ，戇人 lâng，戇頭 thâu 戇面bīn，戇想 sīo͘^{n}[sīu^{n}]；眩 hîn 戇 (眩暈)，關 koai^{n} 到 kàu 戇去·khi。

Gú[Gí] 圄

語 語言 giân，俗 siȯk 語，套 thò 頭 thâu 語。

齬 齟 chó͘ 齬。

Gû[Gî] 魚 木 bȯk 魚。

漁 漁利 lī 之 chi 徒 tô͘ 。

隅

愚　愚戇 gōng，愚蠢 chhūn/thūn；愚見 kiàn。

娛　娛樂 lo̍k。

虞　虞美 bí 人 jîn。

gû 牛　黃 n̂g 牛，赤 chhiah 牛，水 súi 牛，牛牨 káng(公牛)，牛公 kang (閹牛)，牛奶 ni[lin,leng]。

Gū [Gī] 寓　公 kong 寓；寓所 só͘；寓言 giân。

遇　抵 tú 遇，遇着 tio̍h 朋友，走 cháu 賊 chha̍t 遇着虎 hó͘，遇無 bô 着，遇險 hiám，遇害 hāi；待 thāi 遇，境 kéng 遇，遭 cho 遇。

御　御苑 oán。

禦　防 hông 禦。

Gûi 危　危險 hiám，危機 ki，危局 kio̍k。

Gūi 僞　詐 chà 偽，偽善 siān。

魏　(姓)

[gūn]→Góan 伝

[Gûn]→Gîn 銀齦

[gûn]→gîn 睨

[gūn]→gīn 哏

Gut[Git] 迄　迄今 kim。

訖　收 siu 訖，驗 giām 訖，起 khí 訖。

H

ha 哈 笑 chhìo 哈哈；(張口呼氣) 用 ēng 嘴 chhùi 哈氣 khì，哈手 chhíu，哈燒 sio (哈氣取暖)；(喝) 哈一杯 poe 燒茶 tê；(惹，碰) 無 bô 人 lâng 敢 ká^n 去哈伊 ·i，哈轆 lak＝哈攏 láng，哈轆會 ē[oē] 倒 tó(對付得了)，哈轆𣍐 bē[bōe] 起 khí (對付不了)。

hà 孝 帶 tòa 孝，喪 sng 孝，孝衫 sa^n，褪 thǹg 孝，順 sūn 孝娶 chhōa。

Hâ[Hê] 瑕 瑕疵 chhû，瑕痕 hûn。

蝦 蝦蟇 bô͘。

霞 雲 hûn 霞。

hâ 縖 (系) 縖腰 io 帶 tòa；縖裙 kûn；縖刀 to (佩刀)。

Hā[Hē] 下 天 thian 下；下降 kàng；下賤 chiān，下作 chok (下流；下賤)。

夏 初 chho͘ 夏。

廈 大 tāi 廈。

暇 閑 hân 暇。

hā 罅 罅焇 sau (水桶等因乾燥而裂縫)。

há^n 哄 哄予 hō͘ 伊驚 kia^n，哄嚇 heh^n (恐嚇)，哄惶 hông (嚇唬；虛張聲勢)，哄騙 phiàn。

hà^n 呷 (嘆詞，表示肯定或應諾) 呷、是 sī 都 to 着 tio̍h。

hâ^{n} 懸 (懸掛) 日 jit 懸山 soa^{n}，日頭 thâu 懸烏 ơ (天黑)；(擱下)且 chhía^{n} 懸咧 ·leh，半 pòa^{n} 籬 lâm 懸 (中途擱置)。

哈 (嘆詞，表示不滿疑問) 哈啊 ·a (什麼)，哈、什么！

hā^{n} 跨 跨戶 hō͘ 庭 tēng，跨入 jip 門 mn̂g，跨過 kòe[kè] 溝 kau 仔 á。

hah 哈 哈唏 hì (哈欠)，哈嚏 chhìu[chhìu^{n}]，哈搭 tah(窘迫)，當 tng 在 the 哈搭。

ha̍h 合 (合乎) 合合，真合着 tio̍h 伊，合身/軀 sin/su，合用 ēng，合人 lâng 的 ê 意 ì，合時 sî 勢 sè。

哈 笑 chhiò 哈哈。

協 協韻 ūn 。

脇 胸 heng 脇。

箬 (籜) 竹 tek 箬，筍 sún 箬，甲 kah 箬，蔗 chìa 箬；拆 thiah 箬，㾃 hàng 箬 (葉子長大；自誇；慷慨)。

hah^{n} [hah] 焓 (受到熱乎氣等) 焓火 hóe[hé]，焓燒 sio，蹲 khû 坫 tiàm 灶 chàu 孔 khang 前 chêng 焓燒，焓水 chúi 煙 ian，焓着 tio̍h 毒 to̍k 氣 khì；西 sai 照 chìo 日 jit 真 chin 焓，人 lâng 氣 khì 真焓，燒焓 (炎熱)；(倚仗)焓官 koa^{n} 勢 sè (依靠官勢) 。

hah^{n} 呷 (嘆詞，表示肯定或應諾) 呷、正 chìa^{n} 是 sī！

Hai 咍 笑 chhiò 咍咍，嘴 chhùi 裂 lih 咍咍。

hai 奒 (好大的) 十 sip 奒九 kíu 呆 tai，腹 bak/pak 肚 tó͘ 真大 tōa 奒，奒大 tāi (好大的) 。

Hái 海 大 tōa 海，海墘 kîⁿ (海岸)，海湧 éng (海浪)，海翁 ang (鯨魚)；海海 (不拘小節，不計較)，做 chò[chòe] 人 lâng 海海，朋 pêng 友 iú 間 kan 海海就 chīu 是 sī。

hái 唉 (嘆息的聲音) 。

hài 咳 (嘆詞，表示傷感、後悔或驚異) 咳、有 ū 夠 kàu 無 bô 采 chhái！

Hâi 孩 孩兒 jî。

頦 下 ē 頦。

骸 骨 kut 骸，形 hêng 骸。

諧 詼 khoe[khe] 諧。

hâi 械 機 ki 械，器 khì 械；(武器) 軍 kun 械，械鬥 tò͘ 。

Hāi 害 害人 lâng 了 liáu 錢，相 sio[saⁿ] 害；害去·khi，害了了 liáu；利 lī 害，要 iàu 害；害怕 phàⁿ。

亥 亥時 sî；亥在 chāi (泰然，沉著) 。

劾 彈 tân 劾。

蟹

haiⁿ 噯 (呻吟) 噯噯呻 chhan，噯歸 kui 暝 mê[mî]，會 ē[oē] 噯膾 bē[bōe] 呻；(抱怨) 噯無 bô 錢 chîⁿ。

hàiⁿ 搌 (擺動) 搌千 chhian 秋 chhiu，搌來搌去，搌跤 kha 搌手 chhíu，搌頭 thâu；(甩) 搌出去，搌掉 tiāu，搌抗 hiat 咯 kak。

[hâiⁿ]→hêng 還

[hāiⁿ]→hēng 閑

hak 購 (購置) 購家 ke 私 si，購嫁 kè 粧 chng，購身 sin 穿 chhēng，購田 chhân。

Ha̍k 學 學習 sip，學校 hāu，學術 su̍t。

礐 (坑) 屎 sái 礐，菁 chheⁿ[chhiⁿ] 仔 á 礐。

斛

槲

Ham 蚶 血 hoeh[huih] 蚶，蚶殼 khak 仔 á；目 ba̍k 睭 chiu 蚶蚶，生 seⁿ[siⁿ] 目蚶；目睭蚶 (眼瞼) 。

酣 酒吃 chia̍h 到 kah 醉 chùi 酣酣。

憨 憨慢 bān (笨；愚昧；差勁) 。

ham 和 紙 chóa 和筆 pit；我要 boe[beh] 和伊去，和伊參 chham 詳 siông；(摻合) 和攙 chham，和胡 hô͘ 椒 chio，和些 kóa 鹽 iâm。

𦛚 嘴 chhùi 下 ē 𦛚 (下顎)，頂 téng 𦛚 (上顎) 。

箴 (兩節中間的段落) 竹 tek 箴，甘 kam 蔗 chìa 箴，落 lāu 箴 (節間較長的段落) 。

Hám 喊 喊冤 oan。

撼 (重重地打) 用 ēng 石 chio̍h 頭 thâu 給 ka 撼落去，撼着 tioh，撼破 phoa，撼碎碎 chhùi。

噉 (大口吃下) 大 tōa 嘴 chhùi 一 it 直 tit 噉。

Hàm 譀 (浮誇) 講 kóng 話 oē 有 ū 夠 kàu 譀，譀古 kó͘ (誇大的故事，瞎話)，譀唐 tông (荒唐)，譀嗶 kih 呱 kōa。

脝 (腫脹) 面 bīn 脝脝，脝腫 chéng，脝浡 phu̍h，脝淡 tām (虛胖)；(放大) 脝 kìaⁿ 鏡，脝大 tōa。

Hâm 咸 咸宜 gî。

邯 邯鄲 tan。

含 包 pau 含，含糊 hô͘ ，含蕊 lúi (含芭未放)，含口khấu 算 sǹg (心算)，含焇 sau (裂璺)，含痚 he/heⁿ (裂璺；帶喘；無能)，含痕 hûn (裂痕) 。

頷 大 tōa 口 kháu/chháu 頷，好 hó 口頷。

函 信 sìn 函，來函；函數 sò͘ 。

涵 涵義 gī。

銜 官 koaⁿ 銜，銜頭 thâu。

Hām 陷 地 tē[tōe] 陷；陷坑 kheⁿ[khiⁿ] (陷阱)；陷落去，崩 pang 陷；陷眠 bîn 陷犅 tak；陷害 hāi；淪 lun 陷；缺 khoat 陷；(培，下) 陷土 thô͘ ，陷肥 pûi 料 liāu。

憾 憾事 sū，遺 ûi 憾。

hām 含 (連) 含歹 pháiⁿ 錶 pío 仔 á 你亦 iah 好 hó，含根 kin[kun] 敲 khau (連根拔) 。

han 番 番薯 chû[chî]，番薯簽 chhiam 番薯箍 khơ，番薯礤 chhoah。

Hán 罕 稀 hi 罕，罕罕仔 á，罕來 lâi，罕行 kiâⁿ，罕得 tit 幾 kúi 時 sî。

悍

hán 喊 喊喝 hoah (喊叫)；(傳說) 人 lâng 在 teh 喊，喊起來，烏 ơ 白 pe̍h 喊 (造謠)；相 sio[saⁿ] 趁 thàn (相 sio[saⁿ]) 喊 (互相仿效人家) 。

Hàn 漢 漢字 jī；好 hó 漢，男 lâm 子 chú 漢；大 tōa 漢，細

sè[sòe] 漢。

Hân 閑 閑居 ku[ki]；閑仔 á 是 sī (慢慢地) 。

寒 寒假 ká；膽 tám 寒；貧 pîn 寒；寒酸 soan/san；寒舍 sìa。

韓

hân 明 明仔 á 再 chài。

紈 (鬆鬆地捆) 紈咧·leh 就 chīu 好 hó、不 m̄ 可 thang 縛 pak 傷 siơⁿ[siuⁿ] 緊 ân。

Hān 限 期 kî 限，界 kài 限；制 chè 限。

旱 旱災 chai，亢 khòng 旱，旱魃 poat。

汗 汗腺 sòaⁿ。

翰 華 hoa 翰。

hang 烘 烘火 hóe[hé]，烘爐 lô͘，烘手 chhíu，烘燒 sio。

魴 魴魚 hî。

háng 哄 (使害怕) 司 sai 公 kong 哄鬼 kúi，哄予 hơ 驚 kiaⁿ，哄喝 hoah，哄嚇 heh/hehⁿ/hek (嚇唬)，哄翕 hip，哄頭 thâu，哄騙 phiàn 術 sut 氣 khì 暢 thiòng 忍 lún (教子之法) 。

Hàng 瓨 (腫脹) 腳 kha 瓨起來，瓨瓨，瓨腫 chéng，瓨奶 ni [lin]，瓨皮 phôe[phê] (肥胖；慷慨)，瓨箬 hah，瓨葉 hioh (葉子大起來) 。

Hâng 行 行列 liat；行業 giap，行情 chêng，行情通 thang 光 kng。

絎 絎棉 mî 裘 hîu。

降 投 tâu 降。

hâng 杭 杭州 chiu。

航 航海 hái，航空 khong，航線 sòa^{n}，航船 chûn。

篊 魚 hî 篊（魚梁）。

Hāng 項 項目 bȯk/bȧk，事 sū 項，錢 chî^{n} 項，賬 siàu 項；項重 tāng（笨重；病重）。

巷 巷仔 á；巷路 lō͘，通 thong 巷。

衖

Hap 哈 （開大口吃下）哈落去；予 hō͘ 伊哈去，真賢 gâu 哈；（遮蓋）用 ēng 碗 oá^{n} 公 kong 哈着老 niáu 鼠 chhú [chhí] 仔 á 子 kía^{n}；（談笑）哈仙 sian。

Hȧp 合 合咧 leh 吃 chiȧh；嘴 chhùi 合起來，合雨 hō͘ 傘 soà^{n}；合該 kai（然 jiân），合應 eng 該 kai，合當 tong，合式 sit/sek（應該的；恰當，合適的）。

閤 閤家 ka。

Hat 喝 （怒斥）給 kā 伊喝走·chau，喝人·lang，喝頭 thâu（大聲叱責），當 tng 面 bīn 喝頭 thâu；恐 khióng 喝；（大聲喊叫）喝采 chhái；喝噎 chhìu[chhìu^{n}]。

褐

轄 管 koán 轄。

豁 豁然 jiân；豁免 bián。

hȧt 乏 （缺少）錢 chî^{n} 較 khah 乏，乏水 chúi（缺水；缺乏），乏窩 o（缺乏，窮困）；（限制）乏伊的用 iōng 度 tō͘，乏死死 sí；嚴 giâm 乏，乏達 tȧt（嚴厲限制開支）。

核 (淋巴腺腫) 牽 khan 核。

Hau 侤 (皮膚粗厚) 面 bīm 侤侤，侤皮 phôe[phê]。

嘐 (謊)講 kóng 話 oē 真嘐，不 m̄ 可 thang 傷sio͘^{n}[siu^{n}] 嘐，嘐擲 la̍k (扯謊)，嘐屄 siâu，嘐屄嘐犅 tak，嘐屄講歸 kui 担 tà^{n}，嘐 (屄) 唐 tông 無 bô 影 iá^{n} (迹 chiah)宋 sòng (荒唐)，嘐氣 khì 話講歸 kui 堆 tui。

hau 荷 荷包 pau。

háu 哮 (哭泣) 哮到 kah 目 ba̍k 屎 sái 四 sì 淋 lâm 垂 sûi，愛 ài 哮面 bīn，哮痛 thìa^{n}，哮賴 lōa；(叫) 哮叫 kìo，哮唏 hi^{n} (發牢騷，怨言)。

Hàu 孝 有 iú 孝，孝順 sūn，孝敬 kèng；守 síu/chíu 孝，孝男 lâm；(上供) 孝公 kong 媽 má，孝牲 seng 醴 lé，孝供 kèng；孝孤 ko͘；(笨蛋) 孝呆 tai，孝兄 hia^{n}。

hâu 侯 (姓)。

荷 荷包 pau。

Hāu 校 學 ha̍k 校。

效 功 kong 效；效勞 lô；仿 hóng 效。

鱟 鱟壳 khak，鱟瓢 phîo，鱟杓 sia̍h，鱟瓠 hia；鱟額 hia̍h (寬寬的前額)。

hāu 候 候消 siau 息 sit，等 tán 候，聽 thèng 候；候腳 kha 候手 chhíu (動作慢吞吞)，候橈 gîo (同)；拜 pài 候，伺 su 候，候脈 me̍h (診脈)；氣 khì 候。

後 後生 se^{n}[si^{n}] (兒子)。

hàu^{n} 好 好燒 sio 酒 chíu。

[hauh]→hiauh 皺

hàuhⁿ 㷢/㷢 (不鬆不脆) 半 pòaⁿ 生 chheⁿ[chhiⁿ] 熟 se̍k 的菜 chhài 頭 thâu 吃 chia̍h 了 liáu 㷢㷢，番薯 chû[chî] 硬 ngē[ngī] 㷢。

he 那 那是 sī 什 sím 么 mih。

痚 痚呴 ku，大 tōa 氣 khùi 一 it 直 tit 痚，含 hâm 痚。

瞖 (瞇縫着眼) 目 ba̍k 睭 chiu 瞖瞖。

[he]→hoe 灰

[hé]→hóe 火伙夥

[hè]→hòe 貨歲廢

Hê 携 携帶 tài；提 thê 携。

hê 蝦 紅 âng 蝦，龍 liông/lêng 蝦，沙 soa 蝦，蝦米 bí，蝦仁 jîn，蝦丸 oân，蝦鮭 kê[kôe]；蝦蛄 ko͘。

霞 起 khí/出 chhut 紅 âng 霞。

[hê]→hôe 回和

Hē 系 系統 thóng，派 phài 系。

係 關 koan 係。

繫 liân 聯繫。

hē 下 (放下，擱) 下落去，且 chhíaⁿ/sáⁿ 下咧 leh，下在 tī 桌 toh 頂 téng，放 hòng 下，囥 khǹg 下；下力 la̍t，下工 kang 夫 hu，下性 sèⁿ[sìⁿ] 命 mīa；有 ū 下落 lo̍h；(祈) 下願 goān，求 kîu 下，投 tâu 下，下神 sîn 明 bêng。

暇 放 pàng 暇。

夏 夏天 thi^{n}，夏季 kùi，夏至 chì，入 jip 夏。

hē[hōe] 蟹 毛 mô͘ 蟹。

[hē]→hoe 會薈

hê^{n} 行 時 sî 行（流行），在 teh 時行的病 pē^{n}[pī^{n}]。

heh 嚇 哄 háng 嚇。

heh^{n} 嚇 嚇驚 kia^{n}（嚇唬），哄 háng 嚇（威脅）。

嘿 （嘆詞，表示肯定·招呼或提起注意等）嘿、你聽 thia^{n} 我講 kóng！

[heh^{n}]→hioh 歇

hėh^{n}/he^{n} 痚 含 hâm 痚咳 ka 嗽 sàu。

Hek 黑

赫

嚇 哄 háng 嚇，恐 khióng 嚇。

Hėk 或 或者 chía，或敢 ká^{n} 是 sī。

域 區 khu 域。

惑 疑 gî 惑，迷 bê 惑。

核 核准 chún，核心 sim，核子 chú。

劃 計 kè 劃。

獲 獲利 lī。

穫 收 siu 穫。

hėk 肉 肉身 sin。

逆 橫 hoâi^{n} 逆。

Heng 兄 世 sè 兄。

亨　亨通 thong。

興　當 tng 在 teh 興，興旺 ōng。

heng 胸　胸脇 ha̍h，胸坎 khám，胸膈 keh，胸槽 chô (心口窩)，挺 théng 胸挽 bán 肩 keng，手攬 lám 胸，献 hiàn 胸，搭 tah 胸，頓 tǹg 胸，搥 tûi 胸，胸前 chêng 稟 pín (胸針) 。

Hèng 興　興趣 chhù，興頭 thâu，高 kau 興，興興，興吃 chia̍h，興耍 sńg，心 sim 適 sek 興，起 khí 興，無 bô 興，敗 pāi 興。

Hêng 行　旅 lú[lí] 行，行李 lí；行醫 i，行力 la̍t。

形　形體 thé；(蛋的胚胎) 有 ū 形，散 sòa^{n} 形。

型　典 tián 型。

刑　刑罰 hoa̍t；動 tāng 刑，刑死·si。

恒　永 éng 恒。

横　縱 chhiòng 横；横逆 ge̍k。

衡　平 pêng 衡。

hêng 雄　鴨 ah 雄 (公鴨)，鴨雄仔 á 聲 sia^{n}。

hêng[hân/hâi^{n}] 還　還錢 chî^{n}，退 thè[thòe] 還，送 sàng 還，攤 thoa^{n} 還。

Hēng 行　品 phí^{n} 行，心 sim 行 (心腸)，修 siu 心行，好 hó 心行，大 tōa 心行，臭 chhàu 心行，歹 pháí^{n} 心行；(花招) 有 ū 行，無 bô 行，厚 kāu 行，想 sīo^{n}[sīu^{n}] 行，激 kek 行，算 sǹg 行，撒 sāi 中 tèng 行，閑êng 行。

幸 幸福 hok；幸得 tit（幸好）；僥 hiau 幸（不幸）。

倖 僥/傲/徼 hiau 倖。

杏 杏仁 jîn，甘 kam 杏，苦 khó͘ 杏，銀 gîn[gûn] 杏。

hēng[hāi^{n}] 貺（饋贈）貺油 iû 飯 pn̄g，與 kap 伊相 sio[sa^{n}] 貺，貺口 kháu 份 hūn。

hēng[hāng] 莧 莧菜 chhài。

Hi 希 希望 bāng/bōng。

欷 欷歔 hu 叫 kìo。

稀 稀罕 hán，稀奇 kî，稀微 bî；糜 môe[bê] 煮 chú[chí] 了 liáu 傷 sio͘^{n}[siu^{n}] 稀，稀稀吃 chiah 𣍐 bē[bōe] 飽 pá。

嘻 嘻嘻笑 chhìo，嘻嘩 hoa 叫 kìo。

熹

禧 賀 hō 新 sin 禧。

羲 伏 hok 羲。

犧 犧牲 seng。

熙 康 khong 熙。

Hi[Hu] 虛 空 khang 虛；虛報 pò；虛重 tāng（毛重），虛闊 khoah（外側尺碼）；虛弱 jiok。

墟 墟市 chhī。

Hí 喜 歡 hoa^{n} 喜，恭 kiong 喜，喜事 sū，喜宴 iàn，喜帖 thiap；喜劇 kiok。

hí 那 這 chí 代 tai 那代（這个那个）。

[Hí]→Hú 許

Hì **戲** 歌 koa 仔 á 戲，搬 poa^n 戲，整 chéng 戲，摘 tiah 戲，戲棚 pê^n[pî^n]，戲腳 kioh，戲旦 tòa^n；戲弄 lāng，戲謔 hiauh/hiok[hiak]（輕佻，輕浮）。

hì/hùi **肺** 肺病 pē^n[pī^n]，肺管 kńg，肺膜 mo͘h，肺尖 chiam，肺葉 iȧp。

hì **唏** 哈 hah 唏（打呵欠）。

hî[hû] **魚** 魚臊 chho，魚鮮 chhi^n，淡 chía^n 水 chúi 魚，海 hái 魚，魚鱗 lân，魚鰓 chhi，魚翼 sit，魚搧 iȧt，魚鰭 kî，魚尾 bóe[bé] 叉 chhe，魚卵 nn̄g，魚子 chí，魚鰾 pīo，魚刺 chhì，魚翅 chhì，魚羓 pa，魚干 koa^n，魚脯 pó͘，魚腑 hú，魚鮭 kê[kôe]；魚架 kè 仔 á，魚店 tiàm，魚行 hâng，魚販 hoàn 仔 á。

漁 漁民，漁船 chûn。

[hī]→hī^n **耳**

hi^n **唏** （小聲泣訴或鳴叫聲）唏唏呻 chhan，哮 háu 唏，唏啥 sía^n 代 tāi；茶砧 kó͘ 水 chúi 在 teh 唏。

hì^n **扔** （投）扔擲 tàn 揀，扔抭 hiat 咯 kȧk，扔掉 tiāu；（擺動）扔千 chhian 秋 chhiu，搖 iô 腳 kha 扔手 chhíu，扔來扔去。

hī^n **硯** 筆 pit 墨 bȧk 硯，硯盤 pôa^n，硯池 tî，硯湖 ô͘，硯槽 chô。

hī^n[hī] **耳** 耳仔 á，耳孔 khang，耳甕 àng 仔 á，耳葉 hiȯh（耳郭），耳珠 chu（耳垂），耳唇 tûn（耳輪），耳蒂 tì（耳屏），耳鏡 kìa^n（鼓膜）耳屎 sái，耳扒 pê 仔 á(耳

挖子)；耳鉤 kau，耳墜 tūi；瘍 iô·^{n}[iû^n] 耳，臭 chhàu 耳聾 lâng；棺 kōa^n 桶 tháng 耳，鼎 tía^n 耳。

Hia 靴 皮 phôe[phê] 靴，長 tn̂g 靴，靴管 kóng，靴統/筒 tháng，半 pòa^n 統靴。

hia 彼 (那兒) 對 tùi 彼去，彼此 chia (這兒那兒，到處)，彼的 ê 氣 khì 候 hāu；彼的人 lâng (那些人)。

瓠 (瓢) 水 chúi 瓠；魚 hî 瓠；(撈上) 瓠魚，瓠蛆 chhu。

花 花班 pai[pai^n,pan] (華麗；神氣，得意)，厝 chhù 內 lāi 格 kek 去真花班，趁 thàn 着大 tōa 錢 chî^n 到 kah 獪 bē[bōe] 花班。

hīa 蟻 狗 káu 蟻，走 cháu 馬 bé 蟻；白 pe̍h 蟻，大 tōa 水 chúi 蟻。

瓦 厝 chhù 瓦，瓦窯 iô。

hia^n 兄 兄哥 ko，兄嫂 só；頭 thâu 兄。

馨 馨馨 (會沖鼻的香味)。

hía^n 顯 顯目 ba̍k，顯頭 thâu，顯場 tîo·^{n}[tîu^n]；畏 ùi 顯 (膽怯；害羞)，迎 ngîa 顯 (阿諛，逢迎)；星 chhe^n[chhi^n] 顯一下，天 thi^n 顯顯光 kng，顯烏 o· (微暗)。

hìa^n 向 (傾斜) 向歸 kui 旁 pêng，向前 chêng，向後 āu；(向後傾斜) 倒 tò 向，倒躃 siàng 向，向身 sin，向腰 io，向向，厝 chhù 身 sin 較 khah 向；向開 khui (向後退；罷手)，向流 lâu (退潮)；向 (=hiàng) 時 (以前)。

hîa^n 焚 (燒) 焚火 hóe[hé]，焚柴 chhâ，焚燒 sio，焚滾 kún 水 chúi。

惶 驚 kia^{n} 惶（恐懼）。

煌 光 kng 煌煌（很亮）。

hīa^{n} 艾 插 chhah 艾，艾棉 mî（艾絨）。

hiah 許 （那麼）許多 chē[chōe]，許久 kú（那麼久；前些日子），許呢 nih 賢 gâu 畫 oē[ūi]，許無 bô 氣 khùi 力 la̍t。

抾 (=hiat)(扔) 抾咯 ka̍k（丟棄）。

hia̍h 額 頭 thâu 額，廓 khok 額（凸額），溜 lìu 額，禿thuh/thut 額，闊 hāu 額（寬的前額），額角 kak，額腳 kha，額痕 hûn（前額的皺紋）。

hiah^{n} 掮 （拿）掮衫 sa^{n}，掮被 phōe[phē]，掮去囥 khǹg；（買布）掮一 chit 匹 phit 布 pò͘。

hiah^{n}/hia̍h^{n} 嚇 搭 tah 嚇，驚 kia^{n} 嚇，嚇一下，嚇場 tiô͘^{n} [tîu^{n}]（怯場）；嚇翼 sit（嚇得撲扇翅膀），嚇翼飛 poe[pe]；嚇風 hong（遭到風吹）。

hiam 辛 辛辣 loa̍h，辛椒 chio 仔；臭 chhàu 辛辛。

Hiám 險 （差一點）險死 sí，險獪 bē[bōe] 赴 hù，險險着tio̍h 赴獪 bē[bōe] 着 tio̍h；危 gûi 險，風 hong 險；險要 iàu；陰 im 險，奸 kan 險。

hiàm 喊 （叫）喝 hoah 喊，喊救 kìu 人，喊賊 chha̍t；（趕）喊狗 káu，喊蝴 hô͘ 蠅 sîn，喊走 cháu；（叫人）你去喊伊來，老師在 teh 喊你。

Hiâm 嫌 嫌東 tang 嫌西 sai，嫌貴 kùi，無 bô 塊 tè 可 thang 嫌，棄 khí 嫌；嫌疑 gî。

Hian 掀 (打開) 掀開 khui，掀鼎 tía^{n} 蓋 kòa，掀字 jī 典tián；(揭穿) 掀手 chhíu 底 té[tóe] 予 hō͘ 人 lâng 看 khòa^{n}。

軒 軒冕 bián (有權勢；傲慢)，伊當 tng 在 teh 軒冕，不 m̄ 可 thang 傷 sio^{n}[siu^{n}] 軒冕。

Hián 顯 明 bêng 顯；顯出 chhut，顯得 tit 復 koh 較 khah 壯 chòng 麗 lē；(靈驗) 神明顯，會 ē[oē] 顯，顯聖 sèng/sìa^{n} (顯靈)；顯要 iàu；顯考 khó (亡父)，顯妣 pí (亡母)。

hián 揻 (搖晃) 船 chûn 真賢 gâu 揻，揻來揻去，蕩蕩 tōng 揻，砊 khōng 砊揻，離 lī 擄 lō͘ 揻，擄擄揻，行 kîa^{n} 路激 kek 用 ēng 揻。

Hiàn 献/獻 献花 hoe，献身 sin，献出 chhut，献落 lo̍h 公 kong，貢 kòng 献，祭 chè 献，献供 kèng；(表現給人看) 献腳手，献藝 gē，献醜 chhíu，献拙 choat，献殷 in[un] 勤 khîn[khûn]；(誇大) 大 tōa 献，献斗 táu，伊的話真献斗，献頭 thâu；(打開給人看) 献胸 heng，献領 nía，献胛 kah，献開開 khui，嘴 chhùi 献献，較 khah 献，献牌 pâi 仔á，献予 hō͘ 人看，献光 kng，献原 goân 形 hêng；(切開) 献做 chò[chòe] 四 sì 献。

讞/讞 定 tēng 讞。

憲 憲法 hoat；憲兵 peng。

hiàn 膻 臭 chhàu 膻，羊 iô͘^{n}[iû^{n}] 肉 bah 膻，臭 chhàu 奶ni[lin] 膻，油 iû 垢 káu 膻，胳 koh 膻 (腋臭)。

Hiân 賢 聖 sèng 賢；賢會 hōe；賢弟 tē。

懸 且 chhía^{n} 懸咧·leh，懸在 tī 心 sim 肝 kao^{n} 頭 thâu，懸下 hē。

玄 玄孫 sun。

弦 琴 khîm 弦，弦線 sòa^{n}；弦仔 á，大 tōa 管 kóng 弦。

舷

眩

痃 橫 hoâi^{n} 痃。

衒

Hiān 現 現在，現步 pō͘；現趁 thàn 現吃 chia̍h，現日 jit (當天)，現交 kau，現復 koh 便 piān (現成)；現金 kim；出現；(明明) 現現，淺 chhián 現，現抵 tú 現；看 khòa^{n} 無 bô 現，看伊有 ū 現 (看得起他)；現世 sì (出醜，丟臉)。

炫 炫示 sī，炫耀 iàu。

hiān 限 有 iú 限。

hiang 香 香油 iû，香水 chúi 梨 lâi，香茅 m̂/hm̂/mâu。

鄉 鄉談 tâm (土音)。

hiang/hia^{n} 馨 馨馨，會 ē[oē] 馨，馨辣 loa̍h。

[Hiang]→Hiong 香鄉馨

hiáng 响/響 (響亮) 聲 sia^{n} 音 im 真響，響起來，響尾 bóe [bé] 蛇 chôa，響弓 keng (風箏的響笛)，響盞 chóa^{n}，響亮 liāng；響應 ìn；(←曉 hiáu 可 thang) 會 ē [oē] 響講 kòng，𣍐 bē[bōe] 響寫 sía。

[Hiáng]→Hióng 享响／響饗

hiàng 向 向素 sò͘ (向來)；向時 sî (←那 hit 當 tang 時 sî) (從前，已往)，向時的人較 khah 朴 phoh 實 sit。

[Hiàng]→Hiòng 向餉嚮

Hia̍p 協 協定 tēng，協力 le̍k，協助 chō͘。

搚 (前後左右晃動東西使其變鬆) 出 chhut 力 la̍t 搚，搚予 hơ 振 tín 動 tāng，搚起來。

脅 威 ui 脅。

脇 脇骨 kut (肋骨)，脇下 ē (腋下)，脇邊 piⁿ。

洽 接 chiap 洽。

挾 挾持 chhî；挾勢 sè；挾嫌 hiâm。

狹 狹義 gī，狹心 sim 症 chèng。

Hiat 血 貧 pîn 血；氣 khì 血；花 hoe 血 (過分華麗，花哨)。

抗 (扔) 抗咯 ka̍k (丟棄)，抗擲 tàn 揀 sak (扔掉)，抗出去，抗掉 tiāu，抗 (下 hē) 咧·leh (擱下)，抗丟 tiu (丟開)，抗來 lâi 予 hō͘ 我。

Hia̍t 穴 巢 châu 穴；穴位 ūi；穴道 tō；穴地 tē[tōe](墓地)。

Hiau 僥 (翹棱) 僥起來，枋 pang 僥去·khi，僥葉 hio̍h，僥蟶 than，僥反 hoán (翹曲)；(翻動) 僥土 thô͘，僥籠 láng 底 té[tóe]，僥尋 chhōe[chhē]，亂 loān 僥；(背棄) 僥人·lang，予 hō͘ 人 lâng 僥去，僥心 sim，僥背 pōe，僥負 hū，僥反 hoán (違背)＝反僥，僥吞 thun；僥雄 hiông (不講人情)，僥險 hiám (陰險)，風僥 (不可靠的)；僥幸 hēng (不幸，可憐；缺德)，

真僥幸、積 chek 一些 kóa 錢 chî^{n} 輸 su 了了 liáu，你不 m̄ 可 thang 傷 sioⁿ[siu^{n}] 僥幸；僥/僥/徼倖 hēng（偶然得到成功），僥倖錢（橫財）。

邀 邀請 chhía^{n}/chhéng，邀約 iok。

驍 驍勇 ióng。

梟 梟雄 hiông。

Hiáu 曉 （會）會 ē[oē] 曉，𣍐 bē[bōe] 曉；（知道）曉理 lí，曉悟 ngō͘；（天亮）破 phò 曉，拂 hut 曉。

hiàu→hiauh 𤿭

Hiâu 嬈 （風騷）嬈嘩嘩 kih，嬈孔 kháng，嬈花 hoe（嬌媚），嬈體 thé[thóe]（輕佻的樣子），嬈猶 siáu（淫蕩），老 lāu 嬈；（賣俏）與 kap 人 lâng 嬈；嬈尻 kha 川 chhng（多事，自作孽）。

hiauh 𤿭 （捲起脫落）漆 chhat 𤿭起來，𤿭皮 phôe[phê]，𤿭殼 khak。

謔 戲 hì 謔。

Him 欣 欣羨 siān，欣慕 bō͘，欣賞 sióng。

hîm 熊 山 soa^{n} 熊，熊膽 tá^{n}，熊掌 chióⁿ[chíu^{n}]，熊猫 niau。

Hin/Heng 興 生 seng 理 lí 當 tng 興，新 sin 興，復 ho̍k 興。

hîn 眩 頭 thâu 殼 khak 眩，眩車 chhia，眩戇 gōng，烏 o͘ 暗 àm 眩，頭眩目 ba̍k 暈 n̄g，眩暈。

癇 羊 iô͘ⁿ[iû^{n}] 癇。

Hīn[Hūn] 恨　怨 oàn 恨，恨到 kah 入 jip 骨 kut，滿 móa 腹 pak 恨氣 khì 無 bô 塊 tè 可 thang 敨 tháu，抾khioh 恨，抾恨埋 bâi 怨。

hìo 哦　(嘆詞：是) 哦、都 to 有 ū 影 iá^n 乎 hơh^n。

hiơ^n[hiu^n] 鄉　鄉里 lí，鄉下 ē。

香　淨 chēng 香；香燭 chek，香灰 hu，燒 sio 香，拈liam 香；臭 chhàu 香；香瓜 koe；香香 (瘦瘦)。

hìơ^n[hìu^n] 向　方 hng 向，坐 chē 向東 tang；(＝那 hit) 向旁 pêng (那邊)。

hioh[heh^n] 歇　(休息) 歇睏 khùn，歇喘 chhoán，歇倦 siān，歇雨 hō͘，歇陰 ńg，歇手 chhíu，歇腳 kha，歇晝 tàu，歇閑 êng，歇涼 liâng；(停止) 歇工 kang，歇熱 joȧh，歇寒kôa^n，歇蛋 toa^n (停止生蛋)；(宿) 投 tâu 歇，歇坫 tiàm，歇暝 mê[mî]。

hiȯh 葉　樹 chhīu 葉，生 se^n[si^n] 枝 ki 發 hoat 葉，講 kóng 到 kah 有 ū 枝 ki 有葉。

鴞　鴞 lāi[nāi,lā,bā,boȧh] 鴟。

Hiok 旭

郁　馥 hok 郁。

Hiok[Hiak] 謔　戲 hì 謔。

Hiong 凶　(不吉祥；不幸) 凶吉 kiat，凶事 sū，凶日 jit；(年成很壞) 凶年 nî/liân；(貧窮) 散 sàn 凶，喪 sòng 凶；(醜) 凶巴 pa 里 lí 猫 niau。

兇　兇惡 ok，兇暴 pō；兇手 chhíu，兇犯 hoān。

匈　匈奴 lô͘。

胸　心 sim 胸，胸懷 hoâi，胸章 chiong。

Hiong[Hiang] 鄉　故 kó͘ 鄉，鄉村 chhoan。

香　月 goe̍h[ge̍h] 來香；香港 káng。

馨

hiong 慌　慌張 chiong，慌狂 kông，慌慌狂狂（慌慌張張）。

Hióng[Hiáng] 享　享受 sīu，享福 hok。

响/響　影 éng 響，響應 èng。

饗

hióng 𠯗　（＝那 hit 種 chióng）𠯗的 ê（那樣的）。

Hiòng[Hiàng] 向　方 hong 向，意 ì 向，向上 chīo͘ⁿ[chīuⁿ] 天 thiⁿ；一 it 向，向來 lâi。

餉　打 phah 餉，扣 khàu 餉，走 cháu 餉。

嚮　嚮導 tō。

Hiông 雄　雌 chhu 雄，雄蕊 lúi；英 eng 雄，奸 kan 雄；雄心；（凶惡）面 bīn 生 seⁿ[siⁿ] 做 chò[chòe] 真雄，雄蓋蓋 kài，雄鬼鬼 kúi；（殘忍）心 sim 肝 koaⁿ 真雄，僥 hiau 雄；（利害）物 bu̍t 價 kè 起去真雄；（濃艷，膩人）色致 tì/tī 較 khah 雄，花 hoe 樣 iō͘ⁿ[iūⁿ] 真雄；（急急忙忙）雄雄，雄雄狂狂 kông，生 chheⁿ [chhiⁿ] 雄（慌忙）。

融　金 kim 融，通 thong 融。

Hip 翕　（緊蓋，封閉）翕豆 tāu 菜 chhài，翕油 iû 飯 pn̄g，翕茶 tê，翕甌 au，翕鴨 ah 卵 nn̄g，用被 phōe[phē]

翕汗 kōaⁿ，翕燒 sio，翕氣 khùi（屏住呼吸）；今 kin 仔 á 日 jit 真翕（悶熱），所 só· 在 chāi 較 khah 翕，翕咧·leh 獪 bē[bōe] 通 thang 風 hong，翕着熱joȧh（中暑），翕死·si；（拍照）翕像 siōng，翕相 siòng；（壓制）用 ēng 勢 sè 翕人·lang，哄 háng 翕（嚇唬），倒 tò 翕（反擊）。

hip 磁 磁石 chiȯh。

hit 那 那个 ê 人 lâng，那一 chit 日 jit，那號 hō/lō(那種)，那陣 chūn，那迭 tiȧp，那旁 pêng，那搭 tah，那迹 jiah，那塊 tè。

hit 㧣 （搖蕩）㧣仔 á 在 teh 㧣（擺在擺動）；（揮）菜籃棺 kōaⁿ 咧 leh 㧣，枴 koáiⁿ 仔 á 亂亂 loān 㧣，㧣擲 tàn 揀sak；（搖撼）㧣予 hō 振 tín 動 tāng；（爭）與 kap 伊㧣，情 chêng 理 lí 要 boeh[beh] 㧣到 kah 直 tit。

Hiu 休 休戰 chiàn，不 m̄ 放 pàng 伊干 kan 休；休息 sek；休妻 chhe。

咻 （喊叫）去給 ka 咻來，大 tōa 聲 siaⁿ 咻，喝 hoah 咻，喊 hiàm 咻，咻咻叫 kìo。

幽 幽居 ku[ki]。

Híu 朽 朽爛 nōa。

Hìu 臭

嗅 嗅覺 kak。

hìu 洒 洒水 chúi，洒潪 tâm；（搖動）洒手 chhíu（揮手），洒

嘴 chhùi (以嘴示意)，洒千 chhian 秋 chhiu。

hîu 裘 棉 mî 裘，裌 kiap 裘，羊 iô͘^{n}[iû^n] 羔 ko 裘。

[hiu^n]→hio͘^{n} 鄉香

[hìu^n]→hìo͘^{n} 向

hḿ 撼 (＝hám)(使勁摑或打) 予 hō͘ 雷 lûi 撼死·si，撼石 chio̍h 頭 thâu，撼落·loh 去。

hm̂ 媒 媒人 lâng。

茅 茅仔 á 草 chháu。

hmh 撼 (＝hḿ)

hm̍h 噷 (不作聲) 噷噷三 sa^n 碗 oá^n 半 pòa^n (裝蒜)，噷噷不 m̄ 做 chò[chòe] 聲 sia^n。

hng 哼 哼哼叫 kìo，不 m̄ 可 thang 哼。

方 地 tē[tōe] 方；藥 io̍h 方，處 chhù 方，方頭 thâu (方子)。

坊 石 chio̍h 坊，節 chiat 孝 hàu 坊，豎 khīa 坊，坊腳 kha。

hng[hui^n] 昏 兮 ê 昏 (今晚)，昨 cha 昏 (昨晚)。

荒 飢 ki/iau 荒，荒廢 hòe，拋 pha 荒，開 khui 荒。

hńg 呟 (不悦聲) 呟、煞 soah 會 ē[oē] 按 án 尔 ne[ni]！

hǹg 吭 (答應) 吭、按 án 尔 ne[ni] 好 hó！

hn̂g 唔 (表示疑問) 唔、你講 kóng 什么？

hn̂g[hûi^n] 園 花 hoe 園，田 chhân 園；公 kong 園，樂 lo̍k 園；戲 hì 園，幼 iù 稚 tī 園。

磺 硫 lîu 磺。

hn̄g [hūi^n] 遠　遠路 lō͘，離 lī 真遠，對 tùi 遠兜 tau 講 kóng (繞著彎說)。

hngh 嗯　(是，表示答應) 嗯、是我的。

hn̍gh 㕶　(表示不以為然) 㕶、煞 soah 有 ū 影 iáⁿ。

Ho 蒿　(姓)。

ho 熇　(灼熱) 熇日 jit，日熇人·lang，熇熱 jo̍ah (中暑)；囥 kǹg 下 hē 鼎 tía^n 裡·lin 熇；(熱，發熱) 厝 chhù 內 lāi 真熇，身 sin 軀 khu 熇熇，嘴 chhùi 熇；紅 âng 熇熇，熱 jia̍t 熇熇，黃 n̂g 熇熇。

荷　荷蘭 lin/lian/leng 豆 tāu。

hó 好　好歹 phái^n，好孬 bái，好運 ūn，好下 ē，好孔 khang，好勢 sè，好額 gia̍h，好記 kì 持 tî；相 siong 好，和 hô 好，與 kap 伊好；好該 ka/kai 哉 chài，好得 tit/teh，好伊有 ū 貴 kùi 人 jîn 趕 kóa^n 到 kàu；(該) 好死 sí 不 m̄ 死，好起 khí 行 kîa^n 啦·lah，好可 thang 返 tńg 來去。

Hô 禾

和　和順 sūn；和合 ha̍p；(一致) 腳 kha 步 pō͘ 𣍐 bē[bōe] 和，與 kap 音 im 樂 ga̍k 無 bô 和，𣍐和盤 pôa^n；(配) 和目 ba̍k 鏡 kìa^n，和藥 io̍h；講 kóng 和；和服 ho̍k。

何　何乜 mih 苦 khó͘。

河　河流 lîu。

荷　薄 po̍k/po̍h 荷。

豪　豪傑 kia̍t，豪華 hôa。

壕 壕溝 kau。

毫 分 hun 毫，絲 si 毫，毫厘 lî；揮 hui 毫。

hô 勞 辛 sin 勞（薪水）。

瑚 珊 sian 瑚。

Hō 和 和詩 si，唱 chhiòng 和，附 hù 和，和齊 chê[chôe]（一齊），和潦 ló 和唆 sō（私下互相示意胡來），和膠 lō 唆（沒主見）。

賀 祝 chiok 賀，賀禮 lé。

浩 浩劫 kiap。

禍 禍端 toan。

號 店 tiàm 號，號名 mîa，號做 chò[chòe]／叫 kìo(叫做) 你號叫什麼名？號叫 kioh（說是），伊號叫有 ū 來、亦 iah 無 bô 人 lâng 知 chai；記 kì 號，信 sìn 號；號碼 bé，號頭 thâu；大 tōa 號，小 síó 號，那 hit 號，這 chit 號；號角 kak。

hō 福 福佬 ló 話 oē，福佬人 lâng。

Hơ 呼 呼吸 khip，呼出 chhut 一 chit 口 kháu 氣 khì；呼音 im，稱 chheng 呼，招 chio 呼，呼叫 kìo，呼喊 hiàm，呼喚 hoàn，呼籲 io̍k，嗚 ơ 呼，呼嗚哉·chai（活該）；（聲稱）明 bêng 呼，照 chiàu 呼照行 kîaⁿ；（胡說）賢 gâu 呼，濫 lām 摻 sám 呼，呼譀 hàm（說大話；草率），講 kóng 話 oē 呼譀，做 chò[chòe] 事 sū 呼譀，呼喝 hoah（胡說八道）。

hơ 予 (←予 hō· 伊 i)(給) 租 sòe[sè] 厝 chhù 予豎 khīa，

不 m̄ 可 thang 予獪 bē[bōe] 記 kì 得 ·tit；(使) 你着聽 thiaⁿ 予真 chin，煮 chú 予熟 se̍k；(被) 予打phah 獪倒 tó。

合 (音名)。

Hó· 虎 猛 béng 虎，虎頭 thâu 老 niáu 鼠 chhú[chhí] 尾 bóe [bé]；笑 chhiò 面 bīn 虎，虎狼 lông 豹 pà 彪 piu (無賴之徒)；菜虎，無 bô 齒 khí 虎；戇 gōng 虎；(糊弄) 虎人 ·lang，予 hō· 伊虎去 ·khi，虎稱 chhìn 頭thâu (騙斤兩)。

琥 琥珀 phek。

滸 滸苔 thî。

否 否定 tēng，否認 jīm，否決 koat。

Hò· 戽 戽斗 táu；下 ē 斗戽戽；(連舀帶潑) 戽水 chúi；(從下向上踢) 用腳 kha 給 kā 伊戽去·khi，戽着下 ē 腹 pak ；(踢開，趕走) 給伊戽走 chau，戽手 chhíu (搖手示意叫人走，跟「撠 ia̍t 手(招手)」相對)；(撈著) 戽魚 hî ；(抓起) 戽咧 ·leh 就 chīu 走 cháu，戽敥 iā (亂撒) ；戽後 āu 斗 táu；見 kìⁿ 着 tio̍h 人 lâng 親 chhin 戽戽。

hò· 互 (紮，捆) 吊 tiàu 角 kak 互咧 ·leh，打 phah 十 sip 字 jī 互。

hò·/hìo 哦 (是) 哦、是 sī 啦 ·lah 。

Hô· 狐 狐狸 lî。

弧 括 koat 弧。

䉿 (打撈) 對 tùi 水 chúi 內 lāi 䉿起來，䉿金魚。
胡 胡椒 chio，胡桃 thô；胡說 soat。
湖
瑚 珊 san 瑚。
葫 葫蘆 lô͘。
蝴 蝴蠅 sîn；蝴蝶 tia̍p (合葉)。
糊 糊里 lí 糊塗 tô͘，糊霅霅 sa̍p，做 chò[chòe] 代 tāi 志 chì 真糊，糊譀 hàm (馬虎不切實)，含 hâm 糊。
餬 (貪食) 真賢 gâu 餬。
鬍 (長滿，蓬亂) 鬍鬚 chhiu，透 thàu 鬢 pìn 鬍，鬍鬖 sàm，鬍獅 sai 狗 káu。
鰗 鰗鰍 liu。
壺 尿 jīo 壺。
浮 浮泛 hoàn，浮華 hôa，虛 hi[hu] 浮。
侯 王侯，諸 chu 侯。
Hō͘ 戶 門 mn̂g 戶，戶㢪 tēng；家家 ke 戶戶；存 chûn 戶。
扈 跋 poa̍t 扈。
滬 滬尾 bóe[bé]。
互 互相 siōng，互助 chō͘。
護 保 pó 護；護欏/龍 lêng (廂房)。
後 後裔 ì[è]，後嗣 sû。
后 皇 hông 后。
厚 忠 tiong 厚。
候

hō͘ 予 (給) 伊予我筆，交 kau 予伊，不 m̄ 予我看 khòaⁿ，予風掃 sàu 倒 tó；(被) 我予伊打 phah 𣍐bē[bōe] 倒 tó，伊予咱 lán 給 kā 伊圍 ûi 起來啦·lah；(使)聽thiaⁿ予伊真 chin，講 kóng 予伊安 an 心 sim。

雨 落 lo̍h 雨，放 pàng 雨白 pe̍h，雨濛 bang/mng 仔 á，雨屑 sap 仔 á，噴 phùn 雨鬚 chhiu，雨陣 chūn，透 thàu 雨，生 chheⁿ[chhiⁿ] 狂 kông 雨，西 sai 北 pak 雨，沃 ak 雨，雨來 lâi 水 chúi 滴 tih。

ho͘ⁿ 乎 你知 chai 一个 ê 乎 (你懂個屁)，講 kóng 乎 (說長論短)，到 kah 有 ū 要 boeh[beh] 講乎 (要是有，還有什麼話)；毛 mô͘ 乎 (沒有餡的粿)。

嘑 蚊 báng 仔 á 嘑嘑叫 kìo。

ho͘ⁿ/hô͘ⁿ/hôaⁿ 鼾 睏 khùn 到 kah 鼾鼾叫 kìo，在 teh 鼾。

Hó͘ⁿ 好 美 bí 好。

火

hó͘ⁿ 否 否認 jīm。

Hò͘ⁿ 好 好奇 kî，好賢 hiân (好事)，好客 kheh，好插 chhap 閑 êng 事 sū。

Hoa 花 花燭 chiok；花花世 sè 界 kài；烟 ian 花；花椒 chio；花費 hùi，花消 siau。

華 虛 hi[hu] 華，奢 chhia 華，華麗 lē。

嘩 嘻 hi 嘩叫 kìo。

hoa 熚 (火或光熄滅) 火 hóe[hé] 熚，熚去·khi，打 phah 熚，歕 pûn 熚，蔭 ìm 熚；(臨終) 人在 teh 要 boeh[beh]

烌去啦 ·lah。

Hòa 化 變 piàn 化，化做 chò[chòe] 白 pe̍h 身 sin 人 lâng；教 kàu 化；消 siau 化，化無 bô 去·khi，心 sim 𣍐 bē[bōe] 化（心事重重不散）；溶 iô͘^{n}[iû^{n}] 化，火 hóe[hé] 化，坐 chē 化（僧道死）；化驗 giām；（暈色，沖淡）化色 sek，化較 khah 淺 chhián；（大方，不拘小節）人 lâng 真化，化化，脫 thoat 化（看破，想得開；簡潔）；（僧道向人求布施）化緣 iân，募 bō͘ 化。

Hôa 華 光 kong 華，榮 êng 華；中 tiong 華。

划 划算 sǹg（概算；以為）。

Hōa 画/畫 畫譜 phó͘。
話

hōa 嘩 （喧嚣）嘩嘩滾 kún，歸 kui 陣 tīn 嘩起來，喊 hán 嘩（吵吵嚷嚷）；（鬧玩）與 kap 囝 gín 仔 á 嘩，嘩了liáu 會 ē[oē] 變 pì^{n} 面 bīn，嘩查 cha 某 bó͘。

hoa^{n} 歡 歡喜 hí，歡喜到 kah 𣍐 bē[bōe] 顧 kò͘ 得·tit，歡頭 thâu 喜面 bīn。

hóa^{n} 恍 （模糊）恍恍，恍恍會 ē[oē] 記 kì 得·tit，一 chit 下 ē 恍、過 kòe[kè] 三 sa^{n} 冬 tang，恍暗 àm，恍烏 o͘（微暗）；（淡）紅 âng 恍紅恍。

hôa^{n} 鼾 （打呼嚕）起 khí 鼾，真賢 gâu 鼾，鼾鼾叫 kìo。

hōa^{n} 按 （搭，支，扶）按欄 lân 杆 kan，按肩 keng 頭 thâu，按（伊 khi）定 tīa^{n}，心 sim 肝 koa^{n} 着 tio̍h 按定，倚 óa 按，無 bô 人 lâng 可 thang 倚按，搭 tah 按，相

sio[sa^n] 按；椅 í 按，手 chhíu 按；(主持) 按家 ke，按賬 siàu，按頭 thâu (主持)，按膾 bē[bōe] 倒 tó。

岸 海 hái 岸；田 chhân 岸 (埂子)；(嘴 chhùi) 齒 khí 岸，眠 mn̂g/bîn 床 chhn̂g 岸。

焊 焊錫 siah，焊藥 io̍h。

hoah 喝 大 toa 聲 sia^n 喝，喝起 khí 喝倒 tó，喝咻 hiu，喝呦嗬 iú-hō/ú-ō/iû-o/i-o (指跟從人家叫喊助威)，喝鈴 lin 瓏 long (拍賣)，喝拳 kûn (划拳)。

hoa̍h 跬 (一舉足的距離) 大 tōa 跬，細 sè[sòe] 跬，三 sa^n 步 pō͘ 做 chò͘[chòe] 兩 nn̄g 跬；(跨) 跬溝 kau 仔，跬出去；節 chat 跬 (節制)。

Hoâi 懷 懷中 tiong；心 sim 懷；懷念 liām；懷胎 thai；懷疑 gî，懷恨 hīn[hūn]。

淮

槐 槐樹 chhīu。

hoâi 頦 下 ē 頦 (下巴)，落 làu/lak 下頦。

Hoāi 壞 破 phò 壞，敗 pāi 壞，損 sún 壞，打 phah 壞；壞處 chhù。

hoâi^n[hôa^n,hûi^n] 横 坦 thán 横，横線 sòa^n；横 (抑 ah) 直 tit，不 m̄ 知 chai 横直；不講 kóng 横直；横直(反正)；横財 châi；(蠻横) 人 lâng 真横，横霸霸 pà，横肉 bah 面 bīn，横逆 ke̍h (違抗；雜亂)。

hoâi^n ⿱艹耿 芋 ō͘ ⿱艹耿。

Hoan 歡 歡迎 gêng。

番 三 sam 番五 ngó͘ 次 chhù，番號 hō；番仔 á 火hóe[hé]，番麥 be̍h；(無知，不講理) 番番，老 lāu 番，半pòan番，番呔 thái (不講理)，番癲 tian，番撖 tih 拄 tuh，番唓 kih/kih 嚣 kā。

蕃

翻 翻身 sin，翻田 chhân 土 thô͘；翻頭 thâu，翻攊 lìn 轉 tńg，倒 tò 翻箍 khơ (再回來；復發)；(重複) 講 kóng 了 liáu 復 koh 再 chài 翻，翻草 chháu (第二次除草；反芻)，翻印 ìn，翻版 pán；(推翻原來的) 真賢 gâu 翻，話 oē 講了 liáu 不 m̄ 可 thang 復翻，與 kap 人翻膾 bē[bōe] 直 tit，翻案 àn；翻修 siu，翻蓋 kài，翻起 khí，翻厝 chhù；翻一 chit 番 hoan (加倍)；翻譯 e̍k。

幡 幡仔 á，舉 gia̍h 幡仔，豎 khīa 幡。

藩

hoan 吩 吩咐 hù。

Hoán 反 對 tùi 反；反起 khí 反倒 tó，反不 m̄，反白 pe̍h，反濁 lô，反青 chheⁿ[chhiⁿ] (發青)，反面 bīn (翻臉)，反嘴 chhùi，反口 kháu 供 keng；反射 sīa，反攻 kong；反對 tùi，反抗 khòng；反叛 poān，反背 pōe，造chō 反；(反而) 反死 sí (反而不好)，反了 liáu(反而賠錢)；反腹 pak (反胃) 。

返 往 óng 返。

Hoàn 販 販賣 bē[bōe]；做 chò[chòe] 販，販仔 á，販仔間 keng

(小客棧）。

幻 幻燈 teng，幻覺 kak。

喚 呼 hơ 喚，喚起 khí。

氾 氾濫 lām。

泛 泛泛（馬虎），做 chò[chòe] 人 lâng 泛泛；泛神 sîn 論 lūn。

Hoân 凡 凡事 sū；平 pêng 凡；凡間 kan；(音名)。

梵 梵語 gú[gí]。

煩 煩惱 ló，操 chhau 煩，勞 lô 煩，麻 mâ 煩。

還 歸 kui 還；還俗 sio̍k；還擊 kek；(變化) 凸 phòng 糖 thn̂g 還去·khi，粒 lia̍p 仔 á 還動 tōng (化膿)；一 chit 步 pō͘ 還一步（一步一步地）。

圜 (鋪開) 圜蚊 báng 罩 tà，圜門 mn̂g 簾 lî，圜蓆chhio̍h。

寰 寰球 kîu。

環 循 sûn 環，連 liân 環。

繁 繁華 hôa。

樊

礬 明 bêng 礬；(鞣) 礬皮 phôe[phê]。

紈 (結) 袋 tē 仔 á 嘴 chhùi 且給 kā 伊紈咧·leh。

Hoān 犯 違 ûi 犯；侵 chhim 犯；罪 chōe 犯；沖 chhiong 犯着 tio̍h 鬼 kúi。

患 患着 tio̍h 病 pēⁿ[pīⁿ]。

范 (姓)

範 模 bô͘ 範；範圍 ûi；防 hông 範；(形) 猪 ti 腰 io 範。

宦 宦官 koan。

hoān 凡 凡事 sū，凡若 nā，凡若吃酒就醉 chùi，凡勢 sè(或許)，凡勢會 ē[oē] 好勢，凡勢凡勢，凡間 kan。

還 (表示各歸各樣的互不相混) 你還你、我還我，內 lāi 還得 tit 是內、外 gōa 還得是外，要 boeh[beh] 就 chīu 還得要、不 m̄ 就還得不。

Hoat 法 法律 lu̍t；法度 tō͘；無 bô 法得·tit，無法伊·i，無伊 i 法；法帖 thiap；法術 su̍t。

發 發生 seng；發芽 gê；發單 toa^n，發送 sàng；發達 ta̍t，發展 tián；發起 khí，發難 lān；發奮 hùn，發性 sèng 地 tē[tōe]。

髮 理 lí 髮。

Hoa̍t 乏 缺 khoat 乏。

活 活潑 phoat；(養殖) 活魚 hî 栽 chai。

伐 征 cheng 伐。

閥 財 châi 閥。

罰 處 chhú 罰，責 chek 罰，罰錢 chî^n，罰酒 chíu，罰跪 kūi。

hoa̍t 發 發落 lo̍h (安排處置)，攏 lóng 是伊一个在 teh 發落，發落家 ke 內 lāi。

Hoe 灰 死 sú 灰復 ho̍k/hìu 燃 jiân。

hoe[he] 灰 骨 kut 灰；灰白 pe̍h 色 sek；石 chio̍h 灰，洋 iô͘^{n}[iû^n] 灰。

hoe 花 花蕊 lúi，花莓 m̂，花欉 châng，花萌 í^n，花矸 kan，

花坩 kha^n；珠 chu 花；花仔 á，花叕 chōa，花樣 iō͘^{n} [iū^n]，花辨 pān，花草 chháu；花血 hiat(花哨，妖艷)，花葉 hio̍h (嬌媚)，花神 sîn (妖媚)；花巴 pa 里 lí 貓 niau，花貓貓 niau，五 gō͘ 花十 cha̍p 色 sek；目 ba̍k 睭 chiu 花 (眼睛模糊)，干 kan 花(睜眼瞎)；(亂) 代 tāi 志 chì 會 ē[oē] 花，辦 pān 到 kah 真花；(找碴) 起 khí 花，真賢 gâu 花，花仙 sian；水 chúi 花，雨 hō͘ 花，火 hóe[hé] 花，日 jit 花；豆 tāu 花，敲 khau 刀 to 花；行 kîa^n 腳 kha 花 (白跑)，搖尻 kha 川 chhng 花；稱 chhìn 花，流 lâu 汗 kōa^n 花；心 sim 花開 khui，有 ū 嘴 chhùi 花，花嗹 lian 嘴 (花言巧語) 。

恢 恢復 ho̍k。

Hóe 悔 反 hoán 悔，悔悟 ngō͘；悔親 chhin (悔婚) 。

賄 賄賂 lō͘ 。

hóe[hé] 火 燈 teng 火，火把 pé，起 khí 火，點 tiám 火，引 ín 火，焚 hîa^n 火，蔭 ìm 火，火灰 hu，火煙 ian，火燻 hun，火焰 iām，火舌 chih，火影 iá^n，火陰 ńg，火星 chhe^n[chhi^n]，火花 hoe，炎 iām 火，緊 kín 火，猛 mé 火，慢 bān 火，孬 bái 火，緩緩 ûn 仔 á 火；火氣 khì，風 hong 火，火熮 nâ 癉 toa^n；火雞 ke [koe]。

伙 伙食 sit，起 khí 伙；家 ke 伙 (家財)，辦 pān 公 kong 家 ke 伙仔 á (過家家玩儿) 。

夥 做 chò[chòe] (一 chit) 夥 (爲伍，一起)；夥計 kì(伙計；姘頭；伙伴)，鬥 tàu 夥計，拆 thiah 夥計(拆伙)。

Hòe 廢 (=Hùi) 荒 hong/hng 廢，廢除 tû，廢無 bô 去·khi，廢揀 sak，廢掉 tiāu；廢物 bu̍t，廢人 jîn；廢疾 chit/che̍k；(粗劣，不精緻，不堅固) 真廢，廢廢。

晦

潰 潰瘍 iông[iâng]。

hòe[hè] 貨 百 pah 貨，貨底 té[tóe] (殘貨)；什 sím 么 mih 貨；貨幣 pè。

歲 年 nî 歲，歲頭 thâu，歲壽 sīu，囥 khǹg 歲；老 lāu 歲仔 á (老頭) 。

Hôe 回 往 óng 回；回頭 thâu，挽 bán 回；回答 tap，回復hok (答復)；連 liân 回 (落魄流浪)；初 chhơ 回，回合ha̍p。

蛔 蛔虫 thâng。

茴 茴香 hiong/hiơ^{n}[hiu^{n}]。

hôe 捱 (蹭) 捱着 tio̍h 油 iû 漆 chhat，不 m̄ 可 thang 身軀捱，捱驚 kia^{n} 人 lâng 起來 (擦掉骯髒)；捱木ba̍k/ba̍t 虱 sat，捱予 hơ 死 sí。

hôe[hê] 回 發 hoat 回，回話 oē (回答；翻譯)；(減弱) 風 hong 勢 sè 回落來，回南 lâm，價 kè 數 sò͘ 較 khah 回，燒 sio 較回 (熱度降下)，性 sèng 地放 pàng 較回；(扣除) 回重 tāng (去皮，淨重) 。

和 和尚 sīơ^{n}[sīu^{n}]。

Hōe 會 會齊 chê[chôe]，會餐 chhan；拜 pài 會，會面 bīn；

宴 iàn 會，舞 bú 會；機 ki 會；學 ha̍k 會；都 to͘ 會；體 thé 會，誤 gō͘ 會。

薈 蘆 lō͘ 薈。

滙 外 gōa 滙，滙錢 chî^n，滙款 khoán/khóa^n，滙率 lu̍t。

hōe[hē] 會 （在一起互相商談說好）去與 kap 伊會，理 lí 會，會賬 siàu（核對帳目）；（道歉）去給 kā 伊會，會不 m̄ 着 tio̍h；（談論）大 tāi 家 ke 在 teh 會；（合會）會仔 á，搖 iô 會仔。

薈 蘆 lō͘ 薈。

[hōe]→hē 蟹

hoeh[huih] 血 流 lâu 血，凝 gêng 血，血筋 kin[kun]，血管 kńg；嘔 áu 盡 chīn 心 sim 血 hoeh[huih]/hiat。

hoh/hoh^n 熇 （=ho）熇日 jit，熇燒 sio。

擭 （緊貼）擭住 tiâu，擭咧·leh，擭在 tī 身 sin 軀 khu。

ho̍h 鶴 白 pe̍h 鶴，仙 sian 鶴。

hoh^n 熇 （=ho/hoh）

擭 （=hoh）

乎 （吧）我給 kā 你講 kóng 乎，我乎（我嘛）；（嗎）大家攏 lóng 好 hó 乎？按 án 尔 ne[ni] 好乎？

Hok 幅 幅度 tō͘。

福 有 ū 吃 chia̍h 福，福氣 khì，受 sīu 你的福蔭 ìm（托你的福）。

蝠 蝙 pián 蝠。

輻 輻射 sīa。

復

複

腹 心 sim 腹；腹部 pō· 。

覆 覆滅 biȧt。

馥

霍 霍亂 loān。

Hȯk 服 洋 iô·^{n}[iû^{n}] 服；服務 bū，服侍 sāi（侍奉），服侍父 pē 母 bó[bú]，服祀 sāi（奉祀），服祀神 sîn 明 bêng；我不 m̄/put 服你·li，服從 chiông；服藥 iȯh，服用 iōng。

伏 埋 bâi 伏。

茯 茯苓 lêng。

栿 門 mn̂g 栿（門框）。

袱 包 pau 袱。

復 往 óng 復；答 tap 復；復職 chit；復習 sip。

複 重 tiông 複，複賽 sài；複雜 chȧp，繁 hoân 複。

鶴

Hong 方 方向 hiòng，方法 hoat。

坊 坊間 kan。

芳 芬 hun 芳，芳紀 kí。

風 透 thàu 風，風雨 hō· ；風險 hiám；脹 tiò^{n}[tiù^{n}] 風；風景 kéng；風氣 khì；作 chok 風；風聲 sia^{n}；頭 thâu 風，風邪 sîa。

楓 楓樹 chhīu。

瘋 瘋癲 tian。

封 封王 ông，封官 koa^{n}；封起來，封密 ba̍t；封嘴 chhùi 骳 phóe[phé]（打耳光）；封肉 bah，封炕 khòng 鹵 ló͘（肉做的好菜）。

荒 荒廢 hòe，荒野 iá；荒唐 tông，荒諴 hàm（誇張；馬虎），荒嗙 pòng（誇大其詞）；（沈溺于）心肝荒，荒迌 chhit[thit] 迌 thô，荒酒 chíu 色 sek。

慌 慌狂 kông。

謊 謊言 giân。

豐 豐富 hù；豐年 nî/liân，豐收 siu；豐姿 chu，豐彩 chhái。

峯 山 soa^{n} 峯。

烽

蜂

鋒 先 sian 鋒。

轟 轟炸 chà，轟動 tōng，轟轟烈烈 lia̍t。

hong 凶 凶神 sîn 惡 ok 煞 soah，凶陷 hām（嚴重）。

諷 諷刺 chhì。

Hóng 倣 模 bô͘ 倣，倣人 lâng 的 ê 手 chhíu 筆 pit，倣外 gōa 國 kok 款 khoán，倣樣 iō͘^{n}[iū^{n}]，倣古 kó͘。

彷 彷彿 hut。

訪 訪問 būn/mn̄g。

舫

紡

況/況　狀 chōng 況。

諷　諷刺 chhì。

恍　恍然 jiân，恍惚 hut，一 chit 時 sî 恍惚煞 soah 𣍐 bē[bōe] 記 kì 得·tit。

晃　(花里胡哨) 穿 chhēng 到 kah 不 put 止 chí 晃，身 sin 穿 chhēng 晃晃。

汞

Hòng 放　開 khai 放，放心 sim；放棄 khì；放大 tōa，放寬 khoan；放任 jīm；(不在乎；不專一) 心 sim 肝 koaⁿ 着放 pàng 較 khah 放，不 m̄ 可 thang 按 án 尔ne[ni] 放放會 ē[oē] 做 chò[chòe] 得·tit。

況　何 hô 況，連 liân 囝 gín 仔 á 都 to 會 ē[oē] 曉 hiáu，何況你這 chit 个 ê 大 tōa 人lâng，況且chhíaⁿ，況兼·kiam，好 hó 天 thiⁿ 都不 m̄ 去 khì、況兼雨 hō͘ 來，況復 koh/hok，況復要 boeh[beh] 欲 tihⁿ[tih] 較 khah 多 chē[chōe] 錢 chîⁿ。

Hông 防　持 tî 防 (提防)；防火 hóe[hé]。

妨　妨害 hāi。

夆　(←予 hō͘ 人 lâng) 煮 chú 夆吃 chiáh (煮給人吃)，夆打 phah 着·tioh (被人打着)。

逢　相 siong 逢。

蓬　蓬萊 lâi。

縫　裁 chhâi 縫，縫合 hàp。

航　航程 thêng。

鴻　鴻雁 gān。
紅　紅顏 gân。
虹　虹膜 mo͘h。
訌
洪　洪流 lîu。
宏　宏福 hok。
弘
黃　黃昏 hun 暗 àm。
磺　硫 lîu 磺。
癀　(炎症) 發 hoat 癀，退 thè 癀，手 chhíu癀；(怒氣) 癀發 hoat 氣 khì 脫 thoat。
篁
皇　皇帝 tè。
凰　鳳 hōng 凰。
惶　倉 chhong 惶。
隍　城 sêng 隍廟 bīo。
徨　彷 pông 徨。
煌　輝 hui 煌。
蝗
遑
Hōng 奉　奉茶 tê，奉陪 pôe。
俸　薪 sin 俸，月 goe̍h[ge̍h] 俸。
烘　燒 sio 烘烘，面發 hoat 烘，厝 chhù 內 lāi 真烘。
鬨　(說假話騙人) 鬨予 hō͘ 伊驚 kiaⁿ，勿 mài 給 kā 我鬨，鬨嚇 heh^n（虛張聲勢）；(唆使) 鬨狗 káu 相 sio [sa^n] 咬 kā。

鳳 龍 lêng 鳳，鳳凰 hông 木 bo̍k。

hop=hap 哈

Hu 夫 丈 tiōng 夫；匹 phit 夫；農 lông 夫；夫人 jîn；工 kang 夫。

麩 (穀、豆磨成的粉) 米 bí 仔 á 麩，麥 be̍h 麩，土 thô͘ 豆 tāu 仁 jîn 麩。

膚 皮 phôe[phê] 膚，肌 ki 膚。

俘 俘虜 ló͘。

孵 孵化 hòa。

敷 敷設 siat；敷藥 io̍h；不 put 敷（不夠）。

歔 欷 hi 歔叫 kìo。

呴 (呼出熱氣使其舒服) 我給 kā 你呴呴咧·leh 着 to̍h 𣍐 bē[bōe] 痛 thìa^n。

[Hu]→Hi 虛墟

hu 灰 火 hóe[hé] 灰，燒 sio 灰，炭 thòa^n 灰，香 hio^n [hiu^n] 灰；磚 chng 仔 á 灰，土 thô͘ 灰（塵土），杉 sam 仔 á 灰，鋸 kù 屑 suh/sut 灰；灰灰，研 géng 灰，灰灰去·khi。

撫 (撫摩) 用 ēng 手 chhíu 輕輕 khin 給 ka 撫。

虎 馬 má 虎。

Hú 甫 台 thai 甫。

拊 (擦掉) 拊起來，拊予 ho͘ 無 bô 去·khi，樹 chhīu 奶 n

ni[lin] 捎仔 á (橡皮擦)。

府 府城 sîa^n；府上 siōng/chīơ^n[chīu^n]。

俯 俯首 síu。

腑 臟 chōng 腑；魚 hî 腑，肉 bah 腑。

腐 腐敗 pāi。

釜

Hú[Hí] 許 許可 khó，許配 phòe。

Hù 付 交 kau 付，付出 chhut，付托 thok；付錢 chî^n。

咐 吩 hoan/hun 咐。

富 富裕 jū。

副 副刊 khan；歸 kui 副碗 oá^n。

赴 赴會 hōe，赴約 iok；(趕上，來得及) 赴時 sî 間 kan，赴火 hóe[hé] 車 chhia，來 lâi 赴赴，獪 bē[bōe] 赴，赴無 bô/獪着 tio̍h；(足夠) 錢 chî^n 有 ū 赴我用 ēng，赴我夠夠 kàu，赴伊足足 chiok。

訃 訃音 im，訃聞 bûn。

賦 詩 si 詞 sû 歌 ko 賦；田 chhân 賦；賦形 hêng 劑 che。

傅

輔 輔導 tō。

hù 附 附屬 sio̍k，附件 kīa^n；附近 kīn[kūn]；附議 gī，附和 hō。

嘘 風 hong 嘘嘘叫 kìo。

Hû 扶 扶起來，扶起 khí 扶倒 tó，鬥 tàu 扶，扶去樓 lâu 腳

kha，扶插 chhah，扶插病 pēⁿ[pīⁿ] 人，扶老 lāu 人 lâng 上 chīơⁿ [chīuⁿ] 車 chhia；扶伊做 chò[chòe] 頭 thâu；扶助 chō͘。

芙 芙蓉 iông。

符 符號 hō；符合 hap；貼 tah 符，護 hō͘ 身 sin 符，符咒 chìu。

[hû]→hî 魚 漁

Hū 父 父兄 heng；岳 gak 父；伯 pek 父；父老 ló。

負 (擔負) 負責 chek 任 jīm，負擔 tam；(違背) 欺 khi負，辜 kơ 負，負恩 in[un]；勝 sèng 負；負電 tiān，負號 hō。

婦 婦女 lú[lí]。

附 附身 sin；附近 kīn[kūn]；歸 kui 附。

駙 駙馬 má。

傅 師 su 傅。

阜 司 sai 阜。

腐 豆 tāu 腐。

Hui 非 是 sī 非；非議 gī。

菲

緋

飛 飛機 ki。

妃 王 ông 妃。

揮 揮舞 bú，指 chí 揮，發 hoat 揮。

輝 輝煌 hông。

徽　徽章 chiong。

Húi　毀　毀歹 phái^{n}，毀掉 tiāu，毀扔 hì^{n} 捒 sak；(賣掉) 田 chhân 園 hn̂g 厝 chhù 宅 thėh 毀了了 liáu。

菲　菲薄 pȯh/pȯk。

匪　匪類 lūi。

誹　誹謗 pòng。

翡　翡翠 chhùi。

Hùi　費　所 só͘ 費，學 hȧk 費；花 hoa 費；費力 lȧt，費神 sîn（勞駕），費氣 khì（麻煩）。

肺　肺病 pē^{n}[pī^{n}]。

潰　潰瘍 iông，崩 pheng 潰。

諱　忌 khī 諱，犯 hoān 諱，諱母 bó[bú]（忌諱的事情），突 tu̇h 着 tiȯh 人的諱母。

Hùi/Hòe　廢　廢親 chhin（解除婚約）；廢廢（粗劣，不堅固）。

Hûi　危　危險 hiám。

肥　肥料 liāu，肥厚 hō͘。

腓

hûi　瓷　瓷仔 á，燒 sio 瓷，瓷窯 iô，碗 oá^{n} 瓷，古 kó͘ 瓷，瓷塘 thn̄g（釉子），淋 lâm 瓷塘。

Hūi　惠　恩 in[un] 惠，惠示 sī。

彗　彗星 chhe^{n}[chhi^{n}]/seng。

慧　智 tì 慧。

緯　緯度 tō͘，緯線 sòa^{n}。

[hui^{n}]→hng 昏荒

[hûi^{n}]→hn̂g 園磺

[hûi^{n}]→hoâi^{n} 横

[hūi^{n}]→hn̄g 遠

[huih]→hoeh 血

Hun 分　分做 chò[chòe] 兩 nn̄g 派 phài，分開 khui；分予 hō͘ 人·lang，分土 thó͘ 地 tē[tōe]，分配 phòe[phè]；分類 lūi；分店 tiàm，分部 pō͘；分數 sò͘，分母 bó[bú]；分聲 sia^{n}，分鐘 cheng。

吩　吩咐 hù。

芬　芬芳 hong。

氛　氣 khì 氛。

紛　糾 kìu 紛，議 gī 論 lūn 紛紛。

昏　黃 hông 昏，昏迷 bê。

婚　婚姻 in/ian，婚配 phòe[phè]。

熏　熏陶 tô。

燻　火 hóe[hé] 燻，臭 chhàu 火燻，厝 chhù 內 lāi 真燻，燻死·si，还 iáu 在 teh 燻，燻蚊 báng；燻肉 bah，過 kòe[kè] 燻，燻製 chè。

勳　功 kong 勳，元 goân 勳。

醺

葷

hun 菸　吃 chiah 菸，紙 chóa 菸，菸枝 ki，菸絲 si，菸吹 chhoe[chhe]，菸屎 sái。

Hún 粉　麵 mī 粉，番 han 薯 chû[chî] 粉，藕 ngāu 粉，藥

iȯh 粉，芳 phang 粉，凸 phòng 粉；米 bí 粉，山soaⁿ 東 tang 粉，粉粿 kóe[ké]，粉腸 chhiâng；粉紅 âng，粉青 chheⁿ[chhiⁿ]，肉 bah 色 sek 粉粉；粉肝 koaⁿ。

忿 忿怒 nō͘ /lō͘ 。

憤 憤然 jiân。

Hùn 訓 訓練 liān。

憤 憤慨 khài。

奮 興 heng 奮，奮鬥 tò͘ ，奮志 chì。

糞 糞便 piān。

hùn 楦 鞋 ê[oê] 楦，楦頭 thâu；楦鞋；(擴展) 楦較 khah 出，楦出來，楦較大 tōa，楦大 (擴大)，楦闊 khoah；(腫脹而化膿) 楦動 tōng，楦膿 lâng，粒 liȧp 仔 á 楦膿。

Hûn 雲 烏 o͘ 雲，夯 gîa 雲尪 ang (發生積亂雲) 。

痕 (痕迹) 傷 siong 痕，接 chiap 痕，手 chhíu 痕 (手印；掌紋)，指 chéng[chńg] 甲 kah 痕；(線，紋) 水chúi (波 pho) 痕，柴痕，額 hiȧh 痕，掌 chíoⁿ [chíuⁿ] 痕。

墳 墳墓 bōng/bō͘ 。

魂 神 sîn 魂，靈 lêng 魂。

渾 渾身 sin；渾天 thian 儀 gî。

酚

Hūn 分 水 chúi 分，鹽 iâm 分；本 pún 分，過 kòe[kè] 分，認 jīn 分，生 seⁿ[siⁿ] 分 (認生，陌生)。

份 股 kó͘ 份，份額 giȧh；(作爲部分加入整體，參加) 份一 chit 份 hūn，份生 seng 理 lí，份股，伊 i 亦 ȧh

要 boeh[beh] 來 lâi 與 kap 咱 lán 份。

混 混雜 cha̍p，混亂loān。

渾 (渾似) 渾化 hòa，假 ké 去不 put 止 chí 渾化，話講 kóng 去真渾化，渾成 chîa^{n} (渾似) 。

[Hūn]→Hīn 恨

hūn 昏 人 lâng 昏去·khi，昏落去，昏倒·to。

Hut 忽 忽然 jiân 間 kan；忽略 lio̍k，忽視 sī；毫 hô 忽；忽下·che(忽地)，忽下豎 khīa 起來。

惚 恍 hóng 惚。

唿 (吃) 唿了了 liáu，真賢 gâu 唿；予 hō͘ 伊唿去，濫 lām 摻 sám 唿。

揔 (打；拚) 大 tōa 力 la̍t 給 ka 揔落去，與 kap 伊揔。

笏 玉 ge̍k 笏。

拂 蚊 báng 拂仔 á (蚊拂)；拂人的意 ì 思 sù (違背) 。

彿 彷 hóng 彿。

沸 沸點 tiám。

氟

Hu̍t 佛 佛陀 tô；佛桑 song 花 hoe。

核 龍 gêng 眼 géng 核；羼 lān 核 (睪丸) ，雞 ke[koe] 核；(塊) 土 thô͘ 核，心 sim 肝 koa^{n} 頭 thâu 結 kiat 一 chit 核；結核病 pē^{n}[pī^{n}]。

I

I 伊 (他) 伊人 lâng 真 chin 好 hó；(不定代詞) 睏 khùn 伊一 chit 个 ê 爽 sóng。

嘢 嘢嘢呵呵 o。

衣 衣服 hȯk，大 tōa 衣；胎 thai 衣，糖 thn̂g 衣。

依 依倚 oá，依靠 khò；依附 hù，依阿 o 從 chhiong 事 sū；依照 chiàu，依次 chhù。

銥

醫 醫治 tī，醫師 su。

i 遺 (亂放) 烏 ơ 白 pe̍h 遺，遺到 kah 滿 móa 四 sì 界 kòe[ke]。

i 吚 喝 hoah 吚噺 o。

i/ki/khi 咿 (←予 hō͘ 伊 i) (助詞) 坐 chē 咿好 hó，講 kóng 咿明 bêng，吃 chia̍h 咿飽 pá。

[I]→U 于於淤瘀

í 已 已經 keng，不 put 得 tek 已。

以 以前 chêng/chiân；以致 tì 到 kàu；可 khó 以，所só͘ 以。

苡 薏 ì 苡。

倚 倚賴 nāi，倚仗 tiōng。

椅 椅仔 á，椅頭 thâu，椅條 liâu，凸 phòng 椅，撐 the

椅，椅墊 tiām。

[Í]→Ú 與予宇禹雨羽

Ì 意 心 sim 意，中 tèng 我 góa 意，做 chò[chòe] 雨 hō͘ 意。

薏 薏（苡 í）仁 jîn，薏麵 mī。

Ì[È] 裔 後 hō͘ 裔，華 hôa 裔。

翳 起 khí 翳，上 chhīo͘^{n}[chhīu^{n}] 翳。

Ì[Ù] 淤 淤漬 chì[chù]（污穢），相 sio[sa^{n}] 淤漬（互相污染）。

Î 夷 夷狄 te̍k。

姨 母 bó[bú] 姨；姨仔 á；細 sè[sòe]姨，姨太太 thài；尪 ang 姨（女巫）。

胰 胰腺 sòa^{n}。

移 移去別 pa̍t 位 ūi，移徙 sóa；（暫借）移借 chioh。

貽 貽害 hāi。

[Î]→Û 于於盂予余餘輿愉

[Î]→Ûi 唯惟維

Ī/Ī^{n} 易 容 iông 易，平 pêng 易。

異 奇 kî 異，異議 gī。

肄 肄業 gia̍p。

ī 弈 （玩，比輸贏）弈麻 môa 雀 chhiok，來 lâi 弈；(幹)你在 teh 弈什麼；(開始) 喝 hoah 聲 sia^{n} 弈、頭 thâu 尾 bóe[bé] 離 lī，弈啦·lah（開始了）。

[Ī]→Ū 預豫與譽

i^{n} 咿 咿咿吭吭 n̍gh (吞吞吐吐)，咿咿誣 ò͘^{n} 誣 (支吾)。

[i^{n}]→e^{n} 英嬰蜓

í^{n} 萌/蘖 (萌芽) 發 hoat 萌，吐 thò͘ 萌，窋 puh 萌，齙 pauh 萌；心 sim 肝 koa^{n} 萌 (心窩)。

ì^{n} 燕 燕仔 á，燕尾 bóe[bé]。

應 應誣 ò͘^{n} (口齒不清)，應誣叫 kìo。

î^{n} 圓 圓箍 kho͘ 仔 á，圓環 khoân，圓圓旋 se̍h，圓圓轉 tńg，圓棍棍 kùn；圓淀 tī^{n}，面 bīn 圓淀 (臉肥胖)，圓滿 móa，圓滑 ku̍t，圓熟 se̍k；(團子) 圓仔 á 湯 thng。

文 (銅錢) 錢 chê^{n} 文，銅 tâng 文；幾 kúi (个 ê) 文，大 tōa 文，細 sè[sòe] 文。

縈 縈纏 tî^{n} (糾纏不休)。

[î^{n}]→ê^{n} 楹

ī^{n} →ī 易異肄

ī^{n} 院 寺 sī 院，病 pē^{n}[pī^{n}] 院，法 hoat 院，書 su/chu 院。

ia 埃 坱 eng 埃 (灰塵)。

Iá 野 曠 khòng 野；野生 seng；野蠻 bân，野赤 chhiah；在 chāi 野，下 hā 野；野合 ha̍p，野雞 ke[koe] 車 chhia。

冶 妖 iau 冶，傷 sio^{n}[siu^{n}] 過 kòe[kè] 冶；冶金 kim。

也

iá/iáu 还 还未 bōe[bē]。

iá/iah 抑 是 sī 抑不 m̄ 是 si，要 boeh[beh] 抑不 m̄。

ià 厭 (厭膩) 討 thó 厭，吃 chia̍h 𣍐 bē[bōe] 厭，看 khòa^{n} 到 kah 厭，厭落落 lak；(疲倦) 厭僐 siān，厭到 kah

要 boeh[beh] 死 sí，厭懶 lán（懶倦），厭神 sîn（沒精打彩）。

Iâ 耶 耶穌 sơ。

椰 椰子 chí，椰仔 á，椰樹 chhīu，椰壳 khak，椰瓢 phîo。

爺 國 kok 姓 sèng 爺，七 chhit 爺八 peh[poeh] 爺。

Iā 夜 夜班 pan，夜校 hāu，夜市 chhī，夜景 kéng。

iā 焲 （撒散）焲種 chéng 子 chí，焲砂 soa，四 sì 界 kòe[kè] 焲，焲錢 chî^n（散財），焲散 sòa^n。

iā/iȧh 亦 有 ū 亦好 hó、無 bô 亦好。

ia^n 纓 帽 bō 纓；馬 bé 纓，獅 sai 纓。

英 英花 hoe，英仔 á 花，大 tōa 英。

泱 （水面的波紋）水 chúi 泱，魚在 teh 滾 kún（水 chúi）泱；光 kng 泱泱。

iá^n 影 （影子）人 lâng 影，烏 ơ 影，形 hêng 影，影射 sīa；（會照出影子的光）日 jit 影，月 goėh[gėh] 影，火hóe[hé] 影；（一晃）影一下就 chīu 過 kòe[kè] 去；（略一過目；看守）我有 ū 影着·tioh，且 chhía^n 給 kā 我影咧·leh；（影像）電 tiān 影，影片 phì^n；（事實）知chai 影，有 ū 影，無 bô 影無迹 chiah，無影無影（沒想到）。

映 放 hòng 映；（顯）映人 lâng 的 ê 目 bȧk 賙 chiu，映目，映容 iông（賣俏，顯示姿容）。

ià^n 映 光 kng 映映；假 ké 映（假的），假映睏 khùn（裝睡）。

iâ^n 贏 輸 su 贏，諍 chè^n[chì^n] 贏，駁 pok 贏，贏錢 chî^n，贏賭 kiáu。

營 兵 peng 營，集 chip 中 tiong 營；營救 kìu。

iā^n 揚 (飄) 衫 sa^n 在 teh 揚，揚旗 kî 仔 á，揚揚飛poe[pe]，揚風 hong，揚粟 chhek；(拂) 揚沙 soa，揚蝴 hô͘ 蠅 sîn；(洗涮) 粿 kóe[ké] 巾 kin[kun] 提 the̍h 去溪khe[khoe] 裡·lin 揚揚咧·leh。

漾 (水面微微動蕩) 搖 iô 漾，魚在 teh 滾 kún 漾；(映照) 光 kng 漾漾，日 jit 頭 thâu 赤 chhiah 漾漾，俏 chhio 漾，漾目 ba̍k (顯眼)；淡 chía^n 漾 (味淡)。

iah 益 益人·lang，破 phòa 錢 chî^n 益命 mīa，白 pe̍h 目 ba̍k 佛 pu̍t 益外 gōa 境 kéng。

搤 (挖，摳，扒) 搤土 thô͘，搤番 han 薯 chû[chî]，搤耳 hī^n[hī] 孔 khang；(挑剔) 搤人的根 kin[kun] 底 té[tóe]，搤掐 khàng，搤挓 thà，搤撈 lā；(撥開) 鴨 ah 仔 á 在 teh 搤水 chúi，馬 bé 在 teh 搤蹄 tê[tôe] (刨地)；搤糊 kô͘。

iah/ah/iá 抑 (表示抉擇：或者，還是) 是 sī 紅 âng 的·e 抑是白 pe̍h 的？；(表示轉折：而，可是) 伊有 ū 要 boeh[beh] 來、抑你咧·leh？抑若 nā 無 bô、伝 goán[gún] 來去你彼 hia，抑若不 m̄、嗎 mā 無要 iàu 緊 kín。

ia̍h 頁 冊 chheh 頁，活 oa̍h 頁，頁數 sò͘，跳 thiàu 頁，落 lak 頁；頁冊 chheh，頁過來。

奕 油 iû 奕 (油潤煥發)。

易 交 ka 易利 lī 市 chhī；易經 keng。

瘍 刺 chhiah 瘍 (刺撓)；鼻 phī^n 瘍。

蜴 蜴仔 á，癩 thái 瘸 ko 蜴。

蝶 蝶仔 á，尾 bóe[bé] 蝶。

役 差 chhe 役，外 gōa 役，雜 cha̍p 役；兵 peng 役，勞 lô 役。

疫 瘟 un 疫，疫病 pēⁿ[pīⁿ]。

驛 驛站 chām，驛頭 thâu。

ia̍h/a̍h/iā 亦 (也) 亦着 tio̍h 錢 chîⁿ、亦着人 lâng，我要boeh [beh]、伊亦要；(表示反問：豈) 那 he 亦可 thang 好 hó 講 kóng，那亦是 sī，亦着按 án 尔 ne[ni]，亦使 sái (何須)，亦使看 khòaⁿ。

[Iak]→Iok 約

[Ia̍k]→Io̍k 藥躍籥

Iam 淹

閹 閹雞 ke[koe]，閹猪 ti，閹割 koah，閹核 hu̍t。

iam 焰 (鍊) 火 hóe[hé] 鍁；(扎，挖，掏) 鍁番 han 薯 chû [chî]；腹 pak 肚 tó͘ 邊 piⁿ 給 ka 鍁落去，鍁橐 lak 袋 tē 仔 á (掏人家腰包偷錢)，鍁錢 chîⁿ；(割下) 肉 bah 鍁一塊 tè。

陰 起 khí 交 ka 陰 (發冷)，交陰寒 kôaⁿ；半 pòaⁿ 陰陽 iô͘ⁿ[iûⁿ]。

Iám 奄

掩 遮 jia 掩，掩密 ba̍t，掩身 sin，掩人 jîn 耳 ní 目 bo̍k，掩護 hō͘；掩門 mn̂g (虛掩著門)，半 pòaⁿ 掩門，掩一 chit 扇 sìⁿ。

罨

魘

Iàm 厭 厭惡 ò͘/ò͘^{n}，厭世 sè。

Iâm 塩/鹽 食 sit 鹽，幼 iù 鹽；撒 soah 鹽，下 hē 鹽，落 lo̍h 鹽，豉 sī^{n} 鹽；鹽桑 sng 仔 á。

Iām 炎 (火或光强烈) 火真炎，火舌 chih 炎，光 kng 炎；炎天 thi^{n}，炎日 jit，炎火 hóe[hé]；炎症 chèng，發 hoat 炎。

焰 火 hóe[hé] 焰 (火苗)。

艷 艷麗 lē，艷冶 iá，艷映 iá^{n} (豪華)。

Ian 咽 咽喉 âu。

姻 婚 hun 姻。

烟/煙 烏 o͘ 煙，水 chúi 煙，墨 ba̍k 賊 cha̍t 煙，出 chhut 煙，蒸 chhèng 煙，煙頭 thâu (剛做好熱乎乎的)，有 ū 煙頭來 lâi 吃 chia̍h，煙黗 thûn；煙火hóe[hé] (焰火)；人 jîn 煙，香 hio͘^{n}[hiu^{n}] 煙；煙霧 bū，煙暈 n̄g；煙肉 bah，煙腿 thúi(火腿)，煙腸chhiân[chhiâng]；煙花 hoe 嘴 chhùi；煙仔 á 魚 hî。

胭 胭脂 chi。

湮 湮滅 bia̍t，湮沒 bu̍t。

焉 心 sim 不 put 在 chāi 焉。

嫣 新 sin 嫣，有 ū 嫣頭 thâu (魚等新鮮)，有 ū 嫣水 chúi (水果等新鮮)。

淵 深 chhim 淵。

燕 燕京 kia^{n}。

ian 鵪 鵪鶉 chhun。

Ián 演 表 piáu 演；演講 káng；演變 piàn；演習 sip。

偃 (摔交) 相 sio[sa^{n}] 偃；(推) 偃起 khí 偃倒 tó，偃起來 (扶起來)，偃豎 khīa，偃予 hơ 挺 thêng 起來，偃予倒 tó 落去，偃坦 thán 趴 phak。

衍 敷 hu 衍。

Iàn 宴 宴會 hōe；宴請 chhía^{n}。

燕 燕窩 o，菜 chhài 燕，貢 kòng 燕；燕侶 lū[lī]。

iàn 厭 厭氣 khì (不好意思；薄情；小氣) 傷 siơ^{n}[siu^{n}] 夠 kàu 禮 lé、討 thó 厭氣。

Iân 緣 緣故 kò͘；緣分 hūn，有 ū 緣，無 bô 父 pē 母 bó͘[bú] 緣，合 ha̍h 主 chú 人 lâng 緣，有人 lâng 緣；姻 in 緣，離 lī 緣；緣投 tâu (俊秀)，緣投面 bīn，扇 siàn / 設 siat 緣投 (勾引男人)；邊 pian 緣；(捐) 化 hòa 緣，題 tê[tôe] 緣，緣錢 chîⁿ。

蝝 (植物因旱災、水害、蟲害而蔫) 菜 chhài 攏 lóng 蝝去 ·khi，菜着 tio̍h 蝝，着水 chúi 蝝。

沿 沿海 hái；沿例 lē；(照樣再加上一層) 沿一 chit 沿，復 koh 疊 thia̍p 一沿，漆 chhat 復 koh 沿一擺 pái^{n}/ mái，包 pau 三沿，內 lāi 沿，外 gōa 沿；(年代，輩分) 這 chit 沿的 ê 少 siàu 年 liân 人 lâng 攏 lóng 不 m̄ 知 chai 頂 téng 沿的艱 kan 苦 khó͘；(挨個兒分給) 沿糖 thn̂g 仔 á。

鉛 鉛管 kóng/kńg；(鉼) 亞 a 鉛，鉛肵 phía^{n}，鉛桶tháng ；鉛筆 pit。

延 延續 siok，延長 tiông；一 chit 日 jit 延過 kòe[kè] 一日，挨 e[oe] 延，延期 kî，延愆 chhiân (延遲)，延緩 oān；延請 chhéng，延聘 phèng。

涎 龍 liông 涎香 hio^{n}[hiu^{n}]。

筵 喜 hí 筵，筵席 siah。

iân 芫 芫荽 sui。

iān 沿 沿路 lō͘ 行 kîa^{n}、沿路吃 chiah。

iang 央 (托) 央人 lâng 寫 sía 批 phoe[phe]，央托 thok，央倩 chhìa^{n}，央教 kah (委托)；(梲) 央紗 se，央絲 si (梲上絲線)，紗央 (梲子)。

[Iang] →Iong 央殃

[Iáng] →Ióng 養氧

iâng 洋 洋琴 khîm。

揚 揚琴 khîm，揚氣 khì (得意的樣子)。

[Iâng] →Iông 羊佯洋陽揚楊瘍颺

[iāng] →āi^{n} 揹

iap 掖 (隱藏) 掖錢 chî^{n} 予 hō͘ 伊，偷 thau 掖，掖藏 chhàng ；(背) 手 chhíu 掖後 āu，狗 káu 掖尾 bóe[bé]，掖翼 sit；(暗暗) 掖塞 siap，掖貼 thiap，掖僻 phiah，掖角 kak (偏僻的地方)。

Iáp 葉 葉綠 lék 素 sò͘；(像葉子的) 花 hoe 葉 (花瓣)，單 toa^{n} 葉 (單瓣)，百 pah 葉 (重瓣)，車 chhia 葉 (輪

輻)；肺 hì 葉，心 sim 肝 koa^n 無 bô 開 khui 葉 (缺心眼)，心肝幾 kúi 若 nā 葉 (二心)；葉葉是 (多的是)，葉葉閃 sih (閃亮)，碎 chhùi 葉葉 (粉碎)；(時期) 這 chit 世 sè 紀 kí 中 tiong 葉，清 chheng 朝 tiâu 末 boȧt 葉。

Iat 謁 拜 pài 謁，謁見 kiàn/kì^n。

iat/oat 閱 閱覽 lám。

Iȧt 逸 安 an 逸。

Iȧt[Oȧt] 悅 喜 hí 悅。

閱 閱覽 lám。

iȧt 搧 搧扇 sì^n，搧風 hong，搧火 hóe[hé]；搧手 chhíu，狗 káu 仔 á 在 teh 搧尾 bóe[bé]；搧風鼓 kó·，搧帆 phâng；魚 hî 搧 (胸鰭)。

Iau 幺

妖 妖精 chi^n/chia^n，妖怪 koài；妖術 su̇t；妖嬌 kiau，妖冶 iá。

要 要求 kîu。

邀 邀請 chhéng/chhía^n。

iau 飢 腹 bak/pak 肚 tó· 飢，飢到 kȧh (餓得很)，生 chhe^n[chhi^n] 飢 (餓得慌)，飢過 kòe[kè] 飢 ki，飢鬼 kúi，飢飽 pá 吵 chhá，哭 khàu 飢；飢厘 lî (小氣)。

Iáu 夭 夭壽 sīu，夭折 chiat。

窈 窈窕 thiáu。

iáu/iá/á 还 伊还在 teh 睏 khùn，还未 boe[bē] 精 cheng 神

sîn，还有 ū 時間咧·leh，还會 ē[oē] 用 ēng/iōng 得 ·tit，还復 koh 是 sī 予 hō· 伊睏較 khah 飽 pá咧·leh 較好 hó，你还着 tio̍h 大大 tōa 用 iōng 功 kong。

Iàu 要 重 tiōng 要，主 chú 要；必 pit 要，須 su 要。

Iâu 搖 動 tōng 搖，招 chiau 搖。

遙 遙控 khòng，逍 siau 遙。

瑤

謠 歌 koa 謠；謠言 giân，謠人 lâng 的 ê 歹 phái^{n} 話 oē，勿 mài烏 o͘ 白 pe̍h 給 kā 我謠。

姚

珧 江 kang 珧珠 chu。

Iāu 耀 顯 hián 耀祖 chó͘ 公 kong。

iāu 幺 (不定代詞) 無 bô 講 kóng 無幺，亦 ia̍h 無筆 pit 亦無幺、要 boeh[beh] 怎 chái^{n} 仔 á 寫 sía？有 ū 電 tiān 腦 náu 要算 sǹg 要幺都 to 真方 hong 便 piān。

iau^{n} 喵 (貓叫聲) 貓 niau 仔 á 在 teh 喵。

ih 胰 牛 gû 胰；(蔟) 蜂 phang 胰＝蠟 la̍h 胰，一 chit 胰芎 kin 蕉 chio。

ih^{n} 營 營營 (一心一意，一味地)，營營等 tán，營營看khòa^{n}。

ih^{n} 喑 喑喑嗳嗳 a̍ih^{n} (發牢騷)，喑吼 ǹgh，喑喑閡閡 oa̍ih^{n}。

Im 音 聲 sia^{n} 音；音信 sìn；觀 koan 音。

陰 陰陽 iông；烏 o͘ 陰，陰暗 àm，陰冷 léng；陰險 hiám，陰鴆 tim/thim；陰德 tek，陰騭 chek；陰門 mn̂g，陰部 pō；陰間 kan，落 lo̍h 陰。

im 淹 淹水 chúi，淹腳 kha 目 ba̍k；淹田 chhân (淹灌水田)。

ím 飲 飲食 sit，飲料 liāu。

ìm 蔭 蔭陰 ńg (蔭涼處)，蔭影 iá^n；蔭火 hóe[hé]，蔭熄 sit；致 tì 蔭，福 hok 蔭，蔭某 bó͘ 子 kiá^n；蔭股 kó͘，蔭份 hūn；蔭豉 si^n，蔭瓜 koe 仔 á；蔭身 sin＝蔭屍 si (沒有腐爛的屍體)。

îm 淫 淫威 ui；奸 kan 淫，淫亂 loān。

In 因 原 goân 因，因端 toa^n，因么 mih 緣 iân 故 kò͘；因素 sò͘。

茵 茵陳 tîn。

姻 婚 hun 姻，姻緣 iân。

In[Un] 恩 恩情 chêng，恩人 jîn，報 pò 恩。

殷 殷切 chhiat。

慇 慇懃 khîn[khûn]。

in ⿱伊心 (他們) ⿱伊心大 tāi 家 ke；(他的，他們的) ⿱伊心厝 chhù，⿱伊心父 pē。

絪 (繞) 絪線 sòa^n，絪較 khah 緊 ân 咧·leh，絪歸 kui 絪，絪纏 tî^n (盤繞)，絪絪豆 tāu 藤 tîn 一 chit 大 tōa 拖 thoa；線 sòa^n 絪，草 chháu 絪；一 chit 絪線，兩 nn̄g 絪羊 iô͘^{n}[iû^n] 毛 mn̂g，三 sa^n 絪鹹 kiâm 菜 chhài。

衣 衣裳 chîo͘^{n}[chîu^n]。

ín 引 引𤆬 chhōa，引火 hóe[hé]，引工 khang[kang] 課 khòe[kè]，引用 iōng，引例 lē；紙 chóa 引，火引，⿰勿會 bē [bōe] 上 chīoⁿ[chīuⁿ] 引，插 chhah 一 chit 支 ki 竹 tek 仔 á 做 chò[chòe] 引。

În[Ún] 尹 (姓)

允 允 (允許，答應) 容 iông 允，允准 chún，允伊 i 三 saⁿ 日 jit 內 lāi 要 boeh[beh] 做 chò[chòe] 好 hó，給 kā 伊允；(兜攬) 允穡 sit，允頭 thâu 路 lō͘。

隱 隱身 sin 法 hoat，隱形 hêng 目鏡，隱蔽 pè，隱囥 khǹg，隱居 ki[ku]，隱忍 jím，隱衷 thiong，隱藏 chông；(密封藏著使保溫或使成熟) 隱燒 sio，隱在 tī 米 bí 缸 kng 裡·lin，隱芎 kin 蕉 chio，隱雞仔。

癮 煙 ian 癮，發 hoat 癮，過 kòe[kè] 癮，戒 kài 癮。

Ìn 印 壓 teh 印仔 á，盖 khàm 印，頓 tǹg 印，印色 sek，印泥 nî，印盒 ȧh；印刷 soat，印冊 chheh，印版 pán；印模 bô͘；印象 siōng。

ìn 應 叫 kìo 𣍐 bē[bōe] 應，應話 oē，應答 tap，賢 gâu 應嘴 chhùi (還嘴)，應聲 siaⁿ(回聲，反響)；相sio[saⁿ] 應佲 thīn (相稱)；應性 sìn (索性，乾脆) 無 bô 錢 chîⁿ 應性毋 thài 去 khì。

În 寅

În[Ûn] 云 云云。

芸

Īn 孕 懷 hoâi 孕，有 ū 身 sin 孕，受 sīu 孕，避 pī 孕，孕婦 hū。

īn 運 (回聲) 聲 siaⁿ 運倒 tò 轉 tńg 來·lai，運聲 siaⁿ，

山 soa^{n} 運起來，運來 lâi 運去 khì。

io 腰 身 sin 腰，半 pòa^{n} 腰，插 chhah 腰，俯 àn 腰，彎 oan 腰，蘇 so͘ 腰（曲背），凹 nah 腰，束 sok 腰，縲 sǹg 腰，腰脊 chiah 骨；山 soa^{n} 腰，海 hái 腰，鼻 phīⁿ 腰。

育 育囝 gín 仔 á，育飼 chhī，育大 tōa。

邀 邀人 lâng 迌 chhit[thit] 迌 thô，相 sio[sa^{n}] 招 chio 邀。

幺 幺二 jī 三 sam（一種賭博）。

ió 抭 （橫擊）抭撖 chih 腳 kha 骨 kut，抭落去。

溢 （稀薄）糜 môe[bê] 溢溢，煮 chú[chí] 了 liáu 傷sio͘^{n} [siu^{n}] 溢，激 kà 溢溢。

iô 搖 搖手 chhíu，搖尻 kha 川 chhng 花 hoe，搖擺 pái，搖泏 choah。

窯／窰 磚 chng 仔 á 窯，炕 khòng 窰。

姚 （姓）。

io͘^{n} [iu^{n}] 鴦 鴛 oan 鴦。

蠳 蜦 oan 蠳。

ió͘^{n} [iú^{n}] 舀／抭 舀水 chúi。

養 養飼 chhī；養父 pē。

礢 （一種小磚）礢仔 á，瓦 hīa 礢。

iô͘^{n}[iû^{n}] 羊 山 soa^{n} 羊，綿 mî/biân 羊，羊羔 ko；羊仔 á 目 ba̍k（兔眼），羊癇 hîn；羊膜 mo̍͘h，羊水 chúi。

洋 海 hái 洋；洋酒 chíu；南 lâm 洋；田 chhân 洋(田野)

，平 pê^n[pî^n]/pêng 洋（平原）。

蛘 蛀 chìu 蛘。

溶 雪 seh 溶了了 liáu，溶無 bô 去，溶化 hòa，溶糖 thn̂g。

熔 熔鐵 thih。

陽 半 pòa^n 陰 iam 陽。

楊 楊柳 líu，楊桃 tô。

瘍 瘍耳 hī^n[hī]。

iō͘^{n}[iū^n] 樣 模 bô͘ 樣，花 hoe 樣，樣相 siò͘^{n}[siù^n]，同 kang/siāng 一 chit 樣，各 koh/kok 樣，成 chîa^n 樣。

ioh 臆 （猜）予 hō͘ 你臆，亂 loān 臆，臆出出 chhut，臆有 ū 着 tio̍h，臆有準 chún，我臆伊會 ē[oē] 來，臆謎 bī。

約 斷 toàn 約 ioh/iok（約定）。

喲 嗳 âi 喲。

勺 （合的十分之一）。

蚼 青 chhe^n[chhi^n] 蚼（青蛙）。

溢 （含水多）肥 pûi 是 sī 肥、肉 bah 較 khah 溢，軟 nńg 溢（軟柔），水 chúi 份 hūn 多 chē[chōe]、溢溢膾 bē[boē] 堅 kian 凍 tàng。

io̍h 葯/藥 拆 thiah 藥，敆 kap 藥。

鑰 門 mn̂g 鑰，鑰門。

Iok[Iak] 約 相 sio[sa^n] 約，與 kap 人 lâng 約好 hó；合 ha̍p 約；約束 sok；節 chiat 約；大 tāi 約，約計 kè（概括地估計），約看 thòa^n 覓 māi[bāi]，量 liōng（其 kî）約，約（其）略 lio̍k，約（其）量 liōng。

Io̍k 育　生 seng 育，教 kàu 育，體 thé 育。

浴　沐 bo̍k 浴。

欲　欲求 kîu。

慾　慾望 bōng。

Io̍k[Ia̍k] 藥　芍 chiok[chiak] 藥。

躍　踴 ióng 躍。

籲　呼 hơ 籲。

Iong 癰　肺 hì 癰。

Iong[Iang] 央　（托，求）央倩 chhìaⁿ，央人寫 sía，央三saⁿ 托 thok 四 sì，（中心）中 tiong 央；（完結）未 bī 央。

殃　災 chai 殃，遭 cho 殃。

秧

鴦

Ióng 勇　勇猛 béng；（健壯）勇健 kīaⁿ，勇壯 chòng；（堅固，結實）布 pò͘ 身 sin 真勇，粗 chhơ 勇；（兵）兵 peng 勇，義 gī 勇。

蛹

踊／踴　踴躍 io̍k[ia̍k]。

擁　擁護 hō͘。

Ióng[Iáng] 氧　氧氣 khì。

養　撫 bú 養；培 pôe 養；保 pó 養；養子 chú。

Iòng[Iàng] 映

iòng 用　（做）做 chò[chòe] 一 chit 睏 khùn 用用咧·leh。

Iông 容　容納 la̍p；會 ē[oē] 容得·tit，不 m̄ 容伊·i，容情

chêng，容允 ín[ún]；面 bīn 容，容貌 māu；市 chhī容。

溶 溶解 kái。

熔 熔點 tiám。

蓉 芙 phu 蓉。

榕 榕樹 chhīu。

融 融化 hòa；融合 ha̍p；金 kim 融。

庸 平 pêng 庸，庸俗 sio̍k。

傭 女 lú 傭。

Iông[Iâng] 羊 羚 lêng 羊；羊角 kak 風 hong。

佯 佯善 siān。

洋 洋溢 ek。

陽 太 thài 陽；陽間 kan；陽具 kū，發 hoat 陽，倒 tó 陽（陽萎）。

揚 飄 phiau 揚，發 hoat 揚；揚氣 khì，不 m̄ 可 thang 傷 sioⁿ[siuⁿ] 揚氣，揚派 phài（趾高氣揚），意 ì 氣 khì 揚揚。

楊 楊柳 líu 腰 io。

瘍 潰 hòe/hùi 瘍。

颺

Iōng 用 使 sú 用；費 hùi 用；功 kong 用，不 put 中 tiòng/chiòng/chòng 用；（吃）用飯 pn̄g，用茶 tê；（做）緊 kín 用。

佣 佣金 kim。

Iōng[Iāng] 樣

養 奉 hōng 養。

Ip 揖 揖禮 lé，揖喏 jīa。

邑

箟 箟仔 á (提網)，箟蝦 hê (用提網抓蝦子)。

It 一 第 tē 一大 tōa，蓋 kài 一好 hó，蓋第一，一二 jī 十 chȧp 个 ê＝一廿 jiȧp 个；一五 ngó͘ 一十 chȧp，——，一一講 kóng 予 hō͘ 伊聽 thia^{n}；一概 khài，一味 bī，一律 lu̍t，一切 chhè；不 put 接 chiap 一。

乙 甲 kah 乙丙 pía^{n} 丁 teng；(音名)。

it 憶 憶着·tioh (思念；想要；期望)，予 hō͘ 人 lâng 憶着，有 ū 憶着伊·i，憶着錢 chî^{n}，憶着子 kía^{n} 兒 jî 會 ē [oē] 成 chîa^{n} 款 khoán。

益 益發 hoat (越發)。

İt 逸

Iu 憂 憂愁 chhîu，憂苦 khó͘，憂頭 thâu 結 kat 面 bīn，面憂憂。

優 優美 bí；優待 thāi；優伶 lêng。

幽 清 chheng 幽；幽暗 àm；幽會 hōe，幽怨 oàn，幽幽仔 á 痛 thìa^{n}；幽界 kài；幽禁 kìm。

iu 釉 過 kòe[kè] 釉的 ê 磚 chng，釉釉 (有光澤的)。

Iú 有 有限 hān/hiān，有應 èng (靈驗)。

友 朋 pêng 友；友的·e。

莠

誘 勸 khoàn 誘；引 ín 誘。

酉 酉日 jit，酉時 sî。

iú 吆 喝 hoah 吆嗬 hō（指跟從人家叫喊助威）。

Iù 幼 幼兒 jî，幼年 nî/liân；幼嫩 chíⁿ，幼芽 gê，幼肉bah；面 bīn 肉真幼，幼麵麵 mī，幼聲 siaⁿ，幼軟 nńg，幼秀 sìu，幼膩 jī；幼工 kang 夫 hu；幼屑屑 sap，幼霅霅 sa̍p，幼沙 soa，幼毛 mn̂g，幼骨 kut 仔 á（小魚刺，小骨頭），幼骨仔生 seⁿ[siⁿ]（骨格纖細），幼粒 lia̍p 物 mih；餅 píaⁿ 幼仔，土 thô͘ 炭 thòaⁿ 幼仔。

Iû 尤 尤其 kî。

由 由淺 chhián 入 jip 深 chhim，由我負 hū 責 chek，由在 chāi 你（由你），要 boeh[beh] 不 m̄ 由在你；理 lí 由；自 chū 由。

油 豆 tāu 油（醬油），油炙 chia̍h 粿 kóe[ké]（油條）；不 put 止 chí 油，油拉拉 la̍p，油奕 ia̍h（油潤煥發）；油漆 chhat，油紅 âng，復 koh 油一遍。

鈾

郵 郵票 phìo，郵寄 kìa。

游 游泳 éng。

遊 遊覽 lám；遊行 hêng。

悠 悠久 kíu。

猶 猶原 goân/oân（仍然），猶原 sī 是按 àn 尔 ne[ni]，猶如 jû（如同）；猶豫 ū[ī] 不 put 決 koat。

iû 吆 吆嗬 o。

Iū 又 吃 chia̍h 又要 boeh[beh] 吃、穡 sit 又不 m̄ 作choh，

，又復 koh 俗 siȯk、又復好 hó 看 khòa^{n}，又復再chài。

右　左 chó 右，右傾 kheng。

佑　保 pó 佑。

柚　柚仔 á，文 bûn 旦 tàn 柚。

賄　受 sīu 賄。

宥　寬 khoan 宥。

iū 酉　(夜深) 酉酉才 chiah 去 (夜深了才去)，暗 àm 酉 (深夜)，到 kàu 暗酉真靜 chēng。

[iu^{n}]→io͘^{n} 鴦 蠨

[iú^{n}]→ió·^{n} 舀／挹養礢

[iû^{n}]→iô·^{n} 羊洋蛘溶熔陽楊瘍

[iū^{n}]→iō·^{n} 樣

J

[jê]→Jôe 挼

Jêng 仍　仍舊 kīu，仍然 jiân。

jí 子　棋 kî 子，子仔 á（籌碼）；一子芎 kin 蕉 chio（一條香蕉）。

[Jí]→Jú 乳

Jî 而　而且 chhía^{n}，而已 í，不 put 而過 kò（不過），三 sam 不而時 sî（有時），姑 kơ 不而將 chiong[chiang]（不得已），而後 hō͘ 身 sin（然後）。

兒　子 kía^{n} 兒；孤 kơ 兒；健 kiān 兒；鐵 thih 錨 bâ 兒。

[Jî]→Jû 如茹俞愉逾楡儒孺蠕萸踰

Jī 二　一 it 是 sī 一，二是二，二心 sim，二比 pí（雙方，兩造），二比情 chêng 願 goān，有 ū 二步 pō͘ 七（仔 á）（有辦法，很不錯）；二四 sì（再怎麼做也……），二四款 khoán 勸 khǹg 都 to 無 bô 要 boeh[beh] 聽 thia^{n}；（二成）加 ka 二趁 thàn，二八抽 thiu；（第二）其 kî 二，尾 bóe[bé] 二指 chái^{n}，二嫂 só，二手 chhíu 貨 hòe[hè]，二婚 hun 親 chhin。

膩　油 iû 膩，肥 pûi 膩，膩骴 nn̂g，竹 tek 膩䈘 nn̂g；幼 iù 膩（細緻）；細 sè[sòe] 膩（客氣；小心，謹慎）。

餌　魚 hî 餌，釣 tìo 餌。

jī 字 文 bûn 字，字體 thé，字骨 kut，字義 gī，字眼 gán，字目 ba̍k，字劃 oe̍h[uih]，字旁 pêng，字頭 thâu，字腳 kha，字壳 khak，字畫 oē[ūi](書畫)；(字據) 借 chioh 字，胎 thai 字，賣 bē[bōe] 字，約 iok 字；八 peh[poeh] 字，字運 ūn。

[Jī]→Jū 裕喻諭

jia 遮 遮日 ji̍t，遮雨 hō͘ 傘 sòaⁿ，遮蓋 khàm，遮截 cha̍h。

Jía 惹 惹出 chhut 事 sū，惹起 khí 禍 hō 端 toan，惹 (受 sīu) 氣 khì；(觸動) 不 m̄ 可 thang 去惹伊·i；越 oa̍t 惹 (反而更加)，越惹愈 jú 遠 hn̄g。

喏 仁 jîn 喏 (女人小孩端莊文雅和藹可親) 。

jīa 喏 唱 chhìo[chhìuⁿ] 喏 (作揖) 。

jiah 迹 腳 kha 迹，血 hoeh[huih] 迹，粒 lia̍p 仔 á 迹；奇 kî 迹，神 sîn 迹，聖 sìaⁿ 迹；(地點) 這 chit 迹 (這裡)，那 hit 迹 (那裡)，何 tó 一 chit 迹(哪裡)。

蹠 腳 kha 蹠底 té[tóe]。

Jiám 染 染着 tio̍h 病 pēⁿ[pīⁿ]，傳 thoân 染；染色 sek，染料liāu。

苒 (果子醬) 。

Jiân 然 應 èng 當 tong 然，該 kai 然，然後 āu，本 pún 然，嶄 chám 然。

燃 燃燒 sio。

jiáng 冗 茹 jû 冗 (紊亂，雜亂) 。

jia̍p 廿 (←二 jī 十 cha̍p)一 it 廿个 ê，廿外 gōa (二十多)。

Jia̍t 熱 熱烘烘 hōng，熱熇熇 hoh，熱沸沸 hut，熱滾滾 kún，熱燙燙 thǹg，燒 sio 熱，發 hoat 熱，熱狂 kông，熱頭 thâu，熱賭 kiáu，熱門 mn̂g；(能引起火氣的，由火氣引起的) 麻 môa 油 iû 真 chin 熱，熱燥 sò，熱結 kat 仔 á。

Jiáu 爪 腳 kha 爪；爪牙 gâ/gê。

擾 攪 kiáu 擾，打 táⁿ 擾，擾亂 loān。

繞 繞境 kéng。

Jiàu/Jiàuⁿ 縐 縐布 pò͘，縐紗 se，縐金 kim，縐竹 tek。

jiàu/jiàuⁿ 抓 (用指甲撓) 抓破 phòa 面 bīn，抓着·tioh，抓頭 thâu 壳 khak，抓癢 chīoⁿ[chīuⁿ]；狗 káu 抓沙 soa，抓蹄 tê[tôe] (馬用前蹄刨地)；抓仔 á(竹耙子)。

Jiâu 橈 橈骨 kut。

蟯 蟯虫 thâng。

饒 豐 hong 饒；饒命 mīa。

鱙 鱙仔 á 魚 hî。

jiâu/jiâuⁿ 皺 皺皺去·khi，皺酕酕 phóe，打 phah 皺，皺痕 hûn，皺紋 sûn，面 bīn 皺，起 khí 皺 (皮 phôe [phê])；皺遍 piàn 瓷 hûi。

Jih 廿 廿一 it，廿九 káu 暝 mê[mî] (除夕)，(出 chhut) 廿裡·lin/·nih (二十日以後，下旬) 。

jih 扼 (用手往下壓，按) 扼住 tiâu，扼扁 píⁿ，扼電 tiān 鈴 lêng；(制止) 扼咧 leh 不 m̄ 予 hō͘ 伊講 kóng，強 kiông 強扼。

Jím 忍 忍受 sīu，忍耐 nāi，忍𣍐 bē[bōe] 住 tiâu，𣍐忍得·tit (忍不住)；忍心 sim，敢 káⁿ 忍心放 pàng 揀 sak 某 bó͘ 子 kíaⁿ，殘 chân 忍。

飪

Jîm 壬

任 (姓)

jîm 撏 (掏，拿) 撏錢 chîⁿ，撏腰 io 肚 tó͘，撏橐 lak 袋 tē 仔 á，撏出來。

Jīm 任 任用 iōng，擔 tam 任，就 chīu 任，信 sìn 任，放 hòng 任，責 chek 任，任你揀 kéng，任何 hô。

妊 妊娠 sin，妊婦 hū。

刃

認 認識 sek；承 sêng 認，認股 kó͘。

Jîn 人 人權 koân，人格 keh，人情 chêng，人家 ke 厝 chhu。

仁 仁義 gī，仁喏 jía (和藹斯文)；杏 hēng 仁，土thô͘ 豆 tāu 仁；目 ba̍k 睭 chiu 仁，蝦 hê 仁，卵 nn̄g 仁，蟳 chîm 仁；目鏡 kìaⁿ 仁。

jîn 齦 齒 khí 齦。

Jīn 認 𣍐 bē[bōe] 認得·tit，相 sio[saⁿ] 認，記 kì 認 (記號)，認人 lâng，認路 lō͘，無 bô 認份 hūn，認真chin；吃 chia̍h 認，信 sìn 認，認輸 su，認命 mīa

jīo 尿 放 pàng 尿，漩 soān 尿，濺 chōaⁿ 尿，滲 siàm 尿，泄 chhoah 尿，遺 chhōa/ûi 尿，吚 si 尿 (把尿)，尿衬 chū，尿帕 phè (尿布)。

jio̍h 弱 病 pēⁿ[pīⁿ] 去真 chin 弱（筋疲力盡），一 chit 年 nî 一年那 ná 弱（衰弱），軟 nńg 弱（柔軟），衫 saⁿ 穿 chhēng 到 kah 弱弱（不整潔）。

jiok[Jip] 趘／趇（追逐）追 tui 趇，趇去·khi，趇𧍉be[bōe] 着 tio̍h；四 sì 界 kòe[kè] 去趇錢 chîⁿ，趇醫 i 生 seng。

Jio̍k 肉 骨 kut 肉；肉桂 kùi。

辱 侮 bú 辱。

褥 褥仔 á，褥瘡 chhng。

弱 輭 loán 弱，衰 soe 弱。

溺 溺愛 ài。

搦 （揉，挼搓）搦土 thô͘，搦紙 chóa，搦做 chò[chòe] 一 chit 堆 tui，搦麵 mī 粉 hún（揣麵），搦鹽 iâm（用鹽拌）。

若 若干 kan；若輩 pòe。

Jióng[Jiáng] 冗 茹 jû 冗（雜亂無章；糾纏不清）。

嚷 大 tōa 聲 siaⁿ 嚷，嚷喝 hat，吵 chhá 嚷，嚷鬧nāu/lāu，相 sio[saⁿ] 嚷。

壤 土 thô͘ 壤。

Jiòng[Jiàng] 釀 釀造 chō。

Jiông 戎 戎狄 te̍k。

絨 絲 si 絨；蒜 soàn 絨；絨鴨 ah。

茸 鹿 lo̍k 茸；指 chéng[chńg] 甲 kah 茸；入 jip 茸。

Jiōng 讓 讓步 pō͘；轉 choán 讓。

[Jip]→jiok 趘/趇

Jip 入 出 chhut 入，入時 sî，入神 sîn，入實 sit (老實；可靠)；(裝) 入滾 kún 水 chúi。

Jit 日 日頭 thâu；日子 chí，日規 kui＝曆 la̍h 日；日時·si，日當時·tang-si (白天)，當 tng 頭白 pe̍h 日。

Jîu 柔 溫 un 柔，做 chò[chòe] 人 lâng 較 khah 柔；柔伊一步 pō͘ (讓他一步)。

揉 (用濕布擦) 揉身 sin 軀 khu，揉椅 í 桌 toh。

蹂 蹂躪 līn。

鰇 鰇魚 hî。

jîu 楡 雞 ke[koe] 楡。

jōa/lōa/gōa/oā 若 若多 chē[chōe] (多少)，講 kóng 着若多抵 tú 若多，看你若強 kiông，若重 tāng，無 bô 若 oā (無幾)；若仔 á 呢·nih 好 hó，若十 cha̍p 好。

joa̍h 熱 燒 sio 熱，鬱 ut 熱，熱到 ka̍h (熱得要命)，畏 ùi 熱；熱天 thiⁿ＝熱人·lang，歇 hioh 熱 (暑假)；熱着·tioh (冒暑)。

Joán 摬 (揉) 用手輕輕 khin 摬，摬予 hō͘ 散 sòaⁿ。

輭 輭弱 jio̍k。

Jôe[jê] 挼 (揉) 挼目 ba̍k 睭 chiu，挼死·si；(搓洗) 挼面 bīn 巾 kin[kun]，挼衫 saⁿ。

Jōe 銳 尖 chiam 銳；銳敏 bín；銳意 ì；銳角 kak。

睿 睿智 tì。

Jú 愈 愈來愈寒 kôaⁿ，愈較 khah 好，叫 kìo 你不 m̄ 可

thang、你愈愈要 boeh[beh]，越 oa̍t 愈，越愈醫 i 越愈傷 siong 重 tiōng。

瘉/癒 全 choân 瘉，痊 chhoan 瘉。

Jú[Jí] 乳 豆 tāu 乳；哺 pō͘ 乳類 lūi，乳名 mîa，乳香 hioⁿ[hiuⁿ]。

Jû[Jî] 如 如意 ì；如此 chhú；不 put 如；譬 phì 如；如果 kó；如來 lâi。

茹 (紊亂) 打 phah 茹，茹去·khì，代 tāi 志 chì 真茹，茹亂 loān，茹冗 jióng，茹冗冗 chhiáng，茹激激 kà，茹茹絮絮 sù，茹絮夢 bāng (種種荒唐的夢，空思妄想)，茹頭 thâu 鬖 sàm 鬼 kúi，茹念 liām (說胡話)；(纏磨，撒賴) 起 khí 茹 (撒潑)，亂 loān 茹 (胡鬧)，絞 ká 茹 (攪擾)，念 liām 茹 (嘮嘮叨叨地發牢騷纏人)。

俞 (姓)

愉 愉快 khoài。

逾

榆 榆樹 chhīu。

踰 踰越 oa̍t 節 cheh[choeh]。

儒 儒教 kàu。

孺

蠕 蠕動 tōng。

萸 茱 chu 萸。

Jū 字 字名 mîa。

Jū[Jī] 裕 富 hù 裕。

喩　譬 phì 喩，比 pí 喩。

諭　諭旨 chí。

Jūn 閏　閏年 nî，閏月 goeh[geh]，無 bô 米 bí 兼 kiam 閏月。

潤　濕 sip 潤，潦 tâm 潤，潮 chhî 潤，潤喉 âu，潤肺 hì，潤餅 $pía^n$ 鋏 kauh；潤飾 sek；利 lī 潤。

嫩　幼 iù 嫩。

jūn 靭　(跟「脆」相對) 雞 ke[ke] 母 bó[bú] 肉 bah 較 khah 靭，靭脯 pó͘，靭布布 pò͘；靭皮 phôe[phê] (執拗而賴皮)，筋 kin[kun] 靭 (頑强)。

K

Ka[ke] 佳 佳音 im，佳期 kî。

家 家庭 têng；家父 hū；專 choan 家，科 kho 學 hak 家。

加 加熱 jiat；增 chēng 加，加速 sok，加十 chap (加倍；非常)，加十鹹 kiâm，加十利 lāi (很高的利息)。

咖 咖啡 pi 館 koán，咖喱 lé 飯 pn̄g。

茄 茄苳 tang 樹 chhīu。

袈 袈裟 se。

嘉 嘉獎 chióng。

ka 給 (←給 kā 伊 i)(給以) 給說 soat 明 bêng，給借 chioh。

家 家己 tī[kī] (自己) 。

交 交易 iah (生意好)；交定 tīaⁿ (付定金)；交落 lauh (掉下)；交陰 iam，交懍 lún 損 sún (打寒噤)；交雖 chui。

茭 茭白 peh 筍 sún。

筊 筊荖 ló，筊簾 liah。

鉸 鉸刀 to；鉸衫 saⁿ，鉸頭 thâu 毛 mn̂g，鉸斷 tn̄g。

鮫 馬 bé 鮫魚 hî，鮫鱲 lah 魚。

鵁 鵁鴒 lēng。

咳 咳嗽 sàu，打 phah 咳噎 chhìu[chhìuⁿ]，着 tioh 咳嗾 chak/chauh。

該 好 hó 該哉 chāi （好在）。

蓋 蓋臉 lán/lián 趴 phak（伏臥）。

瞌 拄 tuh 瞌睡 chōe[chē]。

膠 水 chúi 膠，塑 sok 膠。

蟉 蟉蠘 choāh（蟑螂）。

圪 (小) 細 sè[sòe] 仔 á 圪聲 sian，細仔圪粒 liap 仔。

虼 虼蚤 cháu（跳蚤），虼蚤神 sîn（轉動不停）。

軥 軥轆 lak 仔 á（滑車，轆轤），軥車 chhia 藤 tîn。

傀 傀儡 lé 戲 hì，加 ka 咾 láu 傀儡(咬舌兒，含糊其詞)，傀儡 lí 嗹 liân 鑼 lô（表示還早得很）。

歸 歸團 nn̂g（整個）。

[ka]→kha 背

Ká[Ké] 假 假定 tēng，假使 sú，假設 siat，假如 jû；假借 chìa。

賈 (姓)

ká 絞 (絞，擰，勒) 螺 lō͘ 絲 si 絞，絞子 chí，絞索 soh 仔 á，絞緊 ân；(扭在一起) 絞絞做 chò[chòe] 一 chit 堆 tui，風吹相 sio[san] 絞；(搾、擠) 絞汁 chiap；(碾磨) 絞米 bí，米絞（碾米廠）；(捲起) 龍 lêng 絞水 chúi（海龍捲），絞螺 lê 仔 á 風 hong（旋風），倒 tò 絞流 lâu，絞蜘 ti 蛛 tu 絲 si；(卷進) 絞利 lī 息 sek，利 lāi 絞母 bó[bú]、母絞利，滾 kún 絞；(絞痛) 疝 kiau 絞，腹 pak 肚 tó͘ 在 teh 疝絞，疝絞痛 thìan。

攪 滾 kún 攪（鬧騰），攪吵 chhá，攪攪 lá 吵，賢 gâu 攪

人·lang。

到 (=kah)(←到 kàu 許 hiah) 到衰 soe，到戇 gōng，到賢 gâu。

ká[ké] 假 放 hòng 假，請 chhéng 假，病 pēⁿ[pīⁿ] 假，假期 kî，假條 tiâu。

kà[kè] 架 架設 siat。

駕 駕駛 sú，撥 poah 駕。

假

嫁 嫁禍 hō。

價

kà 教 教冊 chheh，教會 ē[oē] 倒 tó，教繪 be[bōe] 上chīoⁿ[chīuⁿ] 叕 chōa，教示 sī，教乖 koai。

漖 (含水分多) 煮 chú 較 khah 漖，漖咚咚 tong，湣 tâm 漖漖。

kā 給 (替，為) 給我 góa 開 khui 門 mn̂g；(向，對) 我給你講 kóng，給伊借 chioh 來予 hō͘ 我·goa；(給以) 給伊說 soat 明，給伊切 chhiat 做 chò[chòe] 兩 nn̄g 塊 tè。

咬 用 ēng 嘴 chhùi 咬，咬嘴齒 khí 根 kin[kun]，狗 káu 在 teh 相 sio[saⁿ] 咬；趁 thàn 一 chit 些 kóa 錢 chîⁿ 予 hō͘ 所 só͘ 費 hùi 咬了了 liáu；伊咬我做 chò[chòe] 左 chó 派 phài；會 ē[oē] 咬嘴；咬硬ngē[ngī] (堅持不下)。

嚻 嚻嚻滾 kún，嘰嘰 ki 嚻嚻，嗶嗶 kih/kih 嚻嚻。

ka^{n} 監 監獄 ga̍k，監牢 lô，監囚 sîu。

橄 橄欖 ná。

ká^{n} 敢 (敢于) 敢做 chò[chòe] 敢當 tng，敢死 sí，敢頑 bân；(大概) 敢是 sī，敢不 m̄ 是，敢有 ū，敢着 tio̍h 去。

到 (=kah) 到若 ná (宛如)，到若親 chhin 像 chhīo͘^{n} [chhīu^{n}] 在 teh 起 khí 狷 siáu 咧·leh。

[ká^{n}]→kía^{n} 子 金 kim 子。

kàn 酵 酵母 bó[bú]，粿 kóe[ké] 酵，發 hoat 酵，揣 chhiau 酵，酵素 sò͘。

kâ^{n} 含 (帶著) 痰 thâm 含血 hoeh[huih]，含目 ba̍k 屎 sái (含淚)，含在 chāi 內 lāi (包含在內)；(兼) 兩 lióng 頭 thâu 含 (兩頭兼顧)，含咧 leh 刻 khek 印 ìn 仔 á；交 kau 含 (參與，牽連)，與 kap 伊無 bô 交含。

擥 (懷，攏，挾) 擥倚 óa (攏近)，擥住 tiâu (攏住)，擥囝 gín 仔 á (帶小孩)，擥來擥去 (帶來帶去)，一 chit 手 chhíu 擥兩 nn̄g 奇 kha 皮 phôe[phê] 箱 sio͘^{n}[siu^{n}]，擥在 tī 胳 koh 下 ē 孔 khang，偷 thau 擥。

kān 咁 咁咁叫 kìo；臭 chhàu 咁咁。

kah 到 (達到) 頭 thâu 到尾 bóe[bé]，講 kóng 到路 lō͘ 尾 bóe[bé]，到偌 chiah 久 kú 还 iáu 未 bōe[bē] 來，無 bô 到若 jōa 暗 àm；(助詞—用在動詞或形容詞與補語之間表示所達到的結果或程度) 吃 chia̍h 到真飽 pá，痛 thìa^{n} 到要 boeh[beh] 死 sí，喝 hoah 到膾 bē[bōe] 喘 chhoán 氣 khùi，雄 hiông 到若 ná 狷 siáu 狗 káu

，到若 ná (宛如)，到若真知 chai，到許 hiah (多麼；哪有那麼) 到許衰 soe (多麼倒霉)；(表示反問) 要到若 jōa 緊 kín！到衰 soe！到有 ū (哪有)，到好，到許 hiah 好，到不 m̄ 是 sī；(連詞：要是，既然) 到有 ū、哪 ná 使 sái 着 tio̍h 給 kā 你討 thó？到若 nā 按 án 尔 ne [ni] (既然如此)。

佮 (配搭) 配 phòe 佮，佮色 sek，佮攙 chham，照 chiàu 佮，佮咧 leh 賣 bē[bōe]，有 ū 佮零 lêng 件 kīa^{n}，佮嫁 kè 粧 chng，佮着 tio̍h 人 (遇到好人)；(連詞：且) 鹹 kiâm 佮澁 siap，損 sńg 神 sîm 佮無 bô 眠bîn；(符合，合適) 佮意 ì (稱意)，佮伊 i 的 ê 意，佮嘴 chhùi (可口)，佮我的腳 kha，佮用 ēng (適用)，佮人 lâng，佮人用，佮人穿 chhēng。

鴿 斑 pan 鴿，菜 chhài 鴿。

教 (使，叫) 差 chhe 教 (差使)，強 kiông 教，教伊不 m̄ 可 thang，教伊莫 bo̍h (隨他吧，不必管他)。

蓋 蓋毯 thán 仔 á，蓋被 phōe[phē]，蓋膾 bē[bōe] 燒。

校 (校對) 校稱 chhìn，校看 khòa^{n} 有 ū 准 chún，校看有夠 kàu 重 tāng 抑 ah 無 bô；(比較) 校場 tîo͘^{n}[tîu^{n}]，校價 kè (議價)，校計 kè (計較)；(試車) 校船 chûn，校槳 chío͘^{n}[chíu^{n}] (試試槳)，校銃 chhèng。

甲 甲子 chí，花 hoe 甲，甲等 téng，甲天 thian 下 hā；(硬殼) 戰 chiàn 甲，盔 khoe 甲，指 chéng[chńg] 甲，腳 kha 甲，生 se^{n}[si^{n}] 甲邊 pi^{n}，甲箬 ha̍h，菜

chhài 甲，甲殼 khak 類 lūi，龜 ku 甲，甲魚 hî；保 pó 甲，家 ke 甲；甲聲 siaⁿ。

柙 (框) 米 bí 篩 thai 柙，簸 pòa 箕 ki 柙；甘 kam 蔗 chìa 柙，擔 tàⁿ 柙。

胛 肩 keng 胛頭 thâu，祓 phoah 胛 (披上肩上)，換 oāⁿ 胛，獻 hiàn 胛，卸 sìa 半 pòaⁿ 胛。

裨 裨仔 á (背心)。

舺 艋 báng 舺；舺舨 pán。

kah→kap 與

kah 到 (…得很)(省去補語的時態助詞) 熱 joah 到 (熱得很)，好 hó 到 (好得很)，飽 pá 到，痛 thìaⁿ 到，打 phah 拚 pìaⁿ 到。

逆 逆猷 kâiⁿ (不適)。

咭 嘰嘰 ki 咭咭。

Kai 該 該做 chò[chòe] 着 tioh 做，該得 tit，該得還 hêng 着還，該着 tioh/當 tong，該着/當去着緊 kín 去，應 eng/èng 該，合 hap 該，註 chù 該；該哉 chài (幸虧)；(指示詞) 該處 chhù，該項 hāng。

皆 草 chhó 木 bok 皆兵 peng。

偕 偕老 ló。

階 階段 tōaⁿ，階層 chàn，階級 kip；三 saⁿ 階；音 im 階。

Kái 改 改變 piàn，改途 tô͘；修 siu 改。

解 瓦 oá 解；解放 hòng；解除 tû；排 pâi 解；解說 soat

；瞭 liáu 解；小 siáu 解；解邊 pi^n (鼠蹊)，解溝kau (腹股溝)。

kái 擺 (＝$pái^n$)(次) 這 chit 擺，頂 téng 擺，有 ū 一 chit 擺。

Kài 介 介在 chāi (在于)，成 sêng 敗 pāi 介在你要boeh[beh] 努 ló͘ 力 le̍k 抑 ah 不 m̄，介意 ì，不 put 介其 kî 意 (不放在心上)，介入 jip，介紹 siāu，孤 ko͘ 介(孤僻)；介殼 khak；一 it 介。

芥 芥辣 loa̍h，芥末 boa̍h。

界 交 kau 界，地 tē[tōe] 界，境 kéng 界；世 sè 界，工 kang 商 siong 界，眼 gán 界。

戒 戒備 pī，戒嚴 giâm；戒除 tû，戒酒 chíu；戒律 lu̍t，受 sīu 戒，破 phòa 戒；戒子 chí。

誡 十 sip/cha̍p 誡。

屆 本 pún 屆；屆滿 móa/boán。

蓋 (建築) 起 khí 蓋，翻 hoan 蓋；鋪 pho͘ 蓋 (被褥)；(超過，壓倒) 蓋世 sè (間 kan)，蓋世 sè 界 kài 第 tē 一 it，蓋 (倒 tó) 台灣上 siōng 好額 gia̍h；(最，極其) 蓋 (第 tē) 一 it 好 hó，蓋(一)大 tōa，上 siōng 蓋美 súi，蓋成 sêng (很像)；(塗上) 蓋蠟 la̍h，蓋色 sek，蓋面 bīn (塗上表面)；蓋章 chiong，蓋關 koan 防 hông；蓋然 jiân 性 sèng。

丐

鈣 鈣質 chit。

解　起 khí 解，解送 sàng。

廨　公 kong 廨。

kài 槩　米 bí 槩，斗 táu 槩，槩仔 á；(刮平) 槩米 bí；(整平) 槩田 chhân，槩予 hơ 平 pêⁿ[pîⁿ]；(划格) 槩格 keh 仔 á，槩尺 chhioh (規尺)。

kaiⁿ 喈　(狗發哀鳴聲) 狗 káu 仔 á 子 kiáⁿ 在 teh 喈，喈喈叫 kìo。

kâiⁿ 猷　逆 kȧh 猷 (不適，不爽)，目 bȧk 睭 chiu 反 péng 白 pėh 猷 (翻白眼)。

Kak 覺　感 kám 覺；發 hoat 覺，失 sit 覺察 chhat (疏忽)，覺悟 gō͘/ngō͘，覺醒 chhéⁿ[chhíⁿ]。

角　牛 gû 角；菱 lêng 角；號 hō 角，哨 sàu 角；桌 toh 角，壁 piah 角，吊 tiàu 角，斡 oat 角，轉 tńg 角；角落 lȯh，那 hit 角勢 sì，極 kėk 角 (極點，盡頭)，到 kàu 角；角度 tō͘，四 sì 角，角糖 thn̂g；(塊，破片) 磚 chng 仔 á 角，缺 khih 角；銀 gîn[gûn] 角仔，散 sòaⁿ 角 (零錢)；(角色) 角色 sek，主 chú 角，配 phòe[phè] 角；(鬥爭)角逐 tiȯk，角鬥 tò͘，□khó͘ 角，加 ke 角 (爭吵)。

桷　桷仔 á，桷枝 ki (椽子)，楹 êⁿ[îⁿ] 桷。

鵤　雞 ke[koe] 鵤，鴨 ah 鵤。

kȧk 咯　(扔) 咯出去，抰 hiat 咯，放 pàng 抰咯，討 thó 咯 (扔掉)，擲 tàn 討咯，抾 khioh 咯 (垮，成廢物)。

咭　嘰嘰 ki 咭咭。

Kam 甘 苦 khó͘ 甘；甘願 goān，甘休 hiu；(愛惜) 子 kíaⁿ 甘；(捨得) 甘吃 chiȧh，甘開 khai，甘用 ēng。

柑 柑仔 á，桶 tháng 柑，椪 phòng 柑。

疳 疳積 chek。

監 監督 tok；(兼顧，照料) 替 tè[thòe] 人 lâng 監囝 gín 仔 á，監在 tī 身 sin 邊 piⁿ，店 tiàm 裡·lin 且 chhíaⁿ 給 kā 我監咧·leh；(補强) 插 chhah 竹 tek 仔給 ka 監咧 leh 不 m̄ 可 thang 予 hơ 倒 tó。

Kám 感 感覺 kak；感動 tōng；感情 chêng；感着·tioh，感冒 mō͘。

敢 勇 ióng 敢；(用在疑問句裡加强語氣) 你敢有 ū 同tông 意 ì？你敢知 chai 影 iáⁿ 伊是什么人？；(用在反問句裡加强語氣) 若 jōa 好 hó 你敢知，敢會 ē[oē] 好，敢不 m̄ 是 sī，敢講 kóng 你不知，敢使 sái (何必)，敢使着按 án 尔 ne[ni]；敢采 chhái (萬一，或許)，敢采伊若 nā 無 bô 來，敢采會 ē[oē] 落 lȯh 雨 hō͘ 。

箴 箴仔 á，桌 toh 箴；箴仔店 tiàm (雜貨店) 。

簀 簀頭 thâu (喪服頭蓋)，麻 môa 簀。

橄 橄欖 lám。

臟 臟肚 tó͘ (船舷；動物的側腹)，臟肚肉 bah (軟肋肉)。

Kàm 監 監視 sī，監工 kang；太 thài 監。

艦 戰 chiàn 艦。

鑑 鑑定 tēng；寶 pó 鑑。

鑒 台 tâi 鑒。

kâm 含 (東西放在嘴裡) 含水 chúi，含奶 ni[lin]，含唇 tûn；講 kóng 話 oē 含涎 nōa，含血 hoeh[huih] 噀 bū 天 thi^n，話含在 tī 嘴 chhùi 內 lāi；金 kim 含 (糖球)；(交搭) 相 sio[sa^n] 含。

Kan 干 無 bô 相 siong 干，干連 liân，干涉 siap，干證chèng (作證)，偽 gūi 干證，硬 ngē[ngī] 干證，干休 hiu，不 m̄ 放 pàng 伊干休；干戈 ko；干支 chi；干貝 pòe；干樂 lo̍k (陀螺)；(只，硬) 我干要 boeh[beh] 看khòa^n (我怎麼也要看)，伊干不 m̄ 還 hêng，干仔 á (硬是，無論如何也要)，干干仔，無 bô 愛 ài 予 hō͘ 伊、伊干干仔要，干乾 ta/na (只，僅僅，只不過)，看 khòa^n 有 ū 吃 chia̍h 無 bô 干乾癮 giàn；(沒有攙雜其他東西的)干漆 chhat (清漆)，干灰 hoe[he]，干颱 thai (不帶雨的颱風)，干炒 chhá (炒而不放油)，干趁 thàn (無本萬利)，干可 thang (很可以)，干乾 ta (不摻水，純粹的)，干乾豆 tāu 油 iû。

乾 乾杯 poe，乾燥 sò；乾嘔 áu，乾嗽 sàu。

奸 奸詐 chà，奸雄 hiông；奸細 sè。

杆 欄 lân 杆。

矸 (瓶子) 花 hoe 矸，酒 chíu 矸。

肝 肝胗 lêng，肝花 hoe (豬肝) 。

姦 姦淫 îm。

間 世 sè 間，時 sî 間，中 tiong 間。

艱 艱苦 khó͘，艱難 lân。

kan 橄 橄欖 ná。

曾 曾仔 á 孫 sun。

Kán 簡 簡單 tan；簡慢 bān；簡直 tit。

嫺 查 cha 某 bó͘ 嫺。

柬 柬帖 thiap。

Kàn 幹 幹部 pō͘；才 châi 幹；幹辦 pān；相 sio[saⁿ] 幹（交媾），幹撟 kiāu（惡言罵人）。

間 間斷 tn̄g/toān，間接 chiap；間諜 tia̍p，反 hoán 間。

蠲 蠲仔 á 鮭 kê[kôe]。

諫 諫諍 chèng。

Kang 江 江山 san，江湖 ô͘，走 cháu 江湖，行 kîaⁿ 江湖的·e，江湖嘴 chhùi，做 chò[chòe] 事 sū 不 put 止 chí 江湖，江珧 iâu 珠 chu（干貝）；江南 lâm。

kang 工 勞 lô 工；做 chò[chòe] 工，拖 thoa 工，手 chhíu 工，工藝 gē[gōe]；（勞力，工夫）厚 kāu 工，加 ke 了 liáu 工，省 séng 工，撥 poah 工，特 tiau 工（特地，故意），閑 êng 工（空閑時間）；工程 tîaⁿ，動 tāng 工，完 oân 工；工業 gia̍p，化 hòa 工；（日）幾 kúi 工；工夫 hu（技術，本領；仔細，周到）學 o̍h 工夫，做 chò[chòe] 了 liáu 真 chin 工夫，唱chhìo[chhìuⁿ] 工。

功 氣 khì 功，功夫 hu（本領，造詣）。

公 公的·e，狗 káu 公，公花 hoe（雄花）。

蚣 蜈 gîa 蚣。

鮶 鮶魚。

崗 站 chàn 崗，竪 khīa 崗。

[kang]→khang 工

Káng 講 演 ián 講，開 khai 講；講價 kè；講究 kìu；(表示達到) 講千 chheng 講萬 bān (成千上萬)，講世 sì 人 lâng (終生)。

港 港口 kháu；(河流) 港墘 kîⁿ (河邊)，港心 sim (中流)，港埔 pơ (河灘)，港風 hong (河風)；(香港) 港票 phìo；正 chìaⁿ 港的·e (正船來品)；(量詞) 一 chit 港風 hong，大 tōa 港水 chúi。

犺 (公) 牛 gû 犺，羊 iôⁿ[iûⁿ] 犺。

Kàng 降 降低 kē，降格 keh；(怒目而視) 目 bák 睭 chiu 降一下·chit-e。

kâng 夆 (←給 kā 人 lâng)；夆打 phah，你免 bián 夆管 koán。

同 相 sio[saⁿ] 同，無 bô 同。

kāng 同 (相同) 同人 lâng，同 (一 chit) 款 khoán，同父 pē，同伴 phōaⁿ，同名 mîa，同歲 hòe[hè]。

共 鬥 tàu 相 sio[saⁿ] 共 (幫助)；(擺弄；惹) 勿 mài 去共伊·i。

Kap 甲 甲板 pán。

舺 舺板船 chûn。

合 一 chit 合米 bí。

蛤 田 chhân 蛤仔 á (青蛙)，蛤古 kó͘ (大青蛙)，蛤乖 koai (蝌蚪)；(蛤蚌) 蛤類 lūi，蛤蜊 lâ (文蛤)。

敆 (合) 敆倚 oá (合在一起，接上，縫上，訂上)，敆起來，敆簿 phō͘ 仔 á，敆做 chò[chòe] 一 chit 本 pún，敆藥 io̍h (配藥)，敆攙 chham，敆味 bī (調味)，做敆作 choh，敆嘴 chhùi，敆紋 sûn，敆痕 hûn，敆叕 chōa，敆縫 phāng，敆框 kheng (鑲框)，敆裡 lí (掛衣服裡子)，敆房 pâng (入洞房)，敆孔 khang (搗鬼)；(沖) 海 hái 湧 éng敆倚 oá 來·lai，予 hō͘ 海湧敆去·khi。

鴿 菜 chhài 鴿，鴿櫥 tû，鴿鈴 lêng，鴿瓏 long。

kap 與 你 lí 與我 góa，紙 chóa 與筆 pit；與伊 i 好 hó，與伊參 chham 詳 siông；相 sio[saⁿ] 與 (共同，一起)，相與住 tòa，相與米 bí 煮 chú 有 ū 飯 pn̄g；(帶著，照管) 與細 sè[sòe] 漢 hàn 囝 gín 仔 á 咧·leh。

ka̍p 欱 (狼吞虎嚥) 大 tōa 嘴 chhùi 給 ka 欱落去；水 chúi 湧 éng 欱倚 oá 來·lai；欱欱叫 kìo (嘀嘀咕咕叫)，做 chò[chòe] 代 tāi 志 chì 真欱 (磨磨蹭蹭)，目 ba̍k 色 sek 真欱 (差勁)；軟 nńg 欱欱；(稠) 糜 môe[bê] 真欱 (粥很稠)，欱濁濁 lô (稠糊)；欱吃 chia̍h (構造堅固妥帖)，這塊 tè 桌 toh 仔做了 liáu 真欱吃。

Kat 割 割愛 ài。

葛 瓜 koa 葛，交 kau 葛 (牽連)，糾 kìu 葛 (糾纏不清)。

kat 結 (結子) 打 phah 結，結仔 á，結頭 thâu，活 oa̍h 結，死 sí 結，(查 cha) 某 bó͘ 結 (鬆的結)，敨 tháu 結，糾 kìu 結，打結球 kîu；熱 jia̍t 結仔 á (痱)；(打結，紮，繫) 結花 hoe，結紅 âng，結牌 pâi 仔 á，結住

tiâu，結下 hē；結契 khè[khòe] 約 iok（立合同），結定 tīaⁿ（決定）；憂 iu 頭 thâu 結面 bīn，目 ba̍k 頭 thâu 結結；（搭）結壇 tôaⁿ，結彩 chhái 樓 lâu。

墼 土 thô͘ 墼（土坯），土墼厝 chhù。

Kau 交 （交往）交朋 pêng 友 iú，交陪 pôe，交聊 liâu（交往）；（交媾）性 sèng交；（互相）交換 oāⁿ，交關 koan（交易，買賣），交涉 sia̍p；（交叉）交戰 chiàn，交手chhíu，交頭 thâu 接 chiap 耳 hīⁿ/ní；（轉移）交予 hō͘ 你，交學 ha̍k 費 hùi，交清 chheng，交代 tāi/tài，會 ē [oē] 交仗 tiōng 得·tit（可倚仗的），交托 thok；（相接連）交界 kài；（到）交春 chhun，交好 hó 運 ūn；（一齊）百 pek 感 kám 交集 chi̍p，風 hong 雪 soat 交加 ka。

郊 郊外 gōa，市 chhī 郊；行 hâng 郊。

蛟 起 khí 蛟龍 lêng。

kau 勾 （畫出鉤形符號）勾銷 siau，勾股 kó͘（以表示文章的段落），勾點 tiám，勾破 phòa（圈點），落 làu 勾（漏掉）；（招引）勾引 ín；（結合）勾結 kiat，勾通 thong；勾當 tàng。

鉤 鉤仔 á，稱 chhìn 鉤，耳 hīⁿ[hī] 鉤；鉤倚 oá，鉤出來，倒 tò 鉤；鉤繃 peⁿ[piⁿ]（找碴）。

溝 水 chúi 溝，暗 àm 溝，溝頷 âm，圳 chùn 溝，壕 hô 溝，溝隙 khiah；溪 khe[khoe] 溝（溪澗），山 soaⁿ 溝（山澗），坑 kheⁿ[khiⁿ] 溝；田 chhân 溝，番 han 薯

chû[chî] 溝，瓦 hīa 溝。

高 高興 hèng/hìn，高梁 liâng。

Káu 狡 狡怪 koài，狡詐 chà，狡猾 ku̍t。

káu 九 廿 jih 九暝 mê[mî]。

狗 狗仔，鬍 hô͘ 獅 sai 狗（哈巴狗），獵 la̍h 狗，狷siáu 狗（瘋狗），狗公 kang，狗母 bó[bú]；走 cháu 狗，譀 hàm 狗，風 hong 流 lîu 狗，狗兄 hia^n 狗弟 tī，狗奴 lô͘ 才 châi，烏 o͘ 狗；狗蟻 hīa（螞蟻）。

口 啞 é 口（啞巴），大 tōa 舌 chih 口（口吃），逆 ke̍h 口（不通順），口逆（不和；不順口），厝 chhù 內 lāi 不 put 時 sî 在 teh 口逆，口搭 khê（不和，反目）與 kap 人 lâng 口搭。

垢 油 iû 垢，垢圿 koeh 銹 sian（身上的污垢）。

Kàu 教 教導 tō，教育 io̍k；宗 chong 教。

較 比 pí 較，計 kè 較；考 khó 較。

校 校正 chèng/chìa^n，校訂 tèng；校勘 khàm（規規矩矩，一絲不苟）；上 chīo͘^{n}[chīu^n] 京 kia^n 考 khó 校。

kàu 到 （達到）到塊 tè，到位 ūi，到今 ta^n（到現在），到時sî，到尾 bóe[bé]（最後），到坎 khám（到極點，到終點），到水 chúi（正當時），到分 hun（水果正適于吃），想 sīo͘^{n}[sīu^n] 𣍐 bē[bōe] 到，致 tì 到（以致）。

夠 （足夠）有 ū 夠結 kiat 實 sit，無 bô 夠資 chu 格keh，夠額 gia̍h，夠氣 khùi（足夠，夠勁兒，夠受的），夠重 tāng，夠值 ta̍t，夠禮 lé（禮貌十足），夠用 ēng，夠工 kang (夠精細，非常仔細)，吃 chiȧh 我真夠 (欺人太甚)。

kâu 猴 猴山 san 呵·a；猴面 bīn，猴腳 kha 猴手 chhíu，猴神 sîn，猴相 siàng，着 tiȯh 猴；變 pì^{n} 猴弄 lāng，搬 poa^{n} 猴戲 hì；老 lāu 猴，山 soa^{n} 內 lāi 猴，猴囝 gín 仔 á；(掮客) 茶 tê 猴，牽 khan 猴；掠 liȧh 猴；吊 tiàu 猴；草 chháu 猴 (螳螂)；(骰子的點) 鬥 tàu 猴，六 lȧk 猴。

kāu 厚 厚紙 chóa；厚酒 chíu；厚話 oē (饒舌)，厚工 kang (費事)，厚禮 lé，厚事 sū 路 lō͘，厚行 hēng (花招多)，厚操 chhau 煩 hoân。

kauh 匧 (不透風而腐敗) 匧汗 kōa^{n}，匧肥 pûi (堆肥)，匧歹 pháiⁿ 去·khi。

䬶 潤 jūn 餅 pía^{n} 䬶；䬶潤餅，䬶檳 pun[pin] 榔 nn̂g；䬶草 chháu 蓆 chhiȯh，予 hō͘ 海 hái 湧 éng 䬶去。

軋 (碾) 予 hō͘ 車 chhia 軋着·tioh，軋攕 chih 腳 kha 骨 kut。

kȧuh 哠 (嘀咕) 嘰嘰 ki 哠哠，不 put 時 sî 在 teh 哠，哠哠念 liām，哠哠叫 kìo，哠哠哺 pō͘；(不停地) 哠哠趖 sô，哠哠亘 soan，哠哠擟 lìn。

Ke 閨 閨秀 sìu。

嗘 打 phah 咯 kȯk 嗘 (咯咯叫)。

Ke[koe] 街 街仔 á，街市 chhī，街路 lō͘，走 cháu 街仔 (江湖郎中)。

雞　土 thó͘ 雞，鵤 chhio 雞，閹 iam 雞，火 hóe[hé] 雞，雉 khī/thī/tī 雞，雞母 bó[bú]，雞鵤 kak，雞健 nōa 仔 á，雞桃 tho 仔，雞胿 kui，雞腱 kiān，雞髻 kòe [kè]，臭頭 thâu 雞仔(衆矢之的，比喻大家攻擊的對象)；水 súi 雞。

ke　加　(多加) 加減 kiám，加人 lâng，加添 thiⁿ/thiam；(多) 加我三歲 hòe[hè]，加開 khai 錢，上 siōng 加 (最多)，較 khah 加 (再多；怪不得)，較加一 chit 百 pah，較加嗎 mā 死 sí；(多餘的) 加講 kóng 話，加工 kang (多費工夫)。

家　(家庭) 按 hōaⁿ 家，理 lí 家，家家戶戶 hō͘，家事 sū，家後 āu，家婆 pô (管家婆；多管閑事)，家伙hóe[hé] (財產；家族)，家伙開 khai 了了 liáu，歸 kui 家伙仔 á 攏 lóng 來啦·lah；(姻親) 親 chhin 家，乾 ta 家，家官 koaⁿ；(老板) 頭 thâu 家，行 hâng 家；少 siáu 年 liân 家；大 tȧk/tāi 家，公 kong 家 (共有，平分)，冤 oan 家 (吵架)。

傢　傢私 si (器具；家具；武器；陽物)

ké　假　假映 iàⁿ (假的)，假包 pâu (偽造的)，假賢 gâu，假無 bô 意 ì，假孔 khang (作假)，假仙 sian。

ké[kóe] 改　改名 mîa 換 oāⁿ 姓 sèⁿ[sìⁿ]，改文 bûn 章 chioⁿ [chiuⁿ]，改衫 saⁿ，改揀 sak (改掉)。

解　解說 soeh[seh]；解毒 tȯk，解酒 chíu，解願 goān。

[ké]→kóe 果粿碕

kè 計 計算 sǹg；計量 liōng；計較 kàu；計策 chhek，計劃 oē/ėk/hėk，計智 tì；(統統) 計予 hō͘ 你·li，計好 hó，計是按 án 尔 ne[ni]，計計 kè/ê，家 ke 事 sū 計計伊在 teh 發 hoȧt 落 lȯh。

繼 繼續 siȯk，繼承 sêng。

kè 嫁 出 chhut 嫁，嫁尪 ang，嫁粧 chng，送 sàng 嫁，娶 chhōa 嫁。

價 價賬 siàu，價數 sò͘，價錢 chîⁿ，價值 tȧt。

架 架仔 á (架子；攤子)，衫 saⁿ 仔 á 架，十 sip 字 jī 架。

芥 芥藍 nâ 仔 á 菜 chhài。

假 放 pàng 假。

kè[kòe] 疥 生 seⁿ[siⁿ] 疥，疥癬 sián。

[kè]→kòe 界過髻

kê 枷 抬 gîa 枷 (比喻添麻煩)，卸 sìa 枷。

搭 魚刺 chhì 搭着 tiȯh 嚨 nâ 喉 âu，代 tāi 志 chì 搭咧·leh，搭乖 koāi (有東西卡住；堵住；不和，反目)；用竹 tek 刺 chhì 搭竹圍 ûi 孔 khang；相 sio[saⁿ] 搭，對 tùi 搭，搭孔 khang。

kê[kôe] 鮭 (腌漬的海味) 鹹 kiâm 鮭，珠 chu 螺 lê 鮭，豉 sīⁿ 鮭。

kē 低 高 koân 低，低水 chúi 的 ê 所 só͘ 在 chāi (地面低的地方)，低音 im，低氣 khì 壓 ap，低輩 pòe，低金 kim。

家 大 tāi/tȧk 家。

kē [kōe] 快 (快，容易) 雨 hō͘ 來 lâi 天 thiⁿ 較 khah 快暗 àm，等 tán 人 lâng 快老 lāu。

keⁿ [kiⁿ] 羹/焿 魚 hî 羹，肉 bah 羹，牽 khan 羹 (勾芡)。

庚 貴 kùi 庚。

更 更深 chhim，三 saⁿ 更半 pòaⁿ 暝 mê[mî]，守 síu/chíu 更，顧 kò͘ 更。

經 經緯 hūi，羅 lô 經；(紡、織、編) 經布 pò͘ (織布)，經蜘 ti 蛛 tu 絲 si，經話 oē (到處傳閒話)；(纏上，繞上) 風 hong 吹 chhoe[chhe] 線 sòaⁿ 經在 tī 電 tiān 火 hóe[hé] 柱 thiāu；(糾纏)經腳 kha 經手 chhíu，經膾 bē[bōe] 直 tit，經經絆絆 pòaⁿ。

驚 驚蟄 tit。

kéⁿ 哽 (東西卡在喉嚨裡) 哽着·tio̍h，吃 chia̍h 到 kah 去哽着，哽胿 kui (噎喉)。

kéⁿ [kíⁿ] 耞 耞仔 á，連 liān 耞。

kèⁿ [kìⁿ] 桱 算 sǹg 盤 pôaⁿ 桱 (算盤柱)，頭 thâu 桱 (算盤的頭一柱)，打 phah 頭桱的·e (頂好的)，頭桱司 sai 仔 á (最好的徒弟)；車輪 lûn 桱 (輪輻)。

keh 垎 (下層土，底土) 垎土 thô͘，土垎，田 chhân 垎，犁 lê [lôe] 到 kah 見 kìⁿ 田垎，石 chio̍h 垎地 tē[tôe] (下層是石頭的土地)。

格 (格子) 格仔 á，格仔紙 chóa，頂 téng 格，下 ē 格，直 tit 格，橫 hoâiⁿ 格；(層，格) 籃 nâ 格，籠 lâng 牀 sn̂g 格；(打格) 格格仔，格叕 chōa (畫線)；(格式)

規 kui 格，體 thé 格，骨 kut 格，品 phín 格，破 phòa 格(命數有缺點；不吉利)；(推究) 格羅 lô 經 ke^n [ki^n]。

搭 (擋開) 用手 chhíu 給 ka 搭開 khui，搭手，遮 jia 搭。

嗝 嗝嗝叫 kìo。

隔 隔開 khui，隔斷 tn̄g，隔做 chò[chòe] 兩 nn̄g 間 keng；(相隔) 隔一个山 soa^n，隔河 hô，隔兩 nn̄g 暝mê[mî]，隔代 tāi遺 ûi 傳 thoân，與 kap 伊相 sio[sa^n] 隔界 kài；隔壁 piah，隔腹 pak 兄 hia^n 弟 tī；(翌) 隔暝 mê[mî]，隔早 chái 起 khí，隔明 bîn 仔 á 再 chài，隔 (轉 tńg) 日 jit，隔轉年 nî。

膈 胸 heng 膈 (胸膛)，胸坎 khám 膈，横 $hoâi^n$ 膈膜mo͘h。

蕩 蕩藍 nâ 菜 chhài。

keh[koeh] 鍥 草 chháu 鍥仔 á。

[keh]→koeh 郭蕨

kėh 逆 (違抗) 相 sio[sa^n] 逆，對 tùi 逆，逆伊獪 bē[bōe] 過 kòe[kè]，逆獪得 tit 過，口 káu 逆 (口角)，横 $hoâi^n$ 逆序 sī 大 tōa 人 lâng；逆癖 phiah (脾氣犟)，逆犟 $kīo^n$[$kīu^n$] (嘴硬不聽話)，逆乖 koai (違拗)；(不順) 逆笱 kô (不對勁，不自然)，逆手 chhíu (礙手)，逆耳 $hī^n$[hī]，逆目 bak，逆口 káu，嚨 nâ 喉 âu 逆逆，横横逆逆 (横七豎八)。

$kėh^n$ 㖷 㖷落去，予 hō͘ 雷 lûi 公 kong 㖷死·si，嘩 kih^n 嘩㖷㖷。

Kek 革 改 kái 革；革出去，革職 chit。

格 格外 gōa，格言 giân；(推究) 格理 lí 氣 khì，格理梳 phòe[phè]，格情 chêng 理，格理，土 thó͘ 格 (通俗的推測)，予 hō͘ 人 lâng 格𣍐 bē[bōe] 到 kàu，格算 sǹg (盤算)；(打)格殺 sat，格鬥 tò；(隔開)格做chò[chòe] 兩 nn̄g 間 keng；(裝上) 格窗 thang 仔 á，格死 sí(固定不能卸下來)；(裝潢) 格去真幽 iu 雅 ngá。

激 激烈 lia̍t；刺 chhì 激，激予 hơ 受 sīu 氣 khì，予 hō͘ 人 lâng 激着·tioh，創 chhòng 話 oē 相 sīo[saⁿ] 激；感 kám 激；(使變成) 激水 chúi，激冰 peng，激歸 kui 角 kak (結成塊)，激雨 hō͘，激酒 chíu，激膿lâng；(嗆著) 激火 hóe[hé] 燻 hun (嗆著煙)，激到 kah 無 bô 氣 khùi，激死·si；(憋) 激氣 khùi，激心 sim，激力 la̍t，激頷 ām 頸 kún 筋 kin[kun] 在 teh 講 kóng，激尿 jīo，激住 tiâu (堵住)，激血 hoeh[huih] (淤血)，激奶 ni[lin/leng] (乳房發脹)，激破 phòa(脹破)，激破雞 ke[koe] 胿 kui；(作態)激派 phài 頭 thâu，激一个氣 khùi (擺個架子)，激屎 saí，激皮 phî，激行 hēng，激外外 gōa，激不 m̄ 知 chai，激恬 tiām (不作聲)；(耽于) 激迌 chhit[thit] 迌 thô，激身 sin 穿 chhēng。

擊 打 táⁿ 擊，攻 kong 擊。

隔 隔坎 khám (彼此不和)，與 kap 伊隔坎。

膈

戟

[kek]→Kiok 菊

Kėk 極 (最，非常) 極好 hó，極重 tiōng 要 iàu，極其 kî，極加 ke (充其量，頂多)；(盡頭) 極點 tiám，極頭 thâu，極斗 táu，極門 mn̂g，極坎 khám，極步 pō͘。

kėk 劇 劇本 pún，劇場 tîo^{n}[tîu^{n}]，劇情 chêng；劇烈 liȧt，劇藥 iȯh。

局 棋 kî 局；總 chóng 局。

Keng 更 變 piàn 更，更改 kái，更生 seng。

庚 貴 kùi 庚。

經 經過 kòe[kè]，經手 chhíu；經營 êng；經常 siông；經緯 hūi；經絡 lȯk，神 sîn 經；經典 tián，五 ngó͘ 經，佛 pu̇t/hu̇t 經，聖 sèng 經，正 chèng 經，離 lī 經；月 goėh[gėh] 經，行 kîa^{n} 經；(測量) 經看 khòa^{n} 有幾 kúi 斗 táu。

耕 耕作 choh，耕田 chhân；舌 siȧt 耕。

矜 矜持 chhî。

京

鯨 鯨魚 hî。

驚 驚異 ī。

兢

荊 紫 chí 荊花 hoe。

莖 水 chúi 仙 sian 花 hoe 莖；一莖芎 kin 蕉 chio。

keng 肩 肩胛 kah 頭 thâu，相 sio[sa^{n}] 袚 phoȧh 肩，換 oā^{n}

肩，卸 sìa 肩，挽 bán 肩（端肩膀），扡 thèh 肩（聳肩），涶 sōe[sē] 肩，削 siah 肩（雙肩下垂）。

間 房 pâng 間，間隔 keh；牛 gû 奶 ni 間，棧 chàn 間。

宮 宮殿 tiān；正 chìa^n 宮，偏 phian 宮，冷 léng 宮；宮廟 bīo；子 chú 宮。

弓 弓箭 chì^n，挽 bán 弓，扳 pan 弓；琴 khîm 弓，樹 chhīu 奶 ni 弓（橡皮彈弓）；（撐，使張開）弓布 pò͘ 篷 phâng，弓予 hō͘ 伊緊 ân，弓破 phòa 袋 tē 仔 á，弓開 khui；衫 sa^n 仔弓（衣架）；（闊步）弓腳 kha，大 tōa 步 pō͘ 弓（邁大步），硬 ngē[ngī] 弓去（使勁趕上去）；（使變大）弓豬 ti，弓予 hơ 肥 pûi，弓大 tōa。

芎 芎蕉 chio。

供 口 kháu 供，認 jīn 供，反 hoán 供，套 thò 供，串 chhòan 供；（供攀）予 hō͘ 人供着·tioh，供枉 óng 無 bô 供黨 tóng；供體 thé[thóe]（把人家比作另外一個樣子或他物），供體譬 phì 相 sìơ^n[sìu^n]，供體慢 bān 辱 jiȯk。

冥 冥衣 i 紙 chóa 錢 chî^n（冥衣冥鈔）。

Kéng **景** 景致 tì，風 hong 景，光 kong 景，夜 iā 景；景況 hóng，景遇 gū，背 pōe 景，尾 bóe[bé] 景；布 pò͘ 景，外 gōa 景；（玩意兒）創 chhòng 景（捉弄），變 pì^n 景（耍花招，搗鬼），設 siat 景（耍弄花樣；哄騙），真有景（很有趣）；（佩服）景慕 bō͘，景仰 gióng。

憬

境　境界 kài；全 choân 境，境內 lāi；境況 hóng，境遇 gū，處 chhù 境。

警　警戒 kài，警察 chhat；警覺 kak；警報 pò。

梗　桔 kiat 梗。

kéng 揀　(挑選) 揀東 tang 揀西 sai；賢 gâu 揀吃 chiah，揀剩 chhun 的·e，揀選 soán 人 jîn 才 châi。

襉　(褶子) 衫 saⁿ 仔 á 襉，百 pah 襉裙 kûn，抾 khioh 襉，目 bak 眉 bâi 頭 thâu 抾襉，打 phah 襉，目睭 chiu 頭打襉，攝 liap 襉，面 bīn 攝襉。

筧　水 chúi 筧，簾 nî 簷 chîⁿ 筧。

繭　蠶 chhâm 繭，娘 nîơ[nîu] 仔 á 繭。

龔　(姓)。

Kèng 更　更較 khah，更復 koh 較，更加 ka，更加困 khùn 難lân。

敬　尊 chun 敬；恭 kiong 敬；敬酒 chíu。

竟　究 kìu 竟，畢 pit 竟，竟然 jiân。

徑　路 lō͘ 徑，田 tiân 徑賽 sài；行 hêng 徑；直 tit 徑，半 pòaⁿ 徑，口 kháu 徑，內 lāi 徑。

kèng 供　(上供) 拜 pài 供，孝 hàu 供，供佛 pu̍t，供神 sîn；(供品) 供物 mih，供碗 oáⁿ，排 pâi 供碗，菜 chhài 供，辦 pān 供。

競　競選 soán，競馬 bé/má，競賽 sài。

kêng 窮　較 khah 窮死 sí 人 lâng，窮散 sàn，窮赤 chhiah，窮苦 khó͘，窮鬼 kúi。

Kēng 競　競爭 cheng。

勁 (支撐，抵住) 用棍 kùn 仔 á 給 ka 勁咧·leh，勁住 tiâu，勁倚 oá，相 sio[sa^{n}] 勁，鬥 tàu 勁，勁予 hơ 在 chāi，勁高 koân；(接濟) 勁些 kóa 錢 chî^{n} 予 hō͘ 伊，糊 kô͘ 勁 (賑濟) 。

脛 脛骨 kut。

頸 頸椎 chui 骨。

梗 桔 kiat 梗。

Ki 肌 肌膚 hu，無 bô 肌膚，漸 chiām 有 ū 肌膚，肌香 hio^{n} [hiu^{n}] 小 sío 細 sè[sòe] (身材瘦小) 。

飢 飢荒 hng，飢餓 gō。

幾 無 bû 幾。

機 機器 khì，機械 hâi，機關 koan；飛 hui 機；機要 iàu，機密 bit，心 sim 機，投 tâu 機；機會 hōe，時 sî 機；機巧 khiáu，機竅 khiàu，機變 piàn，機敏 bín。

譏 譏刺 chhì。

畿 京 kia^{n} 畿。

基 地 tē[tōe] 基，根 kin[kun] 基，開 khai 基；基礎 chhó，基本 pún，基層 chân，基金 kim。

朞 朞年 liân。

箕 畚 pùn 箕，簸 pòa 箕。

乩 童 tâng 乩，乩童 tông。

姬

羈

Ki[Ku] 車 車馬 bé 砲 phàu。

ki 支 一 chi̍t 支筆 pit；冷 léng 支支。

妓 娼 chhiong 妓，妓女 lú[lí]。

技 技能 lêng，技術 su̍t，技巧 khiáu。

枝 樹 chhīu 枝，枝葉 hio̍h，分 hun 枝，幼 iù 枝；枝骨 kut（骨架；身材），生 se^{n}[si^{n}] 做 chò[chòe] 一 chi̍t 枝仔 á。

嘰 嘰嘰叫 kìo，嘰嘰咯咯 ko̍k，嘰武 bú 嘰嗷 kia̍uh，嘰嘰笑 chhìo，嘰嘰嚣嚣 kā，嘰嘰咭咭 ka̍uh/ka̍k/ka̍h；紅 âng 嘰嘰。

咿 (＝i) 坐 chē 咿好 hó。

[Ki]→Ku 居裾

Kí 几 （小桌子）几桌 toh（仔 á），茶 tê 几。

己 自 chū 己，知 ti 己，守 síu 己。

杞 枸 kó͘ 杞；杞憂 iu。

紀 軍 kun 紀，紀律 lu̍t；經 keng 紀；紀念 liām，紀行 hêng；世 sè 紀，紀元 goân；年 nî 紀（年齡），一chi̍t 紀年 nî（十二年）。

幾 幾何 hô。

Kí[Kú] 矩 規 kui 矩，好 hó 規矩，守 síu 規矩，照 chiàu 規矩。

kí 指 （用手指頭等對著）用手 chhíu 指，指手 chhíu，指天 thi^{n}，指指 chái^{n}（食指）；指佮 kah 突 tu̍h（指責），指佮比 pí。

[Kí]→Kú 舉

Kì 記 (記住) 記咧·leh，獪 bē[bōe] 記得·tit，記獪住 tiâu，記心 sim，記性 sèng，記持 tî，記念 liām；(記載) 記下 hē 咧·leh，記賬 siàu，記錄 lo̍k；筆 pit 記，日 ji̍t 記；記號 hō，記認 jīn，為 ûi 記 (信據)；(印章) 戳 chhok 記；(痣) 烏 o͘ 記，朱 chu 砂 se 記；紅 âng 記記。

既 既往 óng，既成 sêng，既定 tēng，既得 tek，既然 jiân。

寄 寄生 seng。

冀

kì 計 夥 hóe[hé] 計 (伙計；姘頭)。

紀 紀念 liām，紀錄 lo̍k/lio̍k，紀行 hêng。

[Kì]→Kù 倨鋸據遽

Kî 奇 奇怪 koài，奇巧 khá/khiáu，奇異 īⁿ，出 chhut 奇；奇遇 gū，奇襲 si̍p；驚 keng 奇；奇零 lêng，奇數 sò͘。

畸 畸形 hêng；畸零 lêng。

其 其他 thaⁿ[tha]，其中 tiong，其次 chhù，其外 gōa，其實 si̍t，極 ke̍k 其；量 liōng 其約 iok，普 phó͘ 其略 lio̍k，不 put 其時 sî，姑 ko͘ 不其將 chiong [chiang]。

淇 冰 peng 淇淋 lîm。

旗 旗仔 á，旗杆 koaⁿ，旗桿 koáiⁿ，旗幟 chhì；旗袍 phâu；旗魚 hî。

棋 行 kîaⁿ 棋，圍 ûi 棋，象 chhīoⁿ[chhīuⁿ] 棋，跳

thiâu 棋，棋子 jí/chí。

期 日 jit 期；期待 thāi，期求 kîu。

麒 麒麟 lîn。

歧 歧路 lō͘ ；歧視 sī。

祈 祈禱 tó；祈求 kîu。

芪 黄 n̂g 芪。

祇 天 thian 神 sîn 地 tē 祇。

耆 耆老 ló。

鰭 魚 hî 鰭。

kî 虬 虬龍 liông，虬龍桌 toh。

[Kî]→Kû 衢渠磲

Kī 忌 做 chò[chòe] 忌，正 chiàⁿ 忌，愍 bián 忌，忌辰 sîn。

伎 伎倆 lióng。

妓 妓女 lú。

技 技藝 gē[gōe]。

[kī]→tī 己 家 ka 己。

[Kī]→Kū 巨拒距具俱颶

[Kī]→Khū 懼

kiⁿ 梔 黃 n̂g 梔花 hoe。

焿/鹼 焿淘 tô，焿油 iû，焿水 chúi，焿粽 chàng。

[kiⁿ]→keⁿ 羹/焿庚更經驚

[kíⁿ]→kéⁿ 耞

kìⁿ 見 (看到；遇到) 相 sio[saⁿ] 見面 bīn，見人 lâng，見着 tio̍h 風 hong，見真 chin (到時；其實)，見輸 su 贏

iâ^n；看 khòa^n 見·ki^n，聽 thia^n 見·ki^n，打 phah 不 m̄ 見（失落）；（每，每每）見若 nā（凡是，每次），見若伊所 só͘ 講 kóng 的·e 攏 lóng 無 bô 不 m̄ 着 tio̍h，伊見來，我見無在 tī 咧·leh，見醫 i 見好 hó，見人 lâng 見投 tâu＝見人投，見人好（人人好），見人阿 o 老 ló（人人稱讚）；（光）一 chit 日 jit 見迌 chhit [thit] 迌 thô。

[kìn^n] →kè^n 桱

kî^n 墘 （邊兒；邊緣）墘仔 á，砛 gîm 墘，海 hái 墘，桌 toh 墘，目 ba̍k 墘，懍 lím 墘（邊緣；在危亡關頭）。

Kia/khia 迦 釋 sek 迦佛 hu̍t。

kìa 寄 寄去外 gōa 國 kok，寄批 phoe[phe]，寄聲 sia^n，寄話 oē；寄銀 gîn[gûn] 行 hâng，寄托 thok，寄賣 bōe[bē]，寄學 o̍h；寄寓 gū，寄居 ku[ki]，寄歇 hioh，寄腳 kha（停留），寄住 tòa，寄吃 chia̍h，寄生 se^n[si^n]。

Kîa 伽 伽藍 lâm。

kīa 崎 （斜坡）崎仔 á，上 chīo͘^{n}[chīu^n] 崎，跖 peh 崎(上坡)，落 lo̍h 崎（下坡），崎頂 téng，崎腳 kha；（陡）真崎，崎崎趄趄 chhu，後 āu 壁 piah 山 soa^n 崎（比喻靠山大），崎壁（懸崖峭壁）；日當 tng 崎，日中 tiong 崎（正當中）；（做得來）顧 kò͘ 𣍐 bē[bōe] 崎。

kia^n 京 京城 sîa^n；京戲 hì。

驚 （怕）着 tio̍h 驚，驚着·tioh，驚驚，驚死·si，會 ē[oē] 驚人·lang，畏 ùi 驚，驚惶 hîa^n，打 phah 生 chhe^n

[chhi^{n}] 驚，予 hō͘ 你受 sīu 驚，驚痛 thìa^{n}，驚人 lâng 知 chai；(恐怕) 驚會 ē[oē] 落 lo̍h 雨 hō͘，恐 khióng 驚，驚仔 á，驚見 kì^{n}，驚了 liáu，驚做 chò [chòe]，驚做伊不 m̄ 來；(髒) 驚人 lâng，打 phah 驚人 (弄髒)，驚死陀 tô/thô 人。

kía^{n}[ká^{n}] 子 (兒女) 子兒 jî，子孫 sun，父 pē 子，母 bó[bú] 子，某 bó͘ 子 (妻子和兒女)，大 tōa 子，細 sè[sòe] 子，煞 soah 尾 bóe[bé] 子，孤 kơ 子，單 toa^{n} 生se^{n} [si^{n}] 子；小 sío 子，歹 phái^{n} 子；牛 gû 子，狗 káu 仔 á 子；椅 í 仔 á 子；一 chit 絲 si 仔 á 子 (很少一點點)。

kìa^{n} 鏡 照 chìo 鏡，手 chhíu 鏡，吊 tiàu 鏡，鏡台 tâi，鏡面 bīn，鏡肉 bah，鏡框 kheng；目 ba̍k 鏡，胗 hàm 鏡，召 tiàu 鏡，望 bōng 遠 oán 鏡；胃 ūi 鏡，耳 hī^{n} [hī] 鏡。

劍 (眼力好) 目 ba̍k 睭 chiu 真劍，光 kng 劍 (精通)。

kîa^{n} 行 (行走) 行路 lō͘，行走 cháu，行徙 sóa，行踏 ta̍h；(做) 行禮 lé，行棋 kî，行拳 kûn，行房 pâng；(運行) 行氣 khì，行運 ūn，行經 keng，時 sî 行(流行)；(得) 講 kóng 會 ē[oē] 行，使 sái 會行，膾 be[bōe] 行得 ·tit；(死) 行去·khi。

笐 (提梁) 菜 chhài 籃 nâ 笐。

kīa^{n} 件 物 mih 件，零 lêng 件，事 sū 件，條 tiâu 件，案 àn 件；文 bûn 件；算 sǹg 件聲 sia^{n}，一件行 hêng 李 lí。

健　勇 ióng 健（强健），健身 sin。

[kiah]→giah 攑

kiáh 屐　木 bák 屐，柴 chhâ 屐，棕 chang 屐。

矍　嬌 kiau 矍（可爱活潑），目 bák 矍（眼睛快），頭 thâu 真 chin 目矍（腦筋靈活眼睛快）。

[kiáh]→giáh 舉

kiak 矍　鵲 chhio 矍矍。

kiák 矍　矍鑠 siak。

Kiam 兼　兼顧 kò͘，兼任 jīm，兼勢 sì（不僅，兼之），兼勢在 teh 無 bô 錢 chîⁿ、復 koh 再 chài 破 phòa 病 pēⁿ [pīⁿ]；況 hòng 兼（況且），好天 thiⁿ 都 to 不 m̄ 去，況兼雨 hō͘ 來。

Kiám 減　加 ke 減，減少 chío/siáu；減低 kē，減退 thè[thòe]，減弱 jio̍k；(缺少) 減一張，減看 khòaⁿ 兩 n̄ng 齣 chhut，減算 sǹg，減趁 thàn。

檢　檢驗 giām，檢查 cha；檢點 tiám；(＝敢) 檢采 chhái (或許，說不定)，檢采會 ē[oē] 落 lo̍h 雨 hō͘。

鹼

Kiàm 劍　刀 to 劍，佩 pōe[pē] 劍，按 àn 劍，拔 poe̍h[puih] 劍，舞 bú 劍，劍束 sok，劍鞘 sìu，劍客 kheh；(眼力好) 目 bak 睭 chiu 真劍。

kiâm 鹹　鹹淡 chíaⁿ，鹹纖 siam（微鹹），鹹湛 tāⁿ（鹹不滋儿）鹹篤篤 tok，鹹死死 sí，鹹拄拄 tuh；鹹復 koh 澁 siap；分 hun 數 sò͘ 真鹹。

Kian 堅　堅固 kò͘；堅決 koat，堅強 kiông；(凝固) 堅凍 tàng，堅冰 peng，堅冇 tēng，堅歸 kui 重 têng，堅疕 phí，堅疤 pa (乾巴)，堅干 koa^{n}，堅面 bīn (表面失去水分而變硬)，堅風 hong (給風吹乾巴)。

慳　慳吝 lîn，慳頭 thâu (吝嗇；傲氣十足)。

肩　肩章 chiong。

Kián 繭　娘 nîơ[nîu] 繭，蠶 chhâm 繭；繭綢 tîu。

kián 餋　餋仔 á，蝦 hê 餋，肉 bah 餋。

Kiàn 見　見識 sek，見解 kái；會 hōe 見；見效 hāu；見疑 gî，見意 ì (收下心意)；見外 gōa，見怪 koài，見笑 siàu (害羞，羞恥；慚愧)；(每，每每) 見擺 pái^{n} (每次)，見吃 chiȧh 無 bô (每每吃不上)，見睏 khùn 就夢 bāng 見 ki^{n}，見若 nā 要 boeh[beh] 出chhut 門 mn̂g 着tiȯh 抵 tú 着 tiȯh 雨 hō͘，見射 sīa 見着 tiȯh。

建　建築 tiok/tiȯk；建立 lip；建議 gī。

kiàn 腱　腱子 chí 肉 bah (牛豬的大腿上的瘦肉)。

Kiān 健　康 khong 健，健康，健全 choân；健談 tâm；健丟 tiu (天眞活潑；奇特)。

腱　肌 ki 腱；(腱子) 腳 kha 肚 tó͘ 腱；(胗) 雞 ke[koe] 腱，鴨 ah 腱，肝 koa^{n} 腱；(魚胃) 烏 o͘ 魚 hî 腱。

鍵　關 koan 鍵。

掔　(固執，不聽話) 與 kap 我掔 (跟我犟上了)，掔乖 koai (固執任性不聽話)，吃 chiȧh 掔 (固執起來)，吃掔教kà 𣍐 bē[bōe] 行 kîa^{n}。

[Kiang] →Kiong 姜薑僵疆

[Kiáng] →Kióng 强

[Kiâng] →Kiông 强

[Kiāng] →Kiōng 犟

Kiap 夾 夾住 tiâu，夾咧·leh (夾著)，夾起來；雙 siang 頭 thâu 夾＝夾攻 kong；(粘住，絆上，纏繞) 麻 môa 糍 chî 夾在 tī 嚨 nâ 喉 âu，藤 tîn 夾在樹 chhīu 枝 ki，夾拑 khî^{n} (小孩糾纏住)。

俠 武 bú 俠，劍 kiàm 俠，俠客 kheh。

峽 海 hái 峽。

裌 裌裘 hîu。

劫 搶 chhío͘^{n}[chhíu^{n}] 劫，劫機 ki；劫持 chhî；劫數 sò͘，劫煞 soah (禍祟)。

Kiat 結 結合 ha̍p，結伴 phōa^{n}；了 liáu 結，結束 sok；結算 sǹg，結價 kè；保 pó 結；開 khui 花 hoe 結子 chí，結穗 sūi，結趼 lan，結疤 pa，結瘤 lîu，結冰 peng；(細而密)布 pò͘ 身 sin 真結，幼 iù 結(細密)；(如飢似渴地吃下)一 chi̍t 下 ē 手 chhíu 結四五碗 óa^{n} 落去。

潔 清 chheng 潔，純 sûn 潔。

揭 揭示 sī。

Kiat[Kit] 吉 大 tāi 吉，吉兆 tiāu。

桔 桔梗 kéng/kēng。

橘 橘仔 á，橘餅 pía^{n}，橘汁 chiap。

Kiat 竭 (盡) 竭力 le̍k；(蕭條，荒蕪) 生 seng 理 lí 真竭，地 tē[tōe] 頭 thâu 竭，干 kan 竭 (荒蕪；吝嗇)；(吝嗇) 那 hit 个 ê 人 lâng 真竭，極 ke̍k 竭，五 ngó͘ 竭，竭仔 á 頭 thâu (吝嗇鬼) 。

杰

傑 英 eng 傑；傑出 chhut，傑作 chok；古 kó͘ 傑 (伶俐可愛) 。

桀 夏 hā 桀；(投擲) 用 ēng 石 chio̍h 頭 thâu 桀落去。

鰶 鰶魚 hî。

Kiau 嬌 愛 ài 嬌，妖 iau 嬌，嬌艷 iām，嬌嬰 kia̍h (嬌滴滴)，嬌態 thài，嬌頭 thâu (鮮艷)，色致傷 sioⁿ[siuⁿ] 嬌；嬌仔 á (春畫)，嬌仔譜 phó͘ 。

驕 驕傲 gō͘ /ngō͘ ，驕頭 thâu (傲氣十足)，驕態 thài，驕驕掇掇 chhoah (端起架子) 。

kiau 疘 疘絞 ká (拘攣)，腹 pak 肚 tó͘ 內 lāi 疘絞，疘絞痛 thìaⁿ。

教 教唆 so。

交 不 put 得 tek 開 khai 交。

[kiau]→kap 與

Kiáu 攪 (攪拌) 攪豆 tāu 油 iû，攪撈 lā，攪散 sòaⁿ；(擾亂) 攪擾 jiáu，攪吵 chhá，攪人 lâng 眠 bîn。

繳 繳錢 chîⁿ；繳械 hâi。

餃 水 chúi 餃。

矯 矯正 chèng；矯健 kīaⁿ (强壯有力)；矯強 kióng (倔

强）。

kiáu 賭 簙 poȧh 賭，賭場 tîo͘^{n}[tîu^n]，賭官 koa^n（莊家），賭腳 kha，賭本 pún。

Kiàu 噭 噭噭叫 kìo（大聲叫）。

Kiâu 喬

僑 華 hôa 僑，外 gōa 僑；僑居 ku[ki]，僑外 gōa（僑居海外）。

Kiāu 撟 （撬）撟開 khui，撟起來，撟歹 phái^n，撟仔 á(撬槓)；撟倒·to；（罵）譬 chhoh 幹 kàn 撟。

kiauh/kiȧuh 噭 噭噭叫 kìo。

kih 砌 砌柴 chhâ 塔 thah，砌牆 chhîo͘^{n}[chhîu^n]，砌砱 gîm 墘 kî^n。

kih/kih 嗶 嗶嗶叫 kìo；嫐 hiâu 嗶嗶；花 hoe 嗶翱 kō。

kih^n 嗶 嗶嗶 kih^n/nih 嗞 kėh^n 嗞 kėh^n/nėh。

Kim 今 當 tong 今，現 hiān 今；今夜 iā，今生 seng；目 bȧk 今。

金 黃 n̂g 金，赤 chhiah 金；合 hȧp 金，五 ngó͘ 金；金閃閃 sih，金鑠鑠 siak，金瑺瑺 tang，金頭thâu（光澤）；現 hiān 金，金額 giȧh；千 chhian 金，金子 kía^n，金腳 kha，金嘴 chhùi；金紙 chóa，金鼎 tía^n，金灰 hu，金丹 tan；金斗 táu，抾 khioh 金(洗骨)；金魚 hî，金龜 ku，金蠅 sîn。

禁 （耐）禁穿 chhēng（耐穿），禁用 iōng/ēng（耐用）。

Kím[Gím] 錦 錦綢 tîu；錦旗 kî，錦標 piau/phiau；造 chō

錦囊 lông (預先警告)；什 sip/cha̍p 錦；錦蛇 chôa，錦雞 ke[koe]；盤 pôa^{n} 嘴 chhùi 錦 (費唇舌，抬槓)；錦人·lang (用花言巧語使人上當)；(估計，斟酌) 錦議 gī (斟酌商量)，錦看 khòa^{n} 覓 māi[bāi] (好好考慮，估看看)。

Kìm **禁** 禁止 chí，拘 khu 禁，禁押 ah；禁宮kiong，禁內 lōe/lāi；(止住，關住，忍住) 禁水 chúi 道 tō 頭 thâu，禁電 tiān 火 hóe[hé]，禁氣 khùi，禁𣍐 bē[bōe] 住 tiâu。

Kīm **妗** 母 bó[bú] 妗，妗婆 pô；某 bó͘ 妗，妻 chhe 妗，妗仔 á。

Kin[Kun] **巾** 巾仔 á，手 chhíu 巾，面 bīn 巾，包 pau 袱 ho̍k 巾，床 chhn̂g 巾，圍 ûi 巾，領 nía 巾。

斤 斤兩 níơ[níu]，斤聲 sia^{n}。

筋 (肌) 筋骨 kut，筋節 chat (骨節)，筋絡 le (肌腱)，筋頭 thâu，腳 kha 後 āu 肚 tó͘ 筋，縮 kìu 筋，蛸 siau 筋 (抽筋)，差 choa̍h 筋 (扭筋)；舌 chih 筋，耳 hī^{n} [hī] 仔 á 筋，頭壳筋在 teh 搐 tiuh；(血管) 血 hoeh[huih] 筋，牽 khan 紅 âng 筋，浮 phû 青 chhe^{n} [chhi^{n}] 筋，筋脈 me̍h。

根 樹 chhīu 根，草 chháu 根，根頭 thâu；嘴 chhùi 齒 khí 根，舌 chih 根；性 sè^{n}[sì^{n}] 命 mīa 根，吃chia̍h 根斷 tn̄g，錢 chî^{n} 根；根蒂 tì，根底 té[tóe]，根源 goân，根母 bó[bú]；存 chûn 根，票 phìo 根，根據 kù

；根治 tī，根除 tû；根節 chat（做事周到，細緻周密），有 ū 根節，老 lāu 根節。

跟 跟咧·leh，跟住 tiâu，跟在 tī 後 āu 面 bīn，跟隨sûi，跟逮 tòe[tè]；跟伊學 o̍h。

均 平 pêng 均，均勻 ûn；均抵 tú(反正，無論如何，總歸)，均抵是 sī 按 án 尔 ne[ni]，均抵無 bô 要boeh[beh]聽 thiaⁿ，均抵到 kàu 尾 bóe[bé] 攏 lóng 同 kāng 款 khoán，均都 tu，均裡·lin，均得 tit，均屬 sio̍k。

鈞 鈞鑒 kàm，鈞啓 khé，鈞座 chō。

kin 今 今仔 á 日 jit，今年 nî。

芎 芎蕉 chio。

金 金針 chiam。

Kín 緊 要 iáu 緊，緊要 iàu，緊急 kip，緊張 tioⁿ[tiuⁿ]；(緊挨) 緊身 sin 仔 á (貼身襯衣)；(速度快) 緊速速suh，緊乒乓 piàng，緊熇熇 piak，緊啪啪 pia̍k，趕 kóaⁿ 緊，緊猛 mé，緊手 chhíu (手快，麻利)，緊捷 chiap，放 pàng 緊行 kîaⁿ；緊差 choa̍h 慢 bān (早晚)，緊快 khoài (快，容易)，緊氣 khùi (簡便，快速)；緊火 hóe [hé] (急火)；尿在 teh 緊。

謹 謹慎 sīn；謹呈 thêng。

kìn 絹 花 hoe 絹，絹扇 sìⁿ。

Kīn 僅 僅僅，僅有 ū 三萬。

Kīn[Kūn] 近 嘴 chhùi 近目 ba̍k 近，附 hū 近，近兜 tau (附近)；近日 jit，近來 lâi，近況 hóng；接 chiap 近，

倚 oá 近，就 chīu 近；親 chhin 近。

kìo 叫 大 tōa 聲 sia^{n} 叫，喉 âu 叫，叫門 mn̂g，叫醒 chhé^{n} [chhí^{n}]，叫不 m̄ 敢 ká^{n}，叫苦 khó͘ ，哮 háu 叫；叫伊緊 kín 來，叫伊做 chò[chòe]，差 chhe 叫；號 hō 叫啥 sía^{n} 名 mîa，偏 phian 叫，叫做；叫菜 chhài，叫米 bí；叫是 (以為……卻又) ，我叫是伊不 m̄ 來，掠 liȧh 叫 (錯當做)，我掠叫是你。

kîo 橋 鐵 thih 橋，吊 tiàu 橋，隱 ún 痀 ku 橋，屈 khut 橋 (拱形橋)，橋頭 thâu，橋頂 téng，橋腳 kha，橋按 hōa^{n}，橋礅 tún，橋梭 so。

蕎 蕎麥 bėh。

茄 紅 âng 茄，茄色 sek。

kīo 轎 佛 pu̇t 轎，椅 í 轎，轎車 chhia。

蕎 (=gīo) 蕗 lō͘ 蕎。

kiơ^{n}[kiu^{n}] 薑 薑母 bó[bú]，薑絲 si，水 chúi 薑，嫩 chí^{n} 薑；番 hoan 薑。

韁 馬 bé 咬 kā 韁 (馬嚼子) 。

麞 麞仔 á。

强 強拑 khî^{n} (只顧幹活兒) 。

kīơ^{n}[kīu^{n}] 犟 (倔强) 真犟，犟癖 phiah (乖僻)，犟嘴 chhùi，嘴犟尻 kha 川 chhng 軟 nńg，吃 chiȧh 犟，逆 kėh 犟，犟骨 kut，犟迫 peh 企 nè[nì](勉勉强强)；(强，好) 較 khah 犟伊 (比他强)，少 chío 較犟無 bô (少總比沒有强)，較犟過 kòe[kè] 那 hit 號 hō (比那樣的强)；

(夾生) 菜頭焐 kûn 了 liáu 䆀䆀。

kioh 叫 (＝道) 叫是 (道是，以為)，我叫是伊、原 goân 來 lâi 是你，知 chai 叫 (知道)，我知叫伊獪 bē[bōe] 來，講 kóng 叫＝號 hō 叫 (說道)，伊講叫有 ū 去，莫 bóh 叫＝莫講 kóng 叫 (莫道，何況)，連 liān 囝 gín 仔 á 都 to 會 e[oē]、莫講叫大 tōa 人 lâng。

脚 (足) 七 chhit 手 chhíu 八 peh[poeh] 腳；(演員) 戲 hì 腳，名 mîa 腳，腳色 sek，腳賬 siàu。

Kiok 菊 菊花 hoe。

鞠 鞠躬 kiong。

Kio̍k 局 棋 kî 局；局勢 sè，局面 bīn，大 tāi 局，時 sî 局；完 oân 局，結 kiat 局，獪 be[bōe] 煞 soah 局，無 bô 了 liáu 局，入 jip 局；有 ū 局 (有趣)，無 bô 局 (沒意思，乏味)，小 sío/siáu 局 (小型，窄小)；局部 pō͘，局外 gōa；郵 iû 局，總 chóng 局；書 su 局，藥 io̍h 局。

劇 戲 hì 劇，話 oā 劇，慘 chhám 劇，悲 pi 劇，喜 hí 劇，劇情 chêng，劇場 tîo^{n}[tîu^{n}]，劇團 thoân；劇藥 io̍h，劇烈 lia̍t。

kiong 宮 皇 hông 宮，宮殿 tiān；子 chú 宮。

供 提 thê 供，供應 èng；口 kháu 供。

恭 恭敬 kèng，恭喜 hí，恭賀 hō。

弓 弓字 jī 旁 pêng。

芎 川 chhoan 芎。

穹　穹蒼 chhong。

躬　鞠 kiok 躬。

Kiong [Kiang] 姜

僵　僵直 tit，僵屍 si；僵持 chhî。

疆　疆界 kài，邊 pian 疆，無 bû 疆。

Kióng 拱　拱手 chhíu。

鞏　鞏固 kò͘，鞏膜 mo̍͘h。

Kióng [Kiáng] 强　勉 bián 強，強辯 piān，矯 kiáu 強。

Kiòng 供　供應 èng。

Kiông 窮　貧 pîn 窮，窮苦 khó͘；窮途 tô͘；窮急 kip。

Kiông [Kiâng] 强　強大 tōa，強欺 khi 弱 jio̍k；堅 kian 強；高 ko 強，強手 chhíu；使 sái 強，強迫 pek，強占 chiàm；強強要 boeh[beh]，強拗 áu (硬要歪曲)，強忍 jím，強挽 bán (硬拉，勉強忍著)。

Kiōng 共　公 kong 共，共同 tông；合 ha̍p 共，總 chóng 共。

Kiōng [Kiāng] 犟　偏 phian 犟。

Kip 急　着 tio̍h/tio̍k 急，急到 kah 要 boeh[beh] 死 sí；急性 sèng；急進 chìn，緊 kín 急，危 gûi 急；急燒 sio (茶壺)。

級　階 kai 級；年 nî 級；品 phín 級。

給　供 kiong 給，補 pó͘ 給；給牌 pâi，給照 chìo。

Kip 及　及 (至 chì) 到 kàu 那 hit 時 sî (到時)，不 put 及伊，波 pho 及，普 phó͘ 及，及格 keh；及時 sî，及早 chá；以 í 及。

kit 卂 (用別針等別上) 胸 heng 前 chêng 卂一蕊 lúi 花 hoe。

[kit]→Kiat 吉桔橘

kit 糙 (稠) 糜 môe[bê] 傷 siơⁿ[siuⁿ] 糙，洘 khó 糙糙，糙頭 thâu 糜。

kiu 縮 (收縮) 縮水 chúi，縮短 té，縮細 sè[sòe]，老 lāu 倒 tò 縮；(退縮) 腳 kha 縮起來，縮走 cháu，縮在 tī 眠 mn̂g[bîn] 床 chhn̂g，縮寒 kôaⁿ。

Kíu 九 九流 lîu，九歸 kui。

久 永 éng 久，久見 kiàn，久違 ûi，久仰 gióng。

灸

糾

Kìu 救 營 iâⁿ 救，拯 chín 救，救世 sè 主 chú。

究 研 gián 究，講 káng 究，追 tui 究，究勘 khàm，究其 kî 實 sit/ 真 chin；究竟 kèng，究 (其) 然 jiân；(究生 seng) 究死 sú (發怨言，發牢騷)，究究叫 kìo，究究死 sí (大發牢騷) 。

kìu 糾 糾紛 hun，糾葛 kat (糾纏不清)；糾合 ha̍p；糾察chhat，糾正 chèng。

kìu/kiuh 縮 縮帶 tòa，縮布 pò͘ (縐布)，縮線 sòaⁿ，縮結kat (糾纏打出疙瘩)，縮歸 kui 丸 oân (縮成一團)，縮筋 kin[kun] (抽筋)，縮倚 oá 來，縮絞 ká (糾纏；糾葛；肚子抽搐)，縮絞痛 thìaⁿ，縮圖 tô͘，縮尺 chhioh，縮鼻 phīⁿ (塌鼻子；縮鼻)，縮肩 keng。

Kîu 求 請 chhéng 求，求乞 khit，求下 hē，求佛 pu̍t；要 iàu

求；追 tui 求；供 kiong 求。

球 球面 bīn；球賽 sài，球場 tîo͘^{n}[tîu^{n}]，球篦 poe；地 tē 球，全 choân 球；氣 khì 球；打 phah 結 kat 球，纏 tî 歸 kui 球。

仇 仇讐 sîu，仇視 sī。

虬 虬龍 liông。

Kīu 舊 依 i 舊。

咎 歸 kui 咎。

柩 棺 koan 柩，靈 lêng 柩。

[kiu^{n}]→kio͘^{n} 薑韁礓強

[kīu^{n}]→kīo͘^{n} 犟

kiuh 吸 吸田 chhân 螺 lê，吸葐 hun；(一點點) 這 chit 吸仔 á；(一點一點積起來) 吸私 sai 奇 khia，有 ū 吸些·koa (積了一點錢)，吸雪 seh (積雪)；酸 sng 吸吸；吸吸叫 kìo (發牢騷)。

kiuh/kìu 縮 縮鼻 phī^{n} (嗤之以鼻)，腳 kha 肚 tó͘ 筋 kin [kun] 在 teh 縮。

kng 扛 扛佛 pu̍t 轎 kīo，扛工 kang。

缸 水 chúi 缸，掩 am 缸，大 tōa 缸細 sè[sòe] 甕 àng。

kng[kui^{n}] 光 (明亮) 光閃閃 sih/siám，光炎炎 iām，光泱泱 ia^{n}，光映映 ià^{n}，光漾漾 iā^{n}；(透明) 光敞 chhîo͘^{n} [chhîu^{n}] (光亮)，光亮 liāng，光通 thang，通光；(光線) 光線 sòa^{n}，日 jit 光；(天亮) 天 thi^{n} 要 boeh[beh] 光；(平滑) 光滑 ku̍t，光生 se^{n}[si^{n}] (平

滑)，光全 chn̂g (平滑；周到)，光潔 koeh (光滑乾淨；周到；俐落)，光面 bīn；(通曉) 行 hâng 情 chêng 真光，光劍 kìa^n (精通)；(不加隱蔽) 光碼 bé (明碼)，光批 phoe[phe] (明信)；(一點不留) 褪 thǹg 光光，剝 pak 光光，光溜溜 lìu ，光瑲瑲 tang ，光尾尾 khu̍t。

kńg[kúi^n] 管 (管子) 圓 î^n 管，樹 chhīu 奶 ni 管，玻 po 璃 lê 管，鐵 thih 管；肺 hì 管，血 hoeh[huih] 管，毛 mn̂g 管，嚨 nâ 喉 âu 管，使 sai 鼻 phī^n 孔 khang 管；米 bí 管 (量米罐)，三 sa^n 管米。

卷 卷起來，卷篾 bi̍h 蓆 chhio̍h，卷舌 chi̍h，卷心 sim 白 pe̍h 菜 chhài，卷蔫 lian (葉子枯萎而卷起來)；予 hō͘ 海 hái 水 chúi 卷去 khì，卷旋 chn̄g (打漩；漩渦)，卷螺 lê (打漩)；蝦 hê 卷，花 hoe 卷。

廣 廣東 tang。

kǹg 鋼 鋼鐵 thih；刀 to 鋼，刀無 bô 鋼，落 lo̍h 鋼；鋼琴 khîm，鋼筆 pit。

杠/槓 (抬東西的棍子) 杠仔 á，棺 koa^n 柴 chhâ 杠，棺 koan 杠，轎 kīo 杠。

吭 風 hong 吭吭叫 kìo。

kǹg[kùi^n] 貫 (貫穿) 貫透 thàu，貫過 kòe[kè]，貫耳 hī^n[hī]，貫鼻 phī^n，聽 thèng 人 lâng 貫鼻，牛 gû 貫鼻。

券 入 jip 場 tîo͘^{n}[tîu^n] 券，債 chè 券。

卷 考 khó 卷。

桊 牛 gû 桊。

絭 (護身符) 媽 má 祖 chó͘ 絭，絭棺 kōa^{n}。

kṅgh 吭 鼻吭吭叫 kìo，笑 chhìo 到 kah 吭吭叫 kìo。

Ko 高 高峰 hong，高樓 lâu 大 tāi 廈 hā；高級 kip；高強
kiông；高貴 kùi；高慢 bān；高見 kiàn，高論 lūn，
高足 chiok；高麗 lê。

篙 竹 tek 篙，旗 kî 篙，釣 tìo 篙；抽 thiu 篙 (身長
增高；長莛兒)。

膏 膏藥 io̍h，藥膏，吊 tiàu 膏；牙 gê 膏，齒 khí 膏
，麥 be̍h 芽 lê/gê 膏，蟳 chîm 膏，膏水 chúi；花
hoe 膏，花膏囉 lo 唆 so，歪 oai 膏。

羔 羊 iô͘^{n}[iû^{n}] 羔 (綿羊；其毛皮)。

糕 糕仔 á，碗 oá^{n} 糕。

戈 動 tāng 干 kan 戈。

哥 兄 hia^{n} 哥；猪 ti 哥 (種豬；色鬼)。

歌 歌訣 koat。

痾 癩 thái 痾。

鴚 鸚 eng 鴚。

鍋 火 hóe[hé] 鍋，電 tiān 鍋，鍋巴 pa 庀 phí。

睪 睪丸 oân。

ko 咖 咖啡 pi。

Kó 稿 稻 tīu 稿，菜 chhài 稿；原 goân 稿，草 chhó 稿
(稿子；通草心)。

果 水 chúi 果；結 kiat 果，成 sêng 果，效 hāu 果；
果決 koat；果然 jiân，如 jû 果。

餜 餜品 phín。

裹 包 pau 裹。

kó 古 老 ló 古石 chio̍h。

kò 個 個人 jîn，個性 sèng，個別 pia̍t；個外 gōa 月 goe̍h [ge̍h]，兩 nn̄g 個月。

告 報 pò 告，宣 soan 告，通 thong 告，廣 kóng 告；告假 kè；告訴 sò͘，相 sio[saⁿ] 告，控 khòng 告，投 tâu 告（控訴神明）。

過 過激 kek，過謙 khiam，過度 tō͘；不 put（而 jî）過；過程 thêng；罪 chōe 過，過失 sit，改 kái 過。

划 划船 chûn，划槳 chíoⁿ[chíuⁿ]，划橫 hoâiⁿ 流 lâu。

kô 笱 魚 hî 笱，蝦 hê 笱，豬 ti 笱；（用笱抓）笱豬，笱魚，當 tng 笱；搖 iô 笱（搖籃）；逆 ke̍h 笱，笱獃 gâi（行動不方便）。

膏 （因擦過去而沾上）膏着 tio̍h 油 iû 漆 chhat，膏一 chit 身 sin 土 thô͘；（依附）定 tīaⁿ 要 boeh[beh] 膏人·lang，膏膏纏 tîⁿ；（在一起混）不 put 時 sî 與 kap 伊在 teh 膏；（要東西）膏東膏西；（繞上）膏番han 薯 chû[chî] 藤 tîn，歪 oai 膏，歪膏扼 chhih 搙 la̍k 斜 chhoa̍h；（量詞）一膏番薯藤，歸 kui 膏膿 lâng，一膏鼻 phīⁿ。

糊 軟 nńg 糊糊。

kō 翺 （打滾）翺翺攄 lìn，翺落去；（滾著沾上）翺麻 môa，翺一 chit 身 sin 土 thô͘；（硬要依靠人家）要boeh[beh]

翺人·lang，無 bô 糖 thn̂g 要翺到 kah 有 ū 麻。

號 年 nî 號。

Kơ 沽 沽酒 chíu。

枯 枯去·khi，枯焦 tâ（枯萎），樹欉 châng 枯焦去·khi，枯乾 ta（枯乾），樹枯乾去，枯燥 sò（缺少水分），嘴較 khah 枯燥，枯燥無味 bī。

姑 姑表 piáu；小 síó 姑；姑娘 nîơ[nîu]，姑爺 iâ；尼 nî 姑，師 sai 姑；姑成 chîaⁿ（用好話央求）；姑且 chhíaⁿ，姑不 put 將 chiong[chiang]，姑不而 jî／其 kî 將（姑且不得已而將就），姑將無 bû 奈 nāi。

菇 香 hiơⁿ[hiuⁿ] 菇，蘑 mô͘ 菇，草 chháu 菇。

蛄 火 hóe[hé] 金 kim 蛄，蝦 hê 蛄。

舡 舡仔 á（小划船）。

觚 （鹿砦）放 pàng 觚。

骷 骷髏 lô͘。

鮕 秋 chhiu 鮕。

鴣 鷓 chìa 鴣。

罛 牽 khan 罛，整 chéng 罛仔 á，罛船 chûn；（撈）罛金魚。

孤 孤兒 jî；孤單 toaⁿ，孤獨 to̍k，孤身 sin，孤子 kíaⁿ，孤奇 khia（成對的東西的一方），孤對 tùi 个 ê（二人面對面），孤立 li̍p，孤豎 khīa 厝 chhù（獨家户），孤島 tó；孤毒 ta̍k（孤僻自私），孤死 sí 霜 sng，孤僻 phiah，孤介 kài 癖 phiah，孤尾 khu̍t；孤魂 hûn，祭

chè 孤，孝 hàu 孤。

菰 (黴) 生 seⁿ[siⁿ] 菰。

辜 辜負 hū。

勾 勾通 thong。

Kó· 古 古早 chá，古板 pán，古人 lâng 言 giân，古博 phok (老練博識)；古意 ì (老實)，古道 tō (厚道)；古錐chui (可愛)，古杰 kia̍t (伶俐可愛)；(故事) 講 kóng 古，諏 hàm 古，冇 phàⁿ 古；(巨大的) 大 tōa 賊 chha̍t 古，石 chio̍h 頭古。

估 估計 kè，估若 jōa 多 chē[chōe] 錢；(拿來抵帳) 店 tiàm 內 lāi 的貨 hòe[hè] 予 hō· 人估去啦·lah，估予人，估貨，估賬 siàu；估衣店。

砧 (壺) 茶 tê 砧。

詁 訓 hùn 詁。

鈷 鈷六十。

股 翼 sit 股 (鳥的上肢)，手 chhíu 股 (上膊)，股骨 kut；合 ha̍p 股，入 jip 股，豎 khīa 股，落 lo̍h 股，鬥 tàu 股，插 chhah 股，拆 thiah 股，股株 tu，股票 phìo，股份 hūn，股東 tong，股腳 kha；打 phah 菜 chhài 股 (打壟)，花 hoe 股；(捻) 股索 soh 仔，股線 sòaⁿ，線打 phah 股去，淚 thòaⁿ 股，敨 thàu 股；兩 nn̄g 股線，一股園 hn̂g。

苟 苟且 chhíaⁿ；(假使) 苟使 sú，苟使若無來要按怎，苟若 nā，苟若有來。

枸　枸杞 kí。

鼓　鑼 lô 鼓，打 phah 鼓，擂 lūi 鼓，鼓吹 chhoe[chhe]；鼓舞 bú，鼓起 khí 勇 ióng 氣；打 phah 嘴 chhùi 鼓，踣 chàm 眠 mn̂g[bîn] 床 chhn̂g 鼓；鼓井 ché^{n}[chí^{n}]，鼓椅 í，風 hong 鼓；鼓粟 chhek（簸穀），鼓風。

臌　臌脹 tiòng。

購　採 chhái 購。

蠱　蠱惑 he̍k。

Kò͘ 故　事 sū 故，變 piàn 故；緣 iân 故；故意 ì，特 tiâu 意 ì 故；故鄉 hiong，故都 to͘；病 pē[pī^{n}] 故，故人 jîn；故謙 khiam（謙虛）。

固　堅 kian 固；固體 thé；固定 tēng；固有 iú；固然 jiân。

痼　痼疾 chit/che̍k。

錮　禁 kìm 錮。

雇　雇倩 chhìa^{n}，雇工 kang，解 kái 雇；（招惹，致使）雇人 lâng 怨，雇我怨 oàn。

顧　照 chiàu 顧，看 khòa^{n} 顧，顧身 sin 命 mīa，顧面 bīn 皮 phôe[phê]，顧門 mn̂g，顧暝 mê[mî]；（只顧）顧看 khòa^{n} 頂 téng 面 bīn，顧講 kóng 話 oē。

媾　媾和 hô。

構　構造 chō，構成 sêng。

購　購買 bē[bōe]。

kô· 糊 摼 khiàn 糊，糗 khit[khu̍t] 糊，穵 oeh[uih] 糊，樹 chhīu 奶 ni[lin/leng] 糊；糊信 sìn 封 hong，糊紙 chóa，糊藥 io̍h 膏 ko，糊貼 tah，糊𠢕住 tiâu；爛 nōa 糊糊，碎 chhùi 糊糊。

kō· 怙 (光憑，依靠，用) 怙一支 ki 嘴 chhùi，用 ēng 怙臆 ioh，用怙講 kóng 的·e 無 bô 路 lō· 用 ēng，勿 mài 用怙強 kiông 的·e，無靠 khòa 舂 cheng 怙踏 lap，怙一手 chhíu 𠢕 bē[bōe] 用得、着用雙手按 hōa^n。

kô·^{n}/kō·^{n} 鼾 (打呼嚕) 鼾鼾叫 kìo，鼾人 lâng 無 bô 財 châi，鼾猪無刣 thâi。

Koa 瓜 瓜分 hun。

koa 歌 歌曲 khek，歌詞 sû。

枯 枯去·khi (老了)，枯焇 sau (乾巴乏味)，枯硬ngē[ngī]，枯澀 siap，枯燥 sò。

擱 (停留) 擱腳 kha，擱碇 tìa^n (暫時停泊)，擱去彼 hia。

柯 (姓)。

顆 銅 tâng 顆 (銅幣)。

kóa 些/寡 一 chit 些人 lâng，趁 thàn 些錢 chî^n，辦 pān 些料 liāu，有 ū 讀 tha̍k 些冊 chheh，些來分 pun 我·goa。

Kòa 卦 卜 pok 卦，占 chiam 卦，簙 poa̍h 卦，啄 teh 鳥chiáu 仔 á 卦，變 piàn 卦，反 hóan 卦。

掛 掛牌 pâi 匾 pián，掛目 ba̍k 鏡 kìa^n，掛手 chhíu 環 khoân，掛馬 bé 鞍 oa^n，掛纓 ia^n，掛鬚 chhiu (帶穗

子)，掛號 hō，掛名 mîa；掛心 sim，掛慮 lū，掛念 liām，掛吊 tiàu (眷戀)，掛煩 hoân，掛礙 gāi，掛累 lūi，掛疑 gî；(附帶) 猪 ti 肉 bah 掛骨 kut，歸隻 chiah 掛尾 bóe[bé]，講話掛骨，掛摻 chham 咧·leh，風掛雨 hō͘，鹹 kiâm 掛澀 siap。

褂 馬 bé 褂。

kòa 蓋 鼎 tían 蓋，厝 chhù 蓋，蓋 khàm 蓋，掀 hian 蓋。

介 介意 ì。

芥 芥菜 chhài。

過 罪 chōe 過。

kôa 檺 檺樹 chhīu。

kōa 呱 譀 hàm 呱呱，譀嗶 kih 呱。

koan 干 肉 bah 干，豆 tāu 干，曝 phak 干。

杆 旗 kî 杆。

肝 猪 ti 肝；心 sim 肝。

竿 釣 tìo 竿。

官 官府 hú，官人·lang (官方；官員)，官吏 lī，官僚liâu，激 kek 官氣 khùi，激官派 phài；客 kheh 官，莊 chong 官；乾 ta 家 ke 官 (公婆)。

菅 菅蓁 chin，菅芒 bâng。

棺 棺柴 chhâ。

Kóan 寡 多 to 寡，優 iu 柔 jîu 寡斷 toàn；守 chíu 寡，寡婦 hū。

kóan 趕 趕緊 kín，趕狂 kông，趕路 lō͘，趕車chhia，趕暝 mê

[mî] 工 kang，趕到 kàu，趕鵤 chhio (發情)；趕蝴hô͘ 蠅 sîn，趕走，趕出去。

擀 擀麵 mī，擀槌 thûi。

kòa^{n} 觀 (道教的廟宇) 天 thi^{n} 公 kong 觀，道 tō 觀。

kôa^{n} 寒 寒熱 joa̍h，交 ka 陰 iam 寒，寒凊 chhìn，寒天 thi^{n}，寒人 ·lang(冬天)，畏 ùi 寒；寒衫 sa^{n}，寒路 lō͘ (冬季衣料) 。

kōa^{n} 汗 流 lâu 汗，流汗濕 sip，流汗花 hoe，流汗⿰氵常 sîo͘^{n} [sîu^{n}]，流到 kah 大粒 lia̍p 汗細粒汗，凊 chhìn 汗。

捾 (垂手拿著) 捾水 chúi 桶 tháng；(提梁) 桶捾，茶⿰石古kó 捾；(成串或簇的東西) 珠 chu 捾，一捾珠仔，龍 gêng 眼 géng 生 se^{n}[si^{n}] 歸 kui 捾；(帶) 捾胿 kui (滿嗉囊)，面 bīn 捾水 chúi (臉浮腫)，捾水泱 ia^{n} (水腫)。

koah 割 割草 chháu，割肉 bah，刣 thâi 割，刣人割肉，手割歸 kui 孔 khang，割着 ·tioh，割開 khui，割斷 tn̄g，割除 tû；分 hun 割，割予 hō͘ 人，割讓 nīo͘[nīu]；(批發)割貨 hòe[hè]，割來賣 bē[bōe] (從批發商買進貨物來賣)，割人賣 (批發給人去賣)，割價 kè (批發價格)，割店 tiàm，米 bí 割 (米穀批發商)；予 hō͘ 水 chúi 割去 ·khi (被水沖走)；(送秋波) 目 ba̍k 睭 chiu 會 ē[oē] 割人 ·lang。

刮 刮嘴 chhùi 鬚 chhiu，刮面 bīn；刮地 tē[tōe] 皮phôe [phê]；刮風 hong。

括 (群) 歸 kui 群 kûn 歸括 (成群結夥) 。

葛 葛布 pò͘。

koa̍h 呱 譀 hàm 呱呱，譀嗶 kih 呱。

Koai 乖 (順從) 乖囝 gín 仔 á，乖巧 khiáu/khá，乖俐 lāi，教 kà 乖，學 o̍h 乖，賣 bē[bōe] 嘴乖仔 á (說奉承話)；堅 kiān 乖 (執拗)；土 tō͘ 乖仔 á，蛤 kap 乖 (蝌蚪)。

Koái 拐 拐人的錢，拐騙 phiàn，拐誘 iú，拐帶 tài，拐唆 sō，拐弄 lōng (挑唆)，拐仙 sian，拐王 ông。

蒯 蒯通 thong 嘴 chhùi (能說會道)。

[Koái]→koáiⁿ 枴

Koài 怪 奇 kî 怪，古 ku/kó͘ 怪，怪異 īⁿ；妖 iau 怪，鬼 kúi 怪，見 kìⁿ 鬼見怪，作 chok 怪；責 chek 怪，見 kiàn 怪，請你不 m̄ 可 thang 見怪，莫 bo̍k 怪，艙 bē[bōe] 怪得，怪疑 gî。

koāi 乖 (絆脚) 乖倒 ·to，給 kā 伊乖予 hō͘ 倒 tó；(扭筋) 腳 kha 乖着 ·tioh，乖筋 kin[kun]；(別扭) 乖腳 kha 乖手 chhíu (礙手礙脚)，乖乖，乖僻 phiah，乖張 chiang，乖梭 chūn (扭歪；性情乖僻)，搭 kê 乖 (有東西卡住，堵住；反目，不和)；(奪取) 生理予 hō͘ 伊乖乖去；(差錯) 予伊乖一下 ē 了 liáu 真多 chē[chōe] 錢 chîⁿ，予伊乖衰 soe 去 (被他搞壞而倒霉)。

koaiⁿ [kuiⁿ] 關 關門 mn̂g，關咨 bā 咨；關監 kaⁿ。

杆 (橫木) 椅 í 杆，桌 toh 杆，床 chhn̂g 杆，歇 hioh 汗 (鳥籠裡的栖木；栖息)。

koáiⁿ [Koái] 枴 枴仔 á，舉 giah[kia̍h]枴仔，拄 tuh 枴仔，托

thok/thuh 枴仔，弄 lāng 枴仔花 hoe。

koáiⁿ [kúiⁿ] 桿　旗 kî 桿，稱 chhìn 桿，筆 pit 桿，銃chhèng 桿，槍 chhiơⁿ[chhiuⁿ] 桿，箭 chìⁿ 桿。

稈　(莖) 菜 chhài 稈，麥 be̍h 稈。

[koàiⁿ]→koàn 慣

[koâiⁿ]→koân 高

[koāiⁿ]→koān 縣

Koan 關　關係 hē，關聯 liân，交 kau 關；關口 kháu；海 hái 關；年 nî 關，難 lân 關；關節 chiat/chat，關鍵 kiān；機 ki 關；路 lō͘ 關；關三 saⁿ 姑 kơ，關童 tâng，關佛 pu̍t；(煽惑) 賢 gâu 關人·lang，死人關到 kah 變 pìⁿ 成 chiâⁿ 活 oa̍h 人 lâng；關屬 sio̍k (反正，終歸)。

觀　觀看 khòaⁿ，觀氣 khì 色 sek，觀前 chêng 顧 kò͘ 後 āu，觀光 kong；外 gōa 觀；觀點 tiám，觀念 liām，觀感 kám；觀音 im。

捐　捐錢 chîⁿ，捐緣 iân，捐題 tê[tôe]，捐獻 hiàn，捐款 khoán/khóaⁿ；房 pâng 捐稅 sòe[sè]。

娟　娟秀 sìu。

鵑　杜 tō͘ 鵑花 hoe。

官　五 ngó͘ 官。

棺　運 ūn 棺，寄 kìa 棺，囥 khǹg 棺，遷 chhian 棺，出 chhut 棺，棺木 bo̍k，棺柩 kīu，棺槨 kok。

冠　衣 i 冠，戴 tì 加 ka 冠面 bīn (無恥) 。

鰥　鰥夫 hu。

Koán 管　掌 chiáng 管，管理 lí；管轄 hat；管教 kàu，管束sok；管待 tha̤i 伊去死（管他死活）；即 chek 管（儘管），即管講 kóng；南 lâm 管，北 pak 管。

館　旅 lú[lí] 館，會 hōe 館；坐 chē 館仔角 kak（坐牢）。

卷捲餄

Koàn 貫　貫通 thong，一 it 貫；（折合相當于）連工 kang 帶 tài 料貫若 jōa 多 chē[chōe]。

慣　習 sip 慣，慣勢 sì（習慣），會 ē[oē] 慣勢，不 m̄ 慣勢，行 kîaⁿ 慣勢，吃 chia̍h 慣勢；慣練（慣于，一貫；拿手，熟練），慣用 ēng。

灌　灌溉 khài；灌水 chúi，灌風 hong，灌酒 chíu，灌醉 chùi，灌腸 tn̂g，灌胿 kui；灌唱片 phìⁿ。

罐　茶 tê 罐，溫 un 燒 sio 罐，滾 kún 水 chúi 罐，空 khang 罐仔；罐頭 thâu。

卷　上 siōng 卷，下 hā 卷。

券

眷　家 ke 眷，眷屬 sio̍k；眷顧 kò͘。

冠　冠軍 kun，冠頭 thâu/首 síu 聯 liân。

koàn 顴　顴骨 kut。

Koân 權　權力 le̍k；權利 lī；制 chè 空 khong 權；權宜 gî，暫 chiām 權（暫時代理）。

拳　義 gī 和 hô 拳。

koân[koâiⁿ,kûiⁿ] 高　高低 kē，高低頭 thâu（一邊高一邊低的）

，高低肩 keng，高低坎 khám (坑洼不平)，高低崁 khàm (高低不等的山崖)，高樓 lâu，手 chhíu 放 pàng 高，高屐 kiah 仔鞋 ê[oê] (高跟鞋)，高價 kè，高音 im；高手 chhíu，高着 tioh (高超)；高金 kim (成分高的金子)。

Koān 倦 疲 phî 倦，困 khùn 倦；倦神 sîn。

koān[koāiⁿ,kūiⁿ] 縣 縣市 chhī，縣政 chèng 府 hú。

Koat 決 決定 tēng，決心 sim，處 chhú 決；決口 kháu。

訣 歌 koa/ko 訣；秘 pì 訣，死 sí 訣 (死板的)；訣別 piat。

括 包 pau 括，概 khài 括，皆 kai 括在 chāi 内 lāi，括弧 hô͘，括號 hō；括約 iok 肌 ki。

刮 刮舌 siat。

koat 抉 (用巴掌打) 抉嘴 chhùi 酏 phóe[phé]；(用力塗抹) 抉紅 âng 毛 mn̂g 土 thô͘，面 bīn 抉粉 hún；(戴高帽) 抉子 chú 弟 tē，抉術 sut (使人上當)。

koe 瓜 西 si 瓜，菜 chhài 瓜，醃 am 瓜，醬 chiòⁿ[chiùⁿ] 瓜，瓜蒂 tì，瓜藤 tîn。

[koe]→Ke 街雞

kóe[ké] 果 果子 chí。

粿 甜 tiⁿ 粿，鹹 kiâm 粿，發 hoat 粿，油吃/炙 chiah/chìa 粿。

碡 (墊) 碡腳 kha，碡高 koân；用 ēng 手 chhíu 碡(擋住)。

[kóe]→ké 改解

Kòe 會 會計 kè。

劊 劊子 chú 手 síu。

檜 檜樹 chhīu，紅 âng 檜。

獪 狡 káu 獪。

kòe 怪 (責備，怨) 不 m̄ 可 thang 怪我，見 kiàn 怪，莫 bo̍h 得 tit 怪，𣍐 bē[bōe] 怪得·tit (怪不得)，𣍐bē[bōe] 怪得伊受 sīu 氣 khì，相 sio[sa^{n}] 怪，怪及 kip (歸咎于)，不 m̄ 可 thang 怪及別 pa̍t 人。

械 家 ke 械 (指工具或武器)，家械頭 thâu。

kòe[kè] 界 四 sì 界 (到處)，一 chit 四界，大 tōa 四界，大腘 bú 四界，滿 móa 四界。

kòe[kè] 過 過橋 kîo，過年 nî；過戶 hō͘，過名 mîa，過賬 siàu；過煮 chú，過驗 giām；過期 kî，過分 hūn，過頭 thâu；過失 sit；使 sái 得·tit 過，過得去，過人lâng 𣍐 bē[bōe] 得去，對人𣍐 bē[bōe] 得過，打 phah 會 ē[oē] 過，吃 chia̍h 伊過過；曾 bat 去過·koe[ke]，做過，見 kì^{n} 過；一半 pòa^{n} 過 (一兩次)，幾 kúi 落lo̍h 過 (很多次)。

髻 頭 thâu 髻，髻索 soh，雞 ke[koe] 髻花 hoe。

[kòe]→kè 疥

[kôe]→kê 鮭

[kōe]→kē 快

koeh 潔 光 kng 潔 (光滑清潔；干淨利落)。

圿 垢 káu 圿銹 sian (污垢)。

koeh[keh] 郭 郭公 kong 鳥 chiáu (杜鵑) 。

蕨 蕨粉 hún。

koeh[kuih] 刮 (用力擦) 用萬金油刮頭壳 khak，推 thui 刮，刮蚶 ham 壳仔 á 錢 chîⁿ；刮灰 hoe[he] (用灰抹縫)，磚 chng 仔縫 phāng 着 tio̍h 刮灰；(劃) 刮玻 po 璃 lê。

[koeh] →keh 鍥

koe̍h 𡰪 (截兒) 鋸 kù 做 chò[chòe] 兩 nn̄g 𡰪，半 pòaⁿ 𡰪，頂 téng 𡰪，下 ē 𡰪。

koh 復 (再，又，而且，還，更) 一杯復一杯，看了復看，復再 chài (再度)，再復 (再次)，重 têng 復 (重新，另行)，又 iū 復 (又，而且)，还 iáu 復 (還要，更加)，更 kèng 復較 khah 好 hó，復來 (再來)，要 boeh[beh] 復來，不 m̄ 復來，復活 oa̍h，舊 kū 病復發 hoat；俗 sio̍k 復好 hó 吃 chia̍h，鹹 kiâm 復澀 siap，冬天日頭短復是落雨天、店頭早就關啦，車錢以外復貼 thiap 伊五十元予 hō͘ 伊做所費，一斤復三兩，三冬復兩月日；(表示轉折，有「可是」的意思) 有好吃物要叫伊來、伊復不來，不 m̄ 復 (可是)。

各 (不同，不一樣) 各樣 iō͘ⁿ[iūⁿ] (跟平常不同)，無 bô 各樣 (跟平常一樣)，同 kāng/siāng 母 bó[bú] 各父 pē，同父各母。

胳 胳下 ē (腋下)，胳下孔 khang，插 chhah 胳，手插胳在 teh 演講。

袼 (裉) 吊 tiàu 袼。

閣 內 lōe 閣；樓 lâu 閣；(活動彩棚) 閣棚 pêⁿ[pîⁿ]，藝 gē[gōe] 閣。

擱 耽 tam 擱，擱置 tì，擱筆 pit，擱淺 chhián。

kóh 咯 (助詞，在句末表示肯定命令) 我咯，緊 kín 去 khì 咯。

Kok 各 各人 lâng，各各，各一 it (各人勝過一次)，開 khui 各一 (各付各的賬)。

閣 閣下 hā。

谷 山 soaⁿ 谷。

穀 五 ngó͘ 穀。

國 國家 ka；國土 tó͘；國貨 hòe[hè]，國樂 ga̍k；國弼 pih (古怪，滑稽)，這个人真國弼，假 ké 國弼。

槨 棺 koan 槨。

kok 顎 下 ē 顎。

焗 (烤) 焗雞 ke[koe]，焗爐 lô͘ (烤箱)；焗風 hong (一種熱敷)。

Ko̍k 咯 打 phah 咯噗 (咯咯叫)；揜 ng 咯噗 (捉迷藏)；嘰 ki 嘰咯咯；咯洗 sé[sóe] 嚨 nâ 喉 âu (含漱)。

Kong 公 (屬於公家的) 公事 sū，辦 pān 公；(讓人家知道) 公然 jiân，公開 khai，公布 pò͘；(共同的) 公共 kiōng，公寓 gū，公家 ke (共有，共同)；(屬於國際的) 公海 hái，公斤 kin[kun]；(公道) 公平 pê[pîⁿ]，公正 chèng，公親 chhin；(祖父) 祖 chó͘ 公，內 lāi 外 gōa 公，師 su 公；公媽 má 牌 pâi；廟 bīo 公，司 sai 公，老lāu 公仔 á；(尊稱) 孔子公，諸 chu 公；(男性的神明) 天

thi^n 公，土 thó͘ 地 tī 公，雷 lûi 公；猪 ti公，雞鵤 kak 公。

工　精 chheng 工（機靈；精通；精巧）；(音名) 工尺 chhe (合 hơ，四/仕 sū，一 it，上 siāng，尺/ㄨ chhe，工 kong，凡 hoân，六 liu，五 u，乙 it）。

功　功勞 lô；功效 hāu。

攻　攻擊 kek；攻讀 tho̍k。

肛　肛門 bûn/mn̂g。

訌　內 lāi 訌。

光　光線 sòa^n；光景 kéng；光彩 chhái，光榮 êng；光臨 lîm；光棍 kùn（騙子）。

桄　桄榔 lông。

胱　膀 pông 胱。

岡　岡山。

剛　剛強 kiông。

崗　崗位 ūi。

綱　大 tāi 綱，綱領 léng，綱目 bo̍k。

鋼　金 kim 鋼。

罡　天 thian 罡神 sîn。

kong 拱　彎 oan 拱門 mn̂g（拱門）。

Kóng 廣　廣闊 khoah，廣大 tāi，廣場 tiô͘^{n}[tîu^n]，廣告 kò，廣播 pò。

kóng 講　講話 oē，講起來話頭 thâu 長 tn̂g；講破 phòa（說穿），講明 bêng；講價 kè，講情 chêng。

管 (管子，筒子) 水 chúi 管，鐵 thih 管，竹 tek 管，靴 hia 管 (靴筒)，蟳 chîm 管；空 khang 管仔 (空罐子)，米 bí 管；凸 phòng 管，墣 phok 管 (鼓起)；臭 chhàu 水管 (水分腐敗而發臭)。

Kòng 貢 進 chìn 貢，貢品 phín；貢獻 hiàn；(硬灌營養或藥物) 用參 som 燕 iàn 一 it 直 tit 貢，貢營 êng 養 ióng；過 kòe[kè] 貢 (過度；爲時已晚)，錢用了過貢，話講了傷 sioⁿ[siuⁿ] 過貢，病過貢，代志今 taⁿ 都過貢啦；貢緞 toān，花 hoe 貢；(上等貨) 貢燕 iàn，貢粉 hún，貢丸 oân；紅 âng 貢貢，芳 phang 貢貢。

摃 (打，擊，敲) 摃着頭 thâu 壳 khak，摃打 phah，摃破 phòa，摃槌 thûi 仔，摃鐘 cheng；摃號 hō (打上記號或號碼)，摃電報 pò；(索取，劫掠) 摃錢 chîⁿ，強 kiông 摃 (强劫)，強摃賊 chha̍t 摃入去，摃柝 khok (敲木魚；敲竹杠；說不停無聊話)；摃坩 khaⁿ 仔 á (男色)。

熕 大 tōa 門 mn̂g 熕 (大炮)，放 pàng 大熕。

Kông 狂 發 hoat 狂，起 khí 狂，着 tio̍h 狂 (發瘋)，在 teh 痟 siáu 狂，熱 jia̍t 狂 (因高燒而失常)；猖 chhiong 狂，狂熱，狂暴 pō；(着急) 狂要 boeh[beh] 去，趕 kóaⁿ 狂，生 chheⁿ[chhiⁿ] 狂，慌 hong 狂，兇 hiong 狂，雄 hiông 雄狂狂，狂唰 soa̍h 唰，免 bián 狂。

kông 椌 (木棍子；棵) 門 mn̂g 椌，橫 hoâiⁿ 椌；樓 lâu 椌。

Ku 痀 (駝背) 隱 ún[ín] 痀，曲 khiau 痀，痀痀；拄 tuh 痀

，啄 tok 痀（打盹兒）。

Ku[Ki] 居 同 tông 居；(保持) 家 ke 伙 hōe[hé] 居𣍐bē[bōe] 住 tiâu。

裾 衫 saⁿ 仔裾，開 khui 裾，缺 khih 裾，涶 sōe[sē] 裾，吊 tiàu 裾。

車 車前 chiân 草 chháu。

ku 呴 痀 he 呴。

跔 （彎著身子蹲下）跔落去，圇 lun 跔（畏縮，縮成一團），跔忍 lún（枯萎），跔燒 sio（蜷縮着靠攏取暖），跔腳 kha（蹲下；停留）；(停留) 四 sì 界 kòe[kè] 跔，罔 bóng 跔，跔破 phòa 廟 bīo 角 kak。

龜 龜笑 chhìo 鱉 pih 無 bô 尾 bóe[bé]；紅 âng 龜；墓 bōng 龜；(甲蟲) 金 kim 龜，龜仔 á（小甲蟲），蛀chìu 龜，龜蠅 sîn；(屁股) 頓 tǹg 龜（摔个屁股蹲兒），摃 kòng 龜，打 phah 龜，龜精 chiaⁿ（男色）。

古 古怪 koài，古祟 sui（狡黠），古精 chiⁿ（狡猾）。

苦 苦力 lí。

Kú[Kí] 舉 選 soán 舉，舉例 lē，舉行 hêng，檢 kiám 舉。

kú 久 久久，久長 tn̂g，年 nî 久月 goe̍h[ge̍h] 深 chhim，久年百 peh/pah 載 chāi，一 chit 目 ba̍k 躡 nih 久，若 jōa 久；這 chit 久（這個時候），那 hit 久（那個時候）；偌 chiah 久仔 á（最近），許 hiah 久仔 á（那個時期）。

韮 韮菜 chhài 花 hoe。

復　(=koh) 我愛要 boeh[beh] 伊去，伊復不 m̄，不 m̄ 復(可是)，还 iáu 復新點點。

[Kú]→Kí 矩

Kù 句　字 jī 句，聲 siaⁿ 聲句句，句讀 tō͘ /tāu，鬥 tàu 句，重 têng 句 (結巴) 。

Kù[Kì] 倨　倨傲 ngō͘ 。

鋸　鋸仔 á，鋸柴 chhâ，撩 liâu 鋸，鋸斷 tn̄g，鋸屑 sut/suh (鋸末)；(敲竹杠) 予 hō͘ 人 lâng 鋸去，據 kù 在 chāi 人鋸。

據　占 chiàm 據；依 i 據；收 siu 據，憑 pîn 據，字 jī 據，證 chèng 據，根 kin[kun] 據；(任憑) 據在 chāi 你講 kóng，據在 chāi 你。

遽

kù 灸　針 chiam 灸，用香 hioⁿ[hiuⁿ] 灸，灸藥 io̍h 草 chháu；灸菸 hun (吸煙) 。

Kû[Kî] 衢　街 ke[koe] 衢。

渠

磲　硨 chhia 磲。

Kū[Kī] 巨　巨額 gia̍h。

拒　抗 khòng 拒，拒絕 choa̍t。

距　距離 lī；雞 ke[koe] 腳 kha 距。

具　用 iōng 具；具體 thé。

俱　俱樂 lo̍k 部 pō͘ 。

颶　颶風 hong。

kū 舊 舊衫 sa^n，舊款 khoán，舊相 siò^n[siù^n]（老氣），舊落 lo̍h（過時，陳舊）；原 goân 舊，舊底 té[tóe]，舊時 sî（從前），舊相 siong 好 hó；舊年 nî（去年），舊前=年 chûn・nî（大前年）。

舅 母 bó[bú] 舅；某 bó͘ 舅，妻 chhe 舅，舅仔 á。

咕 咕咕叫 kìo。

Kui 規 圓 î^n 規；規則 chek，規定 tēng，規範 hoān，規格 keh，規模 bô͘，規矩 kí[kú]；定 tēng 規（一定）；日 ji̍t 規（日曆；日暦）。

鮭 鮭魚 hî。

歸 歸國，歸位 ūi（回原位），歸天 thian，歸仙 sian；歸還 hoân；歸伊管；終 chiong 歸，歸尾 bóe[bé]；歸着 tio̍k（着落）；（全，整個；成）歸身 sin 軀 khu（全身），歸个 ê（整個），歸陣 tīn（成群），歸套 thò（整套；成套），歸氣 khì（乾脆），歸下 ē（通通），歸捧 phâng（全部），歸千 chheng 萬 bān（成千成萬），歸手 chhíu（一手），閃 siám 歸旁 pêng。

皈 皈依 i。

胿 （嗉子）雞 ke[koe] 胿，灌 koàn 胿，搢 chì^n 胿，飽 pá 胿，捾 kōa^n 胿；哽 ké^n 胿，激 kek 胿，大 tōa 頷 ām 胿（甲狀腺腫），大肚 tō͘ 胿（大肚子痞）；手袂 ńg 胿（袖子裡面）。

閨 閨女 lú[lí]，深 chhim 閨。

龜 烏 o͘ 龜（王八）。

kui 機 織 chit 機，布 pò͘ 機，綉 sìu 機，印 ìn 機，麵 mī 線 sòa^{n} 機。

Kúi 鬼 鬼仔 á；鬼話 oē，變 pì^{n} 鬼，鬼同 tông 馬 má 響 hiáng，鬼與 kap/kah 馬 bé 哮 háu (比喻弄錯條理)；鬼鬼祟 sūi 祟；識 sek 鬼，鬼精 chi^{n}/chia^{n}；酒 chíu 鬼，菸 hun 鬼；垃 lah 屑 sap 鬼，烏 o͘ 鬼鬼；(門插關兒) 活 oa̍h 鬼，暗 àm 鬼。

宄 奸 kan 宄。

軌 上 chīo͘^{n}[chīu^{n}] 軌道 tō。

晷 日 jit 晷。

kúi 幾 幾點 tiám，幾 (个 ê) 文 î^{n} (多少錢)，第 tē 幾，拜 pài 幾；幾个 ê 仔 á，幾若 nā 个，幾落 lo̍h 个，無 bô 幾个。

詭 奸 kan 詭，詭詐 chà，詭計 kè，詭謀 bô͘，詭辯 piān。

Kùi 罣 (掛在釘鉤上) 罣起來，罣衫 sa^{n}，罣帽 bō 仔 á，罣破 phòa 衫 (剮破衣服)；罣墓 bōng 紙 chóa。

桂 肉 jio̍k 桂；桂花 hoe，丹 tan 桂；月 goa̍t/goe̍h[ge̍h] 桂；桂圓 oân。

貴 價 kè 賬 siàu 較 khah 貴；高 ko 貴，貴氣 khì，宝 pó 貴，珍 tin 貴，貴重 tiōng；富 hù 貴，尊 chun 貴，貴賓 pin，貴客 kheh，貴人 jîn (救星)；貴下 hā，貴姓 sèng/sè^{n}[sì^{n}]，貴事 sū，貴見 kiàn，貴函 hâm，貴地 tē[tōe]。

季 四 sù 季，季節 chiat。

悸

癸

瑰　玫 môe[mûi] 瑰。

kùi 劊　劊子 chú 手 síu。

Kûi 葵　向 hiòng 日 jit 葵，葵花 hoe。

逵

馗　鍾 chiong 馗。

kûi 懷　(懷抱，帶著) 懷囝 gín 仔 á (把孩子抱在懷裡；懷孕)，懷抱 phō，偷 thau 懷，偷懷短 té 銃(懷裡暗藏手槍)，懷扎 chah (藏在身上)，懷懷扎扎＝懷懷棺 kōa^{n} 棺 (帶著各種東西；辛辛苦苦撫養孩子)，懷水 chúi (浮腫)。

Kūi 跪　跪落去，跪拜 pài，跪墊 tiām，跪趴 phak (跪伏)。

櫃／櫃　桌 toh 柜，鐵 thih 柜，錢 chî^{n} 柜仔，柜櫥 tû；賬 siàu 柜；柜台 tâi；風 hong 柜 (風箱)。

kūi 膭　(獸類懷孕或稻穀孕穗) 帶 tòa 膭，掛 kòa 膭，大 tōa 膭，稻仔做 chò[chòe] 膭，飽 pá 膭 (飽實)；膭水chúi (浮腫)，灌 koàn 膭 (壁等因浸水而鼓起來)。

[Kui^{n}]→kng 光

[kui^{n}]→koai^{n} 關杆

[kúi^{n}]→kńg 管卷廣

[kúi^{n}]→koái^{n} 桿稈

[kùi^{n}]→kǹg 貫劵卷絭綦

[kùi^{n}]→koàn 慣

[kûi^{n}]→koân 高

[kūi^{n}]→Koān 縣
[kuih]→koeh 刮
Kun 君 君王 ông；君子 chú；郎 lông 君；君士 sū 象 chhīơ^{n} [chhīu^{n}]，將 chiong[chiang] 君，君一下，君死·si。
軍 軍隊 tūi，軍紀 kí。
[Kun]→Kin 巾斤筋根跟均鈞
Kún 袞
滾 (沸騰) 水 chúi 在 teh 滾，燒 sio 滾滾，滾沖chhiâng 沖；(打滾) 魚 hî 在 teh 滾，滾漾 iā^{n} (在水中翻動而使水面起波紋)，滾捘 chūn (搾、扭)，滾滾 lún 捘捘 (扭動身體；曲折；糾纏)，滾踜 liòng[lèng] (掙扎)；(喧鬧) 嘩 hōa 嘩滾，真賢 gâu 滾，滾攪 ká (鬧騰；糾紛)；(玩笑) 滾笑 chhìo，粗 chhơ 滾；(生息) 利 lāi 滾利，滾絞 ká。
緄 (沿著邊緣縫上布條等) 緄衫 sa^{n}，緄墘 kî^{n}，緄邊 pi^{n} 呵·a，鑲 siơ^{n}[siu^{n}] 緄，緄布 pò͘；布緄，緄條 liâu；(釣魚用具，延繩) 緄仔 á，放 pàng 緄釣 tìo，硬ngē [ngī] 緄，軟 nńg 緄。
kún 頸 頷 ām 頸。
蚓 土 tō͘ 蚓 [ún,kín,gín]。
Kùn 棍 棍仔 á，柴 chhâ 棍；惡 ok 棍，光 kong 棍；圓 î^{n} 棍棍。
撩 (掙開) 撩走，撩撩 lùn 走 (掙跑)，撩捘 chūn (掙扎，掙開)，撩犟 kiōng/kīơ^{n}[kīu^{n}] (頑强地抵抗掙扎)，撩

踜 liòng[lèng]（掙脫開）。

Kûn 焄 （煮）焄肉 bah，焄予 ho͘ 爛 nōa，焄湯 thng。

裙 百 pah 襉 kéng 裙，結 hâ 裙；圍軀/身 su/sin 裙，桌 toh 裙。

群 羊 iô͘^{n}[iû^{n}] 群，膾 bē[bōe] 落 lȯh 群；群眾 chiòng，群島 tó。

kûn 拳 拳頭 thâu 拇 bó[bú]；行 kîa^{n} 拳，打 phah 拳，比 pí 拳；喝 hoah 拳。

Kūn 郡

kūn 群 一 chit 群人 lâng，歸 kui 群歸括 koah。

[Kūn]→Kīn 近

Kut 骨 骨頭 thâu，骨骸 hâi，骨格 keh；骨路 lō͘，枝 ki 骨，菜 chhài 骨；話 oē 骨，字 jī 骨；識 sek 骨，惰 tōa^{n} 骨，骨力 lȧt（勤快），有骨氣 khì，𦗴kīo^{n}[kīu^{n}] 骨，叛 poān 骨，狡 káu 骨。

Ku̇t 滑 滑朒 lut 㖸 sut，滑溜 liu/lìu 溜，光 kng 滑，嘴 chhùi 甜 ti^{n} 舌 chih 滑；滑落去，滑倒·to；滑潤 jūn 劑 che，滑車 chhia，滑稽 khe。

猾 狡 káu 猾。

倔 倔強 kiōng。

崛 崛起 khí。

掘 （挖）掘土 thô͘，掘井 ché^{n}[chí^{n}]，發 hoat 掘，掘仔 á（尖鎬）。

KH

kha 跤 跤腿 thúi，跤頭 thâu 肝 u，跤（後 āu）曲 khiau，跤（斡 oat）彎 oan，跤下 ē 腿，跤下 ē 節 chat，跤𩩸 tâng（小腿），跤（鼻 phīⁿ）臁 liâm，跤（後）肚 tó͘，跤頷 ām（腳腕子），跤盤 pôaⁿ（腳背），跤蹠 chhioh/chioh 底，跤蹄 tê[tôe]，跤後盯 teⁿ[tiⁿ]（腳後跟），跤睜 chiⁿ（腳尖），褪 thǹg 赤 chhiah 跤，跤接 chih/chiap 跤，跤兜 tau（身邊；時候）；日生 seⁿ[siⁿ] 跤；山 soaⁿ 跤，樓 lâu 跤，下 ē 跤；賭 kiáu 跤，生 chheⁿ[chhiⁿ] 跤（生手）；跤皺 sau（低劣）。

尻 尻川 chhng（屁股；背面），尻川孔 khang，尻川口 kháu，尻川溝 kau，尻川挾 ngėh[ngoėh]，尻川旁 pêng，尻川配 phóe，尻川斗 táu，尻川頭 thâu，尻川後 āu，搖 iô 尻川花 hoe。

茭 茭白 pėh 筍 sún。

咳 (=ka) 打 phah 咳噎 chhìu[chhìuⁿ]。

kha[ka] 背 背脊 chiah（背部），背脊骿 phiaⁿ，背脊心 sim，背脊後 āu（背後）。

kha[khia] 奇 （量詞）一奇箸 tī，兩 nn̄g 奇皮 phôe[phe] 箱 sióⁿ[siuⁿ]。

khá 巧 這 che 亦 iah 成 chiâⁿ 巧，奇 kî 巧；乖 koai 巧；

(罕) 巧行 kîa^{n}；湊 chhàu (抵 tú) 巧，碰 phòng 巧，巧合 ha̍p，巧遇 gū (湊巧遇到)；花 hoa 言 giân 巧語 gú。

khà 叩 (敲) 叩薰 hun 屎 sái，給 kā 伊叩頭壳 khak，叩門mn̂g，叩粟 chhek；練 liān 仙叩柝 kho̍k (擺龍門陣)；叩電 tiān 話 oē；(剪掉衣服的一部分) 叩衫 sa^{n}，叩較 khah 短 té (剪短一點)。

揩 (敲竹槓) 揩油 iû，揩錢 chî^{n}。

卡 卡片 phì^{n}。

[khâ]→khîa 騎

khā 卡 卡通 thong，卡片 phiàn。

[khā]→khīa 豎

kha^{n} 坩 飯 pn̄g 坩，花 hoe 坩，坩仔 á (小鍋；屁股)。

khâ^{n} →kâ^{n} 含

khah 較 較好 hó，較細 sè[sòe]；較慘 chhám 死 sí，較硬 ngē [ngī] 鐵 thih，較高 koân 天 thi^{n}；復 koh 較好，更 kèng 復較好；較大 tōa 面 bīn (可能性較大)，較贏iâ^{n}，較輸 su，較得 tit (較妥)，較迅 sī (快點)，較停 thêng (待一會兒)，較慢 bān (稍後)；較講 kóng 都 to 不 m̄ 聽 thia^{n}，(復) 較學 o̍h 嗎 mā 學 𣍐 bē[bōe] 來。

卡 卡車 chhia；卡片 phì^{n}，卡通 thong；(關而不閉，留有縫隙地蓋著) 門且 chhía^{n} 卡咧·leh。

篕 (魚簍子) 篕仔 á，魚 hî 篕，竹 tek 篕，掠 lia̍h 歸 kui 篕魚。

khah/thah 豈 豈會 ē[oē] 按 án 尔 ne[ni]？你豈要 boeh[beh] 予 hō͘ 伊去？

khah 卡 (卡住) 魚 hî 刺 chhì 卡在 tī 嚨 nâ 喉 âu，屜 thoah 仔 á 卡住 tiâu 咧、開 khui 𣍐 bē[bōe] 開；代志卡住𣍐當 tàng 進行；(停留) 四界 kòe[kè] 卡，黏 khô͘ 卡 (閑逛；卡住；牽連)；牵 khan 卡 (牽連，連累)；(靠) 相 sio[saⁿ] 卡 (互相靠近)，卡倚 oá，門 mn̂g 卡倚來。

Khai 開 開放 hòng；開發 hoat，開竅 khiàu；開辦 pān，開設 siat；開學 hak；開銷 siau；(花費) 賢 gâu 開，亂 loān 開，開錢 chîⁿ，開使 sái，多 to 開費 hùi；(嫖) 開查 cha 某 bó͘；開講 káng (閑談)；開破 phòa (說明)，開拆 thiah；不 put 得 tek 開交 kiau/khiau；開彩 chhái。

khai 抬 抬舉 kú[kí] (抬舉；關照)。

Khái 楷 楷模 bô͘；楷字 jī，端 toan 楷，草 chhó 楷。

凱 凱旋 soân。

Khài 溉 灌 koàn 溉。

慨 憤 hùn 慨；感 kám 慨；慷 khóng 慨。

概 大 tāi 概，概略 liok，概要 iàu，概論 lūn；一 it 概；氣 khì 概，大 tāi 理 lí 概。

khaiⁿ 肩 (把東西放在槓子的一頭抬) 肩一袋 tē 米 bí 來，肩咧 leh 走 cháu。

kháiⁿ 砿 (舉拳用指關節叩打) 砿頭 thâu 壳 khak；砿截 cheh [choeh] (欺負)，兄 hiaⁿ 嫂 só 砿截小 sío 嬸 chím。

Khak 壳/殼 龜 ku 壳，豆 tāu 壳，頭 thâu 壳，空 khang 壳，皺 hiauh 壳，褪 thǹg 壳；錶 pío 仔壳，批 phoe [phe] 壳 (信封)；字 jī 壳。

確 正 chèng 確，確實 sit，確定 tēng。

榷 商 siong 榷。

khak 麴 紅 âng 麴，大 tōa 麴。

khȧk 咯 咯痰 thâm，咯血 hoeh[huih]，咯紅 hông/âng，咯出來。

Kham 堪 堪咧 leh/teh 艱 kan 苦 khó͘，𣍐 bē[bōe] 堪得 tit 伊求 kîu。

戡 戡亂。

龕 佛 pu̍t 龕，公 kong 媽 má 龕，壁 piah 龕。

Khám 坎 一个坎，高 koân 低 kē 坎，石 chio̍h 坎 (石台階)；坎站 chām (階段)，到 kàu 坎 (到頭)，極 ke̍k 坎 (極點)，無 bô 坎 (無限，非常)，惡 ok 到 kàu 無坎；坎坷 khó (身體不適)，刻 khek 坎，格 kek 坎，凑 chhàu 坎 (凑巧)，凑坎你來；一坎店 tiàm。

砍 砍柴 chhâ，砍倒 tó，砍竹 tek 遮 jia 筍 sún 棄 khì 舊 kū 迎 gêng 新。

khám 憨 (傻) 闇 am 憨戇 gōng，倥 khong 憨，憨呆 tai，憨神 sîn，憨大 tōa 舍 sìa。

緊 緊猛 mé。

Khàm 勘 校 kàu 勘，對 tùi 勘，勘誤 gō͘；查 cha 勘，窮 khêng 勘 (徹底勘查)，究 kìu 勘，勘驗 giām。

崁 (山崖) 山 soa^n 崁，石 chio̍h 崁，坑 khe^n[khi^n] 崁，

高 koân 崁，崁墘 kîⁿ，崁邊 piⁿ，崁腳 kha；矜 gîm 崁（屋外的石級）；到 kàu 崁（細緻，周到），做代志真到崁。

嵌 赤 chhiah 嵌樓 lâu。

瞰 瞰望 bōng。

khàm 蓋 蓋蓋 kòa，蓋峇 bā，蓋密 bat，頭額 hiah 蓋蓋；軟 nńg 蓋（側腹）；掩 am 蓋，代志掩蓋咧不 m̄ 予 hō͘ 人知 chai，遮 jia 蓋，用草蓆遮蓋；(昧下) 暗 àm 蓋，私 su 蓋，私蓋公錢，偏 pheⁿ[phiⁿ] 蓋，瞞 môa 蓋；蓋蓋（傻呵呵），蓋頭 thâu 蓋面 bīn（傻頭傻腦），蓋頭鱔 siān 魚（傻瓜）；蓋印 ìn。

khâm 嵁 嵁嵁硈 khiat 硈（崎嶇不平）。

黔 烏 o͘ 黔黔（漆黑）。

khām 啌 (清嗓，乾咳) 啌嗽 sàu，啌喀 khèhⁿ（體弱多病）。

硆 (靠近) 硆倚 oá，海湧 éng 硆來硆去；(湊合) 硆賬siàu (攏帳，結帳)；(撞上；被卡住) 船 chûn 相 sio [saⁿ] 硆（互相接觸），硆搭 khê（不和，不對勁），予 hō 門 mn̂g 硆着·tioh（被門掩住）；(衰老) 那 hit 个人真硆。

Khan 刊 刊印 ìn，刊物 but。

khan 牽 (拉) 手 chhíu 牽手，相 sio[saⁿ] 牽，牽倚 oá，牽車 chhia，牽罟 ko͘，牽線 sòaⁿ，牽挽 bán（拉住；保得住；拉攏）；(掛念) 牽掛 kòa，牽念 liām；(教導) 牽司 sai 仔 á（教徒弟），牽𣍐 bē[bōe] 上 chīoⁿ[chīuⁿ] 叕 chōa（教不成）；(關照，提拔) 牽悉 chhōa（帶路，引導

)，牽引 ín (引薦)，牽成 sêng (栽培)，牽扶 khioh(幫助，抬擧)，牽扶伊趁 thàn 錢 chîn，牽叫 kìo (撫養，照料)，牽叫囝 gín 仔 á，牽伊成 chîan 人，牽子 kían 人；(從中介紹) 牽猴 kâu，牽公 kong，牽亡 bông；(拉長，拖延) 牽聲 sian，病牽真久 kú，罔 bóng 牽罔過 kòe[kè]，牽豬 thi (說話絮絮叨叨)；(引起) 牽絲 si，牽羹 ken[kin]，牽核 ha̍t，牽藤 tîn；(裝) 牽電 tiān 火 hóe[hé]，牽水 chúi 道 tō；(牽涉，連累) 牽連 liân，牽卡 kha̍h，牽累 lūi，牽拖 thoa，牽扯 chhé；(標簽) 字 jī 牽仔 á；牽頭 thâu (當頭)。

Khàn 看 看守 síu。

khàn 磬 銅 tâng 磬，鐘 cheng 磬。

khang 空 (沒有東西) 空空，空手 chhíu，空腹 pak，空売 khak，空間 keng，空地 tē[tōe]；(沒有內容) 空銜 hâm，空談 tâm，空頭 thâu，空人 jîn 情 chêng；(沒有結果的) 空行 kîan，空嘔 áu，空想 sīon[sīun]，空歡 hoan 喜 hí，空轉 tńg，落 làu 空 (空着)。

孔 (小洞) 開 khui 孔，打 phah 孔，鑽 chǹg 孔，破 phòa 孔，鼻 phīn 孔，毛 mn̂g 孔，撻 that 嘴 chhùi 孔，孔縫 phāng，有 ū 孔有榫 sún (有條有理)，有孔無 bô 榫 (無聊，不正經)，無孔無榫 (荒唐)，孔嘴 chhùi (傷口)；(事情，情況；計策，計謀；弱點，把柄) 有 ū 孔，無 bô 孔，好 hó 孔，歹 pháin 孔，假 ké 孔，激 kek 孔，做 chò[chòe] 孔，創 chhòng 孔，賢 gâu 變 pìn 孔

，鬥 tàu 孔，欹 khia 孔，尋 chhōe[chhē] 孔，起 khí 孔，抾 khioh 孔，孔頭 thâu（事端；花招；把柄），孔隙 khiah。

眶 目 ba̍k 眶（眼眶子），目眶狹 e̍h[oe̍h]（心眼窄），目眶大 tōa（貪多，看不起小禮物）。

khang[kang] **工** 工課 khòe[khè]（工作，活計），做工課，工課頭（工作），工課場 tîoⁿ[tîuⁿ]。

kháng **孔** 面 bīn 孔（臉，容貌），好 hó 面孔，歹 pháiⁿ 面孔，大 tōa 面孔，厚 kāu 面孔，無 bô 面孔可 thang 見kìⁿ 人 lâng，嫐 hiâu 孔（嬌滴滴的樣子），目 ba̍k 孔（眼珠；眼眶），目孔大 tōa（貪婪），目孔狹 e̍h[oe̍h]（心眼兒窄，氣量小），目孔刺 chhiah（嫉妒），看人吃伊就目孔刺。

khàng **掐**（用指甲挑）掐疕 phí 仔，掐鼻 phīⁿ 屎 sái，扒 pê 掐搤 iah；（責備）搤掐，咒 chìu 掐，詈 lé[lóe] 掐尾 khu̍t；（爬上）掐起去·khi-li（爬上去）。

曠（空著，沒有利用的）曠地 tē[tōe]（空地），曠埔 po͘，曠白 pe̍h（空白）；（間斷，空出）曠工 kang（間斷工作；空閑），無 bô 曠暝 mê[mî] 日 ji̍t（晝夜不停），曠一隙 khiah。

壙 土 thô͘ 壙（地坑；地窖）。

炕 炕床 chhn̂g。

Khap **搕**（把正面朝下放置）反 péng 搕，坦 thán 搕，倒 tò 搕，搕碗 oáⁿ；搕印 ìn 仔（蓋章）。

恰

閤 閤家 ka。

kha̍p 磕 (碰) 相 sio[sa^{n}] 磕，磕着·tioh，磕來磕去，磕頭thâu；磕不 put 着 tio̍h＝磕一 chit 着＝磕着 (動不動) 。

欱 (大口吃) 欱一下吞 thun 落去；飢 iau 欱欱。

Khat 渴 止 chí 渴；渴望 bōng。

khat 克 (忍受) 克苦 khó͘ ，克苦吃 chia̍h 藥，克根 kin[kun] (忍得)，克根借 chioh 伊，𣍐 bē[bōe] 克得 tit 苦，𣍐克得根，看 khòa^{n} 𣍐克 (禁受不住)。

戛 (用勺取出) 戛湯 thng，戛菜 chhài，戛糜 môe[bê]。

級 (＝khiat 台階) 石 chio̍h 級仔，路一級一級。

Khau 敲 敲鐘 cheng；(刨，刮，削，拔) 敲刀 to (刨子)，敲刀花 hoe，敲刀蔫 lian (刨花)，敲枋 pang 仔 á，敲皮 phôe[phê]，敲仔 (削皮器)，敲草 chháu (拔草)，敲番 han 薯 chû[chî] 藤 tîn；(側面横去) 敲鬢 pìn 邊 pi^{n}，敲風曝 pha̍k 日；(敲詐) 敲稱 chhìn 頭 thâu，敲人的錢，敲剝 pak (敲竹槓)；(冷嘲熱諷) 敲誚 sau，敲洗 sé[sóe]，敲削 siah，講話要敲人·lang；敲吵 chháu (爭論評理)；(繞一圈) 敲一擺 lìn，敲倒 tò 轉 tńg 來。

khau 鬮 拈 liam/ni 鬮，抽 thiu/liu 鬮，輪 lûn 鬮。

扣 (量詞) 一扣線 sòa^{n}。

Kháu 巧 巧妙 biāu，弄 lōng 巧成 sêng 拙 choat。

kháu 口 漱 sóa 口，誇 khoa 口，腔 khiơ^{n}[khiu^{n}] 口，犆 tak 口，口氣 khì，口頭 thâu；門 mn̂g 口，店 tiàm 口，外

gōa 口，港 káng 口，口面 bīn，口身 sin；人 jîn 口，戶 hō͘ 口，家 ke 口，口灶 chàu；(略帶) 紅 âng 口，黃 n̂g 口。

khàu 哭 啼 thî 哭，哭喉 âu，哭呻 chhan，哭唏 hiⁿ，愛哭面；哭無錢，哭苦 khó͘，哭痛 thìaⁿ，哭飢 iau，哭父 pē，哭母 bó[bú]，哭賴 lōa。

叩 (磕頭) 叩拜 pài，叩謝 sīa，叩見 kìⁿ。

扣 扣錢 chîⁿ，扣除 tû，扣減 kiám，扣抵 tú；扣留 lîu，扣押 ah；紐 líu 扣，扣住 tiâu；活 oȧh 扣，死 sí 扣。

銬 手 chhíu 銬，銬起來。

khȧuh 磩 磩磩念 liām，磩磩趖 sô，磩磩顫 chhoah，磩磩戰 chùn，硞 khih 硞磩磩。

khȧuhⁿ 齣 吃 chiȧh 到 kah 齣齣叫。

Khe 稽 稽查 cha，稽考 khó；稽留 lîu，稽延 iân；滑 kut 稽。

Khe[khoe] 溪 (河流) 溪仔，溪流 lâu，溪溝 kau (溪澗)，溪頭 thâu (上流)，溪尾 bóe[bé] (下游)，溪邊 piⁿ，溪岸 hōaⁿ，溪埔 pơ，溪沙 soa 埔，溪瀨 lòa/lōa (淺灘)，溪洲 chiu (河中沙洲)，溪壩 pà，溪底 té[tóe]，溪風 hong，溪排 pâi。

khe[khoe] 刮 刮鼎 tíaⁿ 底 té[tóe]，刮番 han 薯 chû[chî]，刮毛 mn̂g，刮予 ho͘ 清 chheng 氣 khì；講話要 boeh [beh] 刮人·lang，刮洗 sé[sóe] (冷嘲熱諷；强求東西)

[khe]→khoe 葵詼科䅳

[khe]→Kho 科

Khé 启 启明 bêng 星 chheⁿ[chhiⁿ]；启發 hoat，启蒙 bông，启示 sī；启事 sū，启上 siōng；启用 iōng，启程 thêng。

稽

Khè 揭 揭示 sī。

Khè[khòe] 契 契約 iok，厝 chhù 契，房 pâng 契，田 chhân 契，立 lip 契，契合 ha̍p（訂約；投合），契（合）字 jī，契據 kù[kì]，契紙 chóa，契卷 koàn/kǹg；（拜認的）契父 pē，契子 kíaⁿ，契大 tōa 姊 chí，結 kiat 契，契認 jīn；（投合）投 tâu 契，契友 iú，契兄 hiaⁿ（情夫）。

khè[khòe] 嗑 （啃）嗑瓜 koe 子 chí，嗑甘 kam 蔗 chìa，嗑斷 tn̄g，肉 bah 予 hō͘ 人吃 chia̍h、骨 kut 不 m̄ 予人嗑。

[khè]→khòe 課架

khê 搭 （卡住）搭咧·leh，搭住 tiâu，搭在 tī 嚨 nâ 喉 âu，搭喉，搭輪 lián；（不和睦）交 kau 搭（反目；事情卡住不能進展），口 káu 搭（不和，反目，糾紛），犆 tak 搭，對 tùi 搭，砛 khām 搭（不和，不對勁），搭孔 khang；厚 kāu 搭（小孩多病；鬧別扭）。

[khê]→khôe 瘸

khē/hē 下 （放下，擱置）下彼·hia（放那邊）。

kheⁿ[khiⁿ] 坑 深 chhim 坑，山 soaⁿ 坑（山谷，溪谷），坑溝 kau（山溝，山澗），坑谷 kok，坑間 kan，坑崁 khàm（

谷崖)，坑底 té[tóe]，坑水 chúi；湧 éng坑 (波谷) 。

kheh 客 人 lâng 客，主 chú 客，顧 kò͘ 客，旅 lú[lí] 客，政 chèng 客；客觀 koan；客人 lâng，客話 oē，客莊 chng；客鳥 chiáu=鵲鳥 chiáu。

kheh [khoeh] 篋 (小盒子) 篋仔，針 chiam 篋仔，紙 chóa 篋仔

瞖 (閉眼) 目 ba̍k 賙 chiu 放 pàng 瞖，瞖瞖，半 pòaⁿ 目開 khui 瞖，死目不 m̄ 願 goān 瞖，瞖目。

搾 搾油 iû，搾甘 kam 蔗 chìa，搾汁 chiap，搾截 che̍h [choe̍h] (折磨)；(擠，擁擠) 車內真搾，人搾人，搾來搾去，挨 e[oe] 挨搾搾，搾入去，搾𣍐 bē[bōe] 開khui，搾倚 oá，坐 chē 較 khah 搾咧·leh，搾燒 sio。

[kheh]→khoeh 缺

khe̍h 持 (拿) 持咧·leh，持來·lai。

搭 (合不來，反目) 與伊搭。

khe̍hⁿ 喀 (咳嗽) 喀𣍐 bē[bōe] 煞 soah；(宏大刺耳的聲音) 喀喀叫 kìo，予 hō͘ 雷 lûi 公 kong 喀死·si。

Khek 克 克儉 khiām；克服 ho̍k；克復 hok；克日 jit。

剋 敲 khau 剋 (抽分)，剋扣 khàu，剋減 kiám，剋斂 liám (克扣；緊縮開支)，剋斂日 jit 食 sit；剋虧 khui (吃虧，受損失；受委屈；倒霉；可憐)，相 sio[saⁿ] 剋，八字相剋，時日相剋，剋時，剋父 pē，剋死，剋星chheⁿ [chhiⁿ]，忌 khī 剋。

刻 雕 tiau 刻，刻字 jī；時 sî 刻，即 chek 刻；深chhim 刻；刻薄 po̍k，苛 kho 刻，刻剝 pak，刻剝百 peh 姓

sè^{n}[sì^{n}]。

客 客觀 koan；刺 chhì 客。

隙

khek 曲 歌 koa 曲，唱 chhìo[chhìu^{n}] 無 bô 字 jī 曲，曲頭 thâu=曲引 ín (前奏)，曲譜 phó͘ ，曲調 tiāu，曲路 lō͘ ，曲盤 pôa^{n}。

Kheng 傾 傾斜 sîa，傾倒 tó；傾向 hiòng，左 chó 傾，右 iū 傾；傾家 ka；傾倒 tò；傾銷 siau。

輕 輕易 ī^{n}，輕微 bî；輕銀 gîn[gûn] (鋁)；輕率 sut，輕薄 po̍k，輕蔑 bia̍t，輕視 sī。

卿 國 kok 務 bū 卿。

氫 氫氣 khì，氫彈 tân/tôa^{n}。

kheng 框 像 siōng 框，鏡 kìa^{n} 框，開 khui 框，框殼 khak；面 bīn 框。

筐 筐仔。

鋻 刀 to 鋻 (刀背) 。

苘 苘麻 môa。

Khéng 肯 肯做 chò[chòe]，不 m̄ 肯，肯定 tēng。

頃 頃刻 khek 間 kan；頃聞 bûn。

Khèng 慶 慶祝 chiok，慶賀 hō。

磬 石 chio̍h 磬，引 ín 磬。

罄

亙 亙古 kó͘ 未 bī 有 iú。

Khêng 瓊

khêng 窮 (收集)窮錢 chî^n，窮額 giàh，窮貨 hòe[hè] 底té[tóe]，窮菜 chhài 尾 bóe[bé]，窮碗 oá^n 箸 tī，窮賬 siàu (清理帳目)；(計較) 窮分 hun，窮斤 kin[kun] 算 sǹg 兩 níơ[níu] (斤斤計較)；(徹底追究) 窮勘 khàm (徹底查看)，窮究 kìu (追根問底)，窮實 sit (究其實)，窮真 chin (張 tiơ^n[tiu^n]) (窮眞兒)，窮到 kàu 底 té [tóe]；(提出) 窮錫 siah，窮金。

鯨 鯨魚 hî。

khēng 虹 出 chhut 虹，一 chit 叕 chōa/條 tiâu 虹。

柏 柏樹 chhīu，柏油 iû。

涇 涇紙 chóa。

Khi 欺 欺騙 phiàn，欺瞞 môa，詐 chà 欺；欺負 hū。

攲 (傾斜) 攲攲，坦 thán 攲，倒 tó 坦攲身 sin，攲頭 thâu，攲斜 sîa/chhîa，攲塀 phîn (壁、肩等傾斜)，攲歪 oai，攲旁 pêng；攲蹺 khiau (油滑，狡猾；奇怪；可疑)，人着有攲蹺才好、不可傷 siơ^n[siu^n] 直。

崎 崎嶇 khu。

khi /ki/i 咿 (助詞—用在動詞與補語之間，表示祈使、意欲：得) 講 kóng 咿明 bêng，坐 chē 咿好 hó，吃 chiàh 咿飽 pá。

[Khi]→Khu 拘嶇驅

Khí 起 起床 chhn̂g；起價 kè，起起落 lòh 落；起家 ke，起色 sek；起山 soa^n (登陸)，起岸 hōa^n (上岸)；起身 sin，起手 chhíu，起傢 ke 私 si 頭 thâu；起行 kîa^n，起

飛 poe[pe]，起頭 thâu，起先 seng/sian，起勢 sì，起初 chhơ；起性 sèng 地 tē[tōe]，起片 phì^{n}，起癖 phiah，起狷 siáu；紙 chóa 起黃 hn̂g，糖 thn̂g 仔起粘 liâm，起皺 jiâu；起風 hong，起湧 éng，起雞 ke[koe] 母 bó[bú] 皮 phôe[phê]，起疱 phā；發 hoat 起，起兵 peng，起義 gī；起事 sū，起孔 khang，起火 hóe[hé]，起爐 lô͘；起誓 sè，起訴 sò͘；(取出，除掉) 起貨 hòe [hè] (卸貨)，起船 chûn (從船上卸貨)，起皮 (去皮)，起漿 chiơ^{n}[chiu^{n}] (去漿)；(足夠) 稱 chhìn 到 kah 起起，十兩 níơ[níu] 起起，飲 lim 較 khah 起咧；(擬定) 起稿 kó，起草 chhó，起名 mîa；(請人出馬) 起偲老 lāu 父 pē 來，起勢 sè 頭；起厝 chhù，起蓋 kài；買 bé[bóe] 會 ē[ōe] 起，跖 peh 獪 bē[bōe] 起，看有起，看真起，看不起，當 tng 獪得起；抱 phō 起，引 ín 起；(件，次) 頭起，一 chit 起。

豈 豈敢 kám，豈有 iú 此 chhú 理 lí。

綺 綺麗 lē。

khí **齒** 嘴 chhùi 齒，咬 kā 齒根 kin[kun]，齒縫 phāng，齒腳 kha，齒岸 hōa^{n}，齒仁 jîn，齒包 pau，蛀 chìu 齒，後 āu 層 chan 齒，齒抿 bín (牙刷)，齒托 thok (牙簽)；鐵 thih 齒 (强嘴，嘴硬)；(齒狀物) 車 chhia 仔齒，釣 tìo 齒。

紀 一 chit 紀年 nî (12年)；紀綱 kang (常规)，照 chiàu 紀綱 (照理；规规矩矩)。

Khì 氣 空 khong 氣，氣流 lîu；天 thi^n 氣，氣候 hāu；氣味 bī；氣氛 hūn，氣派 phài，氣魄 phek，氣概 khài；(生氣) 受 sīu 氣，氣着·tioh，活 oȧh 要氣死·si，氣到 kah 半 pòa^n 小 sío 死 sí，氣苦 khó͘ (又氣又苦惱)，不可予序大人氣苦；元 goân 氣，血 hiat/hoeh[huih] 氣，葯 iȯh 氣；運 ūn 氣，福 hok 氣，財 châi 氣；火 hóe[hé] 氣，腳 kha 氣，濕 sip 氣。

汽 汽油 iû，汽車 chhia。

企 企業 giȧp，企圖 tô͘；企鵝 gô。

棄 放 hòng 棄，拋 pha 棄，廢 hòe 棄，棄嫌 hiâm，棄揀 sak (扔掉)，棄權 koân。

器 器具 kū/khū，器械 hâi，器材 châi，銀 gîn[gûn] 器，篾 bih 器，兵 peng 器；器官 koan；器重 tiōng。

khì[khù] 去 去市 chhī 仔，來 lâi 來去去；去想看覓 māi；去倒 tò (往返；反而；前後)，去倒幾里路，去倒害 hāi，想來去倒，無去倒的人 (魯莽的人)，去去倒倒(反覆無常，不得要領)；去職 chit，去世 sè；去痰 thâm；去火 hóe[hé]；無=去 bô·khi，死去，吃會 ē[oē] 去；講去真着 tiȯh；去聲 sia^n。

Khî 騎 騎兵 peng，騎士 sū，騎縫 hông 印 ìn。

khî 疷 (傷痕疤) 有 ū 一疷，一迹 jiah 疷，粒 liȧp 仔疷。

蜞 蜈 gô͘/ngô͘ 蜞，樹 chhīu 蜞，毛 mô͘ 蜞。

Khī 柿 紅 âng 柿，澀 siap 柿，浸 chìm 柿，柿蒂 tì，柿粿 kóe[ké]，柿餅 pía^n，柿乾 koa^n，柿霜 song/sng；山

soa^n / 臭 chhàu 柿仔。

khī 忌 妒 tò͘ 忌；顧 kò͘ 忌，嫌 hiâm 忌；禁 kìm 忌；忌吃 chia̍h，忌嘴 chhùi，忌油 iû 臊 chho。

雉 雉雞 ke[koe]。

[khi^n]→khe^n 坑

khî^n 拑 (緊靠用力抓或抓住東西往上爬) 拑住 tiâu，拑牆chhiô^n[chhiû^n] 蹈 peh 壁 piah (抓往牆往上爬)，拑搯 khip (抓頭兒)，拑棺 koan (出葬時，孝男緊緊抓著棺材)；(纏住) 手 chhíu 拑，粘 liâm 拑，夾 kiap 拑 (小孩抱住大人糾纏着)，拑黏 khô͘ (依附；節儉)；(圍成一群) 拑倚 oá 來；(護持，照管) 拑家 ke，拑顧 kò͘ (撐持)，拑儉 khiām (節儉)，拑苦 khó͘ 粒 lia̍p 積 chek (煞費苦心攢錢)；(連續不斷地) 拑咧 leh 做，拑咧講，強 kió^n[kiu^n] 拑掰 peh 變 pì^n (孜孜不倦地幹活，千方百計地積錢)。

鉗 鉗仔 á，火 hóe[hé] 鉗，虎 hó͘ 頭 thâu 鉗。

khia 攲 (誣賴，刁難) 真賢 gâu 攲，攲東 tang 攲西 sai，攲人長 tn̂g 攲人短 té，攲孔 khang 攲縫 phāng，倒 tò 攲 (反咬)。

迦 釋 sek 迦。

khia[kha] 奇 奇數 sò͘，奇日 jit；單 toa^n 奇，孤 ko͘ 奇，奇腳 kha (成對的一方)；私 sai/su 奇 (私房錢)。

[khia]→kha 奇 (量詞)。

khîa[khâ] 騎 騎馬 bé，騎腳 kha 踏 ta̍h 車 chhia，兩 lióng

腳 kha 騎＝騎雙 siang 頭 thâu 馬 bé，騎馬坐 chē、挽 bán 弓 keng 吃 chia̍h；相 sio[saⁿ] 騎（動物交配）；代志煞 soah 騎咧·leh（事情終于停頓了）。

khīa[khā] 竪（站立）竪起來，竪直 tit，竪正 chìaⁿ，竪閃 siám，竪開 khui，竪在 chāi（站穩），竪椹 sīm（佇立），竪猴 kâu（呆呆地站着），倒 tò 竪騰 thêng（倒立）；（直立的）坦 thán 竪，竪像 siōng（立像），竪鐘 cheng，竪鵝 gô，竪泅 sîu；門 mn̂g 竪（門柱），燈竪（燈台）；（竪立）竪柱 thiāu 仔，竪旗 kî 仔，竪碑 pi；（建立，設置）竪棧 chàn（建立倉庫），竪館 koán（設立館塾），竪擂 lûi 台 tâi，竪靈 lêng；（經營，掌管）竪店 tiàm，竪鼎 tíaⁿ（掌勺）；（占，處在）竪頭 thâu 名 mîa，竪大 tōa 股 kó͘＝竪大頭 thâu，竪秋 chhiu，竪黃 n̂g（枯萎發黃）；（預先施行）竪酵 kàⁿ，竪桶 tháng，竪菁 chheⁿ[chhiⁿ]，竪酺 pô͘，竪壽 sīu（生前準備棺材）；（居住）竪起 khí（起居），借 chioh 竪，相 sio[saⁿ] 與 kap 竪，同 siāng 竪內 lāi，竪家 ke（住宅）；（逗留）竪前 chêng 竪後 āu，竪腳 kha（逗留；合股），竪市 chhī（游手好閒）；（登記，注明）竪戶 hō͘ 頭，竪名 mîa，竪日子 chí，竪款 khoáⁿ；（分立）竪股，竪四腳（分立四份）；（數目等於）一 chit 人 lâng 竪十元 khơ。

伽 伽藍 lâm。

khiah 隙 一 chit 孔 khang 一隙，一隙一縫 phāng。

khiak 嘎 嘎嘎叫 kìo，嘎一聲 siaⁿ；(彎指用指節打) 嘎一下看覓 māi；勇 ióng 嘎嘎，惡 ok 嘎嘎。

Khiam 謙 (謙虛) 伊真謙，故 kò͘ 謙，過 kò 謙，謙遜 sùn。

Khiám 歉 道 tō 歉，抱 phāu 歉，歉意 ì。

khiám/kiám 敢/檢 敢/檢采 chhái (或許)。

Khiàm 欠 欠錢 chîⁿ，欠債 chè，欠賬 siàu；欠伊的情；欠缺 khoeh[kheh]，欠腳 kha 手 chhíu，欠血 hoeh[huih]，欠安 an，欠神 sîn (沒有精神)；欠用 ēng/iōng (需用)。

芡 芡實 sit。

Khiām 儉 真儉，儉錢 chîⁿ，儉 (吃 chiah 忍 lún) 嘴 chhùi，節 chiat 儉，趜 khîu 儉，勤 khîn[khûn] 儉，儉斂 liám，儉吃儉穿 chhēng，儉腸 tn̂g 勒 neh 肚 tō͘。

Khian 牽 牽扯 chhé (平均，拉平)，牽 (扯) 勻 ûn (均勻)，牽強 kióng (牽强附會；强嘴)；牽連 liân，牽累 lūi，牽制 chè，拘 khu 牽 (拘謹)，不免許 hiah 呢拘牽；(釘鎖，拉手，把手) 門 mn̂g 牽，屜 thoah 牽，牽仔 á；(扣上) 牽門 mn̂g，牽咿 i 好 hó；(沒有餡的龜形糕點) 有龜 ku 不 m̄ 吃 chiah 牽、無 bô 龜牽嗎 mā 吃；(塊) 柴 chhâ 牽 (大塊木料)；那 hit 牽 (那个傢伙)，你這 chit 牽，一牽大胴 bóng/bú 牽。

khian 掔 (投，擲，扔；扔過去打上) 掔去·khi，掔球 kîu；掔頭 thâu 殼 khak。

Khián 犬 警 kéng 犬；小 siáu 犬，犬子 chú (謙稱自己兒子)。

遣 派 phài 遣，調 tiāu 遣，遣送 sáng；消 siau 遣。

[khiấn]→Khéng 肯

Khiàn 譴 (責備) 譴責 chek；(忌諱) 俗 sio̍h 譴 (迷信的)，厚 kāu 譴 (常講迷信，忌諱多)，譴損 sńg (忌諱)，譴損了 ·liau 了 (忌諱很多)，做 chò[chòe] 譴損 (做一些動作去解除忌諱)。

khiàn 印 (抬頭) 頭 thâu 殼 khak 印印，頭印起來。

擏 擏芳 phang (爆香)，擏油葱 chhang，擏滷 ló͘，擏頭 thâu (作料；比喻裝潢門面)，擏糊 kô͘ (打漿糊)；(比勁兒) 擏看 khòaⁿ 覓 māi[bāi]。

Khiân 虔 (恭敬) 虔誠 sêng，虔敬 kèng；(撒嬌，嬌憨) 真虔，假 ké 虔。

乾 乾坤 khun。

khiang 鏘 鏘鏘叫 kìo，鏗 khin 鏗鏘鏘，硄 khōng 鏘；打 phah 鏘的 (打鉦的小販)。

腔 昆 khun 腔，離 lī 鄉 hiang 不 put 離腔。

[khiang]→ Khiong 姜腔僵殭疆

khiàng 勥 (能幹) 勥腳 kha，勥斗 táu (有本事的)。

Khiap 怯 (膽小) 怯膽 táⁿ，怯場 tîoⁿ[tîuⁿ]；(壞，糟) 較 khah 怯落 lo̍h 油 iû 鼎 tíaⁿ，打 phah 怯 (弄壞)，怯去 ·khi (壞了；死了)，怯勢 sì (醜，難看)，怯意 ì (惡意)，怯命 mīa (厄運)；(吝嗇) 做 chò[chòe] 人 lâng 真怯，怯屎 sái (小氣，吝嗇)。

Khiat 孑 孑然 jiân 一 it 身 sin。

揭 揭幕 bō͘；揭露 lō͘；揭示 sī。

詰 駁 pok 詰。

譎 奸 kan 譎，狡 káu 譎。

戛 (輕輕地敲打) 戛番 hoan 仔 á 火 hóe[hé]。

khiat/khat 級 (台階) 級仔 á；竹 tek 仔 á 刣 thâi 一級。

Khiát 砝 嵁 khâm 嵁砝砝。

桀 (對立) 對 tùi 桀，死 sí 桀，死對桀 (死對頭)。

偈 勇 ióng 偈偈，烏 o͘ 偈偈。

khiát/khiat 戛

Khiau 蹺 蹺腳 kha (二郎腿)，厝內無貓、老鼠就蹺腳，蹺腳架 khòe[khè] 手，蹺腳捻 liàn 嘴鬚 chhiu；踏 tȧh 蹺 (表演高蹺)；蹺攲 khi＝攲蹺＝蹺蹊。

蹻 (＝蹺) 蹻腳。

橇 雪 seh 橇，冰 peng 橇。

khiau 曲 (彎曲) 曲曲，彎 oan 曲，拗 áu 曲，屈 ut 曲 (弄彎)，曲去·khì，曲腳 kha (使腳彎曲)，三 saⁿ 節 chat 六 lȧk 曲，曲痀 ku (駝背)；手曲 (肘)，腳 kha (後 āu) 曲 (腿彎兒)；(翹辮子) 曲去·khì；=khiâu。

交 開 khai 交 (結束，解決)，不 put 得 tek 開交。

khiáu 巧 奇 kî 巧，巧妙 biāu；湊 chhàu 巧，碰 phòng 巧，巧合 hȧp；(靈巧，聰明) 真巧，乖 koai 巧，奸 kan 巧，巧骨 kut，巧到 kah 過 kòe[kè] 骨，巧神 sîn，巧氣 khì，巧路 lō͘。

Khiàu 翹 翹起來，矼 khōng 腳翹，翹嘴 chhùi，翹唇 tûn；(死) 死翹翹，翹歹 táiⁿ/nái，翹蝦 hê (翹辮子)。

徼 徼兆 tiāu。

竅 開 khui 竅，心 sim 竅，開 khai 心竅，機 ki 竅 (機靈，機智)，竅妙 biāu，竅神 sîn (機智靈巧的樣子)，有 ū 竅神。

khiâu 曲 (刁難；賴着要) 曲東 tang 曲西 sai (嫌這嫌那，故意刁難)，曲苦 khó͘，特 tiau 工要 boeh[beh]曲苦人·lang，曲吊 tiàu，曲酷 khò͘ (要挾)，曲酷伊要加 ke 錢。

khiauh 㗯 有 tēng 㗯㗯，硬 ngē[ngī] 㗯㗯。

khiau̍h 磽 磽磽叫 kìo，硞 khih 硞磽磽；磽仔 á (梆子)；乾 ta 磽磽，有 tēng 磽磽。

khih 缺 月 goe̍h[ge̍h] 缺，缺一缺，打 phah 缺，破 phòa 缺，缺角 kak，缺痕 hûn，缺嘴 chhùi。

khih 硞 硞柝 kho̍k 叫 kìo，硞硞柝柝，硞硞礉 khau̍h 礉，硞硞磽 khiau̍h 磽。

臞 瘦 sán 臞臞，臞臞顫 chhoah。

Khim 欽 欽佩 phòe/pōe，欽服 ho̍k，欽慕 bō͘；欽差 chhe，欽使 sài，欽定 tēng。

襟 對 tùi 襟；襟胸 keng；連 liân 襟，襟姪 tit。

矜 矜持 chhî，矜誇 khoa。

衾

Khîm 琴 彈 tôaⁿ 鋼 kǹg 琴，扼 jih 風 hong 琴，挨 e[oe] 小 síó 提 thê 琴。

芩 黃 n̂g 芩。

禽 禽獸 sìu，家 ka 禽。

擒 擒掠 lia̍h，生 chhe^n[chhi^n] 擒活 oa̍h 掠 lia̍h。

khin 輕 (重量小) 輕重 tāng，輕囮 báng 囮，輕身 sin，重頭 thâu 輕；(程度淺)輕手 chhíu，輕聲 sia^n，輕傷 siong；(輕鬆) 輕鬆sang，輕可 khó/khóa，輕爽 sńg/sóng，輕健 kīa^n，輕快 khoài；(輕率) 輕信 sìn，耳 hī^n[hī] 孔 khang 輕，嘴 chhùi 頭 thâu 輕，(不重視) 看khòa^n 輕，輕視 sī。

鏗 鏗哐 khong 叫 kìo，鏗鏗哐哐，鏗鏗鏘 khiang 鏘。

khín 淩 打 phah 深 chhim 淩 (測探水深)，[illegible] khòa 淩 (擱淺)；淩眠 bîn，淩黃 n̂g，淩坦 thán^n (淺；淺易) 。

Khîn[Khûn] 勤 手 chhíu 勤，勤讀 tha̍k，勤學 o̍h，勤儉 khiām，勤快 khoài；勤務 bū，出 chhut 勤，退 thè[thòe] 勤，內 lāi 勤，外 gōa 勤。

懃 慇 in[un] 懃。

芹 芹菜 chhài。

khìo 筧 (引水的長管) 水 chúi 筧，簾 nî 簷 chî^n 筧；筧水（用筧引水）。

儌 (巫術) 做 chò[chòe] 儌，掠 lia̍h 儌，敨 tháu 儌，儌神 sîn (迷信) 真重，儌兆 tīo/tiāu=khiàu-tiāu。

khio͘^{n} [khiu^n] 腔 腔口 kháu，口腔，話 oē 腔，走 cháu 腔。

khīo͘^{n} [khīu^n] 儉 (節制) 儉嘴 chhùi，忍 lún 嘴儉舌 chih，儉相 sìo͘^{n}[sìu^n]。 押

khioh 抾/拾 (拾取，撿) 抾着 tio̍h 錢 chî^n；牽 khan 抾（給人機會得到好處，成全，抬舉），怯咯 khan (拾起來扔

掉，比喻敗壞到不可收拾的地步；成了廢物；死去)，一世 sì 人 lâng 抾咯去啦；(收取，積攢) 開 khui 抾 (攤派收錢)，抾稅 sòe[sè]，抾錢 chî^n (收錢，攢錢)，抾柴 chhâ，抾屑 seh (拾零)，抾零 lân 星 san，抾做夥，抾倚 oá (收集，拼湊)，抾集 chip (收集)，抾拾 sip (積攢；節儉)，抾私奇 sai/su-khia；抾司 sai 仔 (收徒工)，抾伊的樣 iō͘^{n}[iū^n] (學他的樣子)；(收用) 小弟抾兄哥的衫 sa^n，抾穿 chhēng；(收拾，整修) 款抾 (整理)，抾房 pâng 間 keng，抾風 hong 水 súi，抾字 jī (排字)，抾版 pán (排版)，抾担 tà^n 予 hō͘ 人担ta^n (備辦擔子給人家擔)；抾摺 chih (折疊得整整齊齊)，抾裥 kéng (加上衣褶)，抾面 bīn (修飾外表)，抾瓦 hīa (蓋瓦)，抾像 siōng (臨畫肖像)；抾平 pê^n[pî^n]，抾光 kng，抾粒 liap，抾笑 chhìo (仰著，朝上)，抾搕 khap (俯伏，臉朝下)；(接納) 車抾客 kheh，船抾載 chài (貨物)；(接生) 抾囝 gín 仔；(尋找) 抾孔 khang 抾縫 phāng；(記懷) 抾恨 hīn[hūn]，抾怨 oàn，抾行 hēng (蓄意)，抾款 khóa^n (記住人家的過失)，抾癖 phiah (慪氣，鬧別扭，發倔)。

卻 (表示轉折) 到 kàu 時 sî 卻無 bô 影 iá^n，卻是 sī，卻說 soeh[seh]。

Khiok 卻 推 thui/chhui 卻，卻人的意 ì，棄 khì 卻；冷 léng 卻，忘 bông 卻；(副詞：表示轉折) 去卻有 ū 去、總 chóng 是隨 sûi 返 tńg 來，我卻膾 bē[bōe] 比 pí 得

tit 你。

曲 曲線 sòa^{n}，曲折 chiat；曲解 kái，歪 oai 曲。

攫 攫取 chhú。

Khiong[Khiang] 羌腔僵

殭 殭屍 si。

疆

Khióng 恐 恐怖 pò͘；恐嚇 hat；恐驚 kia^{n} (仔 á)，恐怕 phà^{n}；恐龍 liông。

Khip 吸 呼 hơ 吸，吸入 jip，吸嗍 soh[suh] (吮吸)；吸收 siu，吸取 chhú，吸音 im 板 pán；吸引 ín，吸力 le̍k，吸鐵 thih，吸石 chio̍h，吸盤 pôa^{n}。

汲

笈

泣 泣訴 sò͘。

Khip 掐 (抓住) 掐住 tiâu，扲 khî^{n} 掐 (攀附；抓頭兒)；(一點點抓頭兒) 有 ū 一个掐可 thang 扳 pan，傷sio͘^{n}[siu^{n}] 掐(抓頭太小) 吊 tiàu 𣍐 bē[bōe] 住；(勉勉强强剛夠) 所 só 費 hùi 開 khai 了 liáu 較 khah 掐。

Khit 乞 求 kîu 乞；乞雨 hō͘，乞爐 lô͘ 丹 tan；乞吃 chia̍h (乞丐)；(被) 乞人笑 chhìo，乞伊騙 phiàn 去。

khit 杢／杙 (樁子) 柴 chhâ 杢，釘 tèng 杢仔 á。

糬 糬糊 kô͘ (打漿糊)；洘 khó 糬糬，烏 o͘ 糬糬。

Khiu 丘 沙 soa 丘，丘陵 lêng。

鳩 斑 pan 鳩。

khíu 摎 (揪，拉) 摎胸 heng 坎 khám，摎耳 hī^n[hī] 仔，相sio [sa^n] 摎，摎㨃 la̍k，摎後 āu 腳 kha，摎長 tn̂g，摎直 tit。

khîu 趜 (卷縮) 趜趜溜 liu 溜，趜毛 mn̂g，趜做 chò[chòe] 一球；(過分節儉) 趜儉 khiām，趜死 sí 死 (很小氣)，趜凍 tàng；搰 lîu 趜 (小孩哭鬧磨人)。

球 琉 lîu 球。

khīu 飳 (軟而韌) 麻 môa 糍 chî 真飳，飳篤 tak 篤；軟 nńg 飳飳。

[khiu^n]→khio͘^{n} 腔

[khīu^n]→khīo͘^{n} 儉

khiu̍h 吸 短 té 吸吸。

khng 康 (姓)。

糠 米 bí 糠，粗 chho͘ 糠；魚 hî 脯 pó͘ 糠去·khi。

khǹg 囥 (放置) 收 siu 囥，款 khoán 囥，寄 kìa 囥，囥下 hē，囥落去，囥無位 ūi；(隱藏) 偷 thau 囥，囥步 pō͘ (留後步)，囥歲 hòe[hè] (瞞歲數)；(懷著) 囥怨 oàn，囥憂 iu 悶 būn。

曠 闊 khoah 曠，寬 khòa^n 曠。

壙 墓 bō͘ 壙。

khǹg[khùi^n] 勸 款 khoán 勸，苦 khó͘ 勸，橫 hoâi^n 勸直tit 勸。

khngh / khn̍gh 吭 吭吭叫 kìo。

Kho 科 科學 ha̍k，科目 bo̍k。

苛 苛刻 khek，苛求 kîu。

珂 珂羅 lô 版 pán。

柯 柯樹 chhīu。

Khó 可 許 hú 可；可能 lêng，可以 í，可見 kiàn，可比 pí；可愛 ài，可惜 sioh，可憐 liân[lîn]，可惡 ò͘^{n}/ ò͘；輕 khin 可（輕鬆，容易）。

坷 坎 khám 坷。

考 考試 chhì，考校/較 kàu，考着·tioh，考倒 tó 先生，考重 têng 考（彼此彼此）；查 chhâ 考，稽 khe 考，考察 chhat，考核 hėk，考驗 giām；思 su 考，考古 kó͘，考究 kìu，考慮 lū；先 sian 考（亡父），考妣 pí（已死的父母）；（瞄準目標投擲）考石 chiȯh 頭 thâu，考銃 chhèng，考箭 chì^n 靶 pé，考真準 chún；（訂正，校準）考賬 siàu 目 bȧk，考稱 chhìn 頭 thâu。

洘 （稠）洘[米建] khit [米建]，洘頭 thâu 糜 môe[bê]（稠粥）；（弄乾）洘埤 pi 仔 á，洘（埤掠）魚 hî，洘塭 ùn 底 té[tóe]，洘乾 ta；（退潮）水 chúi 洘，洘流 lâu（落潮），洘流頭，洘流尾 bóe[bé]，落 lȯh 洘（乘退潮而下）。

拷 拷打 tá^n，（複印）拷貝 pòe。

栲 栲皮 phî/phôe[phê]。

khó 亢 亢旱 oā^n＝khòng-hān。

Khò 課 學 hȧk 課，功 kong 課，上 siōng/chīo^n[chūu^n] 課，下 hā 課；課稅 sòe[sè]。

錁 金錁。

顆

犒 犒軍 kun，犒賞 sióng/sióⁿ[síuⁿ]，犒勞 lō。

靠 (挨近) 靠倚 oá，靠近 kīn[kūn]，靠壁 piah，靠岸hōaⁿ；(觸著硬東西受傷) 靠着·tioh，腹肚靠着桌角；(依靠) 倚 oá 靠，靠勢 sè，靠後 āu 壁山 soaⁿ，靠俗 sio̍k(隨便，不客套)，清 chheng 靠 (消遙自在)；(信賴) 可khó 靠，會 ē[oē] 靠得·tit，靠會住 chū，靠咧 leh 住。

嵵 (船着沙不能行) 船嵵着 tio̍h 沙 soa，嵵淺 chhián，嵵礁 ta，嵵底 té[tóe] (船底着沙) 。

焅 (去掉水分) 糜 môe[bê] 小 sío 焅一下就會 ē[oē] 洘 khó，這坵 khu 田較 khah 賢 gâu 焅水 chúi，焅乾 ta。

誥

khò 酷 酷人便 pan 宜 gî (乘機占人家便宜)，酷獃 gâi (寒酸)。

khô 眮 (好擺架子) 真眮，眮眮，眮頭 thâu；(看穿人家的弱點而要刁難) 眮人·lang，眮俗 sio̍k (殺價) 。

Khơ 箍 (緊緊套在東西外面的圈) 桶 tháng 箍，篾 bih 箍，鐵 thih 箍，手袂 ńg 箍 (袖章)；箍絡 lo̍h (挑東西用的套繩；苦力)；(上箍兒) 箍桶；(圈圈；框框) 圓 îⁿ 箍仔(圓圈)，花 hoe 箍，目 ba̍k (睭 chiu)箍，嘴 chhùi 箍，月 goe̍h[ge̍h] 箍；打 phah 箍，圍 ûi 箍；箍圍 (圈子，周圍)，旋 se̍h 一 chit 个 ê 大 tōa 箍圍，這chit 箍圍 (這一帶)，四箍擦 lìn/liàn 轉 tńg (四周)，倒tò 翻 hoan 箍 (再回來；病復發)；(圍攏，打圈) 箍一圈 khoân (打一圈)，箍倚 oá (圍攏)；(圓形的塊狀物) 番

han 薯 chû[chî] 箍，柴 chhâ 箍；(個子) 大 tōa 箍，大箍呆 tai，大箍把 pé，細 sè[sòe] 箍，你這 chit箍(你這個傢伙) 。

khơ 元 幾 kúi 元，五元銀 gîn[gûn]；元幾 kúi，元三 saⁿ。

粈 豆 tāu 粈，茶 tê 粈。

呼 (呼喚) 呼狗 káu，呼蛋 toaⁿ，呼呃 eh[uh] 仔，呼啡 pi 仔＝呼哄 si/sut 仔(吹口哨)，呼風 hong；呼隊 tūi (召集隊伍)，呼倚 oá (呼召而聚集) 。

Khó͘ 苦 苦味 bī，苦甘 kam，苦尾 bóe[bé]，苦澀 siap；艱 kan 苦，痛 thòng 苦，受 sīu 苦，在 teh 苦無可 thang 吃 chiah，克 khat 苦，何 hô (得 tek 而 jî) 苦，知chai 苦，哭 khàu 苦，投 tâu 苦 (訴苦)，曲 khiâu 苦，苦毒 tok (虐待)；苦求 kîu，苦勸 khǹg；(初生而柔弱)苦毛 mn̂g (寒毛)，苦皮 phôe[phê] (嫩皮) 。

口 鬥 tò͘ 口 (爭吵)，口角 kak，口舌 siat。

khó͘ 許 (姓) 。

可 (＝khó) 寧 lêng 可。

khò͘ 庫 金 kim 庫，倉 chhng 庫，水 chúi 庫；庫錢 chîⁿ；(糊塗，愚蠢) 庫庫，庫呆 tai，庫神 sîn。

褲 衫 saⁿ 褲，長 tn̂g 褲，內 lāi 褲，褲頭 thâu，褲腳 kha。

寇 賊 chhat 寇，入 jip 寇。

蔻 蔻灰 hoe[he] 色 sek。

叩 叩謝 sīa，叩答 tap。

khô͘ 黏 (使沾染上髒東西) 目 bak 睭 chiu 黏目屎 sái 膏 ko，黏住 tiâu，黏歸 kui 面 bīn 的雪 sap 文 bûn；黏卡 khah (閒溜；事情受阻；牽連)，四界 kòe[kè] 黏卡，代志煞 soah 黏卡，伊要黏卡我；(賴) 硬 ngē[ngī] 要 boeh[beh] 黏人·lang，拑 khîⁿ 黏 (依靠；節儉)，不 put 時 sî 要拑黏人，着較拑黏咧·leh；(扣錢) 予 hō͘ 人黏。

Khoa 誇 誇口 kháu，誇大 tōa/tāi；誇獎 chióng，誇讚 chàn。

Khóa 垮 垮台 tâi。

khóa 可 小 sío 可(略微，微不足道)，小可紅 âng，小可風 hong，小可物 mih，小可代志，輕 khin 可 (=khó)(輕鬆，容易)。

khòa 靠 (靠；擱置) 靠岸 hōaⁿ，靠壁 piah，靠倚 oá；放 pàng 靠 (放置)，腳 kha 靠椅 í，靠腳 kha，靠在 tī 桌 toh 頂 téng，靠下 hē 咧·leh，靠住 tiâu，靠雙 siang 頭 thâu 馬 bé (脚踏兩條船)；手靠 (靠手)；(空閒時間) 無bô 靠吃 chiah，無靠可 thang 去。

嵤 嵤礁 ta (觸礁)，嵤淺 chhián=嵤線 sòaⁿ，嵤小 sío 水 chúi (因退潮而擱淺) 。

掛 (=kòa) 掛心 sim，掛念 liām，掛意 ì，掛慮 lū，掛礙 gāi (阻礙)，有 ū 掛礙膾 bē[bōe] 得 tit 去，掛克 khat (卡住)，代志掛克咧，掛累 lūi。

khōa 譁 (一直) 譁譁等 tán，譁譁赵 chông，譁譁哮 háu；譀hàm 譁譁。

khoa^{n} 寬 (慢) 急 kip 事 sū 寬辦 pān，寬行 kîa^{n} (慢慢走)，寬寬仔是。

khóa^{n} 款 條 tiâu 款；落 lo̍h 款，豎 khīa 款 (署款)；公 kong 款，存 chûn 款；幾 kúi 若 nā 款；抾 khioh 款；(臉上的黑斑) 上 chhīo͘^{n}[chhīu^{n}] 烏 o͘ 款。

khòa^{n} 看 看見·ki^{n}，金 kim 金看；看辦 pān 勢 sè，看破 phòa；看輕 khin，看重 tāng，看上 chīo͘^{n}[chīu^{n}] 目 ba̍k，看𣍐 bē[bōe] 起 khí，看人無 bô 着 tio̍h，看無目 ba̍k 地 tē[tōe]；看門 mn̂g，看頭 thâu(把風；外觀)；看顧 kò͘；看樣 iō͘^{n}[iū^{n}]；看相 sìo͘^{n}[sìu^{n}] (樣子)，歹 phái^{n} 看相；試 chhì 看覓 māi[bāi]，算 sǹg 看，巡 sûn 看 (巡視；查看) 。

寬 (寬敞，寬鬆) 開 khui 寬，寬曠 khǹg，寬旷 lòng，寬瓏 long 瓏，寬口 kháu (寬鬆的袖口)；(大方，不吝嗇) 手 chhíu 頭 thâu 真寬 (寬綽)，寬手 chhíu(大手大脚)，度 tō͘ 量 liōng 寬 khoan 寬 khòa^{n}。

khòa^{n}[khoài^{n},khùi^{n}] 快 快活 oa̍h (舒服；富裕) 。

khoah 闊 (廣闊) 寬 khoan 闊，廣 kóng 闊，開 khui 闊，闊瓏 long 瓏，闊曠 khǹg，闊嘴 chhùi，闊面 bīn，闊身 sin ＝闊幅 pak；(闊綽) 用 ēng 錢 chî^{n} 真濶，闊氣 khì，闊腹 pak 大 tōa 量，闊少 siàu 爺 iâ。

渴 嘴 chhùi 渴，乾 ta 渴，嘴乾 ta 喉 âu 渴，止 chí 渴。

Khoài 快 (迅速) 快緊 kín，快車 chhia，輕 khin 快；(容易) 快歹 phái^{n}，快老 lāu；(舒服) 爽 sóng 快，暢 thiòng

快，痛 thòng 快，快意 ì。

[khoàiⁿ]→khòaⁿ 快

khoâiⁿ 惓 重 tāng 惓惓。

Khoan 寬 寬闊 khoah，寬廣 kóng，寬寬 khòaⁿ，寬度 tō͘；寬裕 jū；寬大 tāi，寬量 liōng；放 hòng/pàng 寬，寬緩 oān，寬限 hān/ān，寬心 sim，寬衣 i，且 chhíaⁿ 寬咧 ·leh，外 gōa 衫 saⁿ 請 chhíaⁿ 寬起來，寬仔 á 行 kîaⁿ（慢慢走），寬仔是（慢慢地）。

髖 髖骨 kut。

Khoán 款 條 tiâu 款；落 lo̍h 款；款留 lîu，款勸 khǹg；款待 tāi/thāi；公 kong 款，存 chûn 款，匯 hōe 款，付 hù 款；(樣子；種類) 款式 sit/sek，好 hó 款，歹 pháiⁿ 款，人 lâng 款，囝 gín 仔 á 款，老 lāu 款，病 pēⁿ [pīⁿ] 款，變 pìⁿ 款，不 m̄ 是款，不成 chîaⁿ 款，扗 khioh 款；這 chit 款，那 hit 款；(整理，備辦) 款行 hêng 李 lí，款扗 khioh，款去园 khǹg，款去全 chiâu 着 tio̍h，款錢 chîⁿ 銀 gîn[gûn]。

Khoàn 勸 勸誘 iú，勸解 kái，勸善 siān。

Khoân 圈 (圈子) 圓 îⁿ 圈，香 hioⁿ[hiuⁿ] 圈，草 chháu 圈，鐵 thih 圈；(卷成圈) 圈起來，圈亞 a 鉛 iân 線 sòaⁿ；(畫圈做記號) 圈點 tiám，圈箍 kho͘，圈選 soán；(圍) 圈圍 ûi，圈占 chiàm；打 phah 圈（打圈子；飛翔），拋 pha 圈（盤旋），圈摙 lìn 轉 tńg（繞個圈回來）；(範圍) 圈內 lāi，圈外 gōa；圈套 thò。

khoân 環 (環子) 手 chhíu 環 (手鐲)，玉 gėk 環，耳 hīⁿ[hī] 環，門 mn̂g 環，連 liân 環；(圍繞) 環球 kîu，環境 kéng；環節 chiat；(＝盤) 𢯾 thia̍p 環 (盤腿)。

盤 跔 kha 𢯾 thia̍p 盤在 teh 坐 chē (盤膝而坐)。

Khoat 缺 缺乏 hoa̍t，缺欠 khiàm，缺額 gia̍h；缺點 tiám；缺課 khò。

厥

蕨

獗 猖 chhiong 獗。

闕

khoa̍t 撅 (揣和) 撅麵 mī 粉 hún，撅土 tō͘ 糜 môe[bê]；(不停地) 撅撅走 cháu。

Khoe 恢 恢復 ho̍k。

盔 戴 tì 盔，鋼 kǹg 盔，戰 chiàn 盔，盔甲 kah；(喪服的帽子) 頭 thâu 盔，麻 môa 盔；盔仔 á (坩堝)。

魁 魁首 síu，魁梧 ngô͘，魁偉 úi；魁星 seng；(棺柩) 魁頭 thâu，魁尾 bóe[bé]。

Khoe[khe] 詼 笑 chhìo 詼 (笑話)，詼諧 hâi (滑稽；做派；擺架子) 講 kóng 話 oē 真詼諧；大 tōa 花 hoe 有 ū 大花的詼諧；詼詼諧諧 (羅羅唆唆)，厚 kāu 詼諧，激 kek 詼諧。

khoe[khe] 葵 葵扇 sìⁿ。

科 (旦角向顧客送秋波) 落 lo̍h 科，射 chōh 科，承 sîn 科 (接秋波)。

箝 箝藤 tîn。

[khoe]→khe 溪刮

[khóe]→Khé 稽

khòe[khè] 課　工 khang 課（工作）。

架（放上，擱）竹 tek 篙 ko 架在 tī 籬 lî 笆 pa，架腳 kha，蹺 khiau 腳架手 chhíu，架下 hē 咧·leh。

[khòe]→khè 契嗑

khôe[khê] 瘸　瘸瘸，瘸手 chhíu，瘸腳 kha 破 phòa 相 sìơⁿ [sìuⁿ]，瘸腳柝 kho̍k（跛子；不成雙）。

khoeh[kheh] 缺　（短小）欠 khiàm 缺，缺欠，短 té 缺，較 khah 缺，少 chío 缺（有的是）；（缺額；職位）空 khang 缺，出 chhut 缺，補 pó͘ 缺，頂 téng 缺，接 chiap 缺，撻 that 缺，候 hāu 缺，肥 pûi 缺。

[khoeh]→kheh 篋瞖搾

Khok 哭 哭喪 song／山 san 杖 tiōng/thiōng。

擴 擴大 tōa/tāi。

廓 寥 liâu 廓；輪 lûn 廓；（頭的上部）頭 thâu 廓，前 chêng 廓，後 āu 廓，廓頭 thâu，廓額 hia̍h。

嗀 白 pe̍h 頭 thâu 嗀（鳥名）；硬 ngē[ngī] 嗀嗀。

涸 乾 ta 涸涸。

梏

酷 殘 chân 酷，酷刑 hêng，酷行 hêng（不講道理冷酷無情），酷毒 to̍k，對 tùi 待 thāi 人 lâng 真酷毒；酷熱 jia̍t，酷愛 ài，落 lo̍h 酷（潦倒失意）；（敲竹槓）予

hō˙ 人酷去，酷人便 pan 宜 gî。

攫 攫取 chhú。

khok 杔 杔仔 á (勺子)，油 iû 杔，酒 chíu 杔，齒 khí 杔仔 (漱口杯)；哩 li/lí 哩杔杔 (零零散散，亂七八糟的)。

khȯk 柝 (木魚，梆子) 柝仔 á，柴 chhâ 柝 (木魚)，打 phah 柝，摃 kòng 柝，叩 khà 柝，更 keⁿ[kiⁿ] 柝；(撞) 柝着 tiȯh 頭 thâu 壳 khak，相 sio[saⁿ] 柝頭；(閒逛) 四 sì 界 kòe[kè] 柝，樂 lȯk 柝馬 bé；(絮叨) 一暝 mê [mî] 柝到 kàu 光 kng；(用文火久煮) 柝糜 môe[bê]，緩 ûn 仔柝，柝較 khah 爛 nōa 咧·leh，(不停地) 柝柝講 kóng，柝柝拜 pài，柝柝撼 hián，柝柝行 kîaⁿ；(很) 乾 ta 柝柝，有 tēng 柝柝，硬 ngē[ngī] 柝柝；(象聲詞) 柝柝叫 kìo，硞 khih 硞柝柝；(關) 給 kā 伊柝起來 (扣起來)；柝仔 á 頭 thâu (守齒鬼) 。

鱷 鱷魚 hî (鰐) 。

Khong 空 空前 chiân；空談 tâm；落 lȯh 空，空費 hùi；空中 tiong，空運 ūn。

倥 (蒙昧無知) 倥倥，倥闇 am，倥憨 khám，倥氣 khì，倥癲 tian，倥倥戇 gōng 戇，激 kek 倥 (裝傻)。

康 健 kiān 康，康健 kiān/kīaⁿ。

哐 鏗 khin 鏗哐哐，鏗哐叫 kìo。

框 (畫圈，用箍圍) 框圓 îⁿ 箍 khơ 仔，給 ka 框起來，框墘 kîⁿ，框紅 âng，水 chúi 梨 lâi 臭 chhàu 孔 khang 着框扔 hìⁿ 揀 sak。

khong 桄 桄榔 lông (一種棕櫚樹) 。

Khóng 孔 七 chhit 孔，眼 gán 孔；孔雀 chhiok；孔教 kàu。

慷 慷慨 khài，慷交 kau。

Khòng 空 (零) 六 lȧk 百 pah 空六 (606)，抽 thiu 空五 ngó͘ (5%)，空三 sa^{n} 利 lāi (三分利息)；虧 khui 空。

控 指 chí 控，控訴 sò͘；控制 chè，遙 iâu 控。

亢 亢旱 hān，亢進 chìn。

伉 伉儷 lē。

抗 抵 tí 抗，反 hoán 抗；抗議 gī，抗辯 piān，抗租 chơ，抗納 lȧp。

吭 喉 âu 吭 (嗓子)；鏗 khin 鏗吭吭。

炕 炕床 chhn̂g；(久煮) 炕肉 bah，炕伊 i 爛 nōa，炕蹄 tê[tôe]，炕窰 iô。

矿 (頻頻) 矿矿行 kîa^{n}，矿矿看 khòa^{n}，矿矿尋 chhōe [chhē]。

壙 (墓穴) 墓 bōng 壙，土 tô͘ 壙，生 seng 壙，雙 siang 壙，開 khui 壙，落 lȯh 壙，壙窟 khut。

曠 (空而寬闊) 曠野 iá，曠闊 khoah，曠達 tȧt (心胸開闊)；(耽誤荒廢) 曠職 chit，曠工 kang。

礦 炭 thòa^{n} 礦，礦脈 me̍h，礦山 soa^{n}。

khòng 擴 擴大 tōa，擴張 tiong。

khōng 矿 (頻頻) 矿矿撼 hián，矿矿哮 háu；(象聲詞) 門 mn̂g 矿 一 chit 聲 sia^{n}，門給 kā 伊矿起來 (關起來)，矿腳 kha 翹 khiàu (椅桌等搖晃，翻倒)，矿鏘 khiang (晃晃

搖搖不穩的梯子）；砊（呵·a）抵 tú（着 tioh）趟 chhiāng（呵·a）（湊巧碰到），趟抵砊（同）；（安上瓦磚或澆注水泥等）壁 piah 砊磚 chng，砊紅 âng 毛 mn̂g 土 tô͘，砊龜 ku 里 lí（澆注混凝土）。

Khu [Khi] 拘　拘留 lîu，拘押 ah，拘禁 kìm；拘束 sok，拘謹 kín，拘牽 khian（拘板），免 bián 許 hiah 拘牽；拘執 chip，拘禮 lé，迂 u 拘；不 put 拘（不拘泥，不計較；不管）。

區　區別 piat；地 tē[tōe] 區。

嶇　崎 khi 嶇。

驅　驅逐 tiok，驅除 tû。

軀　身 sin/seng 軀。

khu　丘＝坵　田 chhân 坵（田地），一坵田，鹽 iâm 坵（鹽田）。

邱（姓）。

[khù]→khì 去

khû　蹲　蹲落去，蹲咧 leh 吃 chiah；蹲腳 kha（累得精疲力盡，畏縮；母雞做孵；居住）。

Khū [Kī] 懼　恐 khióng 懼，畏 ùi 懼，懼怕 phàⁿ，懼內 lōe，懼懼戰 chùn，懼懼顫 chhoah。

khū　臼　舂 cheng 臼，碓 tùi 臼，手 chhíu 臼仔；門 mn̂g 臼，目 bak 孔 kháng 臼（眼眶）；（關節）手臼，腳 kha 臼，捝 thut 臼，黜 lut 臼（脫臼），撨 chhiâu 落 loh 臼（整復脫臼）；臼齒 khí。

具 用 iōng 具，家 ka 具，文 bûn 具，器 khì 具，餐 chhan 具；一具棺 koa^n 柴 chhâ。

唂 唂唂嗚 tân，唂唂哮 háu，唂唂叫 kìo。

khu̍h 呿 呿呿嗽 sàu。

Khui 虧 吃 chia̍h 虧，受 sīu 虧，剋 khek 虧 (受損失；受冤枉；交厄運；可憐)，今年我真剋虧，偲子 kía^n 死真剋虧，虧本 pún，虧失 sit，虧損 sún，虧欠 khiàm，虧累 lūi；虧負 hū，虧心 sim，虧心代＝虧心事 sū；虧得tit (可惜)，虧得我無氣 khùi 力 la̍t、無我就助 chō· 伊。

khui 開 打 phah 開，開門 mn̂g；開孔 khang，開井 ché^n[chí^n]，開路 lō；開拆 thiah (開闢；解釋)，開破 phòa (解釋)，開竅 khiàu；開花 hoe，雲 hûn 開，開叉 chhe，開脾 pî；開禁 kìm，開臊 chho，開齋 chai；開車chhia，開銃 chhèng；開錢 chî^n (分攤)，照 chiàu 開，開抾 khioh；開店 tiàm，開工 kang 廠 chhíơ^n[chhíu^n]；開聲 sia^n，開盤 pôa^n，開彩 chhái，開市 chhī；開會hōe；開單 toa^n，開藥 io̍h 方 hng；開小 sío 差 chhe；閃 siám 開，推 the 開，行 kîa^n 𣍐 bē[bōe] 開腳 kha。

Khúi 詭 詭辯 piān，詭詐 chà，詭計 kè；詭異 ī，詭譎 khiat。

軌 鐵 thih 軌；軌道 tō，越 oa̍t 軌。

傀 傀儡 lúi。

Khùi 愧 慚 chhâm 愧。

khùi 氣 (氣息) 喘 chhoán 氣 (呼吸)，吐 thó· 氣 (嘆氣)，敨 tháu 氣(透氣，解悶)，忍 lún 氣，禁 kìm 氣，窒 cha̍t

氣，斷 tn̄g 氣，絕 choa̍t 氣，無 bô 氣，氣絲 si（微弱的氣息），大 tōa 心 sim 氣，𤆬 bē[bōe] 轉 tńg 氣；(氣味) 氣口 kháu，臭 chhàu 土 thô͘ 氣（土腥氣），酸 sng 氣，生 chheⁿ[chhiⁿ] 氣；(勁兒) 氣力 la̍t，做 chò[chòe] 一氣（一口氣，一股勁兒），㪚 sahⁿ 氣，煞 soah 氣，夠 kàu 氣；(派頭) 氣頭 thâu，激 kek 氣，落 làu 氣；(狀態) 美 súi 氣，緊 kín 氣；這 chit 氣（這陣子）。

潰 潰瘍 iông。

[khùiⁿ]→khòaⁿ **快**

Khun **昆** 昆虫 thiông；昆仲 tiōng；昆曲 khek，昆腔 khiang；昆侖 lûn。

鯤 鯤身 sin。

坤 乾 khiân 坤。

堃

髡（把刀子竪着刮或削）髡頭 thâu 殼 khak，髡面 bīn 毛 mn̂g，髡番 han 薯 chû[chî]，髡鼎 tíaⁿ；(圍上) 髡一𫘧 lìn（繞一圈），對 tùi 後 āu 面髡來（從後面包起來）；(嘴裡覺得又乾又澀) 髡喉 âu。

Khún **捆** 捆行 hêng 李 lí，捆縛 pa̍k，捆緊 ân；捆身 sin 仔（貼身的內衣），捆頭 thâu（矮胖結實）；麥 be̍h 捆，一捆稻 tīu 草 chháu。

菌 黴 bî 菌，細 sè[sòe] 菌。

窘 窘迫 pek，窘逐 tio̍k（迫害）。

墾 開 khai 墾，墾荒 hong。

懇 誠 sêng 懇，懇求 kîu，懇托 thok，懇談 tâm，懇切 chhiat。

Khùn 困 困難 lân，困苦 khó͘，困境 kéng；圍 ûi 困，予 hō͘ 敵 te̍k 軍 kun 困住 tiâu 咧；困倦 koān。

睏 (睡) 愛 ài 睏，睏去·khi，睏醒 chhé^n[chhí^n]，睏精 cheng 神 sîn，睏過 kòe[kè] 頭 thâu，睏晝 tàu，睏手曲 khiau；(躺) 睏坦 thán 攲 khi (側臥)，睏坦笑 chhìo (仰臥)，睏蓋 ka 臉 lán/lián 趴 phak (俯著睡眩)；(求神仙托夢) 睏仙公夢 bāng；(休息) 停 thêng 睏，歇 hioh 睏；(同床) 睏查 cha 某 bó͘；(段落) 一 chit 睏 (一口氣，一股勁兒，一下子)。

Khûn 囷 (堆積成的東西) 稻 tīu 囷，草 chháu 囷。

[Khûn]→Khîn 勤懃芹

khûn 蜷 (纏繞) 蜷索 soh 仔，亞 a 鉛 iân 線 sòa^n 給 ka 蜷蜷咧·leh，兩 nn̄g 蜷銅 tâng 線，蜷三 sa^n 蜷，蝹 un 蜷 (蜷曲，成圈狀)，猫 niau 蝹蜷在 teh 睏 khùn；(鑲上邊兒) 蜷墘 kî^n 仔 á，蜷金緵 chhong；(繞道，繞彎) 蜷山 soa^n 路 lō͘，蜷較 khah 遠 hn̄g (繞遠)，蜷對 tùi 城 sîa^n 內 lāi 返 tńg 來·lai。

Khut 屈 屈咧 leh 坐 chē (彎著身子坐)，屈咧寫 sía 歸 kui 日 jit 字 jī，屈落去打 phah 銃 chhèng；屈曲 khiok，屈尺 chhioh (魯班尺)，屈腰 io，屈橋 kîo (拱形橋)；屈服 ho̍k，屈從 chiông，屈就 chīu；千 chhian 里 lí

馬 má 屈在 tī 牛 gû 稠 tiâu 內 lāi，屈伊獪 bē[bōe] 住 tiâu (沒法約束他)；理 lí 屈 (理虧)；枉 óng 屈，冤 oan 屈，委 úi 屈，受 sīu 屈。

窟 (洞穴) 山 soa^{n} 窟，石 chio̍h 窟，土 thô͘ 窟，墓 bōng 窟；(凹進去的地方) 水 chúi 窟，剳 lap 窟 (低窪)，溝 kau 窟，酒 chíu 窟仔 (酒窩)，心 sim 肝 koa^{n} 窟 (心口窩)，肩 keng 頭 thâu 窟 (肩窩)；(某種人聚集的地方) 匪 húi 窟，賊 chha̍t 窟，賭 kiáu 窟。

Khu̍t 屗 (短，盡) 短 té 屗屗，光 kng 屗屗，屗尾 bóe[bé] (尖端磨禿；沒有出口)，屗尾筆 pit，屗尾巷 hāng，屗頭 thâu (光禿；絶嗣；沒有出口)，屗頭山 soa^{n}，屗頭步 pō͘ (絶招)，屗頭港 káng，屗種 chéng (絶種)，孤 ko͘ 屗 (沒有親人；孤僻)，屗傖 chhêng (樹木矮小；文章過于簡略；冷淡無情帶答不理)；(女人罵人) 詈 lé[lóe] 掐 khàng 屗。

[khu̍t]→khit 糗

L

La　拉　拉弓 keng，拉鏈 liān，拉借 chioh，拉關 koan 係 hē；(安閒着) 有 ū 錢 chîⁿ 就會 ē[oē] 拉，真 chin 拉，打 phah 拉，拉閒 êng，拉癲 thian；(排泄) 拉尿 jīo；拉丁 teng。

啦　啦啦叫 kìo，哩 li 哩啦啦。

là　拉　拉開 khui，拉涼 liâng (打開衣服納涼)，拉鏈 liān；拉尿 jīo；(拼) 與 kap 伊拉，拉落去。

喇　喇嘛 mâ 教 kàu。

lâ　垃　垃儳 sâm (骯髒)，打 phah 垃儳，沾 bak 垃儳，穢 oè[è] 垃儳 (弄髒)，垃死 sí 儳。

拉　講 kóng 拉涼 liâng (說着玩)，打 phah 拉涼，拉涼話 oē (風涼話)。

略　略溫 lûn 仔 (半涼不熱)，略溫燒 sio (微溫)，略溫水 chúi (溫水)。

蜊　蜊仔，沙 soa 蜊，鹹 kiâm 蜊。

膋　(脂肪) 油 iû 膋，猪 ti 膋，板 pán 膋油；(胖嘟嘟的樣子) 飽 pá 膋 (肥胖；吃膩了)，膋涶 sōe[sē] (肥胖而下垂的樣子)，肥 pûi 到膋涶，下 ē 斗 táu 膋涶；魚 hî 膋 (魚白)。

蟧　蟧蝺 gîa。

鯪 鯪鯉 lí（穿山甲）。

磟 磟碡 tak。

lā 撈 (攪) 撈水 chúi，撈糖 thn̂g，撈予 hơ 散 sòaⁿ，撈火 hóe[hé]，撈老 niáu 鼠 chhú[chhí] 孔 khang；(搞，弄；搗亂，生事) 撈（起 khí）頭，吵 chhá 撈，吵家 ke 撈宅 theh，攪 kiáu 撈（攪拌；打攪）。

鴗 鴗鶚 hioh。

lah 垃 垃屑 sap（髒），垃屑相 siòⁿ[siùⁿ]，垃屑鬼 kúi，垃屑肥 pûi，垃屑錢 chîⁿ，垃屑吃 chiah，垃屑物 mih，垃屑話 oē。

·lah 啦 (助詞) 來啦，煮 chú 好 hó 啦，今 taⁿ 着 tioh 你啦。

lah 曆 曆 jit 日。

獵 打 phah 獵，獵狗 káu，獵戶 hō͘。

蠟 蠟條 tiâu，蠟燭 chek，蓋 kài 蠟；潤 jūn 蠟，黃 n̂g 蠟。

臘 臘月 goeh[geh]；臘腸 chhiâng，臘味 bī。

鱲 鮫 ka 鱲魚 hî。

勒 抑 ah 勒（强迫），抑勒伊作 choh 穡 sit。

lai 呆 青 chheⁿ[chhiⁿ] 呆（略帶青色）。

lái 歹 烏 ơ 歹（紫黑色），烏歹血 hoeh[huih]，理 lí 歹（麻煩，不好對付），這 chit 號 hō 代 tāi 志 chì 真理歹。

Lâi 來 來此 chia，來去 khì，來回 hôe[hê]；近 kīn[kūn] 來，向 hiòng 來，在 chāi 來，本 pún 來，後 āu 來；未 bī 來，將 chiong[chiang] 來，來世 sè/sì，來日 jit

；亂 loān 來，慢 bān 慢仔 á 來，復 koh 來一杯 poe；咱 lán 來相 sio[saⁿ] 與 kap 做 chò[chòe] 生seng 理 lí；起 khí 火 hóe[hé] 來焚 hîaⁿ 燒 sio 水 chúi；講 kóng 無 bô 路 lō͘ 來，講會 ē[oē] 得 tit 來；因為一 it 來·lai 遠 hn̄g 路 lō͘、二 jī 來·lai 無閒 êng。

萊 蓬 hông 萊。

lâi 梨 梨仔 á，香 hiang 水 chúi 梨；花 hoe 梨（花櫚木），鳳 ông 梨。

蜊 蜊仔 á 肉 bah。

lāi 內 內面 bīn，內底 té[tóe]，內身 sin，內傷 siong，內才 châi，內衫 saⁿ，內裙 kûn，心 sim 內，腹 pak 內，山 soaⁿ 內，年 nî 內；（指妻）厝 chhù 內，家 ke 內（人 lâng），內頭 thâu（內人；裡頭）；（夫家的親屬）內（頭）親 chhin，內公 kong，內媽 má，內孫 sun。

利 （銳利，靈活）刀 to 會 ē[oē] 利，耳 hīⁿ[hī] 孔khang 利，目 bak 睭 chiu 利，嘴 chhùi 利舌 chih 尖 chiam，使 sái 利手 chhíu（弄手段），靈 lêng 利，巧 khiáu 利，乖 koai 利；（刺激性大）雨 hō͘ 水 chúi 較 khah 利水道 tō 水，鳳 ông 梨 lâi 真利，冷 léng 利；（利息）利（仔 á）錢 chîⁿ，生 seⁿ[siⁿ] 利，行 kîaⁿ 利，空 khòng 五 ngó͘ 利（五厘利息），放 pàng 重 tāng利，母 bó[bú] 絞 ká 利，納 lap 日仔 á 利（繳日利，比喻差不多每天需要花錢）；（吉利）有 ū 利，利年 nî。

鵋 鵋鶀 hiȯh。

荔 荔枝 chi。

lak 落 (脫落，掉下，遺失) 落去·khi，落毛 mn̂g，落殼 khak；(下降) 落價 kè，落格 keh，落低 kē；哩 li 哩落落 (七零八落)，厭 ià 落落 (厭倦) 。

漉 (擺洗) 漉水 chúi。

轆 軥 ka 轆 (轆轤)；轆鑽 chǹg (用細繩操作的鑽孔工具)，轆仔 á，轆鏇 soān，轆索 soh；轆孔 khang (鑽孔)，轆透 thàu 過；(揍) 拖 thoa 起來轆；(幹，對付) 哈 ha 轆，哈轆獪 bē[bōe] 倒 tó (抵不過)，扭 líu 轆 (收拾，處理)，難 oh 扭轆，扭轆伊無法得·tit。

橐 (口袋) 橐 (袋 tē) 仔 á，一橐飽 pá 飽 (腰裡滿滿)；橐罾 chan (方形提網) 。

lȧk 六 六月天 thiⁿ (盛夏) 。

搙 (抓) 搙起來，搙一把 pé 米 bí，搙頭 thâu 毛 mn̂g，搙屎 sái 搙尿 jīo；搙權 koân，搙住 tiâu，總 chóng 搙；一搙米，一搙仔 á；(揉，揉洗) 搙鹹 kiâm 菜 chhài，搙衫 saⁿ 仔 á 褲 khò͘。

慄 慄慄戰 chùn，慄慄顫 chhoah。

lam 甘 酸 sng 甘。

籠 (籠子) 雞 ke[koe] 籠，鳥 chiáu 仔籠；(用籠子扣住) 用雞罩 tà 籠雞仔；(披或套在外面) 籠面 bīn 頂 téng 衫 saⁿ，衫加 ke 籠一領 nía；(耷拉下來) 稻 tīu 穗 sūi 籠落 lȯh 來。

Lám 覽 展 tián 覽，閱 iȧt 覽，游 iû 覽。

攬 (摟抱) 攬起來唚 chim，相 sio[saⁿ] 攬，攬倚 oá，攬住 tiâu，攬抱 phō，攬胸 heng；一攬柴 chhâ；(拉到自己這邊來) 包 pau 攬，總 chóng 攬，承 sêng 攬，攬尾 bóe[bé] (處理善後，收尾)，無 bô 攬無絡 le/ne (散漫，不爽利)；(把持) 攬權 koân。

欖

纜 大 tōa 纜索 soh，鐵 thih 纜，電 tiān 纜，纜車chhia；半 pòaⁿ 纜浮 phû (懸而未決)。

lám 䏼 (不强，不結實，不堅固) 身 sin 體 thé 䏼，䏼身 sin (命 mīa)，衰 soe 䏼，虛 hi[hu] 䏼，䏼弱 jio̍k；(差勁) 䏼路 lō· (不高明)，䏼貨 hòe[hè]；䏼懶 nōa (衣着不整潔；懶散)。

Làm 坔 (泥濘) 路 lō· 真坔，坔土 thô· (爛泥)，坔田 chhân (爛泥田)，坔地 tē[tōe]，坔窟 khut (泥窪兒)，落 lo̍h 坔 (陷入泥濘)，龜 ku 悉 chhōa 鱉 pih 去落坔，坔溝 kau (淤泥溝)；(用力踩) 用腳 kha 給 ka 坔落去，坔腹 bak/pak 肚 tó· 邊 piⁿ；(過於寬大，寬長而下垂) 坔坔，傷 sioⁿ[siuⁿ] 坔，衫 saⁿ 穿 chhēng 了 liáu 坔身 sin，坔肚 tó· (大肚皮)，坔獅 sai 狗 (長毛獅子狗)。

Lâm 男 男子 chú 漢 hàn；長 tióng 男；男爵 chiok。

南 南方 hng，南旁 pêng，南勢 sì。

湳

楠 楠仔 á 柴 chhâ。

藍 翠 chhùi 藍；藍本 pún，藍圖 tô͘ 。

襤

婪 貪 tham 婪。

lâm 淋 (澆) 淋水 chúi，淋雨 hō͘ ，淋滔 tâm (淋濕)，淋身sin 軀 khu (淋浴)，四 sì 淋垂 sûi (眼淚滾滾流下)；淋搪 thn̄g (搪瓷)，淋錫 siah，淋金 kim 身 sin。

簾 半 pòaⁿ 簾懸 hâⁿ (做到一半，半途而廢，不徹底)，唱 chhìo[chhìuⁿ] 到 kah 半簾懸煞 soah 𣍐 bē[bōe] 記 kì 得·tit，要 boeh[beh] 辨 pān 半簾懸不 put 如 jû 勿 mài 做較 khah 好。

Lām 濫 泛 hoàn 濫；濫交 kau，濫用 iōng；濫摻 sám (胡亂地)，濫摻講 kóng，濫摻來 lâi，濫使 sú/chú，濫使來；(參雜使混) 好的濫歹的，濫做 chò[chòe] 夥，濫做一堆 tui，濫紅 âng 毛 mn̂g 土 thô͘ ，相 sio[saⁿ] 濫，濫攙 chham，伴 phōaⁿ 濫 (陪同；同伴)，無伴濫。

艦 戰 chiàn 艦。

纜 大 tōa 纜，纜索 soh。

lām 襤 襤褸 lùi (衣服破爛；家境貧苦；家累繁重)，衣 in[i] 裳 chîoⁿ[chîuⁿ] 襤褸，一身軀真襤褸，偲近來不止襤褸。

lan 趼 手 chhíu 趼，腳 kha 趼，結 kiat 趼；(物體表面上的硬塊) 石 chio̍h 趼，雞腳趼。

Lán 懶 懶惰 tōaⁿ/tō，懶袒 thán (懶勁)；(疲倦，沒力氣) 懶懶，真懶，厭 ià 懶，懶僐 siān，懶神 sîn，懶屍 si

(困乏；懶惰）。

lán 咱 (咱們) 咱大 tāi/tȧk 家 ke，咱兜 tau（咱們家），咱人 lâng（我們；舊曆）。

若 (=ná)(若如，好像) 若親 chhin 像 chhīo͘^{n}[chhīu^n]。

臉 (=lián) 反 péng 蓋 ka 臉趴 phak（使顛倒過來）。

Lân 難 困 khùn 難，艱 kan 難，去 khì 倒 tò 兩 lióng 難；刁 thiau/tiau 難，為 ûi 難；難免 bián，難道 tāu。

闌 闌尾 bóe[bé] 炎 iām。

瀾 波 pho 瀾。

蘭 蘭花 hoe，洋 iô͘^{n}[iû^n] 蘭；荷 hô 蘭。

攔

欄 柵 sa 欄，欄杆 kan，欄杆子 chí，欄杆柱 thiāu。

讕 讕言 giân。

lân 零 (零碎，小數目的) 零星 san，零星錢 chî^n，零星用 ēng，零星碎 chhùi 褸 lùi，零碎，零頭 thâu，零頭免bián 算 sǹg，零尾 bóe[bé] 仔 á；(數的空位) 一百 pah 零七；(帶零頭的) 三十零年 nî（三十多年），半 pòa^n 零月 goėh[gėh]（半個多月）。

劆 (弄斷多餘的細枝；刮掉葉子；削竹節) 劆樹 chhīu 枝 ki，劆蔗 chìa 箬 hȧh，劆竹 tek 目 bȧk，劆予 hō͘ 伊平 pê^n[pî^n]。

鱗 魚 hî 鱗，打 phah 鱗。

Lān 難 災 chai 難，落 lȯh 難，難友 iú；非 hui 難，責 chek 難。

爛 燦 chhàn 爛，爛漫 bān。

lān 孱 (陰莖) 孱屌 chiáu，孱屌頭 thâu＝孱鑵 sui，孱曼 mōa (毛 mn̂g)(陰毛)，孱脬 pha，孱核 hu̍t。

亂 亂彈 thân。

lang 疎 (稀疏) 疎疎，頭毛疎疎，稻 tīu 仔 á 播 pò͘ 了 liáu 傷 sioⁿ[siuⁿ] 疎，排 pâi 較 khah 疎咧·leh，雨 hō͘ 較疎啦·lah，車 chhia 真疎 (車班很少)，疏 se[soe] 疎。

籠 鳥 chiáu 籠。

láng 籠 籠仔 á，字 jī 紙 chóa 籠，畚 pùn 掃 sò 籠，箱sioⁿ [siuⁿ] 籠。

儱 侜 áng 儱。

攏 (掌管) 總 chóng 攏，攏權 koân，攏頭 thâu (主持)，攏賬 siàu；(向上提) 攏褲 khò͘，攏高 koân；(收攏) 攏頭 thâu 毛 mn̂g，將 chiong[chiang] 柴 chhâ 枝 ki 攏歸 kui 堆 tui (把柴火攏在一處)；攏桶 tháng 枋 pang。

朗 明 bêng 朗。

桶 半 pòaⁿ 桶司 sai (一知半解的)。

làng 箺 (留出空隙) 箺縫 phāng，箺一格 keh，箺兩 nn̄g 日 ji̍t (隔兩天)，箺時無 bô 箺日，箺雨 hō͘ 站 chām (趁着雨暫停)，雨落 lo̍h 無箺，箺開 khui，箺手 chhíu (放下手裡的工作)，箺工 kang (暫停工作)，箺晝 tàu (午休)，箺蹽 liâu (偷空溜走)，相 sio[saⁿ] 箺窗 thàng，行

kîaⁿ 一窣箭(走遍了一趟)，疏 se[soe] 窣(稀疏)。

lâng **人** 大 tōa 人，老 lāu 人，工 kang 人，主 chú 人；人才 châi，人緣 iân；一世 sì 人，歸 kui 世人；熱 joàh 人·lang (夏天)，寒 kôaⁿ 人·lang (冬天)，官 koaⁿ 人·lang (官府)；(助詞) 人我嗎 mā 有 ū 去呢。

郎 新 sin 郎。

膿 楦 hùn 膿，脹 tìoⁿ[tìuⁿ] 膿，熻 ūn 膿，灌 koàn 膿，㽷 pū 膿，㗂 puh 膿，出 chhut 膿，擠 chek 膿，膿頭 thâu，膿湠 sìoⁿ[sîuⁿ]。

壟 挨 e[oe] 土 thô͘ 壟。

籠 籠牀 sn̂g (蒸籠)；雞籠。

聾 臭 chhàu 耳 hīⁿ[hī] 聾 (聾)。

虫 蟮 siān 虫。

lāng **弄** (揮舞，表演) 舞 bú 弄大 tōa 刀 to，弄枴 koáiⁿ 仔花 hoe，弄布 pò͘ 袋 tē 戲 hì 尪 ang 仔 á，弄獅 sai，弄龍 lêng，弄鐃 lâu，弄錢 chîⁿ 鼓 kó͘；(抖動)弄翼 sit (振翅)，弄被 phōe[phē] (抖開被窩)，弄風 hong (抖動生風)；(逗弄) 弄伊笑 chhìo，弄新 sin 娘 nîo[nîu]，啞 sîaⁿ 弄 (逗引)；(擺弄，耍弄) 變 pìⁿ 弄，賢 gâu 變弄，予 hō͘ 人變弄真㤞 thiám，變猴 kâu 弄，戲 hì 弄，弄哏 gīn (愚弄，使人生氣厭惡)。

踈 (稀，不密，有空隙) 柴 chhâ 疊 thiap 較 khah 踈咧·leh，天 thiⁿ 較踈 (雲少)，雨 hō͘ 較踈，踈踈 (稀稀拉拉；很多間隙；布料稀薄通風)，通 thang 踈，挑

thiau 踈，鬆 sang 踈，踈風 hong，踈哩 li（布的經緯紗稀疏），踈窪 lāng 鬆 sang（馬馬虎虎）。

籠 箸 tī 籠。

lap 凹（塌陷）凹一凹，凹落去，凹孔 khang（塌陷），凹陷 hām，凹底 té[tóe]；（窪處）凹窟 khut，凹窩 u/o，落 lȯh 凹；凹鼻 $phī^n$，凹本 pún（貼本），凹績 cheh（潦倒），凹磕 khȧp（倒霉）。

踋（踩）踋着 tiȯh 腳 kha，踋落溝 kau 仔 á，踋水 chúi，踋來踋去，踋死·si。

垃 垃屑 sap，垃屑鬼 kúi，油 iû 垃垃。

Lȧp 納 出 chhut 納；採 chhái 納；納稅 sòe[sè]，納會 hōe 仔 á，納錢，納清 chheng；（縫補）納鞋 ê[oê] 底 té[tóe]，納襪 boėh[bėh]。

衲 老 ló 衲（和尚自稱）。

鈉

拉 拉拉雜 chȧp 雜；油 iû 拉拉。

Lȧt 辣

lȧt 力 大 tōa 力，用 ēng 力，激 kek 力（憋勁），行 hêng 力（使勁），下 hē 力，鐙 $tè^n[tì^n]$ 力，着 tiȯh 力（費力），着力兼 kiam 歹 $phái^n$ 看 $khòa^n$，吃 chiȧh 力（費力；嚴重），病真吃力，接 chih 力（承受重量），細枝柱 thiāu 仔𣍐bē[bōe] 接力，贊 chān 力（援助），助 chō͘ 力（援手），節 chat 力（量力），成 $chîa^n$ 力（嚴重），了一下 ē 不 put 止 chí 成力，了 liáu 力（白費力氣）

，氣 khùi 力（力氣，勁頭），骨 hut 力（勤快）。

栗 栗子 chí。

喇 歕 pûn 喇叭 pa。

瀝 瘰 lí 瀝。

Láu 撓 （扭傷）手 chhíu 骨 kut 撓着·tioh，撓着筋 kin[kun]；撓頭 thâu 捘 chūn 頷 ām。

láu 老 老練 liān，老手 chhíu，老到 tàu（老練周到）；老英 eng 文 bûn，真老，老𣍐 bē[bōe] 來；老牌 pâi，老字 jī 號 hō；老前 chiân 輩 pòe，老板 pán；老實 sit；糟 chau 老，老糟；老早 chá；老大 tōa，老二 jī，老兄 hiaⁿ，老細 sè[sòe]。

咾 （騙取財物）咾仔 á（騙子），咾仔指 cháiⁿ（無名指），咾人的錢 chîⁿ，咾騙 phiàn 設 siat（騙人）；巴 pa 侖 lun 巴咾，巴哩 lí 巴咾，加 ka 咾加禮 lé（舌頭不靈，説話含混不清）。

荖 荖藤 tîn，荖葉 hio̍h。

蓼 麻 môa 蓼，米 bí 蓼，蓼花 hoe。

làu 落 （掉下）落胎 the，落字 jī，落句 kù，落頁 ia̍h（缺頁），落站 chām（漏掉一段落），落勾 kau（漏掉，遺落），落陣 tīn（掉隊，走散），落走 cháu（溜走），落榫 sún；（鬆開，滑落）落褲 khò͘，落褲迣 chhe̍h，穿 chhēng 落落，落下 ē 頦 hâi/hoâi，落腄 sê（垂下腊肉），落肩 keng（溜肩膀），落翼 sit（翅膀下垂），落目 ba̍k＝落蚶 ham（竹節等的分節長）；落績 cheh＝落迣 chhe̍h（邋里邋遢)；(折卸) 落行 hêng 李 lí，落桶 thang 枋 pang；(泄) 落田 chhân 水 chúi，落扔 hìⁿ 揀 sak，落風 hong (洩氣)，落氣 khùi (漏氣；出醜)，落杓 siah (漏杓)；(瀉肚) 落屎 sái，落瀉 sìa，落腹 pak，水 chúi 落 (水瀉)；(使人家說走嘴) 給 kā 伊落出來，落伊講出來，落口 kháu 供 keng，落口，落口講出來，落落講 kóng；(開) 落船 chûn (乘風開船)，落南 lâm 風 hong (開船乘南風而去)，落空 khang (空着)，落空車 chhia，落空叕 chōa，落空返 tńg 來，落空銃 chhèng (放空槍；徒勞)；(打趣) 與 kap 偲落，對 tùi 新郎 lâng 落，落景 kéng，落擺 pái，落聊 liâu。

lâu **樓** 樓仔 á 厝 chhù，樓頂 téng，樓腳 kha，樓下 ē，樓梯 thui；彩 chhái 樓，鼓 kó͘ 樓，鐘 cheng 樓；酒 chíu 樓，銀 gîn[gûn] 樓。

流 水 chúi 在 teh 流，流血 hoeh[huih]，流汗 kōaⁿ，流目 bak 屎 sái，流鼻 phīⁿ，流涎 nōa，流膿 lâng，流湯 thng；溪 khē[khoē] 流；(潮汐) 流水 chuí (潮水)，大 tōa 流 (水)(大潮)，小 sío 流 (水)(小潮)，流在 teh 行 kîaⁿ (潮水在漲落)，流在返 tńg (潮在漲)，流退 thè[thòe] (潮水在退)，淀 tīⁿ 流 (漲潮)，洘 khó 流 (退潮)，暗 àm 流 (晚潮)，流頭 thâu，尾 bóe[bé] 流；赴 hù 流，趕 kóaⁿ 流，趁 thàn 流 (趁着潮水)，過 kòe[kè] 流 (過了時限) 。

留 留人客 kheh，留伊吃 chiah 暗 àm；留下 hē，留囥khǹg

，留話 oē，留後 āu 步 pō͘ ，留伊的額 giah；留頭thâu 毛 mn̂g，留嘴 chhùi 鬚 chhiu。

鐃 鐃鈸 poah，弄 lāng 鐃。

劉 (姓)

Lāu 鬧 鬧熱 jia̍t (繁盛活躍；祝賀；祭典，遊行的隊伍)，街he [koe] 仔 á 真鬧熱，包錢給 kā 伊鬧熱，迎 gîa[ngîa] 鬧熱，鬥 tàu／伴 phōaⁿ 鬧熱；吵 chháu 鬧。

lāu 老 (年歲大) 年 nî 老 (上年紀)，老來·lai (年老)，臭 chhàu 老 (蒼老，老相)，老款 khoán，老人 lâng，老大 tōa 人，老歲 hòe[hè] 仔，老阿婆 pô，老 (尪 ang) 公 kong (仔) 婆，老儕 sê (年老，晚年)，養 ió͘ⁿ[iúⁿ]老儕，老本 pún；(指老人死亡) 老去·khi，張 tioⁿ[tiuⁿ] 老，送 sàng 老；(舊的，原來的) 老調 tiāu，老主 chú 顧 kò͘ ，老交 kau 陪 pôe，老毛 mô͘ /mâu 病 pēⁿ[pīⁿ] ；(經年，老練) 老酒 (陳酒)，老步定 tīaⁿ (老成持重) ，老油條；(陳腐的) 老古 kó͘ 董 tóng；(稱人) 老父pē ，老母 bó[bú]，老師 su，老百 peh 姓 sèⁿ[sìⁿ]，老婆 pô (老媽子，女僕) 。

漏 漏水 chúi，漏雨 hō͘ ，漏出來，漏嗄 chhè 嗄；走 cháu 漏風聲 tiaⁿ，漏泄 siat，漏洩 sia̍p，洩漏；漏電 tiān ，漏稅 sòe[sè]；漏仔 á，漏斗 táu，酒 chíu 漏，油iû 漏；(濾) 過 kòe[kè] 漏，漏予 hō͘ 清 chheng 氣 khì ，水 chúi 漏 (濾水器；漏斗) 。

瘻 痔 tī 瘻，瘻管 kńg。

lauh 老 古 kó͘ 老博 phauh＝kó͘-ló-phok（博古）。

la̍uh 落 交 ka 落（掉下），打 phah 交落，交落身 sin（小產）。

le[ne] 絡 筋 kin[kun] 絡（肌腱），樹 chhīu 絡（樹枝）。

Lé 禮 禮制 chè，婚 hun 禮，洗 sé[sóe] 禮，典 tián 禮，禮堂 tn̂g；禮數 sò͘，禮貌 māu，禮路 lō͘，好 hó 禮，厚 kāu 禮，夠 kàu 禮，無 bô 禮，失 sit 禮，行 kîaⁿ 禮，回 hôe[hê] 禮，揖 ip 禮；禮物 bu̍t/mih，禮金 kim，賀 hō 禮，送 sàng 禮，答 tap 禮。

醴 牲 seng 醴。

lé 儡 傀 ka 儡。

蕾 芭 pa 蕾舞 bú。

lé[lóe] 詈 （咒罵）詈到 kah 無 bô 一塊 tè，那 ná 罵 mē[mā] 那詈，詈罵，詈掐 khàng。

奶 娘 nîơ[nîu] 奶（母親）。

禮 羞 siáu 禮（感到慚愧），畏 ùi 羞禮（怕羞），會 ē[oē] 羞禮，膾 bē[bōe] 羞禮（厚顏無恥，不害臊），賠 pôe[pê] 羞禮（向人道歉賠罪）。

lè 麗 麗斗 táu（美好；高興），面路生做真麗斗，這間厝起去真麗斗，見着老友心肝真麗斗。

泥 拘 khu 泥。

lè[lòe] 鑢 鑢仔 á（銼刀），扁 píⁿ 鑢（扁銼），圓 îⁿ 鑢，鋸 kù 鑢（代鋸用的銼刀），鏨 chām 鑢（做銼紋）；鑢鋸 kù 仔 á 齒；(用力磨擦)鑢着·tioh，鑢破 phòa 皮 phôe[phê]，鑢歸 kui 孔 khang，鑢予 hơ 金 kim。

Lê 泥 泥金 kim。

梨

黎 黎明 bêng。

剺 (切開，割開) 剺落去，剺開 khui，水 súi 雞刣 thâi 好才剺做四腿 thúi ，剺肉，剺做兩塊 tè。

麗 高 ko 麗參 som，高麗菜 chhài。

lê 螺 螺仔 á，田 chhân 螺，竹 tek 螺，香 hioⁿ[hiuⁿ] 螺，露 lō͘ 螺，螺壳 khak，螺蒂 tì，螺庀 phí (螺蓋；螺鈿)，螺鈿 tiān，螺肉 bah；螺哨 sàu 角 (螺號)，歕 pûn 螺，吹 chhoe[chhe] 螺，鳴 tân 水 chúi 螺 (鳴汽笛)；水卷 kńg 螺 (水打旋)，旋 sėh 螺，卷 kńg 螺風 hong，絞 ká 螺風；螺旋 chn̄g (頭髮的旋)，手 chhíu 螺 (螺旋形指紋)＝腡 lê。

璃 玻 po 璃。

芽 (＝gê) 麥 bėh 芽膏 ko。

檸 檸檬 mông。

奴 媳 sim 婦 pū 仔 á 奴。

Lê[lôe] 犁 一張 tioⁿ[tiuⁿ] 犁，牛 gû 犁，使 sái 犁，張犁；犁田 chhân；(直衝) 頭 thâu 壳 khak 犁犁 (低頭往前衝)，存 chhûn 死一 it 直 tit 犁去·khi，透 thàu 雨 hō͘ 犁返 tńg 來，犁入犁出。

Lē 例 舉 kú 例，例如 jû；病 pēⁿ[pīⁿ] 例；慣 koàn 例，前 chiân 例；例行 hêng；律 lu̍t 例，例外 gōa；比 pí 例。

麗 美 bí 麗，華 hôa 麗。

儷 伉 khòng 儷（夫婦）。

厲 嚴 giâm 厲，咒 chìu 死 sí 厲誓 chōa。

勵 勉 biáng 勵，鼓 kó͘ 勵，獎 chióng[chiáng] 勵。

隸 隸屬 sio̍k；奴 lô͘ 隸；隸卒 chut；隸書 su。

戾 暴 pō 戾。

淚 淚腺 sòaⁿ。

lē 簍 飯 pn̄g 簍。

lē[lōe] 耒 （扒出，掏出）耒腸 tn̂g 肚 tō͘，耒腌 am 瓜 koe

仔 á 子 chí，耒火 hóe[hé] 灰 hu。

厲 巴 pa 厲（擺弄；撥弄），不 put 時 sî 在 teh 予 hō͘

人巴厲。

鱱 鱱魚 hî。

lē/lāi/nāi 荔 荔枝 chi。

leh 咧 (＝teh)（助詞：着）提 the̍h 咧·leh，下 hē 咧，看

khòaⁿ 咧，記 kì 咧；在 tī 咧；若 ná 猴 kâu 咧，親

chhin 像 chhīoⁿ[chhīuⁿ] 囝仔咧，若無人的 ê 咧，像

死去咧；坐咧吃，倒 tó 咧睏 khùn，節 chat 咧用 ēng

；(副詞：在) 我咧寫字，伊咧吃飯；(介詞)下咧土 thô͘

腳 kha，掛 kòa 咧壁 piah 裡·lin。

勒 (＝neh)(繫緊) 儉 khiām 腸 tn̂g 勒肚 tō͘，無 bô 攬

lám 無勒（懶散），斂 liám 勒（儉約）。

嚦 一支 ki 嘴 chhùi 嚦嚦叫 kìo。

瀝 淆 sîoⁿ[sîuⁿ] 瀝瀝。

lėh 裂 刣 thâi — chit 裂，皴 pit 一裂，碗 oáⁿ 鉤 kơ 裂（碗底的破片）。

劙 (切開) 劙予 hơ 開，劙腹肚 tó͘，劙肚 tō͘，柚 iū 仔á 着先 seng 劙皮 phôe[phê] 才擗 peh，劙花 hoe (用刀畫線)，劙一孔 khang。

嚦 一支 ki 嘴嚦嚦鳴 tân，嚦嚦叫 kìo，念 liām 嚦（絮絮叨叨地說不完）。

瀝 湉 sîơⁿ[sîuⁿ] 瀝瀝，粘 liâm 瀝（發粘）。

靂 雷公靂靂叫 kìo。

弱 爛 nōa 弱（軟而沒有粘性或韌性等）。

lėh[loėh] 笠 笠仔（斗笠），雨 hō͘ 笠，草 chháu 笠，(甲 kah) 箬 hȧh 笠；月 goėh[gėh] 戴 tì 笠（月暈）。

Lek 慄 (恐懼) 面 bīn 慄色 sek，慄胆 táⁿ，懍 lún 慄；(癱軟) 人 lâng 慄落去，後 āu 腳 kha 慄落去；(放鬆，縮短，減少) 慄量 lēng (鬆了；放鬆)，慄手 chhíu (鬆手)，慄力 lȧt (鬆勁)，日子 chí 慄較 khah 短 té，慄價 kè (減價)；(衰退) 慄勢 sè (失勢)，伊近來較慄勢，慄流 lâu (水勢衰退)；(下沈) 牆 chhîơⁿ[chhîuⁿ] 仔 á 慄落去，慄頷 ām (縮脖)；(收縮而起皺紋) 慄襉 kéng，面慄痕 hûn，慄紋 sûn，慄鼻 (皺鼻)，慄目 bȧk (皺眉頭)。

栗 苗 biâu 栗。

曆 親 chhin 曆，狎 ap 曆。

lek 轢 (刁難，欺負) 凌 lêng 轢，轢人·lang，予 hō͘ 伊轢真

忝 thiám。

Lėk 力 力量 liōng/nīơ[nīu]，能 lêng 力；力求 kîu，力圖 tô͘ 。

肋 肋骨 kut，接 chiap 肋肉 bah＝腰 io 內 lāi 肉。

勒 勒馬 bé (勒) 索 soh，勒緊 ân；勒令 lēng，勒逼 pek ；(拉起) 勒手 chhíu 袂 ńg 起來，褲 khò͘ 腳 kha 勒高 koân；(勒緊) 褲帶 tòa 勒較 khah 緊 ân，勒腸 tn̂g 勒肚 tō͘ (比喻辛辛苦苦)；(擠出) 勒烏 ơ 歹 lái 血，勒膿 lâng 出來；(勞累) 勒着·tioh，勒死 sí 我，工 khang 課 khòe[khè] 不 m̄ 可 thang 傷 siơⁿ[siuⁿ] 勒去·khi，勒路 lō͘ (趕路而勞累)；彌 nî 勒佛 hu̍t。

� 鐮 liâm 劙仔 á。

曆 新 sin 曆，農 lông 曆。

歷 經 keng 歷，來 lâi 歷，歷史 sú；歷年 nî，歷屆 kài ；游 iû 歷，歷訪 hóng。

瀝 瀝青 chheng。

壢 中 tiong 壢。

鑩 鑩金 (鍍金) 。

靂 霹 phek 靂。

匿 匿名 mîa。

溺 溺死 sí；溺愛 ài，沈 tîm 溺。

礫 沙 soa 礫。

轢 凌 lêng 轢 (欺負，刁難) 。

lėk 綠 綠色 sek，花 hoe 紅 âng 柳 líu 綠。

錄 (分條記載，抄寫) 錄賬 siàu，錄歸 kui 條 tiâu。

陸 水 chúi 陸，陸路 lō͘，大 tāi 陸。

leng 冷 (寬，鬆，不嚴，不熱心) 規 kui 矩 kí[kú] 放 pàng 較 khah 冷啦·lah，起 khí 頭 thâu 真熱 jia̍t、路 lō͘ 尾 bóe[bé] 較冷，這 chit 久 kú 仔 á 有 ū 較冷去·khì。

[leng]→ni 奶

Léng 冷 冷支 ki 支，冷閃 sih 閃，陰 im 冷，生 chheⁿ[chhiⁿ] 冷，冰 peng 冷；冷藥 io̍h，冷利 lāi；冷淡 tām，冷場 tiô͘ⁿ[tîuⁿ]；冷箭 chìⁿ。

領 要 iàu 領，本 pún 領；領隊 tūi，領導 tō；占 chiàm 領，領土 thó͘；領受 sīu，領教 kàu；領悟 ngō͘，領會 hōe。

嶺 分 hun 水 chúi 嶺。

léng 伶 伶俐 lī (聰明靈活，敏捷，整齊，俐落)。

兩 兩廊 lông (院子兩側的走廊或房子)。

[Lèng]→Liòng 踜 (縱身，掙扎)。

Lêng 能 能力 le̍k，才 châi 能。

靈 靈魂 hûn，靈感 kám；有 ū 靈竅 khiàu，靈敏 bín，靈通 thong；靈聖 siàⁿ，靈顯 hián，靈驗 giām；靈位 ūi，竪 khīa 靈，安 an 靈，靈厝 chhù。

伶 優 iu 伶，伶人 jîn；伶仃 teng。

拎 (抓，拉) 拎耳 hīⁿ[hī] 仔，對 tùi 胸仔 á 給 kā 伊拎住 tiâu，對馬 bé 索 soh 拎咧，牛鼻不 m̄ 拎要 boeh [beh] 拎牛尾，拎翼 sit (綁住翅膀或剪掉羽毛使其不能飛)；(兩人共提一物) 扲桌 toh 仔 á，鬥 tàu 扲；(取下，削掉) 扲鰻 môa 骨 kut，扲鳳 ông 梨 lâi 目bȧk。

苓 茯 hȯk 苓。

囹 囹圄 gú。

玲 玲瓏 lông。

罟 (捕魚網) 放 pàng 罟，罟仔 á；罟魚 hî (用罟捕魚)

羚 羚羊 iông/iô͘^{n}[iû^{n}]。

翎 孔 khóng 雀 chhiok 翎，箭 chì^{n} 翎。

聆 聆聽 thia^{n}。

蛉 螟 bêng 蛉。

零 零碎 chhùi，零亂 loān，零件 kīa^{n}，零售 sîu。

鈴 鈴仔 á，含 hâm 鈴，鴿 kap 鈴，電 tiān 鈴。

鴒 鶺 chek 鴒。

齡 年 nî/liân 齡。

凌 凌治 tī (欺負，刁難)，凌遲 tî，凌辱 jiȯk，凌轢 lek/lėk (凌虐，欺負)，𣍐 bē[bōe] 堪 kham 得 tit 人凌轢，凌亂 loān。

菱 菱角 kak，菱形 hêng。

陵 丘 khiu 陵；陵墓 bō͘。

棱 棱角 kak。

稜 (壟) 菜 chhài 稜，番 han 薯 chû[chî] 稜，培pōe[pē] 稜 (培土做壟)，歸 kui 稜 (整个壟；皮下脂肪過多而成爲稜)。

蔆 菠 poe[pe] 蔆菜 chhài。

綾 綾綢 tîu。

鯪

寧 安寧。

嚀 叮 teng 嚀，千 chhian 叮嚀萬 bān 囑 chiok 咐 hù。

檸 檸檬 bông。

獰 獰惡 ok。

lêng 龍 弄 lāng 龍，龍絞 ká 水 chúi (海龍卷)；(像龍的，長條狀的) 水 chúi 龍車 chhia，草 chháu 龍 (稻草的粗繩)；(脈絡) 山 soaⁿ 龍 (地脈)，龍脈 me̍h，掠 lia̍h 龍 (按摩)；生 seⁿ[siⁿ] 鼻 phīⁿ 龍；(=gêng) 龍眼 géng[kéng]。

樑 鼻 phīⁿ 樑；護 hō͘ 樑 (廂房) 。

明 明角 kak (做爲燈罩用的很薄透明的角片)，明角燈 teng。

銘 銘旌 cheng (=bêng-seng) 。

Lēng 另 另外 gōa，另日 jit (改天) 。

令 命 bēng 令，口 kháu 令，號 hō 令；(時節) 月 goe̍h [ge̍h] 令，時 sî 令，夏 hā 令，春天行 kîaⁿ 秋令 (不合時宜的)；(敬辭) 令尊 chun，令堂 tông，令兄 heng，令姊 chí，令弟 tē，令妹 mōe[bē]，令郎 lông，令愛 ài，令侄 tit；酒 chíu 令。

寧 (寧可) 寧可 khó 無 bô 當 tòng 做 chò[chòe] 有 ū、亦 ia̍h 不 m̄ 可 thang 有當做無，寧願 goān 犧 hi 牲 seng 亦不退 thè[thòe] 後 āu，寧肯 khéng 予 hō͘ 人銃 chhèng 殺 sat 亦不肯向 hiòng 人屈 khut 服 ho̍k，寧

此 chhú（寧可）。

瘘（成條的傷痕）成 chîaⁿ 瘘，烏 ơ 歸 kui 瘘，一 chit 身 sin 軀 khu 打 phah 到 kah 全 choân 全瘘；（狹長的隆起）起 khi 一瘘一瘘。

lēng 夌 山 soaⁿ 夌，横 hoâiⁿ 夌（横木）。

量（鬆，寬）縛 pa̍k 了 liáu 傷 siơⁿ[siuⁿ] 量，量量，量去·khi，放 pàng 量，慄 lek 量，量氣 khùi（鬆口氣；寬裕），聊 liâu 量（輕鬆，有餘），手 chhíu 頭 thâu 較 khah 量。

鴒 鵁 ka 鴒，白 pe̍h 鴒／翎鷥 si。

楝 苦 khó· 楝。

Li 哩（小，少，稀，薄）哩（哩）仔 á（稍微，一點點），薄 po̍h 哩哩，薄哩絲 si，踈 lāng 哩（稀疏）；（囉唆）哩哩啦 la 啦，哩哩囉 lo 囉，哩哩落 lo̍k 落，哩哩杙 khok 杙（瑣瑣碎碎），哩叨 lo（纏着要），不 put 時 sî 來咧哩叨。

Lí 李 李仔 á，李鹹 kiâm；行 hêng 李。

里 一里路 lō·；鄉 hiơⁿ[hiuⁿ] 里，故 kò· 里；鄰 lîn 里。

俚 俚諺 gān。

哩 咖 ka 哩飯 pn̄g；花 hoe 哩囉 lo，花巴 pa 哩猫 niau。

理 道 tō 理，理路 lō·，格 kek 理氣 khì，拗 áu 理（强詞奪理），坐 chhē[chē] 理（賠不是），短 té 理（理虧），跌 poa̍h 情 chêng 理，盤 pôaⁿ 情理（爭辯），曉 hiáu 理；理料 kho，理化 hòa；辦 pān 理，處 chhù 理，管

koán 理，理家 ke，理落 lóh（料理家事等），理膾 bē [bōe] 直 tit（處理不了），支 chi 理；整 chéng 理，修 siu 理，理會 hōe[hē]（申述使人諒解），理處 chhú(調停)；理睬 chhái，不 put 理。

裡 內 lāi 裡（裡子），衫 saⁿ 仔 á 裡，綢 tîu 仔裡，釣 tìo 裡，套 thò 理；表 piáu 裡；月 goa̍t 裡孀 siông 娥 ngô͘；哪 ná 裡（怎能；何處），哪裡會 ē[oē] 按 án 尒 ne[ni]。

裏

鯉 鯉魚 hî，鯪 lâ 鯉（穿山甲）。

履 履歷 le̍k，履行 hêng。

lí 瘰 瘰癧 la̍t。

力 苦 ku 力。

傴 傀 ka 傴嗹 lian 鑼 lô。

lí[lú] 你 你我 góa 兩 nn̄g 人 lâng，你請 chhíaⁿ＝你坐 chē（告別詞）。

[Lí]→Lú 女旅屢

Lì 㧍 （撕）㧍紙 chóa，㧍麻 môa，㧍做 chò[chòe] 兩 nn̄g 塊 tè，㧍破 phòa 面 bīn 皮 phôe[phê]，㧍籤 chhoaⁿ（起倒刺），㧍開 khui；㧍溜 lìu（鬼機伶兒，精明厲害的）。

Lî 厘 一 chit 厘，公 kong 厘；厘厘仔 á，厘絲 si，差 chha 厘絲仔險 hiam 予 hō͘ 伊走去，毫 hô 厘，分 hun 厘，厘止 chí（很少，一點點），差 chha 厘止；鄙 phí 厘（小氣，鄙吝）。

狸 狐 hô͘ 狸，狸貓 bâ。

漓 淋 lîm 漓。

璃 琉 lîu 璃。

篱 笊 chóaⁿ 篱。

離 (休妻) 休 hiu 離，離某 bó͘ (休妻)，離去·khi，離書 chu；支 chi 離。

籬 籬仔 á，籬笆 pa，竹 tek 籬。

罹 罹災 chai，罹難 lān。

lî 簾 門 mn̂g 簾，窗 thang 仔 á 簾，布 pò͘ 簾，竹 tek 簾。

梨 花 hoa 梨木 bo̍k=hoe-lâi (花櫚木)。

[Lî]→Lû 閭廬驢

[lî]→Nî 尼

Lī 離 離開 khui，離散 sòaⁿ；離遠 hn̄g，離倚 oá 倚，離譜 phó͘，離經 keng，離天 thiⁿ 七舖 phò͘ 路 lō͘；(表示完、盡之意) 走 cháu 離，脫 thoat 離，乾 ta 離 (乾透)，推 the 到 kah 離離離 (推得一乾二淨)，做 chò [chòe] 繪 bē[bōe] 離。

利 銳 jōe 利，利器 khì；順 sūn 利，利便 piān；利益 ek；利潤 sūn，利息 sit/sek，單 tan 利，複 hok 利，高 ko 利，重 tāng 利；利口 kháu (開胃的)，利水 súi (利尿的)，利人 jîn，利己 kí，利市 chhī (市場繁榮)，交 ka 易 ia̍h 兼 kiam 利市。

俐 伶 léng 俐。

痢 痢疾 chit/che̍k，放 pàng 痢，做 chò[chòe] 痢。

吏 官 koaⁿ 吏，貪 tham 官污 ù 吏，酷 khok 吏。

蒞 蒞臨 lîm。

[Lī]→Lū 呂侶鋁慮濾儢

liah 剽 (剝，撕) 剽起來，剽破 phòa，剽做兩 nn̄g 塊 tè；(木竹等劈裂或手指上起倒刺) 桌 toh 墘 kîⁿ 剽起來 (毛了邊了)，剽面 bīn (木頭的表面劈裂)，桌仔 á 剽籛 chhoaⁿ，指 chéng[chńg] 頭 thâu 仔 á 剽籛(起肉刺)。

lia̍h 掠 (抓) 掠人 lâng，擒 khîm 掠，活 oa̍h 掠，追 tui 掠，走 cháu 相 sio[saⁿ] 掠，偷 thau 掠雞 ke[koe]，掠魚 hî，討 thó 掠 (漁撈)；(推拿) 掠龍 lêng (骨 kut)(按摩)，掠痧 soa (筋)；(抓碴) 掠白 pe̍h 賊 chha̍t，掠孔 khang 縫 phāng；(修補，編結) 掠漏 lāu (修補屋頂)，掠厝 chhù 頂 téng，掠筧 khìo，掠網 bāng 仔 á，掠箪 pín 仔 á，掠草 chháu 茲 siⁿ (編草墊)；(弄，操持) 掠直 tit，掠斜 chhoa̍h，掠坦 thán 倒 tó (橫着)，掠排 pâi (並排)，掠齊 chê[chôe]，掠平 pêⁿ[pîⁿ]，掠高 koân，心肝着掠予 hō 定 tīaⁿ，掠折 chiat (打折)，掠中 tiong 和 hô (採取中間)，掠和 (從中說和)，掠死訣 koat (固執)，掠硬 ngē[ngī] 片 phìⁿ (嘴硬)；(估量，推測) 掠賬 siàu，掠貨 hòe[hè] 底 té[tóe] (略算剩貨)，比 pí 掠 (比量)，掠譜 phó͘ (猜取大意)，掠人 lâng 的意 ì 思 sù；(誤認，以爲) 掠好做 chò[chòe] 歹 pháiⁿ，掠做按 án 尔 ne[ni]，掠叫 kìo/kioh 是你，掠準 chún 伊不 m̄；(介詞：拿，把) 掠伊看 khòaⁿ 一下，

掠伊無 bô 法 hoat（拿他沒辦法），掠伊做頭 thâu；掠咧 leh/teh（不住地），給 kā 我掠咧金 kim 金相 siòng；(量詞：拇指與中指張開的距離）一 chit 掠長 tn̂g。

Liam 拈 拈飯 pn̄g 粒 lia̍p 仔 á，拈起來，拈鬮 khau，拈香 hioⁿ[hiuⁿ]。

跕 (躡) 跕腳 kha 步 pō͘，跕腳行 kîaⁿ，跕腳匿 bih 手 chhíu。

Liám 斂 收 siu 斂；斂迹 chek；橫 hêng 征 cheng 暴 pō 斂；(節制，減縮) 斂所 só͘ 費 hùi，斂嘴 chhùi 頭 thâu，斂較 khah 少 chío，斂省 séng，斂力 la̍t；(少于，稍微不足) 較斂一百，斂斂無 bô 啥 síaⁿ 夠 kàu。

蘞 白 pe̍k 蘞。

臉 臉面 biān（面子，情面）。

臁 臁肚 tó͘（豬牛魚的腹部的肉），臁肚肉 bah，軟 nńg 臁（側腹的軟肉）。

liám 殮 入 jip 殮，收 siu 殮，殮葬 chòng。

Liàm 捻 (把拇指和食指夾住的東西拉長；或摘起來) 捻嘴 chhùi 酏 phóe[phé]，捻到 kah 烏 ơ 青 chheⁿ[chhiⁿ] 激 kek 血 hoeh[huih]；捻手 chhíu（擰手；互相示意），相 sio[saⁿ] 捻手；捻菜 chhài 葉 hio̍h，捻斷 tn̄g，捻抰hiat 咯 ka̍k。

Liâm 粘 粘粘，粘黐 thi，粘濁 lô，粘（漓 lî）瀝 le̍h，生 seⁿ[siⁿ] 粘，起 khí 粘；相 sio[saⁿ] 粘，粘住 tiâu，粘糊 kô͘，粘倚 oá；(纏磨，糾纏) 予 hō͘ 囝 gín 仔 á

粘住，粘拑 khîⁿ；(好偷東西) 手 chhíu 粘。

廉 清 chheng 廉，廉價 kè。

臁 腳 kha (鼻 phīⁿ) 臁 (小腿，脛) 。

鐮 鐮仔 á，鐮劈 le̍k 仔 á。

簾

奩 妝 chng 奩。

鯰 鯰 (仔 á)(魚 hî) 。

簷 飛 hui 簷走 cháu 壁 piah。

liâm 臨 臨時 sî (馬上；臨到事情發生時)，臨時臨陣 chūn (臨時突然)，臨時臨幺 iāu，臨時臨幺哪有法度，臨當 tong (臨) 時 (當場驟然)，臨邊 mi/piⁿ (馬上，立即；一下子，一會兒) ，伊會 ē[oē] 臨邊來，臨邊冷 léng 臨邊熱 joa̍h，臨邊時 (臨時馬上，一時)，臨邊時我哪 ná 有 ū 便 piān，臨邊邊 (驟然，一下子)，要 boeh[beh] 寒 kôaⁿ 臨邊邊。

連 連捷 chia̍p (敏捷)，連鞭 piⁿ/mi (＝臨邊) 。

淋 雨 hō͘ 淋漓 lî。

Liām 念 (念出聲) 念經 keng，越 oa̍t 念 (背誦)；(念叨) 伊不 put 時 sî 在 teh 念起你；(嘮叨) 喋 chha̍uh 喋念，雜 cha̍p/cha̍uh 念；(想念) 念着 tio̍h 伊的情 chêng，帶 tài/tòa 念，賬 siàu 念，思 su 念，掛 kòa/khòa 念，體 thé 念，觀 koan 念，概 khài 念；(把，抓) 念住 tiâu 住；一念龍 gêng 眼 géng，兩 nn̄g 念韮 kú 菜 chhài；鳳 ông 梨 lâi 念，一念金瓜 koe。

殮 收 siu 殮。

lian 蔫 花 hoe 蔫去·khi，菜 chhài 蔫了 liáu 了，蔫脯 pó͘（萎蔫），花蔫脯去·khi，(卷縮) 卷 kńg 蔫，葉 hio̍h 仔 á 卷蔫，敲 khau 刀 to 蔫(鉋木屑)，鰇 jîu 魚烘 hang 了 liáu 會 ē[oē] 蔫來·lai。

嗹 吺 lô͘ 哩 lí 嗹，傀 ka 儡 lí 嗹鑼 lô͘。

Lián 輦 佛 pu̍t 輦，輦轎 kīo；(輪子) 車 chhia 輦，獨 to̍k/動 tōng 輦車（脚踏車），風 hong 吹 chhoe[chhe] 輦（玩具的風車）；(車輪等滾動，又指步行) 步 pō͘ 輦(步行)，硬 ngē[ngī] 硬輦去·khi，賢 gâu 輦（脚力好），空 khang 輦（空跑一趟）。

撚 (用手指搓轉) 撚線 sòa^{n}，撚嘴 chhùi 鬚 chhiu；(捻子) 紙 chóa 撚，棉 mî 仔 á 撚；(使轉動) 撚耳 hīⁿ[hī] 孔 khang，撚錢 chîⁿ，撚螺 lō͘ 絲 si，撚鏇 choān（旋轉），用 ēng 撚鑽 chǹg 撚孔 khang，撚相 sio[saⁿ] 透 thàu，撚骰 tâu 仔；(比喻詐取勒索) 叨 lo 撚，撚人的錢，撚孔，撚訕 soan（敲竹槓）。

臉 (臉兒) 五 ngó͘ 色 sek 臉（五彩臉；暴戾的）；(情面，面子) 賞 síoⁿ[síuⁿ] 我的臉，給 kā 伊賞臉，無顧 kò͘ 臉，皮 phî 臉（厚臉皮），失 sit 臉，落 lak 臉（丢臉），丢 tiu 臉，漉 lok 臉（落魄潦倒；丢臉），小 siáu 鄙 phí 臉（吝嗇），臉面 biān/bīn。

蹍

lián 輪 三 saⁿ 輪車 chhia，車輪。

蓮 蓮霧 bū。

lián/lán/ná 若 (若如，好像) 若有 ū 若無 bô，若親 chhin 像 chhīo͘^{n}[chhīu^n] (似乎)。

liàn→lìn 攆

Liân 年 萬 bān 年，年鑑 kàm；年齡 lêng；少 siàu 年人 lâng，青 chheng 年。

聯 聯合 ha̍p，聯絡 lo̍k，聯誼 gī；對 tùi 聯。

連 相 sio[sa^n] 連續 sòa，牽 khan 連；(流落無依) 連回 hôe (流連忘回；落魄流浪他鄉)，拖 thoa 屎 sái 連 (落魄流浪外頭丟醜)。

蓮 蓮花 hoe，蓮子 chí，蓮苞 pô͘ (蓮蓬)，蓮藕 ngāu；蓮蕉 chiau，水 chúi 浮 phû 蓮。

褳 背 phāi^n 褡 tah 褳。

鰱 鰱魚。

liân 憐 可 khó 憐，憐憫 bín。

零 (數的空位) 兩百零三，一千零四十；(有零頭，有餘) 一丈 tn̄g 較 khah 零 (一丈多)。

靈 靈芝 chi 草 chhó。

Liān 練 練習 si̍p，訓 hùn 練；老 láu 練，慣 koàn 練 (一貫，時常；擅長)；(閑談) 練仙 sian (聊天)，練戇 gōng 話 oē (閑扯)。

煉 鍛 thoàn 煉，修 siu 煉，煉金 kim，煉丹 tan。

楝 苦 khó͘ 楝。

鍊 (=鏈)

liān 連 (包括在内) 連我三个人，連根 kin[kun] 拔 pueh[puih]，惜 sioh 花 hoe 連盆 phûn、惜子 kía^n 連孫 sun；(甚而至于) 連這 che 你亦 iah 不 m̄ 知 chai，連伊都 to 無 bô 愛 ài。

槤 槤枷 ké^n[kí^n]；(打) 槤豆 tāu 仔 á (用槤枷打豆子)，槤囝 gín 仔 á (打小孩)。

鏈 鐵 thih 鏈，錶 pío 仔 á 鏈，金袚 phoah 鏈 (金項鏈)；(用鏈子綁) 狗 káu 着 tioh 用鏈仔 á 給 ka 鏈起來。

liang 喨 (鈴兒響的聲音) 喨仔 á (鈴兒)，喨仔在 teh 喨，電 tiān 話 oē 在喨；青 chhe^n[chhi^n] 喨喨。

[Liáng]→Lióng 兩倆

liâng 涼 樹腳 kha 真涼，透 thàu 心 sim 涼，清 chheng 涼，涼冷 léng，涼爽 sóng，涼棚 pê^n[pî^n]，涼亭 têng，拉 là 涼 (納涼)；(心身舒暢，輕鬆) 心肝不 put 止 chí 涼，涼勢 sè，講 kóng／打 phah 拉 lâ 涼 (扯淡)，消 siau 涼 (消閑，排遣)；(躲閑) 緊 kín 涼、人來啦。

粱 高 kau 粱。

[Liâng]→Liông 粱樑粱良量

liāng 亮 (清澈) 玉 gek 仔 á 真亮，光 kng 亮，白 peh 亮，青 chhe^n[chhi^n] 亮，清 chheng 亮；(響亮) 聲 sia^n 亮，響 hiáng 亮，嘹 liâu 亮。

[Liāng]→Liōng 諒量亮輛

Liap 揑 (揑造) 冒 mō͘ 揑，亂 loān (使 chú/sú) 揑，無影 iá^n 迹 chiah 的話 oē 亂揑，揑名 mîa (冒稱假名)，揑東

tang 捏西 sai;(用手指夾住) 鼻仔 á 捏咧。

涅 涅槃 phoân。

聶

攝 攝取 chhú[chhí]；攝影 éng/iá^{n}；攝生 seng；攝政 chèng；(攫取) 予 hō͘ 鬼 kúi 攝去·khi，妖 iau 精chi^{n}/chia^{n} 會 ē[oē] 攝人神 sîn 魂 hûn；(收縮) 上 chīo^{n}[chīu^{n}] 卌 siap 就艙 bē[bōe] 攝 (人過了四十就鬆了，沒有勁頭)，會攝抑 ah 艙攝 (有勁沒有勁)，攝倚 oá；(禁住，忍住) 屎 sái 攝住 tiâu，尿 jīo 且 chhía^{n} 攝咧·leh，攝屎 (比喻吝嗇)，攝屎／仔 á 客 (小氣鬼)；(緊縮，起皺，萎縮，退縮) 面 bīn 攝攝 (皺縮的)，攝襇 kéng，攝痕 hûn，攝脯 pó͘，攝歸 kui 球 kîu，會講大 toā 聲 sia^{n} 話 oē 到 kàu 時 sî 着 tio̍h 不 m̄ 可 thang 攝去。

懾 (怕，膽怯) 伊無 bô 懾半 pòa^{n} 項 hāng，懾胆 tá^{n}，懍 lún 懾。

眲 (眨眼) 目 ba̍k 睭 chiu 在 teh 眲。

緤 (縫) 衫 sa^{n} 破 phòa 一孔 khang 且 chhía^{n} 用 ēng 線 sòa^{n} 給 ka 緤倚 oá 來。

Lia̍p **捏** (用拇指和別的手指夾) 捏咧·leh，捏住 tiâu；(用手指把軟東西弄成一定的形狀)捏土 thô͘ 尪 ang 仔 á (捏泥人)，捏飯 pn̄g 丸 oân；(用手指頭擺弄，搞) 粒 lia̍p仔 á 不 m̄ 可 thang 捏，捏了 liáu 會 ē[oē] 發 hoat 癀 hông，捏屎 sái 捏尿 jīo (比喻無微不至的照料)，七

chhit 捏八 peh[poeh] 捏；(揑造) 揑造 chō，揑報 pò。

拉 拉丁 teng。

獵 獵戶 hō͘，獵犬 khián。

liap 粒 大 tōa 粒柑 kam 仔 á，小 sío 粒子 chí，幼 iù 粒物 mih，飯 pn̄g 粒仔，粒頭 thâu (粒的大小形狀)，粒頭有 ū 較 khah 大；(硬，不爛) 飯煮 chú[chí] 了 liáu 傷 sioⁿ[siuⁿ] 粒，粒飯；(瘡疔) 生seⁿ[siⁿ] 粒仔 á，粒仔還 hoân 動 tōng (化膿) 。

立 立捷 chiap (敏捷，快當)，腳 kha 手 chhíu 立捷。

Liat 列 排 pâi 列；列舉 kú[kí]，列島 tó；列入 jip，列席 sek；列位 ūi，列國 kok。

冽

烈 強 kiông 烈，激 kek 烈，熱 jiat 烈，烈火 hóe[hé]，烈性 sèng；剛 kong 烈，節 chiat 烈；烈士 sū，先 sian 烈。

裂 分 hun 裂，破 phò 裂。

liau 瘀 (僵硬) 瘀瘀 (發硬)，硬 ngē[ngī] 瘀，腳 kha 手chhíu 瘀來·lai，腳瘀手瘀，瘀筋 kin[kun] (抽筋發硬) 。

Liáu 了 (完畢，結束) 吃 chiah 了，講 kóng 了，講膾 bē[bōe] 了，了結 kiat，了離 lī，了局 kiok，了卻 khiok，了後 āu (之後)，無 bô 了時 sî (沒完，到頭也不會有前途)，做雞／鴨做鳥無了時、出世 sì 大厝 chhù 人 lâng 子 kiáⁿ 兒 jî，了捷 chiat (迅捷了當)，了了 (完盡，光；盡是)，吃了了，人 lâng 了了；了然 jiân (灰心；

死心，斷念)，了徹 thiat (想得開，死了心)；(表示結果) 看 khòa^n 了不 put 止 chí 佮 kah 意 ì；(耗費，損失) 了錢 chî^n，了盡 chīn，了工 kang，了嘴 chhùi，了家 ke (傾家蕩產)，了尾 bóe[bé] 子 kía^n (敗家子)，白 pėh 了 (白費)。

瞭 瞭解 kái，瞭悟 ngō͘，一 it 目 bȯk 瞭然 jiân，瞭徹 thiat (清楚明白)。

Liâu 僚 官 koa^n 僚，幕 bō͘ 僚；同 tông 僚。

寮 搭 tah 寮仔 á，工 kang 寮，摸 bong 無 bô 寮仔門 mn̂g (摸不着頭緒)。

嘹 (曲調) 板 pán 嘹 (板眼)，緊 kín 嘹 (緊板)，轉 tńg 嘹(轉調)，過 kòe[kè] 嘹 (過門)，嘹拍 phah (板眼)，遏 at 嘹拍 phek (打拍子；估計着時間，斟酌着情況)，嘹亮 liāng，無 bô 嘹無賬 siàu (無精打采，敷衍了事)，夠 kàu 嘹夠賬 (準備齊全)；(吟誦) 嘹詩。

獠 青 chhe^n[chhi^n] 面 bīn 獠牙 gê。

撩 撩亂 loān；(裁，鋸) 撩紙 chóa，撩玻 po 璃 lê，撩柴 chhâ，撩鋸 kù；(用鞭子抽打) 撩落去。

遼 遼闊 khoah。

燎 燎原 goân。

繚 繚亂 loān；繚索 soh (帆索)。

療 診 chín 療，療治 tī。

瞭 明 bêng 瞭；瞭望 bōng/bāng。

蹽 (在不宜行走的地方踩過去) 蹽水 chúi (蹚水)，蹽溪khe

[khoe]，蹽田 chhân 岸 hōa^{n}，蹽厝 chhù 頂 téng，對 tùi 葴 bih 蔴 chhio̍h 頂蹽過去；(溜走) 緊 kín 蹽，窐 làng 蹽 (偷空溜走) 。

鐐 腳 kha 鐐，鐐銬 khàu。

寥 寥寥。

聊 聊且 chhía^{n} (姑且)；聊量 lēng/liōng (鬆，寬)；無 bô/bû 聊 (由於清閑而煩悶；沒有意思；手頭緊)；聊生 seng；聊天 thian 聊地 tē[tōe]，交 kau 聊(交往)；聊(聊) 仔 á (慢慢地)，聊仔是 (等一會兒)；聊人·lang (磨磨蹭蹭爲難人) 。

liâu 條 (細長的東西) 椅 í 條 (長凳)，石 chio̍h 條，紙 chóa 條，布 pò͘ 條，緄 kún 條 (緄邊的布條)，狹 e̍h[oe̍h] 條 (細長的)；(量詞) 三條椅，一條肉；骿 phia^{n} 條骨(脇條骨，肋條，肋骨)，(骿) 條 (肉 bah)(軟肋肉) 。

僂 僂儸 lô。

Liāu 料 (料想) 予 hō͘ 我料着·tioh，料出，料𣍐 bē[bōe] 出，無 bô 料，料算 sǹg (猜想)；(以爲) 料做 chò[chòe]，料叫 kìo；(料理) 照 chiàu 料，料理 lí；(材料) 原 goân 料，柴 chhâ 料，色 sek 料，醬 chìo^{n}[chìu^{n}] 料，乾 ta 料，作 cho 料；(料器) 料絲 si 燈 teng，料珠 chu (假眞珠)，料的·e (假寶石)；料小 siáu/síо (細小) 。

廖 (姓)

liāu 繚 (秤杆上手提的繩紐) 稱 chhìn 繚，頭 thâu 繚 (頭一條繩子），二 jī 繚；牛 gû 繚索 soh（牛鼻繩）；（纏繞繩索使固定）風 hong 颱 thai 要 boeh[beh] 來、厝 chhù 蓋 kòa 着繚咧·leh，繚住 tiâu。

lih 裂 裂去·khi，裂開·khui，裂一裂，裂縫 phāng，裂線 sòa^{n} 坐 chē（開線），破 phòa 裂，拆 thiah 裂，逼 piak 裂（因飽滿而破裂）。

哩 哩哩咯 lo̍k 咯，哩咯叫 kìo。

lim 飲（喝）飲茶 tê，飲湯 thng，飲酒 chíu，飲較 khah 起 khí 咧·leh（多喝一點吧）；（特指喝酒）好 hò͘^{n} 飲，飲醉 chùi，瘦 sán 飲，干 kan 乾 ta 飲，歃 sah^{n} 心sim 飲（暢飲）。

Lím 凜 威 ui 風 hong 凜凜；（處在邊緣）豎 khīa 傷sio͘^{n}[siu^{n}] 凜會 ē[oē] 跌 poa̍h 落去，凜凜的所 só͘ 在 chāi，凜墘 kî^{n}（邊緣），茶 tê 甌 au 下 hē 傷凜墘會落 lak 落 ·loh 去；（接近）一百 pah 凜凜（將近一百），較 khah 凜一百（稍不足一百），凜仔 á 要 boeh[beh] 一百（快要到一百），凜（凜仔）才 chiah（方方）。

Lìm 頕（低頭假寐）頕去·khi（瞌睡着了），頕一醒 chhé^{n}[chhí^{n}]。

Lîm 林 山 san 林；林場 tîo͘^{n}[tîu^{n}]；林立 li̍p。

淋 淋漓 lî；淋巴 pa；淋病 pē^{n}[pī^{n}]。

霖 秋 chhiu 霖。

臨 光 kong 臨；臨海 hái；臨時 sî，臨急 kip，臨床chhn̂g；臨帖 thiap。

lin 鈴 鈴瓏 long 鼓 kó͘，鈴鈴瓏瓏，鈴瓏叫 kìo，喝 hoah 鈴

瓏（拍賣）；旋 seh 鈴瓏，走 cháu 鈴瓏；闊 khoah 鈴瓏。

輪 輪輪摒 lòng 摒，輪輪啷 long 啷。

[lin]→ni 奶

Lín 您 （你們）您攏 lóng 來；（你的，你們的）您兜 tau，您厝 chhù，您彼 hia，您子 kía^{n}；您父 pē（老子）。

lìn 輪 輪摒 lòng 叫 kìo。

lìn/liàn 攄 （滾轉）球 kîu 在 teh 攄（球在滾動），攄落去，翱 kō 翱攄，攄攄走 cháu，圓 î^{n} 攄攄（極圓）；（回轉）翻 hoan 攄轉 tńg（翻轉；回頭馬上），越 oa̍t 攄轉（回頭；回頭馬上），反 péng 攄轉（翻過來），旋 seh 攄轉，拋 pha 一攄轉（轉了一圈回來），講膾 bē[bōe] 攄轉（口齒不伶俐，說不好），跌 poa̍h 攄轉（倒過來），推 chhia 拋 pha 攄（斗 táu）（翻筋斗；翻來覆去）；（量詞：圈）走一攄，旋兩 nn̄g 攄，攄幾 kúi 若 nā 攄（滾了好幾圈），兩 nn̄g 攄半 pòa^{n}（一下子，很快地）；（閑逛，流浪）四 sì 界 kòe[kè] 攄，攄一攄甯 thàng（好好繞了一周，閫遍各地）。

Lîn 鄰 鄰接 chiap。

遴 遴選 soán。

憐 憐憫 bín，憐惜 sioh。

燐

磷 磷質 chit，磷酸 sng，磷光 kng，磷火 hóe[hé]。

麟 麒 kî 麟，拋 pha 麒麟（側手翻）。

lîn 綾 紅 âng 綾，白 pe̍h 綾，羽 ú 綾，綾緞 toān，綾羅 lô 錦 kím[gím] 綉 siù，搭 tah 肉 bah 綾（給死人穿的襯衣）。

[lîn]→Lûn 輪 照 chiàu 輪。

Līn 吝 慳 khian 吝，貪 tham 吝，吝嗇 sek，吝惜 sioh。

躪 蹂 jîu 躪。

·lin 裡 厝 chhù 裡，初 chhe[chhoe] 裡，櫂在伊的手裡。

呢 真呢美 súi，偌 chiah 呢好，許 hiah 呢賢 gâu，若 jōa 仔 á 呢爽 sóng 快 khoài。

líο/lioh 䀹/眽 （瞟，瞥）䀹一下就知 chai，偷 thau 䀹（偷眼）。

lîo 㔏 （從表面切下薄片）㔏一塊 tè 肉 bah，㔏雞肉片 phìⁿ，㔏割 koah；（撇取）㔏油 iû（撇油），㔏泔 ám 沫 phoe̍h [phe̍h]（撇米湯沫）；（用刀劃）㔏鰇 jîu 魚。

lioh→líο 䀹/眽

lio̍h 略 惜 sioh 略（愛惜）；（稍微）略（略）仔 á。

弱 軟 nńg 弱（柔軟，柔弱；軟弱無力，筋疲力盡）。

Lio̍k 六 六經 keng，六腑 hú。

陸 陸地 tē[tōe]；陸續 sio̍k。

綠 綠洲 chiu，綠化 hòa。

錄 記 kì 錄；錄取 chhú；目 bo̍k 錄。

戮 殺 sat 戮。

Lio̍k[Lia̍k] 略 （略微；大概）大 tāi 略，粗 chho͘ 略，約 iok（其 kî）略，頗 phó͘（其）略，草 chhó 其略，簡 kán

略，略略，略俗 siȯk (仔)(馬馬虎虎，差不多)；(計劃，計謀) 方 hong 略，策 chhek 略，戰 chiàn 略；(奪取) 侵 chhim 略。

掠 掠奪 toȧt。

Liống[Liáng] 兩 兩旁 pêng，兩用 iōng，兩頭 thâu 含 kâ^{n}＝兩交 kau 含 kâ^{n}/khâ^{n} (兩面討好)，兩抵 tú 償 siống (兩抵)，兩廊 lông (兩廂)，兩儀 gî。

倆 伎 kī 倆。

Liòng[Lèng] 踜 (縱身，躍起) 踜起來，踜真高 koân，踜身 (縱身)，踜去·khi，田 chhân 蛤 kap 仔 á 踜 (蛙泳)；(掙扎，掙脫，推開) 滾 kùn 踜，腳 kha 踜手 chhíu 踜，踜開 khui (掙開)，踜走 cháu (掙開跑了)，囝 gín 仔 á 真賢 gâu 踜被 phōe[phē] (把被子推開)。

Liông 龍 龍鳳 hōng，龍宮 kiong，龍卷 kńg 風 hong，龍船 chûn，龍骨 kut (脊椎骨)；龍蝦 hê，烏 o͘ 龍茶 tê。

隆 隆盛 sēng，隆起 khí。

窿

Liông[Liâng] 粱

樑 棟 tòng 樑；橋 kîo 樑，鼻 phīⁿ 樑。

粱 高 kau 粱。

良 善 siān 良，改 kái 良；天 thian 良，良心 sim。

量 商 siong 量。

liông 狼 狼狽 pōe (落魄)。

Liōng[Liāng] 諒 原 goân 諒，寬 khoan 諒，體 thé 諒，諒解

kái，諒情chêng（寬恕）；諒必 pit，諒想 sióng（料想）。

量 數 sò͘ 量，分 hun 量；限 hān 量，酒 chíu 量，膽 tám 量；（特指度量）度 tō͘ 量，有 ū 量，無 bô 量，好 hó 量，好子 kía^n 量，大 tōa 量；（估計）酌 chiok 量，衡 hêng 量，約 iok 量，節 chat 量，量大 tāi 小siáu，量（其 kî）約（大約，大概，隨便）；（有餘，使多出）有 ū 量，量剩 sēng/siōng，量較 khah 長 tn̂g 咧·leh，量一寸 chhùn，量早 chá。

亮

輛 車 chhia 輛。

Lip 立 立場 tîo͘^{n}[tîu^n]；設 siat 立，建 kiàn 立；立即chek，立刻 khek。

Liu 溜 （滑行）溜冰 peng，溜落來，溜籠 lông（電梯），踏 tah 溜去·khi（踩跳滑下去）；溜溜走 cháu（到處亂跑），溜湫 chhiu（眼尖；東張西望）；（光滑）滑 ku̍t 溜溜，光 kng 溜溜；（很）活 oa̍h 溜溜，金 kim 溜溜，遠 hn̄g 溜溜，長 tn̂g 溜溜，直 tit 溜溜，歡 hoa^n 喜 hí 溜溜；（脱落，掉下）雨 hō͘ 傘 sòa^n 頭 thâu 溜去·khi，物 mi̍h 提 the̍h 無 bô 住 tiâu 煞 soah 溜落去，話 oē 講 kóng 溜去；（偷偷地走開）做 chò[chòe] 伊溜，溜走cháu，溜亘 soan（開小差），溜出去；尾 bóe[bé] 溜（尾巴；末端，盡頭；最後），溜尾（越來越細，每況愈下），溜尾竹，溜尾子 kía^n。

liu 抽 抽鬮 khau，抽虎 hó͘ 鬚 chhiu。

鰍 魚 hî 鰍，鰗 hô͘ 鰍。

六 (音名) 工 kong 尺 chhe 六 。

Líu 柳 水 chúi 柳，垂 sûi (絲 si) 柳，楊 iô͘ⁿ[iûⁿ] 柳，柳樹 chhīu，柳枝 ki，花 hoe 紅 âng 柳綠 lėk；柳腰 io，柳眉 bâi/bî；柳丁 teng。

扭 (揪) 扭胸 heng 仔 á (揪住胸口)，扭去見 kìⁿ 偲老lāu父 pē，扭倚 oá (揪過來)，扭雞 ke[koe] 腹 pak 內lāi (取出雞下水)，扭轆 lak (收拾，處理)，扭轆伊無法 hoat 得·tit，扭掠 liȧh (身體結實動作敏捷；小巧順手)，身軀扭掠，這支 ki 鋤 tî 頭 thâu 真扭掠。

紐 紐仔 á，紐扣 khàu，紐襻 phàn；紐衫 saⁿ，紐紐仔 (扣上紐扣)；(比喻細小) 紐仔眼 géng (一種小的龍眼)，紐仔仁 jîn (一種小的花生仁) 。

鈕 銅 tâng 鈕。

綹 (量) 一綹麵 mī 線 sòaⁿ，五 ngó͘ 綹鬚 chhiu；(扒手) 剪 chián 綹仔，綹仔步 pō͘ (騙局)，錢 chîⁿ 予 hō͘ 人 lâng 綹去。

Lìu 溜 (東跑西竄) 溜溜走 cháu，一 chit 四 sì 界 kòe[kè] 溜透 thàu 透，過 kòe[kè] 溜(閱歷多的；油滑的)；(利落；油滑) 真溜，洒 sá 溜 (瀟洒；利落)，順 sūn 溜 (順利，流利)，穷 lì 溜 (鬼機伶，精明厲害的)，溜仔子 kíaⁿ=溜子 chú (子 kíaⁿ)(滑骨頭)；(滑) 路真溜，滑 kut 溜 (光滑)，溜落去，踏 tȧh 溜去 (踩跐，失脚)，溜手 chhíu (失手)；(掉，脫) 溜毡 chiⁿ (毡子掉毛兒)，溜皮 phôe[phê] (脫了皮)，溜疕 phí (瘡痂掉了；滑頭滑腦)，溜額 hia̍h (前額光禿)，溜帽 bō 仔 (脫帽)，溜起來 (脫下)。

搯 (用繩結的繩圈，繩套) 索 soh 仔打 phah 一个搯，搯索 soh，搯束sok，搯箍 khơ 絲 si 仔 (套索)；(用套拴繫) 搯狗 káu，搯豬 ti，用麵 mī 線 sòaⁿ 去搯鴨，搯倚 oá；卵 nn̄g 搯做 chò[chòe] 兩 nn̄g 旁 pêng (用線把煮雞蛋切成兩半)；(引誘) 搯人去簿 poa̍h；(使人上圈套) 予 hō͘ 伊搯去，用話去搯伊 (拿話套他)。

Lîu 流 漂 phiau 流；流浪 lōng，流落 lo̍h/lo̍k；流言 giân；河 hô 流；氣 khì 流；流會 hōe；第 tē 一 it 流，未 bōe[bē] 入 jip 流 (還數不上的)；(游蕩)四 sì 界 kòe[kè] 流，風 hong 流，過 kòe[kè] 流(老世故，老油子)。；(挑選) 過 kòe[kè] 流 (經過挑選的) 的柑 kam 仔 á

琉 琉璃 lî；琉球 khîu。

硫 硫磺 hông/hn̂g/n̂g，硫酸 sng。

旒 冕 bián 旒。

留 停 thêng 留，掉 tau 留 (扣留)，挽 bán 留，扣 khàu 留；留念 liām，留用 iōng，留任 jīm，保 pó 留；收 siu 留。

搯 (揪) 搯線 sòaⁿ，凸 phòng 紗 se 搯起來重 têng 刺 chhiah，搯毛 mô͘ 蟹 hē[hōe] (揪線捕毛蟹)，搯線sòaⁿ 索 soh (追蹤線索)，搯腸 tn̂g (仔) 肚 tō͘ (把腸子揪出來；掏錢)；搯趜 khîu (小孩子哭鬧磨人)，病一下 ē

變 pì^n 真賢 gâu 搊趨。

榴 石 siah 榴；手 chhíu 榴彈 tân，榴彈炮 phàu。

瘤 肉 bah 瘤，渣 che 瘤（脂肪瘤），大頷 ām 瘤。

遛 遛馬 bé。

餾 分 hun 餾，蒸 cheng 餾。

瀏 瀏覽 lám。

Līu 餾 (再蒸) 餾粿 kóe[ké]，餾包 pau 仔 á，過 kòe[kè] 餾（回籠）；(復習) 餾冊 chheh，三日無 bô 餾、蹈 peh 上 chīo^n[chīu^n] 樹 chhīu；(重複) 講 kóng 了 liáu 復 koh 再 chài 餾，一句話餾𣍐 bē[bōe] 煞 soah。

遛 遛馬 bé。

liu̍h/liu 六 (音名) 工尺 chhe 六。

lo 叨 (鴨子在水中找食) 鴨 ah 母 bó[bú] 嘴 chhùi 罔 bóng 叨，鴨在 teh 叨溝 kau 仔 á 水 chúi；(强求) 叨錢 chî^n，叨物 mih，敢 kán^n 叨就 chīu 𣍐 bē[bōe] 餓 gō，不 put 時 sî 要 boeh[beh] 叨我，𣍐堪 kham 得 tit 伊叨，哩 li 叨（纏着要），叨撚 lián（敲詐，勒索），叨黜 lut（勒索）。

囉 一支 ki 嘴 chhùi 囉囉叫 kìo。，囉唆 so，囉囉唆唆，囉哩 lí 囉唆，囉黐 thi（囉唆，麻煩），花哩 lí 囉；遠 hn̄g 囉囉，空 khang 囉唆。

烙 (微焦) 臭 chhàu 火 hóe[hé] 烙，飯 pn̄g 煮 chú 烙去·khi，烘 hang 了 liáu 傷 sio^n[siu^n] 烙（烤糊了）。

Ló 老 半 pòa^n 老老 lāu，老博 phok（老練博識）；父 hū 老，

長 tío^{n}[tíu^{n}] 老，老爹 tia，老爺 iâ；老古 kó͘ /kó 石 chio̍h (珊瑚礁)；阿 o 老 (誇獎，稱讚，讚美)，賢 gâu 阿老 (過獎) 。

佬 福 hō 佬話 oē。

潦 潦草 chhó (草率，不仔細，字不工整)，做代志不 m̄ 可 thang 潦草，字真潦草。

惱 煩 hoân 惱 (擔心，操心，憂慮，煩悶) 。

瑙 瑪 bé 瑙。

腦 樟 chio^{n}[chiu^{n}] 腦，激 kek 腦。

lò 躼 (身材高，長) 較 khah 躼竹 tek 篙 ko，躼腳 kha 躼手 chhíu，瘦 sán 躼，抽 thiu 躼，躼頷 ām (脖子長)；講到 kah 躼躼長 tn̂g。

Lô 勞 勞動 tōng，勞力 le̍k (賣力工作，努力)，勞工 kang，辛 sin 勞 (伙計)，薪 sin 勞 lô/hô (工資)；勞煩hoân，勞駕 kà；勞苦 khó͘ ，勞碌 lo̍k，勞業 gia̍p (辛苦，勞碌)，鬱 ut 勞 (積勞)；功 kong 勞；慰 ùi 勞，犒 khò 勞；伯 pit 勞。

撈 打 tá^{n} 撈。

癆 肺 hì 癆，癩 thái ⿸疒哥 ko 鬥 tàu 爛 nōa 癆(臭味相投)。

羅 張 tio^{n}[tiu^{n}] 羅網 bóng/bāng (佈羅網)；羅致 tì，搜 so͘ 羅，網 bóng 羅；羅列 lia̍t；牽 khan 羅經ke^{n}[ki^{n}]，羅盤 pôa^{n}，羅針 chiam；白 pe̍h 羅，綾 lîn 羅；閻 giâm 羅，羅漢 hàn。

儸 飢 iau 儸，僂 liâu 儸。

邏 巡 sûn 邏；邏輯 chhip。

蘿 紅 âng 蘿蔔 pȯk。

玀 珂 kho 玀版 pán。

籮 米 bí 籮，籮斗 táu；籮米。

鑼 銅 tâng 鑼，打 phah 鑼，鑼鼓 kó͘ 陣 tīn。

牢 監 ka^{n} 牢，牢獄 gȧk/gėk，坐 chē 牢，劫 kiap 牢；牢固 kò͘；牢騷 so。

哪 哪吒 chhia。

lô 濁 (不清，不鮮明) 水 chúi 濁濁，聲 sia^{n} 音 im 濁，目 bȧk 睭 chiu 濁濁，濁滓 tái (污濁的渣滓)，濁篤 tak/tȧk 篤；(濃，稠) 粘 liâm 濁 (粘糊)，濁粘涎 nōa (發粘的口水)。

河 天 thian 河板 pán (天花板)。

瑚 珊 sian 瑚樹 chhīu。

鐐 棺 kōa^{n} 腳 kha 鐐。

Lō 裸 裸體 thé。

勞 犒 khò 勞。

lō 烙 燒 sio 烙 (暖和)，今仔 á 日較 khah 燒烙。

聤 (聲音亂雜不清，色調眼睛混濁不清亮) 耳 hī^{n}[hī] 孔 khang 聤 (耳鳴)，厝 chhù 傷 sio^{n}[siu^{n}] 賢 gâu 應 ìn 聲 sia^{n}、音 im 倒 tò 聤，電 tiān 話 oē 聤聤無 bô 啥 sía^{n} 聽 thia^{n} 見·ki^{n}，目 bȧk 睭 chiu聤聤。

栳 (量糧食的器具) 粟 chhek 栳，油 iû 栳。

Ló͘ 鹵 鹵肉 bah，鹵卵 nn̄g；打 phah 鹵，揎 khiàn 鹵，牵

khan 鹵，和 hô 鹵，落 lo̍h 鹵，鹵麵 mī，鹵盤 pôaⁿ/poân/phoân 鴨。

惱 (慪氣，受氣，煩擾) 惱氣 khì (慪氣，生氣)，惱腸 tn̂g 惱肚 tō͘ (慪了一肚子氣)，惱到 kah 要 boeh[beh] 死sí。

努 努力 le̍k。

虜 被 pī 虜，俘 hu 虜。

擄 擄禁 kìm。

魯 (笨) 魯鈍 tūn；(粗野) 粗 chho͘ 魯，魯莽 bóng；(差勁) 工 kang 夫 hu 真魯，厝 chhù 起 khí 了 liáu 真魯，粗魯(不精細，粗劣，粗陋；粗暴魯莽；下流，粗俗)，手路粗魯，魯仙 (差勁的沒有用的人)，魯司 sai (差勁的工匠)；烏 o͘ 魯白 pe̍h 魯 (信口開河，胡說八道)；魯班 pan 尺 chhioh (木工所用的曲尺) 。

櫓 船 chûn 櫓，搖 iô 櫓；(搖櫓) 櫓船，櫓𣍐 bē[bōe] 行 kîaⁿ；(搖櫓似地把椿子等往左右搖動拔掉) 櫓起來，櫓𣍐振 tín 動 tāng。

ló͘ 勞 (費力，費事) 勞力 la̍t (勞神，勞駕，多謝；辛勞，辛苦，費勁)，勞你的力，予 hō͘ 你勞力 (謝謝你；辛苦你了)，勞身 sin 勞命 mīa (勞身費力)，勞氣 khùi 着 tio̍h 力 la̍t (費勁兒)，畏 ùi 勞力 (怕麻煩)，省 séng 勞力 (省事兒)，勞𣍐直 tit (怎麼做也無法解決) 。

老 老古 kó͘ 石 chio̍h。

Lô͘ 奴 奴才 châi，奴僕 po̍k，奴隸 lē，奴役 ia̍h/e̍k；守 chíu 錢 chîⁿ 奴，守 síu 財 châi 奴，某 bó͘ 奴 (對妻子唯

命是從的人）；奴家 ka（婦人自稱）。

嚧 嚧哩 lí 嗹 lian，嚧溜 líu 嗹（傀儡戲開演時所唱的詞）

盧 （姓）。

蘆 蘆葦 úi，蘆荻 tėk，蘆竹 tek，蘆筍 sún，蘆藤 tîn，葫 hô͘ 蘆。

爐 火 hóe[hé] 爐，烘 hang 爐，電 tiān爐，香hioⁿ[hiuⁿ] 爐，金 kim 爐，爐丹 tan（香灰）。

顱 顱骨。

鱸 鱸魚 hî，鱸鰻 môa（鰻魚；流氓）。

鸕 鸕鷀 chî。

髏 骷 ko͘ 髏，髑 tȯk 髏。

Lō͘ **路** （道路）大 tōa 路，小 sío 路，街 ke[koe] 路，十 sip 字 jī 路，雙 siang 叉 chhe 路，陸 liȯk 路，水 chúi 路；（路程）路真遠 hn̄g，五百里 lí 路，一舖 phò͘ 路，兩 n̄ng 日 jit 路，半 pòaⁿ 路，悉 chhōa 路，引 ín 路，上 chīoⁿ[chīuⁿ] 路，趕 kóaⁿ 路，相 sio[saⁿ] 出 chhut 路，路頭 thâu，路尾 bóe[bé]，順 sūn 路；（途徑，門路）活 oȧh 路，生 seⁿ[siⁿ]/seng 路，死 sí 路，絕 choȧt 路，末 boȧt 路，行 kîaⁿ 短 té 路，門mn̂g 路，斷 tn̄g 路；（條理）理 lí 路；（方面，地區）五ngó͘ 路，南 lâm 路貨 hòe[hè]，外 gōa 路人 lâng，外路錢 chîⁿ；（路線）路線 sòaⁿ，七路車 chhia；（做某種用途的地方）壁 piah 路，墻 chhîoⁿ[chhîuⁿ] 路，火hóe[hé] 路，腳 kha 路，無 bô 路（沒有路；沒有地方；不喜好

；没有辦法)，合 ha̍h 路 (恰合時宜)，對 tùi 路 (面對大街；由陸路；恰合時宜)；(事物的門類) 事 sū 路 (各種事情)，禮 lé 路 (禮節)，氣 khùi 路 (氣概，態度)，穡 sit 路 (工作，活兒)，頭 thâu 路 (工作；職業)，軟 nńg 路 (輕鬆的工作)，甜 tiⁿ 路 (甜食)，鹹kiâm 路 (鹹食)，肉 bah 路 (各種肉做的菜)，糋 chìⁿ 路 (油炸食品)，海 hái 路 (魚貝類；海路，航路)，餅 píaⁿ 路 (餅類食品)，粿 kóe[ké] 路，瓷 hûi 仔 á 路，布 pò͘ 路 (布帛)，貴 kùi 路 (價錢貴的物品)；(手法，技巧) 手 chhíu 路，指 cháiⁿ 路 (奏樂指法)，刀 to 路，骨 kut 路 (骨架，體格，結構)，幼 iù 路，巧 khiáu 路，膦 lám 路 (拙劣)，古 kó͘ 路 (落後的)；(等次) 低 kē 路 (等級或質量低的)，頭 thâu 路貨，次 chhù 路的 (次等的)，二 jī 三 saⁿ 路腳 kioh 賬 siàu (二三流角色)。

蕗 蕗蕎 gīo/kīo。

露 (露水) 露水 chúi，天 thiⁿ 露 (露水)，凍 tàng (天) 露，露水點＝露珠 chu，露螺 lê；玫 môe[mûi] 瑰 kùi 露，杏 hēng 仁 jîn 露，花 hoa 露水；(顯露) 暴 pȯk 露，吐 thò͘ 露，揭 khiat 露，敗 pāi 露，露面 bīn，露出 chhut 馬 bé 腳 kha，露渣 che (潦倒，落泊)；(室外的)露天 thian，露營 iâⁿ，露宿 siok，露台 tâi。

鷺 白 pėh 鷺鷥 si，鷺鷥腳 kha。

賂 賄 hóe/iū 賂，下 hē 賂，使 sái 賂，用 ēng 賂，布

pò͘ 賂。

陋 醜 chhíu 陋；簡 kán 陋；陋規 kui；鄙 phí 陋，土 thó͘ 陋。

漏 漏泄 siat。

怒 忿 hún 怒。

弩 萬 bān 弩箭 chì^{n}。

lō͘ 滷 鹽 iâm 滷；用 ēng 鹽滷，滷鹽，滷鹹 kiâm 魚 hî。

擄 (搖晃) 桌 toh 仔 á 擄，嘴 chhùi 齒 khí 搖 iô 擄 (牙齒搖動)，擄擄撼 hián；(搖東西使它動) 擄杙 khit 仔，嘴齒擄予 hō͘ 伊擄 (把牙齒搖一搖使其活動)。

螺 螺絲 si (釘 teng)。

蘆 蘆薈 hōe[hē]。

lòa/lōa 瀨 (河中水淺沙石多而水流較急的地方) 淺 chhián 瀨，溪 khe[khoe] 瀨，石 chio̍h 瀨，沙 soa 瀨，水 chúi 瀨，瀨頭 thâu，上 chīo͘^{n}[chīu^{n}] 瀨，落 lo̍h 瀨。

lôa 籮 米 bí 籮。

lōa 賴 (誣賴；責怪；賴住) 賴人 lâng 做 chò[chòe] 賊 chha̍t，誣 bû 賴，相 sio[sa^{n}] 賴，家 ka 己 tī[kī] 不 m̄ 着 tio̍h、復 koh 要 boeh[beh] 賴別 pa̍t 人，帶 tòa 賴 (歸咎于，責怪)，死 sí 賴，哭 khàu 賴，哮 háu 賴。

瀨 (＝lòa) 水 chúi 瀨。

loah 捋 (擦，抹) 捋火 hóe[hé] 柴 chhâ (劃火柴)，捋菜 chhài 頭 thâu (擦蘿蔔絲)，予 hō͘ 刀 to 捋着 (被刀劃傷)，魚捋鹽 (擦上鹽巴)。

loȧh 捋 (用手指順著抹過去) 捋背 kha[ka] 脊 chiah，捋腹bak/pak 肚 tó͘ ，捋面 bīn (擦臉，喻翻臉)，捋直 tit (將使平直；調解)，捋平 pêⁿ[pîⁿ] (同)，搓 so 捋 (用手撫摩；用好話安慰勸解)；(梳) 捋頭 thâu 毛 mn̂g，捋仔 á (梳子)；(不斷地) 捋捋趖 sô，捋捋講 kóng。

埒 (圍籬，樹籬，堤，埂等成行的事物) 刺 chhì 仔 á 埒，林 nâ 投 tâu 埒，石 chio̍h 埒。

畤 (耙地) 畤平 pêⁿ[pîⁿ] (耙平) 。

辣 芥 kài 辣真辣，辣椒 chio；心 sim 毒 to̍k 手 chhíu 辣。

Loán 輭 輭 nńg 輭 (柔軟的)，輭弱 jio̍k。

暖 溫 un 暖。

卵 卵生 seng。

Loân 戀 戀愛 ài，初 chho 戀，失 sit 戀；留 lîu 戀，貪 tham 戀。

孿 孿生 seng。

孌巒攣鑾鸞

Loān 亂 戰 chiàn 亂，叛 poān 亂，內 lōe 亂；凌 lêng 亂，茹 jû 亂，紛 hun 亂，混 hūn 亂，錯 chhò 亂，亂糟 chau/chhau 糟；擾 jiáu 亂，搗 táu 亂；心肝亂，糟 chau 亂 (心神驚慌忙亂)，懵 cho 亂 (燒心而胸口難受)；淫 îm 亂，亂倫 lûn；(隨便) 亂來 lâi，亂講 kóng，亂彈 tôaⁿ/tōaⁿ，亂亂走，亂使 sú/chú (胡亂)，亂使來，亂使開 khai (花錢)，亂雜 cha̍p (胡亂)，亂雜講(胡道)。

Loat 劣 優 iu 劣，劣勢 sè。

Loé 餒 餒志 chì。

[lóe]→lé 詈奶禮

[lòe]→lè 鑢

[lôe]→lê 犁

Lōe 內 內中 tiong，內幕 bō͘，內容 iông，內部 pō͘，內政 chèng，內閣 koh；內助 chō，內兄 heng。

[lōe]→lē 耒厲鱺

[loėh]→lėh 笠

loh 落 (指緊接在前後的年月日) 落昨＝日 chȯh ·jit (大前天)，落後＝日 āu ·jit (大後天)，落前＝年 chûn ·ni (大前年)，落後＝年 āu ·ni (大後年)，落後禮 lé 拜 pài (大下週)，落後月 goėh[gėh]，復 koh 落一日(再下一天)。

lȯh 落 (下) 上 chīo͘ⁿ[chīuⁿ] 落，起 khí 落，落山 soaⁿ，落崎 kīa，落車 chhia，落雨 hō͘，落價 kè；(開始) 落筆 pit，落手 chhíu；(丟掉) 失 sit 落，落肉 bah (消瘦)，落身 sin (流產)；(減退) 落軟 nńg，落衰 soe，落運 ūn (走運)，落薄 pȯh (潦倒)；(放進) 落名 mîa，落款 khoán，落時 sî 日 jit (寫上日子)，落本 pún 錢 chîⁿ，落肥 pûi (施肥)，落鹽 iâm，落料 liāu (下作料)；(進入；掉進) 落灶 chàu 腳 kha，落搯 lìu (上了圈套)，落圈 khoân 套 thò，落網 bāng (被捕)，落難 lān，落下 ē 港 káng，落庄 chng (下鄉)，落衆 chèng 人 lâng 嘴 chhùi，落俗 siȯh/sīo (能按照當地風俗習慣生

活)，記 kì 𣍐 bē[bōe] 落心 sim，聽 thiaⁿ 有 ū 落耳 hīⁿ[hī]，榫 sún 頭 thâu 鬥 tàu 無 bô 落坎 gám；(砍掉；分成若干部分) 落樹 chhīu 枝 ki，一隻 chiah 猪 ti 落做四腿 thúi；(房子前後的層次) 前 chêng 落，後 āu 落，厝 chhù 起做三落；何 tó 落 (何處)；(量詞) 雞啼 thî 頭 thâu 一 chit 落，幾 kúi 落 (好多)，幾落个 ê，幾落日 jit，幾落色 sek，幾落款 khoán；落底 tī 時 sî 要 boeh[beh] 生 seⁿ[siⁿ]？講 kóng 落後 āu 月日要生；(出頭，多)一千落人(千餘人)，十元 khơ 落銀 gîn[gûn]；下 hē 落，摸 bong 無 bô 下落 (摸不着頭緒)，做 chò[chòe] 代 tāi 志 chì 真有 ū 下落 (有條有理)，無 bô 下 (無) 落 (做事没條没理而不可靠的；不明不白含糊不清)，还 iáu 未 bōe[bē] 有下落 (没有着落)，略 lio̍h 略仔有下落 (稍微有了眉目)，發 hoat 落 (安排，處理)，理 lí 落 (料理家務等)。

絡 箍 khơ 絡 (苦力)，箍絡索 soh (挑東西用的套繩)。

駱 (姓)

·loh 嘍 (助詞) 來 lâi 嘍，當 tong 然 jiân 嘍。

lok 漉 (濕透，爛糊，腐爛的樣子) 湝 tâm 漉漉 (濕漉漉)，爛 nōa 漉漉，腐 àu 漉漉，花 hoe 漉漉，路真漉 (道路泥濘)，爛 nōa 漉 (糜爛)，腐 àu 漉 (腐朽)，漉膿 lâng (腐爛灌膿)，漉呶 chiuh 呶；(壞，糟) 代志辦到 kah真漉，漉跄 sōng (衣着不整寒酸相；潦倒失意；無精打采)，穿 chhēng 到 kah 漉跄漉跄，行 kîaⁿ 路 lō͘ 漉跄漉跄，漉志 chì（失意），漉臉 lián（落魄；丢臉）。

橐（袋子，套子）紙 chóa 橐，手 chhíu 橐，目 bak 鏡 kìaⁿ 橐；（套上，投進，放下）橐手 chhíu 橐，橐落去錢 chîⁿ 袋 tē 仔 á 裡·lin，橐下 hē 桌 toh 頂 téng；橐個·ko 束 sok 個（不三不四）歸下 ē 給 ka 橐橐做 chò[chòe] 一 chit 堆 tui。

咯（漱）咯口 kháu。

Lok 咯（象聲詞：東西在裡頭相碰的聲音）錢 chîⁿ 袋 tē 仔 á 不 put 時 sî 在 teh 咯咯叫 kìo，哩 lih 哩咯咯，哩咯叫；（使東西在裡頭發聲）咯看 khòaⁿ 內 lāi 底 té[tóe] 有 ū 什么物 mih，咯嘴 chhùi（漱口）。

洛 花 hoe 洛洛。

烙 烙印 ìn，烙號 hō。

絡 聯 liân 絡，籠 lóng 絡；經 keng 絡。

酪 奶 ni 酪，酪農 lông。

駱 駱駝 tô。

落 落下 hā 傘 sòaⁿ；落魄 phek，落酷 khok（潦倒失意）；落成 sêng；落選 soán，落第 tē，落後 hō͘，落伍 ngó͘；下 hā 落，着 tio̍k 落，辦 pān 了 liáu 略 lio̍h 略仔有 ū 着落啦，有着落的人（可靠的人）；落空 khong；村 chhun 落。

鹿 鹿仔 á，花 hoe 鹿，長 tn̂g 頷 ām 鹿，鹿茸 jiông，鹿角 kak，鹿鞭 pian。

漉 潛 tâm 漉漉，腐 àu 漉漉。

麓

碌 碌碌；勞 lô 碌（辛苦勞累），勞碌命 mīa，忙 bâng 碌，磨 bôa 碌（辛苦忙碌）。

祿 福 hok 祿壽 sīu；王 ông 祿（賣藥的江湖藝人）。

諾 承 sêng 諾，許 hú 諾，諾言 giân。

樂 快 khoài 樂，暢 thiòng 樂，樂觀 koan，樂天 thian，樂園 hn̂g，樂捐 koan，樂暢 thiòng（不知憂愁暢快盡情地玩樂）；干 kan 樂（陀螺）。

lo̍k 錄 記 kì 錄，目 bo̍k 錄，登 teng 錄，收 siu 錄，錄用 iōng，錄取 chhú[chhí]，錄音 im，錄影 iáⁿ。

long 閂 （門閂）橫 hoâiⁿ 閂，牛稠 tiâu 閂(牛棚的門閂)；(插入，投進，套上) 閂落去，閂入去，柴 chhâ 閂灶 chàu 孔 khang，閂批 phoe[phe]（把信投進郵筒裡），閂手 chhíu 橐 lok，手閂手袂 n̂g，這領 nía 衫 saⁿ 予 hō͘ 你閂看 khòaⁿ 覓 māi。

瓏 (鈴鐺) 鴿 kap 瓏，馬 bé 瓏，掛 kòa 馬瓏，騎 khîa 馬瓏，鈴 lin 瓏（鈴鐺；鈴聲；團團轉；很），鈴瓏鼓 kó͘，鈴瓏叫 kìo，鈴瓏走 cháu，鈴瓏旋 se̍h，闊 khoah 鈴瓏，喝 hoah 鈴瓏（拍賣）；空 khang 瓏瓏，闊瓏瓏。

啷 㑌 khong 啷（器物撞擊的聲音）。

Lóng 朗 明 bêng 朗。

攏 (總共) 攏總 chóng，攏共 kiōng；(都) 攏好，攏要boeh[beh]，攏不 m̄ 曾 bat。

壟 壟斷 toàn。

籠 籠統 thóng，籠絡 lo̍k，籠罩 tà。

lòng 挵 (用力打) 挵門 mn̂g，挵開 khui，挵破 phòa，對 tùi 頭 thâu 壳 khak 給 ka 挵落去，挵着壁 piah，予 hō͘ 車 chhia 挵着·tioh，挵鼓 kó͘，挵鐘 cheng，挵球 kîu(撞球)；(捅洞，打通) 挵孔 khang (打洞)，挵鼓井 chéⁿ [chíⁿ](打井)，挵溝 kau 頷 âm (捅開陰溝)，挵通thong；(闖，奔走)挵出去 (衝出去)，四 sì 界 kòe[kè] 挵 (到處奔跑)，挵錢 chîⁿ 孔 khang (爲籌款而奔走)，海 hái 湧 éng 挵對這 chit 旁 pêng 來 (海浪湧向這邊來)；(投入) 為 ūi 着 tio̍h 伊挵真 chin 多 chē[chōe] 精 cheng 神 sîn 與 kap 錢 chîⁿ 銀 gîn[gûn] 落去，挵價 kè (爭著提高價錢)；(形容劇烈震動的聲音) 大 tōa 鼓 kó͘ 挵挵叫 kìo，輪 lìn 挵叫。

旷 (廣闊) 闊 khoah 旷，旷曠 khòng，旷曠闊 khoah (非常寬敞)，旷曠大 tōa (廣大)，旷曠間 keng (大廳)；(很) 深旷旷，闊旷旷，長 tn̂g 旷旷。

Lông 狼 豺 chhâi 狼；狼狗 káu，海 hái 狼；狼狽 pōe，狼心 sim 狗行 hēng。

稂

郎 令 lēng 郎，新 sin 郎，薄 po̍k 情 chêng 郎；郎君 kun；女 lú 郎。

廊 走 cháu 廊，走馬 bé 廊，兩 lióng/léng 廊，畫oē[ūi] 廊。

榔 桄 kong/khong 榔。

農 農民 bîn，農園 hn̂g，農村 chhoan/chhun，耕 keng 農，茶 tê 農。

濃 濃度 tō͘；腐 àu 濃（屍體等腐爛的氣味），臭 chhàu 濃。

膿 膿毒 to̍k 症 chèng，膿瘡 chhng。

囊 （袋子）囊中 tiong 物 bu̍t，錦 kím[gím] 囊，造 chō 錦囊(預測後果)，解 kái 囊，囊括 koat；批 phoe[phe] 囊（信封），帖 thiap 囊（請帖的封套），手 chhíu 囊（手套，套袖），手袂 ńg 囊（套袖），枕 chím 頭 thâu 囊（枕套）；(放進，套上) 囊批囊（放進信封），手囊手囊（手套上罩袖）。

龐

瓏 玲 lêng 瓏。

朧 朦 bông 朧。

聾 聾啞 a。

籠 籠仔 á（監牢），溜 lîu 籠（電梯，升降機）；(籠頭) 牛 gû 籠，籠頭 thâu，無 bô 掛 kòa 籠頭馬 bé（沒掛籠頭的馬，比喻不受管束到處逛蕩的人）。

Lōng 弄 舞 bú 弄，愚 gû 弄，侮 bú 弄，作 chok 弄，弄權koân，弄險 hiám，弄假 ká 成 sêng 真 chin，弄巧 kháu 反 hoán 拙 choat；(挑唆) 弄人·lang，弄狗 káu 相 sio [saⁿ] 咬 kā，使 sái 弄，唆 so 弄（唆使）。

哢 (象聲詞) 耳 hīⁿ[hī] 孔 khang 哢哢哮 háu（耳鳴）；(奔馳) 拖 thoa 咧 leh 哢。

浪 波 pho 浪；流 lîu 浪，浪費 hùi，浪蕩 tōng，浪子

chú；浪漫 bān。

烺 火 hóe[hé] 烺（烽火），放 pàng 火烺（燃起烽火）。

lōng 量 無 bû 量數 sòng（非常，很），無量數多 chē[chōe]。

lu 𨑨 （推）用 ēng 手 chhíu 𨑨，𨑨車 chhia 仔 á(推手推車)，𨑨較 khah 去咧·leh；用𨑨仔 á 𨑨頭 thâu 毛 mn̂g（用推子理髮），𨑨草 chháu 仔（推割草機割草）；𨑨紅 âng 包 pau 予 hō͘ 伊，不 m̄ 買強 kiông 強𨑨，𨑨還 hêng（推還），責 chek 任 jīm 攏 lóng 𨑨予 hō͘ 別 pát 人；𨑨伊出去與 kap 頭家 ke 講；頭 thâu 殼 khak𨑨做 chò[chòe] 前 chêng；直 tit 直𨑨去（低着頭直衝），𨑨頭陣 tīn；（交涉，爭辯）去與 kap 伊𨑨看 khòaⁿ 覓māi，𨑨慄 lek 價 kè 錢 chîⁿ（要人家降價）。

趄 (=chhu)(傾斜) 趄落去。

Lú[Lí] 女 婦 hū 女。

旅 旅行 hêng。

屢 屢次 chhù。

[lú]→lí 你

lù 攄 （擦，磨）皮 phôe[phê] 鞋 ê[oê] 攄予 hó 金，用布pò͘ 攄地 tē[tōe] 板 pán，攄藥 io̍h 膏 ko，攄破 phòa 皮 phôe[phê]，去攄着·tioh；（談）攄英 eng 文 bûn（操英文），攄價 kè 錢 chîⁿ（討價還價）。

Lû[Lî] 閭廬

驢 驢仔 á；禿 thut 驢。

lû 顱 芋 ō͘ 顱（禿頂），芋顱頭（光頭）。

愚 (=gû) 愚躇 tû (愚頑) 。

Lū[Lī] 呂　呂宋 sòng。

侶 情 chêng 侶，伴 phōaⁿ 侶；僧 cheng 侶。

鋁 鋁門 mn̂g 窗 thang。

慮 考 khó 慮，慮長 tn̂g 慮短 té；憂 iu 慮，掛 kòa/khòa 慮，顧 kò͘ 慮。

慮 慮佢 kū (應答不和諧，沒禮貌) 。

濾 用 ēng 布 pò͘ 濾，濾豆 tāu 油 iû，濾泔 ám，過 kòe [kè] 濾，濾紙 chóa，濾巾 kin[kun]；鴨濾水 (鴨子在水中找食兒) 。

luh 踚 (一瘸一點地走) 踚腳 kha，行 kîaⁿ 路 lō͘ 踚一下 ·chit-e 踚一下，踚卒 chut (把象棋的卒向前推進一步)；(搗) 用槌 thûi 仔踚予 hō͘ 伊溶 iô͘ⁿ[iûⁿ]。

lui 鐳 銅 tâng 鐳 (銅板) 。

Lúi 蕊 (花蕊) 雄 hiông 蕊，雌 chhù 蕊；(花朵) 花 hoe 蕊，結 kiat 花蕊，開 khui 花成 chîaⁿ 蕊，含 hâm 蕊 (含苞)，開蕊 (花蕾開放，花朵展開)；(量詞) 一蕊花，兩 nn̄g 蕊目 ba̍k 睭 chiu，大 tōa 細 sè[sòe] 蕊；烏 o͘ 蕊蕊。

蕾

累 累積 chek，累累，累進 chìn，累加 ka，累增 chēng，累減 kiám，累計 kè；累次 chhù，累戰 chiàn，累代 tāi，累世 sè；累及 kip；(私下裡重新安排，調整，籌措，兑換) 累重 tāng (調整重量)，累予 hō͘ 伊平 pêⁿ[pîⁿ]

(安排使其平衡)，累齊 chê[chôe]，累支 chi 票 phìo，累錢 chî^{n}，累些 kóa 來咧；累釘（釘釘子）。

瘰 瘰癧 le̍k。

儡 傀 khúi 儡。

壘 壘球 kîu，全 choân 壘打 tá^{n}，滿 boán 壘，一 it 壘，二 jī 壘手 chhíu，本 pún 壘，偷 thau 壘，壘審 sím；軍壘，營 iâ^{n} 壘，砲 phàu 壘（碉堡）；（築）壘墻 chhîo^{n}[chhîu^{n}] 仔。

磊 磊落 lo̍k。

lúi 褸 檻 lâm 褸（衣服破爛），檻檻褸褸。

lùi 褸 檻 lām 褸（衣服破爛；家境窮苦；家累繁重）；檻檻褸褸，褸碎 chhùi（零碎），褸褸碎碎，零 lân 星 san 褸碎，雜 cha̍p 褸碎（多種多樣的零碎東西）。

蛻（調換）歹 phái^{n} 的·e 蛻起來，好的予 hō· 伊蛻去，蛻蛻 thùi（輪流）。

Lûi 雷 天 thi^{n} 雷，脆 chhè 雷（炸雷），起 khí 雷，鳴 tân 雷，迣 chhe̍h 雷（落雷），雷公閃 sih 電 nà，雷陣 chūn 雨（伴有雷電的陣雨）；地 tē[tōe] 雷，水 chúi 雷，魚 hî 雷；雷達 ta̍t，雷射 sīa。

擂（研磨）擂末 boa̍h，擂藥 io̍h，擂予 hơ 幼（研成細末），擂碎 chhùi（磨碎），擂鉢 poah，擂碗 óa^{n}，擂槌 thûi；（擦蹭）囝 gín 仔 á 用手擂鼻 phī^{n}，猪擂土 thô·；擂台 tâi。

瘤（物體表面鼓出的東西）損 kòng 一瘤，腫 chéng 歸 kui

瘤，鐘 cheng 瘤（鐘外面的突起），吐 thó͘ 瘤（眼球突出）。

鐳

累 累堆 tui（事物多餘，麻煩，文字不簡潔；脾氣乖張，不懂道理），累累堆堆，累堆人 lâng 不 m̄ 識 bat 好 hó 歹 pháiⁿ 話 oē。

樏 松 chêng/chhêng 柏 peh 樏（松球），柴 chhâ 樏（松球），楓 png 樏。

Lūi 類 種 chióng/chéng 類，抾 khioh 歸 kui 類（把分散的歸併到類），分 hun 歸類（分門別類）；匪 húi 類（匪徒；爲非作歹）。

累（牽連）累着 ·tioh，累某 bó͘ 累子 kíaⁿ，連 liân 累，拖 thoa/tho 累，牽 khan 累，累倕 thūi（帶累），掛 kòa/khòa 累，受 sīu 累，被 pī 累。

淚 眼 gán 淚，淚腺 sòaⁿ，淚管 kńg；（蠟燭燃燒滴下油）燭 chek 淚，蠟 la̍h 燭淚了了（變成油流掉），好 hó 燭 bē[bōe] 淚（不會滴下油）。

擂（打鼓）擂鼓 kó͘，起 khí 擂，大 tāi 吹 chhui 大擂。

彙 字 jī 彙，詞 sû 彙，彙集 chip。

lūi 縋（用繩子拴住東西從上往下或從下往上送）縋落來，縋起去，縋旗 kî（升降旗），縋起 khí 船 chûn 帆 phâng。

lun 崙（悶在裡面，把頭、脚等徐徐伸縮）崙出來（伸出來），崙入去（縮進去），崙頭 thâu（往外探頭；縮回腦袋），崙頭出來看（伸出頭來看），崙頭慄 lek 頷 ām（縮頭縮脖，意思說不露面不插手)，𠕇頭匿 bih 頷 (伸頭縮脖，如在偷看偷聽)，𠕇住 tiâu 厝 chhù 內 lāi (悶在家裡)，𠕇雨 hō͘ (躲在裡面避雨)，伸 chhun 𠕇 (伸懶腰)，𠕇一下 ·chit-e 縮 kiu 一下 (一伸一縮)，倒 tò 𠕇 (縮回)，𠕇走 cháu (退縮)，𠕇痀 ku (畏縮，縮成一團)，𠕇𠕇 (低頭彎腰縮成一團的樣子)；巴 pa 圇 (整个兒)，巴圇吞 thun (整个吞)，巴圇巴老 láu (不嚼就囫圇吞下；說話含混不清，含糊其詞)，巴圇頭 thâu (用被蒙着頭)。

Lún 碖 (碾) 石 chiȯh 碖；碖麥 bėh，碖路 lō͘，碖予 hō͘ 伊平 pêⁿ[pîⁿ]。

lún 忍 (忍耐，忍受) 吞 thun 忍，罔 bóng 忍，忍痛 thìaⁿ，忍寒 kôaⁿ，儉 khiām/khīơⁿ[khīuⁿ] 吃 chiȧh 忍寒 (省吃省穿)，忍尿 jīo，忍氣 khì (忍住怒氣)，忍氣 khùi (憋住氣)，忍手 chhíu (做事有節制，不過火)，忍嘴 chhùi (節制飲食；控制發言)，忍嘴儉 khīơⁿ[khīuⁿ] 舌 chih (抑制食慾不吃；控制感情不作聲)，忍𣍐 bē[bōe] 住 tiâu，𣍐忍得 ·tit。

懍 (害怕) 我無 bô 懍伊，懍懍 (膽怯)，懍慄 lek/neh (畏懼)，懍懾 liap (提心吊膽)，驚 kiaⁿ 懍，懍胆 táⁿ，懍斗 táu (膽怯)，懍手 chhíu (膽怯而鬆勁)；交 ka 懍損 sún (打寒噤，打冷驚)。

lùn 蝡 (一頓一伸地移動，毛虫等爬動的樣子) 娘 nîơ[nîu] 仔 á 在 teh 蝡 (蠶在蠕動)，蝡三步就到 kàu，倒 tó 𠯗眠 mîg[bîn] 牀 chhn̂g 蝡不 m̄ 起來；(掙) 頭 thâu 蝡腳

kha 蟥，蟥開 khui（掙開），摬 kùn 蟥走 cháu（掙開跑掉），蟥不去（掙着不去）；蟥價 kè 錢 chîⁿ（慢慢地討價還價）。

Lûn 侖 昆 khun 侖。

倫 人 jîn 倫，五 ngó͘ 倫，逆 gek 倫，敗 pāi 倫，亂loān 倫，倫理 lí；倫次 chhù（語言、文章的條理次序）；（同類，同等）不 put 倫不類 lūi，超 chhiau 倫，絶choat 倫；倫敦 tun，倫巴 pa，倫琴 khîm。

淪 沈 tîm 淪；淪陷 hām，淪亡 bông，淪落 lo̍k。

輪 車 chhia 輪，齒 khí 輪，輪椅 í，輪胎 thai；輪船 chûn，巨 kū 輪，小 sío 火 hóe[hé] 輪；日 jit 輪，月 goe̍h[ge̍h] 輪，年 liân/nî 輪；輪廓 khok；（關節）骨 kut 輪，手 chhíu 輪，腳 kha 輪，腿 thúi 輪，捝 thu̍t 輪（脱臼）；轉 tńg 輪（轉動眼球），迣 chhe̍h 輪（門墩的承窩下降）；（輪流）照 chiàu 輪，交 kau 輪，輪流 lîu，輪着·tioh，輪到 kàu 你，輪辨 pān，輪班 pan，輪鬮 khau（抽簽輪流），輪當 tng（輪流擔任），輪換 oāⁿ，輪歇 hioh，輪種 chèng，輪唱 chhìo[chhìuⁿ]，輪回 hôe。

lûn 溫 略 lâ 溫（微溫的），略溫仔 á，略溫燒 sio。

Lūn 論 議 gī 論，討 thó 論，談 tâm 論，辯 piān 論，理 lí 論，評 phêng 論，譬 phì 論＝比 pí/phí 論（譬喻，比方），結 kiat 論，論點 tiám，論真 chin（説眞的，老實説）；立 lip 論，社 sīa 論，論文 bûn；唯 ûi 物bu̍t

論，相 siong 對 tùi 論；論罪 chōe[chē]，論功 kong，論處 chhù；(按照某種單位或類別來說)論斤 kin[kun]，論件 kīaⁿ，論理 lí (按理說；講道理；邏輯) 。

lūn 崙 山 soaⁿ 崙 (不高的山)，崙仔 á (小山)，崙仔頂 téng，崙仔尾 bóe[bé]；沙 soa 崙 (沙丘)，浮 phû 崙 (沙洲) 。

lut 黜 (脫落) 黜毛 mn̂g (掉毛)，黜漆 chhat，黜兩 nn̄g 粒 liáp 鈕 líu 仔 á，黜去·khi，黜手 chhíu (失手)，黜落 lȯh 土 thô͘ 腳 kha，黜臼 khū (脫臼)；(丟差事) 頭 thâu 路 lō͘ 黜去，黜揀 sak，打 phah 黜，黜官 koaⁿ (丟官)，黜職 chit，黜任 jīm；(下降) 價 kè 賬 siàu 較 khah 黜，黜價 (降價)，頭 thâu 名 mîa 黜做 chò [chòe] 三 sa 名 (第一名降下來做第三名)；(擦、搓、揉而使其脫落) 黜銹 sian (搓身垢)，黜身 sin 軀 khu (搓身)，黜鴨 ah 毛 mn̂g，黜土 thô͘ 豆 tāu 仁 jîn 膜 mȯ͘h；(詐騙) 黜仔 á (騙子)，黜仔嘴 chhùi 不 m̄ 可 thang 聽 thiaⁿ，黜人的錢，黜騙 phiàn，叨 lo 黜 (敲詐勒索)；(發育成熟前的) 人黜仔 á，牛 gû 黜仔，雞黜仔。

肭 肥 pûi 肭肭 (很胖，很肥)；飫 khīu 肭肭；哩 li 哩肭肭；滑 kut 肭哎 sut。

Lu̍t 率 效 hāu 率，比 pí 率，百 pah 分 hun 率，增 chēng 加 ka 率，死 sí 亡 bông 率。

律 法 hoat 律，誡 kài 律，規 kui 律，紀 kí 律，定tēng

律，律法，律師 su；一 it 律；音 im 律，樂 gak 律，律呂 lū；律詩。

捙 (捋) 捙手 chhíu 袂 ńg (捋起袖子)，捙鱸 lô͘ 鰻 môa 湠 sîoⁿ[sîuⁿ]，捙 (牛) 奶 ni[lin,leng] 捙手chhíu 捙腳 kioh (捋胳膊挽袖子，比喻躍躍欲試) 。

啤 (嘮叨，饒舌) 濫 lām 摻 sám 啤 (沒完沒了地亂説)，哩 li 哩啤啤，哩 lih 啤叫 kìo (嘀里嘟嚕叫) 。

鷸 鷸蚌 pāng 相 siong 持 chhî 漁 gû 人 jîn 得 tek 利 lī。

M

m̂ 姆 (伯母) 阿 a 姆，大 tōa 姆，姆婆 pô (伯祖母)；(某些親戚的尊稱) 丈 tīoⁿ[tīuⁿ] 姆 (岳母)，親chheⁿ[chhiⁿ] 姆 (親家母)；(尊稱中年以上的婦女) 厝 chhù 邊 piⁿ 姆，老 lāu 阿姆；(從事某種職業的婦女) 賣 bē[bōe] 花 hoe 姆，雜 cháp 細 sè 姆。

[ḿ]→bó 母　公 kang 的·e 母的·e，猪 ti 母。

m̂ 莓 (花蕾) 花 hoe 莓，打 phah 莓 (含苞)，結 kiat 莓，含 kâm/hâm 莓，發 hoat 莓。

莓 (某些植物的果實) 楊 chhîoⁿ[chhîuⁿ] 莓，樹 chhīu 莓，桑 sng 莓 (桑葚)，草 chháu 莓。

梅 梅仔 á (梅樹的果實；鹹梅干)，梅仔干 koaⁿ，梅仔餅 píaⁿ，梅仔茶 tê。

m̄ 不 (表示否定) 不可 thang，不肯 khéng，不是 sī，不知 chai，不好 hó，不曾 bat，不但 nīa/nā；(表示意欲的否定，不要) 不去 khì，不吃 chiáh，要 boeh[beh] 抑 á 不，不欲 tihⁿ[tih]；(加强語氣) 你不着 tióh 緊kín 去，按 án 尓 ne[ni] 不才 chiah 好，不免 bián 啦；(表示轉折) 不無 bô、來去拍 phah 球 kîu (要不，就打球去吧)，不復 koh/kú，伊不復不肯，不仔 á (=嘛 mâ) (可是)，你要、我不仔不；(表示反問) 你不在 teh 起

khí 猜 siáu（瘋），按 án 尔 ne[ni] 講 kóng、不伊較 khah 着 tio̍h 啦 ·lah；（表示感嘆）病 $pē^n$[$pī^n$] 若 nā 會 ē[oē] 好、不真好；（表示推測、疑問）注 chù 射sīa 不真痛 $thìa^n$，山 soa^n 頂 téng 不真寒 $kôa^n$ 乎 $ho͘h^n$；（表示委婉商量懇求勸告等）你不用 ēng 較起 khí 咧 ·leh；（在句尾形成反復問句）是 sī 不·m？要boeh[beh] 不？着 tio̍h 不？按尔好 hó 不？；（點出話題）歲 hòe [hè]不·m、十七八，高 koân 不、有 ū 六尺 chhioh。

ma→mà 痲哖

Má 馬 千 chhian 里 lí 馬，單 tan 人 jîn 獨 tók 馬；駙 hū 馬；馬上 siōng，馬虎 hu；（神志不清，不明事理）馬歹 tái（傻子）＝馬人 jîn＝馬戇 gōng，馬西 se（傻里傻氣；頭昏眼花）。

媽 （祖母）阿 a 媽，內 lāi 媽，外 gōa 媽，祖 chó͘ 媽（曾祖母），太 thài 祖媽（高祖母），姨 î 媽（父母親的姨母），太媽（曾祖母；尊稱人家母親），公 kong 嗎（祖父母；祖宗的神主）；（稱呼年紀較大的婦人）老 lāu 媽，先 sin[sian] 生 se^n[si^n] 媽；（女神）媽祖 chó͘，觀 koau 音 im 媽，七 chhit 娘 $nîo͘$[$nîu$] 媽；媽姨（巫婆）。

mà/ma 痲 烏 o͘ 痲痲。

哖 哖哖哭 khàu，哖哖叫 kìo。

Mâ 痲 痲煩 hoân；痲雀 chhiok；痲黃 hông。

mâ 嘛 （←不 m̄ 仔 á）（副詞：表示轉折）（可是，而，然而）你要

boeh[beh]、我嘛不 m̄，那 hit 當 tang 時 sî 嘛还 iáu 無 bô 這 chit 號 hō 物 mih，嘛復 koh/kú（然而）。

嗎 嗎啡 hui。

[mâ]→mê 明 明年 nî。

Mā 嗎（副詞：也）嗎好（也好），伊嗎是按 án 尔 ne[ni]，我嗎要 boeh[beh] 去，免 bián 講 kóng 我嗎知 chai，克 khat 苦 khó͘ 嗎着 tio̍h 行 kiâⁿ。

[mā]→mē 罵

·mah 嘛（助詞）有 ū 意 ì 見 kiàn 就 chīu 講 kóng 嘛。

嗎（助詞，用在句末表示疑問）按 án 尔 ne[ni] 敢 kám 好 hó 嗎？

mai 哩（英里）

Mái 買 買囑 chiok（買通）。

mái 擺（＝páiⁿ）(次，回）這 chit 擺（這次）。

mài 勿（不要，别）你勿管 koán，勿插 chhap 伊，勿講 kóng。

Māi 賣 賣國 kok，賣淫 îm；賣弄 lōng；燒 sio 賣。

邁 邁進 chìn；年 liân 邁。

māi 昧 曖 ài 昧。

覓（＝bāi）(試一試）看 khòaⁿ 覓（看看吧），試 chhì 覓。

mau 卯（手用力横擊；用棍子打過去）給 ka 卯落去；(尖端或邊兒打卷兒；口兒縮窄；萎縮，癟；頹喪，泄氣）筆 pit 尖 chiam 卯去·khi 啦，菜刀掭 tok 到 kah 卯去，鞋 ê [oê] 眝 teⁿ[tiⁿ] 卯落去，嘴 chhùi 唇 tûn 卯卯（往裡面卷入），卯墘 kîⁿ，卯紋 sûn，雞 ke[koe] 胿 kui

卯落去啦，歸 kui 个 ê 人 lâng 卯落去（灰心喪氣，渾身沒勁了）。

Mâu 矛 矛頭 thâu，矛盾 tún。

茅 茅草 chháu，茅屋 ok；茅台 tâi 酒 chíu。

鍪 頭 thâu 鍪，穿 chhēng 甲 kah 戴 tì 鍪。

mâu 毛 毛病 pē^{n}[pī^{n}]/pēng；（馬虎，不計較）免 bián 傷 sioⁿ[siu^{n}] 頂 téng 真 chin、着 tio̍h 較 khah 毛咧·leh，給 kā 伊毛去·khi（將就了他），與 kap 伊毛毛（跟他馬馬虎虎不計較），毛毛代 tāi（沒有什麼可計較的小事），傷 sio^{n}[siu^{n}] 毛（太馬虎），𣍐 bē[bōe] 毛得·tit（馬虎不得），𣍐使 sái 毛得·tit（不能馬虎的）。

Māu 貌 面 bīn 貌，容 iông 貌；禮 lé 貌。

māu 冒 冒失 sit。

mauh 𤺪 𤺪落去（凹下去），糜 mi 糜𤺪𤺪（凹凹𤺪𤺪）；嘴 chhùi 𤺪𤺪，𤺪嘴，𤺪唇 tûn，𤺪齒 khí；緩 ûn 仔 á 𤺪（閉著嘴慢慢嚼），𤺪一下·chit-e 𤺪一下；（侵吞）錢 chî^{n} 予 hō͘ 人 lâng 𤺪去，𤺪吃 chhit（私吞）。

Me 咩 （羊叫聲）羊 iô͘^{n}[iû^{n}] 仔 á 哮 háu 到 kah 咩咩叫 kìo，羊仔咩咩，咩仔 á（小羊）；虔 khiân 咩（撒嬌撒痴）。

me[mi] 搣 （用手或用手指抓取）搣塩 iâm，搣米 bí 飼 chhī雞；一搣土 thô͘ 豆 tāu；挽 bán 搣（因拘攣或害怕、寒冷而手指或脚趾向內彎曲發僵），脚手挽搣，搣搣（發僵，僵硬），脚手搣搣，心肝搣搣（心裡憋得很），搣倚 oá，，腳手搣倚來；搣沾 bak（揩油，抽頭），予 hō͘ 伊搣沾。

mé 猛 （强烈）火 hóe[hé] 真 chin 猛，日 jit 頭 thâu 真猛；(迅速) 較 khah 猛（快點），緊 kín 猛，猛掠 liàh（敏捷，麻利），猛醒 chhéⁿ[chhíⁿ]（警醒）。

mê[mî] 暝 （夜晚）暝深 chhim，暝時·si ＝暝當·taⁿ 時（晚上），暝頭 thâu，暝尾 bóe[bé]，半 pòaⁿ 暝，透 thàu 暝，歸 kui 暝（整夜），暝打 phah 日（夜以繼日），暝準 chún 日做 chò[chòe]（晝夜不停）。

瞑 青 chheⁿ[chhiⁿ] 瞑（瞎，看不見東西）。

芒 粟 chhek 芒（稻穀的芒）。

鋩 （刄兒）刀 to 鋩，有 ū 鋩（刀口鋒利），無 bô 鋩（刀口不快了），抾 khioh 鋩（把刀口刮削後再磨使鋒利），開 khui 鋩（刮削刀口），磨 bôa 鋩（磨刄），上 chīoⁿ[chīuⁿ] 鋩（刀口變快），磨到 kah 上鋩，倒 tó 鋩，卷 kńg 鋩（卷刄）；(稜) 鋩角 kak（稜角），有 ū 鋩（有）角（有稜角，見稜見角），過 kòe[kè] 鋩（過）角（使其有稜有角，周到，細致，仔細），伊辦 pān 代 tāi 志 chì 不 put 止 chí 有過鋩角。

mê[mâ] 明 明年 nî。

mē[mā] 罵 （用粗野的話侮辱人）尻 kha 川 chhng 後 āu 罵皇 hông 帝 tè，相 sio[saⁿ] 罵，那 ná 罵那詈 lé[lóe]，詈罵，咒 chìu 罵，斥 thek 罵，辱 jio̍k 罵，打 phah 罵（又打又罵）；(斥責) 老師罵學生無 bô 認 jīn 真 chin，是不 m̄ 是、罵家己 tī[kī]。

meh 咩 咩咩叫 kìo。

meh [mih] 蜢 草 chháu 蜢 (蚱蜢)，草蜢弄 lāng 雞尪 ang。

mêh 咩 羊仔咩咩。

mēh [bēh] 脈 (血管) 動 tōng 脈，靜 chēng 脈，筋 kin[kun] 脈 (青筋)，脈路 lo̍k 膜；(脈搏) 脈搏 phok，手 chhíu 脈，脈股 kó͘ (脈跳動處)，脈管 kńg，血 hoeh[huih] 脈，氣 khì 脈，脈理 lí，節 chat 脈 (切脈)，候 hāu 脈，摸 bong 脈，按 hōaⁿ 脈，看 khòaⁿ 脈，覓 bāi 脈，脈沈 tîm，脈浮 phû，脈遲 tî，脈速 sok，脈彈 tōaⁿ，脈跳 thiàu (不整脈)，脈脫 thoat；(植物葉子，昆虫翅膀上像血管的組織) 葉 hio̍h 脈；(連貫而成系統的東西) 山 soaⁿ 脈，礦 khòng 脈，地 tē[tōe] 脈，龍 liông/lêng 脈。

mēh [mih] 搣 (忽然受到刺激而心理緊張身體要發抖的感覺) 心肝搣一下·chit-e (心裡一跳)，挽 bán 搣 (寒噤，打冷戰)，身 sin 軀 khu 挽搣 (心骨悚然)。

mi 糜 糜糜瘤 mauh 瘤 (凹凹瘤瘤)，歸 kui 台 tâi 車 chhia 拼 lòng 到 kah 糜糜瘤瘤。

濛 落 lo̍h 雨 hō͘ 濛 (下著毛毛雨)，雨仔 á 濛 (蒙蒙細雨，毛毛雨)。

邊 臨 liâm 邊 (＝piⁿ)(立刻，馬上；一下子，一會兒)。

[mi]→me 搣

mí 彌 彌陀 tô 佛 hu̍t，啊 o 彌陀佛。

mí→mé 猛 緊 kín 猛 (趕快)。

mî 棉 草 chháu 棉，木 bȯk 棉，棉樹 chhīu，棉園 hn̂g，棉苞 pô͘，棉花 hoe，棉子 chí；(棉花) 棉仔 á，入 jip 棉，鋪 phơ 棉，棉績 chioh (棉花胎)，棉 (績) 被 phōe [phē]，棉裘 hîu，棉紗 se，棉織 chit，棉絨 jiông，棉呢 nî。

綿 (絲綿) 絲 si 綿，綿綢 tîu；(綿軟的)綿羊 iô͘ⁿ[iûⁿ]，綿仔 á 紙 chóa，海 hái 綿，泡 phàu 綿，幼 iù 綿綿；(精細，細膩)綿密 bi̍t (細密周到)，綠 le̍k 豆 tāu 餡 āⁿ 真綿，針黹 chí 真綿；(持續而起勁) 看冊 chheh 看到 kah 綿去·khi (入迷)，綿落去 (沈迷下去)，睏 khùn 到真綿，綿綿 (一心一意，堅持不懈)，綿綿要boeh [beh] (硬要)，綿精 chiⁿ (一味)，綿賴 nōa (專心致志，糾纏不休地硬要)，綿賴讀 tha̍k，綿賴作 choh，綿賴討 thó，綿死 sí 綿賴 (死氣白賴地纏着)，綿 (掛 kòa) 踶 sîⁿ (老纏着，執拗) 。

彌 彌漫 bān；彌補 pó͘；彌陀 tô，阿 o 彌陀佛 hu̍t，彌勒 le̍k 仙 sian；彌撒 sat。

明 (＝bîn) 明仔 á 暗 àm，明仔早 chái (明天早晨) 。

[mî]→mê 暝暝芒鋩

mī 麵 (麵粉) 麵粉 hún，麵炙 chìa，麵麴 thi，麵包 pau，麵磅 pōng (麵包)，麵龜 ku，麵茶 tê；(麵條) 大 tōa 麵，打 phah 麵，切 chhiat 麵，煠 sa̍h 麵，滒 bāu 麵，摵 chhe̍k 麵，炒 chhá 麵，生 chheⁿ[chhiⁿ] 麵，熟se̍k 麵，薏 ì 麵，麵線 sòaⁿ，麵杖 tiōng，麵槌 thûi；幼

iù 麵麵（顆粒細小，皮膚細膩）。

敉 （量詞：用於蠓等小動物）一敉蚵 ô 仔 á，大 tōa 敉，細 sè[sòe] 敉。

媚 諂 thiám 媚。

mîa 名 人 lâng 名，本 pún 名，正 chìaⁿ 名，偏 phian 名，筆 pit 名，假 ké 名，吃 chiah 名（冒名），冒 mō͘ 名，匿 lek 名，土 thó͘ 名，奶 ni 名＝乳 jú 名，號 hō 名，換 oāⁿ 名，改 kái/ké[kóe] 名，記 kì 名，名字 jī，名姓 sèⁿ[sìⁿ]，簽 chhiam 名，落 lo̍h 名，豎khīa 名；名義 gī；名聲 siaⁿ，有 ū 名，出 chhut 名，腐àu 名，臭 chhàu 名，歹 pháiⁿ 名；（量詞）名數 sò͘，名額 gia̍h，頭 thâu（一 chi̍t）名，尾 bóe[bé]（仔 á）名，（第 tē）幾 kúi 名，無 bô 名。

明 聰 chhang 明。

樠 （樹脂）松 chhêng 柏 peh 樠，結 kiat 樠柴 chhâ。

mīa 命 （生命，性命）性 sèⁿ[sìⁿ] 命，有 ū 命，無 bô 命，長 tn̂g 命，短 té 命，致 tì 命，下 hē 命，拚 pìaⁿ 命，坯 phoe[phe] 命（拼命），賣 bē[bōe] 命，買 bé[bóe] 命，拖 thoa 命，磨 bôa 命，救 kìu 命，饒 jiâu 命，逃 tô 命，討 thó 命，賠 pôe[pê] 命，抵 tí 命，無 bô 死 sí 亦 ia̍h 半 pòaⁿ 命，癮 giàn 錢 chîⁿ 若 ná 命；身 sin 命（體質；身體和生命；打扮），膦 lám 身命，調 tiau 養 ióng 身命，賢 gâu 激 kek 身命；（命運）命運 ūn，命數 sò͘，命途 tô͘，好 hó 命，清 chheng

閑 êng 命，吃 chiȧh 命 (靠著命運好而坐享清福)，歹 phái^n 命，怯 khiap (勢 sì) 命 (厄運)，業 giȧp 命，苦 khó͘ 命，勞 lô 碌 lȯk 命，看 khòa^n 命，相 siòng 命，算 sǹg 命，認 jīn 命，命中 tiong，命底 té[tóe] (命裡)。

mih/mí 么 (什麼) 什 sím 么，什么人 lâng，什么貨 hòe[hè]，什么所在；啥 sía^n/sá^n 么，啥么代 tāi 志 chì；么代 (何事)，么事 sū，么人 lâng (誰)，么名 mîa，么姓 sè^n[sì^n]，因 in 么 (因何)，因么緣 iân 故 kò͘，無 bô 么 (沒有什麼)，無么遠 hn̄g；么仔 á (無論什麼)，么仔物 mih，么仔代志，么仔步 pō͘，么仔霸 pà 都 to 有 ū；某 bó͘ 么人 (某某人)，某么兄 hia^n；(哪裡，怎麼，為什麼) 么着 tiȯh 我去，么知 chai (焉知，怎麼知道)，你么會法伊 (你哪有辦法對付他)，么使 sái (何必)，何 hô 么苦 khó͘ (何苦)。

[mih]→meh 蜢

mih/mí 么 什 sím 么。

mih[mṅgh] 物 實 sit 物，物件 kīa^n，百 pah 項 hāng 物 (種種東西)，萬 bān 物，別 pȧt 物，古 kó͘ 早 chá 物，𨑨 chhit[thit] 迌 thô 物，幼 iù 粒 liȧp 物，雜chȧp 碎 chhùi 物，張 tio͘^{n}[tiu^n] 老 lāu 物，禮 lé 物，補 pó͘ 物，嘴 chhùi 吃 chiȧh 物，物配 phòe[phè] (菜，副食品)，物吃 (零食)，不 m̄ 成 chîa^n 物，歹phái^n 物 (壞東西)，俗 siȯk 物吃破 phòa 家 ke。

[mih]→meh 搣

·mih 乜 (助詞：用在句中停頓處點出話題) 熱 joah 乜真熱、寒 kôa^{n} 乜真寒，愛乜緊 kín 來，伊乜無 bô 愛 ài、我乜無錢 chî^{n}、才 chiah 攏 lóng 無買 bé[bóe]、返 tńg 來.lai，無乜按 án 尔 ne[ni] 啦.lah(不然就這樣吧)。

mng [mui] 濛 雨 hō͘ 仔 á 濛＝雨濛仔 (蒙蒙細雨，毛毛雨)，雨仔濛濛，濛濛仔雨；幼 iù 濛濛 (極細小的)，字劃 oe̍h [uih] 傷 sio^{n}[siu^{n}] 濛 (筆畫太細了)。

mńg [múi] 晚 早 chá 晚，晚晡 po͘ (傍晚)，晚頓 tǹg (晚飯)，傷 sio^{n}[siu^{n}] 晚 (太晚了)；(晚年) 晚年 nî，晚景 kéng，晚子 kía^{n} (晚年生的孩子)；(秋季) 早晚二季 kùi，晚季米，晚冬 tang (秋季作物)，晚稻 tīu。

mn̂g 眠 眠床 chhn̂g。

mn̂g [mûi] 門 門戶 hō͘，房門，廳門，門屋 ak，門 (腳 kha) 口 kháu，門腳兜 tau (門口)，(頭 thâu) 前 chêng 門，後 āu (尾 bóe[bé]) 門，邊 pi^{n} 呵.a 門，偏 phian 門，叫 kìo 門；門框 kheng，門斗 táu，門楣 bâi，門戾 tēng，門扇 sì^{n}，門臼 khū，門牽 khian，門閂 chhòa^{n}，門啅 tauh，門栓 sng，門楗 kōng；關 koai^{n} 門，卡 khah 門，掩 iám 門，扯 thoah 門，牽 khian 門；客 kheh 門 (顧客出入情況) 不 put 止 chí 旺 ōng，死 sí 門 (沒有顧客) 的生 seng 理 lí，長 tn̂g 門 (穩定而長期不衰) 的生理，較有長門 (較能持久的)；櫥 tû 仔門，油 iû 門，水 chúi 門；囟 sìn 門，陰 im 門

，肛 kong 門；門路 lō͘；(家，家族) 滿 móa 門，門風 hong，門閥 hoa̍t，同 tâng 門 (連襟)；(向老師學習的) 門生 seng，門徒 tô͘；(門類) 部 pō͘ 門，專 choan 門；(量詞) 一門大 tōa 砲 phàu，兩 nn̄g 門風 hong 水 súi。

mn̂g [mô͘] 毛　毛茂 ām，毛厚 kāu，毛寔 cha̍t (毛密)，頭 thâu 毛，面 bīn 毛，苦 khó͘ 毛 (寒毛)，幼 iù 毛，趜khîu 毛，落 lak 毛，黜 lut 毛，禿 thut 毛，毛腳 kha (髮際)，毛蓑 sui 仔 (髮際的短髮；對海兒)，毛尾仔，毛管 kńg (孔 khang)(毛孔)；鳥 chiáu 毛，褪 thǹg 毛，蛻 thùi 毛，發 hoat 毛，毛草 chháu (毛皮，毛色)；(布紙等磨出的細毛) 起 khí 毛，紙 chóa 毛。

mn̄g [mūi] 問　(請人解答) 問路 lō͘，問字 jī，請 chhíaⁿ 問，借 chioh 問，問長 tn̂g 問短 té，倒 tò 問，問卜 pok，問卦 kòa；(問候) 相 sio[saⁿ] 借問 (打招呼)，問安 an；(追求) 審 sím 問，查 cha 問，問案 àn。

[mn̍gh]→mih 物

mớ　摸 (用手探取) 摸彩 chhái，摸索 sek，摸抈 mơh 鬼 kúi (進出不作聲的人)；(悄悄地帶走) 予 hō͘ 伊摸去，摸箱 siơⁿ[siuⁿ] 仔 á；暗 àm 摸摸 (很暗) 。

Mô͘　毛 毛筆 pit，毛病 pēⁿ[pīⁿ]，毛蟹 hē[hōe]；毛細sè[sòe] 管 koán/kńg；毛重 tāng，毛利 lī；毛手 chhíu 毛腳 kha (做事粗心大意)；毛燕 iàn (下級燕)，毛乎 hơⁿ (沒有餡的粿) 。

髦 時 sî 髦。

痲 痲字 jī 殼 khak。

摩 (接觸) 摩擦 chhat，摩天 thian；(研究切磋) 觀 koan 摩，揣 chhúi 摩；摩登 teng，摩托 thok；(接近婦女動手動脚) 與 kap 查 cha 某 bó͘ 在 teh 摩，摩腳 kha 摩手 chhíu。

磨 磨損 sún；磨練 liān；消 siau 磨。

蘑 蘑菇 kơ。

魔 魔鬼 kúi，魔神 sîn 仔 á，妖 iau 魔，病 pēⁿ[pīⁿ] 魔，魔公 kong (天魔)，起 khí 魔公 (中魔，著魔，發瘋)，你亦 iah 成 chîaⁿ 魔公 (你簡直是瘋了)；魔法 hoat，魔術 sut，魔力 lek。

mô͘ 嗎 嗎啡 hui。

Mō͘ 冒 冒險 hiám；冒昧 māi，冒失 sit；冒犯 hoān，冒瀆 tok，感 kám 冒；冒人的名 mîa，假 ká 冒，冒充 chhiong，冒揑 liap。

耄 老 ló 耄。

mō͘ 摩 達 tat 摩 (=mô͘)。

moa 幔 風 hong 幔 (被風)，雨 hō͘ 幔 (雨衣)，番 hoan 幔 (斗篷)，頷 ām 頸 kún 幔 (圍巾)；(披上，罩上，蒙上) 幔衫 saⁿ (披上衣服)，幔雨幔，頭 thâu 毛 mn̂g 幔幔一 chit 面 bīn，厝 chhù 蓋 kòa 幔草 chháu，面頂 téng 用 ēng 蓆 chhioh 仔 á 給 kā 伊幔下 hē (上面給他蒙上蓆子)；(手搭在肩背上) 手幔咧 leh 肩 keng 頭 thâu

，手褸肩胛 kah 頭，給伊褸咧·leh，相 sio[saⁿ] 褸。

庘 (向旁伸出的建築物) 斜 sîa 庘，庘斜仔，庘遮 jia/chia，庘棚 phîaⁿ；墓 bōng 庘，庘山 soaⁿ。

móa 滿 貯 té[tóe] 予 hơ 滿，滿墘 kîⁿ，滿出來；滿期 kî，滿任 jīm，滿額 giàh，滿月 goėh[gėh] (彌月)；(全) 滿滿是，滿四 sì 界 kòe[kè]，滿土 thô͘ 跤 kha，滿山 soaⁿ，滿腹 pak 的憂 iu 愁 chhîu，滿天 thiⁿ 星chheⁿ[chhiⁿ]，滿房 pâng 紅 âng；圓 oân 滿，美 bí 滿，滿足 chiok，滿意 ì；(次) 一 chit 滿，這 chit 滿 (=chím-má)(這一次；現在) 。

môa 痲 油 iû 麻，黃 n̂g 麻，楊 iô͘ⁿ[iûⁿ] 麻，苘 kheng 麻，蓖 pi 麻；麻布 pò͘，麻紗 se，麻袋 tē，麻索 soh；(麻布做的居喪用品) 麻衫 saⁿ，穿 chhēng 麻帶 tòa 孝 hà，結 kat 麻，麻灯 teng；(芝麻) 烏 ơ 麻，白 pėh 麻，麻糍 chî，麻荖 láu，麻芳 phang，麻油；木 bȯk 麻黃 n̂g，麻虱 sat 目 bȧk/bȧt，麻雀 chhiok；(麻疹) 麻仔 á，出 chhut 麻。

瞞 相 sio[saⁿ] 瞞，瞞騙 phiàn，瞞盖 khàm。

鰻 烏 ơ 耳 hīⁿ[hī] 鰻，鱸 lô͘ 鰻 (鰻魚；流氓)。

mōa 曼 (輕輕擦過) 曼着驚 kiaⁿ 人 lâng (掠過髒東西而弄髒)，頭 thâu 毛長 tn̂g、曼對面 bīn 裡·lin 落來；羼 lān 曼 (毛 mn̂g)(男的陰毛) 。

mőe[mūi] 每 每場 tîoⁿ[tîuⁿ]，每年 nî，每次 chhù；(每逢，每次) 每跬 hoàh 兩 nn̄g 步 pō͘ 就 chīu 有 ū 一 chit

間 keng 銀 gîn[gûn] 行 hâng，伊每抵 tú 初 chhe [chhoe] 一十五着 tio̍h 去廟 bīo 裡·lin 燒 sio 香 hiơⁿ[hiuⁿ]；每每（常常，往往），每每一下 ē 開 khai 講 káng 就是歸 kui 晡 pơ。

môe [bê] 糜 （稀飯）鹹 kiâm 糜，番 han 薯 chû[chî] 糜，清 chheng 糜，泔 ám 糜，洘 khó 頭 thâu 糜，抾 khioh 粒 lia̍p 糜；(爛泥等) 土 thô· 糜，路糊 kô· 糜漿 chiơⁿ [chiuⁿ]，臭 chhàu 溝 kau 糜，火 hóe[hé] 炭 thòaⁿ 糜。

môe [mûi] 梅 梅花 hoe；梅仔 á；梅毒 to̍k。

莓 草 chháu 莓。

酶

霉 上 chhīơⁿ[chhīuⁿ] 霉，霉菌 khún，霉雨 hō·。

玫 玫瑰 kùi。

媒 媒人 lâng，媒婆 pô，做 chò[chòe] 媒；媒介 kài。

煤 煤炭 thòaⁿ，煤油 iû，煤氣 khì，煤礦 khòng，煤煙 ian。

mōe [bē] 妹 姉 chí 妹，小 síо 妹，妹婿 sài。

mơh 抈 (貼住，附着) 蟮 sin 虫 tâng 抈在 tī 壁 piah 裡，抈在 tī 壁 piah 邊 piⁿ 在 teh 偷 thau 聽 thiaⁿ，抈伊的背 kha[ka] 脊 chiah，抈住 tiâu (貼住)，抈壁櫥 tû；(抱，摟) 抈起來，抈在身 sin 軀 khu (摟在懷裡)，抈住 tiâu (抱住)，抈起 khí 抈倒 tó；(量詞：表示兩臂合圍的量) 一抈柴 chhâ (一抱兒柴火)；(偷) 予 hō·

伊抈去（給他摟巴走了）。

瘼 （瘼）腹肚瘼去·khi，奶 ni[lin,leng] 瘼落去，人lâng 歸 kui 下 ē 瘼落去，腹 bak/pak 肚 bó͘ 飢 iau 到 kah 瘼瘼，蔫 lian 到瘼瘼，乾 ta 瘼瘼，老 lāu 瘼瘼，作 choh 瘼（冷得要起雞皮疙瘩）。

mo̍͘h 膜 土 thô͘ 豆 tāu（仁 jîn）膜，竹 tek 膜；骨 kut 膜，腦 náu 膜，粘 liâm 膜；樹 chhīu 奶 ni[lin,leng] 膜（橡皮膜），金 kim 膜（金箔），笣 phín 仔 á 膜（笛膜）；隔 keh 膜（情意不相通）；雜 cha̍p 膜（心煩，心亂），寔 cha̍t 膜。

漠 漠漠（平庸無奇，無足輕重），看 khòaⁿ 了 liáu 漠漠、實 si̍t 在 chāi 是真值 ta̍t 錢 chîⁿ 的 ê 物 mih。

Múi →móe 每

Mûi →môe 梅莓酶霉玫媒煤

Mūi 昧 曖 ài 昧，愚 gû 昧。

魅 魅力 le̍k。

Mūi →mōe 妹

N

na 乾 干 kan 乾（只，僅僅，只不過）。

Ná 拿（捉）擒 khîm 拿；（取）恬 tiām 恬給 kā 我拿去·khi；拿手 chhíu（擅長），拿手好 hó 戲 hì。

那（越）那看 khòa^{n} 那愛 ài，你那要 boeh[beh]、我那不m̄；（邊）那講 kóng 那笑 chhìo，那看那念 liām 那抄 chhau。

哪（疑問代詞：爲什么）伊哪無 bô 來 lâi？哪會 ē[oē] 許 hiah 貴 kùi？；（表示反問）哪可 thang 按 án 尔 ne[ni]，哪有 ū 這 chit 號 hō 道 tō 理 lí，哪裡 lí，哪（裡）知 chai（影 iá^{n}）行 kîa^{n} 到 kàu/kah 半pòa^{n} 路lō͘ 會去抵 tú 着 tio̍h 雨 hō͘，哪使 sái（何必），我哪（使）着給 kā 你講 kóng，要 boeh[beh] 哪會用 ēng 得·tit（那怎麼可以呢），哪好 hó 勢 sè。

娜

ná 若（＝lán/lián）（如，好像）愛錢 chî^{n} 若命 mīa，若要 boeh[beh] 若不 m̄（好像要又好像不要），若有 ū 若無 bô，赵 chông 到 kah 若猾 siáu（如瘋似地東奔西跑），到若（好像），到若囝 gín 仔 á 咧·leh，若（親 chhin）像 chhīo^{n}[chhīu^{n}]（好像，正如），若（親）像要落 lo̍h 雨 hō͘ 的款 khoán 式 sit/sek，若準 chún

(好像)，若準外 gōa 人；(前後疊用同一名詞表示似是似不是) 頭 thâu 家 ke 若頭家，鑽 soān 石 chio̍h 若鑽石。

欖 橄 ka^{n} 欖。

林 (←林 nâ 仔 á) 林茇 poa̍t (仔 á) 。

nà 爍 (光亮突然一現；閃爍不定忽明忽暗) 閃 sih 電 nà 爍一下·chit-e (閃電忽然一閃)，爍光 kng (打閃)，刀 to 金 kim 爍爍 nà-sà^{n}/sà^{n}-nà (刀閃閃發光)；(火舌晃動；動物把舌頭伸來伸去) 頭 thâu 毛 mn̂g 予 hō͘ 火 hóe [hé] 爍着·tioh (頭髮因火苗掠過而變焦)，爍着頭毛 (火舌舔着了頭髮)，嘴 chhùi 舌 chih 爍下·che 爍下，爍舌，狗 káu 爍水 chúi (狗伸舌頭出來舔水)，爍嘴唇 tûn (舔嘴唇)；(略微晒晒太陽，烤烤火，吹吹風等) 爍日 jit；(稍微露一露面兒) 爍一下就返 tńg 去啦，爍頭 thâu 爍面 bīn (探頭縮腦)，爍軁 nng (靦腆)，爍軁不 m̄ 敢 ká^{n} 出來夆 hông 看 khòa^{n}；凊 chhìn 爍(尋麻疹)，起khí 凊爍。

電 閃 sih 電。

nâ 林 樹 chhīu 林，龍 gêng 眼 géng 林，竹 tek (仔 á) 林，草 chháu 林(草叢)，林苞 pô͘ (樹林)，山 soa^{n} 林，深chhim 山林底 té[tóe]，講 kóng 到 kah 牽 khan 山絆 pòa^{n} 林 (信口開河滔滔不絕地說) ；林投 tâu，林仔 á 茇 poa̍t/pa̍t/pu̍t (番石榴) 。

藍 藍色 sek。

籃 籃仔 á，籃仔耳 hī^n[hī]，籃仔符 kîa^n，籃仔蓋 kòa，籃層 chân，籃格 keh，菜 chhài 籃，檨 sīa^n 籃，花 hoe 籃，搖 iô 籃；籃球 kîu，投 tâu 籃。

嚨 嚨喉 âu。

鐃 鐃鈸 poȧh。

蘿 蘿蔔 pȯk (菜 chhài)(紅蘿蔔) 。

熮 火 hóe[hé] 熮癉 toa^n。

磟 磟碡 tȧk。

nā 若 (如果) 你若要 boeh[beh]、做 chò[chòe] 你提 thėh 去用 ēng，若是換 oā^n 做你、你敢 kám 要，若到 kah (要是，假使)，若到是按 án 尔 ne[ni] (既然如此)，若到知 chai 影 iá^n 會 ē[oē] 按尔、我就無 bô 去啦·lah，凡 hoān 若，(凡是，只要是) 凡若吃 chiȧh 酒 chíu 就 chīu 醉 chùi，見 kiàn/kì^n 若 (凡是，每每)，見若看 khòa^n 着·tioh 就愛買 bé[bóe]，便 piān 若 (凡是，每每)；幾 kúi 若 (好幾)，幾若个 ê，幾若款 khoán，幾若月 goėh[gėh] 日 jit，幾若千 chheng 萬 bān。

但 (＝nīa) 但定 tīa^n/nīa (而已)，不 m̄ 但，但使 sái(只要)，但使給 kā 伊講一句就會 ē[oē] 使 sái 得·tit。

爁 (使火苗掠過去) 爁蜘 ti 蛛 tu 絲 si (用火焰燒掉蜘蛛網)，予 hō͘ 火 hóe[hé] 爁着·tioh (被火苗掠過而變焦)；(在火上邊動邊烤) 海菜着 tiȯh 先 seng 爁爁咧·leh 才 chiah 來吃 chiȧh。

nah 喏 (嘆詞) 喏、試 chhì 看 khòa^n 覓 māi[bāi] 咧·leh；

(助詞) 又 iū 要 boeh[beh] 落 lȯh 雨 hō͘ 喏。

nah/naih 凹　凹一 chit 凹，凹凹，凹落去，一凸 phòng 一凹，凹腰 io (中間凹陷或變細的)，凹鼻 phī^n (塌鼻子)，凊 chhìn 膜 mȯ͘h 凹 (蕁麻疹)。

nai 妮　撒 sai 妮 (撒嬌)。

Nái 乃　乃是 sī，乃至 chì，鈎 kau 乃耳 hī^n[hī]。

奶　奶奶；奶油 iû。

迺

Nāi 耐　這 chit 間 keng 厝 chhù 耐得 tit 若 jōa 久 kú，這雙 siang 鞋 ê[oê] 真有 ū 耐，耐用 ēng/iōng，耐穿 chhēng，耐肉 bah，耐命 mīa，耐久 kú/kíu，耐火 hóe[hé]，耐熱 jiȧt，忍 jím 耐，耐心 sim，有 ū 耐性 sèng，耐勞 lô，耐苦 khó͘。

賴　依 i 賴，信 sìn 賴；無 bû 賴；撒 siat 賴 (鬧別扭)。

奈　奈何 hô (怎麼辦)，你看要 boeh[beh] 奈何，無 bô/bû 奈何。

nāi 荔　荔枝 chi。

鵪　鵪鶉 hiȯh。

naih→nah 凹

náu 惱　(傷感情，使人不愉快) 惱着 tiȯh 伊，予 hō͘ 伊惱着；(煩悶) 懊 àu 惱，苦 khó͘ 惱；(生氣) 發 hoat 惱 (生氣，發怒)，可 khó 惱 (令人生氣)。

腦　大 tōa 腦，小 síó 腦，腦髓 chhóe[chhé]，腦波 pho；(腦筋) 新 sin 頭 thâu 腦，動 tōng 腦筋 kin[kun]，

絞 ká 腦汁 chiap；(像腦的) 電 tiān 腦，主 chú 腦，首 síu 腦。

náu/láu 撓 阻 chó͘ 撓；撓頭 thâu 梭 chūn 頷 ām。

Nāu 鬧 (喧嘩) 鬧熱 jiȧt，鬧市 chhī；鬧鐘 cheng，鬧台 tâi，鬧房 pâng；(吵，擾亂) 你不 m̄ 可 thang 來給 kā 我鬧，吵 chháu/chhá 鬧；(惹起) 鬧出 chhut 事 sū，鬧起 khí 代 tāi 志 chì。

nauh 喃 (自言自語，小聲說話) 我有 ū 聽 thiaⁿ 見 kìⁿ 伊在 teh 喃，喃一个話 oē 頭 thâu、不 m̄ 講 kóng 詳 siông 細 sè[sòe] 。

齩 (=ngauh)(咬) 予 hō͘ 狗 káu 齩着·tioh。

ne[ni] 尓 按 án 尓 (生 seⁿ[siⁿ])(這樣，如此) 。

[ne]→le 絡

né 奶 偲 in 奶，娘 nîơ[nîu] 奶 (→lé) 。

nè[nì] 企 (踮) 企腳 kha (蹺着脚)，企腳看 khòaⁿ，企腳尾 bóe[bé]，企高 koân；(盡力伸展) 大 tōa 步 pō͘ 企 (跨大步走)，企頭 thâu (伸頭)，目 bȧk 睭 chiu 企開khui (張開)，企金 kim，企目 bȧk，企大 tōa 蕊 lúi (睜大)，企高 koân (往上看)，犟 kīơⁿ[kīuⁿ] 迫 peh 企 (勉勉强强)，企聲 siaⁿ (提高聲音) 。

nê[nî] 撋 (把東西攤開掛在器物上) 撋衫 saⁿ (晾衣服)，撋日 jit，撋蚊 báng 罩 tà，撋布 pò͘ 篷 phâng。

neh 慄 懍 lún 慄 (畏懼)。

勒 (系緊) 儉 khiām 腸 tn̂g 勒肚 tō͘ (勒緊腰帶節儉)，無

bô 攬 lám 無勒（懶散）。

neh [nih] 企 （踮）企腳 kha 尾 bőe[bé]。

·neh 呢 不 m̄ 知 chai 呢，是你愛的·e 呢，真燒 sio 呢，現在呢、不 m̄/put 比 pí 往 éng 年啦·lah。

néh [nih] 勒 （㩼）勒頷 ām 頸 kún（勒脖子），勒拳 khûn 頭 thâu 拇 bó[bú]，勒緊 ân，勒住 tiâu 住，勒倚 oá 來，勒破·phoa，勒死·si。

ni 拈 （用兩三指手指頭夾取）拈起來，拈扔 hìⁿ 捒 sak；（帶走）偷 thau 拈，拈捻 liàm（昧下），拈沾 bak（抽頭，揩油）；拈茲 siⁿ（吃得很少；動作遲緩），配 phòe[phè] 菜 chhài 真拈茲，做 chò[chòe] 代 tāi 志 chì 不 m̄ 可 thang 拈茲。

ni [lin,leng] 奶 （乳房）兩 nn̄g 粒 liáp 奶（仔 á），腫 chéng 奶，疣 hàng 奶，奶苞 pô͘（乳房），奶頭 thâu，奶珠 chu，奶穿 chhng，奶罩 tà；（乳汁）奶水 chúi（乳汁），奶汁 chiap，奶陣 chūn（乳潮），奶膻 hiàn（奶味），飼 chhī 奶，育 io 奶，吃 chiáh 奶，嗍 soh/suh 奶，呃 eh 奶，溢 ek 奶（漾奶）斷 tn̄g 奶，牛 gû 奶粉hún；（童年時期的）奶齒 khí，奶牙 gê，奶名 mîa；（像奶汁的）米 bí 奶，豆 tāu 奶；（橡膠）樹 chhīu 奶，奶胎 thai（車胎），內 lāi 奶（內胎），奶嘴 chhùi 仔（奶嘴）。

[ni]→ne 尔 按 án 尔。

Ní 耳 聽 thiaⁿ 艙 bē[bōe] 入 jip 耳，掩 iám 人 lâng 耳目

bȯk；木 bȯk 耳。

尒

ní 染 染色 sek，白 pėh 白布 pò͘ 染到 kah 烏 ơ，染料 liāu。

[nì]→nè 企 企腳 kha 尾 bóe[bé]；企目 bȧk。

Nî 尼 尼姑 kơ；尼龍 lông。

呢 呢布 pò͘，呢絨 jiông；水 chúi 呢（絨布）。

泥 水 chúi 泥，芋 ō͘ 尼，印 ìn 泥；泥土 thô͘，泥漿 chiơ^{n}[chiu^{n}]。

nî 年 今 kin 年，舊 kū 年（去年），明 mê 年，隔 keh 年，新 sin 年，過 kòe[kè] 年，年頭 thâu，年尾 bóe[bé]，倚 oá 年，年兜 tau（邊 pi^{n}）(靠近年底)，歸 kui 年簹 thàng 天 thi^{n}（一年到頭）；年限 hān，年度 tō͘，對 tùi 年（周年）；當 tng 年，早 chá 年，往 éng/óng 年，天 thi^{n} 年（時代），年代 tāi；(年齡) 年歲 hòe[hè]，年紀 kí，年紀多 chē[chōe]/大 tōa/輕 khin/少 chío，年輩 pòe，年老 lāu，年輕 khin；(收成) 年冬 tang。

簾 簾簷 chî^{n}（屋簷）。

連 川 chhoan 連。

彌 彌勒 lėk 佛 hu̍t。

鐮 鐮𠛘 lėk 刀 to。

[nî]→nê 𢱤 𢱤衫，𢱤蚊罩。

nī 莉 茉 bȧk 莉花 hoe。

泥 拘 khu 泥。

níā 領 (領子) 衫 saⁿ 仔 á 領 nía，領套 thò，領巾 kin[kun]，領帶 tòa；(量詞) 一領衫，兩 nn̄g 領被 phōe[phē]；(帶，引) 率 sut 領，領隊 tūi，領班 pan，領路 lō͘，領頭 thâu；(領有) 占 chiàm 領，領海 hái；(領取) 領薪 sin 水 súi，領米 bí；(接受) 心 sim 領，領情 chêng，領教 kàu；(承擔) 包 pau 領，保 pó 領，擔 tam 領。

嶺 山 soaⁿ 嶺，嶺脊 chit，嶺頂 téng，嶺腳 kha，上 chīoⁿ[chīuⁿ] 嶺，落 lo̍h 嶺，盤 pôaⁿ 山過 kòe[kè] 嶺。

林 林茇 poa̍t (仔 á) 。

nîa 娘 (母親) 您 lín 娘。

耳 (而已) 一坪 phêⁿ[phîⁿ] 才 chiah 兩 nn̄g 萬 bān 耳。

nīa 但 (=nā) 但我知 chai、別 pa̍t 人 lâng 攏 lóng 不 m̄ 知，但按 án 尔 ne[ni]，但有我一個，但定 tīaⁿ/nīa，不 m̄ 但，較 khah 不但 (還不止)。

耳 (而已) 一坪才兩萬耳。

陵 (背部突出的部分，隆起) 山 soaⁿ 陵 (山脊)，牛 gû 陵，烏 o͘ 鶖 chhiu 陵 (牛背凸出來的地方)，魚 hî 陵(魚脊鰭)，湧 éng 陵 (波浪的起伏)，起 khí 陵 (隆起)；(姓) 。

niau 貓 貓咪 bî，貓仔 á (子 kíaⁿ)(小貓)，貓母 bó[bú]，貓公 kang，貓槽 chô；吃 chia̍h 物 mih 件 kīaⁿ 貓貓，貓(貓) 仔吃；(小氣) 貓神 sîn，貓氣 khùi；(麻子) 貓斑

pan 點 tiám，猫痕 hûn (麻子)，猫 (仔)面 bīn，面猫猫，猫卑巴 pi-pa/pì-pà，猫蛀 chìu 蛀；一个面若 ná 畫 oē[ūi] 虎 hó͘ 猫，花 hoe 猫猫，花哩 lí 猫，雄 hiông 巴 pa 哩 lí 猫。

獠 青 chhe^{n}[chhi^{n}] 面獠牙 gê。

Niáu 鳥 益 ek 鳥，害 hāi 鳥；鳥瞰 khàm 圖 tô͘。

niáu 老 老鼠 chhú[chhí]，老鼠仔胆 tá^{n} (膽小)，飼 chhī 老鼠咬 kā 布 pò͘ 袋 tē，猫 niau 哭 khàu 老鼠假 ké 有 ū 心 sim，老鼠啅 tauh，老鼠當 tng，老鼠櫥 tû，報 pò 老鼠仔冤 oan。

Niàu/niauh 酢 (抬，擧) 目 ba̍k 賙 chiu 酢起來，酢目 ba̍k (把眼睛張大)，酢鼻 phī^{n} (皺起鼻子)；酢酢 (目不轉睛)，酢酢看 khòa^{n}，酢酢相 siòng。

nih 瞸 (眨) 瞸目 ba̍k，比手瞸目，瞸目點拄 tuh (眨眼示意)，目賙喋 chha̍uh 喋瞸；(轉瞬之間) 目瞸仔 á 久 kú，目一 chit 瞸 (仔)，一目瞸仔，目瞸仔 (一下子)，目瞸仔寒 kôa^{n}、目瞸仔熱 joa̍h；瞸瞸 (眼巴巴)，瞸瞸看khòa^{n}，瞸瞸等 tán，目屎 sái 瞸瞸流 lâu，瞸眨 chiauh瞸眨 (直眨巴眼)，瞸咧·leh 瞸咧，瞸下·che 瞸下。

[nih]→neh 企 (踮) 企腳尾。

·nih 裡 (→·lin) 厝 chhù 裡，路 lō͘ 裡，權 koân 在 tī 伊的手 chhíu 裡，去山 soa^{n} 裡抾 khioh 柴 chhâ。

呢 (→·neh) 不 m̄ 知 chai 呢；(→咧)抑 iah 你呢，若 ná 親 chhin 像 chhīo^{n}[chhīu^{n}] 三歲 hòe[hè] 囝 gín 仔

á 呢。

[nih]→neh 勒 勒頷頸。

nio[niu] 猫 (=niau)(細小的；少量，一點點) 猫猫仔，菜 chhài 配 phòe[phè] 較 khah 猫。

nío[níu] 兩 斤 kin[kun] 兩，兩聲 siaⁿ (重量)，論 lūn 斤算 sǹg 兩，窮 khêng 斤算兩 (掂斤播兩)；兩賞 síoⁿ [síuⁿ] (分量)，輕 khin 兩賞 (虛有其表地輕)，無 bô 兩賞 (不算怎麼樣)，吃 chiah 了 liáu 無兩賞，無兩無賞，看了無兩無賞。

nîo[nîu] 娘 (母親) 娘奶 lé[lóe]/né (母親)，娘父 pē (父親)，爹 tia 娘 (父母)；(妻子) 頭 thâu 家 ke 娘，先sin [sian] 生 seⁿ[siⁿ] 娘，老 láu 板 pán 娘，皇 hông 帝 tè 娘，娘子 kíaⁿ (妻子)，新 sin 娘；(婦女) 姑 ko 娘，諸 chu 娘 (人 lâng)(女人)；(女神) 月 goeh [geh] 娘 (月亮)，註 chù 生 seⁿ[siⁿ] 娘娘；(蚕) 娘仔 á 吐 thò 絲 si，娘仔蝪 iah (蚕娥)，娘繭 kián，娘仔葉 hioh (桑葉)，娘仔樹 chhīu (桑樹)。

粮/糧 粮食 sit，粮草 chháu，米 bí 粮，雜 chap 粮，乾 ta 粮，日出着 tioh 存 chhûn 雨 hō 來 lâi 粮，乞 khit 吃 chiah 亦 iah 有 ū 四月日剩 chhun 粮，粮倉 chhng；(作爲農業稅的粮食) 錢 chîⁿ 粮 (租稅)，完 oân 粮，欠 khiàm 粮，抗 khòng 粮。

量 (用量器計算) 量米 bí，量長 tn̂g 短 té，量重 tāng，量體 thé 溫 un；(估量) 思 su 量，冤 oan 家 ke 量債

chè (時常不和吵架) 。

梁 上 chīơ^{n}[chīu^{n}] 梁山 soa^{n}。

樑 中 tiong 樑，通 thong 樑，樑柱 thiāu，上 chīơ^{n} [chīu^{n}] 樑；橋 kîo 樑；鼻 phī^{n} 樑；桶 tháng 樑 (木桶的提梁) 。

涼 涼傘 sòa^{n}。

nīơ[nīu] 讓 讓人坐 chē，相 sio[sa^{n}] 讓，讓位 ūi，讓手 chhíu，讓步 pō͘ ，退 thè[thòe] 讓。

量 (抬秤) 大 tōa 量，公 kong 量，量仔 á，量桿 koái^{n}，量鉈 tô，量鎚 thûi，量索 soh，量花 hoe，量鉤 kau，量頭 thâu (份量)，拗 áu 量頭(耍秤杆子)；(用抬秤量) 量火 hóe[hé] 炭 thòa^{n}，量豬 ti，過 kòe[kè] 量；藝 gī/gē 量 (消遣)，做 chò[chòe] 藝量，無 bô 藝量 (乏味；無聊) 。

Níu 扭 扭轉 choán；扭傷 siong。

[níu]→níơ 兩

[nîu]→nîơ 娘粮糧量梁樑涼

[nīu]→nīơ 讓量

nng[nui] 軁 (穿，通過) 手 chhíu 軁入去，軁手袂 ńg，軁對 tùi 涵 âm 孔 khang 出來 (從溝眼穿出來)；爍 nà 軁 (靦腆) 。

ńg[núi] 軟 (柔) 麻糍 chî 真軟，軟飷 khīu 飷，軟糊 kô 糊，軟溢 ioh 溢，軟欱 kap 欱，軟趁 sìm 趁，肥 pûi 軟，幼 iù 軟，軟韌 jūn，軟爽 sńg/sóng，軟皮phôe[phê]

，軟片 phìⁿ，軟盖 khàm＝軟膁 liám ＝軟掩 iám(側腹)，軟肚 tó͘ (小腹)；(溫和) 性 sèng 地 tē[tōe] 軟，軟性 sèng，軟嘴 chhùi，軟心 sim，軟手 chhíu，軟法 hoat，軟步 pō͘ ，軟禁 kìm，落 lo̍h 軟，回 hôe[hê] 軟，放 pàng 軟，軟化 hòa，軟晡 po͘ (下午後半的陽光較弱的一段時間)；(軟弱) 軟淡 chíaⁿ (纖弱)，軟弱 lio̍h，腳痠 sng 手軟，軟痠，軟俗 sio̍h 俗，軟咭 ka̍uh 咭，軟趖 sô/sîo 趖；(差勁) 軟房 pâng (小門戶兒)，軟人 lâng (沒有權勢的人)，軟角 kak (好對付的)；(輕鬆，不費事) 趁 thàn 軟錢 chîⁿ，吃 chia̍h 軟飯 pn̄g，軟路 lō͘ 錢，軟工 khang[kang] 課 khòe[khè]，軟孔 khang，軟氣 khùi，軟猴 kâu (勞少利大的)；(扭) 伊身軀真賢 gâu 軟。

nǹg [nùi] **䠎** (鑽，穿過) 火 hóe[hé] 車 chhia 䠎磅 pōng 孔 khang，䠎入去，䠎人 lâng 縫 phāng 出來，䠎法 hoat 律 lu̍t 孔，䠎錢 chîⁿ 孔，賢 gâu 䠎鑽 chǹg(會鑽管，善用機會) 。

nn̂g **郎** 牛 gû 郎。

榔 檳 pun[pin] 榔。

䐯 (表皮下面的一層) 肉 bah 䐯，肉䐯油，膩 jī 䐯，膩䐯油，膩䐯肉，竹膩䐯，柚 iū 膩䐯，胗 hàm 膩䐯 (肚皮鼓張)，骨䐯 (骨膜)。

篖 (表皮下的部分) 篾 bih 篖 (篾黃)，藤 tîn 篖。

團 歸 ka/kui 團 (整個兒) 。

nn̄g 浪 波 pho 浪。

nn̄g [nō͘] 兩 有 ū 一 chit 無 bô 兩，兩三个 ê；兩攎 lìn 半 pòa^n（一下子）。

nn̄g [nūi] 卵 雞卵，軟 nńg 卵（殼兒還軟的蛋），卵蛋 toa^n（胚卵），卵仁 jîn（蛋黃），卵黃 n̂g，卵清 chheng，卵白 pe̍h，卵壳 khak，生 se^n[si^n] 卵，放 pàng 卵，解 pū 卵；石 chio̍h 卵（卵石），腳 kha 後 āu卵（脚後跟），手 chhíu 後卵（胳膊肘兒）。

nó͘ 老 孤 kơ 老，老成 sêng，養 ió͘^{n}[iú^n]/ióng 老院 ī^n；老子 chú。

Nō͘ 懦（膽小，軟弱）懦弱 jio̍k，懦夫 hu；（行動迂緩，精神不振）做 chò[chòe] 代 tāi 志 chì 懦懦，懦性 sèng，懦勢 sè。

nō͘ 怒 發 hoat 怒，憤 hún 怒，怒氣 khì。

nóa 挐（揉，捏）挐麵 mī，挐粽 chhè[chhòe]，挐鹹 kiâm 菜 chhài；（搓洗）挐衫 sa^n；（亂搞）打 phah 挐，綢 tîu 緞 toān 較 khah 獪 bē[bōe] 堪 kham 得 tit 打挐，有 ū 打挐（耐用），無 bô 打挐（不耐用），盤 pôa^n 挐（交往親密）。

懶 懶散 chhóa^n（敷衍了事，馬馬虎虎，散漫，不振作）。

nòa 淖（翻滾）倒 tó 咧 leh 淖（躺著滾），淖來淖去，爬 pê 床 chhn̂g 淖蓆 chhio̍h（在床上翻滾），狗 káu 淖砂 soa（狗在沙上打滾）；（姓）。

nôa 攔（阻檔）去給 ka 攔住 tiâu 咧·leh，攔截 cha̍h，攔路

lō͘，攔開 khui（拉開勸架），攔阻 chó͘，攔止 chí。

欄 （欄杆）橋 kîo 欄，井 chéⁿ[chíⁿ] 欄，柵 chheh 欄；（養家畜的圈）牛 gû 欄，馬 bé 欄；專 choan 欄，備 pī 註 chù 欄，布 pò͘ 告 kò 欄；欄頭 thâu（話頭，借口），起 khí 欄頭＝起摼 khiàn 頭 thâu。

nōa 涎 （口水）嘴 chhùi 涎，痰 thâm 涎，白 pe̍h 沫 phoe̍h [phe̍h] 涎，濁 lô 粘 liâm 涎，流 lâu 涎，滴 tih 涎，吞 thun 涎，啐 phùi 涎，涎腄 sê（圍嘴兒）。

爛 煮 chú 爛，焐 kûn 爛，爛糊 kô͘ 糊，爛弱 le̍h（軟而没有粘性或韌性等）；爛土 thô͘（軟土；泥土），爛水 chúi 田 chhân；（腐爛）臭 chhàu 爛，朽 híu 爛，爛心 sim（中心爛了）；破 phòa 爛，破銅 tâng 爛鐵 thih。

賴 （留在某處不肯走開）賴咧 leh 不 m̄ 行 kîaⁿ（賴着不走），綿 mî 賴（堅持不懈地），賴毦 pū（母雞進窩不離開）。

懶 （行動緩慢，不振作）人 lâng 懶懶，懶散 chhóaⁿ，懶性 sèng，懶勢 sè，懶相 sìoⁿ[sìuⁿ]，散 chhóaⁿ 懶，草 chháu 懶，膦 lám 懶（衣着不整潔，不修邊幅；懶散），懶賤 chōaⁿ（散漫）。

健 雞 ke[koe] 健仔（未生蛋的母雞）。

[nui]→nng 軁

[núi]→nńg 軟

[nùi]→nǹg 趖

[nūi]→nn̄g 卵

NG

ng 央 中 tiong 央。

秧 (植物的幼苗) 葱 chhang 仔 á 秧；(稻苗) 秧仔 á，敥 iā 秧，播 pò͘ 秧，種 chèng 秧，栽 chai 秧，插 chhah 秧，秧埕 tîa^n (秧田)。

嗡 嗡嗡叫 kìo。

ng[ui^n] 揜 (捂，掩) 揜目 ba̍k 睭 chiu，揜耳 hī^n[hī] 孔 khang，揜嘴 chhùi，揜面 bīn，揜盖 khàm(覆蓋，隱藏)，揜掖 iap (藏掖；偷偷授受；私通)，揜來掖去，揜咯 ko̍k 嗘 ke (捉迷藏)。

ńg 陰 (陰影) 蔭 ìm 陰 (背陰)，樹 chhīu 陰，歇 hioh 陰，坫 tiàm 陰(停在背陰兒)，火 hóe[hé] 陰 (火光照不到的地方)，人 lâng 陰，傍 pn̄g 伊的雨 hō͘ 傘 sòa^n 陰 (托福)。

ńg[úi^n] 袂 (袖子) 手 chhíu 袂，短 té 袂，長 tn̂g 袂，闊 khoah 袂，狹 e̍h[oe̍h] 袂，束 sok 袂 (羅口)，袂口 kháu (袖口)，袂套 thò。

抭 (抱，夾) 抭衫 sa^n，抭被 phōe[phē] 來，抭包 pau 袱 ho̍k 仔。

笐 (過秤時所用的小籃形盛器) 笐仔 á，吊 tiàu 笐。

阮 (姓)。

ǹg 向 (向，往，朝) 坐 chē 北 pak 向南 lâm，向頂 téng 面 bīn，向下 ē 腳 kha，向天 thi^n；(期望) 向望 bāng，向看 khòa^n 會 ē[oē] 親 chhin 像 chhīơ^n[chhīu^n] 人 (盼望會像个樣子)，盡 chīn 向你一人 lâng，不 m̄ 可 thang 向人；(看) 向牛 gû，向羊 iô͘^{n}[iû^n]；向蕩 tn̄g =向頓 tǹg (脾氣別扭)。

映 映山 soa^n 紅 âng，映山黃 n̂g。

n̂g 嗯 (嘆詞：表示疑問) 嗯、奇 kî 怪 koài、我哪 ná 會 ē [oē] 不 m̄ 曾 bat 聽 thia^n 見·ki^n。

n̂g[ûi^n] 黃 (黃色) 黃色 sek，金 kim 黃，重 tāng 黃，淺 khín/chhián 黃，姜 kiơ^n[kiu^n] 黃，藤 tîn 黃，蜜 bi̍t 黃，淡 tām/chía^n 黃，黃恍 hóa^n (略帶黃色的)，黃臘 la̍h，黃岩 gâm 色 sek，腐 àu 黃 (土黃)，黃葩 pha 葩，黃帕 phà 帕；(干枯而變黃) 豎 khīa 黃(枯萎)，黃落去，乾 ta 黃 (焦黃)，青 chhe^n[chhi^n] 黃，脝 hàm 黃，黃酸 sng，黃瘦 sán；黃金 kim，黃牛 gû，黃豆 tāu。

n̂g/hn̂g[hûi^n] 磺 硫 lîu 磺。

n̄g[ūi^n] 暈 (眼睛模糊迷亂) 目 ba̍k 賙 chiu 暈，煙 ian 暈 (眼花)；(隱隱約約的影子) 有 ū 一个暈，月 goe̍h[ge̍h] 暈 (月色朦朧)，月暈暈。

Ngá[Ngé] 雅 文 bûn 雅，幽 iu 雅，風 hong 雅，高 ko 雅，雅觀 koan，雅致 tì，雅氣 khì；雅意 ì，雅教 kàu，雅正 chèng。

ngái 訝 (=Gā) 疑 gî 訝。

Ngāi 艾

[ngāi]→Gāi 碍 碍虐 gio̍h (彆扭，不自然，不舒服) 。

Ngâu 肴 酒 chíu 肴，佳 ka 肴。

爻

ngâu 熬 (久煮) 熬膠 ka，熬膏 ko，熬骨 kut，熬油 iû。

Ngāu 樂 (愛好) 樂燒 sio 酒 chíu。

ngāu 藕 蓮 liân 藕，藕節 chat，藕粉 hún。

唷 (嘴裡嘟囔) 你在 teh 唷啥 síaⁿ 代志。

ngauh 齩 (張開大嘴咬) 齩一嘴 chhùi，予 hō͘ 狗 káu 齩着·tioh。

耦 (量詞：用於成對的) 一 chit 耦，雙 siang 頭 thâu 無 bô 一耦 (雙頭落空)；(姓) 。

ngáuh 唷 (嘴裡嘟囔) 唷唷念 liām。

[Ngé]→Ngá 雅

ngē [ngī] 硬 (堅硬) 硬酷 khok 酷，硬析 kho̍k 析，硬乓 piàng 乓，硬掙 chīaⁿ，硬身 sin，硬槼 háuhⁿ，硬凿 chha̍k，硬痳 liau (手脚發硬)，硬化 hòa，硬壁 piah；(性格剛强，意志堅定，態度堅決，摯拗，狠勁) 儼 giám 硬，硬抵 tú 硬 (硬碰硬)，硬氣 khì，硬直 tit，心肝較 khah 硬鐵 thih，踏 ta̍h 硬，吃 chia̍h 軟 nńg 驚 kiaⁿ 硬，硬嘴 chhùi，硬癖 phiah，使 sái 硬片 phìⁿ (固執，不服勸導)，使硬手 chhíu，硬步 pō͘，硬要 boeh[beh] 去；(勉强) 硬忍 lún，硬挽 bán (勉强忍着)，硬做 chò [chòe]，硬練 liān，硬淘 tô (自學)，硬迫 pek 伊去，

硬強 kiông；(吃力)這款生理真硬，硬斗 táu (艱巨，難弄)，硬水 chúi(艱巨，費勁；硬水)，硬頭 thâu(費力，難搞)，趁 thàn 硬路 lō͘ 錢 chî^{n}；(猛烈)溪 khe[khoe] 流 lâu 真硬，火 hóe[hé] 舌 chih 硬；(必定) 硬額 gia̍h，硬額着 tio̍h 按 án 尔 ne[ni] (必定該如此)。

ngeh[ngoeh] 筴 (用筷子夾子等夾起來) 用 ēng 箸 tī 筴菜chhài，筴起來；筴仔 á (夾子)，火 hóe[hé] 筴 (火剪)。

莢 豆 tāu 莢；一莢。

nge̍h[ngo̍eh] 挾 (從兩旁夾住) 挾在 tī 中 tiong 央 ng，挾倚 oá，挾在胳 koh 下 ē 孔 khang，予 hō͘ 蟳 chîm 管 kóng 挾着·tioh，兩 nn̄g 本 pún 冊 chheh 相 sio[sa^{n}] 挾；挾仔 á (鉗子)，鐵 thih 釘 teng 挾；(窄) 挾挾，挾胸 heng。

n̍gh 吭 (象聲詞) 咿 i^{n} 咿吭吭，吭吭叫 kìo。

[ngī]→ngē 硬

ngîa/gîa 迎 (迎接) 迎接 chih/chiap，迎人 lâng 客 kheh，迎新 sin 娘 nîơ[nîu]，迎親 chhin，迎新棄 khì 舊 kū，迎送 sàng (接送)，迎請 chhía^{n} (恭迎)，賢 gâu 迎請 (殷勤，會應酬)，迎顯 hía^{n} (奉承)；(擁着人或物結隊游行) 迎鬧 lāu 熱 jia̍t，迎花 hoe 燈 teng。

ngia̍h 愕 㤚 gông 愕 (吃驚發呆)。

ngiau 擽 (發痒) 會 ē[oē] 擽，𣍐bē[bōe] 擽，擽擽(痒痒，發痒)；(胳肢) 擽呴 ti，擽胳 koh 下 ē 孔 khang，驚 kia^{n} 擽，畏 ùi 擽；擽痒 chīơ^{n}[chīu^{n}] (撓痒)；擽人的錢

chîⁿ（用巧言引誘人家拿錢出來）。

ngiāu 蟯 （心裡發癢，躍躍欲試）心 sim 肝 koaⁿ 在 teh 蟯，心肝蟯蟯；亘 soan 蟯（磨磨蹭蹭，不爽快，優柔寡斷），做 chò[chòe] 代 tāi 志 chì 真亘蟯，講 kóng 話 oē 亘蟯；（悄悄地反復地慫恿指使）伊不 put 時 sî 給 kā 伊蟯東 tang 蟯西 sai。

ngiauh/giauh 戟 （摳，挑，剔；往上推）戟刺 chhì，戟簽 chhoaⁿ，戟出來，戟扔 hìⁿ 揀 sak，戟番 han 薯 chû[chî]，戟人的歹 pháiⁿ（挑剔人家的缺點），戟起來（摳；筆畫鉤上，鉤起來；爬起來，跳起來）；畫 oē[ūi] 一戟（畫个鉤），戟才 châi（漢字的手字旁）；（翹）戟嘴 chhùi（撅嘴示意），戟唇 tûn，嘴唇戟戟；（翹辮子）戟去·khi，戟蟶 than，戟歹 tháiⁿ。

ngiauh/ngiáuh 狺 （狗叫）狺狺吠 pūi；（喋喋不休地說人家聽不懂的話）講 kóng 話 oē 狺狺叫 kìo，狺屄 siâu。

ngiáuh 蟯 （蠕動，動彈）虫 thâng 在 teh 蟯，蟯蟯（不停地蠢動的樣子），蟯蟯動 tāng，蟯蟯趖 sô，蟯蟯滾 kún，蟯蟯亘 soan，蟯蟯顫 chhoah，蟯蟯戰 chùn，蟯哦 chhī 喳 chhā（亂哄哄地在動）；（身上有虫在蠕動似地發癢）蟯蟯痒 chīoⁿ[chīuⁿ]，心 sim 肝 koaⁿ 一 it 直 tit 蟯（心裡發癢）。

ngih/ngih 囈 囈狺 ngiauh/ngiáuh 叫 kìo，囈囈狺狺（喋喋不休地說人家聽不懂的話），囈囈蟯 ngiáuh 蟯（虫成群蠕動）。

ngíu 扭 (走路時身體左右搖動) 行 kîaⁿ 路扭下·che 扭下，扭腰 io，扭尻 kha 川 chhng 花 hoe，扭頭 thâu 捘 chūn 頷 ām=捘頭扭脰 tāu (扭頭撒嬌或纏磨人)，扭絲旁 pêng (漢字絞絲旁) 。

ngîu 牛 牛七 chhit=牛膝 chhek/chhip。

Ngó· 五 五穀 kok，五香 hiang/hiong，五仁 jîn (花生，杏，核桃，芝麻，西瓜的仁兒；作怪相逗樂子)，激 kek 五仁，五常 siông，五行 hêng，五倫 lûn，五官 koan；五路 lō· 人 lâng，五彩 chhái，五金 kim，五竭 kiat (頭 thâu)(慳吝且貪婪)，五凍 tàng (吝嗇)；五柳 líu 居 ku[ki]，五加 ka 皮 pî/phî。

伍 隊 tūi 伍，行 hâng 伍，退 thè[thòe] 伍，落 lo̍k 伍。

午 端 toan 午；午時 sî，中 tiong 午，午前 chêng/chiân，午後 āu/hō·，上 siōng 午，下 hā 午，午夜 iā；午門 bûn/mn̂g。

忤 忤逆 ge̍k (不孝順) 。

鯃 鯃魚 hî。

偶 偶像 siōng，木 bo̍k 偶；偶數 sò·；配 phòe 偶，佳 ka 偶；偶遇 gū 着·tioh，偶 (遇) 然 jiân=偶抵 tú 然，偶發 hoat，偶合 ha̍p。

我 自 chū 我，我方 hong，我國 kok。

Ngô· 吳 (姓) 。

蜈 蜈蜞 khî。

鯃

吾

梧 梧桐 tông。

鰐 白 pe̍h 鰐。

齬 齟 chó͘ 齬。

俄 俄羅 lô 斯 su。

娥 宮 kiong 娥，月 goa̍t 裡 lí 孀 siông 娥。

鵝

訛 訛傳 thoân。

Ngō͘ 傲 驕 kiau 傲，傲慢 bān；王 ông 傲（訟棍）。

悟 覺 kak 悟，曉 hiáu 悟，醒 chhé^{n}[chhí^{n}] 悟，省 séng 悟。

晤 會 hōe 晤，晤談 tâm。

臥 臥車 chhia。

餓 受 sīu 餓。

[ngoeh]→ngeh 筴莢

[ngo̍eh]→nge̍h 挾

O

o 阿 (稱讚) 阿老 ló (稱讚，誇獎；讚美)，逐 tak 个 ê 都 to 阿老伊，阿老上 siōng 帝 tè，家 ka 己 tī[kī] 阿 (自个兒賣嘴)，賢 gâu 給 kā 朋 pêng 友 iú 阿 (很會替朋友吹噓)，我予 hō͘ 你 𣍐 bē[bōe] 阿得·tit (我不會聽你的奉承話的)；阿彌 mí 陀 tô 佛 hu̍t；依 i 阿從 chiông 事 sū (馬馬虎虎敷衍了事) 。

呵 咿 i 呵叫 kìo。

苛 苛刻 khek；苛懵 cho (心煩) 。

萵 茭 tang/茼 tâng 萵菜 chhài。

媧 女 lú 媧。

窩 燕 iàn 窩；窩家 ka，窩藏 chông；(凹進去的地方) 劄 lap 窩 (凹處)，劄一窩，山 soa^n 窩；乏 hȧt 窩(缺乏)，錢 chî^n 乏窩。

爊 菜 chhài 爊予 hō͘ 伊燒 sio，雜 chȧp 爊羹 ke^n[ki^n]。

o 吆 (叫賣) 四 sì 界 kòe[kè] 吆，沿 iān 路 lō͘ 行 kîa^n、沿路吆，有 ū 聽 thia^n 見 kì^n 吆的 ê 聲 sia^n。

荷 荷花 hoe；荷包 pau。

ó 襖 長 tn̂g 襖，棉 mî 襖，司 sai 公 kong 襖，和 hôe[hê] 尚 sīo^n[sīu^n] 襖。

ò 奧 深 chhim 奧，奧妙 biāu。

懊 懊悔 hóe。

澳 船 chûn 澳；蘇 sơ 澳，澳門 mn̂g。

[ò]→ài 愛 愛玉 gîo (=ài-giȯk)。

ô 蚵 大 tōa 枚 mī 蚵仔，蚵埕 tîa^{n}，蚵苞 pô͘ (帶殼的整个牡蠣)，破 phòa 蚵，削 siah 蚵，蚵殼 khak，蚵鏡 kìa^{n}，蚵干 koa^{n}，蚵仔 á 煎 chian，蚵仔糋 chì^{n}，蚵飥 te (糋)。

o͘ 烏 (黑色) 烏色 sek，干 kan 烏 (深黑一色)，烏金 kim，烏黗 tò͘ (稍帶黑色的)，烏氣 khì (發黑)，烏偈 khiȧt (臉晒黑了的顏色)，烏焦 tâ 瘦 sán (憔悴)，烏墨 bȧk 墨，烏麻 ma/mà 麻，烏鬼 kúi 鬼，烏蕊 lúi 蕊，烏趖 sô 趖，烏汁 chiap 汁，烏啾 chiuh 啾，烏啾 chiu̇h 啾，烏酵 kà^{n} 酵，烏甜 ti^{n}，烏幼 iù (初生而柔嫩)；烏棗 chó，烏人 lâng，烏點 tiám，烏斑 pan，烏枋 pang (黑板)，烏雲 hûn，烏影 iá^{n}，烏笛 tȧt仔 á (單簧管)；(變黑，發黑) 烏去·khi，烏歸 kui 痿 lēng，烏青 chhe^{n}[chhi^{n}]，烏綠 lėk 綠，烏歹 lái，烏拗 áu (葉子枯萎；魚要腐敗；半死不活)，烏漉 lok (腐敗發黑)；(陰暗) 烏暗 àm，(沒有光；目眩) 烏陰 im，天 thi^{n} 做 chò[chòe] 烏 (天陰了)，日烏來·lai (天陰了)，烏(陰)寒 kôa^{n} (陰冷)，烏顯 hía^{n} (陰暗，有一點發暗)，顯烏，烏恍 hóa^{n} (光線昏暗；顏色發黑)，恍烏 (昏暗)，日頭懸 hâ^{n} 烏 (天開始黑)；(秘密，不公開) 烏社 sīa 會 hōe，烏幫 pang，烏市 chhī，烏名 mîa 單 toa^{n}；烏白

pėh（黑色和白色；是非；胡亂），烏白來（胡來，亂來），烏白講，烏魯 ló͘ 白魯（信口開河胡說八道），烏爍nà 白爍（隨口瞎說），烏吐 thò͘ 白吐，烏咀 tàⁿ 白咀(隨口亂說)，烏念 liām 白念（嘮嘮叨叨；胡念亂誦）；烏魚 hî，回 hôe[hê] 頭 thâu 烏，趕 kóaⁿ 烏；烏鴉 a，烏有 iú，烏龜 kui。

嗚 嗚呼 hơ。

謳 謳歌 ko。

鷗 海 hái 鷗。

ơ 槔 吊 tiàu 槔(桔槔)，槔柱 thiāu，槔杆 koaⁿ，槔抽 thiu，槔桶 tháng。

ó͘ 挖 挖土 thô͘，挖孔 khang，挖目 bȧk 睭 chiu，挖番 han 薯 chû[chî]，挖出來；(舀) 挖豆 tāu 醬 chìơⁿ[chìuⁿ]；(扒拉) 飯 pn̄g 緊 kín 挖挖咧·leh。

ò͘ 惡 (討厭，憎恨) 可 khó 惡，伊真惡我，惡妒 tò͘（嫉妒）；(玷污) 觸 chhek 惡（玷污；污穢），觸惡天 thiⁿ 地 tē[tōe]，觸惡鬼 kúi，穢 oè[è] 惡，穢惡神 sîn 明 bêng；(瞪眼看) 目 bȧk 睭 chiu 惡惡。

ô͘ 壺 深 chhim 壺，痰 thâm 壺，金 kim 魚 hî 壺，簸 kám 壺（大竹盤）。

胡 胡桃 thô。

湖 湖邊 piⁿ，湖水 chúi，湖心 sim；硯 hīⁿ 湖；江 kang 湖。

瑚 珊 sian 瑚。

	蝴	蝴蝶 tia̍p (合葉；蝴蝶)。
ō͘	芋	芋頭 thâu，芋婆 pô，芋卵 nn̄g，芋旁 pêng，芋莖hoâi^{n} (芋莖)，芋粿 kóe[ké]，芋冰 peng，芋泥 nî；芋顱 lû (禿頂)，芋顱頭 thâu (光頭)。
ō͘^{n}	唔	(哄嬰兒使睡) 唔唔睏 khùn，唔唔惜 sioh，唔咿 i^{n} 搖 iô，唔細 sè[sòe] 子 kía^{n}；(睡) 緊 kín 返 tńg 去唔，唔查 cha 某 bó͘ (睡女人)；(象聲詞) 唔唔叫 kìo。
ò͘^{n}	惡	(討厭，憎恨) 可 khó 惡，怨 oàn 惡，厭 iàm 惡，眾 chèng 人 lâng 惡，犯 hoān 眾 chiòng 惡，惡妒 tò͘。
	⿰言亞	(擬聲詞，形容發音不清，說話含糊或支吾其詞) 應 ìn ⿰言亞，咿 i^{n} 咿⿰言亞⿰言亞，⿰言亞⿰言亞叫 kìo。
oa	蛙	井 chéng 底 tí 蛙。
	娃	
oá	瓦	瓦全 choân，瓦解 kái；瓦斯 su，瓦特 te̍k。
oá	倚	(接近，靠近) 相 sio[sa^{n}] 倚，倚近 kīn[kūn]，豎khīa 較 khah 倚，促 chhek 倚，離 lī 倚倚，倚頭 thâu 前 chêng 去，倚邊 pi^{n} 呵·a，倚年 nî (臨近年終)，倚海 hái，倚要 boeh[beh] (將近)，倚要晝 tàu (快要中午)，倚要五百 pah；(靠) 倚壁 piah 穿 chhēng 褲 khò͘，倚籬 lî 倚壁，倚在 tī 門 mn̂g 邊，倚凭 phēng (倚靠)，倚下 hē 咧·leh；(依靠) 倚父 pē 亦 ia̍h 吃 chia̍h、倚母 bó[bú] 亦吃，依 i 倚，相 sio[sa^{n}] 依倚，無 bô 依無倚，倚靠 khò，倚按 hōa^{n} (依凭)，倚賴 lōa (依賴；找碴兒)，倚重 tiōng，倚勢 sè (倚仗權勢)；(依附)

西 si 瓜 koe 倚大 tōa 旁 pêng，倚旺 ōng（站在强的一方），倚歸 kui 旁（偏袒一方，一面倒）；（寄托）倚伊吃（搭伙），倚伙 hóe[hé] 食 sit，倚（伊）賣 bē[bōe]（寄售），倚行 hâng，倚住 tòa（寄居）；（聚集）呼 khơ 倚（招集），圍 ûi 倚（圍攏），集 chip 倚（集合），總 chóng 倚來，抾 khioh 倚（聚攏），扒 pê 倚（扒攏）。

oà 化 （使發酵，使起變化）化豆 tāu 餔 pō͘，化豆油 iû，化蔭 ìm 豉 sī^n，化灰 hoe[he]。

哇 （嘆詞）哇、偌 chiah 呢·lin 美 súi！

oâ 何 無 bô 奈 tâ（得 tit）何，無法 hoat 伊奈何。

oā 話 神 sîn 話，談 tâm 話，對 tùi 話，話劇 kėk。

畫 畫家 ka，畫廊 lông，畫展 tián，臨 lîm 畫；書 su 畫。

oā 劃 劃分 hun，劃時 sî 代 tāi；謀 bô͘ 劃，劃策 chhek。

若 無 bô 若（沒有多少），較 khah 無若。

oa^n 安 南 lâm 安（地名）。

垵 （海灣，港灣）垵澳 ò/ù，沙 soa 垵，擱 koa 垵（停泊）。

鞍 馬 bé 鞍，掛 kòa 鞍；鼻 phī^n 鞍（鼻梁）。

oá^n 碗 飯 pn̄g 碗，花 hoe 碗，幼 iù 碗，粗 chhơ 碗，碗頭 thâu 仔 á，碗公 kong，碗瓷 hûi，碗盤 pôa^n，碗砸 phiat，碗碟 tih 箸 tī，碗斗 táu；（一碗碗的菜）供 kèng 碗，排 pâi 供碗孝 hàu 神 sîn 明 bêng，菜chhài 碗（素食的供品），碗額 giah，鬥 tàu 碗額；抾 khioh 碗路 lō͘，鋪 phơ 碗面 bīn；頭 thâu 壳 khak 碗，目睭碗，碗帽 bō 仔 á，碗花 hoe（牽牛花）。

腕 (手腳的關節) 手 chhíu 腕，腳 kha 腕，腳頭 thâu (肝 u) 腕 (膝蓋)。

oà^{n} 晏 (遲，晚) 早 chá 晏，較 khah 晏來，晏睏 khùn 晏起 khí；不 m̄ 可 thang 晏。

案 (狹長桌子) 香 hioⁿ[hiu^{n}] 案，案桌 toh；(案件) 無 bô 頭 thâu 公 kong 案。

oā^{n} 換 相 sio[sa^{n}] 換，交 kau 換，對 tùi 換，換帖 thiap；換名 mîa，換車 chhia，換鋪 phơ (換床鋪)，重 têng 換，復 koh 換，替 thè[thòe] 換，換班 pan；(假如) 換準 chún，換準你、你要 boeh[beh] 按 àn 怎 chóa^{n}，換做 chò[chòe]，若 nā 換做我、我不 m̄ 去。

旱 做 chò[chòe] 旱，大 tōa 旱，亢 khó 旱，旱天 thi^{n}，旱冬 tang。

oȧh 活 (有生命，生存) 活人 lâng，活物 mih/bu̇t，𣍐 bē[bōe] 活，復 koh 活，救 kìu 活，假 ké 死 sí 假活 (假裝)，作 choh 到 kah 要 boeh[beh] 死要活；(生活) 生 seng/se^{n}[si^{n}] 活，快 khòa^{n}[khùi^{n}] 活 (舒服；富裕)；(生動活潑) 活活，活攄 lìn 攄，活溜 lìu/liu 溜，活跳 thiàu 跳，活動 tāng，活潑 phoat；(活動的) 活泉 chôa^{n}，活水 chúi，活結 kat，活扣 khàu，活啅tauh (圈套)，活版 pán，活字 jī，活頁 iȧh，活用 iōng/ēng，活期 kî，活會 hōe (未標的會)，活賣 bē[bōe]，活錢 chî^{n}；活要 boeh[beh] (要命)，活要氣 khì 死·si，活要吵 chhá 死·si。

Oai 歪 (不正，斜，偏) 歪歪，歪斜 chhoa̍h (不直，不正)，歪一旁 pêng，歪一邊 pi^n，歪嘴 chhùi，歪頭 thâu，歪酏 phóe[phé]，歪頷 ām，東 tang 倒 tó 西 sai 歪，歪斜 chhîa (傾斜)，歪曲 khiok；(不正派) 歪風 hong，歪才 châi；(作弊) 歪膏 ko，歪人的錢，真賢 gâu 歪，正 chìa^n 歪倒 tò 歪；(冤屈) 歪人·lang 屈 khut 人·lang (冤枉人家)，倒 tò 歪人。

oái ⿰足歪 (脚扭傷) ⿰足歪着·tioh，⿰足歪一倒 tó；⿰足歪⿰足歪 (腿瘸，不穩當)。

oai^n 彎 圓 î^n 彎桌 toh；(敲竹杠，强要，耍賴) 起彎，彎人的錢，強 kiông 彎人·lang，倒 tò 彎正 chìa^n 彎，彎借 chioh。

挨 (拉) 挨二 jī 弦 hiân。

汪 (水勢浩大) 汪汪流 lâu；(很) 美 súi 汪汪，清 chheng 汪汪；(象聲詞) 門 mn̂g 汪汪叫 kìo。

oāi^n 椏 樹 chhīu 椏。

oaih^n ⿰足亞 (瘸着走) 行 kîa^n 路 lō͘ ⿰足亞下·che ⿰足亞下；(慢慢走) 咱緩 ûn 仔⿰足亞來去。

oa̍ih^n ⿵門曷 (象聲詞) ⿵門曷⿵門曷叫 kìo，喑 ih^n 喑⿵門曷⿵門曷。

Oan 彎 (彎曲) 彎彎，彎曲 khiau (不直；錯綜複雜；乖僻)，彎斡 oat (曲折；複雜；心眼不正)，七彎八斡，彎來斡去，彎彎斡斡，斡彎 (彎曲)，彎拱 kong 門 mn̂g；(彎子) 轉 choán/tńg 彎 (拐彎兒；籌措；調停)，轉彎斡角 kak (轉彎抹角)；(繞道) 彎路 lō͘，彎對 tùi 山 son^n 脚 kha 來，請 chhía^n 彎來坐 chē；彎話 oē (把人家說的話歪曲說成另一个樣子），賢 gâu 彎話；手 chhíu (斡) 彎 (肘窩)，腳 kha (斡) 彎 (腿彎兒)。

灣 海 hái 灣，港 káng 灣。

冤 冤枉 óng，冤屈 khut，伸 sin 冤，喊 hám/hán 冤，哮 háu 冤，訴 sò͘ 冤，雪 soat 冤，冤獄 ga̍k，冤禍 ē (災禍)，冤鬼 kúi；冤讐 siû，結 kiat 死 sí 冤，報 pò 冤，冤孽 gia̍t，冤家 ke (仇人，冤家)，冤家變 pìⁿ 親 chhin 家，冤家路 lō͘ 頭 thâu 狹 e̍h[oe̍h]；(爭吵) 冤家 ke (吵架)，冤家量 nîơ[nîu] 債 chè (爭吵責罵)，冤膾 bē[bōe] 煞 soah (爭吵不休)；(小孩纏著硬要) 要 boeh[beh] 冤人抱 phō。

鴛 鴛鴦 iơⁿ[iuⁿ]。

蝓 蝓蝣 iơⁿ[iuⁿ]。

oán **宛** 宛然 jiân，宛如 jû。

婉 婉轉 choán，婉謝 sīa。

苑 御 gū 苑；文 bûn 苑。

惋 惋惜 sioh/sek。

腕 手 chhíu 腕，腕力 le̍k。

遠 永 éng 遠，久 kíu 遠，遙 iâu 遠，窵 tiàu 遠，深 chhim 遠，遠大 tāi，遠見 kiàn，遠征 cheng，遠視 sī；疏 sơ 遠。

oán **玩** 玩物 bu̍t，玩具 kū/khū；玩法 hoat；玩賞 síong；古 kó͘ 玩。

豌 豌豆 tāu。

Oàn 怨 (怨恨) 怨恨 hīn[hūn]，怨慼 chheh[chhoeh]，怨嘆thàn，怨惡 ò͘^{n}，怨妒 tò͘，結 kiat 怨，報 pò 怨，怨氣 khì 無 bô 塊 tè 講 kóng，抾 khioh (恨 hīn[hūn] 埋 bâi) 怨，雇 kò͘ 人 lâng 怨 (討人嫌)；(責怪) 辦 pān 𣍐 bē[bōe] 好 hó 勢 sè 着 tio̍h 怨你家 ka 己 tī[kī]、不 m̄ 可 thang 怨別 pa̍t 人 lâng。

Oân 完 (完整) 完全 choân，完備 pī，完滿 móa/boán；(完結) 做 chò[chòe] 完，做𣍐 bē[bōe] 完，完結 kiat，完畢 pit；(完成) 完成 sêng，完竣 chùn，完工 kang，完婚 hun，完聘 phèng，完稿 kó，完局 kio̍k；(交納) 完納 la̍p，完稅 sòe[sè]，完賬 siàu。

丸 魚 hî 丸，貢 kòng 丸，肉 bah 丸，藥 io̍h 丸，臭 chhàu 丸；成 chîa^n 丸 (成團)，凝 gêng 一丸，激 kek 歸 kui 丸。

員 教 kàu 員，職 chit 員，辦 pān 事 sū 員，官 koa^n 員，演 ián 員，委 úi 員，員工 kang；會 hōe 員，黨 tóng 員，成 sêng 員。

圓 圓拱 kong/kiong 仔 á (拱形門或窗)，圓拱門 mn̂g，圓拱楣 bâi；團 thoân 圓，圓滿 boán/móa，圓滑 ku̍t；(使婉轉) 圓話 oē，話着圓較 khah 好 hó 聽 thia^n 咧 ·leh；圓仙 sian 夢 bāng (求神仙托夢)。

袁

園 園藝 gē。

轅 轅門 bûn。

oân 灣 台 tâi 灣。

原 原仔 á (=猶 iû 原 goân)(仍然；也)，較 khah 多 chē [chōe] 錢 chîⁿ 予 hō͘ 伊、伊原仔是𣍐 bē[bōe] 滿boán 足 chiok，伊原仔要 boeh[beh] 去，若 nā 無 bô 鋼 kàng 筆 pit、鉛 iân 筆原仔會 ē[oē] 用 ēng 得·tit，原仔是按 án 尓 ne[ni]。

Oān 媛 令 lēng 媛。

援 援助 chō；援例 lē。

緩 (延緩，推遲) 寬 khoan 緩，延 iân 緩，展 tián 緩，移 î 緩，緩期 kî，緩日 jit，緩刑 hêng，緩兵 peng；緩緩 (仔)(慢慢)；(緩和) 緩和 hô，緩衝 chhiong。

oang 㘄 (伙同鬼混) 㘄黨 tóng，㘄括 koah (黨徒) 。

Oat 斡 斡旋 soân (調解)；(轉變方向，拐) 轉 tńg 斡 (轉彎)，斡角 kak (拐角)，斡倒 tò 手 chhíu 旁 pêng (左轉)，斡過 kòe[kè] 正 chìaⁿ 旁，倒 tò 斡來·lai (轉回來原處)，斡對 tùi 巷 hāng 仔 á 去，斡入 jip 巷仔內 lāi 去，斡過來，斡倒 tò 轉 tńg (轉回去)，斡來斡去，三彎 oan 兩 nn̄g 斡 (轉幾彎兒)，彎彎斡斡；斡彎(彎曲)，手 chhíu 斡彎；(方向不正，歪) 跤 kha 斡斡 (腳尖朝裡)，行 kîaⁿ 路 lō͘ 斡斡，撆 phiat 撆斡斡。

Oa̍t 越 優 iu 越感 kám，越境 kéng，越權 koân；越早 chá 越好 hó，越愈 jú 醫 i 越愈傷 siong 重 tiōng，越那 ná 吃 chia̍h 越那瘦 sán，越惹 jía (越發，更加)，越惹較 khah 遠 hn̄g；(回頭，轉身) 越頭 thâu 看 khòaⁿ，面

bīn 越過來，越來越去，越倒 tò 轉 tńg，越轉 tńg 頭 thâu (回頭；顛倒過來)，越轉身 sin (轉身，回頭，反轉過去；馬上，隨後) =越攎 lìn 轉，越念 liām(背誦)；(更換) 移 î 越 (移動，變更)，𣍐 bē[eōe] 移越得 ·tit，越款 khoán (變更)，越途 tô͘ (改行) 。

曰粵

Oa̍t/Ia̍t 悅

閱 (=oat/iat) 閱覽 lám。

oe[e] 鍋 鍋仔 á，銅 tâng 鍋，鉎 seⁿ[siⁿ] 鍋，狗 káu 母 bó[bú] 鍋。

萵 萵仔 á 菜 chhài。

[oe]→e 挨

oé 喂 (嘆詞) 喂、你等 tán 咧·leh！

[oé]→é 矮

Oè[è] 穢 (骯髒) 污 ù 穢，穢言 giân 毒 to̍k 語 gú；(弄髒，使髒東西散落) 穢垃 lâ 儳 sâm，穢撒 sòe[sè] (髒亂；丟丑)，穢惡 ò͘ (玷污)，穢惡神 sîn 明 bêng，穢名 mîa 穢聲 siaⁿ (玷辱名聲)，穢塊 tè (把地方弄髒)；(傳染) 穢着病 pēⁿ[pīⁿ]，感 kám 冒 mō͘ 會 ē[oē] 穢人·lang。

oè 喂 (嘆詞) 阮娘 nîa 喂！

[oè]→è 挜 (拿) 。

oê 唯 (回答聲) 。

[oê]→ê 鞋

oē 衛 保 pó 衛，防 hông 衛，自 chū 衛，衛生 seng；衛星 seng/chheⁿ[chhiⁿ]。

oē 話 講 kóng 話，講大 kōa 話 (吹牛)，四 sì 兩 níơ[níu] 人 lâng 講半 pòaⁿ 斤 kin[kun] 話 (不自量)，戇 gōng 人講憨 khám 話 (痴人說夢)，講起來話頭 thâu 長 tn̂g，話悉 chhōa 話 (話擠話) ＝話汏 thōa 話，嘴 chhùi 前 chêng 話，傳 thoân 話，回 hôe[hê] 話，應 ìn 話，厚 kāu 話，話較 khah 多 chē[chōe] 貓 niau (仔 á) 毛 mn̂g，加 ke 話免 bián 講，抾 khioh 人的話粕 phoh，撈 lā 一个話頭，打 phah 攕 chih 人的話柄pèⁿ[pìⁿ]，賢 gâu 掠 lia̍h 話虱 sat，賢唪 chhńg 話縫 phāng (很會抓話把兒)，駁 pak 話骨 kut (挑字眼兒反駁)，尪 ang 姨 î 循 sûn 話尾 bóe[bé]，轉 tńg 話關 koan (把話岔開)，賢激 kek 話仔仁 jîn (做滑稽可笑的說法)，話抬 gîa 咧講 (强詞奪理)，話語 gú[gí]，話腔 khiơⁿ [khiuⁿ]，話調 tiāu，話體 thé (措詞，說法)，話款 khoán (口氣)，話意 ì，話題 tê[tôe]，話外 gōa(言外)，話劇 ke̍k，無 bô 字 jī 話 (沒有道理的話；空洞而無凭無據的話)，套 thò 頭話，客 kheh 套話，鋪 phơ 排 pâi 話 (奉承話)，花 hoe 婆 pô 話 (花言巧語)，好 hó 聽 thiaⁿ 話 (漂亮話)，客 kheh/khek 氣 khì 話，拉 lâ 涼 liâng 話 (風涼話)，激 kek 骨 kut 話 (俏皮話)，白 pe̍h 賊 chha̍t 話。

oē[ūi] 畫/畫 畫圖 tô，畫尪 ang 仔 á，畫虎 hó 貓 niau

(亂塗亂抹)；油 iû 畫，水 chúi 彩 chhái 畫，墨 ba̍k 水chúi 畫，國 kok 畫，圖畫，字 jī 畫，古 kó͘ 畫，畫譜 phó͘，畫家 ka，畫工 kang，畫室 sek，畫廊 lông，畫展 tián，畫報 pò，畫刊 khan；計 kè 畫。

[oē]→ē 會

oeh[uih] 空 (挖) 空糊 kô͘，空起來；空番 han 薯 chû[chî]。

oe̍h[ui̍h] 劃 (漢字的一筆) 字 jī 劃，筆 pit 劃；(漢字的一橫) 一 chit 豎 khīa 一劃；(畫線) 劃痕 hûn，劃玻 po 璃 lê。

oe̍h[e̍h] 穭 (碎屑) 糠 khng 穭，茶 tê 穭，魚脯 pó͘ 穭。

[oe̍h]→e̍h 狹

oh 難 真難，難治 tī (難醫)，難消 siau 化 hòa，難復 koh 難 (難上難，非常困難)，難得 tit (難以)，難得開khui 嘴 chhùi。

嗬/噢 (嘆詞) 緊來嗬！

o̍h 學 (學習) 學寫 sía 字 jī，學工 kang 夫 hu，學𣍐 bē [bōe] 來，學𣍐曉 hiáu，初 chhơ 學，學半 pòaⁿ 纜 lám 浮 phû (學了一知半解)＝學半籠米 bí，學歹pháiⁿ 水 chúi 崩 pang 隙 khiah、學好 hó 龜 ku 趴 peh 壁 piah (學壞如崩學善如登)；(模仿) 學人 lâng 的款 khoán，學樣 iō͘ⁿ[iūⁿ]；學話 oē (把別人說的話傳給人家蓄意挑撥)；(學校) 大 tōa 學，小 sío 學，暗 àm 學，夜 iā 學，學堂 tn̂g，學房 pâng，學仔 á，入 jip 學。

o͘h 嘔 (象聲詞) 吐 thò͘ 到 kah 嘔嘔叫 kìo。

Ok 惡 (壞的行爲) 善 siān 惡，罪 chōe 惡，惡行 hēng，惡積 chek (積惡)，做 chò[chòe] 惡積 (屢次作惡)；(壞，不好) 惡性 sèng，惡質 chit，惡骨 kut (惡劣)，惡猴kâu (壞家伙)，惡意 ì，惡感 kám，惡果 kó，惡化 hòa；(凶惡，凶狠) 兇 hiong 惡，橫 hoâiⁿ 惡，惡毒 tȯk，惡霸 pà，惡人 lâng，惡鬼 kúi，惡煞 soah，惡魔mô͘；(發怒逞凶) 惡人·lang (對人逞凶)，惡嗄 khiȧk 嗄，惡面 bīn (因生氣而神色可怕的臉)，睨 gîn[gûn] 惡 (怒視)。

屋 房 pâng 屋，平 pêng 屋 (平房)。

齷 齷齪 chhok。

ȯk 喔 (象聲詞) 吐 thò͘ 到 kah 喔喔叫 kìo，水 súi 雞喔喔哮 háu。

om 掩 (=am) 掩目 bȧk 睭 chiu，掩嘴 chhùi。

Ong 翁 漁 hî 翁，主人 lâng 翁，富 hù 翁。

óng 往 (去) 往來 lâi，往回 hôe，往復 hȯk，通 thong 往，來往；(向) 行 kîaⁿ 東 tang 往西 sai；(過去的) 往事sū，往常 siông，過 kòe[kè] 往 (過去；逝世)。

枉 (使歪曲) 枉法 hoat，枉斷 toàn；(冤屈) 冤 oan 枉，枉死 sí (橫死)；(徒然) 枉然 jiân，枉費 hùi 心 sim 神 sîn，枉屈 khut (冤枉；枉然)，枉屈人·lang，枉屈伊識 bat 字 jī，枉屈伊的功 kong 勞 lô，枉屈予 hō͘ 你做 chò[chòe] 頭 thâu。

Ông 王 國 kok 王，封 hong 王，王冠 koan，霸 pà 王；王見

kiàn 王，王見現 hiān；賊 chha̍t 王，做人 lâng 王；蜂 phang 王，王水 chúi，王牌 pâi；王祿 lo̍k 仔（江湖郎中），王傲 ngō͘（訟棍），王哥·ko 柳 líu 哥·ko，王兄 hia^n 柳弟 tī，王南仔（不存在的人），王南仔看 $khòa^n$ 見·ki^n；斜 chhîa 王（漢字部首）。

ông 鳳 鳳梨 lâi，拎 lêng 鳳梨目 ba̍k，鳳梨念 liām。

ōng 旺 (旺盛) 火真旺，花 hoe 開 khui 到 kah 真旺，人 lâng 氣 khì 旺，生 seng 理 lí 旺，聲 sia^n 不 put 止 chí 旺（洪亮），運 ūn 氣旺，衰 soe 旺，興 hin[heng] 旺，旺盛 sēng，旺艷 iām，艷旺（繁茂），旺欉 châng，旺勢 sè，旺氣 khì，旺手 chhíu（賭博等走運）。

P

Pa 巴 巴結 kiat (趨炎附勢極力奉承；堅强)，巴結上 siōng 司 si，這 chit 个 ê 囝 gín 仔 á 真巴結；(嘎巴兒) 鍋 ko 巴庀 phí，堅 kian 巴，結 kiat 巴，血 hoeh [huih] 巴，粗 chhơ 巴哩 lí 猫 niau，花 hoe 巴哩猫；巴掌 chíơⁿ[chíuⁿ]；(用巴掌打) 巴頭 thâu 壳 khak，給 ka 巴落去；巴厲 lē[lōe] (搞，擺，弄，擺布，欺負，擺弄)，膾 bē[bōe] 曉 hiáu 巴厲，難 oh 巴厲 (不好弄)，予 hō͘ 人 lâng 巴厲 (被人欺負)；巴圇 lun (整个兒)，巴圇吞 thun (整个吞；囫圇吞棗)，巴圇巴咾 láu (同前；含糊其詞)；巴黎 lê，巴參 som/sim，巴豆 tāu。

吧 酒 chíu 吧。

芭 芭蕉 chiau/chio；芭蕾 lé/lúi 舞 bú。

疤 疤痕 hûn，疤迹 jiah，猫 niau 卑 pi 疤。

笆 籬 lî 笆。

羓 鴨 ah 羓，煏 piak 羓，弓 keng 羓，曝 phảk 羓；剩 chhun 一个人 lâng 羓，瘦 sán 卑 pi 羓 (干癟消瘦)，若 ná 曝 phảk 死 sí 羓，甲 kah 箬 hảh 羓 (形容人干瘦的樣子) 。

pa 爸 阿 a 爸。

叭 喇 lát 叭。

pá 把 (握，持) 把握 ak，把持 chhî，把戲 hì，變 pì^{n}/piàn 把戲，做 chò[chòe] 把戲；(看守)把風 hong，把守 síu。

pá 飽 吃 chiáh 飽，孝 hàu 飽，粗 chhó 飽，度 tō͘ 嘴chhùi 飽 (餬口)，吃不 m̄ 知 chai 飽，睏 khùn 飽，睏飽眠 bîn，看 khòa^{n} 到 kah 飽，飽佮 kah 醉 chùi (可眞夠了)＝飽掛 koà 醉；(豐滿充實) 飽淀 tī^{n} (滿滿；胖胖，豐滿)，橐 lak 袋 tē 仔飽淀，身軀生 se^{n}[si^{n}] 做 chò[chòe] 真飽淀，天 thian 旁 pêng 飽淀，飽滿 móa，飽寔 chát，飽水 chúi (穀類、水果等成熟飽滿；精力充沛；錢財豐富)，芎 kin 蕉 chio 飽水，少 siáu 年 liân 家 ke 當 tng 飽水，橐袋仔飽水，飽 bí 米(同前)，飽穗 sūi，飽仁 jîn，飽膏 ko，飽漿 chiơ^{n}[chiu^{n}]，飽膭 kūi (稻子成熟顆粒飽滿)，飽肚 tō͘ (吃飽飽的；腰包滿滿的；索取財物；錢)，吃一下傷 siơ^{n}[siu^{n}] 飽肚，伊當 tng 飽肚，飽肚衆 chèng 人 lâng 的錢 chî^{n}，無予 hō͘ 伊飽肚你就辦膾 bē[bōe] 通 thong，飽肚有 ū 提 théh 來無 bô？飽脾 pî (吃太飽)，飽膂 lâ (肥胖；吃膩了)，飽膈 kek (吃得太多；裝得滿滿)，飽脌 kui (充滿嗉子)，飽脹 tìơ^{n}[tìu^{n}] (肚子發脹)，飽繃 pe^{n}[pi^{n}] (裝得太多而外皮發脹)，腹 bak/pak 肚 tó͘ 飽繃 (吃多而肚皮發脹；腰包滿滿)，飽腹 pak (飽學；多才多智精明强幹)，飽學 hák，飽足 chiok (滿足；充滿)，偌 chiah 多 chē[chōe] 予 hō͘ 你还 iáu 無飽足，錢 chî^{n}

水 chúi 飽足。

Pà 霸 霸王 ông；惡 ok 霸；(占爲己有) 予 hō· 伊霸去·khi，強 kiông 霸，霸占 chiàm 人的家 ke 伙 hóe[hé]，霸權 koân (强橫獨攬權力)，霸耕 keng(霸占人家土地去耕作)；(專橫不講理) 不 put 止 chí 霸，橫 hoâi^n 霸，拗 à 霸；(猛撲) 霸去·khi，霸倚 oá，手 chhíu 霸上 chīo^n [chīu^n] 去提 theh。

壩 水 chúi 壩，築 tiok 壩；丁 teng 字 jī 壩；(河灘) 壩仔 á，溪 khe[khoe] 壩，石 chio̍h 頭 thâu 壩。

把 手 chhíu 把 (把兒) 。

豹 金 kim 錢 chî^n 豹。

pà 巴 白 pe̍h 巴永 éng (白洋布)；尾 bóe[bé] 巴 (頭 thâu) (腰背部，腰骨上面的細的部分) 。

Pâ 爬 爬虫 thiông 類 lūi，爬行 hêng 動 tōng 物 bu̍t。

杷 (姓) 。

pâ 爸 阿爸，您 lín 爸。

Pā 罷 (停止) 罷工 kang，罷課 khò，罷市 chhī；(免去) 罷免 bián，罷職 chit，罷官 koa^n；(算了，表示容忍) 不 m̄、便 piān 罷，不來就罷，罷了·liau (算了) 。

pah 百 (十个十) 一百，百分 hun 比 pí，百分率 lu̍t，一百八十 (或多或少；不多)，一百八十嗎 mā 着去趁 thàn；(比喻很多) 大 tōa 百 (很多)，大百錢 chî^n，錢大百、人 lâng 落 lo̍h 肉 bah (錢賺了很多，人可消瘦了)，文 bûn 武 bú 百官 koa^n，百科 kho 全 choân 書 su，百貨

hòe[hè] 公 kong 司su/si，好 hó 藥 io̍h 治 tī 百項 hāng 症 chèng，百襉 kéng 裙 kûn，百葉 hio̍h 窗thang，百葉 ia̍p (重瓣) 的櫻 eng 花 hoe，百般 poaⁿ，百百款 khoán (各種各樣)，百年 nî (歲 hòe[hè]) 後 āu (死後)。

叭 喇 la̍t 叭。

pai[pan,paiⁿ] 班 花 hia 班 (華麗；神氣，得意)。

Pái 擺 (安放) 擺布 pò͘，擺撥 poah(安排，處置；暫借，掉換)，擺弄 lōng (挑唆，煽動)；(搖動) 搖 iô 擺，行 kîaⁿ 路 lō͘ 搖擺，搖搖擺擺，大 tōa 搖大擺，頭 thâu 搖尾 bóe[bé] 擺；(鐘擺) 擺仔 á，擺尺 chhioh (擺錘)；(次，回；次序) 這 chit 擺，頂 téng 擺，往 éng 擺；照 chiàu 擺 (挨次)，篡 chhoàn 擺 (不按順序而插進去)，輪 lûn 擺 (輪流)，到 kàu 我的擺 (輪到我了)。

pái 跛 跛腳 kha，腳跛跛。

Pài 拜 拜佛 pu̍t，拜公 kong 媽 má，拜祭 chè，跪 kūi 拜；拜壽 sīu，拜賀 hō，拜年 nî，拜正 chiaⁿ；拜謁 iat，拜訪 hóng，拜候 haū，拜探 thàm，拜客 kheh，拜會 hōe，拜見 kìⁿ/kiàn，拜辭 sî，拜別 pia̍t，拜托 thok；拜相 siòng，拜將 chiòng；拜伊做 chò[chòe] 師 su 傅 hū，拜人做契 khè[khòe] 母 bó[bú]，結 kiat 拜。

湃 澎 phêng 湃，滂 pông 湃。

Pâi 牌 門 mn̂g 牌，招 chiau 牌，牌匾 pián，墓 bōng 牌，金 kim 牌；打 phah 牌仔，獻 hiàn 牌 (攤牌)，插 chhap

牌，洗 sé[sóe] 牌；盾 tún 牌，藤 tîn 牌；牌照 chìo /chiàu，酒 chíu 牌，菸 hun 牌，給 kip 牌，領 nía 牌；牌子 chú，正 chìaⁿ 牌，冒 mō͘ 牌，老 láu 牌。

俳 俳優 iú。

徘 徘徊 hôe。

排 (擺，陳列) 排椅 í 桌 toh，排碗 óaⁿ 箸 tī，排古kó͘ 董 tóng，排物 mih 賣 bē[bōe]，排架 kè 仔 (擺攤子)，排担 tàⁿ 仔，排壇 tôaⁿ，排祭 chè，排面 bīn 前 chêng 竪 khīa (裝飾外表)，排祉 chí (擺闊)，排埸 tîoⁿ[tîuⁿ]/chhiâng，鋪 phơ 排 (布置，安排；鋪張；奉承，討好，巴結；送禮物慶祝應酬)，安 an 排，排比 pí(安排；擺布)，家 ke 事 sū 計 kè 伊在 teh 排比，據 kù 人 lâng 排比，排別 piat (分別擺上)，排棋 kî 局 kiok (擺棋局；暗下圈套)，排情 chêng 理 lí；(按次序擺) 排列 liat，排叕 chōa (排成一行)，排隊 tūi，排開 khui 陣 tīn 勢 sè，排字 jī，排印 ìn，排第 tē 幾 kúi；頭 thâu 前 chêng 排，煞 soah 尾 bóe[bé] 排，第幾 kúi 排，排骨 kut；彩 chhái 排，排演 ián，排戲 hì，排練 liān；排除 tû，排斥 thek，排外 gōa，排水 chúi，排泄 siat，排卵 nn̄g，排解 kái；牛 gû 排，猪 ti 排。

桴 (筏子) 桴仔 á，竹 tek 桴，杉 sam 桴；撐 the 桴，放 pàng 桴。

Pāi 敗 (輸) 勝 sèng 敗，戰 chiàn 敗，刣 thâi 敗，敗陣 tīn

，敗訴 sò͘；(戰勝) 打 phah 敗，擊 kek 敗；(不成功) 成 sêng 敗，失 sit 敗，見 kiàn 創 chhòng 見敗，敗筆 pit；(衰落) 興 hin[heng] 敗，家 ke 運 ūn 敗，崩 pang 敗 (衰敗，沒落；失敗)，敗市 chhī，敗價 kè (跌價)，市價較 khah 敗，敗陷 hām，敗頹 tôe，敗露 lō͘ (被人發覺)，敗腎 sīn；(搞壞) 敗壞 hoāi，敗害 hāi，敗地 tē[tōe] 理 lí，敗名 mîa 聲 siaⁿ，敗家 ke 卸 sìa 祖 chó͘ 宗 chong，卸敗祖公 kong，敗國 kok，敗俗 sio̍k，敗倫 lûn；(變壞，壞) 腐 hù 敗，敗類 lūi。

僫

páiⁿ/mái 擺 (量詞：次，回) 這 chit 擺，那 hit 擺，前 chêng 擺，後 āu 擺，頂 téng 擺，下 ē 擺，往 éng 擺，逐 ta̍k 擺，一擺復 koh 一擺，三擺兩 nn̄g 擺 (三番兩次)，繪 bē[bōe] 算 sǹg 得 tit 擺。

Pak 剝 (去掉外面的皮或殼) 剝皮 phôe[phê]，剝蔗 chìa 箬 ha̍h；(取下，拆卸) 剝手 chhíu 指 chí，剝目 ba̍k 鏡 kìaⁿ，剝鈕 líu 仔，剝衫 saⁿ 仔 á 褲 khò͘，褪 thǹg 剝裼 theh，剝光 kng 光，剝機 ki 器 khì，剝起來，剝開 khui；(搶劫) 搶 chhíoⁿ[chhíuⁿ] 剝，刻 khek 剝，敲 khau 剝，剝削 siah，剝奪 toa̍t。

駁 (反駁) 駁到 kah 伊無 bô 半 pòaⁿ 句 kù 話 oē，駁話骨 kut，駁字 jī 骨，批 phoe 駁，辯 piān 駁；駁雜 cha̍p (混雜不清)。

pak 北 北方 hng，北勢 sì，北旁 pêng，北極 ke̍k。

腹 腹肚 tó͘，下 ē 腹，腹內 lāi，反 hoán/péng 腹(反胃)，住 tiâu 腹（留得住肚裡；記住），落 lāu 腹＝瀉 sìa 腹＝走 cháu 腹，同 siāng 腹（同母所生），隔 keh 腹（異母所生）；心 sin 腹，滿 móa 腹，寬 khòaⁿ 腹，掰 peh 腹（焦慮），操 chhau/憔 chiâu/勞 lô/煩 hoân 心掰腹；窒 chàt 腹，空 khang 腹，飽 pá 腹（穀粒飽滿）；山 soaⁿ 腹（半山腰），樹 chhīu 腹（樹幹；樹幹的裡面）。

幅 (布帛的寬度)布 pò͘ 幅，闊 khoah 幅（寬幅的）；(量詞) 一幅布，一幅簎 chhak 仔 á，大幅圖 tô͘。

pàk 縛 縛領 nía 帶 tòa，縛行 hêng 李 lí，縛緊 ân，縛住 tiâu，捆 khún 縛；縛死 sí 死，束 sok 縛，把 pé 縛；穿 chhēng 了 liáu 真縛身 sin；縛粽 chàng，縛籠 lâng 牀 sn̂g，縛篾 bih 籃 nâ；一縛箸 tī，一縛柴 chhâ。

贌 (爲收益而租) 贌田 chhân 園 hn̂g，贌船 chûn，贌耕 keng，贌作 choh，贌戶 hō͘ (租戶)，贌佃 tiān (租給佃户)，贌出 chhut，贌身 sin (賣身)，若 ná 親 chhin 像 chhīoⁿ[chhīuⁿ] 贌身予 hō͘ 伊；(把持，獨占) 包 pau 贌 (包租，包辦)，贌買 bé[bóe] (包買)。

Pan 班 上 siōng 班，下 hā 班，早 chá 班，晏 oàⁿ 班，日 jit 班，夜 iā 班，暝 mê[mî] 班，換 oāⁿ 班，加 ka 班，值 tit 班，着 tio̍h 班，當 tng 班，續 sòa 班（接班）；班級 kip，補 pó͘ 習 sip 班，同 tông 班，班

底 tḗ[tṓe]，跟 kin[kun] 班；戲 hí 班，京 kia^n 班，子 chú 弟 tē 班；班車 chhia，班機 ki，班次 chhù。

斑 斑點 tiám，烏 o͘ 斑，上 chhīo͘^{n}[chhīu^n] 斑，虎 hó͘ 斑；斑鴿 kah，斑馬 bé。

癍

瘢 瘢痕 hûn。

頒 頒布 pò͘，頒發 hoat，頒行 hêng。

Pan/pian 扳 (緊緊抓住東西) 扳住 tiâu (緊緊抓牢)，手 chhíu 扳咧·leh，一手扳窗仔一手拭 chhit，扳開 khui (用力拉開)，門 mn̂g 扳𣍐 bē[bōe] 開，扳弓 keng (拉弓)，板𣍐振 tín 動 tāng ，扳落來；(堅持高價) 價 kè 賬 siàu 扳住 tiâu 住。

pan 便 便宜 gî，無 bô 便宜，占 chiàm 便宜，予 hō͘ 伊便宜。

Pán 阪

板 鐵 thih 板，合 ha̍p 板，石 chio̍h 板，竹 tek 板，大 tōa 板，細 sè[sòe] 板；地 tē[tōe] 板，天 thian 花 hoa 板，甲 kah 板；(棺柴) 板仔 á，壽 sīu 板，板店 tiàm；(音樂的節拍) 快 khoài 板，慢 bān 板，拍 phah 板，踏 ta̍h 板，按 hōa^n 鼓 kó͘ 板，板嘹 liâu (板眼)；(情況) 有 ū 板 (嘹)(有板有眼；有辦法，有本事)，無 bô 板 (嘹)(不合板眼；不好，差勁，不成體統)，正 chìa^n 板 (正規，地道的)，死 sí 板 (呆板)，獃 gâi 板，古 kó͘ 板，執 chip 古板，老 lāu 古板 (老八板兒)，敗 pāi 板 (走板兒；失敗，出錯)；老 láu 板。

版 印 ìn 版，出 chhut 版，活 oȧh 版，排 pâi 版，版模 bô͘；(排印的次數) 初 chhơ 版，再 chài 版；(報紙的一面) 頭 thâu 版，第三版。

舨 舢 sam 舨，舺 kap 舨船 chûn。

鈑 鈑金。

pân 瓶 酒 chíu 瓶，茶 tê 瓶，花 hoe 瓶，禮 lé 瓶。

[pân]→pûn 怠 怠惰 tōaⁿ。

Pān 扮 打 táⁿ 扮 (裝飾；衣著穿戴；看成，看待)，梳 se[soe] 粧 chng 打扮，學生打扮，將伊準 chún 外人打扮，粧 chng 扮，女 lú 扮男 lâm 裝 chong；扮笑 chhìo 面 bīn。

办／辦 辦代 tāi 志 chì，辦手 chhíu 續 siȯk，辦理 lí，辦法 hoat，主 chú 辦，協 hiȧp 辦，代 tāi 辦，查 cha 辦，試 chhì 辦，接 chiap 辦，包 pau 辦，辦獪 bē[bōe] 到 kàu／去 khì／來 lâi／了 liáu／完 oân／成 sêng／ chîaⁿ／直 tit，辦 (家 ke)(姑 kơ) 伙 hóe[hé] 仔 á，辦公 kong (家) 伙仔 (過家家玩兒)；辦工 kang 廠 chhíơⁿ[chhíuⁿ]，創 chhòng 辦學 hȧk 校 hāu，辦貨 hòe[hè]，辦桌 toh，辦酒 chíu 菜 chhài，採 chhái 辦，備 pī 辦，拴 chhoân 辦 (備辦)，存 chhûn 辦 (準備；打算，存心)，辦坯 phoe[phe] (預料，以為)，辦坯伊會 ē[oē] 來，無 bô 辦坯伊會死 sí，買 bé[bóe]/mái 辦 (外國商行的當地人經理)；辦罪 chōe，嚴 giâm 辦。

辨 (樣兒；樣式；榜樣；樣品) 大 tōa 辨 (大型；大方)，

中 tiong 辨 (中型，中等)，人 lâng 辨(人樣兒，長相)，有 ū 一个辨，學 o̍h 伊的辨，辨頭 thâu(樣子；樣品)，花 hoe 辨 (花樣)，貨 hòe[hè] 辨，布 pò͘ 辨，腳kha 辨 (脚的尺寸形狀)，比 pí 辨 (量尺寸；比一比樣式)，對 tùi 辨 (對照樣品；相符，相稱)，出 chhut 辨 (出衆的)，合 ha̍h 辨 (符合樣本)，差 choa̍h 辨，走 cháu 辨，反 hoán 辨，辨勢 sè (情況，樣子)；(輪班的次序) 等 tán 辨，着 tio̍h 我的辨，輪 lûn 辨，頭 thâu 辨，換 oāⁿ 辨。

瓣 瓣膜 mo̍͘h。

Pang 邦 聯 liân 邦，鄰 lîn 邦，友 iú 邦，邦交 kau。

幇／幫 幫助 chō͘，幫贊 chān，幫忙 bâng；幫會 hōe；(班) 頭thâu 幫車，早 chá 幫，這 chit 幫，頂 téng 幫，後 āu 幫。

pang 方 面 bin 馬 bé 四 sì 方，四方厚 hō͘ 重 tiōng。

枋 (板) 枋仔 á，柴 chhâ 枋，紙 chóa 枋，烏 o͘ 枋 (黑板)，踏 ta̍h 枋，枋堵 tó͘。

崩 山 soaⁿ 崩去·khì，崩一隙 khiah，崩陷 hām，崩壞 hoāi，崩裂 li̍h，崩敗 pāi (衰敗；失敗)，家 ke 內 lāi 崩敗。

Páng 綁 綁票 phiò，綁匪 húi。

pàng 放 放人 lâng，放伊去，放出去，放走 cháu，放生seⁿ[siⁿ]；放線 sòaⁿ (拆線)，放風 hong 吹 chhoe[chhe]，放烟 ian 火 hóe[hé]，放砲 phàu，放銃 chhèng，放竹 tek

桃 pâi，放水 chúi 灯 teng，放水流 lâu；放聲 sia^{n}，放刁 tiau（揚言威脅）；放定 tīa^{n}，放帖 thiap；放火，放毒 tȯk；放鬆 sang，放量 lēng，放寬 khoan，放軟 nńg，像 siōng 給 kā 我放較 khah 大咧；手 chhíu 放去，放下 hē 咧·leh，放𣍐 bē[bōe] 落手，放𣍐開／去／離，放據 kù 在 chāi 伊去，放煞 soah，放揀 sak，放抗 hiat 咯 kȧk；放目 bȧk（睜一只眼閉一只眼），放無 bô 聽 thia^{n} 見·ki^{n}，放放 hòng 放；放門 mn̂g 簾 lî，放落來；放暇 hē（放學），放學 ȯh，放工 kang（不做工）；（排泄）放尿 jīo，放屎 sái，放血 hoeh[huih]，放紅 âng，放痢 lī，放屁 phùi，放卵 nn̄g；放款 khóa^{n}，放利 lāi/lī；放胆 tá^{n}，放步 pō͘。

Pâng 馮 （姓）。

龐 （姓）。

pâng 房 房屋 ok，房間 keng，套 thò 房，新 sin 娘 nîơ[nîu^{n}] 房，睏 khùn 房，客 kheh 房，書 su/chu 房，冊 chheh 房，廚 tû 房，暗房；房東 tong，房客 kheh，房租 chơ；行 kîa^{n} 房，同 tâng 房，房事 sū；（家族的一支）長 tióng 房，大 tōa 房，二 jī 房，三 sa^{n} 房，房親 chhin，房頭 thâu（家族的分支），過 kòe[kè] 房(過繼)，倒 tó 房；藥 iȯh 房，染 ní 房（染坊）。

縫 縫衫 sa^{n} 仔裾 ku，縫鈕 liú 仔 á 孔 khang，縫紩 thī^{n}，豎 khīa 縫，倒 tó 縫。

Pāng 棒 棒球 kîu；金 kim 剛 kong 棒；平 pê^{n}[pî^{n}] 棒（平坦

整齊；公平，不偏不倚；流暢）。

唪 烏暗 àm 白 pe̍h 唪（煙或人等滿滿的；突然）。

蚌 蚌殼 khak。

Pat 八 八字腳 kha，八卦 kòa，八仙 sian，八仙綵 chhái，八寶 pó 飯 pn̄g，四 sù 通 thong 八達 ta̍t，八面 bīn 威 ui 風hong，八方 hong 美 bí 人 jîn；三 sam 八。

[pat]→bat 識曾

pa̍t 別 （另外）別人 lâng，別物 mih，別款 khoán，別日 jit，別位 ūi。

Pau 包 包起來，包紙 chóa，包裝 chng/chong，包餡 āⁿ，包水 chúi 餃 kiáu；包仔 á，肉 bah 包，菜 chhài 包，麵 mī 包；草 chháu 包，沙 soa 包，郵 iû 包，包裹 kó；皮 phôe[phê] 包仔，册 chheh 包，包袱 ho̍k 巾 kin [kun]；紅 âng 包，烏 o͘ 包；齒 khí 包（齒齦的膿包）；（容納在內）包含 hâm，包括 koat；包涵 hâm，包容 iông；包圍 ûi；（總攬）總 chóng 包，承 sêng 包，包辦 pān，包飯 pn̄g，包醫 i；（擔保）包君 kun 滿 móa 意 ì，包你無 bô 代 tāi 志 chì，包換 oāⁿ，包死的，包穩 ún（保險，必定），包領 nía，包保 pó；（隱藏，掩蓋）包藏 chông，包庇 pì；（約定專用的）包場 tîoⁿ [tîuⁿ]，包車 chhia；包皮＝包鑵 sui。

胞 同 tông 胞，胞兄 heng，胞弟 tē，胞伯 peh，胞叔 chek；胞衣 i；細 sè[sòe] 胞，胞子 chú。

鮑 鮑魚 hî。

Páu 飽 飽學 hak，飽和 hô。

Pâu 包 真 chin 包（眞的），假 ké 包（偽造，假的）。

鮑 五 ngó͘ 島鮑。

pauh 齙（突出，鼓起來）齙齒 khí，齙猪 ti 哥 ko 牙 gê；齙萌 íⁿ，齙芽 gê（萌芽）；齙粒 liap 仔 á（長了个瘡子）；（暴露，敗露）事 sū 若 nā 齙出來就 chīu 害 hāi，發 hoat 齙，代 tāi 志 chì 發齙，粒仔發齙，出齙。

pe 跛（扒拉）跛飯 pn̄g，大 tōa 嘴 chhùi 跛，緊 kín 跛跛咧 ·leh。

[pe]→poe 飛菠篦

pé 把（拿，握，抓；把守）一把菜 chhài，一把柴 chhâ，一把的心 sim 神 sîn；柴 chhâ 把，菜把；大 tōa 箍 khơ 把；把守 síu，把關 koan，把門 mn̂g，把錢 chîⁿ 貫 kǹg 頭 thâu，把住 tiâu；（姓）。

靶 箭 chìⁿ 靶，銃 chhèng 靶；考 khó 靶，中 tiòng 靶。

[pé]→póe 掊

Pè 敝 敝舍 sìa；敝衣 i。

幣 台 tâi 幣，港 káng 幣，貨 hòe[hè] 幣，錢 chîⁿ 幣，紙 chóa 幣，偽 gūi 幣。

弊 舞 bú 弊，作 chok 弊，弊害 hāi。

蔽 遮 jia 蔽。

pè 壩 築 choh 壩。

[pè]→pòe 背褙

pê 扒 扒痒 chīoⁿ[chīuⁿ]，扒無 bô 着 tio̍h 痒，硿 khòng 硿

扒，耳 hī^n[hī] 扒仔 á；扒粟 chhek，扒草 chháu，扒蜊 lâ 仔，扒畚 pùn 掃 sò；扒龍 liông/lêng 船 chûn；扒掐 khàng 搤 iah；扒錢 chî^n，扒虼 ka 蚤 cháu。

耙 耙仔 á，鐵 thih 耙，竹 tek 耙，柴 chhâ 耙，耙杌 put 仔，拖 thoa 耙；耙粟 chhek。

筢 竹 tek 筢。

爬 爬土 thô· 腳 kha，爬出去，做 chò[chòe] 狗 káu 爬。

杷 枇 pî 杷。

琶 琵 pî 琶。

[pê]→pôe 賠

pē 陛 陛下 hā。

斃 銃 chhèng 斃，自 chū 斃。

pē 父 老 lāu 父，正 chià^n 父，生 se^n[si^n] 父，養 ió^n[iú^n] 父，後 āu 父，契 khè[khòe] 父，父母 bó[bú]，父母生 se^n[si^n] 成 chiâ^n，父子 kiá^n，父老 lāu 子幼 iù。

䎱 鐵 thih 䎱，手 chhiú 䎱，割 koah 䎱，犁 lê[lôe] 䎱。

[pē]→pōe 倍培焙佩背珼

pe^n[pi^n] 繃 (拉緊，張緊) 雙 siang 手 chhiú 繃，繃緊 ân，皮 phôe[phê] 繃咿 khi 緊 ân，繃鼓 kó·，繃布 pò·，繃機 kui (繃子)，繃布篷 phâng，繃面 bīn 皮，繃開 khui，繃破 ·phoa，飽 pá 棚，腹 bak/pak 肚 tó· 飽繃，焆 sau 繃，拼 peh 繃，家 ke 事 sū 真拼繃；鉤 kau 繃 (找碴兒)，真賢 gâu 鉤繃人 ·lang，曲 khiau 繃，繃

拔 poe̍h[puih]。

pè^{n} [pì^{n}] 柄 鋤 tî 頭 thâu 柄；打 phah 撠 chih 人的話 oē 柄。

pê^{n} [pî^{n}] 平 路真平，平坦 thá^{n}，路真平坦，平棒 pāng (平坦整齊；公平，不偏不倚；流暢，順)，平直 ti̍t (平而直；損益相抵)，路真平直，生理若 nā 平直就冇 bóng 過，打 phah 平直 (不分勝負)，平滑 ku̍t，平定 tīa^{n} (風平浪靜)，平靜 chēng，平埔 pơ，平洋 iô͘^{n}[iû^{n}](平原)，平地 tē[tōe]；公 kong 平，平正 chìa^{n} (公正)，平分 hun；(一樣) 平 (平) 大 tōa，平歲 hòe[hè]，平輩 pòe，平等 téng，平價 kè，。

棚 涼 liâng 棚，草 chháu 棚，戲 hì 棚，後 āu 棚，搭 tah 棚。

pē^{n} [pī^{n}] 病 久 kú 長 tn̂g 病，熱 jia̍t 病，破 phòa 病，帶 tòa 病，拖 thoa 病，致 tì 病，着 tio̍h 病，病痛 thìa^{n}，病情 chêng，病人 lâng；病子 kía^{n} (害喜)，病相 siơ^{n}[siu^{n}] 思 si。

peh 百 百姓 sè^{n}[sì^{n}]，久 kú 年 nî 百載 chài (很久以前) 。

伯 阿伯，大 tōa 伯，叔 chek 伯。

迫 羿 kīơ^{n}[kīu^{n}] 迫企 nè[nì]。

柏 扁 pí^{n} 柏，松 chhêng 柏。

蹈 (由低處到高處) 蹈起來，蹈樓 lâu 梯 thui，蹈樹chhīu 仔 á，蹈上 chīơ^{n}[chīu^{n}] 厝 chhù 頂 téng，蹈崎 kīa，蹈山 soa^{n}，蹈高 koân 蹈低 kē，蹈起 khí 蹈落 lo̍h

，踮折 thiah。

掰／擘 (用手把東西分解或折斷) 掰開 khui，掰做 chò [chòe] 兩 nn̄g 塊 tè；(剝，脫掉) 掰殼 khak，掰皮 phôe[phê]，掰破 phòa 面 bīn 皮，掰柑 kam 仔 á；(焦慮) 心 sim 肝 koaⁿ 頭 thâu 掰掰 (積 chek 積)，心肝掰到 kàu/kah 要 boeh[beh] 破，掰腹 pak，掰／焦 chiau／操 chhau／勞 lô／煩 hoân 心掰腹；掰心掰肝，綤 jiàu/jiàuⁿ 掰掰 (着急得很)，横 hoâiⁿ 掰掰，掰綳 peⁿ[piⁿ] (手頭緊；七拼八湊勉勉强强)。

叭 (扒開) 叭嘴 chhùi，目 bȧk 睭 chiu 叭開 khui，叭金金。

peh [poeh] 八 八成 sîaⁿ，八角 kak，八字 jī。

pėh 白 白色 sek，白鑠 siak 鑠，白茫 bông 茫，白雪 seh/leh 雪 seh，白波 pho 波，白蒼 chhang 蒼，純 sûn 白，半 pòaⁿ 白，青 chheⁿ[chhiⁿ] 白，白死 sí 殺 sat；卵 nn̄g 白，葱 chhang 白，蒜 soàn 仔 á 白；(醭) 豆 tāu 油 iû 生 seⁿ[siⁿ] 白，酒 chíu 反 hoán 白；(空無所有) 空 khang 白，白滾 kún 水 chúi，白飯 pn̄g，白片 phiàn 雞 ke[koe]，白白吃 chiȧh (光吃飯不吃菜)，白身 sin 人 lâng(白丁)，白賊 chhȧt 話 oē；(没有效果) 白了 liáu (白費)，白無 bô 閑 êng (白忙)，白講kóng，白走 cháu；(無代價，無報償) 白吃 chiȧh，白送 sàng，白趁 thàn，白長 tiông；(味淡) 白淡 chíaⁿ 無 bô 味 bī，嘴 chhùi 白 (嘴淡無味，比喻胃口不好)；(

說明白) 拆 thiah 白，坦 thán 白；(台詞) 口 kháu 白，對 tùi 白，獨 to̍k 白；(行話) 販 hoàn 仔 á 白，司 sai 公 kong 白；(通俗的)講較 khah 白、人才 chiah 聽較有 ū，白話 oē，白字 jī；(象徵喪事) 帶 tòa 白，白帖 thiap。

帛 頭 thâu 帛，魂 hûn 帛；腳 kha 帛。

Pek 百 百合 ha̍p 花 hoe。

伯 伯爵 chiok；伯勞 lô。

迫 強 kiông 迫，壓 ap 迫，困 khún 迫，急 kip 迫，予 hō͘ 人迫走 cháu，迫切 chhiat，迫倚 oá，迫近kīn[kūn]，時間真迫，迫着到塊·tioh-kau-te (迫不得已)，迫到 kah 走無 bô 路 lō͘；迫促 chhiok，形 hêng 勢 sè 迫使 sú 伊放 pàng 手 chhíu。

柏 柏油 iû 路 lō͘。

逼 逼上 chīoⁿ[chīuⁿ] 梁 nîo[nîu] 山 soaⁿ，逼走 cháu，逼宮 kiong，逼供 kiong，逼死 sí，你要 boeh[beh] 逼死我不 m̄？；逼債 chè，逼賬 siàu，逼討 thó；逼倚 oá，逼近 kīn[kūn]，逼真 chin (極像眞的)。

煏 煏羓 pa，煏爐 lô͘。

Pe̍k 白 明 bêng 白，清 chheng 白；敬 kèng 白。

帛 財 châi 帛。

舶 船 chûn 舶。

Peng 氷／冰 結 kiat 冰，堅 kian 冰，激 kek 冰，製 chè 冰；冰水 chúi，冰角 kak，冰塊 tè，冰枝 ki，枝仔 á

冰，冰淇 kî 淋 lîm；冰箱 sio͘ⁿ[siuⁿ]，冰庫 khò͘，冰袋 tē，冰枕 chím；滑 ku̍t 冰，溜 liu 冰，冰橇 khiau；冰冷 léng，冰涼 liâng；冰魚 hî，冰汽 khì 水，冰凍 tòng；冰糖 thn̂g，冰霜 sng。

兵 兵仔 á，當 tng 兵，抽 thiu 兵，起 khí 兵，領 nía 兵，點 tiám 兵，出 chhut 兵，用 iōng 兵，收 siu 兵，敗 pāi 兵，逃 tô 兵，兵員 oân，兵馬 bé，兵力 le̍k，兵權 koân。

Péng 秉 秉公 kong。

炳

péng 反 (翻) 反過來，反旁 pêng，反船 chûn，顛 tian 倒 tò 反，反攆 lìn 轉 tńg，反倒 tò 轉，反倒 tó，反 (坦 thán) 趴 phak，反蓋 ka 臉 lán 趴，反搕 khap (俯)，反笑 chhìo (仰)，反抾 khioh 笑，反犬 khián 旁 pêng (漢字部首犭)；反面 bīn (翻臉)，反白 pe̍h 目 ba̍k (翻白眼)，反腹 pak (翻胃)，反字 jī 紙 chóa 籠 láng，反字典；(變換，謀生) 反變 pìⁿ (籌措；謀生)，無 bô 反變哪 ná 有 ū 可 thang 吃 chia̍h，反吃反穿 chhēng；(訛詐) 起 khí 反 (找碴兒)，反人的錢。

稟 (=pín) 稟性 sèng。

Pèng 幷 幷肩 kian，幷進 chìn。

併 合 ha̍p 併，併吞 thun，併發 hoat 症 chèng。

柄 把 pá 柄，權 koân 柄。

Pêng 平 平原 goân；公 kong 平，平均 kin[kun]，平等 téng，

平衡 hêng；平安 an，平順 sūn，平靜 chēng，太 thài 平；平定 tīa^n，平番 hoan；平常 siông，平時 sî，平日 jit，平素 sò͘，平生 seng，生平；平凡 hoân，平易 ī/ī^n，平庸 iông。

抨 抨擊 kek。

秤 天 thian 秤；過 kòe[kè] 秤，秤重 tāng。

朋 朋友 iú。

硼 硼砂 se。

pêng 旁 (邊) 這 chit 旁，那 hit 旁，雙 siang 旁邊 pi^n，正 chìa^n 旁(右)，倒 tò 旁 (左)，東 tang 旁，北 pak 旁；(片) 破 phòa 做 chò[chòe] 兩 nn̄g 旁，半 pòa^n 旁；(漢字的偏旁) 字 jī 旁，豎 khīa 人 jîn 旁。

Pēng 並 並行 hêng，並列 lia̍t；並論 lūn；(加强否定語氣) 並無 bô 這 chit 號 hō 代 tāi 志 chì，並不 m̄ 是 sī 按 án 尔 ne[ni]；(連詞) 並且 chhía^n；(介詞：比) 我要 boeh[beh] 並伊趁 thàn 較 khah 多 chē[chōe] 錢 chî^n。

病 毛 mâu 病，弊 pē 病。

Pi 悲 悲傷 siong，悲哀 ai，悲觀 koan；慈 chû 悲。

啡 咖 ka 啡；啡仔 á (哨子)，歕 pûn 啡仔，笛 ta̍t 啡。

卑 卑賤 chiān，卑鄙 phí，自 chū 卑，謙 khiam 卑。

埤 埤仔 á (水塘)，埤池 tî，埤塘 tông，埤圳 chùn。

碑 石 chio̍h 碑，碑記 kì，碑文 bûn，碑銘 bêng，碑誌 chì，豎 khīa 碑。

蓖 蓖麻 môa。

螕 牛 gû 螕。

屄 屄屄仔（女陰）。

Pí 比 比較 kàu，比並 phēng，相 sio[sa^{n}] 比，比看 khòa^{n}，比賽 sài，比拳 kûn 頭 thâu，𣍐 bē[bōe] 比得·tit，無 bô 比，對 tùi 比(比照)，比辨 pān；伊比我較 khah 大 tōa 漢 hàn；(量尺寸)比身 sin 軀 khu，比看若 jōa 長 tn̂g；(比畫) 用 ēng 手 chhíu 比，比手畫 oē[ūi] 刀 to，比腳 kha 比／動 tāng 手，比手䁥 nih 目 ba̍k，比拳頭步 pō͘，比要 boeh[beh] 打 phah 人·lang，提 the̍h 紅 âng 包 pau 與 kap 伊比，排 pâi 比（安排；擺布）；(比方) 比喻 jū，比喻講 kóng，比論 lūn，比如 jû，比並 phēng，比並來講（比方說），比在 chāi，比在你、你要怎 chóa^{n} 樣 iō͘^{n}[iū^{n}]，可 khó 比，可比我、我就不 m̄；比例 lē，比率 lu̍t。

仳 仳離 lī。

妣 先 sian 妣，顯 hián 妣（已故母親）。

彼 彼此 chhú。

pí 毘 毘連 liân。

Pì 泌 分 hun 泌。

秘 秘密 bi̍t，秘方 hng，秘傳 thoân，秘訣 koat，神 sîn 秘，奧 ò 秘；秘書 su；便 piān 秘，秘結 kiat；秘思 sù（靦腆），講話真秘思。

庇 保 pó 庇，庇佑 iū，庇蔭 ìm，包 pau 庇，庇護 hō。

痺 麻 bâ 痺，腳 kha 痺手 chhíu 痺。

閉 閉會 hōe，閉幕 bō͘，倒 tó 閉，禁 kìm 閉，閉經 keng；閉肆 sù (腼腆) 。

臂 左 chó 臂，右 iū 臂。

Pî 脾 脾臟 chōng；(胃口) 脾土 thó͘ (脾胃的性能；水土)，開 khui 脾 (增進食欲)，傷 siong 脾，損 sún 脾，利 lī 脾，補 pó͘ 脾，脾胃 ūi (消化器官與消化能力，胃口；對事物愛好或厭惡的習性)，合 ha̍h 脾 (好消化；喜愛，中意) 。

裨 裨益 ek。

枇 枇杷 pê；(量詞) 一枇芎 kin 蕉 chio，一枇烏 ơ 魚 hî 子 chí。

琵 琵琶 pê。

pî 皮 五 ngó͘ 加 ka 皮 pî/phî。

Pī 備 具 kū 備，兼 kiam 備；準 chún 備，齊 chê[chôe] 備，全 chiâu 備，完 oân 備，預 ū[ī] 備，備辦 pān；防 hông 備；設 siat 備。

避 逃 tô 避，走 cháu 避，閃 siám 避，僻 phiah 避，退 thè[thòe] 避，回 hôe 避，避亂 loān，避難 lān；避免 bián，避忌 khī，避孕 īn， 避妊 jīm。

被 被人 lâng 暗 àm 害 hāi，被迫 pek，被累 lūi，被動 tōng，被告 kò。

俾

婢 女 lú 婢，奴 lô͘ 婢。

piⁿ 邊 邊呵·a，這 chit 旁 pêng 邊，雙 siang 旁邊，偏phian

邊，海 hái 邊，路 lō͘ 邊，厝 chhù 邊，身 sin/seng (軀 khu) 邊，鬢 pìn 邊，脇 hia̍p 邊，解 kái 邊，甲 kah 邊 (指甲根兒)，天 thiⁿ 邊；邊角 kak (角兒)，閃 siám 邊，邊呵門 mn̂g，坦 thán 邊身 sin (側身)；臨 liâm 邊 (立即；一會兒) 。

鞭 馬 bé 鞭；連 liâm 鞭 (立即) 。

[piⁿ]→peⁿ 綳

píⁿ 扁 不 m̄ 知 shai 圓 îⁿ 抑 ah 扁，壓 teh 扁，扼 jih/chhih 扁，揞 ám 扁 (壓扁)，揞扁糕 ko 仔 á，扁魚 hî，扁頭 thâu，扁嘴 chhùi。

pìⁿ 變 查 cha 某 bó͘ 囝 gín 仔 á 十 cha̍p 八 peh[poeh] 變，變真美 súi，冰 peng 角 kak 變做 chò[chòe] 水 chúi，真 chin 珠 chu 變成 chîaⁿ 老 niáu 鼠 chhú[chhí] 屎 sái，變款 khoán，變面 bīn，變相 siàng/siòng；(擺弄，搞) 七變八變，真賢 gâu 變，變物 mih，變東 tang 變西 sai，變無 bô 路 lō͘ 來 lâi，變弄 lāng，變耍 sńg，變工 kang 藝 gē[gōe]，變孔 khang，變魍báng；變把 pá 戲 hì，變猴 kâu 弄，變鬼 kúi 變怪 koài。

[pìⁿ]→pèⁿ 柄

[pîⁿ]→pêⁿ 平棚

pīⁿ 辮 辮頭 thâu 鬃 chang，辮毛 mn̂g 尾 bóe[bé] 仔 á，辮索 soh 仔，辮草 chháu 帽 bō 仔；辮仔 á (絛子) 。

[pīⁿ]→pēⁿ 病

piaⁿ 抨 (扔，摔) 抨去·khi，抨扔 hìⁿ 揀 sak，抨抭 hiat 咯

ka̍k，抨椅 í 抨桌 toh，物 mih 件 kīa^{n} 亂 loān 抨，四 sì 界 kòe[kè] 抨，錢 chîn 抨咧·leh、做chò[chòe] 伊去；抨人·lang。

pía^{n} 餅 糕 ko 餅，餅路 lō͘ (餅類食品)，餡 ā^{n} 餅，月 goe̍h [ge̍h] 餅，中 tiong 秋 chhiu 餅，餅干 koa^{n}，乾 ta 餅；春 chhun 餅，潤 jūn 餅鋏 kauh；豆 tāu 餅，藥 io̍h 餅 (藥片)，鐵 thih 餅。

丙

pìa^{n} 拚 (傾倒) 拚面 bīn 桶 tháng 水 chúi，拚楝 sak，拚乾 ta，拚貨 hòe[hè] 底 té[tóe] (傾售存貨)，拚空 khang，拚清 chheng，雨拖 thoa／推 chhia 咧 leh 拚 (傾盆大雨)，話 oē 拚拚出來；(清掃，收拾) 拚掃 sàu，拚清 chheng 氣 khì，拚厝 chhù 內 lāi，拚房 pâng 間 keng；(不顧一切地幹) 打 phah 拚，拚(性 sè^{n}[sì^{n}])命 mīa 做 chò[chòe]，拚勢 sè[sì] 作 choh 穡 sit，拚考 khó 試 chhì，拚路 lō͘ (趕路)，透 thàu 雨 hō͘ 拚去 (冒着大雨趕去)，抵 tú 抵拚到 kàu 位 ūi，拚卜 poh (孤注一擲去拼)；(較量，競爭) 相 sio[sa^{n}] 拚，交 kau 拚 (互相競爭)，拚輸 su 贏 iâ^{n}，拚生 seng 理 lí，拚俗 sio̍k (競爭減價)，仙 sian 拚仙。

pîa^{n} [pê^{n}] 平 (漢語聲調之一，平聲) 平仄 cheh，平聲 sia^{n}，上 chīo͘^{n}[chīu^{n}] 平，下 ē 平。

pîa^{n}→pôa^{n} 盤 (抄寫) 盤字，盤藥單。

piah 壁 白 pe̍h 壁，磚 chng 仔 á 壁，硬 ngē[ngī] 壁，枋pang

仔 á 壁，壁堵 tó͘ ，壁邊 pi^{n}，壁角 kak，壁報 pò，壁櫥 tû，壁龕 kham，壁爐 lô͘ ，壁燈 teng，壁毯 thán，壁畫 oē[ūi]，拑 khî^{n} 壁藤 tîn，碰 pōng 壁；後 āu 壁（後面；屁股），隔 keh 壁。

piak 煏 煏火 hóe[hé]，煏豆 tāu 仔 á，煏肉 bah，煏耙 pa。

爆 爆開 khui，爆破 phòa，爆裂 lih；爆鼓 kó͘ 。

piak̍ 啪 嗶 pit 啪叫 kìo；（打）啪嚌毗 phóe[phé]。

Pian 編 編隊 tūi；編歌 koa，編曲 khek，編古 kó͘ （編故事），編劇 kėk，編述 su̍t，編譯 ėk，編輯 chip；編名 mîa，編號 hō，編號頭 thâu。

邊 邊界 kài，邊緣 iân。

鞭 鹿 lȯk 鞭；鞭撻 that。

pian→Pan 扳 扳住 tiâu，扳開 khui，扳手 chhíu 尾 bóe[bé]。

Pián 扁 扁食 sit。

匾 匾仔 á，牌 pâi 匾，豎 khīa 匾，掛 kòa 匾，送 sàng 匾。

蝙 蝙蝠 hok。

諞 （用欺騙手段取得）諞人 lâng 的錢 chî^{n}，予 hō͘ 伊諞諞去，諞仙 sian。

貶 貶職 chit，貶值 tit。

Piàn 變 變乖 koai，變較 khah 美 súi，改 kái 變，變化 hòa，變更 keng，變動 tōng，變遷 chhian，變色 sek，變形 hêng，變質 chit，變心 sim，變步 pō͘ ，變卦 kòa；事 sū 變，變亂 loān；變把 pá 戲，變魔 mô͘ 術 su̍t。

遍 (次，回) 兩 nn̄g 遍，幾 kúi 若 nā 遍，頭 thâu 遍；(全面，到處) 遍身 sin (軀 khu)，遍地 tē[tōe]，遍四 sì 界 kòe[kè] 尋 chhōe[chhē] 透 thàu 透，行 kîaⁿ 遍遍，遍天 thian 下 hā。

piàn→Poàn 半 半遂 sūi。

Piān 便 方 hong 便，簡 kán 便，輕 kheng 便，順 sūn 便，趁 thàn 便，隨 sûi 便，利 lī 人 lâng 便；(簡單平常的) 便飯 pn̄g，便菜 chhài，便衫 saⁿ，便服 hȯk，便衣 i，便條 tiâu，便套 thò (普通一般的)；(現成，已有) 便便，人創 chhòng 便便，買 bé[bóe] 便的·e，便做 chò [chòe]，做便的衫，拴 chhoân 予 hơ 便，吃 chiȧh 便；(屎尿) 大 tāi 便，小 siáu 便，便器 khì，便所 só͘；(就，當下) 話 oē 是一 chit 講 kóng 便會 ē[oē] 化 hòa 無 bô，便是 sī，便可 khó。

辨 分 hun 辨，辨真 chin 假 ké，辨別 piat/piȧt，辨色 sek。

辯 爭 cheng 辯，相 sio[saⁿ] 辯，辯論 lūn，辯駁 pok/pak，予 hō͘ 人辯倒 tó，辯護 hō͘，辯解 kái，分 hun 辯，申 sin 辯，答 tap 辯。

piang 乒 乒 pin 乒乓乓；硬 ngē[ngī] 乓乓。

Piàng 乓 乓破 phòa；衝 cheng 乓 (破門搶劫的强盜)；緊 ân 乓乓。

Piat 別 (區分，分辨) 分 hun 別，辨 piān 別，區 khu 別。

瞥

Piát 別 (分離) 離 lī 別，別離 lī，告 kò 別，拜 pài 別，送 sàng 別，餞 chiàn 別；(分辨) 分 hun 別，區 khu 別，識 sek 別；差 chha 別；類 lūi 別，性 sèng 別，職 chit 別，派 phài 別，特 tėk 別；(另外的) 別號 hō，別莊 chong，別墅 sū。

Piau 標 目 bȯk 標，指 chí 標，標誌 chì，標記 kì，商 siong 標；標明 bêng，標點 tiám，標價 kè，標題 tê[tôe]，標語 gú；錦 kím[gím] 標；標準 chún，標致 tì (相貌姿態美麗)；治 tī 標，標本 pún。

Piáu 表 (外層) 外 goā 表，表面 bīn，表皮 phôe[phê]，一 it 表；(顯示，表示) 發 hoat 表，表示 sī，表現 hiān，表明 bêng，表達 tȧt，表露 lō͘，表情 chêng，代 tāi 表，表決 koat；(榜樣) 師 su 表；(中表) 表親 chhin，姨 î 表，姑 ko͘ 表，姻 in 表，表兄 hiaⁿ，表哥 ko，表叔 chek。

婊 (妓女) 娼 chhiog 婊，破 hòa 婊，婊頭 thâu，婊間 keng，婊子 kíaⁿ。

裱 裱褙 pòe[pè]。

pih 擎 (折疊地捲起來) 擎手 chhíu 袂 ńg (捲袖子)，擎褲khò͘ 腳 kha (捲褲管)，擎扎 chah (裝束輕巧)，穿 chhēng 到 kah 真擎扎。

鱉 掠 liȧh 龜 ku 走 cháu 鱉，龜笑 chhìo 鱉無 bô 尾bóe [bé]。

㢶 國 kok 㢶 (古怪，滑稽)，這个人 lâng 真國㢶，假 ké

國弼。

嗶 枯 koa 嗶嗶。

pih 嗶 嗶嗶啪 piak 啪，嗶嗶噗 pok 噗。

Pin 賓 來 lâi 賓，上 siōng 賓，貴 kùi 賓，外 gōa 賓，國 kok 賓，正 chìaⁿ 賓，陪 pôe 賓，主 chú 賓。

濱 海 hái 濱。

斌彬瀕

pin 乒 乒乒乓 piàng 乓，乒乒嗙 pòng 嗙。

[Pin]→pun 檳 檳榔 nn̂g。

[pin]→pún/pun 扁 扁担 taⁿ。

Pín 稟 稟性 sèng，稟賦 hù；稟告 kò，稟報 pò；做 chò[chòe] 稟，打 phah 稟，入 jip 稟；(別針；用別針別上) 稟針 chiam，胸 heng 前 chêng 稟，稟起來，稟頭 thâu 鬃 chang，稟衫 saⁿ。

pín 箅 (竹編屏狀物) 箅仔 á，箅仔門 mn̂g，竹 tek 箅，篾 bih 箅，穀 kok 達 tat 箅，草 chháu 箅仔，吊 tiàu 箅，米 bí 粉 hún 箅，籠 lâng 牀 sn̂g 箅；箅仔骨 kut (肋骨)。

Pìn 乒 乒乓 piàng 叫 kìo。

儐 儐相 siòng。

擯 擯棄 khì。

殯 chhut 出殯，殯車 chhia，殯儀 gî 館 koán。

鬢 鬢邊 piⁿ，鬢角 kak，鬢腳 kha，留 lâu 鬢總 sui，破 phòa 鬢梳 se[soe]。

pìn 篦 虱 sat 篦；篦頭 thâu (鬃 chang)，篦虱母 bó[bú]。

編 編籬 lî 笆 pa，編筆 pín 仔。

Pîn 貧 貧民 bîn，貧苦 khó，貧窮 kiông；貧乏 hoa̍t，貧血 hiat。

屏 屏風 hong，圍 ûi 屏，截 cha̍h 屏，隔 keh 屏，門 mn̂g 屏，柳 líu 條 tiâu 屏，密 ba̍t 屏，疏 se[soe] 屏，鏡 kìa^{n} 屏，豎 khīa 屏；廳 thia^{n} 屏，屏堵 tó͘，屏枋 pang。

凭/憑 (證據) 文 bûn 憑，字 jī 憑，憑字，憑據 kù，憑單 toa^{n}，憑準 chún，準憑，做 chò[chòe] 準憑，𣍐 bē[bōe] 準憑，口 khó͘ 說 soat 無 bû 憑＝嘴 chhùi 講 kóng 無 bô 憑；(依據) 憑良 liông 心 sim，憑票 phìo 入 jip 場 tîo^{n}[tîu^{n}]，憑你講，憑頭 thâu (從頭依次)，憑頭講來聽 thia^{n}；(依靠) 憑借 chìa，憑好字運 ūn，憑本 pún 事 sū，憑我所 só͘ 有 ū 的氣 khùi 力 la̍t；(任憑) 憑在 chāi＝據在。

頻 頻道 tō，頻率 lu̍t。

瀕 瀕臨 lîm。

蘋 蘋果 kó，蘋婆 pô。

嬪 妃 hui 嬪。

pîn/pīn 平 步 pō͘ 平 (從來，一向，平常) 步平不 m̄ 曾 bat 做 chò[chòe] 粗 chho͘ 工 kang，步平是真恬 tiām 的人 lâng。

[pîn]→pûn 怠 怠惰 tōa^{n}。

Pīn 髕 髕骨 kut。

pīn/phīn 憑 (全憑，要看) 憑字運的好歹 phái^{n}，憑你的福 hok 氣 khì。

pīn→pîn 平 步 pō͘ 平。

pio 標 (投標) 招 chio 標，投 tau 標，標會 hōe[hē] 仔，標工 kang 事 sū，標售 sîu，標賣 bē[bōe]，標價 kè，標金 kim，標着·tioh；(投擲) 標槍 chhiơ^{n}[chhiu^{n}]，標魚 hî，標山 soa^{n} 猪 ti；(目標) 插 chhah 標，搶 chhíơ^{n}[chhíu^{n}] 頭 thau 標。

鏢 放 pàng 鏢，着 tio̍h 鏢；保 pó 鏢。

pío 表 (表格) 時 sî 間 kan 表，一 it 覽 lám 表，統 thóng 計 kè 表，表格 keh；(計量器具) 水 chúi 表，電 tiān 表。

錶 時 sî 錶，手 chhíu 錶，胸 heng 前 chêng 錶，錶仔鏈 liān，錶仔帶 tòa。

pìo 裱 裱褙 chhak 仔 á。

pīo 鰾 魚 hî 鰾 (魚白) 。

Pit 必 必定 tīa^{n}/tēng，必然 jiân，未 bī/bōe[bē] 必；必須 su，必需 su，何 hô 必。

筆 毛 mô͘ 筆，水 chúi 筆，鉛 iân 筆，鋼 kàng/kǹg 筆，原 goân 子 chú 筆，粉 hún 筆；筆法 hoat，筆勢 sè，筆路 lō͘，筆鋒 hong，筆意 ì；筆記 kī，筆錄 lo̍k，筆談 tâm，筆試 chhì，手 chhíu 筆，親 chhin 筆，代 tāi 筆，敗 pāi 筆，筆誤 gō͘，筆劃 oe̍h[uih]；(量詞)

一筆錢 chîⁿ，田 chhân 園 hn̂g 有 ū 幾 kúi 筆。

畢 完 oân 畢，畢業 giap；畢生 seng；畢竟 kèng。

pit 皺 (皺裂) 柴 chhâ 曝 phak 日 jit 會 ē[oē] 皺，皺去 ·khi，皺開 khui，皺裂 leh，皺痕 hûn，皺紋 sûn，皺皮 phôe[phê]，皺縫 phāng，皺旁 pêng (裂成塊)。

伯 伯勞 lô，飼 chhī 雞成 chîaⁿ 伯勞。

Pit 闢 開 khai 闢；闢遙 iâu。

鼻 鼻祖 chó͘。

pit 帛 財 châi 帛。

嗶 嗶啪 piak 叫 kìo，嗶嗶噗 pok 噗。

熚 熚烞 pok 叫 kìo。

Piu 彪 虎 hó͘ 狼 lông/liông 豹 pà 彪；(溜走，跑掉) 彪走 cháu，彪緊 kín 緊，彪去 (落空)。

png 幫 (依附) 相 sio[saⁿ] 幫，幫生 seng 理 lí，幫一 chit 份 hūn，幫店 tiàm 面 bīn，幫人 lâng 一間 keng 房 pâng；(從旁增補) 幫貼 thiap (補充，附加)，幫補 pó͘ (增添，彌補)，厝 chhù 幫較 khah 闊 khoah (擴建)，幫枋 pang。

png[puiⁿ] 方 (姓)。

楓 楓樹 chhīu。

pńg 榜 發 hoat 榜，出 chhut 榜，金 kim 榜，榜首 síu。

pn̄g 傍 (因發生關係而受損益) 猴 kâu 傍虎 hó͘ 威 ui，傍伊的勢 sè，傍伊的福 hok 氣 khì，傍神 sîn 福祿 lok (比喻隨着別人走運連帶受惠)，傍衰 soe (因爲別人的厄運而受損）。

pn̄g [pūiⁿ] 飯 炒 chhá 飯，油 iû 飯，凊 chhìn 飯，飯粒 liap 仔 á，飯庀 phí；煮 chú 飯，燜 būn 飯，貯 té[tóe]飯，添 thiⁿ 飯，吃 chiah 飯，敱 pe 飯，配 phòe[phè] 飯；飯頓 tǹg，早 chá 飯，暗 àm 飯，飯前 chêng，飯頂 téng，飯後 āu，飯下 ē，便 piān 飯，飯菜 chhài；飯坩 khaⁿ，飯碗 oáⁿ，飯匙 sî，飯斗 táu，飯簝 lē，飯桶 tháng；飯廳 thiaⁿ，吃飯間 keng，飯店 tiàm。

Po 褒 賢 gâu 褒，愛 ài 人 lâng 褒，褒（囉 lo）唆 so，愛 ài 人 lâng 褒(囉)唆，褒獎 chiáng/chióng，褒揚 iông，褒賞 sióⁿ[síuⁿ]；相 sio[saⁿ] 褒，褒歌 koa。

玻 玻璃 lê。

Pó 寶 珍 tin 寶，財 châi 寶，珠 chu 寶，隨 sûi 身 sin 寶，寶貝 pòe，寶物 mih/but；寶石 chioh，寶玉 gek/giok，寶劍 kiàm，寶塔 thah，寶貴 kùi，寶重 tiōng；識 bat 寶，展 tián 寶；八 pat 寶飯 pn̄g。

保 保護 hō͘，保衛 oē，保庇 pì，保惜 sioh，保養 ióng，保重 tiōng，保障 chiòng；保持 chhî，保溫 un，保留 lîu，保管 koán，保存 chûn，保守 síu；擔 tam 保，保領 nía，保證 chèng，保認 jīn，保險 hiám；保甲 kah。

堡

Pò 報 報人 lâng 知 chai，報予 hō͘ 伊知，報告 kò，報名 mîa，報賬 sìau，報關 koan，報到 tò，報道 tō；報答 tap，報恩 in[un]，報復 hok，報警 sîu，報應 èng；日

jit 報，週 chiu 報，機 ki 關報，畫 oē[ūi] 報，壁 piah 報，報紙 chóa，登 teng 報；(風信) 起 khí 報頭 thâu，報頭風 hong，報尾 bóe[bé]，天 thi^{n} 公 kong 報，媽 má 祖 chó͘ 報。

播

Pô 婆 老 lāu 阿 a 婆；姑 ko͘ 婆，姨 î 婆，姆 ḿ 婆，嬸 chím 婆，妗 kīm 婆；番 hoan 婆，媒 hm̂ 人 lâng 婆；家 ke 婆；芋 ō͘ 婆，密 bi̍t 婆 (蝙蝠) 。

pô 脖 手 chhíu 脖，腳 kha 脖。

Pō 暴 (又猛又急) 暴發 hoat，暴漲 tiòng，暴落 lo̍k，暴動 tōng，暴亂 loān，暴風 hong 雨 ú，暴烈 lia̍t，暴憑 pîn (猝然，突然)，暴憑派我這號工作；(凶狠，殘酷) 兇 hiong 暴，狂 kông 暴，強 kiông 暴，暴虐 gio̍k /ge̍k，暴君 kun，暴政 chèng，暴行 hêng，暴徒 tô͘；(急躁) 粗 chho͘ 暴，暴躁 sò，暴性 sèng；(糟蹋) 自 chū 暴自棄 khì。

Po͘ 埔 (一片平地) 平 pê^{n}[pî^{n}] 埔，曠 khàng 埔，草 chháu 埔，溪 khe[khoe] 砂 soa 埔，石 chio̍h 頭 thâu 埔，海 hái 埔 (海灘)，墓 bōng 仔 á 埔，火 hóe[hé] 燒 sio 埔。

晡 (半个白天) 一 chit 晡，成 chîa^{n} 晡，頂 téng 晡 (上午)，頂半 pòa^{n} 晡 (上午9時左右)，兮 ê 晡 (下午)，下 ē 半晡 (下午3時左右)；(下午) 軟 nńg 晡 (下午陽光弱的時候)，晚 mńg 晡，暗晡。

pơ　甫　查 cha 甫＝唐 ta 甫（男人）。

痡　(枯，腐朽) 痡心 sim 去·khi，嘴 chhùi 齒 khí 痡了 liáu 了，楹 êⁿ[îⁿ] 仔痡去，骨頭快 khoài 痡。

埠　埠頭 thâu。

Pó͘　補　(修補) 補衫 saⁿ，補紩 thīⁿ，補鼎 tíaⁿ，補嘴 chhùi 齒 khí，補漏 lāu；(充實缺少) 補充 chhiong，補添 thiⁿ，補貼 thiap，補助chō͘，補額 giah，補缺 khoeh [kheh]，補塌 thap；(事後改正) 補救 kìu，補正 chèng；(補養) 滋 chu 補，不 put 止 chí 補，吃 chiah 補，補藥 ioh，補血 hiat，補腎 sīn。

pó͘　脯　(乾製或醃製的食品) 魚 hî 脯，菜 chhài 脯；變 pìⁿ 成 chîaⁿ 人 lâng 脯；(瘪) 菜曝 phak 日、煞 soah 脯去·khi，蔫 lian 脯，攝 liap 脯，吃老 lāu 奶ni[leng,lin] 脯。

斧　斧頭 thâu，手 chhíu 斧。

Pò͘　布　花 hoe 仔 á 布，帆 phâng 布，布匹 phit，布料 liāu，布身 sin，布質 chit，布目 bak，布幅 pak，布頭 thâu，布條 liâu；織 chit 布，剪 chián 布（買布匹）；面 bīn 布（毛巾），桌 toh 布（抹布）；布鞋 ê[oê]，布簾 lî，布裏 lí，布袋 tē，搭 tah 布篷 phâng，布景 kéng；韌 jūn 布布。

佈　宣 soan 佈，公 kong 佈，發 hoat 佈，頒 pan 佈，佈告 kò；分 hun 佈，散 sàn 佈，傳 thoân 佈，佈道 tō；佈置 tì，佈局 kiok，佈陣 tīn，佈雷 lûi。

怖 恐 khiống 怖。

播 廣 kống 播，傳 thoân 播，播送 sàng，播音 im；播田 chhân，播稻 tīu 仔，播秧 ng 仔，播種 chéng。

pō͘ 傅 (姓)。

Pô͘ 蒲 菖 chhiong/chhang 蒲，蒲草 chháu，蒲公 kong 英 eng，(草) 蒲團 thoân。

酺 豆 tāu 酺，酒 chíu 酺；豎 khīa 酺。

pô͘ 紨 (衣服邊緣) 下 ē 腳 kha 紨，拗 áu 紨，扇 siàn 紨(縫邊兒)，放 pàng 紨。

苞 (叢)(樹 chhīu) 林 nâ 苞，刺 chhì 林苞 (荊棘叢生的地方)，竹 tek 苞；(房) 蓮 liân (花 hoe) 苞，棉 mî 苞，蜜 bit 苞，奶 ni[leng,lin] 苞，蚵 ô 苞。

袍 龍 lêng 袍。

蚨 蝔 am 蚨蠐 chê。

模/橅 (形狀) 手 chhíu 模大 tōa，腳 kha 模細 sè [sòe]，面 bīn 模四 sì 方 pang。

暴 (侮辱) 暴人·lang，予 hō͘ 伊暴去·khi，暴辱 jio̍k。

Pō͘ 步 腳 kha 步，大 tōa 步行 kîaⁿ，三步做 chò[chòe] 兩步，徙 sóa 步，散 sàn 步，進 chìn 步，退 thè[thòe] 步；現 hiān 步，此 chhú 步 (現在)，步平 pīn/pîn (一向，平常)，步平不 m̄ 曾 bat 行 kîaⁿ 遠 hn̄g 路，步平是真乖 koai 的囝仔；地 tē[tōe] 步；(辦法，手段，計策，着數) 步數 sò͘，好 hó 步，美 súi 步，暗 àm 步 (暗招兒)，毒 to̍k 步 (毒計)，奸 kan 雄 hiông 步

，陰 im 險 hiám 步 (陰著兒)，夭 iáu 壽 sīu 步，死 sí 絶 che̍h 步 (鬼點子)，屈 khu̍t 頭 thâu 步，極 ke̍k 步，絶 choa̍t 步 (絶招)，咾 láu 仔步，偷 thau 吃 chia̍h 步，無 bô 步，盡 chīn 步，變 piàn 步，囥khǹg 步，留 lâu 後 āu 步，存 chhûn 後步，讓 jiōng/nīơ [nīu] 步。

部 部分 hūn，部門 mn̂g/bûn，部位 ūi，部下 hā，部屬sio̍k；部落 lo̍k。

哺 (喂) 哺育 io̍k，哺乳 jú；(咀嚼) 嘴 chhùi 在 teh 哺，哺予 hơ 幼 iù。

捕 逮 tāi 捕；捕手 chhíu。

pòa 簸 簸米 pí，簸粟 chhek 頭，簸抭 hiat 咯 ka̍k，簸箕 ki。

poa^n 般 (種，様) 這 chit 般，百 pah 般，一 it 般 (普通，通常)，一般的人，一 chit 般 (一様，同様)，與 kap 乞 khit 吃 chia̍h 一般，一般様 iō͘^{n}[iū^n]。

搬 (移動) 運 ūn 搬，搬徙 sóa，搬物 mih 件 kīa^n，搬厝 chhù，搬走 cháu，搬推 chhia (搬弄)；(演戲) 搬戲 hì，搬演 ián。

póa^n 鮁 鮁仔 á，紅 âng 鮁仔，鮁 (仔) 魚 hî。

pòa^n 半 一 chit 半，半旁 pêng，半斤 kin[kun]，半尺 chhioh，半粒 lia̍p，半票 phìo；半路 lō͘，半簾 lâm 懸 hâ^n (做到一半，半途而廢，不徹底)，半纜 lám 浮 phû (懸而未決)，半桶 tháng 屎 sái＝半籠 láng 米 (半瓶醋)；半生 chhe^n[chhi^n] 熟 se̍k，半精 chia^n 白 pe̍h，半

撐 the 倒 tó，半信 sìn 半疑 gî，半讀 thak 半睏khùn，半行 kîaⁿ 半走 cháu；半島 tó，半透 thàu 明 bêng，半老 ló 老 lāu，半頭 thâu 生 chheⁿ[chhiⁿ]；一半擺 páiⁿ（一兩次），一半个 ê 仔 á，無 bô 半人 lâng，無半滴 tih 水chúi（水一滴都沒有）。

絆 絆着索 soh，絆倒 tó，纏 tîⁿ 絆腳 kha 手 chhíu。

pôaⁿ 盤 盤仔 á，碗 oáⁿ 盤，茶 tê 盤，紙 chóa 盤；算 sǹg 盤，棋 kî 盤，曲 khek 盤，地 tē[tōe] 盤，手 chhíu 盤（手背），腳 kha 盤（腳背）；（商品行情，交易）開 khui 盤，收 siu 盤，按 hōaⁿ 盤，和 hô 盤（合算），合 hȧh 盤，較 khah 有 ū 盤，内 lāi 盤，外 gōa 盤，歸 kui 盤生 seng 理 lí，滿 móa 盤，通 thong 盤，全 choân 盤，承 sêng 盤（繼承事業），倒 tó 盤（倒閉；標價）；（轉移）盤車 chhia（換車），盤栽 chai（移栽），盤賬 siàu，盤話 oē，水 chúi 盤過 kòe[kè] 碗 oáⁿ 會ē[oē] 少 chío、話 oē 盤過嘴 chhùi 會加 ke，話盤𣍐bē[bōe] 直 tit，車 chhia 盤（搬來搬去；爭論不休），盤嘴錦 kím[gím]（爲一點小事而爭吵）；（翻，越）盤墻 chhîoⁿ[chhîuⁿ] 仔 á，盤山 soaⁿ 過嶺 nía；盤問 mn̄g，盤費 hùi（路費）。

磐 磐石 chiȯh。

pōaⁿ 拌 （揮，甩動）拌蚊 báng，拌身 sin 軀 khu，拌驚 kîaⁿ 人 lâng，拌土 thô͘ 粉 hún，拌棉 mî 被 phōe[phē]；（搖動）搖 iô 頭 thâu 拌耳 hīⁿ[hi]，拌毛 mn̂g，拌獅

sai (搖頭)，馬 bé 拌獅，三兩 níơ[níu] 雞仔與 kap 虎拌獅。

poah 撥 撥開 khui (推開，拉開)，撥對 tùi 人 lâng 縫 phāng 去，撥無去；(分出一部分) 分 hun 撥，派 phài 撥，撥款 khoán；(抽出) 撥些 kóa 過來這旁，撥工 kang (抽空，專程)，撥時 sî 間 kan，撥駕 kà (來臨)；(挪借) 撥所 só͘ 在 chāi，撥錢 chî^{n}，給 kā 伊撥，撥(予hō͘)伊，擺 pái 撥，移 î 撥，撨 chhiâu 撥 (暫借)；撥夠 kàu (比喻非己之事而出頭干預)。

鉢 鉢仔 á，瓷 hûi 鉢，淺 chhián 鉢，研 géng 鉢，擂 lûi 鉢，墨 bák 鉢，坩 kha^{n} 鉢。

鈸 和 hôe[hê] 尚 sīơ^{n}[sīu^{n}] 托 thuh 鈸。

poáh 跋 跋倒 tó，砊 khōng 砊跋，跋落去，跋死；跋腳 kha 手 chhíu (表演雜技)，捙 chhia 跋反 péng；跋落 lóh 水 chúi，跋落馬 bé，跋價 kè；(使落下，扔下，弄掉) 跋手 chhíu (失手)，跋筶 poe，跋銀 gîn[gûn] 聲 sia^{n}，天 thi^{n} 要 boeh[beh] 跋咱 lán 的命 mīa；(辯駁，駁斥) 與 kap 人在 teh 跋情 chêng 理 lí，我予 hō͘ 你跋艙 bē[bōe] 倒 tó，眾 chèng 人跋伊無 bô 情義 gī。

簙 (賭博) 簙賭 kiáu，對 tùi 簙，簙麻 mâ 雀 chhiok，簙輸 su 贏 iâ^{n}，簙𨑨 chhit[thit] 迌 thô，簙心 sim 適 sek；(卜) 簙卦 kòa。

拔 拔桶 tháng；(拉) 拔直 tit 去·khi，拔坦 thán 橫 hoâi^{n}。

鈸 大 tōa 鈸，鐃 lâu[nâ] 鈸。

Poan 般 万 bān 般。

搬 (搬弄是非) 賢 gāu 搬，搬歹 phái^{n} 話 oē，搬嘴chhùi 舌 chih，搬來搬去，搬挑 thio，搬弄 lōng。

Poàn 半 半島 tó，半子 chú，半遂 sūi (偏癱，半身不遂)。

Poân 盤 盤詰 kiat；(姓)。

Poān 叛 反 hoán 叛，背 pōe 叛，叛亂 loān，叛變 piàn，叛逆 gėk，叛教 kàu，叛國 kok，叛徒 tô͘，叛骨 kut。

畔 河 hô 畔。

Poat 鉢 衣 i 鉢。

Poȧt 拔 選 soán 拔，提 thê 拔，超 chhiau 拔，拔萃 chūi，拔群 kûn，拔本 pún；拔河 hô；海 hái 拔。

芨 芨仔 á (番石榴)，林 nâ (仔) 芨。

跋 跋涉 siȧp，跋扈 hō͘；序 sū 跋，題 tê 跋，跋文 bûn，跋語 gú[gí]。

鈸 (貨幣) 金 kim 鈸仔 á，銀 gîn[gûn] 鈸仔，鈸仔銀。

魃 旱 hān 魃。

Poe 杯 酒 chíu 杯，茶 tê 杯，玻 po 璃 lê 杯，銀 gîn[gûn] 杯，乾 kan 杯；錦 kím[gím] 杯。

筶 筶信 sìn (杯珓)，筶錢 chî^{n}，跌 poȧh 筶，擲 poȧh 筶，求 kîu 筶，聖 sīo^{n}[sīu^{n}] 筶 (杯珓；杯珓一俯一仰)，笑 chhìo 筶 (杯珓兩仰)，陰 im 筶 (杯珓兩俯)。

poe [pe] 箆 (板) 竹 tek 箆，球 kîu 箆 (球拍)，橈 gîo 箆，鴨 ah 嘴 chhùi 箆，死鴨硬 ngē[ngī] 嘴箆，箆崙

chha̍k。

飛 飛上 chīoⁿ[chīuⁿ] 天，起 khí 飛；揚 iāⁿ 揚飛，風 hong 飛砂 soa；飛烏 o͘，飛鼠 chhú[chhí]。

菠 菠薐 lêng 菜 chhài。

póe[pé] 掊 （推，撥，扒拉）掊土 thô͘ 畚 pùn 堆 tui，掊土豆 tāu（把土扒拉開採花生）；用 ēng 手 chhíu 給 kā 伊掊走·chau，掊開 khui，掊草 chháu 尋 chhōe[chhē] 親 chhin，掊手（把人家的手扒拉開），掊手面 bīn（打架）。

Pòe 背 痀 ku 背（駝背），背後 āu，背影 iáⁿ，背心 sim；手 chhíu 背，刀 to 背，紙 chóa 背，椅 í 背。

貝 貝殼 khak；寶 pó 貝。

輩 長 tióng 輩，頂 téng 輩，先 sian 輩，前chiân/chêng 輩，下 hā/ē 輩，後 hō͘/āu 輩，晚 boán 輩，平 pêⁿ [pîⁿ]/pêng 輩，同 kāng 輩，高 koân 一輩。

pòe 珮 玉 ge̍k 珮。

pòe[pè] 背 椅 í 背。

褙 裱 piáu/kiáu 褙，褙篰 chhak；褙糊 kô͘，褙壁 piah，褙紙 chóa，褙箔 po̍h。

Pôe 培 栽 chai 培，培養 ióng/ió͘ⁿ[iúⁿ]。

陪 交 kau 陪，陪伴 phōaⁿ，陪伴人 lâng 客 kheh，陪伊坐 chē，陪酒 chíu，陪隶 tè[tòe]（應酬，招待），失 sit 陪；陪賓 pin，陪祭 chè，陪拜 pài，陪送 sàng，陪審 sím。

賠 賠款 khoán，賠還 hoân，賠禮 lé。

徘 徘徊 hôe。

pôe [pê] 賠　賠錢 chîⁿ，賠還 hêng，賠命 mīa，賠償 siông，賠補 pó͘，賠𣍐 bē[bōe] 起，賠罪 chōe[chē]。

Pōe 倍 五 ngó͘ 倍子 chí。

焙

背 背水 súi 作 chok 戰 chiàn，背光 kng；背書 su，背台 tâi 詞 sû；背景 kéng；違 ûi 背，反 hoán 背，僥hiau 背，背人 lâng 的情 chêng，背義 gī，背信 sìn，背約 iok，背叛 poān。

佩 感 kám 佩，欽 khim 佩，佩服 ho̍k。

珮

狽 狼 lông/liông 狽。

悖 悖謬 bīu，悖逆 ge̍k，悖德 tek。

pōe [pē] 倍　兩 nn̄g 倍，重 têng 倍，加 ka 倍。

培 (培土) 培番 han 薯 chû[chî] 陵 lêng，培甘 kam 蔗 chìa；(掃墓) 培墓 bōng，培祭 chè。

焙 乾 ta 焙，焙乾，焙茶 tê，焙飯 pn̄g。

背 (用脊背馱) 背包 pau 袱 ho̍k，背十 sip 字 jī 架 kè；(負擔) 這个責 chek 任 jīm 我背𣍐 bē[bōe] 起 khí。

佩 佩劍 kiàm。

瑁 玳 tāi 瑁。

[poeh]→peh 八

poe̍h [puih] 拔　(往外拉) 拔劍 kiàm，拔起來，四 sì 腳 kha 拔

直 tit 直，強 kiông 拔，拖 thoa 拔（硬拉；拖拉），綳 peⁿ[piⁿ] 拔（拉；累；有不相上下的本領）；鞋ê[oê] 拔；(奪) 拔人的生 seng 理 lí，顧 kò͘ 客 kheh 予 hō͘ 伊拔拔去·khi，開 khui 井 chéⁿ[chíⁿ] 拔泉 chôaⁿ。

poh 卜 (撞僥幸) 與 kap 伊卜，打 phah 卜，性 sèⁿ[sìⁿ] 命 mīa 與伊在 teh 打卜，拚 pìaⁿ 卜，卜看 khòaⁿ 覓 māi，罔 bòng 卜，卜字 jī 運 ūn；在 teh 卜（未必然，值得懷疑），真卜，無 bô 卜（沒希望得到），有 ū 卜（有望）；(也許) 卜會 ē[oē] 來，卜不 m̄ 來，卜無 bô 來，卜𣍐 bē[bōe] 來，卜是按 án 尔 ne[ni]，卜敢 káⁿ（或許，說不定），卜敢會落 lòh 雨 hō͘ 。

駁 (爭論) 駁話 oē，駁嘴 chhùi，駁來駁去。

pöh 薄 薄哩 li 哩，薄紙 chóa，薄皮 phôe[phê]，薄枋 pang 仔 á；茶 tê 泡 phàu 較 khah 薄，薄酒 chíu，薄色 sek，淺 chhián 薄，薄嘴 chhùi（味道淡薄）；利 lī 真薄，淡 tām 薄（仔）(一點點)，薄福 hok，薄禮 lé，輕 khin 薄；薄荷 hô。

箔 金 kim 箔，錫 siah 箔，褙 pòe[pè] 箔。

Pok 卜 (占卜) 問 mn̄g 卜，卜卦 kòa，卜運 ūn 途 tô͘；(預料) 預 ū[ī] 卜，未 bī 卜先 sian 知 ti；(選擇) 卜居 ku [ki]。

北 敗 pāi 北。

烌 烌肉 bah，烌肉皮 phôe[phê]；煏 pit 煏烌烌。

pok 暴 (突出，鼓起來) 暴芽 gê，暴水 chúi 疱 phā，目 bák

睭 chiu 痛 thìa^{n} 到 kah 要 boeh[beh] 暴出來。

駁 辯 piān 駁，反 hoán 駁，批 phoe 駁，駁字 jī 骨 kut ，駁倒 tó，駁贏 iâ^{n}，駁輸 su，駁詰 khiat，駁斥thek ，駁倒 tò 轉 tńg，駁回 hôe；駁船 chûn，駁運 ūn，駁 貨 hòe[hè]；斑 pan 駁。

噗 噗菸 hun (吸煙)。

Pok 薄 刻 khek 薄，薄情 chêng 郎 lông，薄幸 hēng，薄命 bēng/mīa；薄荷 hô。

僕 奴 lô͘ 僕。

泊 停 thêng 泊，漂 phiau 泊。

鉑 (白金)。

匐

蔔 蘿 nâ 蔔 (菜 chhài) =紅 âng 蘿 lô 蔔。

pok 暴 暴 (=pō) 露 lō͘。

爆 爆擊 kek，爆炸 chà，爆發 hoat。

噗 噗一聲 sia^{n}，嗶 pih/pit 嗶噗噗。

烞 熚 pit 烞叫 kìo，烞一下。

Póng 榜 發 hoat 榜。

póng 搒 (添上，擴展) 柱 thiāu 仔搒較 khah 長 tn̂g，簾 nî 簷 chîⁿ 搒較出去，給 kā 伊搒較高 koân 咧·leh。

Pòng 嗙 (誇大) 嗙大 tōa，亂 loān 嗙，荒 hong 嗙 (誇大其詞) ，加 ke 嗙重 tāng (浮報重量)，嗙價 kè。

謗 誹 húi 謗。

pòng 唪 (象聲詞) 心 sim 頭 thâu 唪唪叫 kìo，乒 pin 乒唪唪

，唪一 chit 下 ē。

Pông 彷 彷徨 hông。

房 洞 tōng 房，行 hêng 房，房事 sū；天 thian 房（天花板；天花板上的空間）。

旁 路 lō͘ 旁，路旁屍 si；旁觀 koan，旁聽 theng。

傍 傍晚 boán。

滂 滂湃 pài。

蒡 牛 gîu 蒡。

膀 膀胱 kong。

Pōng 磅 英 eng 磅；磅仔 á（磅秤），磅子 chí（砝碼）；磅重 tāng，過 kòe[kè] 磅；麵 mī 磅（麵包）；夠 kàu 磅（夠勁兒，足夠），到 kàu 磅（極點），盡 chīn 磅（極限），放 pàng 盡磅（開足馬力，盡力而為）；磅表 píơ（儀表）；磅子 chí（炸藥），磅石 chioh，磅孔 khang（隧道）；磅皮 phôe[phê]（炸豬皮），磅米 bí 芳 phang。

pōng 碰 碰着·tioh，碰壁 piah，青 chheⁿ[chhiⁿ] 碰白 peh 碰（冷不防，突然），匆 chhong/chhóng 碰（冒失）。

蓬 （質地鬆而不實）蓬（＝phōng）鬆 song，菜 chhài 頭 thâu 蓬心 sim（糠心）。

膀 膀胱 kong。

pu 呼 （吹氣聲）水 chúi 螺 lê 在 teh 呼，呼螺，呼呼叫 kìo，呼火 hóe[hé]。

pù 富 （財產多）富死·si，大 tōa 富，小 síơ 富，土 thó͘ 富。

pû 炰 （烤）炰番 han 薯 chû[chî]，炰鰇 jîu 魚 hî，炰肉bah。

匏 匏仔 á，葫 hô͘ 蘆 lô͘ 匏，匏瓢 hia。

垺 (堆) 一 chit 垺土 thô͘，草 chháu 垺，稻 tīu 垺，做 chò[chòe] 垺。

脬 (量詞：用於屎尿) 一 chit 脬屎 sái，兩 nn̄g 脬尿 jīo。

pū 婦 媳 sim 婦。

軞 (孵) 軞卵 nn̄g，押 ah 雞鵤 kak 去軞卵 (強人所難)，軞雞仔；軞膿 lâng (化膿)。

puh 窋 (發) 窋出來，窋芽 gê，窋萌 íⁿ，窋疱 phā，窋泡 pho̍k 仔 á，窋沫 phoe̍h[phe̍h]，窋膿 lâng，窋粒 lia̍p 仔。

pùi 痱 痱仔 á，痱仔粉 hún。

pûi 肥 肥瘦 sán，肥胖 phàng，肥白 pe̍h，肥軟 nńg，肥腯 thún，矮 é[oé] 肥；肥肉 bah，肥油 iû；肥田 chhân，肥地 tē[tōe]，肥沃 ak；肥料 liāu，堆 tui 肥，大 tōa 肥；落 lo̍h 肥，下 hē 肥，壅 èng 肥，沃肥。

pūi 吠 飼 chhī 狗 káu 吠家 ka 己 tī[kī]，猏 ngiauh/ngia̍uh 猏吠。

[puih]→poe̍h 拔

pun 分 (分開) 分開 khui，分拆 thiah，分離 lī，分散 sòaⁿ；(分配) 分家 ke 伙 hóe[hé]，對 tùi (半 pòaⁿ) 分，平 pêⁿ[pîⁿ] 分，照 chiàu 分，作 choh 分 (分作物)，分大 tōa 份 hūn，相 sio[saⁿ] 分，分擗 pheⁿ[phiⁿ] (平分，分攤)；(分送，分給) 分批 phoe[phe] (送信)，分報 pò 紙 chóa，分帖 thiap，分餅 píaⁿ，分 (予 hō͘) 人·lang，分張 tiơⁿ[tiuⁿ](能夠把東西分送給人的氣量)

；(乞求) 分錢 chî^{n}，分吃 chia̍h (乞食)，伸 chhun 長 tn̂g 手給 kā 人 lâng 分；(抱養) 分囝 gín 仔 á，分的 ·e (養子) 。

pun [pin] **檳** 檳榔 n̂g。

pun /pún [pin/pín] **扁** 扁担 ta^{n}。

Pún **本** 草 chháu/chhó 本；根 kin[kun] 本，基 ki 本，本源 goân；本文 bûn，本論 lūn，本題 tê[tôe]，本部 pō͘ ；(本來，原本) 我本知 chai，本想 sīơ^{n}[sīu^{n}] 不 m̄ 去，本有 ū 這 chit 款 khoán 規 kui 定 tēng，本無 bô 這號 hō/lō 事 sū，原 goân 本，本來 lâi，本然 jiân，本成 chîa^{n}，本底 té[tóe]，自 chū 本，本意 ì，本名 mîa，本色 sek，本性 sèng；本身 sin，本人 lâng，本土 thó͘ ，本校 hāu，本國 kok；本日 jit，本月 goe̍h [ge̍h]；(本錢) 本錢 chî^{n}，下 hē 本，整 chéng 本，出 chhut 本，做 chò[chòe] 本，借 chioh 本，吃 chia̍h 本，傷 siong 本，蝕 sih 本，虧 khui 本，塌 thap 本，剾 lap 本，無 bô 夠 kàu 本，照 chiàu 本賣bē[bōe]，老 lāu 本，某 bó͘ 本 (娶親費用)；本事 sū，本領 léng，本等 téng；課 khò 本，讀 tho̍k 本，劇 ke̍k 本；抄 chhau 本，副 hù 本。

pùn **畚** (垃圾) 畚掃 sò，畚堆 tui，畚斗 táu，畚箕 ki。

糞 糞口 kháu (肛門)，壅 èng 糞。

pûn **歕** (吹) 歕風 hong，歕氣 khùi，歕火 hóe[hé]，歕𤆬 hoa，歕熄 sit；歕哔 pi 仔 á，歕烏 ơ 笛 ta̍t 仔；歕雞

ke[koe] 胿 kui (吹牛)。

pûn[pîn,piân,pân] 怠 怠惰 tōaⁿ。

Pūn 笨 這个囝仔真笨，蠢 chhún 笨，笨鈍 tūn，笨拙 choat；脚 kha 手 chhíu 笨 (不靈巧)；身 sin 軀 khu 笨，粗 chhơ 笨，笨傖 chhiâng/chhêng (粗笨)，臭 chhàu 笨，笨重 tāng。

坌

Put 不 不止 chí (很，相當；不只)，不止 (仔 á) 好，不止五千，不 (而 jî) 過，不得 tek 不，不得已 í，不得了 liáu，不接 chiap 一 it (斷斷續續不連貫)，不時 sî (經常，常常)，不比 pí，不管 koán，不論 lūn，不拘 khu，字 jī 數 sò͘ 不拘，不拘時 sî，不拘年 nî 限 hān，不及 kip，不及 (着 tio̍h) 你，不如 jû，不料 liāu，不致 tì，不死 sú 鬼 kúi、老不修。

put 扒 (扒摟) 扒土 thô͘，扒畚 pùn 掃 sò，扒歸 kui 堆 tui，扒米 bí，扒金 kim；耙 pê 扒仔；(逐出) 予 hō͘ 人 lâng 扒出去。

Pu̍t 勃 勃起。

pu̍t 佛 佛仔，佛公 kong，神 sîn 佛，拜 pài 佛，念 liām 佛，佛祖 chó͘，佛像 siōng，佛龕 kham，佛轎 kīo，佛塔 thah；佛桑 sng 花。

PH

Pha **葩** 一 chit 葩火 hóe[hé]，大 tōa 葩，細 sè[sòe] 葩，花 hoe 開 khui 成 chîa^{n} 葩，兩 nn̄g 葩葡 phô[phû] 萄 tô。

pha **抛** (扔) 抛碇 tìa^{n} (抛錨)，抛網 bāng，抛魚 hî；抛售 sîu，抛棄 khì，抛荒 hng；(停下) 抛船 chûn，船抛在 tī 港 káng 口 kháu；(擱着) 代 tāi 志 chì 做 chò[chòe] 一 chit 半 pòa^{n} 抛咧·leh，給 kā 人 lâng 抛真久 kú，抛人一條 tiâu 錢 chî^{n} (拖欠人家一筆錢)；(翻轉)抛麒 ki 麟 lîn (側手翻)，推 chhia 抛摙 lìn斗 táu (翻筋斗)，抛三摙；(翻越) 抛過墻 chhîo͘^{n}[chhîu^{n}] 仔 á；(繞) 抛一摙轉 tńg，抛近 kīn[kūn] 路 lō͘，抛彎 oan 路，抛對 tùi 上 siōng 海 hái 去，抛倒 tò 轉 tńg (繞回頭)，抛抛走 cháu (到處亂跑)。

脬 羼 lān 脬 (陰囊)。

Phà **帕** 紅 âng 帕帕。

phā **疱** 水 chúi 疱，凸 phòng 疱，窋 puh 疱，起 khí 一疱。

烰 火 hóe[hé] 烰起來 (突然燒起來)。

抱 有 ū 抱 (手巧，高明)，無 bô 抱 (拙笨)。

Phà^{n} **怕** 懼 khū 怕，恐 khióng 怕，怕事 sū，怕死 sí。

冇 (不結實) 有 tēng 冇，空 khang 冇，冇粟 chhek，冇柴

chhâ，冇蟳 chîm，冇身 sin (質地不結實)，冇浡 phu̍h (虛胖)，冇談 tâm (閑扯)，冇古 kó͘ (荒誕的故事)；(隨便，鬆) 做 chò[chòe] 人 lâng 傷 sio^{n}[siu^{n}] 冇，手 chhiú 頭 thâu 冇，用 ēng 錢 chî^{n} 真冇，錢冇，冇手 (手鬆)。

phā^{n} 帊 穿 chhēng 到 kah 真帊。

phah 拍 (用手掌打) 拍球 kîu，拍手 chhiú，拍噗 pho̍k 仔 á (鼓掌)，拍門 mn̂g；球拍 (球拍子)；(拍子) 三拍，嘹 liâu 拍，拍板 pán，佮 kah 拍 (相稱)；(拍攝) 拍電 tiān 影 iá^{n}，拍片 phì^{n}；(發) 拍發 hoat，拍電報 pò；拍賣 bē[bōe]。

打 相 sio[sa^{n}] 打，打人 lâng 喝 hoah 救 kìu 人，打拳 kûn，打拍 phek，打鼓 kó͘，打鑼 lô；打鐵 phih，打石 chio̍h，打字 jī，打銃 chhèng；打起 khí (開始做)，打破 phòa，打斷 tn̄g，打擳 chih，打缺 khih，打皺 jiâu，打歹 phái^{n}，打害 hāi，打散 sòa^{n}，打損 sńg，打落 lo̍h 公 kong，打交 ka 落 la̍uh，打無 bô 去·khi，打不 m̄ 見 kì^{n}，打驚 kia^{n} 人，打鬖 sàm，打醒 chhé[chhí^{n}]，打青 chhe^{n}[chhi^{n}] 驚 kia^{n}，打相透 thàu，打通 thong，打𥅫 phú 光 kng (天發亮)；打算 sǹg，打噠 tat (計劃，安排)，打拚 pià^{n} (努力，拼命)，打卜 poh (撞運氣，冒險)；打呃 eh，打咳 ka 嚏 chhìu[chhìu^{n}]；打翼 sit，打翸 phún，打筅 chhéng；打莓 m̂ (結蕾)，打結 kat，打索 soh，打蓆 chhio̍h，打眠 mn̂g[bîn]

床 chhn̂g；打臘 la̍h，面 bīn 打粉 hún，打面；打鱗 lân，打起來 (去掉)；打雞 ke[koe] 卵 nn̄g，打魚 hî 丸 oân；打模 bô͘，打鹵 ló͘；打稅 sòe[sè]，打餉 hiòng[hiàng]，打秋 chhiu 風 hong；打信 sìn 號 hō，打手勢 sè，打電 tiān 話 oē；打日本話，打拉 lâ 涼 liâng，打嘴 chhùi 鼓 kó͘；打形 hêng (鳥類交尾)，打種 chéng。

Phài 派 黨 tóng 派，宗 chong 派，支 chi 派，分 hun 派，派系 hē，派別 pia̍t，派下 ē；指 chí 派，委 úi 派，特 te̍k 派，差 chhe 派，派遣 khián，派兵 peng，派人去；派工 khang[kang] 課 khòe[khè] 予伊，派伊的份 hūn 額 gia̍h；氣 khì 派，正 chèng/chiàⁿ 派，激 kek 有 ū 錢 chîⁿ 派，激官 koaⁿ 派，激／使 sái 派頭 thâu；派坯 phoe[phe] (預料)＝派辦 pān＝辦坯，無派坯伊會 ē [oē] 來。

沛湃

phaíⁿ 歹 (不好，壞) 歹人 lâng，歹子 kíaⁿ，歹心 sim，歹命mīa，歹孔 khang，歹物 mi̍h，歹天 thiⁿ，歹嘴 chhùi 斗 táu，歹面 bīn 像 chhīoⁿ[chhīuⁿ]，歹勢 sè；與 kap 人歹 (不和)；歹去·khi；歹講 kóng，歹用 ēng[iōng]，歹行 kîaⁿ，歹款 khoán 待 thāi，歹育 io，歹飼 chhī，歹看 khòaⁿ，歹死 sí。

phāiⁿ 背 (用脊背馱) 背行 hêng 李 lí，背冊 chheh 包 pau，背在 tī 背 kha[ka] 脊 chiah，背肩 keng 頭 thâu。

phak 趴 趴落去，趴咧 leh 桌 toh 頂 téng，趴咧睏 khùn，坦 thán 趴，反 péng (坦) 趴，反蓋 ka 臉 lán/lián 趴，躄 phí/phih 趴俯 à^n。

朴 朴素 sò͘，朴實 sit；朴硝 siau。

phák 曝 曝日 jit，曝衫 sa^n，曝塩 iâm，曝粟 chhek，曝乾 ta，曝干 koa^n，曝粑 pa，風 hong 吹 chhoe[chhe] 日曝，吹風曝日。

Phan 攀 賢 gâu 攀價 kè；攀倚 oá (拉過來)，高 ko 攀。

Phàn 盼 盼望 bōng。

襻 紐 líu (仔 á) 襻；鞋 ê[oê] 襻，柴 chhâ 屐 kiáh 襻。

闆 宋 sòng 闆，吃 chiáh 人 lâng 宋闆。

phang 芳 (香) 蘭 lân 花 hoe 真 chin 芳，清 chheng 芳，芳味 bī，芳水 chúi，芳料 liāu；米 bí 芳，麻 môa 芳。

蜂 蜜 bit 蜂，黃 n̂g 蜂，野 iá 蜂，蜂巢 sīu。

豐 (=phong) 豐派 phài (飯菜豐盛) 。

pháng 紡 紡織 chit，紡絲 si，紡紗 se，紡棉 mî，紡車 chhia；(轉動) 紡車輪 lián，紡機 ki 器 khì。

phàng 胖 肥 pûi 胖，面 bīn 胖胖，這 chit 久 kú 較 khah 胖。

phâng 捧 (用雙手托或一手端着) 雙 siang 手 chhíu 捧，捧茶 tê，捧菜 chhài，捧碗 oá^n 公 kong，捧面 bīn 桶 tháng 水 chúi；(負責) 予 hō͘ 伊歸 kui 手捧 (讓他一手包辦)，捧人的飯 pn̄g 碗(當主婦替人家管家事)；(工作，事業) 歸 kui 捧予 hō͘ 伊去發 hoat 落 lóh，歸捧拚 pìa^n；捧場 tîo^n[tîu^n]。

帆 船 chûn 帆，車 chhia 帆 (卷起船帆)，起 khí 帆，駛 sái 盡 chīn 帆，放 pàng 帆，落 lo̍h 帆，帆船，帆布 pò͘ ；(虹) 半 pòa^{n} 帆，破 phòa 帆 (不完整的虹) 。

航 航空。

篷 布 pò͘ 篷 (帳篷) ，搭 tah 篷。

phāng 縫 (空隙) 孔 khang 縫，門 mn̂g 縫，手 chhíu 縫，腳 kha 縫，皴 pit 縫，裂 li̍h 縫，離 lī 縫，穿 làng 縫；穿/閃 siám 雨 hō͘ 縫，趁 thàn 縫 (乘機)，趁縫走 cháu 出 chhut 城 sîa^{n}；(嫌隙，毛病) 尋 chhōe[chhē] 孔尋縫，唶 chhńg 孔唶縫，掠 lia̍h 人 lâng 的話 oē 縫。

Phau 拋 拋物 bu̍t 線 sòa^{n}。

Pháu 跑 跑馬 bé，跑車 chhia，跑步 pō͘ ，賽 sài 跑。

Phàu 泡 泡茶 tê，泡咖 ka 啡 pi，泡糖 thn̂g 霜 sng，泡水chúi，泡酒 chíu；泡菜 chhài，泡泡糖 thn̂g，泡棉 mî。

炮 火 hóe[hé] 炮，大 tōa 炮，高 ko 射 sīa 炮，禮lé 炮，炮彈 tân，炮台 tâi；捽 sut 後 āu 炮；(爆竹) 炮仔 á，放 pàng 炮，鼓 kó͘ 炮，連 liân 炮，炮城 sîa^{n}。

phàu 袍 長 tn̂g 袍，棉 mî 袍，皮 phôe[phê] 袍，旗 kî 袍，袍褂 kòa。

Phāu 抱 抱負 hū，抱歉 khiám。

疱

phauh 博 古 kó͘ 老 lauh 博；(發育良好的樣子) 稻 tīu 仔 á 不 put 止 chí 博，花 hoe 開 khui 了 liáu 真博，囝 gín 仔 á 真博，白 pe̍h 博博(白白胖胖)，肥 pûi 博(肥胖)。

Phåuh 雹 落 lo̍h 雹。

phåuh 疱 熱 jia̍t 疱，起 khí 疱。

phe[phi] 披 披水 chúi 披，披兩 nn̄g 披，考 khó 水披，用 ēng 銀 gîn[gûn] 考水披（揮金如土）。

[phe]→phoe 批刣

[phe]→phoe 坯胚

[phé]→phóe 䯱 嘴䯱。

[phé]→phì 譬 譬相 siàng/sìu^{n}(→phì-sìơ^{n}[sìu^{n}]）。

phè 帕 手 chhíu 帕，花 hoe 帕，尿 jīo 帕；水 chúi 帕（羊水）；(兜着) 用手巾 kin[kun] 帕，用衫 sa^{n} 仔 á 裾 ku 帕土豆，帕起來，帕物 mih，用布 pò͘ 帕手（用布把手吊起來），手帕咧·leh；帕後斗 táu（繞到敵人背後）；刺 chhì 帕（叢生的荊棘）。

[phè]→phòe 配杮

[phè]→phòe 紕 麻 môa 紕。

[phê]→phôe 皮

phē[phōe] 稗 稗仔 á。

[phē]→phōe 被

phe^{n}[phi^{n}] 偏 （占便宜）偏人·lang，予 hō͘ 人 lâng 偏去·khi，讓 nīơ[nīu] 人偏，據 kù 在 chāi 人偏，無 bô 相 sio[sa^{n}] 偏，偏稱 chhìn 頭 thâu，無 bô 偏(頭 thâu)，偏盖 khàm（欺壓）。

摒 (平分) 摒一 chit 些 kóa 來囥 khǹg 此 chia，摒做chò[chòe] 五份 hūn，摒予 hō͘ 伊平 pê^{n}[pî^{n}]，照 chiàu

摒，分 pun 摒，鋪 phơ 摒；(逐步攤還或撈回損失) 摒還 hêng (攤還)，緩 ûn 仔 á 摒，摒倒 tò 轉 tńg，摒本 pún，摒鋪 phơ (攤分)，摒鋪納 lȧp，摒鋪還 hêng。

phêⁿ [phîⁿ] 平 (使平) 平土 thô͘，平地 tē[tōe] (整地)，平(予 hơ) 平 pêⁿ[pîⁿ] (整平，剷平)；(撈回賭博的損失) 打 phah 平，討 thó 平，平倒 tò 轉.tńg。

坪 坪數 sò͘。

彭 (姓)

澎 澎湖 ô͘。

phēⁿ [phīⁿ] 怦 怦怦喘 chhoán。

[phėh]→phoėh 沫 水 chúi 沫。

堛 土 thô͘ 堛。

Phek 拍 打 phah 拍，按 hōaⁿ 拍。

珀 琥 hó͘ 珀。

碧 碧綠 lėk，碧潭 thâm。

魄 氣 khì 魄，體 thé 魄，魄力 lėk，落 lȯk 魄。

辟 辟邪 sîa。

僻 僻境 kéng。

壁

璧 璧還 hoân。

霹 霹靂 lėk。

Pheng 烹 烹油 iû，落 lȯh 去油鼎 tíaⁿ 烹，烹魚 hî，烹調 tiāu

拼 拼音 im，拼法 hoat。

姘 姘夫 hu，姘婦 hū，姘居 ku[ki]。

崩 崩潰 hùi。

繃 繃帶 tòa。

Phèng 聘 聘請 chhía^n，聘任 jīm，聘用 iōng，應 èng 聘；完 oân 聘，定 tēng 聘，聘定 tīa^n，聘親 chhin，聘金 kim，聘禮 lé，聘儀 gî。

拼 拼音 im。

Phêng 秤 天 thian 秤，秤碗 oá^n；秤重 tāng。

評 批 phoe 評，評論 lūn；評判 phòa^n，評分 hun，評價 kè。

萍

膨 膨大 tōa，膨脹 tiòng。

鵬 大 tāi 鵬鳥 chiáu。

phêng 平 四 sù 平（劇種）。

phēng 並 （比較）提 the̍h 來並看 khòa^n 覓 māi，並大 tōa 細 sè [sòe]，並鬥 tàu 緊 kín，貨 hòe[hè] 怕 phà^n 並，比 pí 並（比較；比方；好比），比並看覓，比並來講（比方說），比並親 chhin 像 chhīơ^n[chhīu^n] 做 chò[chòe] 大 tōa 水 chúi。

凭 （靠着，依靠）凭在 tī 遮 jia 風 hong，凭住 tòa 壁 piah 裡·nih，凭倚 óa，倚凭，有 ū 後 āu 壁山 soa^n 可thang 凭。

Phi 披 （攤開）披衫 sa^n，披粟 chhek，披予 hơ 開 khui，披曝 pha̍k，披風 hong 頭 thâu；披仔 á，竹 tek 披，麵 mī 披；（伸開）披身 sian/sin（舒展四肢），雙 siang 手

chhíu 披在 tī 桌 toh 裡·lin；披風，披肩 kian，椅 í 披；披甲 kah；披露 lō͘。

批 批發 hoat；一批貨 hòe[hè]，歸 kui 批（整批）。

砒 砒霜 sng。

[phi]→phe 披 披水披，考 khó 水披。

Phí 庀 (巴) 飯 pn̄g 庀，鍋 ko 巴 pa 庀，鼎 tiáⁿ 庀，臭 chhàu 焦 ta 庀，堅 kian 庀（凝結了巴）；螺 lê 庀，草 chháu 庀（草皮）；(細小) 囝 gín 仔 á 庀，零 lân 星 san 庀仔 á（雞毛蒜皮），錢 chîⁿ 仔庀，一 chit 庀仔，庀庀仔，庀仔漢 hàn。

疕 (痂) 粒 lia̍p 仔 á 疕，臭 chhàu 頭 thâu 疕，落 lak 疕，褪 thǹg 疕，堅 kian 疕。

痞 地 tē 痞。

鄙 卑 pi 鄙，鄙陋 lō͘；鄙吝 līn，鄙厘 lî，小 siáu 鄙臉 lián/gián（非常小氣）；鄙人 jîn，鄙意 ì，鄙見 kiàn；鄙薄 po̍k；(誹謗) 不 put 時 sî 要 boeh[beh] 鄙人·lang，鄙到 kah 無一塊 tè。

Phì 譬 譬喻 jū，譬喻講 kóng，譬喻親 chhin像chhīoⁿ[chhīuⁿ] 父 pē 子 kiáⁿ，譬如 jû，譬論 lūn，譬相 sìoⁿ[sìuⁿ]（誹謗），真賢 gâu 譬相人·lang。

Phî 皮 皮膚 hu，皮蛋 tàn；(厚着臉皮，賴皮) 真皮，皮皮要 boeh[beh]，皮（臉 lián）(面 bīn)。

疲 疲勞 lô，疲倦 koān。

phî 脾 脾氣 khì。

phī　砒　砒霜 sng。

phi^{n}　篇　一篇文 bûn 章 chio͘^{n}[chiu^{n}]。

[phi^{n}]→phe^{n}　偏摒

phì^{n}　片　刀 to 片，玻 po 璃 lê 片，名 mîa 片，軟 nńg 片，相 siòng 片，唱 chhìo[chhìu^{n}] 片，影 iá^{n} 片，切 chhiat 片，肉 bah 片；癖 phiah 片（脾氣），起 khí 片（翻臉要啓衅），片死 sí（挨整而怒不可遏），想 sīo͘^{n}[sīu^{n}] 着 tio̍h 真 chin 片死，若 nā 無 bô 打 phah 一 chi̍t 下 ē 予 hō͘ 伊嗎 mā 片死，片貓 bâ 不 m̄ 片鼠 chhú（挨貓整也不願挨老鼠整）。

[phî^{n}]→phê^{n}　平坪彭澎

phī^{n}　鼻　（鼻子）鼻目 ba̍k 嘴 chhùi，鼻孔 khang，鼻管 kóng，鼻樑 nîo͘[nîu]，鼻刀 to，鼻頭 thâu，鼻腰 io，鼻鞍 oa^{n}，鼻仔 á 啄 tok 啄，窒 cha̍t 鼻，塞 sat 鼻；（鼻涕）鼻痰 thâm 涎 nōa，流 lâu 鼻，擤 chhèng 鼻，嗆 chhngh 鼻，嗅 sngh 鼻，鼻水 chúi，鼻屎sái；鼻鼻（粘糊狀）；（聞，嗅）鼻味 bī，鼻芳 phang，鼻𣍐 bē [bōe] 出，好 hó 鼻獅 sai；針 chiam 鼻，柴 chhâ 屐 kia̍h 鼻。

　　砒　砒霜 sng。

[phī^{n}]→phē^{n}　怦　怦怦喘 chhoán。

phia^{n}　骿　（肋骨部）背 kha[ka] 脊 chiah 骿，骿條 liâu(腸腹)，(骿) 條（肉 bah)(軟肋肉)，骿條／枝 ki 骨 kut (肋骨)，燒骿。

箳 草 chháu 箳，一箳蔗 chìa 箬 ha̍h。

phía^n **𦙶** (薄板) 亞 a 鉛 iân 𦙶，鐵 thih 𦙶 (鐵皮)，草 chháu 𦙶 (草皮)，打 phah 草𦙶，剷 thóa^n 草𦙶，刺 chhiah 草𦙶，歸 kui 𦙶。

phîa^n **平** (=phê^n[phî^n])(贏回，撈回) 打 phah 平，倒 tò 平，平倒轉 tńg，平本 pún。

坪 山 soa^n 坪 (平坦的山坡)，海 hái 坪 (海灘)，土 thô· 坪，沙 soa 坪 (沙灘)，石 chio̍h (頭 thâu) 坪，坪頂 téng (灘上) 。

棚 庀 moa 棚。

phiah **辟** (躲避) 辟在 tī 暗 àm 的所 só· 在 chāi，辟予 hō· 人 lâng 過 kòe[kè]，閃 siám 辟，逃 tô 辟，辟開 khui，辟閃，辟避 pī，辟雨 hō·，辟債 chè (躲債)；(暗語) 打 phah 辟 (用暗語通話)，講 kóng 辟，販 hoàn 仔 á 辟。

僻 偏 phian 僻，掖 iap 僻，僻靜 chēng，僻巷 hāng，僻角 kak；(不常見的) 生 chhe^n[chhi^n] 僻，冷 léng 僻；(性情古怪，跟人合不來) 孤 kơ 僻，怪 koài 僻，乖 koai/koāi 僻。

癖 (性情) 性 sèng 癖，氣 khì 癖，癖片 phì^n，好 hó 癖，歹 phái^n 癖，酒 chíu 癖，俗 sio̍h 癖 (講迷信)，怪 koài 癖，厚 kāu 癖，硬 ngē[ngī] 癖，犟 kīơ^n[kīu^n] 癖，執 chip 癖，拗 áu 癖，逆 ke̍h 癖，袪 khioh 癖，張 tiơ^n[tiu^n] 癖，吃 chia̍h 癖，使 sái 癖，起 khí

癖。

phiah 疹 出 chhut 疹。

甓 甓磚 chng，生 chheⁿ[chhiⁿ] 甓，熟 se̍k 甓，粗 chhơ 甓，幼 iù 甓，光 kng 甓。

鱉 大 tōa 隻 chiah 鱉。

phiak 擗 樹 chhīu 奶 ni[lin,leng] 擗仔 á (彈弓)；(抨擊) 出嘴擗人·lang，擗佮 kah 謔 giak。

phia̍k 擗 (猛力打或甩) 擗嘴䫌 phóe[phé]，擗水 chúi，擗灰 hoe [he]，擗土 thô͘ 。

啪 噼 phih 啪叫 kìo。

Phian 偏 (不正，傾斜) 偏歪 oai，偏斜 chhoa̍h，偏一旁 pêng，偏較 khah 正 chìaⁿ 手 chhíu 旁，講 kóng 偏，想sīơⁿ [sīuⁿ] 偏，偏右 iū，偏左 chó，偏差 chha，偏激 kek，偏見 kiàn，偏食 sit；偏邊 piⁿ (旁邊)，偏路 lō͘，偏角 kak，偏港 káng，偏僻 phiah；偏房 pâng，偏宮 keng；偏叫 kìo，偏名 mîa，偏號 hō；(注重一方) 偏愛 ài，偏重 tiōng，偏向 hiòng[hiàng]，偏倚 oá，偏袒 thán，偏心 sim，偏私 su；(偏偏) 偏要 boeh[beh]，偏偏要，偏偏仔 á 要，偏犟 kiōng[kiāng]。

篇 篇幅 hok/pak。

編 編排 pâi，編號 hō，編制 chè，編班 pan，編隊 tūi；編歌 koa，編曲 khek，編劇 ke̍k；編輯 chhip，編纂 chhoàn。

翩

Phiàn 片 名 mîa 片，片單 toa^n，明 bêng 信 sìn 片；切 chhiat 片，片刻 khek；一 chit 片田 chhân，一大 tōa 片草 chháu 原 goân，歸 kui 片花 hoe 園 hn̂g；紅 hông 片糕 ko；鴉 a 片。

騙 騙人·lang，予 hō͘ 人 lâng 騙到 kah 信 ìn 信信，瞞 môa 騙，欺 khi 騙，拐 koái 騙，哄 háng 騙，騙局 kio̍k，騙財 châi，騙術 su̍t（騙人的伎倆；用欺騙手段取得），受 sīu 騙，被 pī 騙，騙徒 tô͘；騙鬼 kúi，騙猶 siáu；（哄小孩）騙囝 gín 仔 á 去睏 khùn。

phiàn 遍 普 phó͘ 遍。

phiang 乒 乒 phin 乒乓乒。

phiàng 砰 砰一聲 sia^n，門開 khui 到 kah 砰砰叫 kìo。

乓 乒 phin 乒乓乓。

phiāng 唪 唪鼓 kó͘，唪管 kóng；唪着（碰到）；光 kng 唪唪。

胖（好大的）人 lâng 不 put 止 chí 大 tōa 胖，一胖真大胖。

Phiat 砙（瓷盤）砙仔 á，碗 oá^n 砙。

撇（漢字筆劃向左斜下）一劃 oe̍h[uih] 一撇，撇落去，撇過來，撇起去，撇叉 chhe（裂開成叉形）；兩撇嘴鬚 chhiu；斷 tn̄g 一撇＝無 bô 半 pòa^n 撇（沒本事）；（漂亮）穿 chhēng 到 kah 真撇，飄 phiau 撇，撇勢 sè。

瞥

蹩（＝phoat，八字脚）蹩腳 kha，腳蹩開 khui，行 kîa^n 路蹩蹩，蹩蹩幹 oat 幹。

Phia̍t 𢴉 （振）𢴉翼 sit（振翅），𢴉尾 bóe[bé]（搖尾），𢴉身sin 軀 khu，𢴉手 chhíu 巾 kin[kun]，魚𢴉一 chit 下 ē 就走無 bô 去·khi 啦·lah。

Phiau 標 標頭 thâu，商 siong 標，目 bo̍k 標，標準 chún，標致 tì，標幟 chhì。

漂 漂來漂去，漂流 lîu。

飄 飄撇 phiat（漂亮，瀟洒）。

Phiâu 嫖 嫖查 cha 某 bó͘，嫖妓 ki，嫖客 kheh，好 hò͘ⁿ 嫖。

phih 躄 （向前撲倒）跌 poa̍h 一下 ē 躄躄落去，躄在 tī 草 chháu 埔 phơ，躄趴 phak 俯 àⁿ（俯伏，趴着）

phih 噼 噼噼啪 phia̍k 啪，噼噼顫 chhoah。

phin 乒 乒乒乓 phiang/phiàng 乓。

Phín 品 物 bu̍t 品，商 siong 品，產 sán 品，用 iōng 品，出 chhut 品；品級 kip，上 siōng 品，次 chhù 品；品種 chéng，品類 lūi；品質 chit，人 jîn 品，品性 sèng，品格 keh，品德 tek，品行 hēng；品評 phêng，品茶 tê，品味 bī；（吹噓，倚仗）品伊有 ū 學 ha̍k 問 būn，品拌 phóng，品有錢 chîⁿ，品𪜶 in 老 lāu 父 pē 的官 koaⁿ 勢 sè；（議定，言明）咱來品呼 khi 好，品無 bô 哭 khàu 的才 chiah 來，先 seng 明 bêng 品，品明，對 tùi 頭 thâu 品好 hó。

篙 篙仔 á（橫笛）。

phín 乒 乒乓 phóng 球 kîu。

phîn 𡞪 （傾，斜）攲 khi 𡞪（傾斜），坦 thán 𡞪（側身），像

siōng 翕 hip 坦姘，坦姘身 sin。

蹁 (踉蹌，暈倒) 酒 chíu 醉 chùi 在 teh 蹁，坦 thán 蹁，醉酒行 kîaⁿ 坦蹁，蹁過來蹁過去，蹁對 tùi 溝 kau 仔 á 落去，烏 ó 暗 àm 眩 hîn 蹁落去。

phīn 憑 憑良 liông 心 sim 講 kóng，憑什麼理 lí 由 iû 要 boeh[beh] 反 hoán 對 tùi。

蘋 蘋婆 phông。

phìo 票 銀 gîn[gûn] 票，紙 chóa 票，台 tâi 票，支 chi 票，匯 hōe 票；車 chhia 票，戲 hì 票，打 phah 票，買 bé[bóe] 票，拆 thiah 票，票房 pâng；投 tau 票，票決 koat；綁 páng 票。

漂 漂白 pėh，漂布 pò͘，過 kòe[kè] 漂；漂風 hong 漂雨 hō͘ (讓風吹雨打)，漂露 lō͘ (被露水弄濕)；浮 phû 漂，浮漂無 bô 沈 tîm 着 tiȯk，輕 khin 漂 (輕浮)。

僄 輕 khin 僄 (輕薄；重量輕)。

phîo 薸 水 chúi 浮 phû 薸，青 chheⁿ[chhiⁿ] 薸，槴 hô͘ 薸仔 á。

瓢 柴 chhâ 瓢，鐵 thih 瓢，鱟 hāu 瓢，椰 iâ 瓢。

Phit 匹 匹配 phòe，匹夫 hu，匹𤆬 bē[bōe] 過 kòe[kè]；一匹馬 bé，馬匹；一匹布 pò͘，布匹，匹頭 thâu (布)。

疋

phng[phuiⁿ] 鐇 鐇仔 á (手斧)。

phngh 哤 (大聲斥責) 予 hō͘ 頭 thâu 家 ke 哤，哤哤叫 kìo。

Pho 波 水 chúi 波，波浪 lōng/nn̄g，波紋 bûn；音 im 波，聲

siaⁿ 波，電 tiān 波，週 chiu 波，波幅 hok，長 tn̂g 波，短 té 波；風 hong 波，奔 phun 波，波動 tōng，波折 chiat，波及 kip；白 pe̍h 波波。

坡 山 soaⁿ 坡，砂 soa 坡，斜 chhîa 坡，趄 chhu 坡；坡度 tō͘。

頗 偏 phian 頗。

pho 泡 水 chúi 泡，雪 sap 文 bûn 泡（肥皂泡），起 khí 泡。

Phó 頗 （略微）頗頗知 chai，頗頗仔，頗略 lio̍k 仔。

Phò 破 破壞 hoāi，破裂 lia̍t，破產 sán，破除 tû，破戒 kài；（攻克）破伊的法 hoat 術 su̍t，菜 chhài 頭 thâu 破參 sim 仔 á；破逗 tāu（聊天）。

phò 吥 （結構鬆脆）這 chit 支 ki 甘 kam 蔗 chìa 真吥，吥吥，白 pe̍h 吥粿 kóe[ké]。

剖 解 kái 剖，剖驗 giām。

phô 葡 葡萄 tô。

phō 抱 抱囝 gín 仔 á，抱住 tiâu，抱倚 oá，抱溜 lìu 手 chhíu，相 sio[saⁿ] 抱；手抱胸 heng，抱定 tīaⁿ 心 sim 志 chì；抱心 sim（胸口壓抑想吐），血 hoeh[huih] 抱心，抱心氣 khùi，抱心痧 soa（狹心症，腦貧血）。

部 （量詞）一部册 chheh，真大 tōa 部，一部草 chháu 仔 á，草部（草叢），一部竹 tek（一叢竹），一部嘴 chhùi 鬚 chhiu，頭 thâu 毛 mn̂g 大 tōa 部（密麻麻）。

Phơ 鋪 （把東西展開或攤平）鋪地 tē[tōe] 毯 thán，鋪被 phōe [phē]，鋪眠 mn̂g[bîn] 床 chhn̂g，鋪平 pêⁿ[pîⁿ]；鋪棉

mî，鋪石 chiȯh 頭 thâu，鋪磚 chng，鋪枋 pang，鋪配 phȍe[phè] 頭 thâu（菜上面排配搭兒）；(床) 床 chhn̂g 鋪，總 chóng 鋪，打 phah 鋪（鋪床），換 oāⁿ 鋪，同 tâng 鋪睏 khùn（同床）；(修) 鋪設 siat，鋪路 lō͘，鋪橋 kîo；(裝表面) 鋪面 bīn，鋪面蟶 than，鋪面前 chêng 豎 khīa；鋪排 pâi（應酬），鋪排話 oē（門面話）。

phơ 麴（碎屑）麥 bėh 麴（麩子），豆 tāu 麴（豆腐渣），頭 thâu 麴（頭皮脱落的碎屑）；嘴 chhùi 麴（因火氣大等原因嘴裡乾燥不想吃的樣子）。

埔 園 hn̂g 埔。

Phó͘ 普（全面）普天 thiⁿ 下 ē（普天之下），普遍 piàn/phiàn，普通 thong ，普選 soán，普查 cha，普及 kip；普度 tō͘ 度，底 tī 時要 boeh[beh] 普，大 tōa 普，小 sío 普，普施 sì（布施野鬼）。

譜 年 liân 譜，食 sit 譜，族 chȯk 譜；畫 oē[ūi] 譜，棋 kî 譜；樂 gȧk 譜，琴 khîm 譜，曲 khek 譜，歌koa 譜；(大致的標準) 做 chȍ[chȍe] 代 tāi 志 chī 有 ū 一 chit 个 ê 譜，按 àn 一个譜，掠 liȧh 一个譜，掠譜在 teh 行 kîaⁿ，開 khui 譜（開出一个大概的價格），離 lī 譜，無 bô 譜。

圃 苗 biâu 圃，菜 chhài 圃。

剖 解剖。

phó͘ 頗（略微，大略）頗知 chai，頗頗（仔 á）知影 iáⁿ，頗其 kî 略 kiȯk，頗（其）略（仔）知，講 kóng 一个頗其略，工 kang 夫 hu 頗其略（工夫平平）。

Phò͘ **舖** 店 tiàm 舖，老 láu 舖，舖戶 hō͘；一舖路 lō͘（十華里），離 lī 天 thiⁿ 七舖路（相去天淵）；總 chóng 舖（廚師）。

Phô͘ **菩** 菩薩 sat，菩提 thê。

莆 莆田 chhân。

phô͘ **扶** （雙手托着）扶起來，扶高 koân，鬥 tàu 扶，扶腳 kha，扶撐 tháⁿ（舉起；奉承）；（奉承）賢 gâu 扶上 siōng 官 koaⁿ，扶羼 lān 脬 pha（拍馬屁），扶腳挾 sáng 手（懇切款待）。

蒲 蒲團 thoân（跪拜用的墊子），草 chháu 蒲團，棕 chang 蒲團。

Phō͘ **簿** 簿仔 á，筆 pit 記 kì 簿，日記簿，賬 siàu 簿，相 siōng 簿。

廍 （糖坊）糖 thn̂g 廍，蔗 chià 廍。

phòa **破** （碎，不完整）碗 oáⁿ 破，衫 saⁿ 破，嘴 chhùi 破；打 phah 破，損 kòng 破，摔 siak 破，爆 piak 破，罣kùi 破衫，勵 lì 破紙 chóa；破碎 chhùi，破糊 kô͘ 糊，破孔 khang，破裂 lih，破爛 nōa，破鬖 sàm，破綻 tìaⁿ；破病 pēⁿ[pīⁿ]（生病），破相 sìoⁿ[sìuⁿ]，破格 keh，破胆 táⁿ，破家 ke，破財 châi，破錢 chîⁿ，破費hùi，破打 phah（缺陷）；（揭穿，揚露）講 kóng 破，開 khai 破，拆 thiah 破，點 tiám 破，勾 kau 破，出 chhut 破，看 khòaⁿ 破；（劈開，使分裂）破做兩塊 tè

，破做周 chiu，破開 khui，破柴 chhâ，破竹 tek，破腹 pak，破肚 tō͘，破殼 khak；破城 sîa^{n}，破監 ka^{n}；破記 kì 錄 lo̍k，破例 lē；破戒 kài，破土 thó͘，破案 àn，破題 tê[tôe]，破（嘴 chhùi）譖 châm（勸阻）。

潑 撒 chhāi 潑爛 nōa（鬧別扭）。

phoa^{n} 潘（姓）

phòa^{n} 判 批 phoe 判，判斷 toàn；裁 chhâi 判，審 sím 判，公 kong 判，判官 koa^{n}，判案 àn，判決 koat，判罪 chōe，判例 lē。

販（商販之間的買或賣）販物 mih 來賣 bē[bōe]，販仔 á，販貨 hòe[hè]，販予 hō͘ 人·lang（賣給人家），販人 lâng 賣，販賣，販運 ūn。

phōa^{n} 伴 同 tâng 伴，結 kiat 伴，做 chò[chòe] 伴，有 ū 伴，無 bô 伴，伴侶 lū；陪 pôe 伴，相 sio[sa^{n}] 伴，伴人 lâng 客 kheh，伴吃 chia̍h，伴奏 chàu，伴嫁 kè，伴胆 tá^{n}，伴手 chhiú（隨手攜帶的禮物）。

phoah 潑 潑水 chúi，潑湛 tâm，潑雨 hō͘，水潑落 lo̍h 地 tē[tōe] 難 oh 得 tit 收 siu，海 hái 湧 éng 潑入 jip 船 chûn 內 lāi 來 lâi。

phoa̍h 袚（披，懸掛，放上）袚面 bīn 巾 kin[kun]，衫 sa^{n} 袚肩 keng 頭 thâu，袚住 tòa 肩頭，頷 ām 頸 kún 袚，金 kim 袚鏈 liān，袚胛 kah，相 sio[sa^{n}] 袚肩 keng，手 chhiú 相袚，腳 kha 袚腳，腳相袚。

拔（→poa̍h）拔桶 tháng。

Phoân 盤 盤旋 soân；盤問 būn/mn̂g；盤腿 thúi，攑 thia̍p 盤，腳 kha 盤起來在 teh 坐 chē，盤袚 phoa̍h（盤腿；抱女人；款待），腳盤袚起來，與 kap 查 cha 某 bó͘ 盤袚，盤（袚）藝 gē 旦 tòaⁿ，賢 gâu 盤（袚）人客。

Phoat 潑 活 hoa̍t 潑；潑婦 hū，潑賤 chiān，撒 sāi/sái/sat/siat/chhāi 潑（撒賴），撒潑婦，潑猴 kâu。

撥

phoat/phiat 撇 一 chit 撇，兩 nn̄g 撇嘴 chhùi 鬚 chhiu，撇叉 chhe。

蹩 腳 kha 蹩蹩，蹩腳，腳蹩下·che 蹩下。

phoe[phe] 批 批准 chún，批駁 pok，批改 kái；批評 phêng，批判 phòaⁿ；批發 hoat，一 chit 大 tōa 批；（書信）寫 sía 批，寄 kìa 批，通 thong 批，批信 sìn，批札 chat，批紙 chóa，批囊 lông，批殼 khak（信封），暗 àm 批，光 kng 批。

刌 （切薄片，削）刌肉 bah 片 phìⁿ，白 pe̍h 刌肉，刌杉 sam 仔 á 皮 phôe[phê]，刌田 chhân 岸 hōaⁿ；用 ēng 扁 pun 担 taⁿ 給 kā 伊刌（橫打）。

phoe[phe] 坯 （模子）坯模 bô͘，鞋 ê[oê] 坯，粗 chhó͘ 坯，紙 chóa 坯；（材料，半成品）印 ìn 坯（印材），柴 chhâ 屐 kia̍h 坯，籠 lâng 牀 sn̂g 坯，豆干 koaⁿ 坯；猪 ti 坯，人 lâng 坯（未成年人），死 sí 囝 gín 仔 á 坯，愛 ài 哭 khàu 坯；（料想，以為，估摸）坯叫 kìo/kioh 是你（以為是你），坯講 kóng 𣍐 bē[bōe] 來（以為不來）

，坯做 chò[chòe] 是啥 sía^{n} 人（以為是誰），無 bô 坯伊會 ē[oē] 輸 su（想不到他會輸），辦 pān 坯（預料，以為），辦坯伊會來，無辦坯伊會死，派 phài 坯，無派坯伊不 m̄ 來；（冒着，拼着）坯險 hiám，坯死 sí，坯命 mīa（拼命），坯命走 cháu，坯性 sè^{n}[sì^{n}] 命讀。

胚 胚胎 thai，胚盤 pôa^{n}。

phóe[phé] 酏　嘴 chhùi 酏（臉蛋兒），歪 oai 酏，歪一酏，大細酏，攲 khi 酏，尻 kha 川 chhng 酏（屁股蛋兒）；皺 jiâu 酏酏。

Phòe 配 相 sio[sa^{n}] 配，配咿 khi/i 好 hó，配到 kah 抵 tú 抵好，配會 ē[ōe] 過 kòe[kè]，配搭 tah，配合 ha̍p，照 chiàu 配，四 sù 配（匀稱）；婚 hun 配，匹 phit 配，配親 chhin，配偶 ngó͘，配對 tùi，原 goân 配；配種 chéng，交 kau 配；配葯 io̍h，配色 sek；支 chi 配，分 hun 配，配給 kip，配售 sîu；配備 pī，配件 kīa^{n}，配角 kak；配貨 hòe[hè]，配火 hóe[hé] 車 chhīa，配船 chûn。

phòe 佩 欽 khim 佩，佩服 ho̍k。

phòe[phè] 配　（佐食）吃 chia̍h 糜 môe[bê] 配鹹 kiâm 菜 chhài，配飯 pn̄g，配酒 chíu；（佐食的食品）物 mi̍h 配，菜配，落 lo̍h 配頭 thâu；配目 ba̍k 鏡 kìa^{n}。

柿 （碎片）碗 oá^{n} 柿，玻 po 璃 lê 柿，瓦 hīa 柿，柴 chhâ 柿。

phòe[phè] 紕　麻 môa 紕。

phôe [phê] 皮 皮膚 hu，面 bīn 皮，腹 bak/pak 肚 tó͘ 皮，粗 chhơ 皮，幼 iù 皮，好 hó 皮肉 bah；外 gōa 皮，牛gû 皮，芎 kin 蕉 chio 皮，冊 chheh 皮，扁 pián 食 sit 皮；皮包 pau，皮帶 tòa，皮箱 sio͘ⁿ[siuⁿ]；頑 bân 皮；皮皮仔（稍微）。

phōe [phē] 被 棉 mî 被，被單 toaⁿ，頂 téng 被下 ē 褥 jio̍k，鳥 chiáu 毛 mn̂g 被；舒 chhu 被，蓋 kah 被。

phōe [phē] 稗 稗仔 á。

phoe̍h [phe̍h] 沫 （泡沫）起 khí 沫，水 chúi 沫，雪 sap 文 bûn 沫，泔 ám 沫，白 pe̍h 沫涎 nōa。

塯 土 thô͘ 塯（土塊），田 chhân（土）塯。

phoh 粕 （渣滓）甘 kam 蔗 chìa 粕，茶 tê 心 sim 粕，葯 io̍h 粕，肉 bah 油 iû 粕，豆 tāu 豉 sīⁿ 粕，糟 chau 粕。

朴 粗 chhơ 朴（粗壯），朴實 sit，朴素 sò͘，朴直 tit；朴仔 á（樹），朴仔子 chí。

Phok 卜 （鼓起）起 khí 卜，腫 chéng 一 chit 卜，一卜一卜；胸 heng 前 chêng 兩 n̄g 粒 lia̍p 奶 ni[lin，leng] 卜卜；卜出來，卜疱 phā，壁 piah 卜管 kóng。

朴 朴實 sit，朴素 sò͘，朴厚 hō͘，朴直 tit，儉 khiām 朴；朴樹 chhīu；朴硝 siau。

撲 撲滅 bia̍t；撲克 khek 牌 pâi。

博 博學 ha̍k，真呢博，假 ké 博，激 kek 古 kó͘ 老 ló 博；博士 sū，博物 bu̍t，博覽 lám 會 hōe。

簙 賭 tó͘ 簙。

搏 脈 me̍h 搏，搏動 tōng，搏搏跳 thiàu；搏鬥 tò͘。

膊

Pho̍k 瀑 瀑布 pò͘ 。

爆 爆發 hoat，爆炸 chà。

曝 曝露 lō͘ 。

pho̍k 泡 (球狀體的東西) 電 tiān 火 hóe[hé] 泡仔 á (電燈泡)，樹 chhīu 奶 ni[lin,leng] 泡仔 (氣球)，雪 sap 文 bûn 泡仔 (肥皂泡)。

噗 (象聲詞) 噗一聲 sia^{n}；心 sim 肝 koa^{n} 噗一下 ē，噗噗筅 chhéng，噗噗跳 thiàu，噗噗彈tôa^{n}/tōa^{n}；(掌聲) 拍 phah 噗仔 á (拍手)，噗仔聲 (鼓掌聲) 。

phong/phang 豐 豐派 phài (飯菜豐盛)，桌 toh 辦 pān 真豐派。

phóng 拝 (兩手托着) 雙 siang 手 chhíu 拝一拝冊 chheh，拝水 chúi 起來飲 lim，拝屎 sái 抹 boah 面 bīn；(奉承) 給 kā 伊拝到 kah 要 boeh[beh] 上 chīo^{n}[chīu^{n}] 天 thi^{n}，伊愛人拝；(吹噓) 真賢 gâu 拝，品 phín 拝偲 in 兜 tau 好 hó 額 gia̍h。

乒 乒 phín 乓球。

榜 (床) 藤 tîn 榜，鐵 thih 榜。

phòng 凸 (凸起) 凸塌 thap，凸凹 nah，凸凸，凸獅 sai 獅，凸起來，凸疱 phā，凸管 kóng，凸堵 tó͘ ，凸床 chhn̂g，凸椅 í，凸紗 se，凸粉 hún，凸鼠 chhú (松鼠)，梳 se [soe] 凸頭 thâu，吃 chia̍h 凸餅 pía^{n}；(膨脹，發脹) 凸奶 ni[lin,leng]，凸肚 tō͘ ，凸風 hong(發脹；吹牛)

，腹 bak/pak 肚 tó͘ 凸風，凸風話 oē，凸風龜 ku，凸場 chhiâng (愛裝飾門面)，凸大 tōa，凸脹 tiòng，凸面 bīn。

椪 椪柑 kam。

碰 碰着·tioh，碰釘 teng，碰造 chō 化 hòa (碰運氣)。

phông 澎 (掉下水的聲音) 澎一聲·chit-sia^{n}，澎一下就跳落去。

phōng 碰 (=phòng) 相 sio[sa^{n}] 碰着·tioh。

蓬 (=pōng) 蓬鬆 song/sang。

嘭 (象聲詞) 嘭嘭叫 kìo，嘭嘭嚓 chhiȧk，心 sim 肝koa^{n} 嘭嘭筅 chhéng。

膨 膨風 hong 飽 pá 脹 tìo^{n}[tìu^{n}]，膨管 kóng。

蘋 蘋果 kó。

膀 (=pōng) 膀胱 kong。

phú 昲 (模糊) 霧 bū 霧昲昲，目 bȧk 睭 chiu 昲昲看 khòa^{n} 獪 bē[bōe] 明 bêng，昲目；天 thi^{n} (打 phah) 昲光 kng (天亮)，昲仔 á 光，昲昲光，天昲昲还 iáu 未 bōe [bē] 光；(灰色) 昲色 sek，昲綠 lėk。

殕/醭 (霉) 生 se^{n}[si^{n}] 殕，上 chhīo^{n}[chhīu^{n}] 殕，臭 chhàu 殕，殕味 bī。

蜅 土 thô͘ 蜅 (仔 á)。

phû 浮 浮沈 tîm，浮水 chúi，浮起來，半 pòa^{n} 纜 lám 浮，浮筩 thāng (浮子)；扛 kng 浮起來，提 thėh 浮，撐thá^{n} 較 khah 浮一下；嘴 chhùi 齒 khí 浮，腳 kha 浮浮；浮青 chhe^{n}[chhi^{n}] 筋 kin[kun]，頷 ām 頸 kún 筋浮起

來；行 hâng 情 chêng 有 ū 較 khah 浮；浮圓 î^{n} 仔 á，浮油 iû。

芙 芙蓉 iông。

葡 (=phô) 葡萄 tô。

phū 沸 (沸騰溢出) 糜 môe[bê] 沸出來，沸沸滾 kún。

哱 (噴) 哱農 lông 葯 iȯh；用 ēng/iōng 嘴 chhùi 哱予 hō͘ 伊冷 léng，哱予伊燋 tȯh。

phuh 哱 (噴，吹) 哱葯 iȯh 粉 hún，哱菸 hun，哱予 hơ 烌 hoa；(吹牛) 哱龜 ku 仔 á 仙 sian。

phu̇h 浡 (向外流出) 蟳 chîm 浡涎 nōa；(浮腫) 冇 phà^{n} 浡 (虛胖)，胗 hàm 浡 (浮腫)；(味淡) 淡 chía^{n} 浡浡，淡嗶 pih/噼 phih 浡；(堆) 一 chit 浡許 hiah 大 tōa 浡。

phúi 呸 (嘆詞：表示唾棄或斥責)

phùi 啐 (使東西從嘴裡吐出來) 啐涎 nōa (吐唾沫)，啐痰 thâm，啐血 hoeh[huih] (喀血)。

屁 放 pàng 屁，臭 chhàn 屁；屁面 bīn (翻臉，賴帳，不知羞)。

Phun 奔 奔波 pho，奔走 cháu。

phun 潘 (洗 sé[sóe]) 米 bí 潘，酸 sng 潘，潘水 chúi (泔水)，潘泔 ám，潘桶 tháng，潘槽 chô。

Phún 翸 (翻滾；浪費錢) 真賢 gâu 翸，翸走 cháu，打 phah 翸，翸土 thô͘。

Phùn 噴 噴射 sīa 機 ki，噴霧 bū 器 khì，噴水 chúi 池 tî；噴漆 chhat，花着 tiȯh 噴水，噴金 kim 粉 hún；(濺)

水噴起來，噴到 kah 一 chit 四 sì 界 kòe[kè]，水花 hoe 噴着目 ba̍k 睭 chiu，噴雨 hō͘，噴幾 kúi 點 tiám 仔 á 雨 hō͘，噴雨點，噴着雨，噴湆 tâm。

Phûn 盆 面 bīn 盆，浴 e̍k 盆，花 hoe 盆，盆景 kéng；一盆花；臨 lîm 盆；盆地 tē[tōe]。

phûn 坟/墳 完 oân 坟，坟墓 bōng，壽 sīu 坟。

Phut 馞 芳 phang 馞馞。

phut 刜 (用力往下砍) 刜落去，刜樹 chhīu 枝 ki，刜斷 tn̄g。

哹 哹哹跳 thiàu，哹黜 lut 㖃 su̍t。

phu̍t 哹 哹一下就無 bô 看 khòaⁿ 見 kìⁿ 人 lâng 啦·lah。

S

Sa 沙 沙漠 bô͘ /bȯk；沙鍋 ko；沙拉 lá 油；沙 sa[soa] 眯 bui（瞇瞇眼）。

紗 紗窗 thang。

柵 木 bȧk 柵，木柵門 mn̂g，木柵子 chí，石 chiȯh 柵，柵欄 lân。

sa 揸 （抓）揸錢 chî^{n}，揸頭 thâu 毛 mn̂g，揸倚 oá 來·lai，四 sì 界 kòe[kè] 揸，烏 ơ 白 pėh 揸，予 hō͘ 伊揸了 liáu 了，揸無 bô 着 tiȯh，揸無摠 cháng(摸不着頭兒)，揸無寮 liâu 仔 á 門 mn̂g，目 bȧk 眉 bâi 毛 mn̂g 揸無起 khí。

Sá 灑 瀟 siau 灑，灑脫 thoat，灑溜 lìu。

Sà 嗄 嗄嗄叫 kìo，嗄嗄哮 háu；飢 iau 嗄嗄；咨 bā 嗄（正合；親密）。

sā 嗄 嗄嗄叫 kìo。

sa^{n} 三 兩 n̄ng 三个 ê，三兩个，再 chài 三，三腳 kha 砧tiam，三更 ke^{n}[ki^{n}] 半 pòa^{n} 暝 mê[mî]，三長 tn̂g 兩 n̄ng 短 té。

衫 （上衣；衣服）衫仔 á 褲 khò͘（衣服），外 gōa 衫，內 lāi 衫，熱 joȧh 衫，寒 kôa^{n} 衫，長 tn̂g 衫，睏 khùn 衫，穿 chhēng 衫，幔 moa 衫，褪 thǹg 衫，洗 sé[sóe]

衫，撋 nê[nî] 衫，披 phi 衫，收 siu 衫，拘 hiah^n 衫，祓 phoa̍h 衫，罣 kùi 衫，衫仔架 kè，衫仔弓 keng。

[sa^n]→sio **相** 相識 bat，相打 phah，相尋 chhōe[chhē]，相辭 sî。

sá^n/sía^n **啥** 啥人 lâng（誰），啥物 mih[mn̍gh]，啥事 sū，啥代 tāi（什麼事）。

且（=chhía^n）且等 tán 咧·leh，且寄 kìa 你·li，且給kā 我看 khòa^n 咧·leh。

sa̍h **煠**（用白水煮）煠雞 ke[koe] 卵 nn̄g，煠肉 bah，白 pe̍h 煠雞。

唰（象聲詞）唰唰叫 kìo。

sah^n **歃**（用嘴吸取）蟼 chio͘^{n}[chiu^n] 蜍 chû[chî] 歃蚊 báng，歃蝴 hô͘ 蠅 sîn；歃風 hong；歃着·tioh；（表示急切的神態）歃心 sim，歃氣 khùi，歃要 boeh[beh] 買bé[bóe]，歃勢 sè（帶勁兒，饞勁兒）。

sai **西** 西方 hng，西勢 sì，西旁 pêng，西照 chìo 日 jit，西北 pak 雨 hō͘。

司（匠）木 ba̍k 司，土 thô͘ 水 chúi 司，廚 tô͘ 子 chí 司，司阜 hū，司仔 á，半 pòa^n 路 lō͘ 司，出 chhut 司（滿師），頭 thâu 手 chhíu 司；司公 kong。

師 師父 hū，師姑 ko͘，拳 kûn 頭 thâu 師，師傅 hū，師兄 hia^n 弟 tī。

獅 獅仔 á，獅纓 ia^n，石 chio̍h 獅；獅仔鼻 phī^n，好 hó 鼻獅；弄 lāng 獅，獅陣 tīn；獅刀 to 魚。

犀 犀牛 gû，犀角 kak。

私 私奇 khia（私房），積 chek 私奇。

揌（用巴掌打臉）揌嘴 chhùi 䫌 phóe[phé]（摑耳光），揌一下予 hō͘ 你，給 kā 伊揌落去。

撒 撒妮 nai（撒嬌）。

sái 使 差 chhe 使（使喚），使唆 so/sō，使弄 lōng，使錢 chîⁿ，使用 ēng，開 khai 使（開支；花費）；使性 sèng（地 te[tōe]），使癖 phiah，使力 la̍t（使勁），使目ba̍k 尾 bóe[bé]，使目箭 chìⁿ，使鼻 phīⁿ 孔 khang 管kńg，使三角 kak 肩 keng，使暗 àm 步 pō͘；使犁 lê，使田 chhân，使牛 gû，無事 sū 使，無路使，使偲娘 nîa；會 ē[oē] 使（得·tit)(使得，可以)，艙 bē[bōe] 使（得)(使不得，不可)，但 nā 使（只要)，到 kah 使（何必)，么 mih 使（何必)，亦 ia̍h 使（何必)，亦使着 tio̍h 按 án 尔 ne[ni]，使驚 kiaⁿ 無，使法 hoat 我奈 tâ 何 oâ，不 m̄ 使（用不着)，不使掛 kòa/khòa 意 ì。

駛 駛車 chhia，駛船 chûn，駛飛 hui 機 ki。

屎（糞）放 pàng 屎，落 làu 屎，泄 chhoah 屎，屎尿 jīo，屎汁 chiap，屎礐 ha̍k；（渣兒，碎屑）耳 hīⁿ[hī] 屎（耳垢），目 ba̍k 屎（眼淚；眼脂），目屎膏 ko，鼻 phīⁿ 屎，指 chéng[chńg] 甲 kah 屎，炭 thòaⁿ 屎，火 hóe[hé] 屎，鐵 thih 屎，菸 hun 屎，話 oē 屎（多餘的或不恰當的話語），抾 khioh 人的屎尾 bóe[bé]；厚 kāu 屎（尿)(囉囉唆唆)，激 kek 屎（擺臭架子)，怯 khiap

屎（小氣）。

撒 撒潑 phòa 爛 nōa。

Sài 塞 要 iàu 塞，邊 pian 塞，塞外 gōa。

賽 比 pí 賽，球 kîu 賽。

sài 使 大 tāi 使，公 kong 使，特 tėk 使，欽 khim 使，天 thi^{n}/thian 使。

婿 子 kía^{n} 婿，妹 mōe[bē] 婿，孫 sun 婿；尪 ang 婿。

殺 (廢) 殺免 bián，殺無 bô 去·khi（廢去），殺殺無 bô 無去（廢除），殺較 khah 少 chío（削減）。

sâi 饞 飢 iau 饞（貪嘴），真饞。

sāi 似 熟 sėk 似（熟悉），熟似人 lâng。

姒 同 tâng 姒仔 á（妯娌）。

侍 服 hȯk 侍（侍奉，照料），服侍序 sī 大 tōa 人 lâng。

祀 服 hȯk 祀（奉祀），服祀神 sîn 明 bêng。

撒 撒潑 phoat，撒呔 thái（賭氣），撒呔睏 khùn（賭氣而躺下不幹），撒中 tèng 行 hēng（賭氣）。

sai^{n} 撒 撒妮 nai（撒嬌）。

sak 揀 (推) 揀車 chhia，揀後 āu 面 bīn，揀門 mn̂g，揀開 khui，揀倒 tó，挨 e[oe] 挨揀揀，揀來揀去，揀予 hō· 伊，揀倒 tò 轉 tńg，揀倚 oá，揀做 chò[chòe] 堆 tui（圓房）；揀誚 sau（嘲諷苛待）；(掉) 放 pàng 揀，擲 tàn 揀，扔 hì^{n} 揀。

[sak]→siak 捽 捽碗 oá^{n} 捽箸 tī。

Sam 三 三牲 seng，三番 hoan 兩 lióng 次 chhù，三心 sim 兩

意 ì，三三五 ngó͘ 五，三不 put 五 gō͘ 時，三八 pat (十三點)，三層 chân 肉 bah。

參 人 jîn 參，高 ko 麗 lê 參；海 hai 參。

杉 杉仔 á，杉柴 chhâ，杉料 liāu，杉梳 phòe[phè] 花 hoe，福 hok 杉，山 soaⁿ 杉。

sam 舢 舢舨 pán。

山 山魈 siau。

Sám 摻 (撒，散布) 摻胡 hô͘ 椒 chio，摻塩 iâm，摻痱 pùi 仔 á 粉 hún，路 lō͘ 面 bīn 摻一重 têng 沙 soa；(胡亂) 濫 lām 摻，摻講 kóng (亂講)，摻念 liām (嘮叨)，摻做 chò[chòe] (亂做)，摻開 khai (亂花費)，摻想 sīoⁿ [sīuⁿ] (亂想，奢望) 。

Sàm 鬖 (毛髮散亂) 頭 thâu 毛 mn̂g 鬖鬖，鬖毛 mn̂g，鬖頭thâu，打 phah 鬖，鬍 hô͘ 鬖；(零落) 破 phòa 鬖，鬖淡 tām，暗 àm 鬖 (陰暗，冷清的) 。

𠺖 (用巴掌橫掃) 𠺖鬢 pìn 邊 piⁿ，𠺖一 chit 下予 hō͘ 你，𠺖落去；𠺖屎 siâu (大聲斥責，痛罵) 。

三 三思 su 而 jî 後 hō͘ 行 hêng。

sâm 傪/儳 垃 lâ 儳 (骯髒)，打 phah 垃儳，沾 bak 垃儳，穢 oè [è] 垃儳 (弄髒) 。

sām 踸/躚 (彎着腰慢慢走) 行 kîaⁿ 路 lō͘ 躚躚，緩 ûn 仔 á 躚，躚腰 (彎腰) 。

San 山 山珍 tin 海 hái 味 bī，山水 súi，山歌 ko，江 kang 山，山 (=sian) 查 cha，穿 chhoan 山甲 kah；猴 kâu

山仔 á。

刪 刪去·khi，刪掉 tiāu，刪除 tû，刪改 kái，刪削 siah，刪略 lio̍k。

姍

珊 珊 (=sian) 瑚 hô͘ /ô͘ 。

芟 芟除 tû，芟割 koah (割草；修剪樹枝) 。

san 星 零 lân 星。

喪 哭 khok 喪杖 tiōng。

[san]→sian 銹

Sán 產 生 seng 產，小 siáu 產，產婦 hū，產期 kî；出 chhut 產，特 le̍k 產，名 bêng 產，海 hái 產，土 thó͘ 產，產物 bu̍t，產品 phín，產量 liōng；財 châi 產，資chu 產，產業 gia̍p，產權 koân。

散 健 kiān 胃 ūi 散。

sán 瘦 肥 pûi 瘦，瘦卑 pi 羓 pa，瘦枆 khok 枆，瘦柝 kho̍k 柝，瘦到 kàu/kah 一 chit 重 têng 皮繃 peⁿ[piⁿ] 一重骨，瘦到剩 chhun 一支 ki 骨，消 siau 瘦，瘦抽 thiu (細挑)，瘦人 lâng，瘦猴 kâu；瘦肉 bah；瘦田 chhân，瘦地 tē[toe]；瘦工 khang 課 khòe[khè] (沒油水可掙的活兒)；瘦飲 lim (薄酌) 。

sàn 散 解 kái 散，四 sì 散；閑 hân 散，散步 pō͘，散慢 bān；疏 sơ 散，散播 pò͘ ；散心 sim，散財 châi；(貧窮) 偲厝真散，散到 kah 無 bô 可 thang 吃 chia̍h，散凶 hiong，散赤 chhiah，散鬼 kúi，散底 té[tóe] (貧户出

身)；(有發散作用的) 散葯 io̍h，西 se 葯較 khah 散。

傘 落 lo̍k 下 hā 傘，傘兵 peng。

疝 疝痛 thìa^n。

sang 鬆 真鬆，鬆鬆，乾 ta 鬆，輕 khin 鬆；放 pàng 鬆，放寃 làng 鬆。

双 (→siang)

sáng 倯 (驕傲，逞威風) 真倯，倯勢 sè，倯伊有錢有勢。

搡 (推送；抬起) 搡柴 chhâ 入 jip 灶 chàu 孔，給 ka 搡出去，搡揀 sak 出去；搡高 koân，扶 phô͘ 腳 kha 搡手 chhíu，扶搡 (極其奉承) 。

sàng 送 送報 pò 紙 chóa，送貨 hòe[hè]；贈 chēng 送，相 sio [sa^n] 送，送年 nî 送節 cheh[choeh]，送定 tīa^n；送人 lâng 客 kheh，送別 pia̍t，送嫁 kè，送葬 chòng。

[sâng]→kâng 同

[sāng]→kāng 同

Sap 颯 蕭 siau 颯 (寒酸氣)，衰 soe 颯 (因失意而消沈；不吉祥)；颯颯叫 kìo。

sap 屑 (碎屑；細小) 屑仔 á，肉 bah 屑仔，茶 tê 屑，餅pía^n 屑，雨 hō͘ 屑仔，屑屑仔雨 (細雨)，碎 chhùi 屑屑，幼 iù 屑屑；沙 soa 屑 (麻煩)，沙沙屑屑，屑黍 sé[sóe] (塵芥；麻煩；饞)，滿廳攏是屑黍，屑黍的代志了了，屑黍人的菸 hun (貪饞要人家的香煙)；垃 lah/lap 屑(髒)。

雪 雪文 bûn (肥皂) 。

Sa̍p 卅

sȧp 唼 (胡亂或慌忙地吃) 大 tōa 嘴 chhùi 唼，吃 chiȧh 到 kah 唼唼叫，予 hō͘ 伊唼去。

霅 糊 hô͘ 霅霅 (雜亂無章)，鬍 hô͘ 霅霅，幼 iù 霅霅。

Sat 殺 殺生 seng，殺人 jîn，殺害 hāi；白 pėh 死 sí 殺；(凶，狠) 心 sim 真殺，手 chhíu 頭 thâu 殺，殺手 chhíu (毒辣；能幹)，殺胆 tá^{n} (大胆)，殺殺 (下決心)，殺殺給 ka 買 bé[bóe] 起來，殺心 sim (狠心)，殺心過 kòe[kè] 南洋討 thó 趁 thàn。

薩 菩 phô͘ 薩。

撒 撒潑 phoat；彌 mî 撒，撒旦 tàn。

sat 虱 木 bȧt/bȧk 虱，狗 káu 虱，虱母 bó[bú]，虱篦 pìn；話 oē 虱 (話柄)，掠 liȧh 話虱；土 thô͘ 虱，虱目 bȧt/bȧk。

塞 門 mn̂g 給 kā 伊塞起來，塞密 bȧt，鼻 phī^{n} 孔 khang 塞塞，塞鼻。

雪 (=sap) 雪文 bûn (肥皂)。

Sau 捎 捎倚 oá (把邊兒跟邊兒合在一起)，挽 tau 捎 (恰好，符合)。

梢 尾 bóe[bé] 梢 (殘年，晚年，晚景)。

sau 焇 (乾枯而皺裂) 焇熔，熔去 khi，枯 koa 熔 (蔬菜等老而乾巴)，焇風 hong (乾裂)，熔繃 pe^{n}[pi^{n}] (唇、手等乾而皺裂)，柴 chhâ 焇，骨 kut 頭 thâu 熔，人 lâng 熔 (比喻人老弱枯槁)，熔心 sim (心情煩躁)；(器物細微裂縫) 含 hâm 熔 (裂璺)，桶 tháng 含熔，碗 oá^{n} 含焇，手 chhíu 骨含焇，含焇痕 hûn，含焇聲 sia^n，罅hā 焇（裂縫），桶罅焇獪 bē[bōe] 貯 té[tóe] 得 tit 水 chúi；(聲音沙啞) 焇聲。

消 走 cháu 消（走樣，弄亂；更改），打 phah 走消，獪 bē [bōe] 走消得·tit（不得更改）。

皶 (表皮上的碎屑) 腳 kha 皶（腳底表皮的碎屑，比喻無能不中用的低劣東西），褪 thǹg 皶。

蛸 (淡水中細蟲) 水 chúi 蛸，金 kim 魚 hî 蛸，觚 hô͘ 蛸。

艄 艄公 kong，艄婆 pô。

誚 (諷刺，辱罵) 誚人·lang，誚人的體 thé 面 biān，給 kā 伊誚，誚伊的皮 phî，摔 siak/sak 誚（嘲諷）。

Sàu 哨 哨兵 peng；哨角 kak。

sàu 嗽 起 khí 嗽，咳 ka 嗽，啌 khām 嗽（清嗓，乾咳），呿 khùh 呿嗽，痚 he 呴 ku 嗽；聲 sia^n 嗽（口氣），歹 $phái^n$ 聲嗽。

掃 掃塊 tè（掃地），拚 $pìa^n$ 掃，清 chheng 掃，打 $tá^n$ 掃，筅 chhéng 掃；掃墓 bōng；掃帚 chhíu，芒 bâng 掃，竹 tek 掃，掃梳 se[soe]；掃除 tû，掃射 sīa，掃雷 lûi 艇 théng。

Se 西 西方 hong，西部 pō͘，西半 $pòa^n$ 球 kîu；西天 thian，上 $chīo͘^n$[$chīu^n$] 西天；西洋 $iô͘^n$[$iû^n$]，西裝 chong，西餐 chhan，西點 tiám，西醫 i，西藥 io̍h，西式 sek/sit；阿 a 西（傻瓜），馬 má 西（傻里傻氣；頭昏眼花）。

se 沙 豆 tāu 沙。

砂 朱 chu 砂，硼 pêng 砂，辰 sîn 砂。

紗 棉 mî 紗，紅 âng 紗，凸 phòng 紗，紗線 sòaⁿ，紗布 pò͘，紡 pháng 紗，車 chhia 紗；網 bāng 紗(油 iû)。

裟 袈 ka 裟。

魦 鰨 thoah 魦。

se [soe] 梳 梳頭 thâu，梳妝 chng；柴 chhâ 梳，角 kak 梳；掃 sàu 梳，竹 tek 梳。

疏 (關係遠；距離遠) 親 chhin 疏，種 chèng 樹不 m̄ 可 thang 傷疏亦不可傷密 ba̍t，疏疏，較 khah 疏，疏疎 lang，疏穿 làng，疏鬖 sàm (稀疏)，疏薄 po̍h (疏落)。

蔬 菜 chhài 蔬；草 chháu 蔬 (水藻)，水 chúi 蔬，魚 hî 蔬 (金魚藻) 。

sé [sóe] 洗 洗手 chhíu，洗面 bīn，洗身 sin 軀 khu，洗浴 e̍k，洗蕩 tn̄g，洗衫 saⁿ，乾 ta 洗，醬 chiơⁿ[chiuⁿ] 洗；洗佛 hu̍t，洗禮 lé；洗石 chio̍h 仔 á (磨石子)，洗像 siōng；洗牌 pâi 仔；洗劫 kiap；洗塵 tîn，洗冤 oan；刮 khe[khoe] 洗 (嘲諷；强求) 。

黍 黍仔 á；屑 sap 黍 (塵芥；麻煩；饞) 。

sè 世 世界 kài，世局 kio̍k；世間 kan，世上 siōng/chīơⁿ [chīuⁿ]，世俗 sio̍k，世情 chêng，世景 kéng，世面 bīn，世事 sū (世上的事；祭祀活動；民間交際往來的活動)，不 put 諳 am 世事，人 jîn 情世事，世事隸 tōe [tè] 到 kah 到 kàu、無 bô 鼎 tíaⁿ 與 kap 無灶 chàu

，世務 bū，世故 kò͘；降 kàng 世，救 kìu 世，處chhú 世，在 chāi 世，去 khì 世，再 chài 世，來 lâi 世，今 kim 世；世代 tāi，世系 hē，世家 ka，世族 chȯk，世襲 sip，世傳 thoân，世交 kau，世兄 heng。

勢 勢力 lėk，勢頭 thâu，有 ū 勢，勢呱 kōa 呱，無 bô 勢，得 tek 勢，失 sit 勢，靠 khò 勢；山 soaⁿ 勢，地 tē[tōe] 勢，水 chúi 勢，形 hêng 勢，趨 chhu 勢，大 tāi 勢，情 chêng 勢，局 kiȯk 勢，時 sî 勢，病 pēⁿ[pīⁿ] 勢，勢面 bīn，順 sūn 風 hong 勢，順勢，趁 thàn 勢，乘 sēng 勢，不 m̄ 是 sī 勢（不對頭）；手 chhíu 勢，姿 chu 勢，身 sin 勢，辨 pān 勢（樣子），不 m̄ 着 tiȯh 勢；好 hó 勢（得勁，辦好），歹 pháiⁿ 勢（不得勁，不方便，不好意思，難爲情），續 sòa 勢（起勁），拚 pìaⁿ 勢（沖勁兒），節 chat 勢（量力）。

細 詳 siông 細，仔 chú 細，細則 chek，細胞 pau，細菌 khún；雜 chȧp 細（婦女日用的零星貨物）。

Sè/Sì 誓 宣 soan 誓，立 lip 誓。

sè 㴘 （猛力掃、扔、摔、打）出 chhut 力 lȧt 給 ka 㴘落去，㴘石 chiȯh 頭 thâu；（發狠地投下，撒）㴘大注 tù，㴘沙 soa；（去掉水分）米 bí 粉 hún 洗好才 chiah 㧌 hô͘ 起來㴘水 chúi。

sè[sòe] 細 （小）大 tōa 細，細漢 hàn 囝 gín 仔 á，細粒 liȧp 子 chí，細隻 chiah 猪 ti，細个 ê，細聲 siaⁿ（小聲）；序 sī 細（晚輩），無 bô 大無細，細子 kíaⁿ

(幼兒；老兒子)，細舅 kū，細妗 kīm，細叔 chek；細姨 î (妾)；細膩 jī (小心，謹慎；客氣)。

[sè]→sòe 稅撒

sê 脽 (脽肉) 生se^n[si^n] 脽 (長脽肉)，肥 pûi 到 kah 有 ū 脽，落làu 脽；(圍嘴兒) 頷 ām 脽，涎 nōa 脽；老 lāu 狗 káu 脽 (嬰兒似地撒嬌)。

儕 老 lāu 儕 (老年，晚年)，飼 chhī 後 hāu 生 se^n[si^n] 養 ió͘^{n}[iú^n] 老儕。

[sê]→sôe 垂

sē 逝 仙 sian 逝，永 éng 逝，逝世 sè。

[sē]→sōe 涶

se^n[si^n] 生 生囝 gín 仔 á，生子 kía^n，催 chhui 生，生時 sî 日 jit 月 goe̍h[ge̍h]，生日，生相 sìo͘^{n}[sìu^n]，生成 sêng/chîa^n (生得)，生做 chò[chòe] (長得)，生張 tio͘^{n}[tiu^n] (身材)，好 hó 生張 (長得好)，生腸 tn̂g；後 hāu 生，先 sin[sian] 生；生卵 nn̄g，生菰 ko͘，生湠 thòa^n (繁殖)；生枝 ki，生根 kin[kun]，生銹sian，生翼 sit，生話 oē，生皂 chō (捏造)，生皂話 oē；(生存) 生死 sí，生路 lō͘，放 pàng 生，逃 tô 生，tō͘ 度生 (維持生命)，生前 chêng，在 chāi 生；生分 hūn (陌生)；牲 cheng 生，畜 thek 生；光 kng 生 (平滑)，按 án 尔 né[ní] 生，鐵 thih 骨 kut 仔生(身體結實而瘦小)，橫 hoâi^n 肉 bah 生 (滿臉橫肉)。

鉎 (鑄鐵) 鉎仔 á，鉎鐵 thih，鉎鍋 oe[e]，鉎鼎 tía^n。

[sé^{n}]→Séng 省

sè^{n} [sì^{n}] 性 性命 mīa。

姓 名 mîa 姓，字 jī 姓，貴 kùi 姓；百 peh 姓。

seh 雪 落 lo̍h 雪，霜 sng 雪，雪片 phì^{n}，雪花 hoe，雪景 kéng，雪球 kîu。

屑 (剩下的) 抾 khioh 稻 tīu 屑 (拾落穗)，抾魚 hî 屑，幼 iù 屑屑。

刷 漆 chhat 刷。

seh [soeh] 塞 (擠進，塞入) 壁 piah 縫 phang 用草絪 in 給 ka 塞咧，塞縫，塞嘴 chhùi 齒 khí，塞對門縫入去，塞柴 chhâ 俑 chi^{n} (楔子)；(賄賂) 塞錢 chî^{n}，塞孔 khang。

[seh]→soeh 說

se̍h 旋 (旋轉) 轉 tńg 旋，旋螺 lê (打旋兒)，旋頭 thâu (掉頭)；(繞圈) 旋鈴 lin 瓏 long，旋一旋，旋一擺 lìn，旋大 tōa (箍 khơ) 圍 uî，正 chìa^{n} 旋倒 tò 旋，圓 î^{n} 圓旋，旋擺 lìn 轉 tńg，旋路 lō͘ (繞道)，旋街 ke [koe]。

Sek 識 知 tì 識，見 kiàn 識，意 ì 識，常 siông 識，學 ha̍k 識；認 jīm 識，無 bô 相 siong 識，好 hó 眼 gán 識，好目 ba̍k 識；(聰慧，老到) 真識，識骨 kut，識鬼 kúi，識精 chi^{n}，識識人 lâng 買 bé[bóe] 漏 lāu 酒 chíu 甕 àng。

色 色水 chúi，色緻 tī/tì，色彩 chhái；面 bīn 色，起

khí 色，變 piàn 色，失 sit 色，反 hoán 色；貨 hòe [hè] 色，腳 kioh 色（角色）；景 kéng 色，夜 iā 色；足 chiok 色（純淨）；女 lú[lí] 色，姿 chu 色，絶 choȧt 色；色情 chêng，色欲 io̍k，好 hò͘ⁿ色；（成熟）果 kóe[ké] 子 chí 色啦·lah，还 iáu 未 bōe[bē] 到 kàu 色（還沒熟透）。

適 適合 ha̍p，適當 tòng；心 sim 適（有趣），無 bô 心適，真 chin 心適，簿 poȧh 心適，心適興 hèng（興趣），犯 hoān 着心適興，無心適興。

析 分 hun 析。

索 勒 le̍k/lek 索，索取 chhú[chhí]；索引 ín。

飾 裝 chng/chong 飾，修 siu 飾，粉 hún 飾，首 síu/chhíu 飾。

嗇 吝 līn 嗇。

釋 解 kái 釋，注 chù 釋，釋義 gī，釋疑 gî；保 pó 釋，開 khai 釋，釋放 hòng；釋迦 kia/khia，釋教 kàu。

錫 錫杖 thn̄g。

昔 昔日 jit。

惜 惜字 jī 亭 têng。

措

瑟 琴 khîm 瑟。

悉

蟋 (=sih) 蟋蟀 sut。

塞 抵 tí 塞（充做）。

Sek /sit 式 樣 iō͘ⁿ[iūⁿ] 式，新 sin 式，舊 kū 式，款khoán 式，方 hong 式，形 hêng 式，正 chìaⁿ/chèng 式，公 kong 式，合 ha̍p 式；方程 thêng 式。

室 教 kàu 室，暗 àm 室；在 chāi 室 sek[chit] 女lú[lí]。

息 休 hiu 息，作 chok 息，安 an 息；氣 khì 息；信 sìn 息，消 siau 息；利 lī 息，生 seng/seⁿ[siⁿ] 息。

媳 媳婦。

sek 漱 [sak，siak] 漱口 kháu。

稷 稷仔 á。

粟 罌 eng 粟花 hoe。

設 (=siat) 設呔 thái（非常）。

Se̍k 夕 七 chhit 夕，除 tû 夕。

石

席 出 chhut 席，臨 lîm 席，退 thè[thòe] 席，缺 khoat 席，欠 khiàm 席，散 sòaⁿ 席，主 chú 席；酒 chíu 席，宴 iàn 席，漢 hàn 席，上 chīoⁿ[chīuⁿ] 席；一席酒桌 toh。

碩 碩士 sū。

se̍k 熟 成 seng 熟；煮 chú 熟，还 iáu 未 bōe[bē] 熟，半生 chheⁿ[chhiⁿ] 熟；熟鹽 iâm，熟漆 chhat，熟絲 si，熟皮 phôe[phê]，熟鐵 thih；這 chit 條 tiâu 路 lō͘ 我真熟，對 tùi 生 seng 理 lí 真熟，手 chhíu 不 put 止 chí 熟，熟手，熟路（通曉），熟練 liān；我與 kap 伊直熟，有 ū 相 siong 熟，面 bīn 熟，熟似 sāi，熟

似人 lâng，人頭 thâu 熟（熟人多）。

Seng 升 升降 kàng，升上 chīoⁿ[chīuⁿ] 去·khi，升起去·khi-li，升高 koân，高 ko 升，升官 koaⁿ，升級 kip，升學 ha̍k，升旗 kî，直 ti̍t 升機 ki，升天 thian。

昇 昇汞 hông。

生 生產 sán（生孩子），接 chiap 生，出 chhut 生；生活 oa̍h，生存 chûn；一 it 生；發 hoat 生，產 sán 生；學 ha̍k 生，書 su 生，老 lāu 生，小 sío 生，醫 i 生；生理 lí（生意，買賣），做 chò[chòe] 生理，生理人 lâng。

牲 犧 hi 牲，牲醴 lé，三 sam 牲，五 ngó͘ 牲。

笙

甥 外 gōe 甥，外甥女 lú[lí]。

星 衛 oē 星，流 lîu 星，彗 hūi 星，恆 hêng 星；明 bêng 星，壽 sīu 星；星期 kî。

猩 猩猩；猩紅 hông 熱 jia̍t。

聲 聲明 bêng，聲請 chhéng，聲討 thó，聲援 oān；聲望 bōng。

seng 先 你先吃 chia̍h、我臨 liâm 邊 piⁿ 來，先歇 hioh 一下才 chiah 來，頭 thâu 先（首先；剛才），頭先我都 to 不 m̄ 知 chai，頭先伊有 ū 來，起 khí 先（當初），起先我不 m̄ 知 chai，當 tng 起先，頭 thâu 起先，在 tāi 起先，在 tāi 先，伊在先來。

身 (=sin) 身軀 khu。

Séng 醒 警 kéng 醒，醒覺 kak，醒悟 ngō͘ 。

Séng[sé^n] 省 省錢 chî^n，省賬 siàu，省本 pún，節 chiat 省，斂 liám 省，用 ēng 物 mih 真省；省工 kang，省力 la̍t，省事 sū，省略 lio̍k，簡 kán 省；反 hoán 省，省察 chhat；省親 chhin；省份 hūn。

Sèng 性 性質 chit，性格 keh，性情 chêng，性地 tē[tōe]（脾氣），性癖 phiah，火 hóe[hé] 性，躁 sò 性，逞 théng 性，霸 pà 性，緊 kín（心 sim）性，急 kip 性，懦nō͘ 性，懶 nōa 性，耐 nāi 性，本 pún 性，原 goân 性，個 kò 性，稟 péng/pín 性，天 thian 性，品 phín 性，理 lí 性，起 khí 性（地），發 hoat 性，使 sái 性，無 bô 定 tēng 性；水 chúi 性，藥 io̍h 性；性別 pia̍t，男 lâm 性，女 lú[lí] 性；性欲 io̍k，性行 hêng 為 ûi，性病 pē^n[pī^n]。

姓 貴 kùi 姓。

勝 勝敗 pāi，勝利 lī，勝訴 sò͘ ；勝過 kòe[kè] 伊幾 kúi 十倍 pōe；勝任 jīm。

聖 神 sîn 聖，聖地 tē[tōe]，聖經 keng，聖誕 tàn；顯 hián 聖；聖人 jîn，聖賢 hiân；聖上 siōng，聖旨 chí。

Sêng 成 完 oân 成，成功 kong，學 o̍h 無 bô 成；變 piàn 成英 eng 雄 hiông；成熟 se̍k；長 tióng 成，成年 liân；成全 choân；收 sîu 成；成見 kiàn；（相似，像）這張 tió͘^{n}[tiu^n] 圖 tô͘ 畫 oē[ūi] 去真成，蓋 kài 成（很像），無 bô 到 kah 若 jōa 成，有小 sío 可 khóa 成，

畫𣍐 bē[bōe] 成。

城 城隍 hông 廟 bīo。

誠 虔 khiân 誠，誠實 sit，誠心 sim 誠意 ì；投 tâu 誠，歸 kui 誠。

承 繼 kè 承，承辦 pān，承認 jīn，承諾 lo̍k。

乘 乘客 kheh，乘務 bū 員 oân；加 ka 減 kiám 乘除 tû，乘法 hoat，乘號 hō；大 tāi 乘，小 síó 乘。

丞 丞相 siòng/siòⁿ[sìuⁿ]。

Sēng 盛 火 hóe[hé] 氣 khì 盛，肝 kan 火真盛，旺 ōng 盛，豐 hong 盛，昌 chhiong 盛，茂 bō͘ 盛，強 kiông 盛，盛大 tāi，盛況 hóng，盛會 hōe，盛情 chêng，盛意 ì，盛讚 chàn。

乘 (趁) 乘勢 sè，乘便 piān，乘機 ki，乘續 sòa (順便)；(寵壞) 乘囝 gín 仔 á，乘了 liáu 那 ná 有 ū 款 khoán，受 sīu 乘 (嬌生慣養)，逞 théng 乘 (嬌縱)。

剩 剩餘 û[î]；量 liōng 剩 (=siōng)(寬綽，富餘)。

Si 詩 一首 síu 詩，吟 gîm 詩，做 chò[chòe] 詩，題tê[tôe] 詩，詩篇 phian，詩句 kù，詩韵 ūn，籤 chhiam 詩，詩猜 chhai，詩壇 tôaⁿ。

施 實 sit 施，措 chhò͘ 施，施行 hêng，施工 kang，施政 chèng；施捨 sía，施齋 chai，施濟 chè，施診 chín，施藥 io̍h，好 hò͘ⁿ 施；(在物體上加某種東西)施火 hóe [hé] 灰 hu，施在 tī 土 thô͘ 腳 kha，施肥 pûi。

絲 娘 nîo[nîu] 仔 á 絲 (蠶絲)，吐 thò͘ 絲，經 keⁿ[kiⁿ]

絲，抽 thiu 絲，央 iang 絲，紡 pháng 絲，絲線 sòaⁿ，生 chheⁿ[chhiⁿ] 絲，絲綿 mî，絲綢 tîu，絲絨jiông；牽 khan 蜘 ti 蛛 tu 絲，頭 thâu 毛 mn̂g 絲，銅 tâng 絲；絲絲（很細很細）；氣 khùi 絲；姜kioⁿ[kiuⁿ] 絲，肉 bah 絲；（掐去筋）絲菜 hio̍h，絲荷 hô 蘭 lin 豆；螺 lō͘ 絲；絲毫 hô，一 chit 絲（絲）仔，一厘 lî 絲仔，無厘絲。

戸 （把尿）給 kā 囝 gín 仔戸尿 jīo，緊 kín 戸。

屍 身 sin 屍，死 sí 屍，驗 giām 屍，檢 kiám 屍，水 chúi 流 lâu 屍，路 lō͘ 旁 pông 屍，蔭 ìm 屍，僵 kiong/khiong 屍。

蓍 蓍草 chháu。

si 西 西瓜 koe，下 ha 作 choh 東 tong 西。

司 公 kong 司，頂 téng 司，上 siōng/chīoⁿ[chīuⁿ] 司，下 ē 司，打 phah 官 koaⁿ 司。

私 家 ke 私（家什），房 pâng 內 lāi 家私，購 hak 家私，拴 chhoân 家私，家私頭 thâu 仔 á。

思 相 sioⁿ[siuⁿ] 思樹 chhīu，病 pēⁿ[pīⁿ] 相思。

呟 呼 kho͘ 呟仔 á（吹口哨）。

鷥 白 pe̍h 鴒 lēng 鷥，鷺 lō͘ 鷥，鷺鷥瓶 pân，鷺鷥腳 kha。

[Si]→Su 書須需抒舒鬚

Sí 始 開 khai 始，原 goân 始，始祖 chó͘。

矢弛

sí 死 死去·khi，死翹 khiàu 翹，死活 oa̍h，生 se^n[si^n] 死，死人 lâng，死屍 si，死體 thé，死亡 bông，死絶 che̍h，死別 pia̍t，死訊 sìn，死因 in，死期 kî，死症 chèng；打 phah 死，害 hāi 死，刣 thâi 死，毒 to̍k/thāu 死；死戰 chiàn，死鬥 tò͘，死守 síu；氣 khì 死，笑 chhìo 死，吵 chhá 死，熱 joa̍h 死，暢 thiòng 死，見 kiàn 笑 siàu 死；鹹 kiâm 死死，驚 kia^n 死人，垃 lâ 死儳 sâm (髒死)，孤 ko͘ 死霜 sng，白死殺 sat；真死，慘 chhám 死 (糟透)；歹 pháiⁿ 死，好 hó 死；死孬 bái，死色 sek，死神 sîn，死痠 sng (沮喪)，死懶 nōa 懶；死泉 chôa^n，死水 chúi，執 chip 死板 pán，執死訣 koat，結 kat 死價，打 phah 死結 kat，釘 tèng 死，縛 pa̍k 死，死心 sim，死嘴 chhùi；讀 tha̍k 死冊 chheh，吃 chia̍h 死錢 chî^n，吃死飯 pn̄g；見 kì^n 錢死，死賴 lōa。

sì 施 布 pò͘ 施，普 phó͘ 施，捨 sía 施 (不情願的給與)，施主 chú。

試 (姓) 。

sì 四 三四个 ê，四角 kak，四面 bīn，四方 hng；四正 chìa^n，四方 pang (端正)，四邊 pi^n，四圍 ûi，四界 kòe[kè] (到處)，四箍 kho͘ 攎 lìn 轉 tńg，四散 sòa^n，四壯 chàng 生 se^n[si^n] (適中身材)，四伨 thīn (匀稱)，四淋 lâm 垂 sûi (眼淚滾滾流下)；四秀 sìu (仔 á) (零食) 。

世 世上 chīo͘^{n}[chīu^{n}]，出 chhut 世，過 kòe[kè] 世；一 chit 世人 lâng，歸 kui 世人，終 chiong 世人，透 thàu 世人（一輩子），半 pòa^{n} 世人，這 chit 世，今 kim 世，現 hiān 世（今生；丟臉），後 āu（出）世（來世），前 chêng 世。

勢 (方位) 北 pak 勢，南 lâm 勢，頂 téng 勢（上方），下 ē 勢，那 hit 勢，這 chit 勢；(樣兒) 家 ke 勢（家風，家境），手 chhíu 勢（手氣；手法），較 khah 起 khí 勢，慣 koàn 勢，怯 khiap 勢（醜）。

[Sì]→Sù 庶恕絮

[Sì]→Sè 誓

Sî 匙 湯 thng 匙，茶 tê 匙，藥 io̍h 匙；飯 pn̄g 匙，煎 chian 匙；鎖 só 匙，櫃 kūi 匙。

時 時間 kan，時刻 khek，時日 jit，時期 kî，時代 tāi，時陣 chūn，時候 hāu，時鐘 cheng，時錶 pío，節 chat 時；按 àn 時，準 chún 時，照 chiàu 時；往 éng 時，早 chá 時（早年，昔日），當 tong/tng 時，暗 àm 時，暝 mê[mî] 時，日時，一 chit 對 tùi 時，常 siông 時，素 sò͘ 時；時到 kàu 時當 tng，罕 hán 得 tit 幾 kúi 時，三 sam 不 put 五 gō͘ 時，不 put（拘 khu）時（不論何時）＝不 put 其 kî 時，時常，逐 ta̍k 時，有 ū 時，有當 tang 時仔，同 tông/tâng/kāng/siāng 時，時機 ki，到 kàu 時，赴 hù 時，及 kip 時，合 ha̍h 時，着 tio̍h 時，過 kòe[kè] 時，失 sit 時，行

kîa^{n} 時，退 thè[thòe] 時，一 chit 時，暫 chiām 時，一 it 時 (間)，底 tī 時，(底) 當 tang 時，什 sím 么 mih 時，現 hiān (此 chhú) 時，即 chek 時，隨 sûi 時，臨 liâm/lîm 時，無 bô 時停 thêng＝無停時，無了 liáu 時 (沒完)；時派 phài，時款 khoán，時式 sek/sit，時裝 chong，時行 kîa^{n}，時髦 mô͘，時醫 i，時運 ūn，時勢 sè，時局 kio̍k，時事 sū，時務 bū，時價 kè。

鰣 鰣魚 hî。

sî 辭 相 sio[sa^{n}] 辭，告 kò 辭，拜 pài 辭，辭行 hêng，辭別 pia̍t，辭世 sè；辭職 chit，辭頭 thâu 路 lō͘，辭辛 sin 勞 lô；推 the 辭。

sī 是 不 m̄ 是，就 chīu 是，正 chìa^{n} 是，若 nā 是，即 chek 是，敢 kám 是 (莫非，也許)，總 chóng 是 (可是，無論如何；總之，畢竟；一直)，但 tān 是，抑 iah/ah/á 是 (或者)；是非 hui，賠 pôe 不 put 是；(表示情況) 緩 ûn 仔 á 是，聊 liâu 仔是，慢 bān (慢) 仔是，慢才 chiah 是，寬 khoa^{n} (寬) 仔是，密 ba̍t 密是，味 bī 是 (一味，只管)，好 hó 味是 (唯唯諾諾)，喝 hoah 一下是 (一旦)。

示 表 piáu 示，暗 àm 示，指 chí 示，告 kò 示，教 kà 示，訓 hùn 示，示威 ui，示範 hoān。

寺 寺院 īⁿ，寺廟 bīo，和 hôe[hê] 尚 siō͘^{n}[sīu^{n}] 寺，尼 nî 姑 ko͘ 寺。

侍 隨 sûi 侍，奉 hōng 侍，侍衛 oē。

恃 自 chū 恃，恃勢 sè。

峙 對 tùi 峙。

視 視力 le̍k，視線 sòaⁿ，近 kīn[kūn] 視，遠 óan 視，亂 loān 視，視野 iá，視界 kài，注 chù 視，斜 chhîa 視；重 tiōng 視，輕 khin 視，藐 biáu 視；視察 chhat，監 kàm 視，巡 sûn 視。

豉 (=sīⁿ) 豆 tāu 豉。

氏 氏族 cho̍k。

嗜 嗜好 hò͘ⁿ。

sī 序 (輩份的高低) 序大 tōa 序細 sè[sòe]，序大人 lâng(長輩)，無 bô 序無大；次 sù 序 (次序；周至，井井有條，整齊)，厝 chhù 內 lāi 真 chin 次序，做 chò[chòe] 代 tāi 志 chì 真次序。

迅 迅速 sōa。

[Sī]→Sū 序緒嶼署曙

siⁿ 茲 草 chháu 茲 (草墊)，掠 lia̍h 草茲 (編草墊)；拈 ni 茲 (一點一點地吃；磨磨蹭蹭) 。

[siⁿ]→seⁿ 生鉎

sìⁿ 扇 葵 khoe[khe] 扇，紗 se 扇，紙 chóa 扇，電 tiān 扇，烘 hang 爐 lô͘ 扇，扇骨 kut，扇柄 pèⁿ[pìⁿ]，扇眼 gán，扇頭 thâu，扇面 bīn，搧 ia̍t 扇；門 mn̂g 扇，窗 thang 仔 á 扇；一 chit 扇門，兩 nn̄g 扇壁 piah。

[sìⁿ]→sèⁿ 性姓

sî^n 鯷 (剁碎的食品) 肉 bah 鯷仔 á，橄 ka^n 欖 ná 鯷，桃 thô 仔鯷；(汗鹹) 上 chhīo͘^{n}[chhīu^n] 塩 iâm 鯷，汗 kōa^n 鯷。

sī^n 豉 蔭 ìm 豉，豆 tāu 豉，豆豉餔 pō͘，豆豉粕 phoh；(腌) 豉塩 iâm，豉鹹 kiâm，豉鹹菜 chhài，豉鮭 kê[kôe]，豉豆油 iû，豉糖 thn̂g；(刺痛，發辣) 目 ba̍k 睭chiu 豉到 kah 一 it 直 ti̍t 流 lâu 目油，孔 khang 嘴 chhùi 會 ē[oē] 豉，這 chit 號 hō 藥 io̍h 仔真豉。

Sia 賒 賒賬 siàu，賒貨 hòe[hè]，賒欠 khiàm，賒借 chioh，放 pàng 賒。

Sía 寫 寫字 jī，正 chìa^n 寫，草 chhó 寫，簡 kán 寫，抄 chhau 寫，複 ho̍k 寫，繕 siān 寫；寫批 phoe[phe]，寫文 bûn 章 chio͘^{n}[chiu^n]，寫作 chok；寫生 seng。

捨 捨棄 khì，割 koah 捨，四 sì 捨五 gō͘ 入 ji̍p；施 si 捨，喜 hí 捨，求 kîu 捨，捨施 sì (不情願的給與)，無 bô 捨施 (可憐)。

Sìa 舍 校 hāu 舍，宿 siok 舍；敝 pè 舍，寒 hân 舍，舍弟 tē，舍親 chhin；阿 a 舍，阿舍子 kía^n (花花公子)，暢 thiòng 舍。

瀉 瀉腹 pak，水 chúi 瀉，落 làu 瀉，止 chí 瀉，瀉藥 io̍h，瀉鹽 iâm，瀉水；一 it 瀉千 chhian 里 lí。

卸 (搬下來，拆下來，解除) 卸貨 hòe[hè]，卸載 chāi，卸馬 bé 鞍 oa^n，卸下 hē 咧·leh，卸枷 kê，卸担 tà^n，卸肩 keng (從肩上卸貨；卸下責任；雙肩下垂)，卸責

chek 任 jīm／成 sêng，卸予 hō͘ 別 pa̍t 人 lâng 擔 taⁿ，卸除 tû，卸半 pòaⁿ 胛 kah，卸水 chúi（排水）；（賍責）相 sio[saⁿ] 卸，卸來卸去，當 tng 面 bīn 卸；（辱沒）卸體面 biān，卸面 bīn 皮，卸名 mîa 聲siaⁿ，瘦 sán 狗 káu 卸主 chú 人 lâng，卸祖 chó͘ 辱 jio̍k 宗 chong，予 hō͘ 伊卸卸着·tioh，卸敗 pāi（玷辱），卸敗祖公。

赦 寬 khoan 赦，赦免 bián，赦罪 chōe。

Sîa 斜 斜斜，目 jit 斜西 sai。

邪 邪說 soat，邪行 hēng，邪心 sim，邪道 tō，邪路 lō͘；風 hong 邪，寒 hân 邪；妖 iau 邪，鬼 kúi 邪。

佘蛇

Sīa 社 莊 chng 社，鄉 hioⁿ[hiuⁿ] 社；社會 hōe，社稷 chek；結 kiat 社，社團 thoân，合 ha̍p 作 chok 社，福hok 利 lī 社，報 pò 社。

射 射箭 chìⁿ，射弓 keng，射鳥 chiáu 仔 á；發 hoat 射，掃 sàu 射，射擊 kek；噴 phùn 射，注 chù 射，射精 cheng；放 hòng 射，輻 hok 射，反 hoán 射；影 iáⁿ 射，暗 àm 射。

謝 感 kám 謝，說 soeh[seh] 謝，真多 to 謝，答 tap 謝，拜 pài 謝，銘 bêng 謝，謝意 ì，謝詞 sû，謝幕 bō͘，謝禮 lé，前 chêng 謝，後 āu 謝；祝 chiok 謝平 peng 安 an；謝罪 chōe（道歉）；謝絕 choat，謝客kheh；（凋謝）花謝去·khi。

麝 麝香 hio͘^{n}[hiu^{n}]，麝猫 niau。

sia^{n} **聲** (聲音) 聲音 im，風 hong 聲，水 chúi 聲，雨 hō͘ 聲，聲色 sek，聲調 tiāu；(說話的聲音) 梢 sau 聲 (沙啞)，啞 é 聲 (沙啞)，失 sit 聲，無 bô 聲，聲說 soeh[seh] (嗓音)，歹 phái^{n} 聲說，聲嗽 sàu (口氣)，輕 khin 聲細 sè[sòe] 說 soeh[seh]；(話語) 放 pàng 聲，寄 kìa 聲，做 chò[chòe] 聲，出 chhut 聲，有 ū 聲；(名聲) 名 mîa 聲，聲望 bōng；(消息) 風聲；(聲調) 四 sì 聲，八 peh[poeh] 聲，平 pîa^{n}/pê^{n} 聲，仄 cheh 聲，上 síong 聲，去 khì 聲，入 jip 聲；(數量) 算 sǹg 件 kīa^{n} 聲，斤 kin[kun] 聲，錢 chî^{n} 聲，股 kó͘ 聲；(量詞：聲) 叫 kìo 三 sa^{n} 聲，喝 hoah 兩 nn̄g 聲；(量詞：回，次) 頭 thâu 一聲 (頭一回)，尾 bóe[bé] 聲 (最後一回)，這 chit 聲 (這一次)。

sía^{n}/sá^{n} **啥** (什麼) 你在 teh 創 chhòng 啥，名 mîa 叫 kìo 啥，啥代 tāi (什麼事)，啥事 sū，啥人 lâng (誰)，啥貨 hòe[hè] (什么，什么東西)，啥物 mih[mn̍gh] (同)，無 bô 啥 (不怎麼)，無啥知 chai，無啥好 hó， bó͘ 某啥人 (某某人)，啥么 mih/mí，啥么代 tāi 志 chì，啥么人，啥么日 jit。

且 且此 chia 坐 chē，你且聽 thia^{n} 我講 kóng，你且等 tán 一下·chit-e、我隨 sûi 來。

sìa^{n} **聖** (靈驗) 佛 pu̍t 祖 chó͘ 真聖，靈 lêng 聖，聖迹 jiah，聖佛 pu̍t；聖嘴 chhùi，真聖嘴見 kiàn 講 kóng 見

着 tio̍h；聖神 sîn，你亦 ā̍h 真聖神啦，聖人 lâng（因忌諱而以此稱死人），你今 taⁿ 都做聖人啦。

sîaⁿ 成 一 chi̍t 成，足 chiok 成金 kim（純金）。

城 城牆 chhîoⁿ[chhîuⁿ]，城門 mn̂g，城樓 lâu，城頂 téng，城腳 kha，城內 lāi，城外 gōa，京 kiaⁿ 城，府 hú 城，萬 bān 里 lí 長 tn̂g 城；城市 chhī。

㖡 （引誘）臭 chhàu 臊 chho 㖡蝴 hô͘ 蠅 sîn，用 ēng 米 bí 㖡雞 ke[koe]，提 the̍h 糖 thn̂g 仔 á 㖡囝 gín 仔，粧 chng 許 hiah 美 súi 要 boeh[beh] 㖡人·lang，㖡弄 lāng（逗引，逗弄，誘惑），㖡出來。

sīaⁿ 盛 （姓）

榺 禮 lé 榺，五榺禮；粟 chhek 榺。

墭 塩 iâm 墭。

簹 簹籃 nâ，簹籃層 chân。

siah 削 削皮 phôe[phê]，削甘 kam 蔗 chìa，削鉛 iân 筆 pit，削呼 khi 尖 chiam，修 siu 削，削減 kiám，剝 pak 削；（挖苦）削面 bīn 皮／子 chú，當 tng 面削，對 tùi 削，敲 khau（掛 kòa）削，訕 soan 削。

錫 錫器 khì，錫箔 po̍h，錫紙 chóa，窮 khêng 錫，打 phah 錫，粘 liâm 錫，歹 pháiⁿ 銅 tâng 舊 kū 錫。

sia̍h 杓 水 chúi 杓，油 iû 杓；一 chi̍t 杓油。

席 酒 chíu 席，筵 iân 席。

夕 七 chhit 夕。

石 石榴 lîu。

矽 矽石 chio̍h (蠟石)，矽印 ìn。

siak 摔 (用力揮動) 摔塩 iâm 米 bí，摔稻 tīu 仔 á，摔椅 í 摔桌 toh，抨 piaⁿ 碗 oáⁿ 摔箸 tī，摔頭 thâu，打 phah 摔；摔誚 sau (譏諷)；(失去平衡而往下落) 摔落去，摔倒 tó，摔死。

鑠 金鑠鑠，白 pe̍h 鑠鑠，霧 bū 鑠鑠；矍 kia̍k 鑠。

Siam 纖 (稍微) 鹹 kiâm 纖 (味道略微帶點鹹)，老 lāu 纖 (顯得老些，有點兒老相)。

siam 睒 (窺探，偷看) 偷 thau 睒人 lâng 的厝 chhù 內 lāi，伸 chhun 頭 thâu 睒 (巴頭探腦)，睒看 khòaⁿ。

剡 (割下一部分) 肉 bah 剡一塊 tè；(悄悄地抓取) 給 kā 伊剡一屑 sut 仔，掖 iap 剡 (偷偷摸走)。

Siám 閃 (閃避) 較 khah 閃咧 ·leh，閃開 khui，閃歸 kui 旁 pêng，閃邊 piⁿ，閃角 kak，閃身 sin，相 sio[saⁿ] 閃身，相閃車 chhia，閃入 jip 去厝 chhù 內 lāi，閃雨 hō͘ 縫 phāng，閃風 hong，閃匿 bih，閃辟 phiah，閃避 pī，走 cháu 閃，逃 tô 閃，偷 thau 閃；(因動作過猛使筋肉受傷) 閃着 ·tioh，閃着 tio̍h 腰 io；(突然一現) 閃光 kng/kong，閃擊 kek。

剡 (割下) 剡一塊肉。

陝 陝西 sai。

siàm 滲 (一點一點漏出) 滲漏 lāu，滲出來，滲水 chúi，滲尿 jīo (失禁)，滲屎 sái；一些 kóa 錢寬 khoaⁿ 寬仔滲。

Siâm 蟾 蟾蜍 sû。

siâm 尋 (量詞：兩个胳膊伸直的長度) 兩 nn̄g 尋長 tn̂g；(兩臂合抱) 尋囝 gín 仔 á，有 ū 一 chit 尋大 tōa 的樹 (有一摟粗的樹) 。

Siām 贍 贍養 ióng；養贍＝老 lāu 贍 (養老金) 。

Sian 仙 神 sîn 仙，八 pat 仙，仙人 jîn/·lang，仙翁 ong，仙公 kong，仙祖 chó͘，仙女 lú[lí]，仙姑 ko͘，仙童 tông，做 chò[chòe] 仙，成 sêng 仙；仙境 kéng，仙洞 tōng，仙鶴 ho̍h，仙桃 thô，仙丹 tan，仙藥 io̍h；辦 pān 仙，練 liān 仙打 phah 嘴 chhùi 鼓 kó͘；半 pòan/pòa^n 仙；歸 kui 仙，仙逝 sē；酒 chíu 仙，迌 chhit[thit] 迌 thô 仙，簙 poa̍h 賭 kiáu 仙；閑 êng 仙仙；水 chúi 仙花 hoe，仙 (＝chhian,sin,chhân) 草 chháu 凍 tàng。

先 優 iu 先，事 sū 先，先知 ti，先天 thian，先輩 pòe，先代 tāi；祖 chó͘ 先，先人 jîn；先父 hū，先嚴 giâm，令 lēng 先尊 chun，先考 khó；先母 bó͘/bó[bú]，先慈 chû，先妣 pí；先烈 lia̍t，先賢 hiân，先哲 tiat；赤 chhiah 腳 kha 先，走 cháu 街 ke[koe] 仔 á 先，看 khòa^n 命 mīa 先，講 kóng 古 kó͘ 先。

鮮 新 sin 鮮，海 hái 鮮，鮮明 bêng。

sian 千 (怎麼也) 千千不 m̄ 可 thang (千萬不可)，千死 sí 不可，千都 to 不肯 khéng，千都𣍐 bē[bōe] 曉 hiáu 得 ·tit，千講 kóng 都講𣍐了 liáu，予 hō͘ 你千猜 chhai 亦 ia̍h (猜) 𣍐着 tio̍h，千哄 há^n 都不認 jīn。

sian [san] 銹 (金屬的銹；身上的污垢) 鐵 thih 銹，銅 tâng 銹，生 se^n[si^n] 銹，上 chhīo^n[chhīu^n] 烏 o͘ 銹，歸 kui 身 sin 軀 khu 全 choân 全銹。

sian/San 山 山查，開 khai 山王 (鄭成功)。

珊 珊瑚 ô͘/lô/hô。

sian/Soan 宣 銅 tâng 宣爐 lô͘。

sian/Sin 身 一 chit 身佛 pu̍t 仔 á，大 tōa 身 (大的人形物；尊大)，激 kek 大身 (自大，擺架子)，披 phi 身 (舒展四肢如 "大" 字形)，鴟 lāi[bā] 鴞 hio̍h 披身 (老鷹展翅)，雙 siang 手 chhiú 披身 (伸開兩臂)。

Sián 鮮 朝 tiâu 鮮。

癬 生 se^n[si^n] 癬，白 pe̍h 癬。

sián 仙 (一分錢) 一仙錢 chî^n，銅 tâng 仙 (銅板)，仙頭 thâu (錢)，無 bô 仙 (沒有錢)，無半 pòa^n 仙。

Siàn 扇 (用手掌打) 扇嘴酏 phóe，扇耳 hī^n[hī] 仔 á，扇打 phah；扇大 tōa 耳 (騙)，扇緣 iân 投 tâu (搭姘夫)；(被風吹) 扇風 hong，面 bīn 扇風會 ē[oē] 皺 pit；(縫貼邊) 扇紨 pô͘，扇紬 thiu (縫接襟貼邊)。

煽 煽動 tōng，煽惑 he̍k。

[siàn]→Sìn 信 不 m̄ 信。

Siân 禪 坐 chē/chō 禪，禪房 pông，禪床 chhn̂g。

蟬 蟬仔 á，樹 chhīu 蟬，蟬蛻 thòe。

siân 涎 (口水) 龍 liông 涎香 hio^n[hiu^n]；吐 thò͘ 連 liân 涎 (不經之談，信口開河)，生 se^n[si^n] 涎 (造謠中傷)。

Siān 羨 欣 him 羨。

善 善惡 ok，善良 liông，慈 chu 善，偽 gūi 善，善後 hō͘ 。

僐 (疲倦) 行 kîaⁿ 遠 hn̄g 路 lō͘ 真僐，僐僐，僐僐撐the 後 āu 殿 tiān，厭 ià 僐，懶 lán 僐，歇 hioh 僐，落 lo̍h 僐雨 hō͘ (下淫雨)；(厭倦) 聽 thiaⁿ 到 kah 真僐，逐 ta̍k 日 jit 吃肉 bah 嗎 mā 會 ē[oē] 僐。

繕 修 siu 繕，繕寫 sía。

膳 膳食 sit，膳費 hùi。

蟮 蟮蟲 lâng (壁虎) 。

鱔 鱔魚 hî。

擅 擅自 chū，擅長 tióng。

禪 禪讓 jiōng，受 sīu 禪。

siān 腎 大 tōa 細 sè[sòe] 腎，腎子 chí (睪丸) 。

siang 雙 (兩个) 雙雙對 tùi 對，雙手 chhíu，雙生 seⁿ[siⁿ]，雙面 bīn 刀 to 鬼 kúi，雙旁 pêng 倚 oá，雙頭 thâu，雙全 choân，雙喜 hí，雙人 jîn 床 chhn̂g，雙人房 pâng，雙叉 chhe 路 lō͘ ，雙眼 gán 鏡 kìaⁿ；(量詞：用于成對的東西) 一雙箸 tī，兩 nn̄g 雙鞋 ê[oê]，歸 kui 雙，成 chîaⁿ 雙；(偶數的) 雙奇 khia，雙數 sò͘ ，雙號 hō，雙日 jit；(加倍的) 雙料 liāu，雙份 hūn，雙重 têng。

[Siang]→Siong 相廂傷商襄鑲

[Siáng]→Sióng 上想賞

[siáng]→sióng 尙

siàng[sàng] 䟫（身體失去平衡而倒下）倒 tò 䟫向 hìa^{n}；(重重地往下摔）䟫對 tùi 土 thô͘ 腳 kha 落去，䟫歹 pháiⁿ，䟫杯 poe 仔 á，坐 chē 腳 kha 踏 tah 車 chhia 去䟫着 tio̍h 壁 piah，䟫胸 heng（砸自己胸部）。

siàng 相 變 pìⁿ 相 [sìuⁿ]，吃 chia̍h 老 lāu 在 teh 變相，歹 pháiⁿ 相 [siòng]（壞習氣）。

[Siàng]→Siòng 相

siâng 誰 誰講 kóng 的·e。

siâng [sâng]/kâng 同（相同，一樣）相 sio[saⁿ] 同，有 ū 同，真 chin 同，無 bô 同。

[Siâng]→Siông 祥詳翔常嫦嘗

siāng 上（音名）

siāng[sāng]/ kāng 同（相同，一樣）相 sio[saⁿ] 同，有 ū 同，真 chin 同，無 bô 同，同款 khoán，同樣 iō͘ⁿ[iūⁿ]，同名 mîa，同姓 sèⁿ[sìⁿ]，同時 sî，同心 sim，同豎 khīa 內 lāi，同學 ha̍k 校 hāu，同兄 hiaⁿ 弟 tī。

[Siāng]→Siōng 上尙象像橡

Siap 攝

siap 卌（四十）卌一 it，卌九 káu 日 ji̍t 烏 o͘。

澀 這 chit 粒 lia̍p 紅 âng 柿 khī 真澀，酸 sng 澀，枯 koa 澀，鹹 kiâm 澀，澀柿，澀梨 lâi；嘴 chhùi 澀，目 ba̍k 睭 chiu 澀，乾 ta 澀；緊 ân 澀（緊而不滑；困窮，緊迫）；錢項 hāng 伊真澀，鹹掛 kòa 澀（吝嗇）。

塞 (堵，塞，填) 塞縫 phāng (塞住間隙)，塞 (予 hơ) 密 bȧt，塞孔 khang，塞桌 toh 腳 kha，塞予 hơ 在 chāi；塞疊 thiȧp (堆放得緊湊整齊)；(行賄) 塞後 āu 手 chhíu，提 thėh 紅包去給 kā 伊塞咧 ·leh；掖 iap 塞 (悄悄，暗地)，做 chò[chòe] 代 tāi 志 chì 着 tiȯh 較 khah 掖塞咧 ·leh。

屑 (=sap) 屑仔 á，刑 hêng 事 sū 屑仔。

霎 (=tiap) (極短時間) 霎仔久 kú。

Siȧp 涉 交 kau 涉，干 kan 涉；跋 poȧt 涉。

siȧp 洩 洩出來，洩水 chúi，洩汗 kōaⁿ，洩精 cheng，早 chá 洩，洩漏 lāu，洩露 lō͘。

攝 (攫取) 予 hō͘ 鬼攝去；攝人 lâng 的錢 chîⁿ，錢予伊攝去。

Siat 設 設立 lip，建 kiàn 設，鋪 phơ 設，施 si 設，設置 tì，設備 pī，設宴 iàn；設計 kè，設法 hoat，設圈khoân 套 thò；設想 sióng；設使 sú；(耍弄，欺騙)設人 ·lang，我予 hō͘ 你獪 bē[bōe] 設得 ·tit，騙 phiàn 設，設仙 sian；設呔 thái (非常，極其)，設呔大 tōa，設呔熱 joȧh。

泄 排 pâi 泄，夢 bōng 泄，泄瀉 sìa；漏 lāu 泄。

削 (=siah) (譏諷) 講 kóng 話 oē 相 sio[saⁿ] 削，當 tng 面 bīn 削，敲 khau (掛 kòa) 削，孽 giȧt 削。

褻 狎 ȧp 褻，褻瀆 tȯk。

siat 赤 赤身 sin 露 lō͘ 體 thé，赤體 thái (無恥地暴露的)。

撒 撒 (=sāi) 潑 phoat，撒 (=sāi) 呔 thái，撒賴 nāi (慪氣)。

Siat 舌 舌下 hā 腺 sòa^{n}；厚 kāu 口 kháu 舌，口靈 lêng 舌辯 piān，舌戰 chiàn。

Siau 消 取 chhú 消，消毒 to̍k，消炎 iām；毒氣 khì 消去·khi，水 chúi 消無 bô 路 lō͘，粒 lia̍p 仔 á 𣍐 bē[bōe] 消，消失 sit，消滅 bia̍t，消散 sòa^{n}/sàn，消化 hòa，吃 chia̍h 了 liáu 𣍐消，消腫 chéng，消蝕 sih (消損)，消磨 mô͘；消沈 tîm，消極 ke̍k；牽 khan 頭 thâu 予 hō͘ 人 lâng 消去 (當頭當死了)，消定 tīa^{n}。

宵 元 goân 宵，通 thong 宵，宵夜 iā，宵禁 kìm。

逍 逍遙 iâu。

梢 末 boa̍t 梢。

痟 下 hā 痟。

硝 朴 phak/phok 硝，硝酸 sng。

蛸

蛸 蛸筋 kin[kun] (抽筋)，蛸𦄣 sǹg 痛 thìa^{n}。

銷 撤 thiat 銷，注 chù 銷，吊 tiàu 銷，勾 kau 銷，銷毀 hùi，銷假 ká，銷案 àn；推 thui 銷，供 kiòng 銷，暢 thiòng 銷，銷售 sîu，銷路 lō͘，銷對 tùi 外 gōa 國 kok 去，真有 ū 銷，難 oh 銷，內 lāi 銷，外 gōa 銷；開 khai 銷。

霄 飛 poe[pe] 入 jip 雲 hûn 霄，九 kíu 霄。

魈 山 sam/san 魈。

蕭 蕭然 jiân，蕭條 tiâu，蕭颯 sap (寒酸氣)，一 chit 身 sin 軀 khu 許 hiah 呢蕭颯亦 iah 敢 káⁿ 出 chhut 門 mn̂g。

瀟 瀟灑 sá。

簫 洞 tōng 簫，歕 pûn 簫。

[Siau]→siāu 捎 (用板狀的東西打)。

Siáu 小 渺 biáu 小，量 liōng 大 tāi 小，小局 kio̍k (小型，不大方)，小氣 khì，小鄙 phí 臉 lián/gián/ián；小兒 jî，小犬 khián，小女 lú[lí]，小丑 thíu，小鬼 kúi，小人 jîn，小水 súi (尿)。

少 少有 iú，多 to 少。

siáu 狷 (神經錯亂，精神失常；動物發情) 在 teh 狷，起 khí 狷 (發瘋)，狷定 tīaⁿ (回復正常)=狷退 thè，狷狂 kông，狷癲 tian，狷亂 loān，狷戇 gōng，狷話 oē，狷人 lâng，狷查 cha 某 bó͘，狷狗 káu，狷貓 niau，佯 tèⁿ[tìⁿ] 狷(裝瘋)；狷時 sî 鐘 cheng，狷貪 tham (貪得無厭，貪婪)，狷入 jip 獪 bē[bōe] 好、狷出 chhut 會 ē[oē] 好 hó；(着迷) 伊在 teh 狷體 thé 育 io̍k，在狷查某；(言談舉止隨便；愛開玩笑；不正經) 狷神 sîn，狷狷，狷玎 tin 瑲 tang，狷玎咚 tong，嬈 hiâu 狷，狷公 kong 子 chú。

羞 羞禮 lé[lóe] (感到難爲情)，會 ē[oē] 羞禮，畏 ùi 羞禮，獪 bē[bōe] 羞禮 (不害羞)，賠 pôe[pê] 羞禮 (賠償悔婚等)，羞人 jîn (同上)，畏羞人，羞人草 chháu。

Siàu 少 少年 liân，少女 lú[lí]，少婦 hū，少壯 chòng，少爺 iâ。

肖 肖像 siōng；不 put 肖子 chú/kía^{n}。

俏 俊 chùn 俏。

哨 哨兵 peng。

笑 笑 iông 容；含 hâm 笑花 hoe；見 kiàn 笑（難爲情），𣍐 bē[bōe] 見笑，驚 kia^{n} 見笑。

siàu 賬（帳）賬目 bak，賬簿 phō͘ ，賬項 hāng，賬條 tiâu（項目；分條），賬條寫 sía，賬條仔講；按 hōa^{n} 賬，管 koán 賬，記 kì 賬，上 chīo^{n}[chīu^{n}] 賬，入賬，對 tùi 賬，結 kiat 賬；收 siu 賬，討 thó 賬，抵 tú 賬，準 chún 賬，過 kòe[kè] 賬，欠 khiàm 賬，折 chiat 賬，交 kau 賬，清 chheng 賬，还 hêng 賬，倒 tó 賬；算 sǹg 賬，省 séng 賬；額 giah 賬（額數），賬尾 bóe[bé]（尾數）；（脚色）腳 kioh/kha 賬；（數）賬看覓 māi（數一數看），賬𣍐 bē[bōe] 清；賬念 liām（懷念），賬念某 bó͘ 子 kía^{n}，賬想 sīo^{n}[sīu^{n}]（渴望），傿 gām 狗 káu 賬想猪 ti 肝 koa^{n} 骨 kut。

siâu 屌（精液）濺 chōa^{n} 屌；（表示憎惡或強調意思）孽 giat 屌，怌 gê 屌（討厭死）=噞 giám 屌，腐 àu 屌，衰 soe 屌，嘐 hau 屌（胡扯），訬 sàm 屌（痛罵），惨 chhám 屌。

Siāu 紹 介 kài 紹；紹興 hin/heng 酒 chíu。

siāu[Siau] 捎（用板狀的東西打）用竹 tek 箆 poe[pe] 捎。

sih 薛 (姓)

閃 雷 lûi 公 kong 閃電 nà，閃電在 teh 閃，火 hőe[hé] 金 kim 蛄 ko͘ 在 teh 閃，閃一下閃一下；光 kng 閃閃，金閃閃；閃閃戰 chùn，閃顫 chhoah。

蟋 蟋蟀 sut。

sih 蝕 消 siau 蝕，蝕本 pún。

嗦 嗦嗦哦 su̍t/sut 哦，嗦武 bú 嗦哦，嗦哦叫 kìo。

sih^{n} 嗦 嗦嗦㗂 soa̍ih^{n} 㗂。

Sim 心 心臟 chōng，心房 pông，心室 sek，心電 tiān 圖 tô͘；心肝 koa^{n}，心內 lāi，心中 tiong，心頭 thâu，心神 sîn，心情 chêng，心成 chîa^{n}，心行 hēng (心眼兒)，㪚 sah^{n} 心，清 chhìn 心，死 sí 心，無 bô 心，穩 ún 心，存 chûn 心，掛 kòa 心，傷 siong 心，躁 sò 心；心適 sek (有趣)，心適與 hèng (興趣)；中 tiong 心，手 chhíu 心，頭殼 khak 心，花 hoe 心，米 bí 心，空 khang 心，重 tiōng 心。

芯 燈 teng 芯。

森 森林 lîm；森羅 lô 萬 bān 象 siōng；陰 im 森，森嚴 giâm。

參 (=sam/som) 人 jîn 參，海 hái 參。

sim 媳 媳婦 pū。

Sím 沈 (姓)

審 審查 cha，審察 chhat，審訂 tèng，審判 phòa^{n}，審問 mn̄g；審美 bí；審慎 sīn。

瀋

sím 什 什么 mí/mih，什么人 lâng，什么款 khoán，什么所 sơ 在 chāi。

Sìm 滲

sìm 趍 (上下一起一落地顫動) 真賢 gâu 趍，趍下·che 趍下，吊 tiàu 橋 kîo 趍到 kah 真利 lī 害 hāi。

Sîm 忱 熱 jiát 忱。

尋 尋常 siông；尋求 kîu，自 chū 尋煩 hoân 惱 ló。

Sīm 甚 太 thài 甚，甚至 chì。

愖 (沈吟，不動) 竪 khīa (咧 leh) 愖，愖愖坐 chhē，小 síо 愖一下·chit-e。

Sin 身 身(=seng) 軀 khu，身材 châi，身張 tioⁿ[tiuⁿ] (身材；打扮，穿戴)，身腰 io，身段 tōaⁿ，身穿 chhēng，頂 téng (半 pòaⁿ) 身，下 ē 身，身命 mīa，膦 lám 身 (身體弱)，健 kīaⁿ 身，身邊 piⁿ；本 pún 身，親chhin 身，單 toaⁿ 身，出 chhut 身，身世 sè，身價 kè，閑 êng 身，過 kòe[kè] 身，身故 kò͘，身亡 bông；(身孕) 有 ū 身 (孕 īn)，交 ka 落 láuh 身 (流產)；車 chhia 身，船 chûn 身，樹 chhīu 身，大 tōa 厝 chhù 身，正 chìaⁿ 身，後 āu 身；內 lāi 身，外 gōa 身，口 kháu 身 (外面)；起 khí 身 (最初)，尾 bóe[bé] 身 (最後)；(質地) 乾 ta 身，澘 tâm 身，有 tēng 身，嫩 chíⁿ 身。

新 新點 tiám 點，新瑺 tang 瑺，新嫣 ian。

薪 薪水 súi，薪俸 hōng，加 ka 薪。

申 申報 pò，申請 chhéng，申告 kò，申述 sut。

伸 伸展 tián。

呻 呻吟 gîm。

紳 紳士 sū。

辛 辛苦 khó͘；辛勞 lô/hô（薪水；佣人，伙計）。

鋅

娠 妊 jīm 娠。

sin 先 先 [sian] 生 seⁿ[siⁿ]。

[sin]→Sian 仙 仙草 chháu 凍 tàng。

Sìn 信 [siàn] 有 ū 信，無 bô 信，不 m̄ 信，相 siong 信，深 chhim 信，確 khak 信，半 pòaⁿ 信，守 síu 信，失 sit 信，自 chū 信，信用 iōng，信任 jīm，信賴 nāi，信托 thok，信借 chioh，信仰 gióng，信教 kàu，信心 sim，信念 liām；通 thong 信，批 phoe[phe] 信，書 su 信，音 im 信，家 ka 信，報 pò 信，口 kháu 信，信函 hâm，信紙 chóa，信封 hong，信件 kīaⁿ，信箱 sióⁿ[siuⁿ]；引 ín 信，信管 koán。

汛

迅 迅速 sok。

訊 通 thong 訊，音 im 訊；傳 thoân 訊，提 thê 訊，審 sím 訊，訊問 mn̄g。

囟 囟仔 á，囟號 hō，囟門 mn̂g/bûn，軟 nńg 囟。

sìn 性 索 sok 性＝應 ìn 性（干脆）。

Sîn 神 神明 bêng，神佛 pu̍t，神仙 sian，神像 siōng，神主 chú，神位 ūi，神龕 kham；鬼 kúi 神，煞 soah 神，神怪 koài；神話 oē；神速 sok，神效 hāu，神妙 biāu，神奇 kî，神秘 pì；心 sim 神，精 cheng 神，運 ūn 神，養 ióng 神，損 sńg 神，欠 khiàm 神，死 sí 神，失 sit 神，費 hùi 神，煩 hoân 神，勞 lô 神，注 chù 神(全神貫注)，無 bô 頭 thâu 神，神魂 hûn；眼 gán 神，目 ba̍k 神，神色 sek，神情 chêng，神態 thài，神彩 chhái；哏 gīn[gūn] 神 (氣憤)，頕 tàm 神 (垂頭喪氣)，笑 chhìo 神，巧 khiáu 神，竅 khiàu 神 (精明)，戇 gōng 神，憨 khám 神，猶 siáu 神，大 tōa 面 bīn 神 (厚著臉皮而不在乎)；神神 (發呆)，看 khòa^{n} 到 kah 神去·khi。

臣 大 tāi 臣，奸 kan 臣。

辰 星 chhe^{n}[chhi^{n}] 辰；時 sî 辰，日 jit 辰，良 liông 辰；生 seng 辰，忌 kī 辰。

晨 早 chá 晨。

sîn 蠅 蝴 hô͘ 蠅，金 kim 蠅，牛 gû 蠅；龜 ku 蠅。

承 (接住) 用 ēng 手 chhíu 承，承起來，承球 kîu，承雨 hō͘ 水 chúi，承着 tio̍h 拳 kûn 頭 thâu 梳 phòe[phè]。

蟮 蟮虫 tâng (壁虎) 。

Sīn 慎 謹 kín 慎，不 put 慎，慎重 tiōng。

腎 腎臟 chōng，腎炎 iām；敗 pāi 腎，pó͘ 補腎。

蜃 蜃市 chhī，蜃景 kéng。

贐 贐儀 gî。

sīn 乘 乘續 sòa (順便)。

剩 出 chhut 剩 (多餘)，餘 û[î] 剩。

蟮 蟮蟲 tâng[lâng]。

sio 燒 火 hóe[hé] 燒 (厝 chhù)，燒紙 chóa，燒香hio^{n}[hiu^{n}]，燒灰 hu，燒紅 âng，燒着·tioh，燒瓷 hûi，燒雞 ke[koe]，燒猪 ti；(熱) 燒熱 joȧh/jiȧt，燒水 chúi，燒滾 kún 滾，滾烘 hōng 烘，燒烙 lō，略 lâ 溫 lûn 燒，趁 thàn 燒，焚 hîa^{n} 燒，煅 thn̄g 燒，溫 un 燒，穿 chhēng 燒，跔 ku 燒；急 kip 燒。

sio[sa^{n}] 相 (互相) 相識 bat，相打 phah，相罵 mē[mā]，相招 chio，相借 chioh 問 mn̄g，相出 chhut 路 lō͘，相誤 gō͘ 錯 tā^{n}；相辭 sî，相勸 khǹg。

sío 小 小可 khóa，小數 sò͘，小量 liōng；小局 kiȯk，小樣 iō͘^{n}[iū^{n}]，小型 hêng，小路 lō͘，小胆 tá^{n}，小心 sim，小腹 pak，小肚 tō͘ (膀胱)，小錢 chî^{n}，小意 ì 思 sù，小雨 hō͘；(稍) 小等 tán，小候 hāu，小停 thêng，小坐 chē；小弟 tī，小妹 mōe[bē]，小叔 chek，小嬸 chím，小姑 ko͘。

鎖 鎖管 kńg。

sîo→sô 趖 (緩慢)

sio^{n}[siu^{n}] 傷 (太，過分) 傷多 chē[chōe]，傷重 tāng，傷厚 kāu，傷肥 pûi，傷過 kòe[kè] 頭 thâu (太過分)，傷無 bô 款 khoán (太不成樣)。

相 相思 si 仔 á；病 pē^{n}[pī^{n}] 相思。

廂 西 se 廂，東 tang 廂；車 chhia 廂。

箱 箱仔 á，柴 chhâ 箱，皮 phôe[phê] 箱，箱籠 láng；戲 hì 箱；摸 mớ 箱仔。

鑲 鑲金 kim，鑲嘴 chhùi 齒 khí，鑲玉 gėk，鑲墘 kî^{n}，鑲緄 kún。

síơ^{n}[síu^{n}] 賞 褒 po 賞，犒 khò 賞，賞錢 chî^{n}，賞功 kong，賞銀 gîn[gûn] 牌 pâi，賞金 kim，賞賜 sù；賞花 hoe，賞月 goėh[gėh]。

想 思 su 想（一心想要），思想那 hit 个 ê 查 cha 某 bó͘。

鮝 （剖開晾乾的）魚 hî 鮝，鴨 ah 鮝。

sìơ^{n}[sìu^{n}] 相 （樣子）樣 iō͘^{n}[iū^{n}] 相，清 chheng 氣 khì 相，歹 pháiⁿ 看 khòa^{n} 相，舊 kū 相（老氣），破 phòa 相（殘廢），譬 phì 相（挖苦）；（生肖屬相）十二生 se^{n}[si^{n}] 相，相牛 gû；丞 sêng 相，相公 kang。

sîơ^{n}[sîu^{n}] 常 （姓）

漟 （粘液）鰻 môa 魚 hî 漟，腸 tn̂g 仔 á 漟，膿 lâng 漟；（形容潮濕而粘糊）路 lō͘ 真漟，穿 chheng 到 kah漟漟漟，上 chhīơ^{n}[chhīu^{n}] 塩漟；米糕 ko 漟（比喻糾纏不休）。

sīơ^{n}[sīu^{n}] 想 定 tīa^{n} 在 teh 想，賢 gâu 想，深 chhim 想，戇 gōng 想，土 thó͘ 想，賬 siàu 想，想孔 khang 想縫 phāng，想透 thàu 透，想獪 bē[bōe] 到 kàu，想獪 bē[bōe] 開 khui，想倒 tò 轉 tńg，想較 khah 長 tn̂g

，想愛 ài 要 boeh[beh] 去，想講 kóng (以為)，想厝 chhù。

尙 和 hôe[hê] 尚。

聖 聖筶 poe (杯筊)，聖筶錢 chî^{n}。

sioh 惜 可 khó 惜，愛 ài 惜，惜略 lio̍h，珍 tin 惜，寶 pó 惜，無 bô 惜，惜性 sè^{n}[sì^{n}] 命 mīa，惜本 pún 份 hūn，惜面 bīn 皮 phôe[phê]，惜體 thé 面 biān，惜錢 chî^{n}；痛 thìa^{n} 惜 (疼愛)，惜子 kía^{n}，惜花 hoe 連 liān 盆 phûn、惜子 kía^{n} 連孫 sun。

sio̍h 俗 (枯萎；衰微；不帶勁；乏味) 花 hoe 俗去·khi，芎 kin 蕉 chio 俗去，生 seng 理 lí 真俗，這 chit 个 ê 所 só͘ 在 chāi 俗俗𣍐 bē[bōe] 鬧 lāu 熱 jia̍t，軟 nńg 俗俗 (沒勁兒)，這齣 chhut 戲 hì 較 khah 俗，看 khòa^{n} 了 liáu 俗俗，無 bô 俗無俗 (寂寞，荒涼；乏味，無聊，不帶勁)，山 soa^{n} 內 lāi 無俗無俗，吃 chia̍h 了無俗無俗；俗俗 sio̍h/lio̍h 仔 á (微不足道的)，俗俗仔病 pe^{n}[pī^{n}]，俗俗仔代 tāi 志 chì；(風俗) 落 lo̍h 俗 (適應風俗習慣)，俗癖 phiah＝俗譴 khiàn(迷信的)。

膆 手 chhíu 膆，腳 kha 膆，生 se^{n}[si^{n}] 膆，臭 chhàu 膆，膆味 bī。

Siok 叔 胞 pau 叔；老 lāu 叔 (對一般長者的稱呼)。

淑 淑女 lú[lí]。

夙 夙願 goān。

宿 宿舍 sìa，露 lō͘ 宿；宿疾 che̍k。

縮 收 siu 縮，緊 kín 縮，縮小 siáu，縮尺 chhioh，縮減 kiám，縮寫 sía，縮版 pán，縮印 ìn。

肅 嚴 giâm 肅，肅靜 chēng；肅然 jiân；肅清 chheng。

Siȯk 俗 (風俗) 風 hong 俗，土 thó͘ 俗，世 sè 俗，俗情 chêng；(普通流行的) 通 thong 俗，俗語 gú[gí] (話 oē)，俗稱 chheng；(庸俗) 野 iá 俗，粗 chho͘ 俗，庸 iông 俗，俗氣 khì，俗物 bu̍t；(沒出家的) 俗家 ka，俗姓 sèⁿ[sìⁿ]，還 hoân 俗；(價錢便宜) 俗價 kè，拚 piàⁿ 俗，俗俗賣 bē[bōe]，俗物 mih 無 bô 好 hó 貨hòe[hè]。

續 繼 kè 續，連 liân 續，接 chiap 續，陸 lio̍k 續；續集 chip，續篇 phiⁿ，續落 lo̍h 下 ē 齣 chhut，續弦 hiân；手 chhíu 續。

贖 贖回 hôe，贖倒 tò 轉 tńg，贖出 chhut，贖身 sin，贖罪 chōe。

孰

塾 私 su 塾。

熟 成 sêng 熟，熟練 liān，熟語 gú[gí]。

蜀

屬 金 kim 屬；隸 lē 屬，直 tit 屬，附 hù 屬，屬地 tē [tōe]，屬僚 liâu，屬性 sèng；家 ka 屬，親 chhin 屬，眷 koàn 屬。

Siong[Siang] 相 (互相) 相好 hó，尫 ang 某 bó͘ 相愛 ài，相親 chhin 相愛，相會 hōe，相反 hoán，相剋 khek，互 hō͘ 相；相信 sìn。

廂

傷 刀 to 傷，銃 chhèng 傷，重 tāng 傷，輕 khin 傷，驗 giām 傷，受 sīu 傷，着 tio̍h 傷，打 phah 傷，傷痕 hûn，傷勢 sè；傷着 tio̍h 腳 kha 骨 kut，傷害 hāi；悲 pi 傷，哀 ai 傷，傷心 sim；傷着感 kám 情 chêng，講 kóng 話 oē 去傷着人 lâng；傷碍 gāi，傷財 châi，傷風 hong，傷暑 sú，傷寒 hân，傷食 sit；傷本 pún (損耗多)，傷重 tiōng (耗費大；嚴重)。

商 商業 gia̍p，經 keng 商，通 thong 商，商務 bū，商品 phín；協 hia̍p 商，商量 liông，商洽 hia̍p。

襄 襄理 lí，襄助 chō͘。

鑲

Sióng[Siáng] 上 上聲 sia^{n}。

想 思 su 想，聯 liân 想，推 chhui 想，空 khong 想，妄 bōng 想，幻 hoàn 想，夢 bōng 想，渴 khat 想，理 lí 想，料 liāu 想，設 siat 想。

賞 欣 him 賞。

sióng 償 兩 lióng 抵 tú 償 (兩相抵銷)，趁 thàn 頭 thâu 與 kap 開 khai 銷 siau 抵 tú 好 hó 兩抵償。

sióng[siáng] 尙 高 ko 尚。

Siòng[Siàng] 相 (仔細地看) 金 kim 金相，相 sio[sa^{n}] 對tùi 相，相精 cheng 精，相真 chin 真，相機 ki 會 hōe，相雨 hō͘ 縫 phāng；相命 mīa，相士 sū；(外貌) 相貌 māu，福 hok 相；(面目) 本 pún 相，真相；(相片) 翕

hip 相，相片 $phì^n$；宰 $chái^n$ 相，首 síu 相；相公 kong。

Siông 松 松樹 chhīu，松膠 ka；松鼠 chhú[chhí]；松梧 ngô͘。

Siông[Siâng] 祥 祥瑞 sūi。

詳 詳細 sè；參 chham 詳（商量）。

翔

常 正 chèng 常，平 pêng 常，經 keng 常，素 sò͘ 常，日 jit 常，本 pún 常時 sî，照 chiàu 常，失 sit 常，非 hui 常，常識 sek，常事 sū；常數 sò͘，無 bô 常；常任 jīm，常規 kui；常常，時常，常見 $kì^n$ 面 bīn，常客 kheh。

嫦 月 goa̍t 裡 lí 嫦娥 ngô͘。

嘗

Siông[chhiâng] 償 賠 pôe[pê] 償，償還 hoân，償命 mīa。

Siōng[Siāng] 上 上下 hā，上半 $pòa^n$ 暝 mê[mî]；上班 pan，上課 khò，上訴 sò͘；(表示程度最高) 上好 hó，上久 kú，上加 ke（頂多），上歡 hoa^n 喜 hí，上頭 thâu（起初；前列），上蓋 kài 好（最好），上蓋大 tōa。

尙 尙且 $chhiá^n$；尙武 bú。

象 形 hêng 象，印 ìn 象，氣 khì 象，天 thi^n/thian 象，現 hiān 象，象徵 cheng/teng。

像 偶 ngó͘ 像，佛 pu̍t 像，柴 chhâ 像，銅 tâng 像，石 chio̍h 像，遺 ûi 像，翕 hip 像，畫 oē[ūi] 像，綉 sìu 像，塑 sok 像。

橡 橡皮 phôe[phê] 樹 chhīu。

Siōng 訟 訴 sò͘ 訟，訟棍 kùn。

誦 誦經 keng。

頌 歌 ko 頌，讚 chàn 頌。

siōng 剩 量 liōng 剩（豐富，有餘），錢 chîⁿ 水 chúi 量剩。

Sip 濕 濕去·khi，濕湝 tâm（沾濕），濕潤 jūn；土 thô͘ 腳 kha 真濕，湝 tâm 濕（潮濕）；濕氣 khì，濕度 tō͘，收 siu 濕，去 khì 濕，嗍 soh 濕；風 hong 濕，濕疹 chín。

sip 涓 （不聲張，隱秘着；一點點）雨 hō͘ 仔 á 涓涓，雨涓涓仔落 lòh，涓涓仔水 chúi，涓涓仔汗 kōaⁿ。

穸 穸厝 chhù。

Sip 十 十字 jī，打 phah 一个十字，打十字互 hō͘（十字綁），紅 âng 十字，十字架 kè，十字路 lō͘；十足 chiok，十全 choân，十美 bí。

什 什錦 kím[gím]，什物 bu̍t。

拾 收 siu 拾，收拾整 chéng 齊 chê[chôe]，收拾人 jîn 心 sim（收攬人心），收拾性 sèⁿ[sìⁿ] 命 mīa（要命），抾 khioh 拾（節儉，不浪費）。

習 學 ha̍k 習，練 liān 習，溫 un 習，復 ho̍k 習，自 chū 習，實 sit 習，補 pó͘ 習，講 káng 習，演 ián 習，習字 jī；習慣 koàn，惡 ok 習，舊 kū 習，習氣 khì（作風習慣）。

嘀 （一點一點喝的聲音）做 chò[chòe] 夥 hóe[hé] 來去嘀

一下，糜 môe[bê] 吃 chiảh 到 kah 嚼嚼叫 kìo。

襲 空 khong 襲，夜 iā 襲，偷 thau 襲，襲擊 kek；抄 chhau 襲，世 sè 襲，因 in 襲，沿 iân 襲，承 sêng 襲，襲用 iōng。

Sit 失 失去·khi，失掉 tiāu，失落 lȯh，失血 hoeh[huih]，失水 chúi，失重 tāng，失收 siu，失神，失效 hāu，失勢 sè；失手 chhíu，失筆 pit，失腳 kha，失覺 kak 察 chhat（因疏忽而出差錯），失檢 kiám 點 tiám（不留神）；迷 bê 失；失意 ì，失敗 pāi，失望 bōng；失常 siông，失聲 sia^{n}，失色 sek；失信 sìn，失約 iok；過 kòe [kè] 失，失誤 gō͘，失錯 chhò；得 tek 失（得罪），得失人 lâng。

sit 式 款 khoán 式（樣子），新 sin 式，舊 kū 式，時 sî 式，合 hȧp 式，不 m̄ 是 sī 式（不對頭）。

室 教 kàu 室，室內 lāi。

息 消 siau 息；利 lī 息；休 hiu 息。

熄 火 hóe[hé] 熄，打 phah 予 hơ 熄，打難 oh 得 tit 熄，歕 pûn 熄，掩 iám 熄，蔭 ìm 熄，熄電 tiān，熄日 jit，熄月 goėh[gėh]。

穡 作 choh 穡（做農活），作穡人 lâng（農人）；穡頭 thâu（活兒，工作），穡場 tîo^{n}[tîu^{n}]，穡路 lō͘（各種工作），四 sì 工 kang 穡（四个勞動日的工作）。

Sit 實 結 kiat 實，肉 bah 較 khah 實啦，攆 thiȧp 實；實實，老 láu 實，誠 sêng 實，朴 phoh 實，實心 sim，無

bô 實；確 khak 實，真 chin 實，實在 chāi，實話 oē；實際 chè，實況 hóng，實行 hêng，實習 sip，實用 iōng。

食 衣 i 食，日 jit 食 (每天的飲食)，吃 chiah 食 (飲食；食物)，伙 hóe[hé] 食，主 chú 食，副 hù 食，食物 bu̍t，食糧 niô͘[niû]，食料 liāu，食品 phín，食譜phó͘，食慾 io̍k，食量 liōng，食用 iōng，食油 iû，食塩 iâm，食堂 tn̂g；食客 kheh，食言 giân；扁 pián 食。

蝕 日 jit 蝕，月 goe̍h[ge̍h] 蝕。

植 植物 bu̍t。

殖 生 seng 殖，殖民 bîn。

sit **翼** 鳥 chiáu 翼，拍 phah 翼，弄 lāng 翼，展 tián 翼，撝 thí 翼，唪 chhńg 翼，掖 iap 翼，拎 lêng 翼，掇 chhoah 翼，挽 bán 翼，插 chhah 翼，翼股 kó͘，翼股頭 thâu，翼股下 ē，翼股尾 bóe[bé]，翼股毛 mn̂g，翼股腿 thúi；魚 hî 翼，鯊 soa 翼。

席 主 chú 席。

Siu **收** 收起來，收囥 khǹg，收祛 khioh，收拾 sip，收衫 saⁿ，收咿 khi/ki/i 好 hó；收錢 chîⁿ，收賬 siàu，收據 kù；收成 sêng，收割 koah，收冬 tang，好收 (成)，豐 hong 收，出 chhut 收，失 sit 收，歹 pháiⁿ 收成；接 chiap 收，收容 iông，收留 lîu，收聽 thiaⁿ；收押 ah，收監 kaⁿ，收妖 iau，收煞 soah (收伏凶神)；收工 kang，收場 tîoⁿ[tîuⁿ]，收店 tiàm，收担 tàⁿ，收腳

kha，收煞（結束），收尾 bóe[bé]；收濕 sip（去濕），收毒 to̍k，收驚 kiaⁿ；孔 khang 嘴 chhùi 还 iáu 未 bōe[bē] 收，收嘴（傷口愈合；垮）。

修 修飾 sek，修辭 sû，修削 siah；修理 lí，修補 pó͘，修改 kái，修橋 kîo，修路 lō͘；自 chū 修，進 chìn 修，修養 ióng，老 lāu 不 put 修；修行 hēng，修道 tō，修煉 liān，修仙 sian；修建 kiàn，修築 tiok，修水 chúi 庫 khò͘；修面 bīn，修嘴 chhùi 鬚 chhiu，修指 chéng/chńg 甲 kah，修腳 kha 趼 lan，修樹 chhīu 枝 ki，修整 chéng 齊chê[chôe]。

脩 束 sok 脩。

羞 羞恥 thí。

Síu 手 手足 chiok；水 chúi 手。

首 元 goân 首，首相 siòng，首領 léng，首腦 náu，首長 tíoⁿ[tíuⁿ]，首席 sek，首都 to͘，首要 iàu，首創 chhòng；自 chū 首；首飾 sek；屍 si 首；一首詩 si。

守 防 hông 守，守勢 sè，守備 pī；看 khán 守，顧 kò͘ 守；守法 hoat，守規 kui 矩 kí[kú]，守分 hūn，守時 sî，守錢 chîⁿ 奴 lô͘，守繪 bē[bōe] 住 tiâu，守舊 kū/kīu，保 pó 守，較 khah 守（樽節），做 chò[chòe] 股 kó͘ 票 phìo 愛 ài 較守、不 m̄ 可 thang 拼 lòng 傷 sioⁿ[siuⁿ] 大 tōa。

Sìu 秀 清 chheng 秀，俊 chùn 秀，幼 iù 秀，秀氣 khì，秀麗 lē，秀雅 ngá；優 iu 秀，秀才 châi；四 sì 秀仔 á

(零食)。

琇

綉 綉花 hoe，綉字 jī，刺 chhiah 綉，綉補 pó͘，綉機 kui，綉線 sòaⁿ，綉針 chiam，綉(花)鞋 ê[oê]，綉枕 chím (頭 thâu)，綉被 phōe[phē]，綉球 kîu；綉房 pâng。

宿 星 chheⁿ[chhiⁿ] 宿。

獸 野 iá 獸，猛 béng 獸，禽 khim 獸，獸醫 i。

守 (姓)

狩

sìu 袖 領 léng 袖。

鞘 刀 to 鞘；(安上) 窗 thang 仔 á 鞘玻 po 璃 lê。

Sîu 售 出 chhut 售，銷 siau 售，分 hun 售，零 lêng 售。

讐 仇 kîu 讐，冤 oan 讐，深 chhim 讐，讐人 jîn，報 pò 讐。

囚 監 kaⁿ 囚，囚犯 hoān；囚禁 kìm。

泅 (游泳) 泅水 chúi；(比喻難苦地活動) 泅雨 hō͘ (冒雨走動)，漠 bo̍k 漠泅 (在困境中掙扎的樣子)，害 hāi 我在 teh 漠漠泅。

酋

酬 應 èng 酬；酬金 kim，報 pò 酬。

Sīu 壽 歲 hòe[hè] 壽，長 tn̂g 歲壽，壽命 mīa，壽數 sò͘，壽元 goân (壽命)；做 chò[chòe] 壽，祝 chiok 壽，賀 hō 壽，拜 pài 壽，暖 loán 壽，陰 im 壽，壽星 chheⁿ [chhi^{n}]/seng，壽辰 sîn，壽誕 tàn，壽麵 mī，壽龜 ku，壽桃 thô，壽金 kim，壽圖 tô͘，壽禮 lé，壽儀 gî；豎 khīa 壽，壽木 bo̍k，壽板 pán（壽材），壽穴 hia̍t，壽域 he̍k。

受 受教 kàu 育 io̍k，受批 phoe 評 phêng，受委 úi 屈 khut，受蔭 ìm，受𩛩 bē[bōe] 起 khí，受苦 khó͘，受磨 bôa，受虧 khui，受傷 siong，受災 chai，受難 lān，受訓 hùn，受乘 sēng（嬌生慣養），受債 chè（規規矩矩很聽話的），接 chiap 受，承 sêng 受，領 nía 受，享 hióng 受，忍 jím 受；受氣 khì（生氣），受氣受掇 toah/toa̍h（慍怒不樂）。

授 講 káng 授，傳 thoân 授，函 hâm 授，教 kàu 授；授課 khò，授琴 khîm，授權 koân，授意 ì，授旗 kî。

綬 印 ìn 綬，綬帶 tòa。

袖 袖手 síu/chhíu 旁 pông 觀 koan；手 chhíu 袖（沒有手指的手套）。

sīu **巢** 鳥 chiáu 巢，蜂 phang 巢，賊 chha̍t 巢；住 tòa 人 lâng 兜 tau 作 choh 巢（在人家家裡幽會）；後 āu 巢（繼室）；茶 tê 巢。

[siu^{n}]→sio͘^{n} 傷相廂箱鑲

[síu^{n}]→sío͘^{n} 賞想鯗

[sìu^{n}]→sìo͘^{n} 相

[sîu^{n}]→sîo͘^{n} 常滯

[sīu^{n}]→sīo͘^{n} 想尙聖

sng 桑 桑仔 á 葉 hio̍h，桑（仔）樹 chhīu，桑材 châi，桑材（仔）樹，鹽 iâm 桑仔，桑莓 m̂。

霜 落 lo̍h 霜，結 kiat 霜，激 kek 霜，霜雪 seh；糖 thn̂g 霜（冰糖），砒 phī/phīⁿ 霜；凍 tàng 霜（小氣），孤 ko͘ 死 sí 霜（孤僻）。

孀 孤 ko͘ 孀。

喪 喪孝 hà，帶 tòa 喪孝，褪 thǹg 喪孝。

sng [suiⁿ] 酸 塩 iâm 酸，硫 lîu 酸，硝 siau 酸；酸酸，酸氣 khùi，酸味 bī，酸微 bui，酸甘 lam，酸吸 kiuh 吸，酸勿 but 勿，酸醋 chhò͘，酸筍 sún，酸梅 m̂ 仔 á，鹹 kiâm 酸甜 tiⁿ；呃 eh 酸，刺 chhiah 酸，臭 chhàu 酸；心 sim 酸，你心肝 koaⁿ 敢 kám 𣍐 bē[bōe] 酸；黃 n̂g 酸（瘦弱臉色蒼黃），死 sí 酸（畏縮，不活潑），那 hit 个 ê 囝 gín 仔死酸死酸。

痠 腳 kha 手 chhíu 痠，嘴 chhùi 齒 khí 痠，痠痛 thiàⁿ，腰 io 痠腿 thúi 痛，痠軟 nńg，痠軟痛，軟痠，痠懶 lán。

栓 （塞子）栓仔 á，柴 chhâ 栓；藥 io̍h 栓，車 chhia（輪 lûn）栓；（塞住）栓門 mn̂g（栓）（上門栓）；打 phah 話 oē 栓（指責），予 hō͘ 人 lâng 栓一下煞 soah 死 sí 嘴 chhùi。

孫 （姓）

sńg 爽 輕 khin 爽（輕巧，輕便；輕鬆），這 chit 支 ki 鋤 tî 頭 thâu 較 khah 輕爽，輕爽的工 khang[kang] 課 khòe [khè]，軟 nńg 爽（鬆軟而舒服），凸 phòng 床 chhn̂g 睏 khùn 着 tio̍h 真 chin 軟爽。

sńg[súi^{n}] **耍** （玩耍）與 kap 伊在 teh 耍，真賢 gâu 耍，耍嘩 hōa，耍笑 chhiò，講 kóng 耍（開玩笑），簙 poa̍h 耍的·e，耍火 hóe[hé]，耍害 hāi，耍歹 phái^{n}。

損 損身 sin 體 thé，損神 sîn，損胃 ūi，損物 mih；損蕩 tn̄g（糟蹋，浪費），打 phah 損（糟蹋，損壞，浪費；可惜），打損去·khi（失掉），(打) 損錢 chî^{n}；譴 khiàn 損（忌諱）。

sǹg[sùi^{n}] **算** 計 kè 算，筆 pit 算，心 sim 算，含 kâm 口 kháu 算，划 hôa 算（概算），格 kek 算（估計），照 chiàu 算，頭 thâu 尾 bóe[bé] 算，上 chīo^{n}[chīu^{n}] 算；打 phah/tá^{n} 算，按 àn 算，划 hôa 算，推 chhui 算；失 sit 算，暗 àm 算；這 che 無 bô 算，算是伊不 m̄ 着 tio̍h，算做 chò[chòe] 你較 khah 着 tio̍h。

繏 （把繩子套緊）繏倚 oá，柴 chhâ 把 pé 着 tio̍h 用 ēng 索 soh 仔 á 繏倚，繏緊 ân（勒緊），繏腰 io，繏到 kàu 無 bô 氣 khùi，腹 pak 肚 tó͘ 踃 siau 繏痛 thià^{n}（肚子絞痛）。

嗅 (=sngh)

sn̂g **牀** 籠 lâng 牀，炊 chhoe[chhe] 牀；這 chit 牀粿 kóe[ké] 真大 tōa 牀。

sngh[suih^{n}] **嗅** 嗅鼻 phī^{n}（抽鼻涕；由鼻孔噴出聲音），嗅鼻芬 hun（聞鼻煙），嗅嗅叫 kìo。

sn̍gh [suih^{n}] 嗅　嗅嗅叫 kìo。

So　唆　教 kiau 唆，唆使 sú，唆弄 lōng；褒 po 唆（捧，給戴高帽）；囉 lo 唆；暗 àm 唆唆。

梭　梭仔 á，網 bāng 梭；橋 kîo 梭（橋桁）。

騷　風 hong 騷（好游逛獵奇）；騷動 tōng。

so　搓　（摸，撫，搓，摩）搓頭 thâu 壳 khak，搓手 chhíu，搓痒 chīo^{n}[chīu^{n}]，搓無 bô 着 tio̍h 痒，搓捋 loa̍h（撫摩）；搓草 chháu（除草），搓油 iû（擦油），搓粉 hún，搓圓 î^{n} 仔 á，搓線 sòa^{n}，搓紙 chóa 撚 lián，搓草 chháu 索 soh；褒 po 搓（稱贊），囝 gín 仔 á 愛人 lâng 褒搓，賢 gâu 褒搓。

蘇　蘇木 ba̍k。

Só　瑣　瑣碎 chhùi。

鎖　一門 mn̂g 鎖，號 hō 碼 bé 鎖，數 sò͘ 字 jī 鎖，暗 àm 鎖，鎖匙 sî，開 khui 鎖；鎖門 mn̂g，鎖落去，鎖住 tiâu；鎖管 kńg。

só　嫂　兄 hia^{n} 嫂，令 lēng 嫂；這 chit 个 ê 什 sím 么 mih 嫂。

Sò　燥　乾 ta 燥，枯 koa/ko͘ 燥，燥澁 siap（不濕潤；手頭拮据）；（熱性）真燥，燥熱 jia̍t，燥藥 io̍h。

躁　（性急，不冷靜）躁性 sèng，躁心 sim（焦躁），行 kîa^{n} 到 kah 躁心，躁心躁肝 koa^{n}（心裡煩躁），躁暴 pō，躁率 sut。

埽　畚 pùn 埽（垃圾），蝴 hô͘ 蠅 sîn 放 pàng 埽。

掃 祭 chè 掃 (掃墓) 。

sô 趖 (爬行) 虫 thâng 在 teh 趖，蛇 chôa 在趖；(遛) 四 sì 界 kòe[kè] 趖，偌 chiah 呢晏 oàⁿ 才 chiah 要 boeh[beh] 趖返·tng 來；(慢吞吞) 做 chò[chòe] 代 tāi 志 chì 真賢 gâu 趖，死 sí 趖；暗 àm 趖趖，烏 ơ 趖趖。

sō 唆 唆狗 káu 相 sio[saⁿ] 咬 kā，使 sái 唆；暗唆唆。

Sơ 酥 (乾鬆而易碎) 炒 chhá 去真酥，口 kháu 酥餅 píaⁿ，肉 bah 酥，肉骨 kut 酥，酥壳 khak 蟳 chîm；嚨 nâ 喉 âu 酥酥；衫 saⁿ 過 kòe[kè] 漿 chiơⁿ[chiuⁿ] 較 khah 酥。

穌 復 hok 穌；耶 iâ 穌。

蘇 紫 chí 蘇，蘇鐵 thih，蘇木 bok；蘇醒 séng，復 hok 蘇；蘇打 táⁿ；蘇州 chiu，蘇玉 gek，蘇杭 hâng；(舒適) 真 chin 蘇，蘇爽 sóng，有 ū 錢 chîⁿ 就 chīu 會 ē[oē] 曉 hiáu 蘇，吃 chiah 較 khah 蘇；(素雅) 蘇蘇，蘇氣 khì，蘇堵 tơ̍ (没有花鳥的浮雕)；(稍微彎曲) 蘇腰 io (曲着背) 。

疏 親 chhin 疏，近 kīn[kūn] 來 lâi 與 kap 伊有 ū 較 khah 疏，生 chheⁿ[chhiⁿ] 疏，疏遠 oán；疏通 thong，疏導 tō；疏忽 hut，疏失 sit；疏散 sàn/soàⁿ；疏颯 sap (憔悴，落魄) 。

蔬 蔬菜 chhài。

搜 搜集 chip，搜刮 koah；搜查 cha，搜捕 pō͘ 。

Só͘ 所 所在 chāi，場 tîo͘^{n}[tîu^{n}] 所，住 chū 所，診 chín 所，公 kong 所，廁 chhè 所；所以 í；所知 chai，所想 sīo͘^{n}[sīu^{n}]，所做 chò[chòe]，所有 ū，所趁 thàn 的錢 chî^{n}，所在 teh 講 kóng (所謂)，無 bû 所不 put 至 chì；所部 pō͘，所得 tek，所費 hùi，所致 tì，所願 goān，所入 jip，所出 chhut。

數 數一 it 數二 jī。

瘦 消 siau 瘦。

Sò͘ 數 人 lâng/jîn 數，次 chhù 數，數目 bȧk，數額 giȧh，數量 liōng，多 to 數，少 siáu 數，小 sío 數，總 chóng 數，有 iú 數=有限，無 bû 數，數珠 chu；數學 hȧk，數字 jī，數值 tit，指 chí 數，係 hē 數，代tāi 數，因 in 數；禮 lé 數，步 pō͘ 數；天 thian 數，劫 kiap 數，氣 khì 數，命 mīa 數，壽 sīu 數該 kai 盡 chīn，大 tāi 數難 lân 逃 tô，拆 thiah 字數；(幾个) 數小 siáu 時，十 chȧp 數个 ê。

素 吃 chiȧh 穿 chhēng 不 put 止 chí 素，素素，朴 phoh/phok 素；素色 sek (白色)，素面 bīn (布等不帶花的)，素服 hȯk，素描 biâu；素食 sit，素齋 chai；素質 chit，素材 châi；平 pêng 素，素來 lâi，素常 siông，素日 jit，素時 sî，素稱 chheng，素願 goān；元 goân 素，要 iàu 素，因 in 素，色 sek 素，味 bī 素，毒 tȯk 素，維 ûi[î] 生 seng 素，抗 khòng 生素。

訴 控 khòng 訴，告 kò 訴，訴訟 siōng，訴狀 chn̄g，起

khí 訴，上 siōng 訴，公 kong 訴，勝 sèng 訴，敗 pāi 訴；訴苦 khó͘，訴冤 oan，分 hun 訴（申辯）。

疏 疏文 bûn（禱告文），念 liām 疏，讀 thak 疏；註 chù 疏（註解）。

soa 沙 風 hong 飛 poe[pe] 沙，土 thô͘ 沙粉 hún，土米 bí 沙（細沙土），沙粒 liap，沙土，沙堆 tui，沙(仔 á) 地 tē[tōe]，沙坡 pho；沙灘 thoaⁿ，沙埔 po͘（水邊的沙灘），沙線 sòaⁿ（水中的沙灘），沙洲 chiu，沙勻 ûn（淤沙處）；沙漠 bok/bô͘；沙包 pau，沙袋 tē；沙沙，西 si 瓜 koe 會 ē[oē] 沙，糕 ko 仔 á 沙去·khi；沙蝦 hê，沙蜊 lâ；沙屑 sap（細沙，食物中的沙粒；零零碎碎，囉囉唆唆；麻煩），沙沙屑屑，厚 kau 沙屑。

砂 砂紙 chóa，砂糖 thn̂g，赤 chhiah 砂（糖）。

鯊 鯊魚 hî，鯊（魚）翅 chhì。

痧 着 tioh 痧，掠 liah 痧，痧葯 ioh。

sóa 徙（遷移）徙較 khah 邊 piⁿ 呵·a，徙位 ūi，樵 chhiâu 徙（位）(挪動)；徙腳 kha，徙步 pō͘；搬 poaⁿ 徙，遷 chhian 徙，移 î 徙，徙店 tiàm，徙厝 chhù，徙鋪 pho͘；徙栽 chai（移栽），一 chit 日 jit 徙栽三日竪 khīa 黃 n̂g；行 kîaⁿ 徙（走動）。

漱 漱口 kháu。

sòa 續（接連不斷）連 liân 續，一 it 直 tit 續落去，續續，續續來，續續開 khai（錢 chîⁿ），續咧 leh/teh 吃 chiah，吃有 ū 續；(接上一段）續較 khah 長 tn̂g，續

接 chiap (接續；繼承)；(順便，跟着) 順 sūn 續，乘 sēng/sīn 續，續手 chhíu，你若 nā 做 chò[chòe] 好hó、才 chiah 續提 thėh 予 hō͘ 伊；續勢 sè (繼續，就手兒；孜孜不倦地；傲慢，驕傲) 續勢創 chhòng 予 hō͘ 伊條 tiâu 直，做代 tāi 志 chì 着 tiȯh 較續勢咧·leh，你不 m̄ 免 bián 傷 sio͘^{n}[siu^{n}] 續勢。

sōa 速 迅 sī 速。

soa^{n} 山 一座 chō 山，深 chhim 山，內 lāi 山，高 koân 山，山形 hêng，山勢 sè，山脈 mėh，山尖 chiam，山頂 téng，山頭 thâu，山尾 bóe[bé] (溜 liu)，山嶺 nía，山陵 nīa，山奭 lēng，山脊 chit，山崙 lūn，山眉 bâi，山坡 pho，山崎 kīa，山坪 phîa^{n}，山埔 pơ，山路 lō͘，山腹 pak，山腰 io，山內 lāi，山間 kan，山底 té[tóe]，山地 tē[tōe]，山場 tîo͘^{n}[tîu^{n}]，山林 nâ，山園 hn̂g，山埤 pi，山洞 tōng，山岩 gâm，山窟 khut，山崁 khàm (山崖)，山腳 kha，山下 ē，山邊 pi^{n}，山坑 khe^{n}[khi^{n}]，山谷 kok；山產 sán，山巖 giâm，山寺 sī，山寨 chē，山猪 ti，山蕉 chio；(陸) 唐 tn̂g 山，後 āu 山 (台灣東部)，起 khí 山 (登陸)，上 chīo͘^{n}[chīu^{n}] 山 (上岸)，山嶼 sū，摸 bong 無 bô 山嶼 (摸不着頭緒)；(墓地) 塚 thióng 山，出 chhut 山，山神 sîn，山鬼 kúi。

sóa^{n} 散 (分散) 散光 kng；(零碎的，不集中的，隨便地) 散裝 chng，散工 kang＝碎工，散兵 peng，散趁 thàn，散熱

iā，散種 chèng；(藥末) 藥 iȯh 散，健 kiān 胃 ūi 散。

產 產房 pâng，產內 lāi＝月 goėh[gėh] 內；斷 tn̄g 產（月經閉止）。

sòa^{n} 散 (由聚集而分離) 散去·khi，四 sì 散，打 phah 散，分 hun/pun 散，拆 thiah 散，焱 iā 散 (散布)，趕 kóa^{n} 散，散場 tîơ^{n}[tîu^{n}]，散會 hōe，散席 sėk，散筵 iân，散陣 tīn (解散)，散工 kang (結束工作)，散班 pan；卵 nn̄g 仁 jîn 散去，散形 hêng；散散 (形容大小疏密不一致)。

線/綫 一絪 in 線，針 chiam 線，車仔線，紗 se 線，絲 si 線，綉 sìu 線，鐵 thih 線，電 tiān 線，麵 mī 線，直 tit 線，曲 khiok 線，牽 khan 線，**線坐** chē (縫兒)，裂 lih 線坐 (開線了)；線路 lō͘，路線，航 hâng 線，沿 iân 線，前 chiân 線，戰 chiàn 線，火 hóe[hé] 線，防 hông 線，性 sè^{n}[sì^{n}] 命 mīa 線，海 hái 岸 hōa^{n} 線，幹 kàn 線，支 chi 線，眼 gán 線，視 sī 線，光 kng 線，線索 soh；沙 soa 線，石 chiȯh 線 (石礁)。

腺 扁 pí^{n} 桃 thô 腺，分 hun 泌 pì 腺，汗 hān 腺。

傘 雨傘，涼 nîơ[nîu] 傘。

汕 汕頭 thâu。

soah 煞 (結束，完了，罷休) 講 kóng 煞，做 chò[chòe] 煞，雨 hō͘ 落 lȯh 𣍐 bē[bōe] 煞，不 m̄ 知 chai 煞，不放pàng 伊煞，收 siu 煞，𣍐煞得·tit，不肯 khéng 煞，煞煞去

(算了吧)，煞尿 siâu，煞工 kang (收工)，煞戲 hì，煞尾 bóe[bé] (最後)，煞尾你就知，煞尾子 kía^n，煞痒 chīo^n[chīu^n] (止痒)，煞氣 khùi (過癮，帶勁兒)，吃 chia̍h 𣍐煞氣，看 khōa^n 了 liáu 真煞氣，死 sí 煞(死而後已，了結，死心)，執 chip 死煞 (固執)；(終於) 煞落雨來，伊煞無 bô 來，想 sīo^n[sīu^n] 到 kah 煞無神 sîn 去·khi，伊聽一下煞愛笑；(豈，表示反問) 煞有 ū (豈有)，煞是 (怎麼是)，伊煞要 boeh[beh] (他哪會要)，煞有那 hit 號 hō 代 tāi 志 chì (哪有那種事)，煞是我講的·e (哪兒是我說的)，煞會 ē[oē] 當 tàng 許 hiah 早 chá 起來 (哪能起來那麼早呢)；(罷了) 上 siōng 加 ke 五里 lí 路 lō· 煞·soah (最多五里路罷了)，無愛 ài 我去就毋 thài 去煞·soah (不要我去就不去算了，有什麼了不起的)；(凶神，祟) 煞神 sîn，惡 ok 煞，犯 hoān 煞，祭 chè 煞，鎮 tìn 煞，煞氣 khì，犯着煞氣，煞星 chhe^n[chhi^n]；(作祟) 予 hō· 土 thó· 神煞着，煞死，相 sio[sa^n] 煞＝相剋；(放血宰殺) 刣 thâi 雞 ke[koe] 煞血 hoeh[huih]，煞雞，煞猪。

撒 (放進) 撒塩 iâm，撒鹹 kiâm，撒香 hiang 油 iû，撒醋 chhò·，撒胡 hô· 椒 chio，撒配頭；撒水 chúi 播 pò· 田 chhân，撒田，撒塩 phoe̍h[phe̍h]。

soah/soa̍h 唰 狂 kong 唰唰。

soâi^n 伧 (＝sông) 伧伧，伧哥·ko。

soāi^n 檨 檨仔 á (芒果；横痃)，土 thó· 檨，南 lâm 洋iô·^{n}[iû^n]

樣。

soaihⁿ 㗰 㗰㗰叫 kìo，嘶 sihⁿ 嘶㗰㗰。

Soan 亘 (蠕動，滾動) 蜈 ngiauh 蜈亘，亘來亘去 (亂滾)，痛 thìaⁿ 到 kah 倒 tó 咧 leh 亘；(爬上) 亘藤 tîn，亘上 chīoⁿ[chīuⁿ] 棚 pêⁿ[pîⁿ]，亘根；溜 lîu 亘(溜走)；亘蟯 ngiāu (磨磨蹭蹭不干脆)，做 chò[chòe] 代 tāi 志 chì 真亘蟯。

宣 宣布 pò͘，宣告 kò，宣言 giân，宣誓 sè，宣判 phòaⁿ，宣戰 chiàn，宣傳 thoân，宣教 kàu，宣道 tō；宣爐 lô͘，宣紙 chóa。

喧 喧嘩 hoa。

萱 萱草 chháu/chhó。

酸 寒 hân 酸。

soan 訕 (譏諷) 開 khui 嘴 chhùi 着 tòh 是要 boeh[beh] 訕人 ·lang，訕屎 siâu，訕削 siah (譏諷挖苦)，訕洗 sé [sóe]，倒 tò 頭 thâu 訕 (用反話諷刺)。

珊 珊瑚 hô͘/lô͘。

Soán 選 選子 kíaⁿ 婿 sài，選人 jîn 材 châi，挑 thiau 選，揀 kéng 選 (挑揀，選擇)，精 cheng 選，選擇 tėk，選拔 poát；選舉 kú[kí]，普 phó͘ 選，競 kèng 選，候 hāu 選，當 tong/tòng 選，落 lòk 選，選民 bîn，選票 phìo；文 bûn 選，詩 si 選，選集 chip。

Soàn 蒜 蒜仔 á，蒜頭 thâu，蒜絨 jiông (蒜泥)，蒜 (仔) 瓣 bān/pān，蒜仔白 pėh。

算 預 ū[ī] 算，決 koat 算；妙 biāu 算，不 put 上 siōng 算。

Soân 旋 旋轉 choán；凱 khái 旋；周 chiu 旋；旋律 lu̍t。

Soān 鏇 轆 lak 鏇（弓鑽），用轆鏇鏇落去轆孔 khang；(罵) 坫 tiàm 尻 kha 川 chhng 後 āu 一 it 直 ti̍t 鏇𣍐 bē [bōe] 煞 soah。

soān 鑽／璇 鑽石 chio̍h 手 chhíu 指 chí（鑽石戒指），火 hóe[hé] 鑽，水 chúi 鑽，鑽筆 pit（金剛鑽刀）。

漩 漩桶 tháng，用漩桶漩水 chúi 沃 ak 菜 chhài；漩尿 jīo。

Soat 說 演 ián 說，說笑 chhiàu，胡 hô͘ 說；說法 hoat，說教 kàu，說明 bêng；說客 kheh；學 ha̍k 說；小 siáu 說。

刷 印 ìn 刷，刷新 sin。

雪 雪崩 pheng；雪冤 oan；雪糕 ko，雪文 bûn，雪茄 ka，雪花 hoa 膏 ko。

Soe 衰 盛 sēng 衰，衰旺 ōng，衰弱 jio̍k，衰膦 lám，衰老 lāu，衰微 bî，衰颯 sap，衰敗 pāi，衰退 thè[thòe]，衰頹 tôe，衰落 lo̍h；(晦氣) 真衰（倒霉），衰屄 siâu 要 boeh[beh] 衰啦·lah，衰孬 bái，衰運 ūn，落 lo̍h 衰；(低賤) 無許 hiah 衰着 tio̍h 去跪 hūi 人·lang，不 m̄ 可 thang 予 hō͘ 人 lâng 看 khòaⁿ 衰。

[soe]→se 梳疏蔬

[sóe]→sé 洗黍

Sòe 帥 元 goân 帥，主 chú 帥。

歲 周 chiu 歲；萬 bān 歲，千 chhian 歲。

說 游 iû 說，說客 kheh。

Sòe [sè] 稅 課 khò 稅，抾 khioh 稅，納 la̍p 稅，繳 kiáu 稅，漏 lāu 稅，稅捐 koan，稅收 siu；(租用) 稅厝 chhù，稅車 chhia；(出租) 厝稅人豎 khīa，稅人三冬 tang；(租金) 厝稅，店 tiàm 稅。

sòe [sè] 撒 穢 oè[è] 撒 (亂扔弄得亂七八糟；玷污) 。

[sòe] → sè 細

sôe [sê] 垂 (下垂) 頭 thâu 売 khak 垂垂，頕 tàm 垂 (低下頭，垂頭喪氣)，軟 nńg 垂 (軟弱無力地下垂)，垂落去；(減弱) 風 hng 較 khah 垂。

sōe [sē] 浽 (向下垂) 浽裾 ku，浽肩 keng (雙肩下垂)，嘴 chhùi 下 ē 斗 táu 浽浽；(沿着物體流下來) 雨 hō͘ 漏 lāu 水 chúi 對 tùi 壁 piah 邊 piⁿ 浽落來，浽罰 teⁿ [tiⁿ]，浽罐 sui，黃 n̂g 浽水 (黃水)，嘴 chhùi 涎 nōa 浽出來，浽浽滴 tih；(灑，撒) 米 bí 浽到 kah 滿 móa 土 thô͘ 腳 kha。

soeh [seh] 說 解 ké[kóe] 說，聽 thiaⁿ 你在 teh 說，說謝 sīa，聲 siaⁿ 說 (聲調)，歹 pháiⁿ 聲說，無 bô 聲無說，卻 khiok 說。

[soeh] → seh 塞

soh 索 (繩子) 索仔 á，草 chháu 索，麻 môa 索，鋼 kǹg 索，打 phah 索，絞 ká 索；瘦 sán 索 (消瘦，瘦長)，瘦索巧 khiáu 路 lō͘ (苗條) 。

soh [suh] 嗍 (吮，吸) 嗍入去，嗍奶 ni[lin,leng]，嗍到 kah 啾 chiu̍h 啾叫 kìo，嗍指 chéng[chńg] 頭 thâu 仔 á，嗍薰 hun，嗍田 chhân 螺 lê，蜈 gô͘ 蜞 khî 吸 khip 嗍人的血 hoeh[huih]；(吸乾) 嗍水 chúi，瘦 sán 田賢 gâu 嗍水，嗍汗 kōa^{n}，嗍濕 sip，火 hóe[hé] 炭 thòa^{n} 會 ē[oē] 嗍濕，嗍乾 ta；(手脚一起撒着爬) 嗍竹 tek 篙 ko，嗍起去旗 kî 杆 koa^{n} 頂 téng。

so̍h 鐲 手 chhíu 鐲，掛 kòa 鐲；瘦 sán 鐲 (消瘦) 。

Sok 束 (捆，繫) 束起來，束予 hō͘ 伊緊 ân，束倚 oá，束腰 io，束身 sin，束束 (不寬舒)，束袂 ńg (羅口)；束結 kiat (小巧)；襪 boe̍h[be̍h] 束，手 chhíu 袂 ńg 束，樹 chhīu 奶 ni 束仔 á；(鞘) 刀 to 束，劍 kiàm 束；(量詞) 一束香 hio͘^{n}[hiu^{n}]；(成束的東西) 光 kng/kong 束，電 tiān 子 chú 束；(控制) 約 iok 束，拘 khu 束，束縛 pa̍k，束手 chhíu；束脩 siu，束金 kim。

速 迅 sìn 速，火 hóe[hé] 速，速成 sêng，速決 koat，速記 kì，速寫 sía，速答 tap，速效 hāu；速度 tō͘，速率 lu̍t，聲 sia^{n} 速，光 kng 速，風 hong 速，時 sî 速，加 ka 速。

朔 朔望 bōng。

塑 塑膠 ka，塑像 siōng。

sok 縮 收 siu 縮，縮小 síο/siáu，縮細 sè[sòe]。

肅 肅靜 chēng。

索 索性 sìn (乾脆)，禁 kìm 亦 ia̍h 禁繪 bē[bōe] 住tiâu

、索性㨂 kù 在 chāi 伊去。

som 參 人 jîn 參，高 ko 麗 lê 參；海 hái 參，刺 chhì 參。

sōm 跄 (慢慢走) 聊 liâu 聊仔 á 跄。

Song 雙 雙親 chhin。

桑 佛 hu̍t 桑花 hoe＝扶 hû 桑花。

喪 喪事 sū，治 tī 喪，居 ku[ki] 喪。

霜 風 hong 霜；柿 khī 霜。

鬆 蓬 phōng/pōng 鬆 (大而不實)。

Sóng 爽 (舒服) 伊人 lâng 無 bô 啥 sían 爽，心 sim 爽，身 sin 爽，爽快 khoài，偲厝 chhù 真爽，蘇 sơ 爽 (講究而舒適)，爽口 kháu (可口)；豪 hô 爽；爽約 iok (失約)。

Sòng 送 歡 hoan 送，送行 hêng，送葬 chòng。

宋 宋朝 tiâu；呂 lū[lī] 宋；(傻)戇 gōng 宋，宋闆 phàn (亂花錢的土包子，傻瓜)，想 sīoⁿ[sīuⁿ] 要 boeh[beh] 吃 chia̍h 我宋闆。

喪 喪失 sit，喪心 sim，喪身 sin，喪膽 táⁿ/tám；(貧) 喪凶 hiong，喪赤 chhiah (貧窮)。

sòng 數 無 bû 量 lōng 數 (非常，極) 無量數長 tn̂g，無量數闊 khoah。

sông 傖 (土氣，傖俗) 真傖，傖傖，土 thó͘ 傖 (土里土氣)，臭 chhàu 傖，傖呆 tai，予 hō͘ 人 lâng 吃 ;，出 chhut 傖。

sōng 跄 (慢慢) 漉 lok 跄 (慢慢騰騰，無精打彩的樣子)，行

kîa^{n} 路 lō͘ 漉跆漉跆。

Su 私 私人 jîn，私事 sū，私信 sìn，私生 seng/se^{n}[si^{n}] 活 oȧh；私奇 khia (爲私；私人的)，私偏 phian，私心 sim，自 chū 私；走 cháu 私，私貨 hòe[hè]，私酒 chíu；私揨 ng 私掖 iap (暗地裡)，私暗 àm (昧起來)，私盖 khàm，私孔 khang (隱私)，私通 thong。

思 思家 ka，思故 kò͘ 鄉 hiong[hiang]，思偲 in 父 pē 母 bó[bú]，思念 liām，思慕 bō͘；思奶 ni[lin]，思要 boeh[beh] 吃 chiȧh 竹 tek 荀 sún；思量 nîơ[nîu](考慮；渴想)，思考 khó，思想 síơ^{n}[síu^{n}]/sióng。

司 司機 ki，司令 lēng，司儀 gî，司法 hoat。

伺 伺候 hāu/hō͘。

師 老 lāu 師，牧 bȯk 師，教 kàu 師，工 kang 程 thêng 師，技 ki 師，律 lu̇t 師，醫 i 師，軍 kun 師，講 káng 師，師父 hū，師傅 hū，師姑 kơ，師範 hoān。

斯 斯文 bûn。

輸 輸贏 iâ^{n}，打 phah 輸，簙 poȧh 輸賭 kiáu，相 sio [sa^{n}] 輸 (打賭)，不 m̄ 認 jīn 輸；較 khah 輸 (遜於)，較輸囝 gín 仔 á，較輸坫 tiàm 厝 chhù 裡·lin 看 khòa^{n} 電 tiān 視 sī；運 ūn 輸，輸送 sàng，輸血 hiat/hoeh[huih]，輸卵 nn̄g 管 kńg，輸出 chhut，輸入 jip。

Su[Si] 須 必 pit 須，須要 iàu，須着 tiȯh，須知 ti。

需 必 pit 需，需要 iàu；軍 kun 需。

書 書法 hoat，書體 thé，楷 khái 書，行 hêng 書，草 chhó 書，隸 lē 書；圖 tô͘ 書，叢 chhông 書，書刊 khan；家 ka 書，書信 sìn；證 chèng 書，說 soat 明 bêng 書。

舒 舒服 ho̍k。

鬚 抒

su 軀 (←身 sin 軀 khu)(身體) 圍 ûi 軀裙 kûn；(身材) 合 ha̍h 軀(合身)，坔 lâm 軀＝坔身 sin (衣服肥大不合身)；(量詞)一軀洋 iô͘ⁿ[iûⁿ] 服 ho̍k，歸 kui 軀禮 lé 服。

sú 史 歷 le̍k 史。

使 唆 so 使，使人 lâng 感 kám 動 tōng；濫 lām 使，濫使講 kóng，亂 loān 使，亂使來 lâi；使用 iōng；使命 bēng；設 siat 使，假 ká 使。

駛 駕 kà 駛。

死 生 seng 死，死亡率 lu̍t，敢 kám 死隊。

sú[sí] 暑 暑期 kî，暑假 ká，避 pī 暑，中 tiòng 暑。

署 公 kong 署。

sú 麈 麈尾 bí (拂塵) 。

sù 四 四配 phòe (相稱，合適)，四㚬 thīn (相稱)，四肢 ki/chi，四季 kùi，四鄰 lîn；(音名) 。

駟 駟馬 má。

肆 放 hòng 肆 (輕率任意，毫無顧忌)，閉 pì 肆 (害羞，腼腆)；酒 chíu 肆。

恣 恣肆 sù。

思 意 ì 思；秘 pì 思（腼腆），講 kóng 話 oē 真秘思。

使 使徒 tô͘，使者 chía，使節 chiat。

賜 賞 sióⁿ[síuⁿ] 賜。

戍 衛 oē 戍。

sù[sì] 庶 庶民 bîn，庶務 bū；庶母 bó[bú]，庶出(妾所生)。

恕 寬 khoan 恕，饒 jiâu 恕，恕你無 bô 罪 chōe。

絮

sù 次 次序 sī[chhù-sū]（舒適，井井有條；次序）厝 chhù 內 lāi 真次序，做 chò[chòe] 代 tāi 志 chì 真次序；照 chiàu 次序來 lâi。

sû 殊 特 te̍k 殊，殊不 put 知 ti（竟不知道；竟沒想）。

祠 祠堂 tn̂g。

詞 語 gú[gí] 詞，詞句 kù，厚 kāu 言 giân 詞，祝 chiok 詞，弔 tiàu 詞。

辭 修 siu 辭，辭令 lēng，強 kiông 辭，推 the 辭，托 thok 辭。

sû[sî] 蜍 蟾 siâm 蜍。

sû 嗣 後 āu/hō͘ 嗣，傳 thoân 嗣，繼 kè 嗣，絶 choa̍t 嗣。

sū 士 人 jîn 士，士女 lú[lí]，女士，紳 sin 士，壯 chòng 士，志 chì 士；護 hō͘ 士，技 ki 士；學 ha̍k 士，碩 se̍k 士，博 phok 士；道 tō 士；士兵 peng，士氣 khì；(音名)。

仕 (做官) 出 chhut 仕，仕途 tô͘。

事 小 sío 事，閒 êng 事，惹 jía 事，插 chhap 事，省

séng 事，出 chhut 事，厚 kāu 事路 lō͘，無 bô 事使 sái (不濟事)，順 sūn 事 (順利)，失 sit 事，事前 chêng/chiân，事後 āu，事先 sian；本 pún 事。

似 相 siong 似，近 kīn[kūn] 似，類 lūi 似。

敘 敘事 sū；敘用 iōng。

巳 巳時。

祀 祭 chè 祀，祀業 gia̍p。

嗣 嗣 (而 jî) 后 hō͘ (以後)。

墅 別 pia̍t 墅。

樹 建 kiàn 樹，樹立 li̍p。

豎 豎匾 pián。

Sū[Sī] 序 次 chhù 序，順 sūn 序，程 thêng 序，秩 tia̍t 序，序數 sò͘，序列 lia̍t；序幕 bō͘，序曲 khek，序論 lūn；序文 bûn，序言 giân，序跋 poa̍t。

緒 頭 thâu 緒，就 chīu 緒，緒論 lūn，緒言 giân；心 sim 緒，情 chêng 緒。

嶼 海 hái 嶼，浮 phû 嶼，島 tó 嶼，孤 ko͘ 嶼，摸 bong 無 bô 山 soa^{n} 嶼。

署 署理 lí；署名 mîa。

曙 曙光 kong。

sū 㖅 㖅狗 káu 相 sio[sa^{n}] 咬 kā。

suh 屑 鋸 kù 屑灰 hu；不 m̄ 屑 (妄自尊大，擺架子)，伊真不屑、無 bô 錢 chî^{n} 復 koh 要 boeh[beh] 吃 chia̍h 好 hó。

速 緊 kín 速速。

簌 風 hong 簌簌叫 kìo。

[suh]→soh 嗍 （吮，吸；拳）

Sui 雖 舊 kū 雖舊、还 iáu 復 koh/kú 好 hó 咚 tang 咚，雖然 jiân，雖罔 bóng。

荽 芫 iân 荽。

蓑 棕 chang 蓑。

鏙 (某些容器的嘴子) 茶 tê 鑵 koàn 鏙，溼 sōe[sē] 鏙 (順着嘴子流下)＝鏙䟴＝溼䟴 te^{n}[ti^{n}]；(喝酒) 來鏙一下；(尿道口，龜頭) 尿 jīo 鏙，包 pau 鏙 (包皮)，吐 thó͘ 鏙。

sui 繐 (穗狀裝飾品) 旗 kî 繐，灯 teng 繐；(垂在前額的短髮) 毛 mn̂g 繐 (仔 á)(劉海兒)，鬢 pìn 繐 (鬢髮)，頭毛繐落來；(破綻) 褲 khò͘ 腳 kha 繐去·khi，繐繐，布pò͘ 邊 pi^{n} 無 bô 拗 áu 紨 pô͘ 會 ē[oē] 繐，繐䟴te^{n}[ti^{n}]；落 lak 繐 (傷面子，丟臉) 。

祟 古 ku 祟，古古祟祟 (狡猾)。

Súi 水 山 san 水，風 hong 水，小 siáu 水 (尿)，利 lī 水，水銀 gîn[gûn]，水牛 gû，水雞 ke[koe] (青蛙)；嘴 chhùi 水 (說奉承話)，好 hó 嘴水，較 khah 有 ū 嘴水，攏 lóng 無 bô 嘴水，人 lâng 吃 chiáh 嘴水、魚吃露 lō͘ 水 chúi。

súi 美 美鈃 giang 鈃，美咚 tang 咚，美汪 oai^{n} 汪，花 hoe 開 khui 到 kah 真美，寫 sía 去 khì 真 chin 美，美

到不 m̄ 好 hó 講 kóng，美色 sek。

Sûi 隋

隨 (在後面緊接着) 相 sio[sa^{n}] 隨，跟 kin[kun] 隨，追 tui 隨，隨從 chiông，隨員 oân，隨香 hio͘^{n}[hiu^{n}]，隨身 sin，隨帶 tòa，隨手 chhíu (順手)；(任凭) 隨便 piān，隨意 ì，隨心 sim，隨在 chāi，隨在你吃 chia̍h，隨處 chhù，隨搭 tah (到處)；(立刻，馬上) 隨時 sî，隨即 chek，隨後 āu，隨去隨來；(挨次序，逐个) 隨字 jī 讀 tha̍k，隨條 tiâu 討 thó 論 lūn，隨个 ê，隨人 lâng 來，隨人趁 thàn 隨人吃。

垂 下 hā 垂，垂真 tit，四淋 lâm 垂，目 ba̍k 屎 sái 四淋垂。

誰

Sūi 瑞 祥 siông 瑞，瑞兆 tiāu。

遂 遂願 goān，不 put 遂，未 bī 遂；半 poàn/piàn 遂。

隧 隧道 tō。

穗 稻 tīu 穗，麥 be̍h 穗，結 kiat 穗，吐 thò͘ 穗，出 chhut 穗，成 chîa^{n} 穗，飽 pá 穗。

睡 睡眠 bîn，睡衣。

祟 鬼 kúi 鬼祟祟，作 chok 祟。

[sui^{n}]→sng 酸瘦栓孫

[súi^{n}]→sńg 耍損

[sùi^{n}]→sǹg 算繏嗅

[suih^{n}]→sngh 嗅

[suihⁿ]→sn̍gh 嗅

Sun 孫 (孫子) 子 kíaⁿ 孫，查 cha 甫 po͘ 孫，查某 bó͘ 孫，內 lāi 外 gōa 孫，孫婿 sài，孫媳 sim 婦 pū，曾仔 kan-á/kaⁿ-ná 孫，玄 goân 孫，五 ngó͘ 代 tāi 孫，七 chhit 世 sè 孫，死 sí 子 kíaⁿ 絕 che̍h 孫；(侄子) 孫仔 á，查某孫仔 (侄女)。

Sún 筍/笋 竹 tek 筍，冬tang 筍，酸 sng 筍，鹹 kiâm 筍，筍干 koaⁿ；茭 ka/kha 白 pe̍h 筍，蘆 lô͘ 筍。

榫 榫頭 thâu，榫孔 khang (榫眼)，接 chiap 榫，榫頭接無峇 bā，敆 kap 榫，入 jip 榫，鬥 tàu 落 lo̍h 榫，榫頭鬥無落坎 gám，咬 kā 榫，落 lak/làu 榫，有孔無榫。

損 虧 khui 損，損益 ek；損失 sit，損害 hāi，損壞 hoāi；交 ka 懍 lún 損 (打冷戰)；青 chheⁿ[chhiⁿ] 損損。

Sùn 舜

瞬 瞬息 sek 間 kan。

遜 遜位 ūi；謙 khiam 遜；遜色 sek。

Sûn 巡 巡回 hôe，巡視 sī，巡看 khòaⁿ，巡夜 iā，巡更 keⁿ[kiⁿ]，巡邏 lô，巡禮 lé；(過目，查看) 巡一遍 piàn，巡着 khòaⁿ，着 tio̍h 過 kòe[kè] 巡，巡了 liáu 復 koh 再 chài 巡。

純 純金 kim，純白 pe̍h，純毛 mn̂g，純粹 chhùi，純正 chìaⁿ/chèng，純潔 kiat，純一 it，單 tan 純。

淳 淳厚 hō͘，淳朴 phok。

醇 醇和 hô，醇厚 hō͘，紹 siāu 興 hin[heng] 酒 chíu 吃 chiảh 了 liáu 真 chin 醇。

馴 這 chit 个 ê 囝 gín 仔 á 真馴，溫 un 馴。

循 遵 chûn 循，因 in 循，循例 lē，循環 khoân/hoân。

旬 上 siōng 旬，中 tiong 旬，下 hā 旬，旬日 jit；做 chò[chòe] 旬，頭 thâu 旬，尾 bóe[bé] 旬，七 chhit 旬。

徇 徇私 su，徇情 chêng。

荀 (姓)

殉 殉難 lān，殉職 chit，殉情 chêng，殉教 kàu，殉葬 chòng。

詢 查 cha 詢，質 chit 詢，詢問 mn̄g/būn。

sûn 紋 (條紋) 畫 oē[ūi] 紋，紅 âng 紋，白 pe̍h 紋，皺 jiâu 紋，裂 li̍h 紋，目睭重 têng 紋；(量詞) 兩 n̄ng 紋金 kim 紋。

潤 利 lī 潤。

Sūn 順 (平順) 平 pêng 順，和 hô 順，順順，順利 lī，順事 sū，𣍐 bē[bōe] 順，不 put 順，順眼 gán，順耳 ní，順行 kîaⁿ，順溜 lìu；(向着同一个方向) 順風 hong，順路 lō͘；(沿着) 順溪 khe[khoe] 墘 kîⁿ 去 khì，大 tōa 水 chúi 順坑 kheⁿ[khiⁿ] 溝 kau 拚 pìaⁿ 落來；(趁便) 順勢 sè，順筆 pit，順手 chhíu，順便 piān，順續 sòa，順帶 tòa，順嘴 chhùi 講 kóng，順孝 hà 娶 chhōa；(順從) 順人 lâng 的意 ì 見 kiàn，順趁 thàn

(順從)，順趁命 bēng 令 lēng，順從 chiông，順從序 sī 大 tōa，歸 kui 順，孝 hàu 順；(適應，適合) 順情 chêng 順理 lí，順辦 pān (符合樣品)；(依次) 順序 sū，順頭 thâu 理 lí 路 (按照順序)，順延 iân，順月 goėh[gėh] (臨月)。

sūn 循 (在原來的紋迹上重描) 循字 jī (描臨)，字無 bô 啥 sía^{n} 明 bêng、着 tioh 復 koh 對 tùi 頂 téng 面 bīn 循一 chit 遍 piàn 才 chiah 好 hó，循墓 bōng 牌 pâi，循腳 kha 跡 jiah (跟蹤)，尪 ang 姨 î 循話 oē 尾 bóe[bé]。

Sut 戌 戌時。

呔 嗦 sih 武 bú 嗦呔。

恤 體 thé 恤。

率 率領 nía/léng，率先 sian；輕 kheng 率，草 chhó 率，率直 tit。

摔 摔角 kak。

蟀 蟋 sih[sek] 蟀。

捽 (抽打) 捽落去，用 ēng 馬 bé 捽捽馬 (用馬鞭鞭馬)，牛 gû 捽仔 á，蚊 báng 捽 (蚊拂)；(迅速的動作) 捽後 āu 砲 phàu (暗中搶先)；目 bak 睭 chiu 捽來捽去，捽目 bak (瞥眼；使眼色)，目尾 bóe[bé] 捽一下 (眼梢瞥一下) 。

sut 屑 鋸 kù 屑，柴 chhâ 屑，餅 pía^{n} 屑，肉 bah 屑，碎 chhùi 屑，幼屑屑，一屑仔 á (一點兒)，無 bô 半 pòa^{n}

屑（一點兒沒有）。

sůt 述 口 kháu 述，陳 tîn 述，記 kì 述，述職 chit。

術 技 ki 術，學 hȧk 術，醫 i 術，手 chhíu 術，藝 gē 術，美 bí 術，武 bú 術；戰 chiàn 術，權 koân 術，心 sim 術，術數 sò͘；（詐騙）術人的錢，予 hō͘ 人術去 ·khi，咾 láu 騙 phiàn 術。

sůt 㖶 呼 khơ 㖶仔 á（吹口哨）；（猜拳）㖶輸 su 贏 iâⁿ，㖶土 thó͘ 地 tī，㖶咾 láu 仔；（象聲詞）嗞 sih 嗞㖶㖶，吃 chiȧh 到 kah 㖶㖶叫 kìo，㖶一嘴 chhùi；（很快）㖶一下就 chīu 無 bô 看 khòaⁿ 見·kiⁿ 啦，銃 chhèng 子 chí 對 tùi 頭 thâu 壳 khak 頂 téng 㖶過去。

T

Ta　礁　礁仔 á，石 chio̍h 礁，暗 àm 礁，珊 san 瑚 ô͘ 礁，船䑐 khòa 礁，䑐在 tī 礁頂 téng。

ta　乾　乾柴 chhâ，乾草 chháu，乾土 thô͘，乾布 pò͘；乾乾，真乾，乾涸 khok 涸；曝 pha̍k 乾，飲 lim 乾，焙 pōe [pē] 予 hō͘ 伊乾；乾鬆 sang，乾身 sin，乾離 lī，乾冇 tēng，乾痛 pô͘，乾燥 sò；嘴 chhùi 乾，乾渴 khoah，喉 âu 乾舌 chih 渴；乾心 sim（心兒乾了；焦心）；乾肘 tíu（小孩活潑伶俐老成）；乾洗 sé[sóe]，乾炒 chhá，乾焙 pōe[pē]，乾嗽 sàu，乾嘔 áu；吃𣍐bē[bōe] 乾，吃伊不 m̄ 乾；乾家 ke（婆婆），乾官 koaⁿ（公公），乾家 ke 官 koaⁿ。

焦　臭 chhàu 焦，臭 chhàu 火 hóe[hé] 焦。

唐　唐甫 pó=查 cha 甫（男人）。

tá/tah　嗒　（兒語：吃）嗒嗒，緊 kín 嗒。

tá/tah/tó/toh　何　（何處）要 boeh[beh] 何去 khì（要哪兒去），何位 ūi，何落 lo̍h；何一 chit 个（哪一个）。

tà　罩　（遮蓋）山 soaⁿ 罩霧 bū，罩雺 bông（霧），罩密 ba̍t 密，罩蚊 báng 罩，雞 ke[koe] 罩罩雞，罩面 bīn；（罩子）灯 teng 罩，桌 toh 罩；（趴，伏）做 chò[chòe] 四 sì 腳 kha 虎 hó͘ 要 boeh[beh] 罩（趴虎兒），罩落

去，罩倚 oá，囝 gín 仔 á 罩要予 hō͘ 人抱 phō。

tà/tah 嗒　（嘆詞）嗒，這 che 予 hō͘ 你·li！

tâ　焦　枯 kơ 焦，樹欉 châng 枯焦去·khi，人 lâng 焦去，喝 hoah 到 kah 嚨 nâ 喉 âu 焦去，心 sim 肝 koa^n 焦去，烏 ơ 焦，烏焦瘦 sán。

tâ/tā[tāi] 奈　奈何 oâ，無 bô 奈何，無奈得 tit 何，無法 hoat 伊奈何。

ta^n　今（現在，此刻）從 chēng 到 kàu 今（從來），今才 chiah（剛才），今好 hó 可 thang 出 chhut 發 hoat 啦·lah；（嘆詞）今害 hāi 啦！

担/擔（用肩膀挑）擔水 chúi，擔重 tāng 擔 tà^n，擔工 kang；扁 pun/pin/pún/pín 擔，竹 tek 擔，尖 chiam 擔；擔架 kè；（擔負）擔責 chek 成 sêng，擔罪 chōe；（抬頭）擔頭 thâu 看 khòa^n 天 thi^n，頭壳 khak 擔擔（抬着頭）。

Tá^n　打　攻 kóng 打，毆 áu 打，打倒 tó，打擊 kek，跌 tiat 打，搩 tiap 打；打掃 sàu，打扎 chah（攙扶），老 lāu 人 lâng 過 kòe[kè] 溝 kau 仔 á 着 tio̍h 給 kā 伊打扎，打扮 pān，打算 sǹg，打動 tōng 人的心，打搩 tiap（醫治；懲治），打岔 chhà（打擾；差錯），不 m̄ 可 thang 來打岔，身 sin 軀 khu 何 tó 位 ūi 有 ū 打岔？打擾 jiáu，無 bô 打緊 kín（不要緊）；打馬 má 油 iû，打馬膠 ka；（付款以代替）無閑 êng 可 thang 做 chò[chòe] 衫 sa^n 予 hō͘ 伊、打現 hiān 金 kim 予 hō͘

伊家 ka 己 tī[kī] 去做，提 the̍h 錢 chî^{n} 打女lú[lí] 家 ke 買 bé[bóe] 粧 chng 奩 liâm，打錢 chî^{n}；(一總發包) 總 chóng 打伊，打件 kīa^{n}，打載 chāi (包車或船運貨)；(量詞) 半 pòa^{n} 打麥 be̍h 仔 á 酒 chíu。

tá^{n} **胆/膽** 胆囊 lông，胆汁 chiap，胆石 chio̍h，熊 hîm 胆；胆量 liōng，胆頭 thâu，有 ū 胆，無 bô 胆，好 hó 胆，大 tōa 胆，戇 gōng 胆，䘥 bòng 胆，小 síō 胆，在 chāi 胆，怯 khiap 胆，驚 kia^{n} 到 kah 失 sit 胆，懍 lún 胆，慴 liap 胆，慄 lek 胆，破 phòa 胆，借 chioh 胆，助 chō͘ 胆，伴 phōa^{n} 胆，鬥 tàu 胆，壯 chòng 胆，鋥 thīa^{n} 胆，放 pàng/hòng 胆。

擋 (=táng) (承擔) 這 chit 拳 kûn 我擋。

tà^{n} **担/擔** 担仔 á，重 tāng 担，担頭 thâu，担 ta^{n} 担，卸 sìa 担；一 chit 担水 chúi；菜 chhài 担，點 tiám 心 sim 担，出 chhut 担，倒 tó 担。

呾 (多嘴) 賢 gâu 呾話 oē，濫 lām 摻 sám 呾，烏 o͘ 呾白 pe̍h 呾 (隨口亂說)，七 chhit 呾八 peh[poeh] 呾，講 kóng 呾 (商量)，𣍐 bē[bōe] 講𣍐呾。

tâ^{n} **誤** (弄錯，差錯) 算 sǹg 誤，無 bô 誤，重 têng 誤 (出差錯)，聽 thia^{n} 了 liáu 重誤，不 m̄ 可 thang 將chiong [chiang] 代 tāi 志 chì 創 chhòng 重誤，重誤去 khì。

譚 (插嘴打岔) 我予 hō͘ 伊譚了 liáu 煞 soah 錯 tā^{n} 去，亂 loān 譚。

tā^{n} **錯** (不正確) 聽 thia^{n} 錯，講 kóng 錯，記 kì 錯，算 sǹg

錯日 jit，行 kîa^{n} 錯路 lō͘，相 sio[sa^{n}] 誤 gō͘ 錯。

湛 鹹 kiâm 湛（鹹不滋兒，鹹淡恰好的塩味）。

tah **貼** 貼郵 iû 票 phìo，貼紙 chóa，貼壁 piah。

答 答應 èng。

嗒 （兒語：吃）緊 kín 嗒；（嘆詞）嗒、提 thėh 去！

搭 （拍）搭椅 í 搭桌 toh，搭胸 heng，搭背 kha[ka] 脊 chiah，搭肩 keng 頭 thâu，搭手 chhíu，囝仔搭予 hō͘ 伊睏 khùn；搭嚇 hiah^{n}（嚇一跳）；（靠着）不 m̄ 可 thang 园 khǹg 傷 sio^{n}[siu^{n}] 搭壁 piah，船 chûn 搭岸 hōa^{n}，無 bô 搭按 hōa^{n}（無依無靠），腳 kha 不曾 bat 搭土 thô͘，門 mn̂g 關 koai^{n}[kui^{n}] 予伊搭，關無搭，關搭搭（關嚴），頭毛 mn̂g 剪 chián 較 khah 搭咧 leh，草着 tiȯh 割 koah 予伊搭，輸 su 到 kah 真 chin 搭，搭底 té[tóe]（到了極點），輸 su 到搭底，搭峇 bā（緊靠着；親密），搭心 sim（貼心，情投意合），搭心子 kía^{n}，搭心的人，搭頭 thâu（姘頭），阿 a 搭的 e；（支，架）搭寮 liâu 仔 á，搭浮 phû 橋 kîo，搭棚 pê^{n}[pî^{n}]，搭布 pò͘ 篷 phâng，搭架 kè；（安排）配 phòe 搭，佈 pò͘ 搭，補 pó͘ 搭；（加上）搭鋤 tî 頭 thâu，加 ke 搭一塊 tè 布 pò͘，搭稱 chhìn 頭；（接連）搭話 oē，濫 lām 摻 sám 搭；（托，寄）搭物 mih 件 kīa^{n}，搭批 phoe[phe]；（乘，坐）搭飛 hui 機 ki，搭船 chûn，搭渡 tō͘，搭頭幫 pang 車 chhia，搭客 kheh；（零沽）搭酒 chíu，搭油 iû；（處）這 chit 搭，那 hit 搭，別

pȧt 搭，逐 tȧk 搭（每个地方），孬 bái 搭（短處，壞處），不 m̄ 知 chai 搭（不知何處）。

何 (=tá/toh)

霎 (一 chit) 霎久 kú 仔 á（一會兒）。

tȧh 踏 （跺）踏着伊的腳 kha，鞋踏倒 tó 靪 teⁿ[tiⁿ]，踏板 pán（用脚打拍仔），踏土 thô͘，踏腳 kha 步 pō͘，行 kîaⁿ 踏（行走；來往；行爲），踐 thún 踏，踏滑 kut 去，踏溜 liu，踏捝 thut（跺滑），踏顛 tian，踏陷 thām（陷進凹處）；踏（草 chháu）青 chheⁿ[chhiⁿ]，踏雪 seh，踏蹺 khiau；（交尾）雞公 kang 踏雞母 bó[bú]，相 sio[saⁿ] 踏；（表明並堅持）踏話頭，話 oē 頭 thâu 先 seng 踏，話先踏死 sí（話先講定），踏硬 ngē [ngī]，條 tiâu 件 kīaⁿ 踏去真緊 ân；（從中提出）踏伊的額 giȧh，踏一份 hūn 起來做 chò[chòe] 老 lāu 本 pún；（評價）椅 í 踏三百，桌 toh 仔踏一千。

Tai 呆 呆呆，戇 gōng 呆，憨 khám 呆，庫 khò͘ 呆，孝 hàu 呆，大 tōa 箍 kho͘ 呆，書 chu 呆，臭 chhàu 奶 ni 呆。

tai 秖 秖仔米 bí（小米）。

䱇 鮎 ko͘ 䱇。

Tái 歹 （壞）為 ûi 非 hui 作 chok 歹；（膩人）歹甜 tiⁿ，歹芳 phang，歹味 bī，歹歹。

tái[Chái] 滓 （沉渣）渣 che 滓，濁 lô 滓，油 iû 滓，藥iȯh 滓，血 hoeh[huih] 滓，尿 jīo（壺 ô͘）滓；滓滓（渾濁）；沓 tap 滓（麻煩；倒霉）。

Tài **帶** 攜 hê 帶，帶電 tiān，帶菌 khún；帶疑 gî，帶病 pē^{n}[pī^{n}] 去，帶疾 chit，帶青 chhe^{n}[chhi^{n}]，帶憂 iu 容 iông；連 liân 帶，附 hù 帶；帶領 léng，帶動 tōng，帶頭 thâu；(連累) 予 hō͘ 伊帶帶着·tioh，予人帶衰soe，帶累 lūi；(顧念) 帶念 liām 着朋 pêng 友 iú 的情 chêng 分 hūn；(區域) 一 it 帶，地 tē[tōe] 帶，熱 jia̍t 帶，寒 hân 帶，溫 un 帶；白 pe̍h 帶，赤 chhiah 帶。

戴 愛 ài 戴。

tài **代** 交 kau 代。

Tâi **台** 舞 bú 台，戲 hì 台，講 káng 台，砲 phàu 台，司 su 令 lēng 台，月 goe̍h[ge̍h] 台，電 tiān 視 sī 台，氣 khì 象 siōng[siāng] 台；後 āu 台，鬧 nāu 台，上 chīo^{n}[chīu^{n}] 台，登 teng 台，下 hā 台；台本 pún，台詞 sû，台步 pō͘，台風 hong；鏡 kìa^{n} 台，燭 chek 台，花 hoe 台，櫃 kūi 台，寫 sía 字 jī 台；台端 toan，台鑒 kàm。

枱 枱灯。

蚪 雞 ke[koe] 蚪，米 bí 蚪，糠 khng 蚪，生 se^{n}[si^{n}] 蚪，上 chhīo^{n}[chhīu^{n}] 蚪。

tâi **埋** 埋地 tē[tōe] 雷 lûi，埋死 sí 人 lâng，埋落 lo̍h 土 thô͘，活 oa̍h 埋。

Tāi **大** 大小 siíu，大軍 kun，大局 kio̍k，大勢 sè，大會 hōe，大使 sài，大方 hong，大理概 khài (適可而止，不要

過分)，大約 iok，大概 khài，大略 lio̍k，大套 thò (大概，概要)，講一个大套予 hō͘ 您聽；大夫 hu。

代 代替 thè[thòe]，代筆 pit，代表 piáu，交 kau 代；代理 lí，代行 hêng；古 kó͘ 代，近 kīn[kūn] 代，現 hiān 代，時 sî 代，年 nî 代，朝 tiâu 代，歷 le̍k 代；世 sè 代，前 chêng/chiân 代，後 āu/hō͘ 代，頂téng 代，下 ē 代，一代過 kòe[kè] 一代，代代；(事情) 代志 chì (事情)，啥 síaⁿ 代 (志)(何事)，要 boeh[beh] 代 (幹么)，好 hó 代，孬 bái 代，歹 pháiⁿ 代，無你的代，與 kap 伊無底 tī 代，代故 kò͘ (事兒)，小可 khóa 代故，霎 tah 久 kú 仔 á 的代故。

玳 玳瑁 pōe。

袋 袋鼠 chhú。

貸 貸款 khoán，告 kò 貸，給 kā 朋 pêng 友 iú 告貸一萬。

怠 怠慢 bān，怠工 kang，怠惰 tō。

逮 逮捕 pō͘。

鰱 鰱魚 hî，鰱仔 á，鯽 chit 魚釣 tìo 大 tōa 鰱。

tāi 待 款 khoán 待。

在 在先 seng，爭 cheng/cheⁿ[chiⁿ] 在先，在先來 lâi，在 (起 khí) 先伊有 ū 按 án 尔 ne[ni] 講 kóng，在頭 thâu (當初)。

奈 (→tâ/tā) 無 bô 奈何 oâ。

舵 舵工 kong。

táiⁿ 歹 翹 khiàu 歹 (翹辮子)。

刜 (砍，刪) 刜樹 chhīu 枝 ki，猪 ti 腳 kha 刜斷 tn̄g，魚 hî 尾 bóe[bé] 先 seng 刜起來；(卷起) 頭 thâu 鬃 chang 尾 bóe[bé] 仔 á 給 ka 刜起來。

tak 觸 (撞) 予 hō͘ 牛 gû 觸着·tioh，觸着石 chio̍h 頭 thâu，着 tio̍h 觸(受挫摔倒)，腳着觸，觸齒 khí，寒 kôa^n 到 kah 會 ē[oē] 觸齒，觸纏 tî^n/tê^n (卡住，不順利)，沾 bak 觸 (累贅；下作)，收 siu 這 chit 點 tiám 仔 á 物 mih、去 khì 倒 tò 沾觸，我到 kah 許 hiah 沾觸、提 the̍h 你的物，觸磕 kha̍p (倒霉)；(鬥) 與 kap 人 lâng 觸，觸嘴 chhùi，相 sio[sa^n] 觸嘴，觸口 kháu (鬥嘴)，觸搭 khê (卡住；不和睦)，代 tāi 志 chì 觸搭咧·leh 媠 bē[bōe] 進 chìn 行 hêng，偲兩 nn̄g 个 ê 觸搭無 bô 講 kóng 話 oē，抵 tú[tí] 觸(頂撞)；(用指甲按) 觸虱 sat 母 bó[bú]，觸算盤 pôa^n；(臨時記下) 觸賬 siàu，觸手 chhíu 摺 chih 仔 á (記筆記本)，觸囥 khǹg 咧。

篤 熱 joa̍h 篤篤。

ta̍k 逐 (每) 逐人 lâng，逐日 jit，逐擺 pái^n。

大 大 (=tāi) 家 ke/kē，大家攏 lóng 來 lâi 啦·lah。

濁 油 iû 濁=油滓 tái (油的沈渣)。

毒 下 he 毒手 chhíu，起 khí 毒心 sim；孤 ko͘ 毒 (性情乖僻心胸狹隘，孤吝自私小氣刻薄)，孤毒相 siàng/siòng/siò^n[siù^n]，孤毒癖 phiah (孤僻)。

碡 磟 lâ/nâ 碡。

鰆 鰆仔 á。

蔔 蘿 nâ 蔔 (=pȯk) 。

篤 時 sî 鐘 cheng 篤篤叫 kìo。

Tam 擔 (擔負，承當) 擔當 tng，擔担 ta^n，負 hū 擔，擔保 pó，擔心 sim，擔憂 iu，擔煩 hoân，厚 kāu 擔煩、人 lâng 快 khoài 老 lāu，予 hō͘ 你真擔煩，擔人的人 jîn 情 chêng，擔身 sin 命 mīa，擔輸 su 贏 iâ^n (想得開) 。

耽 耽誤 gō͘ ，耽擱 koh。

坍 坍塌 thap。

tam 啖 (嚐) 啖看 khòa^n 覓 māi[bāi]，啖鹹 kiâm 淡 chía^n。

Tám 膽 膽量 liōng，好 hó 膽力 lėk，有 ū 膽智 tì；膽礬 hoân，膽肝 koa^n；(膽怯) 心內膽膽。

tàm 頕 (垂) 頭 thâu 壳 khak 頕頕 (低垂)，頕頭 thâu (低下頭；點頭)，頕落去，頕垂 sôe[sê] (低垂)，頕低 kē (垂下)，頕神 sîn (垂頭喪氣的樣子) 。

Tâm 談 面 biān 談，交 kau 談，筆 pit 談，座 chō͘ 談，談話 oē，談論 lūn，談判 phòa^n，談心 sim，談情 chêng，談天 thian 說 soat 地 tē[tōe]；美 bí 談，笑 chhiàu 談，鄉 hiong[hiang] 談。

譚 奇 kî 譚，夜 iā 譚。

tâm 澹 (濕) 澹澹，澹漖 kà 漖，澹啾 chiuh 啾，澹漉 lȯk 漉，濕 sip 澹，煦 ù 澹，搵 ùn 澹，沾 bak 澹，黕 tò͘ 澹，沃 ak 澹，潑 phoah 澹，澹透 thàu 衫 sa^n。

Tām 淡 淡薄 po̍h (仔 á)，淡淡，生 seng 理 lí 淡淡，淡淡罔 bóng 過 kòe[kè]；慘 chhám 淡，暗 àm 淡，冷 léng 淡，脼 hàm 淡 (浮腫)，淡黃 n̂g。

tām 談 談話 oē，談論 lūn，談判 phòa^n。

Tan 丹 丹色 sek，丹紅 hông；藥 io̍h 丹，萬 bān 應 èng 丹，仙丹，靈 lêng 丹，煉 liān 丹；金 kim 丹，爐 lô͘ 丹；丹毒 to̍k，丹桂 kùi，牡 bó͘ 丹。

單 (只，僅) 單我 góa 一 chi̍t 个 ê，單看 khòa^n 不 m̄ 做 chò[chòe]，**單單**，別 pa̍t 人 lâng 攏 lóng 來 lâi 了 liáu 單單伊無 bô 來；(一个) 單丁 teng，單人 jîn 獨 to̍k 馬 má，單獨，單人 jîn 床 chhn̂g，單人房 pâng，單身 sin，單線 sòa^n，單軌 kúi；(單數的) 單數 sò͘，單號 hō，單日 ji̍t；(不複雜) 簡 kán 單，單純 sûn，單調 tiāu；(單个) 單位 ūi，單價 kè，單元 goân，單字 jī，單詞 sû，單句 kù；(束緊) 緊 ân 單，結 kat 頭 thâu 真緊單，單予 hō͘ 伊緊 ân，單柴 chhâ 把 pé。

鄲 邯 ham 鄲。

癉 (枯萎，發育不良) 甘 kam 蔗 chìa 癉去·khì，稻 tīu 仔 á 癉癉，鴨 ah 仔 á 癉，媳 sim 婦 pū 仔 á 癉。

tán 等 等人 lâng 客 kheh，譁 khōa 譁等，噾 ih^n 噾等，當 tng 等，當等伊來，等候 hāu，等待 thāi，等齊 chê [chôe]，等接 chih 人客，等辨 pān (等班) 。

Tàn 旦 旦夕 se̍k，元 goân 旦，一 it 旦；文旦柚 iū。

tàn 擲 擲石 chio̍h 頭 thâu，擲去·khì，擲刀 to 予 hō͘ 人lâng

相 sio[sa^{n}] 刣 thâi，擲揀 sak，擲抭 hiat 掉 tiāu，擲抭咯 kȧk；(丢下不管) 物 mi̍h 四 sì 界 kòe[kè] 擲，代 tāi 志 chì 擲咧·leh、不 m̄ 管 koán。

蛋 皮 phî 蛋，彩 chhái 蛋，蛋白 pėk 質 chit。

誕 救 kíu 主 chú 誕，聖 sèng 誕。

Tân 彈 炸 chà 彈，炮 phàu 彈，手 chhíu 榴 lîu 彈，飛 hui 彈，導 tō 彈，原 goân 子 chú 彈，氫 kheng 彈；彈性 sèng，彈簧 hông，彈劾 hāi。

壇 (＝tôa^{n}) 天 thian 壇，道 tō 壇，講 káng 壇，花 hoe 壇，bûn 文壇，影 iá^{n} 壇。

檀 (＝tôa^{n}) 紫 chí 檀木 bȯk，檀香 hiong[hiang]。

tân 嗚 嗚雷 lûi，錢 chî 無 bô 兩 nn̄g 文 î^{n} (跌 poȧh) 𣍐 bē[bōe] 嗚；講 kóng 話 oe 𣍐嗚。

陳 (姓)。

Tān 但 但得 tit 度 tō͘ 嘴 chhùi 飽 pá，但願 goān 按 án 尔 ne[ni]，不 put 但；但是 sī，但書 su。

憚 忌 khī 憚。

誕 壽 sīu 誕，華 hôa 誕，誕辰 sîn。

tang 冬 冬天 thi^{n}，冬季 kùi，冬節 cheh[choeh]，冬筍 sún，冬瓜 koe，冬菜 chhài；(年成) 收 siu 冬，年 nî 冬，六 lȧk 月 goėh[gėh] 冬，早 chá 冬，長 tn̂g 冬，頂 téng 冬，十 chȧp 月冬，慢 bān 冬，晚 ún/mńg 冬，短 té 冬，下 ē 冬，雙 siang 冬，單 toa^{n} 冬，大 tōa 冬 (旺季)，烏 o͘ 魚 hî 這 chit 陣 chūn 當 tng 在 teh

大冬；(年) 一冬，一 chit 恍 hóaⁿ 過 kòe[kè] 三冬，成 chîaⁿ 半 pòaⁿ 冬，冬尾 bóe[bé]；望 bāng 冬仔 (鳥 chiáu) 。

苳 苳蒿 o[ó/e] 菜 chhài；茄 ka 苳樹 chhīu。

咚 好 hó 咚咚。

東 東旁 pêng，東面 bīn，東勢 sì，東方 hng，東倒 tó 西 sai 歪 oai。

蝀 芒 bâng 蝀。

當 (那 hit) 當時 sî (那時候)，(底 tī) 當時 (什麼時候)，有 ū 當 (時)(仔 á)，日當時 jit·tang-si (白天)；當地 tē[tōe]。

璫 玎 tin 玎璫璫，啲 ti 武啲璫。

蹧 (脚掌猛然碰撞受傷) 脚 kha 蹧着𣍐 bē[bōe] 行 kîaⁿ 路 lō͘ 。

táng 董 董事 sū。

懂 懂嚇 hiahⁿ (吃驚受怕；魯莽冒失)，老 lāu 的·e 老步 pō͘ 定 tīaⁿ、少 siàu 年 liân 的較 khah 懂嚇。

當 當真 chin。

擋 (=táⁿ)(承擔) 我給 kā 伊擋起來，這 chit 拳 kûn 我擋。

滓 血 hoeh[huih] 滓 (血餅) 。

tàng 當 (認為) 當做 chò[chòe]，好 hó 意 ì 當做歹 pháiⁿ 意，掠 liàh 伊當做外 gōa 人 lâng，當真；穩 ún 當 (必定；穩妥可靠)，穩當會 ē[oē] 成 sêng 事 sū，穩當的

生 seng 理 lí；(＝得 tit 可 thang)(能) 會 ē[oē] 當(會，能)，會當來，一頓 tǹg 會當吃 chiȧh 三碗 oáⁿ，做會當去 khì，𣍐 bē[bōe] 當（不會，不能），伊𣍐當來，吃𣍐當落去，伊𣍐當無 bô 來，伊𣍐當不 m̄ 來；(＝塊 tè 可 thang)(可) 有 ū 當（有得），有當買 bé[bóe]，無 bô 當（沒的），無當尋 chhōe[chhē]，無當去，無當稅 sòe[sè] 厝；勾 kau 當，項 hāng 當，家 ka 當(家產）。

凍 (遇冷凝結) 堅 kian 凍，肉 bah 湯 thng 凍去·khi；雞 ke[koe] 腳 kha 凍，愛 ài 玉 giȯk 凍；凍嘴 chhùi 齒 khí，寒 kôaⁿ 到 kah 凍齒，凍舌 chih；凍傷 siong，凍瘡 chhng，凍趾 chí；凍露 lō͘，花坩 khaⁿ 着 tiȯh 捧 phâng 出去凍露，凍露漂 phìo 雨 hō͘（曝露在外）；凍霜 sng（受霜所凍；小氣），蕃 han 薯 chû[chî] 凍霜去，伊真凍（霜）。

揀 (用手指甲尖按住) 用指 chéng[chńg] 甲 kah 揀，揀疶 thiāu 仔 á（擠粉刺）；(惡狠狠地瞪) 用 ēng 目 bȧk 睭 chiu 揀人，伊給 kā 我揀一下，揀目 bȧk，目睭/頭 thâu 揀揀，睨 gîn 揀（怒視）。

棟 棟仔 á（棁）。

tâng 同 相 sio[saⁿ] 同，無 bô 同，同齊 chê[chôe]（一起），同有 ū 同無 bô，同時 sî，同門 mn̂g（連襟），同姒 sāi，同年 nî。

茼 茼蒿 o[e]。

筒 錢 chî^{n} 筒，竹 tek 筒，郵 iû 筒，批 phoe 筒，烟 ian 筒。

銅 紅 âng 銅，白 pe̍h 銅，黃 n̂g 銅，青 chhe^{n}[chhi^{n}] 銅，銅絲 si，銅線 sòa^{n}，銅庀 phí，銅鍋 oe[e]，銅鼎 tía^{n}，銅顆 koa (銅幣)，銅綠 le̍k，上 chhīơ^{n}[chhīu^{n}] 銅銹 sian，歹 pháiⁿ 銅舊 kū 錫 siah。

童 童乩 ki，跳 thiàu 童，趒 tîo 童，上 chīơ^{n}[chīu^{n}] 童，退 thè 童。

艟 腳 kha 艟 (小腿) 。

虫 蟮 sîn[sīn] 虫。

糖 糖餞 chiàn 盒 a̍p。

tāng **動** 蠓 ngia̍uh 蠓動，振 tín 動 (動，搖動，活動)，吃 chia̍h 飽 pá 不 m̄ 振動，活 oa̍h 動，地 tē[tōe] 動 (地震)；動手 chhíu，動筆 pit，動武 bú，動干 kan 戈 ko，動兵 peng，動刑 hêng；動工 kang；動着·tioh 就 chīu 會 ē[oē] 落 lău 胎 the；動不 put 動，動不動就要 boeh[beh] 冤 oan 家 ke。

重 重惓 khoâi^{n} 惓，足 chiok 重 (很重)，有 ū 夠 kàu 重，項 hāng 重 (笨重)，重頭 thâu 輕 khin (兩端重量不平衡)；重量 liōng，重聲 sia^{n}，重頭 thâu，稱 chhìn 重，實 si̍t 重，淨 cheng 重，毛 mô͘ 重，虛 hi[hu] 重，失 sit 重，加 ke 嗙 pòng 重；疑 gî 心 sim 重，耳 hī^{n}[hī] 孔 khang 重，味 bī 真重，手 chhíu 頭 thâu 重，病 pē^{n}[pī^{n}] 沈 tîm 重，粗 chhơ 重的工

khang[kang] 課 khòe[khè]，重眠 bîn，重色 sek；看 khòa^{n} 重。

甋 甋仔 á (小壺)，甕 àng 甋，金 kim 甋 (骨灰罐) 。

Tap 答 應 ìn 答，對 tùi 答，回 hôe 答，答話 oē，答辯 piān，答覆 hok，報 pò 答，答謝 sīa，答禮 lé，答拜 pài，答紙 chóa，答願 goān，答恩 in[un]；不 put 答不七 chhit (不得要領) 。

tap 沓 沓滓 tái (麻煩；倒霉)，沓屑 sap (勁道)，無沓 (無) 屑 (沒勁) ，吃了 liáu 無沓無屑；沓盧 lô͘ (姓) 。

Tȧp 沓 吃 chiȧh 到 kah 沓沓叫 kìo，水 chúi 滴 tih 到 kah 沓下·che 沓下，汗 kōa^{n} 沓沓滴；沓滴 tih (零七八碎；麻煩)，沓沓滴滴。

Tat 妲 妲己 kí。

噠 (設計) 厝 chhù 噠，打 phah 噠 (計劃，設計，安排)，替 thè[thòe] 我打噠。

tat/tah 搭 雕 tiau 搭 (整潔)，粧 chng 去不 put 止 chí 雕搭。

Tȧt 達 通 thong 達，直 tit 達；轉 choán 達，表 piáu 達；顯 hián 達，發 hoat 達；達成 sêng，達着 tiȯh 目 bȯk 的 tėk；阿 a 里 lí 不 put 達 (不三不四)，達摩 mô͘ /mō͘ ；達咧 ti 嘟 tu (喇叭的聲音) 。

tȧt 值 價 kè 值；值錢 chî^{n}，值三百，死 sí 咿 khi/ki/i 值，不 m̄ 值 (不值得；比不上，不如)，吃 chiȧh 老 lāu 真不值，水 chúi 晶 chi^{n} 不值玉 gėk 的，孔 khóng 子

chú 公 kong 不值着 tio̍h 孔方 hong 兄 heng（錢可通神），會 ē[oē] 值得·tit，重 tiōng 值（值得），不 put 止 chí 重值，𣍐 bē[bōe] 重值得·tit。

笛 歕 pûn 笛仔 á，烏 ơ 笛仔。

Tau 兜（家）伝 goán[gún] 兜（我或我們家），您 lín 兜（你或你們家），𪜶 in 兜（他或他們家）；（處）伊 i 兜（他那裡），我有 ū 人 jîn 情 chêng 在 tī 伊兜，近kīn[kūn] 兜（近旁），父 pē 母 bó[bú] 腳 kha 兜（父母身邊），年 nî 兜（邊 pi^n）（年底）。

揓（摟，拉）揓倚 oá（拉近），揓緊 ân（抱緊），揓住 tiâu；揓捎 sau（正合適），講 kóng 話 oē 有 ū 揓捎（有條有理），創 chhòng 代 tāi 志 chì 無 bô 揓捎，桌 toh 做 chò[chòe] 了 liáu 無揓無捎；（把持，扣留）大 tōa 權揓咧 leh 不 m̄ 放 pàng，揓人做準 chún 當 tǹg（扣人爲質），揓一 chit 筆 pit 錢不還 hêng 伊，揓留 lîu；（攪伴使成糊狀物）要糋 $chì^n$ 蚵 ô 仔 á 着 tio̍h 先 seng 揓粉 hún，蚵仔揓。

táu 斗 米 bí 斗，大 tōa 斗，斗頭 thâu（用斗量的分量），斗頭較 khah 有 ū，斗頭足 chiok，斗槩 kài；飯 pn̄g 斗，碗 $oá^n$ 斗，畚 pùn 斗，熨 ut 斗，（嘴 chhùi）下 ē 斗，戽 hò͘ 斗，尻 kha 川 chhng 斗；後 āu 斗（後部），戽後斗＝帕 phè 後斗（繞到後面），後斗操 chhau；抛 pha 擴 lìn 斗，推 chhia 畚斗；（表示情況）硬 ngē [ngī] 斗，緊 ân 斗，有 tēng 斗，扽 tùn 斗（别别扭

扭，遲疑不前），滯 tù 斗（堵塞），代志滯斗嬒得 tit 進 chìn 行 hêng（遲遲無法進展）。

tàu **鬥**（相鬥）決 koat 鬥，鬥爭 cheng，鬥法 hoat，鬥口kháu；（較量）雙棚 pêⁿ[pîⁿ] 鬥，相 sio[saⁿ] 鬥美 súi，走 cháu 鬥緊 kín，坐 chē 鬥久 kú，鬥賢 gâu，鬥快 khoài，鬥走 cháu（賽跑）；（拼合，套）鬥眠 mn̂g [bîn] 床 chhn̂g，鬥落 lòh 榫 sún，鬥呣 khi 好 hó，鬥嬒 bē [bōe] 住 tiâu，七 chhit 鬥八 peh[poeh] 鬥，烏 o͘ 白 pe̍h 鬥，張 tioⁿ[tiuⁿ] 鬥器 khì 具 kū/khū；鬥句 kù，鬥話 oē，鬥孔 khang（合謀），鬥夥 hóe[hé] 計 kì；（湊）鬥碗 oáⁿ 額 giàh，鬥攙 chham，鬥堆 tui，鬥倚 oá，鬥額 giàh 賬 siàu（湊足數額），鬥抵 tú 賬，鬥歸 注 tù，鬥鬧 lāu 熱 jiàt，鬥陣 tīn，鬥胆 táⁿ（湊膽子）；（協同，幫）鬥腳 kha 手 chhíu，鬥相 sio[saⁿ] 共 kāng，鬥創 chhòng（幫人做），鬥幫 pang 贊 chān，鬥搭 tah（配合協作），鬥伴 phōaⁿ（陪伴），鬥出 chhut 力 làt。

晝 中 tiong 晝，正 chìaⁿ 晝，兮 ê 晝（中午；今午），兮晝時 sî，日 jit 晝，日晝時，小 sío 晝仔 á（傍午），倚 oá 晝，日在 teh 要 boeh[beh] 晝，（日）要晝仔，日頭 thâu 晝，當 tng 晝，過 kòe[kè] 晝，頂 téng 晝（上午），下 ē 晝（下午）；吃 chiàh 晝，睏 khùn 晝，歇 hioh 晝。

到 老 láu 到，到底 té[tóe]/tí。

tâu 投 投手 chhíu，投籃 nâ，投入 jip；投票 phìo，投標 pio，投資 chu；投水 chúi，投江 kang；投射 sīa，投影 iá^{n}；投書 su，投稿 kó；投歇 hioh (投宿)，投考 khó，投靠 khò，投親 chhin，投軍 kun；投機 ki，投合 ha̍p；投案 àn，投降 hâng，投誠 sêng；(告狀，控訴) 投人·lang，去 khì 投偲 in 老 lāu 父 pē，見 kì^{n} 雞亦 ia̍h 投，見狗亦投，投告 kò 天 thi^{n} 地 tē[tōe]，投下 hē (求願)；緣 iân 投 (俊秀)，林 nâ 投。

骰 搖 iô 骰仔 á。

tāu 豆 豆仔 á，豆莢 ngeh[ngoeh]，豆菜 chhài，豆芽 gê，豆油 iû，豆醬 chìo^{n}[chìu^{n}]，豆豉 sī^{n}，豆餔 pô͘，豆奶 ni[lin,leng]，豆花 hoe，豆腐 hū，豆干 koa^{n}，豆乳 jú，豆頭 thâu＝豆渣 che，豆粕 phoh，豆粅 khơ，豆沙 se，豆餡 ā^{n}。

逗／讀 句 kù 逗，破 phò 逗 (聊天；吹牛)，歸 kui 日聽 thia^{n} 伊在 teh 破逗。

脰 (脖子) 吊 tiàu 脰 (上吊) 。

tauh 啅 (扣住) 啅啅仔 á (扣上子母扣)，啅老 niáu 鼠 chhú[chhí]，啅着·tioh；老鼠啅 (裝彈簧的捕鼠器)，鳥 chiáu 仔啅，機 ki 啅仔 (捕鳥的套子)，張 tio^{n}[tiu^{n}] 啅，門 mn̂g 啅 (插銷)，啅仔 á (扣子，子母扣兒)，啅紐 líu (揿鈕)；撥 tih 啅雞 ke[koe]。

篤 有 tēng 篤 (硬奉)，親篤篤，僐 siān 篤篤。

ta̍uh 逐 逐逐仔 á (逐一，慢慢地)，逐逐仔講 kóng，逐逐仔行

kîa^{n}。

篤 嘀 tih 篤叫 kìo。

táuh/tiáuh 沓 沓沓(經常)，沓沓來 lâi，沓沓講 kóng。

Te 氐

低 低氣 khì 壓 ap。

te 䍕 蚵 ô 䍕，糋 chìⁿ 蚵仔 á 䍕。

Té/Tí 抵 抵抗 khòng，抵統 thóng(抵補，頂替)，無 bô 物 mih 可 thang 予 hō͘ 你、將 chiong 這予你做chò[chòe] 抵統，叫 kìo 伊去做抵統。

té 短 長 tn̂g 短，短衫 saⁿ，短褲 khò͘，短期 kî，日 jit 頭 thâu 短；尋 chhōe[chhē] 短路 lō͘；短缺 khoeh[kheh] (缺乏)，短少 chío(缺少)。

té[tóe] 貯 (裝，盛)貯飯 pn̄g，貯水 chúi，貯淀 tīⁿ，貯到 kah 滿 móa/boán 滿，貯囥 khǹg。

底 海 hái 底，水 chúi 底，碗 oáⁿ 底，腳 kha 底，心 sim(肝 koaⁿ)底，下 ē 底(下面)，刣 lap 底，迣 chhėh 底(掉底)；沈 tiâm 底，坐 chē 底(沉澱)；搭 tah 底，到 tàu 底，透 thàu 底，徹 thiat 底；內 lāi 底(裡面)，手 chhíu 底(手裡)，批 phoe[phe] 底(信裡)；根 kin[kun] 底，有 ū(根)底，無 bô(根)底，起 khí 底，一萬元起底，好 hó 額 giȧh 底，歹 pháiⁿ 底，虛 hi[hu] 底(元來虛弱的)，底蒂 tì(底子)，底系 hē；打 phah 底，在 chāi 底，生理做在底就好做，坐 chhē[chē] 底(替人處理善後)；貨 hóe[hé] 底；存

chûn 底，留 lâu 底，底片 phì^{n}；年 nî 底，月 goėh [gėh] 底；舊 kū 底，原 goân 底，本 pún 底；白 pėh 底紅 âng 花 hoe。

抵 (抵抗) 抵手 chhíu (還手)，與 kap 乞 khit 吃 chiȧh 在 teh 抵手，無 bô 人 lâng 會 ē[oē] 抵得·tit 伊。

Tè 帝 上 siōng 帝；皇 hông 帝，帝王 ông，帝位 ūi，帝國 kok。

渧 (滓) 渧水 chúi，渧泔 ám，渧咿 khi 乾 ta；泔渧。

締 締結 kiat，締約 iok。

諦 真 chin 諦。

tè 塊 (處，地方) 無 bô 塊可 thang 去 khì，無塊買 bé[bóe]，到 kàu 塊 (到達)，鎮 tìn 塊 (占地方)，掃 sàu 塊 (掃地)，罵 mē[mā] 到 kah 無一 chit 塊 (罵得一無是處)；(塊) 大 tōa 塊石 chiȯh 頭 thâu，半 pòa^{n} 塊雪 sap 文 bûn，兩 nn̄g 塊肉 bah，這 chit 塊曲 khek，那 hit 塊土 thó͘ 地 tē[tōe]，別 pȧt 塊園 hn̂g，塊聲 sia^{n}。

戴 (姓)。

[tè]→tòe 隶 (跟)。

Tê[tôe] 題 題目 bȧk，主 chú 題，問 būn 題；題詩 si，題讚 chàn，題序 sū，題名 mîa，題字 jī；(捐助，募捐) 捐 koan 題，題緣 iân，題錢 chî^{n}。

蹄 馬 bé 蹄，馬失 sit 蹄，相 sio[sa^{n}] [牜甬] tak 蹄(絆脚)，踩 chàm 蹄，牛 gû 蹄，猪 ti 腳 kha 蹄，前 chêng

蹄，後 āu 蹄；手 chhíu 蹄（手掌），鴨 ah 母 bó[bú] 蹄；炕 khòng 蹄。

tê 茶 茶山 soa^{n}，茶欉 châng，採 chhái 茶，挽 bán 茶，揀 kéng 茶，焙 pōe[pē] 茶；茶葉 hio̍h，茶心 sim，茶米 bí，茶枝 ki，茶末 boa̍h，茶檜 oe̍h[e̍h]；煎 choa^{n} 茶，泡 phàu 茶，沖 chhiong 茶，翕 hip 茶；茶砧 kó͘，茶罐 koàn，茶瓶 pân，茶鍋 oe[e]，茶壺 ô͘，茶甌 au，茶船 chûn，茶匙 sî 仔，茶盤 pôa^{n}，茶几 kí（仔）；捧 phâng 茶，請 chhía^{n} 茶，斟 thîn 茶，吃 chia̍h 茶，配 phòe[phè] 茶，茶料 liāu，茶配，茶點 tiám；茶底 té[tóe]，茶露 lō͘，茶粕 phoh，茶柒 chhip；幼 iù 茶，粗 chhơ 茶，烏 ơ 龍 liông 茶，紅 âng 茶，綠 le̍k 茶；山 soa^{n} 茶，茶樹 chhīu，茶花 hoe，茶油 iû；麥 beh 仔 á 茶，杏 hēng 仁 jîn 茶，麵 mī 茶。

Tē 弟 胞 pau 弟，令 lēng 弟，弟婦 hū；子 chú 弟，徒 tô͘ 弟，弟子 chú。

逮

Tē[tōe] 地 天 thi^{n} 地，土 thó͘ 地，山 soa^{n} 地，曠 khàng 地＝空 khang 地，田 chhân 地，厝 chhù 地；地位 ūi，地步 pō͘；性 sèng 地（脾氣），好 hó 性地，歹 phái^{n} 性地，有 ū 性地，無 bô 性地，起 khí／發 hoat／使 sái 性地，心 sim 地；面 bīn 地（面貌），面地怯 khiap 勢 sì，目 ba̍k 地（眼裡），無 bô 目地（不放在眼裡）。

第 第一 it 好 hó，第三 saⁿ 者 chía；及 kip 第，落 lȯk 第。

遞 傳 thoân 遞，遞補 pó͘。

tē 代 朝 tiâu 代，後 āu 代，一代過 kòe[kè] 一代，趁 thàn 錢 chîⁿ 無過代。

袋 (袋子) 袋仔 á，布 pò͘ 袋，皮 phôe[phê] 袋仔，橐lak 袋仔，暗 àm 袋；袋鼠 chhú[chhí]；(把東西放到袋裡) 袋錢 chîⁿ，銀 gîn[gûn] 角 kak 仔 á 着 tiȯh 袋坫 tiàm 錢袋仔內 lāi。

tē[tōe] 苧 苧仔 á，苧 (仔) 布 pò͘，苧仔衫 saⁿ。

teⁿ [tiⁿ] 䟓 跏 kha 後 āu 䟓 (脚後跟)，手 chhíu 後䟓(肘子)，鞋 ê 䟓，拗 áu 鞋䟓 (趿拉)，拖 thoa 䟓 (趿拉着鞋走路)，扽 tùn 䟓 (猶豫不決)，涶 sōe[sē] 䟓。

撐 (繃，張緊) 撐皮 phôe[phê]，皮撐予 hơ 緊 ân。

tèⁿ [tìⁿ] 佯 (裝做) 佯不 m̄ 知 chai，佯恬 tiām 恬，佯無 bô 看 khòaⁿ，佯生 chheⁿ[chhiⁿ]，佯猾 siáu，佯戇 gōng (裝傻)，佯款 khoán (作勢)。

盯 (用力睜大) 目 bȧk 睭 chiu 盯大 tōa 蕊 lúi，盯目 bȧk。

䁯 (憋着勁) 䁯力 lȧt，䁯屎 sái，強 kiông 䁯，硬 ngē [ngī] 䁯。

têⁿ [tīⁿ] 桯 桶 tháng 桯。

捏 捏桶 tháng 箍 khơ (使箍緊箍着)，捏落去；你皮 phôe [phê] 着 tiȯh 捏予 hơ 緊 ân；捏門 mn̂g，捏開 khui。

tê^{n}/tî^{n} 纏 [illegible] tak 纏（事情糾纏難辦，進行不順利）。

tē^{n} [tī^{n}] 掟（勒，扼，掐）掟頷 ām 頸 kún（用手的虎口緊緊按住脖子），掟緊 ân，掟死·si，掟破·phoa，鼻仔掟咧·leh，摸 bong 挲 so 掟，掟飯 pn̄g 丸 oân；（擠）掟齒 khí 膏 ko，掟出來。

鄭（姓）。

teh 在（＝咧 leh，在 tī 咧）（正在）我在想 sīo^{n}[sīu^{n}]，你在創 chhòng 什 sím 么 mih，在要 boeh[beh]（將要，快要），伊在要睏 khùn 去·khi 啦。

咧（＝leh）（着）記 kì 咧，提 theh 咧，看咧；坐 chē 咧吃 chiah，倒 tó 咧睏，節 chat 咧用 ēng/iōng。

壓 予 hō͘ 石 chioh 頭 thâu 壓着·tioh，壓死·si，壓害 hāi 去，壓歹 pháin，壓扁 pín，壓重 tāng；紙 chóa 壓（鎮紙），鹹 kiâm 菜 chhài 壓（壓鹹菜的鎮石）；壓嗽 sàu，壓痰 thâm，壓驚 kia^{n}，壓氣 khì，壓火 hóe [hé]；壓印 ìn 仔 á（蓋章）；壓定 tīa^{n}，壓地 tē[tōe] 金 kim（押金），壓茶 tê 盅 cheng/甌 au/盤 pôa^{n}，壓年 nî 錢 chî^{n}（壓歲錢）；（種）壓枝 ki，壓甘 kam 蔗 chìa，壓蕃 han 薯 chû[chî]。

啄 啄鳥 chiáu（仔 á）卦 kòa，雞 ke[koe] 啄米 bí。

的 飫 khīu 的的，嬓 hiâu 的的。

teh 汐（衰退）水 chúi 較 khah 汐，水汐（退潮），火 hóe[hé] 較汐，人 lâng 汐落去。

Tek 的 的確 khak，無 bô 的無確；的當 tòng。

得 得意 ì，無 bô 時 sî 得定 tīaⁿ，不 put 得已 í，不得不 put，不得了 liáu，得失 sit (所得和所失；得罪)。

德 道 tō 德；陰 im 德，騭 chek 德；功 kong 德 (祭祀)。

嫡 嫡出 chhut 的·e，嫡子 chú。

摘 摘要 iàu。

tek 竹 綠 le̍k 竹，麻 môa 竹，刺 chhì 竹，石 chio̍h 竹，竹葉 hio̍h，竹箬 ha̍h，竹目 ba̍k，竹節 chat，竹膜 mo͘h，竹篙 ko，竹篙叉 chhe，竹仔 á 枝 ki，竹筍 sún，竹林 nâ，竹部 phō=竹模 bô͘ (竹叢)，竹籬 lî，竹圍 ûi；蘆 lô͘ 竹。

Te̍k 的 目 bo̍k 的。

特 特殊 sû，特別 pia̍t，特色 sek，特點 tiám，特製 chè，特級 kip。

澤 沼 chiáu 澤；潤 jūn 澤；光 kong 澤，色 sek 澤；恩 in[un] 澤。

擇 選 soán 擇。

敵 敵人 jîn，敵手 chhíu，對 tùi 敵，不 m̄ 是伊的對敵，敵視 sī。

狄 夷 î 狄。

荻 蘆 lô͘ 荻=蘆竹 tek。

迪

笛 汽 khì 笛，警 kéng 笛，號 hō 笛。

軸 車 chhia 軸；(挽幛) 送 sàng 一幅 pak 軸，弔 tiàu 軸，聯 liân 軸。

擲

Teng 丁 壯 chòng 丁；雞 ke[koe] 丁；丁憂 iu；丁香 hioⁿ [hiuⁿ]，丁字 jī 街 ke[koe]。

叮 (重復言明) 復 koh 叮一遍 piàn，無 bô 復給 kā 伊叮、驚 kiaⁿ 會 ē[oē] 𣍐 bē[bōe] 記 kì 得·tit，三 saⁿ 叮四 sì 唱 chhiàng，叮嚀 lêng，千 chhian 叮嚀萬 bān 吩 hoan 咐 hù。

灯/燈 灯火 hóe[hé]，宮 kiong 灯，走 cháu 馬 bé 灯，麻 môa 灯；電 tiān 灯，枱 tâi 灯，日 jit 光 kong 灯，紅 âng 綠 lėk 灯，路 lō͘ 灯，水 chúi 銀gîn [gûn] 灯；灯塔 thah，灯椅 í，灯罩 tà，灯猜 chhai；目 bák 瞷 chiu 吊 tiàu 灯。

疔 生 seⁿ[siⁿ] 疔仔 á。

釘 鐵 thih 釘，螺 lō͘ 絲 si 釘，鋼 kǹg 釘，柴 chhâ 釘；眼 gán 中 tiong 釘，碰 phòng 釘 (受到拒絕或遭受斥責)。

登 登陸 liȯk，登台 tâi；登上 chīoⁿ[chīuⁿ] 報 pò 紙 chóa，登載 chài，登記 kì；登基 ki，登極 kėk，登位 ūi。

Teng/tin/Cheng 徵 徵收 siu，徵求 kîu，徵兵 peng。

Téng 頂 (上) 天 thiⁿ 頂，山 soaⁿ 頂，厝 chhù 頂，樓 lâu 頂，桌 toh 頂，面 bīn 頂，頭 thâu 壳 khak 頂；(上面) 頂高 koân，頂頭 thâu，頂面 bīn，頂下 ē (上下)，頂身 sin，頂腰 io；(時間較早的，次序居先的) 頂晡 po͘

=頂晝 tàu (午前)，頂半 pòa^{n} 暝 mê[mî]，頂日 jit (前幾天)，較 khah 頂一日 (較前一天)，頂個 kò 月，頂幫 pang，頂下 ē (上次)，頂代 tāi，頂手 chhíu (前人)，頂輩 pòe，頂勻 ûn (上輩)，頂司 si (上司)，頂位 ūi (上位)；(最) 頂好 hó，頂興 hèng；頂真 chin；(代替) 頂替 thè[thòe]，頂伊的缺 khoeh[kheh]，頂盤 pôa^{n}，頂起來；(抵) 一个 ê 頂十个；(量詞) 一頂帽仔。

等 本 pún 等 (本事)；等級 kip，頭 thâu 等，優 iu 等，平 pê^{n}[pî^{n}]/pêng 等；等於 û[î]，等速 sok，不 put 等；等等。

戥 戥仔 á，戥金 kim 仔。

酊 酩 béng 酊。

鼎 鼎立 lip。

Tèng 訂 訂條 tiâu 約 iok；預 û[î] 訂，訂戶 hō͘；修 siu 訂，訂正 chèng；裝 chong 訂。

飣 飣飣 teng 仔 á，飣住 tiâu，飣死 sí；(叮) 予 hō͘ 蜂 phang 飣着·tioh；飣根 kin[kun] (生根)；飣干 kan 樂 lo̍k；飣點 tiám (出現斑點)；飣册 chheh (訂書)。

鐙 馬踏 ta̍h 鐙。

tèng 中 中意 ì，無 bô 中意，不 m̄ 中人 lâng 意，不中人聽 thia^{n}，不中人目 ba̍k，撒 sāi 中行 hēng (慪氣，鬧別扭)。

Têng 亭 涼 liâng 亭，亭仔 á 腳 kha。

廷 朝 tiâu 廷，宮 kiong 廷。

庭 家 ka 庭，法 hoat 庭。

霆 雷 lûi 霆。

呈 呈現 hiān。

程 前 chiân 程，工 kang 程。

澄 澄清 chheng。

懲 懲辨 pān，懲處 chhù，懲罰 hoát，懲戒 kài。

螣 螣蛇 sîa。

têng **重** (重復，再) 重創 chhòng，重講 kóng，重印 ìn，重換 oā^{n}，復 koh 重一擺 pái^{n}，復重寫 sía，重復寫 sía，重再 chài 寫，重頭 thâu (重新)，重頭打 phah 起 khí；重倍 pōe[pē] (雙倍)，重紋 sûn (雙眼皮)，重句 kù (結巴)，重奏 chàu，重唱 chhìo[chhìu^{n}]，重沓 thȧh；重誤 tâ^{n} (出差錯)，聽 thia^{n} 了 liáu 重誤，代 tāi 志 chì 重誤去；(層) 單 toa^{n} 重，雙 siang 重，一重，三重，重重沓沓，重重疊 tiȧp 疊。

謄 謄寫 siá 版 pán。

騰 七 chhit 騰八 peh[poeh] 倒 tó。

Tēng **定** 安 an 定，穩 ún 定；商 siong 定，決 koat 定，確 khak 定，規 kui 定；定論 lūn，定理 lí；定量 liōng[liāng]，定期 kî；約 iok 定，定報 pò 紙 chóa，定貨 hòe[hè]，定購 kò͘，定單 toa^{n}，定戶 hō͘，定做 chò[chòe]，定位 ūi，定婚 hun；必 pit 定，一 it 定，定規 kui (一定)，定規會 ē[oē] 來；杜 tō͘ 定。

錠 錠劑 che；金 kim 錠。

鄭 鄭重 tiōng。

鄧 (姓)。

tēng 有 (堅硬，堅實) 有軟 nńg，有有 phà^{n}，石 chio̍h 頭 thâu 真 chin 有，有殼 khok 殼，有篤 tauh (堅固，結實，穩重)，有身 sin (質地結實)，有倘 chi^{n} (結實；硬；頭腦不靈活)，查 cha 甫 po͘ 人 lâng 的肉 bah 較 khah 有倘，蕃 han 薯 chû[chî] 無 bô 熟 se̍k 有倘有倘，人有倘無通 thong 敨 tháu，乾 ta 有，堅 kian 有，結 kiat 有，有柴 chhâ (硬木)，有步 pō͘ (穩重)，有脾 pî (小氣；脾臟硬化)。

粳 粳米 bí。

戾 戶 hō͘ 戾，門 mn̂g 戾 (門次，門檻)，窗 thang 仔 á 戾。

Ti 知 通 thong 知，知足 chiok，知己 kí，知交 kau，知心 sim。

蜘 蜘蛛 tu，經 ke^{n}[ki^{n}] 蜘蛛絲 si。

ti 提 (＝thê) 提防 hông (小心防備)。

呧 (胳肢) 擽 ngiau 呧，嘸 bū 呧，呧着 tio̍h 就 chīu 笑 chhìo；(嘰哩咕嚕) 一 chit 支 ki 嘴 chhùi 呧呧嗚tân，呧武 bú 呧瑺 tang，呧武嘀 tih 篤 tauh。

ti 猪 [tu,tu] 猪狗 káu 牲 cheng 生 se^{n}[si^{n}]，猪欠 khiàm 狗債 chè，飼 chhī 猪，猪公 kong,kang，猪母 bó[bú]，猪坯 phoe[phe]，牽 khan 猪哥 ko，猪稠 tiâu(猪欄)，猪閘 cha̍h，猪欄 nôa，猪槽 chô，猪灶 chàu(屠宰場)

，猪砧 tiam (猪肉攤)，菜 chhài 猪 (食用猪)，猪肉 bah，猪排 pâi；大 tōa 猪 (傻瓜) 。

Tí **抵** 抵 (=té) 抗 khòng，抵制 chè；將 chiong[chiang] 這 chit 條 tiâu 錢 chî^n 抵我所 só͘ 欠 khiàm 的額 gia̍h，收租 chơ 抵利 lī，抵塞 sek (抵補)，抵命 mīa，抵罪 chōe，抵押 ah，抵消 siau。

底 井 chéng 底蛙 oa，到 tàu/tò 底，徹 thiat 底，無 bô 底止 chí (無止境)，底細 sè，底系 hē (底細)。

邸

徵 (古代五音之一)。

Tì **致** (集中) 致意 ì，致心 sim，致意／心做代志，致志 chì，致力 le̍k；(給與) 致函 hâm，致詞 sû；(向人表示) 致謝 sīa，致敬 kèng，致重 tiōng (注重；重要)；(招致) 致病 pē^n[pī^n]，致身 sin 命 mīa，致死 sú/sí，致命 mīa，致蔭 ìm (庇蔭)，致富 hù，致惹 jía 災 chai 禍 ē；(以致) 以 í 致，因 in 為 ūi 條 tiâu 件 kīa^n 較 khah 差 chha、以致困 khùn 難 lân 𣍐 bē[bōe] 少 chío，(以) 致到 kàu，(以) 致到惹 jía 出 chhut 大 tōa 事 sū，致使 sú，致使愈 jú 傷 siong 重 tiōng 去 ·khi，所 só͘ 致，不 put 致，起 khí 致 (起因，由于)，對 tùi 此 chia 起致；(旨趣；情趣) 意致，無 bô 意致做，特 tiâu 致 (故意)；別 pia̍t 致，景 kéng 致；(精密) 精 cheng 致，致密 bit。

緻 色 sek 緻 (色澤)，標 piau 緻，生 se^n[si^n] 做 chò

[chòe] 真標緻。

智 智慧 hūi，智識 sek，計 kè 智。

置 置靈 lêng，置香 hiơⁿ[hiuⁿ] 案 oàⁿ，安 an 置，佈 pò͘ 置，裝 chong 置，設 siat 置，建 kiàn 置，位 ūi 置，處 chhù 置，置信 sìn，置疑 gî。

tì 戴 戴帽 bō 仔 á，新 sin 娘 nîơ[nîu] 戴網 bāng 仔 á，戴鬼 kúi 仔 á 殼 khak。

蒂 花 hoe 蒂，柿 khī 蒂；(底細，根底) 根 kin[kun] 蒂，底 tóe[tóe] 蒂，起 khí 蒂 (發迹；去蒂)；(像蒂的東西) 嚨 nâ 喉 âu 蒂仔 (小舌頭)，耳 hīⁿ[hī] 蒂，螺 lê 蒂，心 sim 肝 koaⁿ 蒂 (仔) 。

[Tì]→Tù 著 著作 chok。

Tî 池 水 chúi 池，游 iû 泳 éng 池，魚 hî 池，池塘 tn̂g，浴 e̍k 池；舞 bú 池，樂 ga̍k 池；電 tiān 池。

馳 奔 phun 馳。

遲 較 khah 遲，延 iân 遲，遲緩 oān，遲疑 gî (拿不定主意)，遲到 tò；遲鈍 tūn。

tî 持 記 kì 持 (記性)，歹 pháiⁿ 記持 (健忘)，特 tiâu 持 (特地，故意)，張 tiơⁿ[tiuⁿ] 持 (提防，警惕)，無 bô 張 (無) 持 (疏忽；出其不意)，持防 hông (提防)，成 chhîaⁿ 持 (培養成人)，扶 hû 持 (=chhî) 。

tî [tû,tû] 鋤 鋤頭 thâu。

[Tî]→Tû 除

Tī 治 治理 lí，治國 kok，治病 pēⁿ[pīⁿ]，治學 ha̍k，治罪

chōe；(使吃苦頭，整治) 予 hō͘ 人治到 kah 真慘 chhám，創 chhòng 治，凌 lêng 治，憤 chì/chih 治，撮 cheh 治。

稚 幼 iù 稚。

雉 雉 (=khī) 雞 ke[koe]。

痔 內 lāi/lōe 痔，外 gōa 痔，痔瘡 chhng，痔瘻 lāu/lō͘。

tī 在 在咧·leh，無 bô 在咧，在此 chia，在彼 hia，在厝 chhù 裡·lin，在咧寫 sía 字 jī，權 koân 在伊手chhíu 內 lāi，下 hē 在桌 toh 頂 téng；(姓)。

底 (何) 底時 sî＝底當 tang 時 (什么時候)，底代 tāi (何事)，與 kap 伊無 bô 底代 (不關他事)，底一 chit 日 jit (哪一天)，底一个 ê (哪一个)。

弟 小 sío 弟，兄 hiaⁿ 弟，你兄我弟 (稱兄道弟)，狗 káu 兄狗弟，結 kiat 拜 pài 兄弟，換 oāⁿ 帖 thiap 兄弟。

地 土 thó͘ 地公 kong，土地婆 pô。

緻 色緻。

tī[tū] 箸 一雙 siang 箸，一奇 kha 箸，碗 oáⁿ 箸，牙 gê 箸，箸籠 lāng，火 hóe[hé] 箸。

tī[kī] 己 家 ka 己 (自己)。

tiⁿ 甜 甜鹹 kiâm 淡 chíaⁿ 無 bô 嫌 hiâm，較 khah 甜蜜 bit，甜蜜蜜，甜勿 but 勿，糖 thn̂g 甜蜜甜，甜頭 thâu，這 chit 號 hō 柑 kam 仔 á 較無甜頭，甜氣 khùi；甜料 liāu，甜路 lō͘，甜點 tiám (甜品)，甜粿 kóe[ké]，鹹酸 sng 甜 (蜜餞)。

[ti^{n}]→te^{n} 眝撜

[tì^{n}]→tè^{n} 佯盯韇

tî^{n} 纏 (條狀物回旋繞在別的物體上) 纏線 sòa^{n}，纏索 soh 仔á，纏來纏去；(繞住，難擺脫) 縈 î^{n} 纏 (糾纏不休)，交 kau 纏，歹 phái^{n} 人在 teh 交纏，代志真交纏，牽khan 纏，代志牽纏咧、𣍐 bē[bōe] 當 tàng 抽 thiu 身 sin，膏 kô 膏纏，纏身 sin，纏腳 kha 纏手 chhíu，纏絆 pòa^{n}，纏腳絆手，犅 tak 纏 (=tê^{n})(事情糾纏難辦，不順利)；纏隶 tòe[tè] (隨侍)，無 bô 人 lâng 纏隶。

tī^{n} 淀 (充滿) 水 chúi 淀起來，貯 té[tóe] 到 kah 淀淀，淀滿 móa/boán 滿，飽 pá 淀，圓 î^{n} 淀；(漲) 水 chúi 淀 (漲潮)，水淀船 chûn 浮 phû (水漲船高)，早 chá 淀 (早潮)，暗 àm 淀 (晚潮)，淀流 lâu (漲潮) 。

[tī^{n}]→tē^{n} 掟鄭

[tī^{n}]→tê^{n} 桯揑

Tia 爹 阿 a 爹，爹爹，爹娘 nîơ[nîu]，伯 peh 爹；老ló[lāu] 爹。

tía^{n} 鼎 一口 kháu 鼎，大 tōa 鼎，銅 tâng 鼎，熱 jiát 鼎，按 hōa^{n} 鼎 (掌灶，主持烹調)，吊 tiàu 鼎 (斷炊)，鼎耳 hī^{n}[hī]，鼎墘 kî^{n}，鼎唇 tûn，鼎蓋 kòa，鼎簸 kám，鼎疕 phí，鼎㩼 chhè[chhòe] (竹刷子)，鼎黗 thûn；火 hóe[hé] 鼎，金 kim 鼎。

tìa^{n} 碇 (船錨) 一莖 keng 碇，一門 mn̂g 碇，船 chûn 碇，碇索 soh，拋 pha 碇，停 thêng 碇，寄 kìa 碇，徙 sóa 碇

，起 khí 碇，扭 líu 碇，抾 khioh 碇，車 chhia 碇，斷 tn̄g 碇，棄 khì 碇。

綻 破 phòa 綻。

tîaⁿ 呈 呈文 bûn，告 kò 呈，訴 sò͘ 呈，入 jip 呈，呈明 bêng。

埕 塩 iâm 埕，秧 ng 埕，稻 tīu 埕，粟 chhek 埕，蟶 than 埕。

程 工 kang 程。

庭 前 chêng 庭，後 āu 庭，校 hāu 庭，廟 bīo 庭，石 chio̍h 庭，庭斗 táu，庭園 hn̂g。

tīaⁿ 定 （平靜，穩定）平 pêng/pêⁿ[pîⁿ] 定，無 bô 時 sî 得 tek 定，老 lāu 步 pō͘ 定（老到，老成）；（決定）擬 gí 定，限 hān 定，但 nā 定（而已）；（約定）定貨 hòe [hè]，定做 chò[chòe]，定錢 chîⁿ，定金 kim；（定錢，定婚）定頭 thâu，做定，放 pàng 定（下定），過 kòe [kè] 定，交 kau 定，送 sàng 定，壓 teh 定，收 siu 定，消 siau 定，退 thè[thòe] 定；（一定）必 pit 定，註 chù 定，定着 tio̍h（一定；平靜；確定，規定），伊定着會 ē[oē] 來，這 chit 个 ê 囝 gín 仔 á 較 khah 定着啦·lah，还 iáu 未 bōe[bē] 定着；（停止，不活動）錶 pío 仔定去·khi 啦，驚 kiaⁿ 一下 ē 心 sim 臟 chōng 險 hiám 定，定定（不動；常常），按 hōaⁿ 定，停 thêng 定；（時常，經常）伊定來，不 m̄ 是定有 ū 的·e。

錠 金 kim 錠，銀 gîn[gûn] 錠；錠劑 che。

靛 青 chheⁿ[chhiⁿ] 靛。

tiah 摘 摘面 bīn 毛 mn̂g，摘花 hoe，摘果 kóe[ké] 子 chí；(點，選取) 摘伊的名 mîa，摘戲 hì，摘齣 chhut，摘菜 chhài，摘要 iàu，摘錄 lio̍k，摘譯 e̍k，摘讀 tha̍k (選讀)，單 toaⁿ 摘 (從整套東西挑出單個兒)，要 boeh[beh] 買 bé[bóe] 着 tio̍h 做 chò[chòe] 一下 ē、單摘我不 m̄ 賣 bē[bōe]。

tia̍h 糴 (買進糧食) 糴米 bí，糴粟 chhek，採 chhái 糴，囤 tún 糴＝上 chhīoⁿ[chhīuⁿ] 糴 (囤積穀物)，糶 thìo 糴。

澤 滑 ku̍t 澤 (＝te̍k)(光滑) 。

tiak/tia̍k 搰 (彈指) 用指 chéng[chńg] 頭 thâu 仔 á 搰，搰西 si 瓜 koe，搰算 sǹg 盤 pôaⁿ。

Tiam 砧 (砧子) 刀 to 砧，肉 bah 砧，菜 chhài 砧，柴 chhâ 砧，鞋 ê[oê] 砧，三 saⁿ 腳 kha 砧；猪 ti 砧(猪肉攤子)；(修補皮革製品) 砧皮 phôe[phê] 鞋；(略得生疼) 目 ba̍k 睭 chiu 砧，砧着·tioh，竹 tek 蓆 chhio̍h 睏 khùn 了 liáu 會 ē[oē] 砧。

Tiám 點 烏 o͘ 點，斑 pan 點，花 hoe 點，雨 hō͘ 點，噴 phùn 點，讀 tō͘ 點；(量詞) 兩 nn̄g 點意 ì 見 kiàn，一 chit 點 (點) 仔 á；地 tē[tōe] 點，據 kù 點，出 chhut 發 hoat 點，起 khí 點，中 tiong 心 sim 點，終 chiong 點，焦 chiau 點，特 te̍k 點，重 tiōng 點

，要 iàu 點，優 iu 點，缺 khoat 點，弱 jio̍k 點，冰 peng 點，沸 hut 點；點鐘 cheng，誤 gō͘ 點；點一點，點句 kù，點撇 phoat (分號)；點斷 toān，點伊的血 hoeh[huih] 路 lō͘；點菜 chhài；點兵 peng，點名 mîa，點人 lâng 額 gia̍h，點賬 siàu，點收 siu，點交 kau，點貨 hòe[hè]，點驗 giām，檢 kiám 點，點陳 tîn (頂眞，仔細)，做代志真點陳，點胭 ian 脂 chi，點目 ba̍k 睭 chiu 藥 io̍h，點油 iû，點滴 tih (輸液)；指 chí 點，點破 phòa，(偷 thau) 點拄 tuh (暗示)，點化 hòa，點醒 chhé^n[chhí^n]，點打 tá^n (提醒)；點火 hóe，點燈 teng；點香 hio͘^{n}[hiu^n]；點心 sim，茶 tê 點。

Tiàm 店 一坎 khám 店，商 siong 店，布 pò͘ 店，客 kheh 店，飯 pn̄g 店，開 khui 店，關 koai^n 店，店頭 thâu，店口 kháu，店面 bīn；歇 hioh 店 (找旅館住宿)。

坫 (在) 坫在 tī 彼 hia，坫此 chia 等 tán 我，坫厝 chhù 內 lāi 看 khòa^n 書 chu；(停留，居住) 兮 ê 昏 hng 坫咧·leh 啦，且 chhía^n 坫一日，坫在莊 chng 腳 kha，坫腳 (悶在家裡)，不 put 時 sî 坫腳不 m̄ 曾 bat 出 chhut 來·lai，坫密 ba̍t 密 (悶居)，坫巢 sīu，坫孔 khang (穴居)，坫沬 bī (潛水)，坫陰 ńg (在陰涼地方休息)；(避) 坫風 hong，坫雨 hō͘ (避雨)。

玷

tiâm 沈 沈落 lo̍h 水 chúi，沈底 té[tóe]；刻 khek 沈。

Tiām 墊 椅 í 墊，坐 chē 墊，床 chhn̂g 墊，拜 pài 墊；桌 toh

腳 kha 用 ēng 磚 chng 仔 á 來墊較 khah 高 koân 咧 ·leh，墊高；墊錢 chîⁿ (暫時替人付錢)，先 seng 墊，墊補 pó͘；(插樹苗) 墊 (樹 chhīu) 枝 ki (插條)，墊種 chéng，墊龍 gêng 眼 géng 子 chí。

tiām 恬 (靜) 恬去·khi，恬恬攏 lóng 無 bô 聲 siaⁿ 無說 soeh [seh]，恬啾 chiuh 啾，恬卒 chut 卒，嘴 chhùi 較 khah 恬咧·leh，恬靜 chēng；(文靜) 人真恬，恬治 tī (嫻靜)，恬才 châi (文靜)，恬着 tio̍k (沉着)，恬寔 cha̍t (寡言穩重)；恬淀 tīⁿ (水滿滿而不動的樣子) 。

Tian 滇

顛 (踉蹌，搖晃) 踏 ta̍h 顛，硄 khōng 硄顛，顛來顛去，顛顛醉 chùi，顛落去，顛倒 tó(走路不穩而倒下；顛倒)，七顛八倒，顛來倒去，顛顛倒倒，顛倒是非，顛倒 tò (反着，倒着；反而，反倒)，顛倒 tò 頭 thâu，顛倒 tò (頭) 講 kóng，顛倒 tò 反 péng，顛倒 tò 較 khah 好 hó，顛倒 tò 予 hō͘ 伊罵 mē[mā]；顛覆 hok，顛末 boa̍t。

癲 癲狂 kông，瘋 hong 癲，猾 siáu 癲，假 ké 猾假癲，酒 chíu 癲，倥 khong 癲，(老 lāu) 番 hoan 癲，癲戇 gōng；癲癇 hân。

Tián 典 典範 hoān，典型 hêng，典雅 ngá；古 kó͘ 典，字 jī 典，辭 sû 典，經 keng 典，典冊 chheh；典禮 lé，盛 sēng 典；恩 in[un] 典；典獄 ga̍k，典試 chhì；典當 tǹg，典押 ah，典借 chioh，典賣 bē[bōe]，典出 chhut，典人·lang，典字，典契 khè[khòe]，典主 chú，出典

，轉 choán 典。

碘 碘質 chit，碘酒 chíu。

展 展開 khui，展翼 sit；進 chìn 展，發 hoat 展；施 si 展；展緩 oān，展期 kî，展限 hān/ān；展覽 lám，展出 chhut，展示 sī，畫 oē[ūi] 展；(誇耀，炫耀) 愛 ài 展，賢 gâu 展，展伊有 ū 勢 sè，展風 hong 神 sîn，展才 chhâi 情 chêng，展本 pún 事 sū，展寶 pó，展威 ui。

輾 輾轉 choán。

Tiân 田 耕 keng 田，田徑 keng 賽 sài；心 sim 田。

塡 塡平 pêⁿ[pîⁿ]，塡補 pó͘。

纏 纏綿 biân。

Tiān 佃 田 chhân 佃，佃農 lông，佃人 jîn，佃戶 hō͘，佃約 iok，佃契 khè[khòe]；厝 chhù 佃 (房客)。

甸

鈿 螺 lê 鈿，入 jip 螺鈿。

電 電氣 khì，電流 lîu，電波 pho，電池 tî，電表 pío，相 sio[saⁿ] 拍 phah 電；電火 hóe[hé]，電影 iáⁿ，電扇 sìⁿ，電鍋 ko/oe[e]，電毯 thán；電着·tioh，電人·lang，電頭 thâu 毛，電金 kim。

殿 宮 kiong/keng 殿，皇 hông 帝 tè 殿，殿下 hā；殿軍 kun。

澱 沈 tîm 澱；澱粉 hún。

奠 奠基 ki；祭 chè 奠，奠酒 chíu，奠儀 gî。

tiang 噹 噹噹叫 kìo，玎 tin 噹哮 háu；(奏琴) 噹月 goėh[gėh] 琴 khîm。

[Tiang]→Tiong 張

[Tiáng]→Tióng 長

[Tiàng]→Tiòng 悵帳脹漲

[Tiâng]→Tiông 長腸

[Tiāng]→Tiōng 丈仗杖

Tiap 輒

tiap 霎 (極短時間)(一 chit) 霎仔 á 久 kú；(一點點)(一) 霎仔，霎仔遠 hn̄g，較大 tōa 霎仔。

Tiȧp 喋

揲 (打，整，折磨) 予 hō· 人揲不 m̄ 驚 kiaⁿ；打 táⁿ 揲 (整治使吃苦頭；治療)。

牒 通 thong 牒。

蝶 蝴 hô·/ô· 蝶 (蝴蝶；合葉)。

諜 間 kan 諜，諜報 pò。

疊 (一層加上一層) 重 têng 疊，疊字 jī，疊韵 ūn；(平整) 疊予 hō· 伊平 pêⁿ[pîⁿ]，疊予伊寔 chȧt，塞 siap 疊 (堆放得緊湊整齊)。

tiȧp 迭 (量詞：次，回) 這 chit 迭 (這會兒)，趁 thàn 這迭，那 hit 迭，雨 hō· 落 lȯh 兩 nn̄g 迭；(屢次) 迭迭來 (常常來)，迭次 chhù (不止一次)，迭次出 chhut 現 hiān，一 it 迭 (屢屢不間斷)，一迭講 kóng 𣍐bē[bōe] 煞 soah。

跌 跌打 tá^{n} 醫 i 生 seng。

Tiat 哲 先 sian 哲，哲人 jîn，哲理 lí，哲學 ha̍k。

Tia̍t 迭 更 keng 迭。

帙

秩 秩序 sū。

跌 跌打 tá^{n} 醫 i 生 seng。

蛭

轍 踏 tah 前 chiân 轍。

Tiau 凋 凋謝 sīa，凋落 lo̍h，凋頭 thâu（連根枯萎）。

碉 碉堡 pó。

雕 雕刻 khek，雕佛 pu̍t，雕花 hoe 刻鳥 chiáu，雕花 hoe 木 ba̍k，雕琢 tok，雕琢玉 ge̍k 器 khì；（使變形）雕弓 keng，雕樹 chhīu 枝 ki，腐 àu 柴 chhâ 雕獪 bē[bōe] 曲 khiau，雕撖 chih，雕雞 ke[koe] 鴨 ah；雕古 kó͘ 董 tóng（愚弄）；（管教）雕督 tok，雕督學生，雕度tō͘，歹 pháiⁿ 雕，雕獪 bē[bōe] 來；（修飾打扮）歸 kui 身 sin 雕到 kah 真美 súi，雕到真撇 phiat，賢 gâu 雕（很會打扮），雕搭 tah/tat（打扮得整整齊齊），粧 chng 去不 put 止 chí 雕搭。

朝 朝夕 se̍k，朝氣 khì，朝會 hōe。

貂 貂鼠 chhú[chhí]，貂皮 phôe[phê]。

tiau 刁（故意使人爲難）伊要 boeh[beh] 刁人·lang，工 kang 錢 chîⁿ 特 tiâu 工 kang 給 kā 你 lí 刁咧 leh 不 m̄ 予 hō͘ 人，刁價 kè 錢，刁難 lân，刁頑 bân（倔强頑

皮），放 pàng 刁（揚言威脅），放刁要 boeh[beh] 尋 chhōe[chhē] 伊算 sǹg 賬 siàu。

tiau→Tiâu 調

tiau→tiâu 特

Tiàu 召 召証 chèng 人 jîn，召問 mn̄g，召單 toa^{n}，召見 kiàn，召募 bō͘，召倚 oá，召集 chip，召工 kang，召兵 peng，徵 cheng 召；召鏡 kìa^{n}（望遠鏡）。

吊 吊起來，吊衫 sa^{n}，吊一幅 pak 圖 tô͘，吊歪 oai 歪，倒 tò（頭 thâu）吊（倒懸），顛 tian 倒吊；吊頷 ām，吊脰 tāu（上吊）；吊鼎 tía^{n}（斷炊），吊猴 kâu，吊灯 teng（斜眼），吊角 kak（斜角），吊角縛 pa̍k 咧·leh，吊角斜 chhoa̍h，吊角叕 chōa（對角線）；吊橋 kîo，吊床 chhn̂g，吊籃 nâ，吊帶 tòa，吊橾 o͘，吊桶 tháng；吊吊，目 ba̍k 睭 chiu 吊吊，這 chit 領 nía 衫 sa^{n} 穿 chhēng 了 liáu 吊吊，吊裾 ku，吊袼 koh，吊底 té[tóe]，吊手 chhíu；掛 kòa 吊（思慕），暝 mê[mî] 日 jit 掛吊，掛吊心 sim 肝 koa^{n}；（收回）權 koân 給 kā 伊吊起來，牌 pâi 予 hō͘ 人吊去，吊銷 siau；（祛除）吊膏 ko，吊藥 io̍h，粒 lia̍p 仔 á 吊予 hō͘ 伊散 sòa^{n}，吊膿 lâng；（引出色澤）舊 kū 金 kim 牌愛 ài 過 kòe[kè] 藥水 chúi 吊色 sek；（圈套）吊（鬼 kúi）仔 á，着 tio̍h 吊。

弔 弔喪 song，弔祭 chè，弔文 bûn，弔詞 sû，弔電 tiān，弔軸 te̍k，弔聯 liân，弔唁 gān，弔客 kheh。

窵 窵遠 oán，路 lō͘ 途 tô͘ 窵遠。

tiàu 調 徵 cheng 調，對 tùi 調，調動 tōng，調換 oāⁿ。

Tiâu 條 籐 tîn 條，柳 líu 條；條仔 á，便 piān 條，收 siu 條，封 hong 條；發 hoat 條（彈簧）；金 kim 條；麵 mī 條，米 bí 粉 hún 條；條目 bȧk，條段 tōaⁿ，條項 hāng，條款 khoán，條例 lē，條令 lēng，條文 bûn，條規 kui，條約 iok；條件 kīaⁿ，條理 lí；條直 tit（正直，朴實；乾脆；結束，解決）條直人 lâng，歸 kui 氣 khì 予 hō͘ 伊去辦 pān 較 khah 條直，辦條直，还 iáu 未 bōe[bē] 條直，真 chin 難 oh 條直。

調 調音 im，調色 sek，調味 bī，調和 hô，調配 phòe，調節 chiat，調養 ióng；調解 kái，調停 thêng，調處 chhú；調戲 hì，調笑 chhìo。

朝 朝廷 têng，上 chīoⁿ[chīuⁿ] 朝，入 jip 朝，坐 chē 朝，見 kiàn 朝，退 thè 朝，在 chāi 朝，朝臣 sîn，朝見 kìⁿ 皇 hông 帝 tè，朝拜 pài，朝貢 kòng，朝野 iá；朝代 tāi/tē；坐北朝南；朝鮮 sián。

潮 海 hái 潮，滿 boán 潮；潮流 lîu，思 su 潮，風 hong 潮，學 hȧk 潮，高 ko 潮。

tiâu 住 （擱在，附着）風 hong 吹 chhoe[chhe] 住在 tī 電 tiān 火 hóe[hé] 柱 thiāu，魚 hî 刺 chhì 住在嚨 nâ 喉 âu，腳 kha 底 té[tóe] 住土 thô͘，住油 iû 垢 káu，住鼎 tíaⁿ，住底 té[tóe]（附着在底；成爲習慣），住心 sim 住肝 koaⁿ，吃 chiȧh 𣍐 bē[bōe] 住腹 pak；

(上) 考 khó 有 ū 住，考無 bô 住 (沒考上)，住頭thâu 名 mîa，住菸 hun (吸煙上癮)，住嗎 mô͘ 啡 hui；(做動詞的補語，表示牢固穩當) 釘 tèng 住，縛 pak 住，記 kì 住，顧 kò͘ 住住；(跟 "會" "𣍐" 連用表示力量夠得上或夠不上) 檔 tòng 會 ē[oē] 住 (頂得住)，忍 lún 𣍐 bē[bōe] 住 (禁不住)，接 chih 載 chài 𣍐住 (支持不住)。

特 特持 tî (故意)，特致 tì，特意 ì 故 kò͘，特故意，特工 kang (特地，專程)，為 ūi 你特工來 lâi，特來，特請 chhíaⁿ，特倩 chhìaⁿ。

稠 (養牲畜的圈) 猪 ti 稠，牛 gû 稠，馬 bé 稠，雞 ke [koe] 稠仔 á。

Tiāu 兆 兆頭 thâu，彩 chhái 兆=彩頭，前 chiân 兆，預 ū[ī] 兆，吉 kiat 兆，凶 hīong 兆，敗 pāi 兆；億 ek 兆。

調 (調子) 曲 khek 調，音 im 調，聲 siaⁿ 調，腔 khioⁿ [khiuⁿ] 調，舊 kū 套 thò 頭 thâu 老 lāu 腔調 (陳詞濫調)，高 koân 調，低kē 調，反 hoán 調，轉 choán 調，調勢 sè，舊 kū 調；才 châi 調 (本事，本領)，有 ū 才調才 chiah 來，無 bô 才調買 bé[bóe] 新 sin 車 chhia；(調動) 對 tùi 調，調動 tōng，調度 tō͘，調配 phòe，調遣 khián，調派 phài，調集 chip；調查 cha。

掉 (用在動詞后，表示動作的完成) 抗 hiat 掉，洗sé[sóe] 掉，流 lâu 掉，改 kái 掉；(發呆，發愣) 人 lâng 煞 soah 掉去·khi，想 sīoⁿ[sīuⁿ] 到 kah 掉去。

肇 肇禍 hō，肇事 sū。

tiauh→tauh 沓 沓沓來。

tih 滴 滴水 chúi，滴雨 hō͘，目 bak 屎 sái 滴落來，目屎流 lâu 目屎滴，汗 kōaⁿ 沓 tap 沓滴；雨滴，一滴仔。

摋 (逗弄) 賢 gâu 摋，摋來摋去，摋啅 tauh 雞 ke[koe]，摋動 tāng 雞 ke[koe] (淘氣)，摋拄 tuh (頑皮)，番 hoan 摋拄。

tih 碟 豆 tāu 油 iû 碟仔 á，碗 oáⁿ 碟仔，碗碟箸 tī。

嘀 嘀沓 tap 叫 kìo，嘀嘀突 tuh 突 (吞吞吐吐)。

tihⁿ[tih] 欲 (要，希望得到) 愛 ài 欲人 lâng 的物 mih，要 boeh[beh] 欲若 jōa 多 che[chōe]，不 m̄ 欲，無 bô 要欲。

Tim 砧 砧骨 kut。

tim 鴆 陰 im 鴆。

Tìm 䵩 (顏色深) 䵩色 sek，䵩紅 âng，䵩綠 lek，䵩淺 chhíⁿ。

tìm 扰 (擲擊) 扰石 chioh 頭 thâu。

掂 (用手托着東西上下晃動來估量輕重) 掂重 tāng，用 ēng 手 chhíu 掂看 khòaⁿ 若 jōa 重 tāng，較 khah 無 bô 掂斗 táu (沒有多少分量)。

tìm/thìm 侺 侺頭 thâu (點頭)，大 tōa 柴 chhâ 在 tī 河 hô 中 tiong 央 ng 在 teh 侺下·che 侺下。

Tîm 沈 沈落去，半 pòaⁿ 浮 phû 沈，沈底 té[tóe]；沈重 tāng，病 pēⁿ[pīⁿ] 沈重，骨 kut 頭 thâu 沈重 (懶倦)，沈香 hioⁿ[hiuⁿ]。

Tīm 朕 凊 chhìn 朕 (冷落)，不 m̄ 免 bián 激 kek 到 kah 許 hiah 朕。

燃/炕 (把食物盛在容器裡隔水煮) 燃藥 io̍h，燃補 pó͘，燃雞 ke[koe]，燃卵 nn̄g，燃鍋 oe[e]，燃罐 koàn。

Tin 珍 珍寶 pó，珍味 bī，山 soaⁿ 珍海 hái 味 bī；珍貴 kùi，珍奇 kî，珍異 īⁿ；珍重 tiōng，珍愛 ài，珍惜 sioh，珍藏 chông。

tin 津 津津有 iú 味 bī；津液 e̍k；津落來 (汗・唾液等流出的樣子)；津貼 thiap；問 būn 津。

徵 徵求 kîu。

玎 玎玎璫 tang 璫；(垂，滴) 背 phāiⁿ 到 kah 玎玎咚 tong 咚，玎咚扔 hìⁿ/捊 hàiⁿ (搖晃)，嘴 chhùi 涎 nōa 玎落來 (垂涎)，菜 chhài 瓜 koe 玎落來 (絲瓜耷拉着)，玎一支 ki 尾 bóe[bé] (耷拉着尾巴)。

tín 振 振動 tāng (動，活動)，會 ē[oē] 振動，𣍐 bē[bōe] 振𣍐動，不 m̄ 可 thang 振動，一日吃 chia̍h 飽 pá 不振動。

Tìn 鎮 (抑制) 鎮壓 ap，鎮制 chè，鎮服 ho̍k，鎮煞 soah；(穩定) 鎮定 tēng/tīaⁿ，鎮靜 chēng，鎮痛 thìaⁿ 劑；(鎮守) 坐 chē 鎮，鎮守 síu，鎮殿 tiān，鎮港 káng 口 kháu，重 tiōng 鎮；(市鎮) 鄉 hiong[hiang] 鎮，市 chhī 鎮，小 sí 鎮；(占) 鎮位 ūi (占位子)，鎮塊 tè，鎮路 lō͘ (頭 thâu)，鎮滿 móa；本 pún 錢 chîⁿ 伊鎮一 chit 半 pòaⁿ 較 khah 加 ke (資本他占了一半以上)

，鎮兩 nn̄g 人 lâng 額 giah，干 kan 乾 ta/na 坐車 chhia 着 tioh 鎮半日 jit，鎮腳 kha (鎮) 手 chhíu。

Tîn **陳** 陳列 liat，陳設 siat；陳述 sut，陳情 chêng；陳舊 kīu，陳年 nî/liân，新 sin 陳代 tāi 謝 sīa；陳皮 phî。

塵 塵埃 ai，除 tû 塵器 khì；洗 sián/sé[sóe] 塵；紅 hông 塵，凡 hoân 塵，塵世 sè，塵俗 siok。

tîn **藤** (藤子) 打 phah 藤，穿 chhng 藤；藤皮 phôe[phê]，藤篋 nn̂g，藤條 tiâu；藤椅 í，藤床 chhn̂g，藤榜 phóng (藤榻)，藤籃 nâ；(蔓) 亘 soan 藤，牵 khan 藤；瓜 koe 藤，豆 tāu 藤，番 han 薯 chû[chî] 藤，墻chhîo͘ⁿ [chhîuⁿ] 壁 piah 藤，雞 ke[koe] 屎 sái 藤，蘆 lô͘ 藤。

Tīn **陣** 戰 chiàn 陣，佈 pò͘ 陣，排 pâi 陣，陣勢 sè，陣容 iông，陣地 tē[tōe]，陣線 sòaⁿ，陣營 iâⁿ，出 chhut 陣，上 chīo͘ⁿ[chīuⁿ] 陣，臨 lîm 陣，做 chò[chòe] 頭 thâu 陣，收 siu 陣，散 sòaⁿ 陣；獅 sai 陣，郎 lông 君 kun 陣；(伙，伴) 做陣 (結伙，做伴)，鬥 tàu 陣，成 chîaⁿ 陣，無 bô 陣 (沒伴)，同 kāng 一陣。

tìo **釣** 釣魚 hî；釣 (鉤 kau) 仔 á (釣鉤)，釣齒 khí，釣竿 koaⁿ，釣篙 ko，釣箠 chhôe[chhê]，釣線 sòaⁿ，釣筒 tâng，釣餌 jī；(一種縫法) 先 seng 釣才 chiah 縫 pâng，釣內 lāi 裡 lí，釣卍 bān 字 jī，釣住 tiâu，釣粘 liâm。

tîo 趒 (由于彈性而向上跳) 樹 chhīu 奶 ni[lin,leng] 球 kîu 真 chin 賢 gâu 趒，趒童 tâng，趒腳 kha 雞 ke[koe]，趒跳 thiàu，趒腳蹃 chàm 蹄 tê[tôe]，受 sīu 氣khì 在 teh 趒，老 lāu 爺 iâ 車 chhia 真賢趒，心 sim 肝 koaⁿ 歸 kui 个 ê 趒起來，驚 kiaⁿ 一趒，嚓 chhiak 嚓趒，噗 phok 噗趒，活 oah 趒趒，俏 chhio 趒(活潑)，倒 tò 趒 (彈回)。

投 (姓)。

潮 潮州 chiu。

tīo 抖 (抖動，顫抖) 起 khí 抖 (發抖)，礉 khauh 礉抖，惧 khū 惧抖，抖起來，寒 kôaⁿ 到 kah 一 it 直 tit 抖，抖寒 (冷得發抖)，心 sim 肝 koaⁿ 頭 thâu 噗 phok 噗抖，車 chhia 真 chin 賢 gâu 抖。

瘕 白 peh 瘕 (白癍)，生 seⁿ[siⁿ] 白瘕。

銚 (小鐵鍋) 銚仔 á，手 chhíu 銚，鐵 thih 銚。

趙 (姓)。

tioⁿ[tiuⁿ] 張 主 chú 張，緊 kín 張；身 sin 張 (身材；打扮)，生 seⁿ[siⁿ] 張 (身材)，好 hó 生張，張身勢 sè，張勢面 bīn (擺姿勢)；分 pun 張 (能夠把東西分送給人的氣量)，有 ū 分張，無 bô 分張；真 chin 張 (眞的，當眞，果眞)，你敢 kám 有 ū 真張要 boeh[beh] 去 khì 移 î 民 bîn，你敢下 hē 真張要與 kap 伊輸 su 贏 iâⁿ，見 kìⁿ 真張伊就 chīu 走 cháu去·khi；(設置，準備) 張鬥 tàu，張門 mn̂g，張活 oah 鬼 kúi，張啅 tauh 仔

á，張帆 phâng，張網 bāng，張弓 keng，張一支嘴chhùi，張老 lāu (做好壽衣等備用)，張老物 mih＝張老衫sa^{n}，張穿 chhēng (給死人穿上壽衣)，張隔 keh (把屋子隔開)，張灯 teng 結 kat 彩 chhái；張等 tán (做好準備而等)，張持 tî (提防)；一張紙 chóa，一張眠mn̂g[bîn]床 chhn̂g；張三 sa^{n} 李 lí 四 sì；(使性子的作態) 賢 gâu 張，張不 m̄ 去，張去睏 khùn，張樣 iō͘^{n}[iū^{n}]，張款 khoán，張癖 phiah，扽 tùn 張，張掇 toah (賭氣扭着身子)，張柁 tioh (裝不要) 。

餦 (再煎) 餦魚 hî。

tíơ^{n}[tíu^{n}] 長 首 síu 長，會 hōe 長，校 hāu 長；長老 ló，長官 koa^{n}；長房 pâng。

鋹 (鉦) 鋼 níơ[níu] 鋹。

tìơ^{n}[tìu^{n}] 帳 神 sîn 帳，蚊 báng 帳，帳叉 chha，帳楣 bî，帳簾 lî，帳鬚 chhiu，帳鉤 kau，帳篷 phâng，帳房 pâng，營 iâ^{n} 帳。

脹 腹 bak/pak 肚 tó͘ 脹，飽 pá 脹，脹脹，脹風 hong，脹氣 khì，脹胿 hui，脹大 tōa，消 siau 脹；脹水 chúi (浮腫)，脹膿 lâng，脹痛 thìa^{n}；脹裡 lí (掛上裡子)；脹力 la̍t (用力) 。

漲 海 hái 水 chúi 漲起來，漲倚 oá，漲退 thè[thòe] (潮漲落) 。

幛 喜 hí 幛，壽 sīu 幛。

tîơ^{n}[tîu^{n}] 場 場所 só͘，場地 tē[tōe]，場面 bīn；工 kang 場

，工 khang[kang] 課 khòe[khè] 場，穡 sit 場，農 lông 場，草 chháu 場，山 soa^{n} 場，牧 bȯk 場，生 seng 理 lí 場，市 chhī 場，會 hōe 場，內 lāi 場，外 gōa 場，後 āu 場，入 jip 場，在 chāi 場，當tong 場，出 chhut 場，登 teng 場，熟 sėk 場，熱 jiȧt 場，冷 léng 場，收 siu 場，散 sòa^{n} 場。

tīơ^{n}[tīu^{n}] 丈 姑 kơ 丈，姨 î 丈，丈公 kong，丈婆 pô；丈人 lâng，丈姆 ḿ。

tioh 挓 (牽，拉) 挓衫 sa^{n} 仔 á 裾 ku，挓指 chéng[chńg] 頭 thâu 仔，挓耳 hī^{n}[hī] 仔 á，挓舌 chih 根 kin[kun]，挓落來，挓高 koân，挓緊 ân；挓舌尾 bóe[bé] (口齒不清)；張 tiơ^{n}[tiu^{n}] 挓 (别别扭扭裝不要) 。

着 着棋 kî (下棋)；出 chhut 着 (出人頭地，出衆，出色，傑出)，高 koân 着 (高超)，底 té[tóe] 着 (恆產；底細；素養；起因) 。

tiȯh 着 (正對上，中) 射 sīa 有 ū 着，考 khó 無 bô 着，着頭 thâu 獎 chíơ^{n}[chíu^{n}]，着鏢 pio，着目睭；(輪到) 着班 pan，着暝 mê[mî]，着日 jit，着辨 pān，着年 nî，着公 kong；(受到) 着病 pē^{n}[pī^{n}]，着傷 siong，着虫 thâng，着賊 chhȧt 偷 thau；(感受) 着驚 kia^{n}，着急 kip，着狂 kông，獪 bē[bōe] 着得·tit (受不了)；(對，正確) 你講 kóng 的真着，伊不 m̄ 着，着不·m？着啦·lah，行 kîa^{n} 不 m̄ 着路 lō˙，向 ǹg 不着頭 thâu，不着法 hoat，無 bô (到 kah) 一 chit 个 ê 着 (亂七八

糟，一塌糊塗)；(需要，必須，得) 着三工 kang 才 chiah 做 chò[chòe] 會 ē[oē] 了 liáu，着力 la̍t (吃力)，着力兼 kiam 歹 pháiⁿ 看 khòaⁿ，着磨 bôa，予 hō͘ 你真着磨，你着去，着緊 kín 返 tńg 來，應eng/èng 該 kai 着坐 chē 車 chhia 去 khì，須 su 着打 phah 拚 pìaⁿ，着愛 ài 給 kā 我記 kì 咧·leh，按 án 尔 ne [ni] 你不 m̄ 着緊 kín 來；(就) 此 chia 着是伝 goán [gún] 兜 tau，這 che 自 chū 古 kó͘ 早 chá 着有 ū，早 chái 起 khí 天 thiⁿ 未 bóe[bē] 光 kng 我着來啦 ·lah，獪 bē[bōe] 吃 chia̍h 酒 chíu 的人 lâng 吃一嘴 chhùi 面 bīn 着紅 âng，路 lō͘ 結 kiat 冰 peng 無細 sè[sòe] 膩 jī 着會滑 ku̍t 倒·to；(做動詞的補語，表示動作有結果) 趁 thàn 着錢 chîⁿ，沃 ak 着雨 hō͘，遇 gū 着朋 pêng 友 iú，睏 khùn 着真 chin 心 sim 爽 sóng，看 khòaⁿ 會着，手 chhíu 伸 chhun 獪着；(表示行爲的開始) 講 kóng 着就 chīu 好 hó 笑 chhìo (一説起來就好笑)，坐 chē 着就是歸 kui 半 pòaⁿ 日 jit (一坐下來就是大半天)；(歸咎) 予 hō͘ 我了 liáu 錢chîⁿ 攏 lóng 是你着的·e，怎 chóaⁿ[cháiⁿ] 樣 iō͘ⁿ[iūⁿ] 是我着的。

Tiok 竹

竺 天 thian 竺。

築 建 kiàn 築，修 siu 築，築港 káng，築壩 pà。

Tio̍k 着 沈 tîm 着，恬 tiām 着，歸 kui 着，做 chò[chòe] 代

tāi 志 chì 有 ū 歸着，着落 lȯk，今 ta^{n} 略 liȯh 略仔 á 有着落啦·lah，有着（落）的人（可靠的），無 bô 着（落）的（靠不住的），着實 sit，着眼 gán，着意 ì，着想 sióng，着手 chhíu，着地 te[tōe]，着陸 liȯk。

逐 追 tui 逐；驅 khu 逐，放 hòng 逐；逐一 it。

Tiong **中** 中心 sim，中央 ng,iong，中樞 chhu，對 tùi 中；心 sim 中，意 ì 中，家 ka 中，空 khong 中，其 kî 中；中指 chái^{n}，中晝 tàu，中秋 chhiu，中途 tô͘，半 pòa^{n} 中站 chām，中間 kan,keng，中脊 chit（中樑）；中等 téng，中級 kip，中型 hêng，中辨 pān，中號 hō；中和 hô，中庸 iông；中人 lâng，做 chò[chòe] 中；中國 kok，中藥 iȯh，中餐 chhan。

忠 忠誠 sêng，忠實 sit，忠厚 hō͘，忠告 kò。

Tiong[Tiang] **張** 開 khai 張，擴 khòng 張。

Tióng[Tiáng] **長**（年紀較大）年 liân 長，長幼 iù，長老 ló；（輩分大）長上 siōng，長輩 pòe，長者 chía；（排行最大）長子 chú，長男 lâm，長房 pâng；（生長，成長）生 seng 長，成 sêng 長，長成，長大 tāi/tōa 成人 jîn；（增進）長進 chìn，長見 kiàn 識 sek；（多出來→漲 tiòng）。

Tiòng **中**（正對上）中獎 chióng/chió^{n}[chíu^{n}]，中狀 chiōng 元 gôan，中選 soán，中用 iōng（有用的），中語 gú[gí]（說對的話）；（遭受）中計 kè，中毒 tȯk，中暑 sú，中風 hong，中傷 siong。

Tiòng [Tiàng] 悵 惆 tîu 悵，悵心 sim (遺憾)，搶 chhío^n [chhíu^n] 無 bô 着 tio̍h、成 chîa^n 悵心。

帳 帳幕 bō·。

脹 臌 kó· 脹，腹 bak/pak 肚 tó· 脹大 tōa，脹肚 tō·，脹膽 tám/tá^n (膽子大起來)，心肝那 ná 脹膽。

漲 海 hái 漲，海水 chúi 漲起來，漲水；漲價 kè；(多出，超出) 賬 siàu 漲五百出來，漲賬 siàu，漲額 gia̍h，漲頭 thâu，錢 chî 漲頭。

Tiông 重 重複 ho̍k，重新 sin，重修 siu，重建 kiàn，重演 ián。

Tiông[Tiâng] 長 長途 tô·，長逝 sē/sè；(優點) 所 só· 長，這是伊的所長，見 kiàn 長，長奇 kî (長處)；(得到利益) 有 ū 長 (有利可得)，無 bô 長，長若 jōa 多chē[chōe] (賺了多少)，剩 chhun 長 (剩下) 。

腸 墜 tūi 腸。

Tiōng 仲 仲裁 chhâi；仲冬 tong；昆 khun 仲。

重 重力 le̍k，重油 iû，重水 súi，重工 kang 業 gia̍p；傷 siong 重，嚴 giâm 重，沈 tîm 重；(緊要) 重要 iàu，重大 tāi/tōa，重點 tiám，重地 tē[tōe]，重用 iōng；(重視) 重人 lâng 無 bô 重錢 chî^n，重吃 chia̍h，重眠 bîn，重義 gī，重友 iú 情 chêng，重值 ta̍t (值得)，會 ē[oē] 重值得·tit，看 khòa^n 重，對 tùi 重=致 tì 重=注 chù 重，珍 tin 重，尊 chun 重，器 khì 重；(不輕率) 慎 sīn 重，自 chū 重，保 pó 重。

Tiōng[Tiāng] 丈 丈夫 hu；丈量 liōng，丈地 tē[tōe]，清chheng

丈。

仗 依 ī 仗，托 thok 仗，交 kau 仗；打 tá^{n} 仗。

杖 哭 khok 喪 song 杖。

tit 得 (得到) 得天 thian 下 hā，得家 ke 伙 hóe[hé]，得人 lâng 痛 thìa^{n}，得人惜 sioh (討人歡喜)；(適合) 要 boeh[beh] 去不 m̄ 得、不去亦 iah 不得 (去也不好，不去也不好)，較 khah 得 (較妥，較好)，勿 mài 去較得，有 ū 較得無 bô (有總比沒有强)；(做爲副詞) 罕 hán 得，真罕得來，罕得幾 kúi 時 sî，莫 bòh 得，莫得講 kóng，難 oh 得，難得過 kòe[kè] 日 jit；(做爲助詞，在動詞前表示可能不可能) 會 ē[oē] 得起來，𣍐bē[bōe] 得過，會得可 thang→會當 tàng，𣍐得可→𣍐當；(在動詞後表示可以或可能) 會講 kóng 得·tit，𣍐行 kîa^{n} 得，會用 ēng/iōng 得，會使 sái 得，會做 chò[chòe] 得，會主 chú 得意 ì，無 bô 奈 tâ 得何 oâ，無法hoat 得人 lâng 奈何，做得來，做會得來，過得去，過𣍐得去，行 kîa^{n} 會得到 kàu。

Tit 侄 侄仔 á，侄女 lú[lí]，侄婦 hū，侄婿 sài。

直 橫 hoâi^{n} 直，坦 thán 直，竪 khīa 直，倒 tó 直直，掠 liàh 直，平 pê^{n}[pî^{n}] 直，排 pâi 去真直，直線 sòa^{n}，直紋 sûn，直痕 hûn，直叕 chōa (條紋；直線)，直抵 tú 直；直接 chiap，直達 tat，直入 jip，直覺 kak；一 it 直，直直去，直透 thàu (直通；一直，一个勁兒)，直透到 kàu 台北，直透去 khì，直透寫 sía，歸

kui 日 jit 直看 khòa^{n} 冊 chheh，雨 hō͘ 直落 lo̍h；使 sái 直喉 âu/氣 khùi 飲 lim (一口氣喝干)；正 chèng 直，硬 ngē[ngī] 直，土 thó͘ 直，戇 gōng 直，條 tiâu 直人 (規矩人)，伊的人真直，直人講直話，直到 kah 若 ná 菜 chhài 瓜 koe 鬚 chhiu，直性 sèng；(清楚，了結) 代 tāi 志 chì 直啦，打 phah 𣍐 bē[bōe] 直，難 oh 直，講𣍐直，條直，辦 pān 條直，按 án 尔 ne[ni] 較 khah 條直嘍·loh (這樣比較乾脆吧) 。

值 增 chēng 值，貶 pián 值；輪 lûn 值，值班 pan，值日 jit，值夜 iā，值勤 khîn[khûn]。

蟄 驚 ke^{n}[ki^{n}] 蟄，蟄居 ku[ki]。

Tiu **丟** 扔 hì^{n} 丟，抭 hiat 丟，丟掉 tiāu，丟下 hē；健 kiān 丟 (天眞活潑) 。

tiu **稠** (常常) 稠稠來，稠稠講 kóng；密 ba̍t 稠稠，瘦 sán 稠稠，紅 âng 稠稠。

Tíu **肘** 乾 ta 肘 (形容小孩活潑伶俐，有獨立活動能力)，這个囝 gín 仔真乾肘。

Tìu **晝** 晝夜 iā。

Tîu **惆** 惆悵 tiòng，惆然 jiân。

稠 稠密 bit。

綢 綢仔 á，綢緞 toān，綢軟 nńg (絲綢製品)，一 chi̍t 身 sin 軀 khu 全 choân 是綢軟，素 sò 綢，粉 hún 綢，花 hoe 綢，錦 kím[gím] 綢，春 chhun 綢，綾 lêng 綢，羽 ú 綢，繭 kián 綢，綿 mî 綢。

疇 範 hoān 疇。

籌 籌辦 pān，籌備 pī，籌劃 ėk/hėk/oē[ūi]，籌款 khoán/khóa^{n}，籌一匹 phit 錢 chî^{n}，籌建 kiàn；籌碼 bé，照 chiàu 籌算 sǹg 錢 chî^{n}。

躊 躊躇 tû。

tîu 淘 (在水裡除去雜質) 淘水 chúi 粉 hún；(淘選) 淘好 hó 的物 mih 件 kīa^{n}，過 kòe[kè] 淘 (挑出來的) 。

Tīu 宙 宇 ú 宙。

冑 甲 kah 冑。

紂 紂王。

tīu 稻 稻仔 á，陸 liȯk 稻，水 chúi 稻，播 pò͘ 稻，割 koah 稻，摔 siak 稻；稻穗 sūi，稻仔尾 bóe[bé]，稻葉hiȯh，稻稿 kó，稻 (稿) 頭 thâu，稻稿鬃 chang，稻 (稿) 草 chháu，稻草堆 tui，稻 (草) 囷 khûn=稻埒 pû，稻草人 lâng，稻屑 seh，抾 khioh 稻屑，稻埕 tîa^{n}。

[tiu^{n}]→tio͘^{n} 張餦

[tíu^{n}]→tío͘^{n} 長鋹

[tìu^{n}]→tìo͘^{n} 帳脹漲幛

[tîu^{n}]→tîo͘^{n} 場

[tīu^{n}]→tīo͘^{n} 丈

tiuh 搐 (抽搐) 頭 thâu 殼 khak 筋 kin[kun] 在 teh 搐，搐搐彈 tōa^{n}；緊 ân 搐搐，僐 siān 搐搐 (很累)，痛 thìa^{n} 搐搐；(拉)(→扡 tioh) 。

tng 當 (面對着) 當面 bīn，當面講 kóng；(正在) 當場 tîo͘^{n}

[tîu^{n}]，當(那 hit) 時 sî，當那迭 tia̍p，當(原 goân) 初 chhơ，當起 khí 頭 thâu，當頭白 pe̍h 日 jit，當年 nî 窗 thàng 天 thi^{n}，當頭對 tùi 面；(副詞：正，恰好) 當時好 hó，當是 sī 時，當在 teh 興 hin[heng]，當歹 phái^{n} 運 ūn，當慘 chhám，當好 hó，當勇 ióng，當行 kîa^{n} 時 sî，當盛 sēng，花 hoe 當開 khui，日當崎 kīa，當我在 teh 講話；(擔任) 當組 chơ 長 tíơ^{n} [tíu^{n}]，當兵 peng；(承當) 擔 tam 當，抵 tí 當，當嬒 bē[bōe] 起，當嬒來，時到 kàu 時當，敢 ká^{n} 做 chò[chòe] 敢當；(伺，守候)當鳥 chiáu 仔，當老 niáu 鼠 chhú[chhí]，當機 ki 會 hōe，當等 tán，當等伊來；(圈套) 老 niáu 鼠 chhú [chhí] 當 (捕鼠器) 。

tńg[túi^{n}] **轉** (旋轉，轉動) 車輦 lián 在 teh 轉，正 chìa^{n} 轉倒 tò 轉，圓 î^{n} 圓轉，轉旋 se̍h，水 chúi 車 chhia 在轉旋；(改換方向) 轉風 hong 面 bīn，轉南 lâm 風，轉過 kòe[kè] 來轉過去，越 oa̍t 攞 lìn 轉，越轉頭 thâu，(越) 轉身 sin，嬒 bē[bōe] 轉身，轉目 be̍k，目 ba̍k 睭 chiu 轉輪 lûn，轉彎 oan，轉斡 oat，轉角 kak，回 hôe 心 sim 轉意 ì，轉話 oē 關 koan，知 chai 轉 (覺悟)，不 m̄ 知轉；(改變情況) 轉紅 âng，轉寒 kôa^{n}，轉嘹 liâu (改變調子)，轉聲 sia^{n}，轉氣 khùi，喘 chhoán 到嬒轉氣，轉大 tōa 人 lâng，轉成 chîa^{n} (成人)=轉變 pì^{n}，轉骨 kut，面 bīn 轉色 sek，轉笑 chhìo，天 thi^{n} 轉白 pe̍h (天漸白)；(使圓滿) 轉話，

轉代 tāi 志 chì (調停)，請 chhía^{n} 公 kong 親 chhin 來轉，轉獪成 chîa^{n} (調停不成)，轉獪直 tit；(籌措) 賢 gâu 轉，轉孔 khang，着 tio̍h 轉孔才 chiah 有 ū 錢 chî^{n}，轉看 khòa^{n} 有無 bô。

返 (返回) 返厝 chhù，返去·khi，倒 tò 返去，越 oa̍t 倒返去，討 thó 倒返來。

斷 (剪斷) 斷臍 châi，菊 kiok 花 hoe 着 tio̍h 斷心、花 hoe 開 khui 了 liáu 才 chiah 會 ē[oē] 美 súi。

tǹg 當 典 tián 當，提 the̍h 錢 pío 仔 á 去當，準 chún 當，予 hō͘ 你準當，準當的物 mi̍h，當頭 thâu，當店 tiàm，當票 phìo，當單 toa^{n}，當消 siau (當死)。

tǹg[tùi^{n}] 頓 (用力往下放) 輕 khin 輕仔 á 囥 khǹg、不 m̄ 可 thang 頓落去，尻 kha 川 chhng 頓落去，頓龜 ku，頓跌 poa̍h 坐 chē (摔着屁股重重地打在地上)，頓咧不振 tìn 動 tāng (總坐著不工作)，頓腳 kha (蹄 tê[tôe]) (跺脚)；向 ǹg 頓 (脾氣別扭)；(槌，打) 頓椅 í 頓桌 toh，頓胸 heng，頓心 sim 肝 koa^{n}，頓枴 koái^{n} 仔；(印) 頓印 ìn 仔 á，頓字 jī；(放置) 糜 môe 傷 sio͘^{n}[siu^{n}] 泔 ám、頓咧·leh 就會 ē[oē] 洘 khó，菜 chhài 頓下 hē 咧會冷 léng；(餐) 飯 pn̄g 頓，正 chìa^{n} 頓，早 chá 頓，中 (晝 tàu) 頓，暗 àm 頓，兮 ê 昏 hng 頓，三頓飯，減 kiám 頓。

煅 (→thn̄g) 煅燒 (再熱)。

tn̂g 長 (指空間) 長衫 sa^{n}，長褲 khò͘，長椅 í，長短 té，長

短腳 kha，長株 tu（長方形；橢圓形），伸 chhun 長；(長度) 身 sin 長，五尺 chhioh 長；(指時間) 久 kú 長，長期 kî，長歲 hòe[hè] 壽 sīu，長屄kha 川 chhng，存 chhûn 長。

堂 講 káng 堂，禮 lé 堂，學 o̍h 堂，祠 sû 堂，菜 chhài 堂，教 kàu 堂，禮 lé 拜 pài 堂；廳 thiaⁿ 堂，中 tiong 堂。

腸 腸仔 á，胃 ūi 場，小 síо 腸，大 tōa 腸，直 ti̍t 腸，灌 koàn 腸，捝 thu̍t 腸，生 seⁿ[siⁿ] 腸，腸肚 tō͘，心 sim 腸，好 hó 心腸，割 koah 心腸。

唐 唐山 soaⁿ，唐山人 lâng，唐山客 kheh。

塘 池 tî 塘。

童 人 lâng 童（未成年人）。

tn̂g[tûiⁿ] 段 做 chò[chòe] 兩 nn̄g 段，對 tùi 段（對半），切 chhiat 對段，半 pòaⁿ 中 tiong 段（中途），甓 phiah 段（半截的甓）。

tn̄g 丈 量 nîơ[nîu] 丈，清 chheng 丈；丈聲 siaⁿ，丈半pòaⁿ 長 tn̂g，一丈較 khah 量 lēng（一丈多）。

撞 (碰見) 撞着 tio̍h 朋 pêng 友 iú，相 sio[saⁿ] 撞頭 thâu，抵 tú 撞（巧遇），衝 chhiong 撞（碰到，撞上），出 chhut 外 gōa 海 hái 衝撞海賊 chha̍t，橫 hoâiⁿ 行 kîaⁿ 直 ti̍t 撞；(撞擊) 使 sái 手 chhíu 後 āu 䟓 teⁿ[tiⁿ] 倒 tò 撞。

蕩 (洗滌) 洗 sé[sóe] 蕩，復 koh 蕩=加 ka 蕩（再用清

水沖洗)；損 sńg 蕩 (糟蹋浪費)；向 ǹg 蕩 (脾氣別扭，乖僻)。

tn̄g[tūiⁿ] 斷 (截開) 折 at 斷，鉸 ka 斷，切 chhiat 斷，打 phah 斷，手 chhíu 骨 kut 斷去·khi；(斷絶) 斷路 lō͘ (斷絶往來)，與 kap 伊斷路，斷奶 ni[lin,leng]，斷氣 khùi，斷產 sóaⁿ (月經閉止)，斷水 chúi，斷站 chām (中斷)，斷根 kin[kun]，斷種 chéng；(絶無) 死 sí 到 kah 斷一个 ê，斷滴 tih 水 chúi，斷點 tiám 風 hong，斷隻 chiah 蚊 báng，身 sin 軀 khu 斷半 pòaⁿ 文 îⁿ，手斷寸 chhùn 鐵 thih。

To 刀 刀仔 á，刀片 phìⁿ，剃 thì 頭 thâu 刀，菜 chhài 刀，鉸 ka 刀，敲 khau 刀，柴 chhâ 刀，大 tōa 刀，關 koan 刀，刀劍 kiàm；刀肉 bah，刀鋩 mê[mî]，刀嘴 chhùi，刀背 pòe，刀鋻 kheng，刀頭 thâu，刀尾 bóe [bé]，刀柄 pèⁿ[pìⁿ]，刀束 sok，刀鞘 sìu[sìo]，刀石 chióh，刀砧 tiam；刀傷 siong，刀痕 hûn，刀路 lō͘ (用刀的技巧；索價手法)；鼻 phīⁿ 仔刀刀；(量詞) 一刀紙 chóa。

多 多數 sò͘，多次 chhù，多事 sū，多端 toan (好多事，多管閑事)，多端的人較 khah 會 ē[oē] 惹 jía 事 sū，多疑 gî，多情 chêng，多嘴 chhùi (愛說話)，多謝 sīa，說 soeh[seh] 多謝，予 hō͘ 你多謝開 khai 費 hùi，予你真多費，差 chha 不 put 多。

to 都 (全) 逐 ták 个 ê 都愛 ài，清 chhìn 采 chhái 時 sî

都無 bô 要 iàu 緊 kín；(更，也，甚至) 囝 gín 仔 á 都會 ē[oē] 曉 hiáu 得·tit、免 bián 講 kóng 大 tōa 人 lâng，連 liān 我都知 chai 影 iáⁿ，較 khah 寒 kôaⁿ 都不 m̄ 驚 kiaⁿ，雞 ke[koe] 卵 nn̄g 密 ba̍t 密都有 ū 縫 phāng；(已經) 飯 pn̄g 都冷 léng 啦·lah，天 thiⁿ 都暗 àm 啦、还 iáu 無 bô 想 sīoⁿ[sīuⁿ] 要boeh [beh] 返 tńg 來·lai；(表示轉折) 都有講要來、哪 ná 會無來；(表示條件) 好 hó 都好、不復 koh[kú] 还 iáu 無我的好，有 ū 都有、總 chóng 是有 iú 限 hiān，有 ū 影都着 tio̍h (是的) 。

Tó 倒 倒落去，倒直 tit 直，倒坦 thán 直，倒坦橫 hoâiⁿ，倒坦搕 khap，倒坦笑 chhìo，倒坦攲 khi，倒咧睏 khùn，倒在 tī 眠 mn̂g[bîn] 床 chhn̂g，小 síO 倒咧·leh (稍微躺下)；跌 poa̍h 倒，偃 ián 倒，阿 a 不 put 倒 (不倒翁)；辯 piān 倒，駁 pok 倒，打 táⁿ 倒，倒台 tâi，倒棋 kî；教 kà 伊會 ē[oē] 倒，吃 chia̍h 我獪 bē[bōe] 倒；倒店 tiàm，倒人 lâng 的錢 chîⁿ，倒賬 siàu；倒房 pâng，倒運 ūn，倒陽 iông；刣 thâi 猪 ti 倒羊 iôⁿ[iûⁿ]。

島 海 hái 島，群 kûn 島，列 lia̍t 島，島嶼 sū，半 poàn 島。

搗 搗亂 loān。

禱 祈 ki 禱，禱告 kò。

朵

躲 躲避 pī。

tó 何 何落 lȯh，何位 ūi，要 boeh[beh] 何去 khì，對 tùi 何來；何一 chit 个 ê，何一本 pún 冊 chheh，何一間 keng 學 hȧk 校 hāu。

妥 豈 thái 妥（豈可）。

Tò 到 報 pò 到，到任 jīm，到處 chhù。

倒 （向相反的方向移動或顛倒）倒行 kîaⁿ，倒退 thè，倒轉 tńg，倒旋 sėh，倒䟫 siàng 向 hìaⁿ，倒栽 chai 落去，倒翻 hoan 箍 khơ，倒拗 áu，倒縮 kiu，倒貼thiap，倒頭 thâu（倒過來），下 hē 倒頭，倒頭寫 sía，倒頭生 seⁿ[siⁿ]，顛 tian 倒，倒反 péng/hoán，去 khì 去倒倒（反復無常）；（反而）（顛 tian）倒較 khah 好 hó，打 phah 㩼 chih 手 chhíu 骨 kut 倒勇 ióng；（背）倒面 bīn；（左）倒旁 pêng（左邊），倒手 chhíu，倒腳 kha；（傾倒出來）倒水 chúi，目屎泚 chhē 泚倒，雨 hō͘ 推 chhia 咧 leh 倒，倒畚 pùn 掃 sò。

Tô 逃 逃走 cháu，逃脫 thoat；逃避 pī，逃閃 siám，逃辟 phiah，逃開 khui，逃生 seⁿ[siⁿ]/seng，逃難 lān，逃荒 hng，逃學 hȧk/ȯh，逃性 sèⁿ[sìⁿ] 命（脫懶）；（流浪）四 sì 界 kòe[kè] 逃。

淘 （除去雜質）淘金kim，淘汰 thài；（清除泥沙渣滓）淘井 chéⁿ[chíⁿ]，淘池 tî；（見習；復習）緩 ûn 仔 á 淘，全 choân 靠 khò 家 ka 己 tī[kī] 淘，淘汏 thōa（看樣學習），淘汏生 seng 理 lí，淺 chhián 學 hȧk 深

chhim 淘。

陶 陶醉 chùi。

萄 葡 phô/phû 萄。

掏 (批買肉類) 掏猪 ti 肉 bah 來 lâi 賣 bē[bōe]。

裪 大 tōa 裪衫 saⁿ。

佗 華 hôa 佗。

陀 阿 o 彌 mí/mî/bî 陀佛 hu̍t。

跎 蹉 chho 跎。

鉈 稱 chhìn 鉈，鉈子 chí/jí；水 chúi 鉈 (測量水深的器具)。

駝 駱 lo̍k 駝。

鴕 鴕鳥 chiáu。

tô 桃 楊 iô͘ⁿ[iûⁿ] 桃。

朵 (成簇的果實) 龍 gêng 眼 géng 成 chîaⁿ 葩 pha 成朵，結 kiat 歸 kui 朵，幾 kúi 若 nā 千 chheng 朵；血 hoeh[huih] 朵 (血塊)，吐 thò͘ 血吐朵 (指事情情況壞得很；胡說八道)。

Tō 道 道路 lō͘，鐵 thih 道，水 chúi 道，河 hô 道，軌 khúi 道，赤 chhiah/chhek 道，黃 hông 道，食 sit 道；道理 lí；道德 tek，道義 gī；道教 kàu，道士 sū，道壇 tôaⁿ；道喜 hí，道賀 hō，道謝 sīa，道歉 khiam；一道符 hû 仔 á。

導 引 ín 導，指 chí 導，教 kàu 導，領 léng 導。

惰 懶 lán 惰。

悼 哀 ai 悼，悲 pi 悼，追 tui 悼。

盜 竊 chhiap 盜，海 hái 盜，強 kiông 盜。

舵 舵手 chhíu。

稻

蹈 舞 bú 蹈。

To͘ 都 首 síu 都；都市 chhī，都會 hōe。

Tó͘ 堵 防 hông 堵；(像墻一樣的東西) 壁 piah 堵，枋 pang 堵 (板墻)，玻 po 璃 lê 堵，蘇 so͘ 堵＝凸 phòng 堵，塌 thap 堵，屏 pîn 堵，眠 mn̂g[bîn] 床 chhn̂g 堵，鏡 kìaⁿ 堵，隨 thām 堵 (彎曲下沉)；一堵字 jī，一堵墻 chhîo͘ⁿ[chhîuⁿ] 仔 á。

睹 睹貿 bauh＝睹目 bak (色 sek)(用眼睛估量) 。

賭 賭簿 phok，賭徒 tô͘ ，賭棍 kùn，賭場 tîo͘ⁿ[tîuⁿ]；賭輸 su 贏 iâⁿ，賭造 chō 化 hòa，賭字 jī 運 ūn，賭性 sèⁿ[sìⁿ] 命 mīa 做 chò[chòe]，賭氣 khì。

tó͘ 肚 腹 bak/pak 肚，軟 nńg 肚，肚脹 tiòng；腰 io 肚，肚棺 kōaⁿ，肚袋 tē；手 chhíu 肚，腳 kha (後 āu) 肚；膁 liám 肚 (豬牛魚的脇腹)，船 chûn 肚 (船艙)。

鬥 (競) 與 kap 伊鬥，相 sio[saⁿ] 鬥，鬥勇 ióng (比力氣)，鬥氣 khì，鬥硬 ngē[ngī] 氣，鬥強 kiông (硬要)，鬥強要 boeh[beh] 去，鬥強不 m̄ 肯 khéng。

Tò͘ 黗 (洇) 紙 chóa 無 bô 可 thang 好 hó、寫 sía 着 tio̍h 字 jī 會 ē[oē] 黗，墨 bak 水 chúi 黗過去，黗字，黗潛 tâm；烏 o͘ 黗 (稍帶黑色的)，烏 o͘ 黗紅 âng；(傳染

，侵害) 感 kám 冒 mō· 會黗人·lang，爛 nōa 柑 kam 仔 á 會相 sio[sa^{n}] 黗。

鬥 戰 chiàn 鬥，決 koat 鬥，械 hâi 鬥，鬥爭 cheng，鬥志 chì，鬥口 kháu/khó· ，鬥牛 gû/ngîu。

妒 怨 oàn 妒，嫉 chit 妒，惡 ò·/ò·^{n} 妒，妒心 sim 重 tāng，妒忌 khī。

Tô· 圖 地 tē[tōe] 圖，圖畫 oē[ūi]，尪 ang 仔 á 圖，製 chè 圖，畫 oē[ūi] 圖；意 ì 圖，企 khì 圖，圖謀 bô· ，圖利 lī；(侵吞) 圖人的錢；(蒙混) 提 theh 歹 phái^{n} 的·e 來圖好 hó 的·e 去，蒜 soàn 仔 á 圖肉 bah 油 iû。

途 (道路) 路 lō· 途，長 tn̂g/tiông 途，半 poàn 途，中 tiong 途，前 chiân 途，歧 kî 途，途徑 kèng，途中；用 iōng 途，運 ūn 途；(行業) 這 chit 途真 chin 歹 pháiⁿ 孔 khang，同 kāng/siāng/tâng 途 (同業)，專 choan 途，做 chò[chòe] 歸 kui 途，轉 choán 途，改 kái 途，換 oā^{n} 途，變 piàn 途，正 chìa^{n} 途，偏 phian 途 (不正的路或職業)，着行 kîa^{n} 正途、不 m̄ 可 thang 行偏途，別 pat 途。

涂

塗 塗料 liāu，塗改 kái，糊 hô· 塗。

徒 徒步 pō· ；徒手 chhíu；徒然 jiân，徒勞 lô，徒費 hùi 心 sim 神 sîn；徒弟 tē，門 bûn 徒，學 hak 徒，高 ko 徒；信 sìn 徒，教 kàu 徒；酒 chíu 徒，奸 kan 徒，徒類 lūi，徒黨 tóng；徒刑 hêng，流 lîu 徒。

屠 屠宰 chái^{n}，屠戶 hō͘，屠夫 hu，屠刀 to，開 khui 屠，禁 kìm 屠；屠殺 sat。

tô͘ 厨/廚 廚子 chí（廚師），廚子司 sai 阜 hū，廚子菜 chhài，廚子桌 toh。

Tō͘ 度 尺 chhioh 度；溫 ūn 度，熱 jiat 度，濕 sip 度，度數 sò͘；程 thêng 度，強 kiông 度，高 koân 度，輕 khin 度，中 tiong 度；限 hān 度，過 kòe[kè] 度；年 nî 度；風 hong 度，態 thài 度，氣 khì 度，度量 liōng[liāng]；法度（辦法）；制 chè 度；（過）度假 ká，度晬 chè（週歲）；（餬口）度口 khó͘，度吃 chiah，度（一 chit）嘴 chhùi 吃，度飽 pá，罔 bóng 度，度過 kòe[kè] 日 jit，度活 oah，度生 se^{n}[si^{n}]，罔 bóng 在 teh 度性 sè^{n}[sè^{n}] 命 mīa，度日，度時 sî 日（勉强維持生命），度死 sí（靠一定所得餬口而沒有其他收入）；（使脫離苦難）普 phó͘ 度，超 chhiau 度，予 hō͘ 仙 sian 度去學 hak 法 hoat；（染上）予 hō͘ 伊度去 ·khi（被他傳染），度到 kah 歹 phái^{n}（沾染了惡習）；（燒着）這 chit 號 hō 火 hóe[hé] 炭 thòa^{n} 較 khah 難 oh 度，火度過間 keng（火延燒到鄰家了）。

渡 渡江 kang，渡河 hô；渡過 kòe[kè] 難 lân 關 koan，過渡時 sî 期 kî；渡船 chûn，客 kheh 渡，貨 hòe[hè] 渡，搭 tah 渡，過渡，渡頭 thâu（渡口）。

鍍 電 tiān 鍍，鍍金 kim。

土 土蚓 kún[kín]/ún[ín][bún]，土猴 kâu，土伯 peh 仔 á

，土蠘 giat 仔，土乖 koai (蝌蚪)；(姓)。

杜 杜絶 choa̍t，杜撰 choān；杜鵑 koan，杜定 tēng(蜥蜴)；(姓)。

肚 (胃) 猪 ti 肚，牛 gû 肚，腸 tn̂g 肚；(內臟) 魚 hî 肚；(肚子) 劙 le̍h 肚 (切開肚子)，大 tōa 肚，肚臍 châi，肚盤 pôaⁿ (小腹)，小 síó 肚 (膀胱)。

豆 豆蔻 khò͘。

逗 逗點 tiám，逗號 hō。

痘

竇 鼻 phīⁿ 竇。

讀 句 kù 讀。

tòa 帶 (帶子) 帶仔 á，腰 io 帶，褲 khò͘ 帶，皮 phôe[phê] 帶，吊 tiàu 帶，領 nía 帶，鞋 ê[oê] 帶，錄 lo̍k 音 im 帶；(攜帶) 帶錢 chîⁿ，帶行 hêng 李 lí，帶手 chhíu (拿；擺弄；隨手攜帶的小禮物)，帶手來，帶手去予 hō͘ 人·lang，拏 gia̍h 枴 koáiⁿ[koái] 仔 á 帶手，買 bé[bóe] 餅 píaⁿ 來做 chò[chòe] 帶手去予 hō͘ 人；帶孝 hà，帶白 pe̍h；帶身 sin＝帶孕 īn (有身孕)，帶鬼 kúi 胎 thai，帶膭 kūi (懷孕)；帶病 pēⁿ[pīⁿ]，帶罪 chōe，帶疑 gî，帶賴 lōa (歸咎于，責怪)，鱠 bē [bōe] 泅 sîu 帶賴溪 khe[khoe] 狹 e̍h[oe̍h]，帶賴風 hong 水 súi；帶桃 thô 花 hoe，帶驛 ia̍h 馬 bé，帶貴 kùi 人 jîn，帶雙 siang 刀 to 來出 chhut 世 sì；(帶領) 帶兵 peng，帶隊 tūi，帶人 lâng 去，帶跤 kha 手

，帶家 ke 眷 koàn；(呈現) 帶紅 âng；(顧念) 帶念 liām，帶着 tio̍h 伊的面 bīn 上 chīoⁿ[chīuⁿ]；(交尾) 狗 káu 相 sio[saⁿ] 帶。

住 (居住) 我住在 tī 此 chia (我住在這兒)，留 lâu 伊住 (留他住下)，住 bē[bōe] 住 tiâu，住旅社，住 (過 kòe[kè]) 暝 mê[mî]，相 sio[saⁿ] 與 kap 住 (同住)；(停留) 住彼 hia 等 tán 我；(在) 住桌 toh 頂 téng 寫 sía；(任職) 住銀 gîn[gûn] 行 hâng，頭 thâu 路 lō͘ 不 m̄ 住；(同居) 與 kap 人 lâng 住。

tôa 掏 (＝chôa) (篩，淘) 掏米 bí，掏粟 chhek，掏沙 soa，掏予 hō͘ 伊清 chheng 氣 khì。

tōa 大 年 nî 紀 kí 大，力 la̍t 大，大个 ê，大枝 ki，大欉 châng，大隻 chiah，大漢 hàn，大張 tioⁿ[tiuⁿ]，大 (腑 bú/bóng) 聲 siaⁿ，大腿 thúi，大海 hái，大麵 mī；腳 kha 較 khah 大身 sin，一 chit 間 keng (有 ū) 兩 nn̄g 間大；長 tióng 大，bē[bōe] 大；大人 lâng (成人)，大塊 tè (大塊；傲慢)，大辨 pān (个兒大；大方)，大路 lō͘ (大馬路；慷慨)，大派 phài (大方)，大手面 bīn，大賣 bē[bōe] (批發)，大月 goe̍h[ge̍h] (生意好或開銷大的月份)，月大 (大月)，大日 ji̍t (子 chí /辰 sîn)，大位 ūi (上座)，大旁 pêng (左邊，從自己方向看的右邊)，大紅 âng，講 kóng 大話 oē，大舌 chi̍h (口吃)，大水 chúi；序 sī 大 (長輩)，老 láu 大；大伯 peh，大姑 kó͘，大姊 chí，大兄 hiaⁿ，大哥 ko，大

某 bố͘ (正妻)，大子 kíaⁿ；大名 mîa；大昨=日 chŏh ·jit (大前天)，大後=日 āu·jit (大後天)，大前=年 chûn·ni (大前年)，大後=年 āu·ni (大後年)。

舵 船 chûn 舵，一門 mn̂g 舵，按 hōaⁿ 舵 (掌舵)，倚 oá 舵 (依靠)，有 ū 倚舵；(用船拉) 舵船，舵柴 chhâ，舵水 súi 牛 gû 過 kòe[kè] 溪 khe[khoe]。

垛 垛番 han 薯 chû[chî] (犁出壟來種地瓜)。

toaⁿ **單** (一个) 單 (生 seⁿ[siⁿ]) 子 kíaⁿ (獨生子)，單重 têng (單層)，單葉 ia̍p (單瓣)，單扇 sìⁿ 門 mn̂g，單𣍐 chōa (單程)，單衫 saⁿ (單衣)，單奇 kha[khia] (成雙的一方)，單奇箸 tī，單面 bīn，單摘 tiah (從整套東西裡挑出單个兒)；(單獨) 孤 kơ 單，單身 sin，單腳 kha 手 chhíu；(只，僅) 單單，單看 khòaⁿ 不 m̄ 做 chò [chòe]；(奇數的) 單號 hō；(單子) 被 phōe[phē] 單，床 chhn̂g 單；名 mîa 單，片 phiàn 單 (名片)，稅 sòe [sè] 單，借 chioh 單，單據 kù，存 chûn 單，菜 chhài 單，車 chhia 單，拆 thiah 單，打 phah 單，鉸 ka 單，開 khui 單。

癉 火 hóe[hé] 燎 nâ 癉。

蛋 (卵巢內的幼卵) 卵 n̄ng 蛋，呼 khơ 蛋，歇 hioh 蛋 (停止產卵)。

端 因 in 端 (因由，來由，情由)，無 bô 因 (無) 端 (無端)，無因致 tì 端 (無緣無故)。

tòaⁿ **旦** (演婦女的角色) 戲 hì 旦，花 hoe 旦，小 sío 旦，苦

khó͘ 旦；藝 gē 旦，妓 ki 旦；今 kin/kim 旦 tòa^{n}/·toa^{n} (今天；目前)，明 bîn 旦 tòa^{n}/·toa^{n} (明天；將來)，有 ū 今旦無 bô 明旦。

tôa^{n} 彈 彈性 sèng，彈力 le̍k；飛 hui 彈；彈琴 khîm，彈奏 chàu，自 chū 唱 chhìo[chhìu^{n}] 自彈。

壇 天 thian 壇，登 teng 壇；花 hoe 壇；佛 pu̍t 壇，道 tō 壇，祭 chè 壇，設 siat 壇，結 kat 壇；文 bûn 壇，論 lūn 壇，影 iá^{n} 壇，球 kîu 壇，體 thé 壇。

檀 檀香 hio͘^{n}[hiu^{n}]，檀 (香) 柴 chhâ。

團 團圓 î^{n}。

tōa^{n} 彈 用 ēng 指 chéng[chńg] 頭 thâu 仔 á 彈頭殼 khak，彈龍 gêng 眼 géng 核 hu̍t，彈繩 chîn (打墨線)，予 hō͘ 炮 phàu 仔 á 彈着·tioh，彈銃 chhèng，用磅 pōng 子 chí 彈開 khui (用炸藥炸開)；(胡扯) 亂 loān 彈 (亂說)，烏 o͘ 白 pe̍h 彈 (胡說)；(心跳) 噗 pho̍k 噗彈。

惰 (懶惰) 怠 pûn[pîn] 惰，懶 lán 惰，較 khah 惰死 sí 人 lâng，惰骨 kut，惰身 sin。

段 段落 lo̍h，這 chit 段，頭 thâu 段，條 tiâu 段 (項目，條目；條理)，分 hun 條段 (分條，一條一條)，有條有段，地 tē[tōe] 段；手 chhíu 段。

toah 掇 (因生氣或受委屈而做出執拗的態度或表情) 張 tio͘^{n} [tiu^{n}] 掇 (賭氣扭着身子)，受 sīu 氣 khì 受掇，挽 bán 挽掇掇，掇開 khui(掙開，甩下)，掇 (咧·leh 就 chīu) 走 cháu。

toȧh 掇 受 sīu 氣 khì 受掇，氣掇掇。

Toan 端 端正 chìa^{n}/chèng，端方 hong 四 sì 正 chìa^{n}，端嚴 giâm，端莊 chong，端楷 khái，端摘 tiah (有條理)，端然 jiân，異 ī^{n} 端；事 sū 端，禍 hō/ē 端，生 seng 端，發 hoat 端，開 khai 端，爭 cheng 端，多 to 端，萬 bān 端，一 it 端，兩 lióng 端，極 kėk 端；端午 ngó͘，端陽 iông。

Toán 短 短評 phêng，短篇 phian，短促 chhiok，時 sî 間 kan 短促，五 ngó͘ 短生 se^{n}[si^{n}] (短粗胖)；短行 hēng (心眼兒壞)；短見 kiàn，起 khí 短見，想 sīơ^{n}[sīu^{n}] 短見，尋 chhōe[chhē] 短見；短欠 khiàm，短缺 khoat；短處 chhù。

Toàn 斷 判 phòa^{n} 斷，決 koat 斷，獨 tȯk 斷，診 chín 斷，斷曲 khiok 直 tit，斷定 tēng/tīa^{n}；斷然 jiân，斷斷 (絶對，一定)，斷言 giân，斷約 iok (斷然約定)。

Toān 斷 一 it 刀 to 兩 lióng 斷，斷面 bīn 圖 tô͘，斷崖 gâi；斷絶 choȧt，斷交 kau，割 kat 斷 (斷絶關係)，斷送 sàng 性 sè^{n}[sì^{n}] 命 mīa，斷弦 hiân，斷章 chiong/chiơ^{n}[chiu^{n}] 取 chhú[chhí] 義 gī，斷腸 tiông/tn̂g。

段 地 tē 段。

緞 綢 tîu 緞，貢 kòng 緞，羽 ú 緞，紗 se 緞。

傳 經 keng 傳；傳記 kì，傳略 liȯk，小 sío 傳，自 chū 傳，外 gōa 傳，別 piȧt 傳，列 liȧt 傳；水 chúi 滸 hó͘ 傳。

toān 篆 篆字 jī，篆書 su。

Toat 綴 點 tiám 綴。

Toȧt 奪 搶 chhíơ^{n}[chhíu^{n}] 奪，奪取 chhú[chhí]，奪權 koân，奪人的家 ke 伙 hóe[hé]，奪目 bȧk/bȯk；定 tēng 奪，裁 chhâi 奪。

[tóe]→té 貯底抵

tòe[tè] 隶 (跟隨) 隶我來，隶前 chêng 隶後 āu，隶尾 bóe[bé] 後，隶腳 kha 迹 jiah，隶嬒 bē[bōe] 着 tiȯh，愛 ài 要 boeh[beh] 隶路 lō͘，隶無 bô 着叕 chōa (沒趕上)，跟 kin[kun] 隶，隨 sûi 隶；陪 pôe 隶 (應酬送東西；接待客人)，纏 tî^{n} 隶 (隨侍)；(仿效) 隶樣 iō͘^{n}[iū^{n}]，隶人唱 chhìo[chhìu^{n}]，隶人時 sî 行 kîa^{n}；(發生關係) 隶查 cha 某 bó͘，隶着外 gōa 國 kok 人 lâng。

Tôe 頹 衰 soe 頹，頹敗 pāi。

[tôe]→Tê 題蹄

Tōe 兌 兌換 oā^{n}，兌換率 lu̇t，匯 hōe 兌。

[tōe]→Tē 地第遞

[tōe]→tē 苧

toh 卓 (姓)。

桌 桌仔 á，八 pat 仙 sian 桌，几 kí 桌，吃 chiȧh 飯 pn̄g 桌，圓 î^{n} 桌，頂 téng 桌，下 ē 桌，桌頂 téng，桌面 bīn，桌頭 thâu，桌墘 kî^{n}，桌腳 kha，桌杆 koai^{n}，桌巾 kin[kun]，桌裙 kûn，桌帷/圍 ûi，桌罩 tà，

桌簸 kám，桌布 pò͘ (抹布)；(宴席) 宴 iàn 桌，筵 iân 桌，請 chhíaⁿ 桌，辦 pān 桌，上 chīoⁿ[chīuⁿ] 桌，坐 chē 桌，開 khui 桌，吃桌，走 cháu 桌的·e (跑堂)，同 kāng 桌，半 pòaⁿ 桌，菜 chhài 桌 (素食)。

何 (何處) 何位 ūi，何落 lo̍h；何一个 ê (哪一个) 。

to̍h 着 (＝tio̍h)(就) 看 khòaⁿ 着知 chai 影 iáⁿ(看了就知道)，着是 sī 按 án 尔 ne[ni] 啊·oh (原來如此)，你不 m̄ 着緊kín 去。

爝 (着火，燃燒) 火 hóe[hé] 在 teh 爝，點 tiám 予 hō͘ 伊爝，爝起來，舊 kū 柴 chhâ 焦 chau 快 khoài 爝火，潛 tâm 柴難 oh 爝，那 ná 爝那 iām 炎，路 lō͘ 灯 teng 爝啦·lah，心 sim 火爝。

何 (←何 toh 落 lo̍h) 要 boeh[beh] 去何？你豎 khīa 在 tī 何？。

tói 何 (←何 toh 位 ūi) 。

Tok 卓 桌越 oa̍t，桌見 kiàn。

督 監 kam 督，教 kàu 督，雕 tiau 督，督察 chhat，督促 chhiok，督導 tō，督工 kang，督陣 tīn，督隊 tūi，督學 ha̍k；總 chóng 督，提 thê 督；基 ki 督。

篤 篤實 sit，篤信 sìn；危 gûi 篤；鹹 kiâm 篤篤。

啄 (鳥類用嘴取食物) 雞 ke[koe] 仔 á 啄米 bí，青chheⁿ[chhiⁿ] 瞑 mê[mî] 雞啄着 tio̍h 死 sí 老 niáu 鼠chhú，啄木 ba̍k 鳥 chiáu；鼻 phīⁿ 仔 á 啄啄，啄鼻仔 (鉤鼻子)；啄痀 ku (打盹兒)；(用欺瞞手段占人便宜) 啄人

便 pan 宜 gî，啄稱 chhìn 頭，啄貴 kùi，予 hō͘ 伊啄去。

掭 (搗，砸，剁) 掭雞 ke[koe] 卵 nn̄g，掭破 phòa，掭肉 bah (把肉剁碎)，掭蒜 soàn 仔，掭柴 chhâ (砍劈薪柴)。

琢 雕 tiau 琢，琢玉 gek，琢印 ìn。

To̍k 毒 毒藥 io̍h，毒氣 khì，病 pēⁿ[pīⁿ] 毒，下 hē 毒，放 pàng 毒，服 ho̍k 毒，中 tiòng 毒，解 kái/ké[kóe] 毒，消 siau 毒；(毒辣) 心 sim 肝 koaⁿ 真毒，陰 im 鴆 thim/tim 毒，惡 ok 毒，使 sái 暗 àm 毒，使毒步 pō͘，毒手 chhíu，毒嘴 chhùi，毒行 hēng (毒辣)，毒打 táⁿ，毒刑 hêng，酷 khok 毒 (殘酷狠毒)，對 tùi 待 thāi 人真酷毒，苦 khó͘ 毒 (虐待)，毒瘤 lîu(惡性瘤)，毒瘡 chhng。

濁 濁音 im

獨 (一个) 單 tan 獨，孤 ko͘ 獨，獨身 sin，獨一 it，獨木 bo̍k 橋 kîo；(獨自) 獨奏 chàu，獨白 pe̍h，獨占 chiàm，獨吞 thun，獨斷 toàn 獨行 hêng，獨創 chhòng，獨立 li̍p，獨裁 chhâi，獨善 siān，獨特te̍k；(只是) 獨獨，獨我 góa 一 chit 个 ê，獨無 bô 看 khòaⁿ 見 kìⁿ 伊，獨欠 khiàm 這 chit 項 hāng。

髑 髑髏 lô͘ 。

度 (推測) 測 chhek 度，揣 chhúi 度，忖 chhún 度。

瀆 褻 siat 瀆；冒 mō͘ 瀆，瀆 chit 職。

犢

牘 尺 chhek 牘，文 bûn 牘。

黷 黷武 bú。

Tom 丼 丼丼叫 kìo。

tòm 侺 (=tìm/thìm) 侺頭 (點頭) 。

tôm 丼 (物投井中之聲) 丼一聲 sia^n。

Tong 當 正 chèng 當，相 siong 當；應 èng 當，當然 jiân，當辦 pān 就 chīu 辦，當用 iōng；當今 kim，當初 chhơ，當 (其 kî) 時 sî，當日 jit，當年 nî，當代 tāi，當中 tiong，當場 $tîơ^n[tîu^n]$，當地 tē[tōe]；當工 kang (正忙)，當市 chhī (正在暢銷)；當權 koân，當政 chèng，當局 kiok，當道 tō，當事 sū 人 jîn；當當 (不停地)，當當吃 chiah，水 chúi 當當流 lâu；飽 pá 當當。

璫/鐺 玎 tin 玎鐺鐺。

東 東瀛 êng，遠 oán 東；下 hā 作 choh 東西 si，壞 hoāi 東西；股 kó͘ 東，東家 ka，店 tiàm 東；(抽頭錢) 一擺 pái 東十元 khơ，東官 koa^n (賭場主人) 。

冬 冬季 kùi，冬令 lēng，冬眠 bîn。

咚 激 kà 咚咚，泔 ám 咚咚。

Tóng 黨 政 chèng 黨，組 chơ 黨，結 kiat 黨，黨徒 tô͘ 。

董 古 kó͘ 董 (骨董；玩具；奇異)，老 lāu 古董。

懂 不 put 懂 (糊里糊塗不明是非)，懵 bóng 懂。

Tòng 當 (合宜) 妥 thò 當，適 sek 當，定 tēng 當 (妥當)，失 sit 當；(以為) 當做 chò[chòe] (認為，做為，看成)，

給 kā 伊當做人 lâng 客 kheh 款 khoán 待 thāi；緊 ân 當當。

擋 (攔住，抵擋) 給 ka 擋咧·leh，擋不 m̄ 予 hō͘ 人 lâng 出 chhut 入 jip，阻 chó͘ 擋，擋車 chhia，擋恬 tiām =擋定 tīaⁿ，擋住 tiâu；車擋 (車閘)，手 chhíu 擋 (手閘)，腳 kha 擋；(耐，禁受) 有 ū 擋頭 thâu (有耐力，耐久)，真 chin 有 ū 擋，無 bô 擋，擋無久 kú，擋𣍐 bē[bōe] 住 tiâu/chū。

檔 檔案 àn。

凍 冷 léng 凍，凍結 kiat，凍傷 siong。

倲 (傻) 倲戇 gōng。

棟 棟樑 liông；一棟樓 lâu 仔 á。

Tông 同 (相同，一樣) 大 tāi 同小 siáu 異 īⁿ，同等 téng，同班 pan，同事 sū，同行 hâng，同業 giap，同時 sî，同期 kî；(跟…相同) 同上 siōng，同前 chêng；(共同，一齊從事) 會 hoe 同，共 kiōng 同，同床 chhn̂g。

桐 梧 gô͘/ngô͘ 桐。

筒

銅

堂 天 thian 堂，面 bīn 前 chêng 堂，好 hó 面前堂；堂堂，堂皇 hông，厝 chhù 起 khí 了 liáu 真堂皇；令 lēng 堂；親 chhin 堂，堂兄 hiaⁿ 弟 tī，從 chiông [chêng] 堂，堂的·e (堂房；同姓的) 。

螳 螳螂 lông。

棠 海 hái 棠。

唐 唐突 tu̍t，荒 hong 唐；唐朝 tiâu。

塘

童 兒 jī 童，幼 iù 童，牧 bo̍k 童，童工 kang，童話 oē/oā，童謠 iâu，童裝 chong；童貞 cheng；乩 ki 童。

幢 幢旛 hoan。

瞳 瞳子 chú，瞳孔 khóng。

Tōng 動 流 lîu 動，移 î 動；行 hêng 動，舉 kú[kí] 動，騷 so 動，活 oa̍h 動，震 chín 動，勞 lô 動，動不 put 動；動干 kan 戈 ko；感 kám 動，觸 chhiok 動，動人的心 sim 肝，動火 hóe[hé]（引起火氣）；動工 kang，動身 sin。

慟

撞 （運動着的物體跟別的物體猛然碰上）相 sio[saⁿ] 撞，予 hō͘ 車 chhia 撞着·tioh，使 sái 手 chhíu 後 āu 曲 khiau 倒 tò 撞；（捅穿）用 ēng 手後肘 teⁿ[tiⁿ] 給 kā 伊撞，撞予伊知 chai，撞孔 khang（告密）；（莽撞地行動）衝 chhiong 撞，莽 bóng 撞（魯莽冒失），撞突 tu̍t（齟齬）；（閑溜；比喻做事動作遲緩）四 sì 界 kòe[kè] 撞，撞來撞去，緩 ûn 緩仔 á 撞，撞無 bô 路 lō͘；撞了 liáu 時 sî 間 kan（費時間），撞工 kang（費工夫），一日 jit 撞過 kòe[kè] 一日。

洞 山 soaⁿ 洞，石 chioh 洞，仙 sian 洞，洞窟 khut，洞穴 hia̍t，洞孔 khang；洞房 pông，洞簫 siau；（透徹，

清楚）洞察 chhat，洞悉 sek。

恫 恫嚇 hek。

蕩 掃 sàu 蕩，傾 kheng 家 ka 蕩產 sán，放 hòng 蕩，浪 lōng 蕩，淫 îm 蕩。

Tu 株 長 tn̂g 株形 hêng（長方形）。

蛛 蜘 ti 蛛。

誅 誅戮 lio̍k。

tu 都 均 kin[kun] 都（畢竟）。

嘟 （象聲詞）水 chúi 螺 lê 在 teh 嘟（汽笛在響），喇 la̍t 叭 pa 在達 ta̍t 啲 ti 嘟；（推）嘟紅 âng 包 pau 出來，嘟來嘟去，強 kiông 強要 boeh[beh] 嘟予 hō͘ 人 ·lang，桌 toh 仔 á 嘟較 khah 去 khì 咧·leh，嘟伊做 chò[chòe] 頭 thâu 前 chêng；（頂，抵）與 kap 伊嘟，嘟風 hong（逆風）。

堆 一堆土 thô͘，蚵 ô 堆。

tu/tiu 稠 （常常）稠稠相 siòng，稠稠在 teh 想 sīo͘^{n}[sīu^{n}]，稠稠破 phòa 病 pē^{n}[pī^{n}]。

[tu]→ti 猪

tú 抵 （頂，抵，支撐）抵門 mn̂g，用 ēng 棍 kùn 仔 á 給 ka 抵咧·leh，抵住 tiâu，抵壁 piah，頭 thâu 抵頭；頭殼 khak 抵着 tio̍h 簾 nî 簷 chî^{n}，撘 thiap 到 kàu/kah 抵天 thi^{n}；（抵擋）抵 tú[tí] 犄 tak（頂撞），抵嘴 chhùi（頂嘴），抵手 chhíu（抵抗），抵水 chúi（反抗），抵敵 te̍k，一个 ê 抵三个，抵伊𣍐住 tiâu；硬 ngē [ngī] 抵硬，真 chin 抵真，實 sit 抵實（眞地），現 hiān 抵現（顯然），年 nî 抵年（年年），時 sî 抵時（到時）；（抵消）對 tùi 抵，抵賬 siàu，抵工 kang 錢 chîⁿ；抵額 giah（抵補）；均 kin[kun] 抵（反正，畢竟），均抵到 kàu 尾 bóe[bé]；（遇）相 sio[saⁿ] 抵着 ·tioh，抵着朋 pêng 友 iú，抵遇 gū，相抵頭，抵着頭；（剛，恰）伊抵看 khòaⁿ 了 liáu，這抵合 hah 我的意 ì，抵抵（剛剛；恰恰）伊抵抵到 kàu 位 ūi，伊抵抵在 tī 咧，無 bô 抵抵（未必，不見得），抵仔 á（剛才；正好），抵（仔）才 chiah（仔）（剛才），頭抵仔（剛才），抵好 hó（剛好，恰好），抵好用 ēng，抵好伊來；抵撞 tn̄g（碰巧），抵搶 chhiāng（恰巧）；湊 chhàu 抵坎khám（湊巧）；抵時 sî（抵）陣 chūn（偶爾，有時候），抵采 chhái（或許）。

Tù[Tì] 著　著明 bêng；著作 chok，著述 sút，著者 chía。

tù 滯（堵）腹 bak/pak 肚 tó· 滯滯，吃 chiah 了 liáu 去滯住 tiâu 咧·leh，滯在 tī 心 sim 肝 koaⁿ 頭 thâu，滯流 lâu（水流堵塞），滯水 chúi，滯斗 táu(堵住，停滯)，代 tāi 志 chì 煞滯斗、獪 bē[bōe] 得 tit 進 chìn 行 hêng；（耐，經受）有 ū 滯（頭 thâu)(耐用，有耐力，經受得了)，與 kap 伊滯，滯鬥 tàu 久 kú，滯獪住 tiâu（撐不住）。

注（賭注）下 hē 注，出 chhut 注，簿 poah 小 sío 注，拚 pìaⁿ 孤 ko͘ 注（孤注一擲），佮 kah 身 sin/心 sim

注（身分相稱的），這 chit 號 hō 頭 thâu 路 lō͘ 抵抵是伊的佮心注（這種工作正適合他能力）；（量詞：筆）一注錢 chîⁿ，歸 kui 注錢，趁 thàn 大 tōa 注錢。

Tû 厨/廚 廚房 pâng。

橱/櫥 櫥仔 á，衫 saⁿ 仔 á 櫥，冊 chheh 櫥，碗 óaⁿ 櫥，菜 chhài 櫥，食 si̍t 櫥，吃 chia̍h 飯 pn̄g 櫥，壁 piah 櫥，藥 io̍h 櫥，鴿 kap 櫥，粉 hún 鳥 chiáu 櫥，蜂 phang 櫥，老 niáu 鼠 chhú[chhí] 櫥。

躇 躊 tîu 躇，愚 gû 躇。

Tû[Tî] 除 扣 khàu 除，對 tùi 除，除內 lāi 外扣，除實 si̍t（淨重）；除去這 che 以 í 外 gōa，除外，除非 hui，除了 liáu；免 bián 除，開 khai 除，除名 mîa，除籍 che̍k，除草 chháu 劑 che，除根 kin[kun]；除夕 se̍k，除夜 iā；除法 hoat，除數 sò͘，用 ēng 三 saⁿ 除。

[tû]→tî 鋤 鋤頭。

tū 漬（浸）漬水 chúi，漬潛 tâm，被 phōe[phē] 單 toaⁿ 着 tio̍h 先 seng 漬潛才 chiah 好 hó 洗 sé[sóe]，漬塩 iâm/鹹 kiâm；一个 ê 面 bīn 腐 àu 漬漬。

堵（充塞）痰 thâm 堵起來，堵氣 khùi（氣塞）。

tuh 拄 拄枴 koáiⁿ 仔 á，用 ēng 枴仔拄咧 leh 行 kîaⁿ（拄着枴杖走），拄土 thô͘ 腳 kha，用筆 pit 拄點 tiám（用筆戳點），一點一拄；拄頭 thâu（點頭），（偷 thau）點拄（暗示，提醒，指點），撥 tih 拄（淘氣，頑皮）；（打吨）拄眠 bîn，拄瞌 ka 睡 chōe[chē]（打瞌睡），拄痀

ku，那 ná 寫 sía 那拄，頭壳 khak 拄拄，頭壳拄𣍐 bē [bōe] 煞 soah；拄拄（一直），拄拄要 boeh[beh]，拄拄想 sīoⁿ[sīuⁿ]；硬 ngē[ngī] 拄拄，戇 gōng 柱柱，偆 siān 拄拄。

tu̍h 突（戳）突落去，突窬 thàng 過 kòe[kè]，突破 phòa，突一 chit 孔 khang，突死·si；(駁斥，指責) 給 kā 伊突，突到 kah 伊無 bô 話 oē，指 kí 指突突，予 hō· 人指指突突；嘀 tih 嘀突突（吞吞吐吐）。

Tui 堆 土 thô· 堆，畚 pùn 掃 sò 堆，一 chit 大 tōa 堆，抾 khioh 做 chò[chòe] 一堆；堆積 chek，堆草 chháu（集草成堆），堆肥 pûi；揀 sak 做堆；累 lûi 堆，累堆人 lâng 不識 bat 好歹話。

追 追到 kah 走 cháu 無 bô 路 lō·，予 hō· 人 lâng 追着·tioh，追趕 kóaⁿ，追趜/赿 jiok[jip]，追掠 lia̍h，追捕 pō·，追逐 tio̍k；追隨 sûi；追究 kìu，追查 cha，追問 mn̄g，追蹤 chong；追求 kîu，追討 thó，追還hêng /hoân，追回 hôe，追念 liām，追悼 tō，追憶 ek，追懷 hoâi，追想 sióng；追加 ka，追述 su̍t，追認 jīn，追繳 kiáu。

Tùi 對 相 sio[saⁿ] 對，對看 khòaⁿ，對相 siòng，對答 tap，對指 chí（對質），對立 lip，對抗 khòng，對逆 ke̍h，對搭 khê（反目）；對方 hong，對手 chhíu；校 kàu 對，對稿 kó，對保 pó，對號 hō，對辨 pān，對比 pí；有 ū 對，無 bô 對，對途 tô·，對路 lō·(適合)；對換 oāⁿ

，對調 tiàu，對拜 pài；對待 thāi，對付 hù，對重 tiōng（器重），對襟 khim，對象 siōng，對親 chhin（許配），對人·lang；一對，雙 siang 雙對對，鬥 tàu 對（成對），對頭 thâu（彼此雙方），對頭好，對聯 liân，對句 kù；對半 pòa^{n}，對分 pun，對開 khui，對拗 áu（對折）；對伊講 kóng，對此 chia 來，對面 bīn，對中 tiong，對外 gōa，對風 hong 講話 oē，對牛 gû 彈tôa^{n} 琴，對牛讀 thak 經 keng；（從，由）對此去（從這裡去），對後 āu 面走 cháu 出來；對年 nî（週年），一對時 sî（24小時）。

碓 碓臼 khū，米 bí 碓，手 chhíu 碓，腳 kha 碓，水 chúi 碓，踏 tah 碓，踋 lap 碓，舂 cheng 碓。

Tûi 搥 （用拳頭或棒槌敲打）搥胸 heng，搥腰 io，搥腳 kha 骨 kut，搥心 sim 肝 koa^{n}，搥背 kha[ka] 脊 chiah 骿 phia^{n}，用 ēng 槌 thûi 仔 á 搥衫 sa^{n}。

Tūi 隊 排 pâi 隊，站 chàn 隊，隊伍 ngó͘；球 kîu 隊，樂 gak 隊，軍 kun 隊，艦 kàm 隊。

墜 墜落來，墜低 kē（下垂），墜地 tē[tōe]；墜重 tāng，墜吊 tiàu 桶 tháng；祓 phoah 鍊 liān 墜，耳hī^{n}[hī] 墜（耳墜子；耳垂），網 bāng 墜，鉛 iân 墜，墜繩chîn；墜腸 tiông（疝），墜精 cheng（遺精），墜糍 chî（腮幫子上的肉往下墜）。

墮 墮胎 thai/the。

tūi 兌 （交換）兌換 oā^{n}，兌付 hù，兌現 hiān。

Tun 敦 敦厚 hō͘，敦篤 tok；倫 lûn 敦。

墩 (堆積如山的) 墩仔 á (小山)，一墩土 thô͘，土墩 (土堆)，草 chháu 墩，烟 ian 墩，石 chio̍h 墩。

譈 (姓)。

tun 鈍 (不鋒利) 刀 to 仔 á 鈍去·khi，鈍刀出 chhut 利 lāi 手 chhiú；(不靈活) 嘴 chhùi 鈍，目 ba̍k 睭 chiu 鈍。

Tún 盾 矛 mâu/bâu 盾，盾牌 pâi；金 kim 盾。

囤 囤起來，囤歸 kui 山 soa^{n}，囤貨 hòe[hè]，囤囥 khǹg，囤積 chek，囤沓 tha̍h，囤疊 thia̍p。

tún 礅 石 chio̍h 礅 (石臼似的大石頭)，磨 bō 仔 á 礅 (磨石)，一礅磨，橋 kiô 礅 (橋墩)。

Tùn 扽 (用力猛一拉) 扽紗 se (把紗拉一拉使其整齊)，對 tùi 手 chhiú 袂 ńg 給 kā 我扽一下 (把我的袖子猛拉一把)，扽手 (握住手上下揮動)，扽走 cháu (掙脫開逃跑)；(頓足纏磨) 賢 gâu 扽，扽骬 te^{n}[ti^{n}] (撒嬌直跺脚兒，踏步不前)，扽骬不 m̄ 行 kîa^{n}，扽張 tiơ^{n}[tiu^{n}] (使性子發倔)，扽張不 m̄ 來 lâi，扽斗 táu (猶豫不決)。

頓 (稍停) 停 thêng 頓；(處理) 安 an 頓，整 chéng 頓；(忽然) 頓悟 ngō͘。

噸 英 eng 噸，公 kong 噸，噸位 ūi。

Tûn 唇 嘴 chhùi 唇，頂 téng 唇，下 ē 唇，含 kâm 唇；陰 im 唇；(邊，緣) 目 ba̍k 睭 chiu 唇，耳 hī^{n}[hī] 仔 á 唇，帽 bō 仔唇，碗 oá^{n} 唇，厚 kāu 唇。

Tūn 屯 屯積 chek，屯糧 nîơ[nîu]；屯紮 chat，屯兵 peng，屯

田 tiân。

沌 混 hūn 沌。

炖 (用文火久煮) 緩 ûn 緩仔 á 炖，炖咿 khi 爛 nōa，炖雞 ke[koe]。

鈍 (笨拙) 人 lâng 真 chin 鈍，鈍才 châi，遲 tî 鈍，慢 bān 鈍，腳 kha 手 chhíu 慢鈍，慢鈍吃 chiah 無 bô 份 hūn；鈍痛 thìa^{n}；鈍角 kak。

遁 遁走 cháu，遁詞 sû。

tut 咄 厚 kau 咄咄，肥 pûi 咄咄，洘 khó 咄咄。

Tut 凸

突 衝 chhiong 突，撞 tōng 突，突圍 ûi，突破 phòa/phò，突出 chhut；唐 tông 突，突然 jiân，突變 piàn。

咄

tút 挩 (=thut) (擦亮) 挩予 hō͘ 伊金 kim。

TH

Thà 咤 叱 thek 咤風 hong 雲 hûn。

thà 拕 (以長而尖的東西挑、摳、挖、撥) 拕出來，拕開 khui，拕撈 lā，用 ēng 火 hóe[hé] 箸 tī 拕火，拕田 chhân，拕門 mn̂g，拕蜂 phang 巢 sūa，拕橄 kaⁿ 欖 ná 予 hō͘ 人 lâng 去 khioh；(揭發) 拕人的根 kin[kun] 底 té[tóe]，拕予人知 chai；(驅逐) 拕出去，拕走 cháu。

Thaⁿ[Tha] 他 其 kî 他，他人 jîn，他意 ì，他殺 sat，不 put 管 koán 他。

tháⁿ 撐 (托，扶) 用 ēng 手 chhíu 撐咧 leh，撐高 koân，扶 phô͘ 撐 (舉起；奉承)；(以手禦手) 撐開 khui。

坦 平 pêⁿ[pîⁿ] 坦 (沒有高低凸凹) 。

thāⁿ 艶 妝 chng 艶 (指婦女梳洗妝飾) 。

thah 塔 寶 pó 塔，七 chhit 層 chàn 塔，金 kim 字 jī 塔，燈 teng 塔，水 chúi 塔，造 chō 塔；香 hioⁿ[hiuⁿ] 塔，金 kim 塔，柴 chhâ 塔。

thah/khah 豈 豈會 ē[oē] 按 án 尓 ne[ni]，豈有 ū，豈可 thang 講 kóng，豈要 boeh[beh] 許 hiah 工 kang 夫 hu。

thah 沓 (疊) 沓起去·khi-li，沓高 koân，沓在 tī 頂 téng 面 bīn，相 sio[saⁿ] 沓，重 têng 沓，重重沓沓，連 liân

沓（接連著），連沓講，連沓來，沓樓 lâu，沓衫 saⁿ，加 ke 沓一領 nía，長 tn̂g 衫沓馬 bé 褂 kòa，親chhin 沓親；一沓紙 chóa，成 chîaⁿ 沓；（勝過）沓伊一級kip，愛 ài 沓人 ·lang，予 hō͘ 人 lâng 沓過·koe[ke]。

Thai 台 台甫 hú。

抬 抬舉 kú[kí]。

苔 舌 chih 苔。

胎 懷 hoâi 胎，受 sīu 胎，投 tâu 胎，安 an 胎，胎兒 jî，胎位 ūi，墮 tūi 胎，捝 thut 胎，打 táⁿ 胎，胎衣 i/ui，胎盤 pôaⁿ，胎毛 mn̂g，胎記 kì；輪 lûn 胎，外 gōa 胎；（以不動產爲抵押）將 chiong[chiang] 田 chhân 為 ûi 胎，胎押 ah，胎借 chioh，胎借字 jī（抵押契據），胎權 koân（抵押權）。

颱 風 hong 颱，做 chò[chòe] 風颱，風颱雨 hō͘。

thai 篩 篩仔 á，米 bí 篩，篩斗 táu；麵 mī 篩；一 chit 篩魚 hî；篩米 bí，篩麵粉 hún，過 kòe[kè] 篩；（篩東西似地來回搖動）篩來篩去。

Thái 呔 蕃 hoan 呔（形容行爲失體統），撒 sāi 呔（別別扭扭），設 siat/sek 呔（非常，極其），設呔熱 joa̍h。

thái 豈 豈會 ē[oē] 偌 chiah 呢熱 joa̍h，豈不 m̄ 來，豈妥 thó/tó(豈可)，豈妥有 ū 這 chit 號 hō 代 tāi 志 chì。

癩 癩痦 ko，癩痦鬼 kúi，癩痦猫 niau，癩痦爛 nōa 癆 lô，癩痦鬥 tàu 爛癆（臭味相投）。

體 赤 siat 體（無恥地露骨的），這棚 pêⁿ[pîⁿ] 戲 hì 搬

poa^n 了 liáu 真 chin 赤體。

Thài **太** (表示程度過分) 太重 tāng，太好 hó，太偉 úi 大 tōa；(最，極) 太空 khong，太古 kó͘，太極 kėk，太平 pêng；(帝王的) 太后 hō͘，太上 siōng 皇 hông，太子 chú，太廟 bīo，太醫 i；(輩分更高的) 太公 kong，太媽 ná，太老 lāu；太太，正 chìa^n 太，大 tōa 太，二 jī 太，姨 î 太。

汰 淘 tô 汰。

態 體 thé 態，狀 chōng 態，形 hêng 態，姿 chu 態，事 sū 態，情 chêng 態，病 pē^n[pī^n]/pēng 態，常 siông 態，變 pìan 態，態度 tō͘，態勢 sè。

泰 泰然 jiân，泰山 san。

thài **毋** (不要；算了) 毋去 khì，毋與 kap 伊講 kóng 話 oē，不 m̄、你毋 (不願意就算了)，無、就 chīu 毋 (沒有就算了)。

thâi **刣** (宰殺) 刣雞，刣猪 ti 倒 tó 羊，刣死人；(戰鬥) 相 sio[sa^n] 刣，大 tōa 刣，刣贏 iâ^n，刣輸 su，刣敗 pāi；(談判) 刣價 kè 錢，與 kap 伊刣；(割) 予 hō͘ 刀 to 刣着·tioh，刣一 chit 孔 khang，刣魚 hî，刣粒 liáp 仔 á，刣割 koah，刣肉 bah，刣頭 thâu，(畫線勾掉或打叉) 刣起來，寫不 m̄ 着、刣扔 hì^n 捒 sak。

Thāi **待** (對待) 待遇 gū，對 tùi 待，優 iu 待，厚 hō͘ 待，寬 khoan 待，虐 giȯk/gėk 待；(招待) 款 khoán 待，招 chiau 待，接 chiap 待；(等待) 等 tán 待，待機 ki，

待命 bēng，期 kî 待；管 koán 待，管待伊（管他），管待伊去死，待準 chún（別管），待準我，待準我要 boeh [beh] 按 án 怎 chóa^{n}，待準伊死 sí 活 oȧh（管他死活，隨他便吧）。

thái^{n} 歹 戟 ngiauh 歹（翹辮子）。

thài^{n} /thāi^{n} 挺（腆）挺胸 heng（腆着胸脯），挺腹 pak 肚 tó͘（腆着肚子）；（搖動）挺腰 io。

thak 剔（從縫隙裡往外挑）用 ēng 齒 khí 托 thok 剔嘴 chhùi 齒，剔出來；（板著指頭數）剔算 sǹg 盤 pôa^{n}，剔賬 siàu，剔甲 kah 子 chí；（指責）體 thé[thóe] 剔（用旁敲側擊指摘痛罵），剔叱 thek（叱責）；補 pó͘ 剔（修補），補剔破 phòa 孔 khang，剔桶 tháng。

thȧk 讀 讀册 chheh，讀書 chu，讀祭 chè 文 bûn，讀疏 sò͘；讀音 im；讀册人 lâng（書生；文人）；（上學）讀中 tiong 學 hȧk/ȯh。

Tham 貪（愛財）闇 am 貪（貪婪），猾 siáu 貪，貪心 sim，貪財 châi；貪官 koa^{n}，貪污 ù；（貪圖）貪便 pan 宜 gî；（求多）貪吃 chiȧh，貪眠 bîn，貪熱 joȧh（怕冷），貪戀 loân（十分留戀），貪迷 bê 酒 chíu 色 sek，貪名 mîa；（超出）厝 chhù 貪着路 lō͘，貪人 lâng 的地 tē [tōe] 界 kài。

Thàm 探（試圖發現）探聽 thia^{n}，探看 khòa^{n}，探口 kháu 氣 khì，探虛 hi[hu] 實 sit，試 chhì 探，打 tá^{n} 探軍 kun 情 chêng，探測 chhek，探險 hiám；偵 cheng 探，

密 bit 探，探仔 á；(看望) 相 sio[sa^{n}] 探，探問 mn̄g，探朋 pêng 友 iú，探病 pē^{n}[pī^{n}] 人 lâng，探親 chhin，探監 ka^{n}，探墓 bōng (厝 chhù)，探房 pâng；(向前伸出頭或上體) 探頭 thâu，探出去。

Thâm 痰 痰涎 nōa，咯 khak 痰，啐 phùi 痰，厚 kāu 痰，起 khí 痰，消 siau 痰，壓 teh 痰，化 hòa 痰，去 khì 痰，痰壺 ô͘；痰亂 loān (發狂，狂亂)，你在 teh 痰亂不 m̄，想 sīo͘^{n}[sīu^{n}] 到 kah 痰亂，瘋 hong 痰。

覃

潭 潭仔 á，大 tōa 潭，深 chhim 潭，清 chheng 潭，潭窟 khut，害 hāi 人 lâng 落 lòh 潭窟。

罈 酒 chíu 罈，臭 chhàu 油 iû 罈。

曇 曇花 hoe/hoa。

thām 隮 (凹下；陷入) 隮落去，隮堵 tó͘ (中間凹下)，隮倕 thūi (中間鬆弛下垂；陷入窘境；添麻煩)，索 soh 仔 á 隮倕，伊這 chit 幾 kúi 年 nî 真隮倕，隮倕朋 pêng 友 iú，踏 tah 隮 (踩進坑裡；潦倒；衰老而行動不便)；(虧) 侵 chhim 隮 (虧損衰微)，家 ke 事 sū 侵隮，隮歸 kui 萬 bān 銀 gîn[gûn] (虧了萬把塊錢)，隮用 ēng (超支)，七 chhit 隮八 peh[poeh] 隮；(亂吃)烏 o͘ 白 peh 隮。

Than 灘 海 hái 灘，沙 soa 灘。

攤 攤還 hoân，攤牌 pâi。

癱 癱瘓 hoàn。

than 蟶 竹 tek 蟶，種 chèng 蟶在 tī 蟶埕 tîa^{n}，蟶干 koa^{n}；

僥 hiau 蟶 (翹稜)，較 khah 僥蟶壳 khak(比喻不守約)，鋪 phơ 面 bīn 蟶、浸 chìm 水 chúi 蚵 ô(裝飾門面)，蟶去·khi (死掉)；(表示「雖然人家那么說，可不要…」之意) 蟶無 bô 影 iá^{n}，蟶不 m̄ 可 thang 去，蟶不是伊。

Thán 坦 坦白 pe̍k/pe̍h，坦率 sut；坦然 jiân；坦直 tit，倒 tó 坦直，竪 khīa 坦直，坦倒，囥 khǹg 坦倒，坦橫 hoâi^{n}，下 hē 坦橫，坦竪 khīa，坦斜 chhoa̍h，坦攲 khi，坦攲身 sin，睏 khùn 坦攲 (側臥)，坦趄 chhu，坦平 pê^{n} [pî^{n}]，坦扁 pí^{n}，坦邊 pi^{n}，坦邊身，坦笑 chhìo，坦趴 phak，坦瞥 phih，坦搕 khap，坦披 phi 身 sin (四肢伸開仰面躺)；坦克 khek (車 chhia)。

怛

妲 妲己 kí。

疸 黃 n̂g/hông 疸。

袒 袒露 lō͘；偏 phian 袒，左 chó 袒，袒護 hō͘，袒親 chhin。

thán 毯 毯仔 á，毛 mn̂g 毯，地 tē[tōe] 毯，壁 piah 毯。

Thàn 嘆 怨 oàn 嘆，可 khó 嘆，悲 pi 嘆，感 kám 嘆，嘆氣 khì，嘆息 sek，嘆詞 sû。

炭碳

thàn 趁 (賺) 趁錢 chî^{n}，有 ū 趁，無 bô 趁，討 thó 趁 (挣錢度日)，趁吃 chia̍h (營生)，趁吃人 lâng，趁飼 chhī 某 bó͘ 子 kía^{n}，趁私 su 奇 khia，倒 tò 頭 thâu 趁

(賠錢)，趁腳 kha 行 kîa^n (白跑)；(占小便宜) 趁看 khòa^n，趁爽 sóng，趁暢 thiòng；(趁) 趁機 ki 會，趁燒 sio 吃，趁無 bô 雨 hō͘ 緊 kín 去 khì，趁出 chhut 日 jit，趁未 bōe[bē] 老 lāu，趁閑 êng，趁早 chá，趁勢 sè；(聽從) 趁人的意 ì 見 kiàn，趁嘴 chhùi 予 hō͘ 伊 (按要價給)，趁命 bēng 令 lēng；(照，仿效，跟著) 趁法 hoat 度 tō͘ ，趁款 khoán，趁人的樣 iō͘^{n} [iū^n]，相 sio[sa^n] 趁樣，相趁相喊 hán (模仿別人)，趁人走 cháu 反 hoán，趁蹤 sōng (跟在別人後頭走)，無 bô 你的代 tāi 志 chì 亦 iȧh 要 boeh[beh] 與 kap 人趁蹤；(趕) 趁猪 ti，趁鴨 ah，趁羊 iô͘^{n}[iû^n] 陣 tīn。

thân 彈 亂 lān 彈，亂彈調 tiāu，亂彈戲 hì。

thang 可 (可以，行) 可 (抑 á) 不 m̄ 可，伊可去你不可去，敢 kám 可 (豈可)，那 he 亦 iȧh 可 (那怎麼行)；緊 kín 穿 chhēng 衫 sa^n 可出 chhut 門 mn̂g，糴 tiȧh 米 bí 可煮 chú[chí] 飯 pn̄g[pūi^n]；有 ū 衫可穿，無 bô 米可煮；有可吃 chiȧh，無可穿；無要 boeh[beh] 可予 hō͘ 我講 kóng；有可心 sim 適 sek，無可好 hó 吃；會 ē [oē] 得 tit 可 (能)，𣍐 bē[bōe] 得可 (不能)。

通 (可以穿過，沒有阻塞) 通光 kng = 光通，厝 chhù 內 lāi 不 put 止 chí 通光，玻 po 璃 lê 通光，行 hang 情 chêng 通光，通風 hong，通踈 lāng (寬敞，有空隙能通風)，心 sim 肝 koa^n 開 khui 通。

熥 火 hóe[hé] 熥 [lang] (手爐)。

窗 窗仔 á，窗仔框 kheng，窗仔子 chí，窗仔楣 bâi，窗仔戾 tēng，窗仔門 mn̂g，窗仔扇 sì^n，窗仔拙 thoah，窗仔掩 iám，窗仔掌 thè^n[thì^n]，用 ēng 窗仔掌抵 tú 窗仔掩，月 goe̍h[ge̍h] 窗，圓 î^n 窗，玻 po 璃 lê 窗，鋁 lū 門 mn̂g 窗；拙 thoah 窗 (斜視)。

tháng 桶 桶仔 á，水 chúi 桶，拔 poa̍h[phoa̍h] 桶，棺 kōa^n 桶，鐵 thih 桶，面 bīn 桶，腳 kha 桶，浴 e̍k 桶，桶蓋 kòa，桶棺 kōa^n，桶箍 kho͘；大 tōa 肚 tō͘ 桶，黄 n̂g 酸 sng 桶，醋 chhò͘ 桶，破 phòa 厝 chhù 桶 (仔)(破房子)；桶柑 kam。

筒/統 靴 hia 筒，襪 boe̍h[be̍h] 筒，長 tn̂g 筒靴，短 té 筒襪。

thàng 𥦗 (穿透) 相 sio[sa^n] 𥦗，𥦗去·khi，𥦗到 kàu 彼 hia，無 bô 𥦗，凿 chha̍k 𥦗過 kòe[kè]，寒 kôa^n 到 kah 𥦗心 sim 肝 koa^n，𫟂 bē[bōe] 𥦗尾 bóe[bé]，歸 kui/長tn̂g 年 nî 𥦗天 thi^n (一年到頭)，行 kîa^n 𥦗𥦗，看 khòa^n 𥦗𥦗。

疼 痛 thìa^n 疼 (疼愛)；疼痛，苦 khó͘ 疼，傷 siong 心 sim 苦疼。

趟 跑 pháu 一 chit 趟，這 chit 趟着 tio̍h 你 (這趟輪到你)。

thâng 虫 虫豸 thōa (虫子)，虫豸亦 ia̍h 過 kòe[kè] 一 chit 世 sì 人 lâng，虫蟻 hīa (虫子；虫與螞蟻)，生 se^n[si^n]

虫，蛀 chìu 虫，着 tio̍h 虫，刺 chhì 毛 mn̂g 虫，微 bî 生 seng 虫；賤 chiān 虫（淘氣），烏 o͘ 肚 tō͘ 虫（黑心腸的家伙），怠 pūn 惰 tōaⁿ 虫（懶鬼）。

桐 桐子 chí，桐（子）油，桐油樹 chhīu。

瓬 瓦 hīa 瓬。

童（姓）

thāng 㖔（低聲說話，私語）您 lín 兩 nn̄g 个 ê 在 teh 㖔啥 síaⁿ 代 tāi；（指使，唆使）無 bô 人 lâng 㖔、伊獪 bē[bōe] 曉 hiáu 得·tit，抽 thiu 㖔（指示；替出主意，撑腰），囝 gín 仔 á 着 tio̍h 抽㖔才 chiah 會 ē[oē] 曉得，伊在 teh 給 kā 伊抽㖔；（搖動）㖔腰 io 搖 iô 尻 kha 川 chhng。

箭 浮 phû 箭（浮子），竹 tek 箭。

Thap 塌（倒坍，下陷）厝 chhù 蓋 kòa 塌落來，塌陷 hām，倒 tó 塌（倒塌），塌頭 thâu 栽 chai（向前摔倒），塌頭推 chhia（向前倒）；（凹下）塌落去（塌下去；虧本），倒 tò 塌（凹陷；虧本），塌一塌，目 ba̍k 睭 chiu 塌塌，塌目，塌堵tó͘，塌字 jī；（虧）塌本 pún（虧本；補足本錢），塌頭（虧空），這 chit 月 goe̍h[ge̍h] 日 jit 塌頭五萬 bān；（填補）補 pó͘ 塌，塌額 gia̍h，塌伊的位 ūi，塌來塌去，塌頭塌尾 bóe[bé]，相 sio[saⁿ]塌，塌替 thè[thòe]，塌字 jī（襯字）；（把較小的東西放進較大的裡面）塌玉 ge̍k，大 tōa 帽 bō 塌小 sío 帽，兩 nn̄g 頂 téng 帽仔 á 相塌，塌襪 boe̍h[be̍h]，塌褲 khò͘

腳 kha（把褲脚塞進襪子裡）；塌着查 cha 某 bó͘（討了女人）；(量詞)一塌坩 khaⁿ；(交錯) 塌腳（兩脚交叉），腳塌腳，相塌腳，行路相塌腳，塌腳行 kîaⁿ，塌步 pō͘ 行 kîaⁿ（脚跟接著脚尖而行走），肩 keng 塌肩（肩膀前後相挨）。

榻 筆 pit 榻。

褟 蹋

That 傏 佻 thiau 傏。

撻 鞭 pian 撻。

蹥 糟 chiau[chau] 蹥。

that 擡（堵塞，充塞）擡孔 khang，擡隙 khiah，擡密 ba̍t，擡嘴 chhùi（孔 khang），擡路 lō͘，擡斷 tn̄g，擡手 chhíu 縫 phāng，無 bô 夠 kàu 我擡手縫，擡額 gia̍h（彌補），擡補 pó͘，擡缺 khoeh[kheh]（補缺）；擡仔 á，擡擡仔，草 chhó 擡仔（軟木塞），矸 kan 擡（瓶蓋兒）。

踢 起 khí 腳 kha 踢，踢開 khui，踢倒 tó，踢出去，豎 khīa 高 koân 山看 khòaⁿ 馬 bé 相 sio[saⁿ] 踢，踢球 kîu，踢被 phōe[phē]。

that 滓（使液體慢慢流出，控）滓湯 thng，滓泔 ám，滓乾 ta；滓屎 sái 滓尿 jīo。

thau 偷 着 tio̍h 賊 chha̍t 偷，偷提 the̍h[thoe̍h] 人 lâng 的物 mi̍h，偷吃 chia̍h；偷看 khòaⁿ，偷講 kóng，偷問 mn̄g，偷聽 thiaⁿ，偷偷摸 mơ 摸；偷工 kang（偷空；偷工），偷工來，偷工減 kiám 料 liāu。

thấu 敨 (把包着或卷着的東西打開) 敨行 hêng 李 lí，敨索 soh 仔 á，敨開 khui，敨結 kat；(解除)代 tāi 志 chì 敨 𣍐 bē[bōe] 開，敨脫 thoah (靈活應付妥協以擺脫；留給回旋的餘地使抽身)，你亦 iah 成 chîa^{n} 無 bô 敨脫，兩 líóng 旁 pêng 攏 lóng 小 síó 敨脫咧 ·leh，你嗎 mā 着 tióh 小予 hō͘ 我敨脫咧；(使不堵塞，能透過) 敨氣 khùi (通氣；出出悶氣；喘一口氣，鬆口氣；放掉蒸氣等)，窗 thang 仔 á 開起來予 hō͘ 敨氣一下，講 kóng 一下 ē 敨氣，無 bô 塊 tè 可 thang 敨氣，予我小 síó 可 khóa 敨一个 ê 氣一下·chit-e，炊 chhoe[chhe] 粿 kóe[ké] 着敨氣才 chiah 會 ē[oē] 熟 sėk；(沒有堵塞，可以通行無阻) 頷 âm 孔 khang 𣍐敨，水 chúi 𣍐敨，通 thong 敨，溝 kau 頷 âm 𣍐通敨，腹 pak 內 lāi 有 ū 通敨 (很懂道理)；字 jī 號 hō 真敨，名 mîa 聲 sia^{n} 不 put 止 chí 敨。

thàu 透 (通，穿透) 這 chit 條 tiâu 路 lō͘ 透到 kàu 台北，相 sio[sa^{n}] 透，通 thong 透 (通到；勾通)，火 hóe [hé] 車 chhia 还 iáu 未 bōe[bē] 通透，與 kap 人 lâng 通透，直 tit 透，直透到 kàu 台南，直透去 khì，透底 té[tóe] (透徹，到極點)，講 kóng 到 kah 透底，透底涾 tâm，透心 sim 涼 liâng，透尾 bóe[bé] (直到最後，始終一貫)，透流 lâu (始終一貫)，𣍐 bē[bōe] 透流，透機 ki (一五一十)，知 chai 到 kah 透機，透徹 thiat，識 bat 透透，識 bat 𣍐透；透明 bêng，透

光 kng，透視 sī，透露 lō͘，透漏 lāu，透漏消 siau 息 sit，透仔 á（密採）；（整个）透年 nî（通年），透日 jit，透暗 àm（通宵），透世 sì 人 lâng（整輩子），透身 sin（全身），予 hō͘ 雨 hō͘ 沃 ak 到 kah 透身澹 tâm，透豶 chōa（一路）；（大而猛烈）風 hong 真透，透風，落 lo̍h 透雨 hō͘；（不顧，冒着）透雨出 chhut 門 mn̂g，透暝 mê[mî] 拚 piàⁿ，透早 chá 來，透暗 àm 行 kîaⁿ，透中 tiong 晝 tàu；（攙和，攙兑）透水 chúi，透較 khah 薄 po̍h，咖 ka 啡 pi 透牛 gû 奶 ni[lin, leng]，紅 âng 毛 mn̂g 土 thô͘ 透沙 soa。

thâu 頭 頭殼 khak，頭額 hia̍h，頭廓 khok，魚 hî 頭廓，頭毛 mn̂g，頭鬃 chang，頭麬 phơ（頭皮），頭腦 náu，頭後 āu 枕 chím，頭較 khah 大 tōa 身 sin；頭目 ba̍k（頭和眼睛；首領），頭目知 chai 重 tāng／崎 kīa（有眼力見兒），頭面 bīn，看 khòaⁿ 人的頭面，無 bô 頭神 sîn，頭嘴 chhùi；工 kang 頭，司 sui 阜 hū 頭，頭家 ke（老板），頭人 lâng，歹 pháiⁿ 鬼 kúi 頭，做chò[chòe] 頭；山 soaⁿ 頭，鼻 phīⁿ 頭，舌 chih 頭，奶 ni 頭；樹 chhīu 頭；頭到 kàu／kah 尾 bóe[bé]，頭頭仔 á，原 goân 頭，話頭，年 nî 頭，暗 àm 頭仔；起 khí 頭，在 tāi 頭，自 chū 頭，按 àn 頭仔，頭起先 seng，頭抵 tú 仔（剛才）；頭起，頭一个 ê，頭名 mîa，頭手 chhíu，頭到 kàu，頭幫 pang，頭上 chīoⁿ[chīuⁿ] 仔子 kíaⁿ（頭生兒），藥 io̍h 頭（頭煎藥）；風 hong 頭（上

風)，溪 khe[khoe] 頭 (上游)，街 ke[koe] 頭街尾；路 lō͘ 頭，地 tē[tōe] 頭，埠 pơ 頭；(碎塊，渣兒) 磚 chng 仔 á 頭，蕃 han 薯 chû[chî] 頭，豆 tāu 頭，布 pò͘ 頭布尾；石 chio̍h 頭，指 chéng[chńg] 頭仔 á，牽 khan 頭；派 phài 頭，看 khòa^n 頭 (外觀；把風)，兆 tiāu 頭，彩 chhái 頭，癮 giàn 頭，興 hèng 頭，甜 ti^n 頭；壁 piah 頭，桌 toh 頭，橋 kîo 頭；頂 téng 頭，下 ē 頭，頭前 chêng，後 āu 頭，北 pak 頭，一 chit 頭，對 tùi 頭 (雙方面)；手 chhíu 頭；頭路 lō͘。

thāu 毒 (用毒物使受害) 毒老 niáu 鼠 chhú[chhí]，毒蝒 bīn [būn] 虫，毒死 sí；毒羼 lān。

The 梯 梯次 chhù。

the 胎 有 ū 胎，坐 chē 胎 (受胎)，翻 hoan 胎，墮 tūi 胎，挩 thu̍t 胎，落 lāu 胎，交 ka 落 la̍uh 胎，胎盤 pôa^n，胎裡 lin/nih 帶 tòa 來 lai (天生)。

推 (推辭，推托) 相 sio[sa^n] 推，相挨 e[oe] 推，推無 bô 在 tī 咧 leh，推病 pē^n[pī^n]，推予 hō͘ 鬼，推開 khui，推辭 sî，推托 thok，推三 sa^n 托四 sì，推學 o̍h (托故不上學)。

the[the^n] 撐 (用竹篙抵住河底使船行進) 撐船 chûn，撐篙 ko，撐篙的人 lâng (艄公)，節 chat 水 chúi 撐篙 (衡量水深撐篙)，撐渡 tō͘；(凭靠；斜躺) 撐在 tī 壁 piah 裡 lin，撐倚 oá，半 pòa^n 撐 (倒 tó)(半臥)，小 sío 撐咧 leh；撐椅 í (躺椅)，撐床 chhn̂g；椅撐。

the[thoe] 釵 頭 thâu 釵，金 kim 釵，玉 gėk 釵。

Thé 体／體 身 sin 體，體格 keh，體高 ko，體重 tāng，體力 lȧt/lėk，體型 hêng，體質 chit，體溫 un；體會 hōe，體驗 giām，體貼 thiap；體面 biān，有 ū 體面，失 sit 體 (面)，賢 gâu 做 chò[chòe] 體面；物 bu̇t 體，固 kò͘ 體，液 ėk 體，氣 khì 體，體積 chek，全 choân 體，集 chip 體，立 lip 體，具 kū 體，大 tāi 體；事 sū 體，形 hêng 體，字 jī 體，文 bûn 體，體裁 chhâi，體統 thóng，體制 chè；好 hó 體，歹 phái^{n} 體，有 ū 禮 lé 無 bô 體，癲 thian 體 (無所事事，無憂無慮，不怕花錢)，倒 tó 咧 leh 癲體，三 sa^{n} 腳kha 步 pō͘ 的所 só͘ 在 chāi 亦 iȧh 要 boeh[beh] 坐 chē 車 chhia 成 chîa^{n} 癲體。

thé[thóe] 体／體 (樣子) 查 cha 某 bó͘ 體，母 bó[bú] 形 hêng 體，女 lú[lí] 體，供 keng 體，供體譬 phì 相 sìo͘^{n}[sìu^{n}]，供體謾 bān 辱 jiȯk，體剔 thak (諷刺謾罵)，體辱 jiȯk (惡語侮辱)，體號 hō (綽號)，體號伊歪 oai 嘴 chhùi 財 châi；體藝 gē[gōe] (消遣)，做 chò[chòe] 體藝。

Thè 締 締結 kiat，締約 iok。

thè 退 (向後移動) 進 chìn 退兩 lióng 難 lân，退去 khì 邊 pi^{n} 邊呵 a，退後 āu，倒 tò 退，抽 thiu 退；撤thiat 退，退兵 peng；(退出) 退場 tîo͘^{n}[tîu^{n}]，退席 sėk，退休 hiu，退伍 ngó͘，退職 chit，退位 ūi；(減退，下

降）快 khoài 興 hin/heng 快退，字 jī 運 ūn 在 teh 退，醉 chùi 退，退化 hòa，退步 pō͘，退色 sek；退火 hóe[hé]，退熱 jia̍t，退癀 hông，退酒 chíu；(退還) 退票 phìo，退貨 hòe[hè]，退還 hêng，退換 oā^n；(解除）退親 chhin，退婚 hun，退保 pó，退租 chơ。

thè [thòe] 替 替人出 chhut 頭 thâu，代 tāi 替，頂 téng 替，替手 chhíu，替辦 pān，替身 sin，替換 oā^n，替用 ēng；替伊歡 hoa^n 喜 hí。

Thê 堤 堤岸 hōa^n，堤防 hông，築 tio̍k 堤。

提 提意 ì 見 kiàn，提出 chhut，提起 khí，提示 sī，提名 mîa，提案 àn，提議 gī，提倡 chhiòng，提頭 thâu (帶頭)，提交 kau，提供 kiong/kióng；提琴，提箱sió^n [siu^n]；提醒 chhé^n[chhí^n]，提防 hông (小心防備)，提神 sîm，提心 sim 吊 tiàu 胆 tá^n；提高 ko，提拔 poa̍t，提升 seng，提攜 hê；提取 chhú[chhí]，提貨hòe [hè]，提款 khoán；提早 chá，提前 chiân/chêng。

諦

鵜 鵜鶘 ô͘。

thê 抬 抬頭 thâu，單 toa^n 抬，雙 siang 抬，抬雙抬。

thē 蛇 (海蜇) 海 hái 蛇，蛇奶 ni[lin] ，蛇盤 pôa^n，蛇腳 kha，蛇怙 kō͘ 蝦 hê 做 chò[chòe] 目 ba̍k，冷 léng 水 chúi 燙 thǹg 蛇 (挖苦) 。

鮓 鮓魴 hang，鮓魚 hî。

thē→thōe 傒

[the^n]→the 撐

thè^n [thì^n] 撐 (支撐，抵住) 撐起來，撐高 koân，打 phah 撐 (用支棍頂上)，打撐抵 tú 住 tiâu，撐頷 ām (托腮)，兩 nn̄g 支 ki 手 chhíu 撐嘴 chhùi 下 ē 斗 táu，手撐頭 thâu 殼 khak；窗 thang 仔 á 撐 (頂上窗户的支棍)，後 āu 撐 (背後的支棍；後來人)；撐頭 (好出風頭)，撐頭著 han 薯 chû[chî] (多管閑事的人)。

thê^n [thî^n] 瞪 (眼睛受到强光映射而不好睜開) 瞪光 kng，瞪日 jit，瞪白 pe̍h，瞪火 hóe[hé]，瞪目 ba̍k，倒 tò 瞪。

theh 裼 (裸體) 褪 thǹg 裼，褪腹 bak/pak 裼，褪剝 pak 裼，褪赤 chhiah 裼，褪裼裼 (脫得精光)；(一乾二淨) 了 liáu 到 kah 裼裼 (賠錢賠到分文無有)，庭 tîa^n 掃 sàu 去真裼，洗 sé[sóe] 無 bô 裼 (洗不乾淨)，空 khang 手 chhíu 白 pe̍h 裼 (空着手)，裼屑 sut 屑 (空無一物)；白裼 (裼)(白白，很白)，生 se^n[si^n] 做 chò [chòe] 白裼，白裼好 hó 骨 kut 格 keh。

the̍h 宅 (住所，房子) 厝 chhù 宅 (住宅)，住 chū 宅；(果園) 果 kóe[ké] 子 chí 宅，芎 kin 蕉 chio 宅。

the̍h[tho̍eh] 提 (拿) 提咧·leh (拿着)，提來予 hō͘ 我，提倒tò 轉 tńg 去 khì，提來提去，提咧走 cháu，提走 (拿走；除掉)，鬥 tàu 提；去給 kā 我提，提着 tio̍h 博 phok 士 sū；提出 chhut 申 sin 請 chhéng，提批 phoe 的·e (郵差)，提頭 thâu (帶頭)，提定 tīa^n (定婚)，提日 jit (擇日) 。

⿺尢巠 (肩膀向上動) ⿺尢巠肩 keng (聳肩)，肩頭 thâu ⿺尢巠⿺尢巠；(聳肩呼吸，一如臨終時) 氣 khùi 絲 si 仔 á ⿺尢巠下·che ⿺尢巠下，在 teh 要 boeh[beh] ⿺尢巠去·khi (將要死了) 。

Thek 叱 剔 thak 叱，誡 kài 叱，叱罵 mē[mā]。

斥 指 chí 斥，駁 pok 斥，痛 thòng 斥；排 pâi 斥。

剔 剔骨 kut。

Thek[Thit] 敕 敕命 bēng。

飭 整 chéng 飭；(很美；愉快) 飭汪 oai^n 汪，飭獅 sai 獅，今 kin 仔 á 日 jit 我真飭；飭令。

thek 畜 畜生 se^n[si^n]。

Theng 聽 聽覺 kak。

Théng 逞 (顯示) 逞伊的勢 sè 頭 thâu，逞威 ui 風 hong，逞強 kiông，逞伊的力 la̍t；(放任) 不 m̄ 可 thang 傷 sio͘^{n} [siu^n] 逞，逞吚 khi 慣 koàn，逞性 sèng (任性)，逞性的人 lâng、與 kap 人𣍐 bē[bōe] 和 hô，逞乘 sēng (寵壞，使越加任性) 。

挺 挺身 sin (勇敢地出來擔當)，挺立 li̍p。

艇 艇仔 á，快 khoài 艇，潛 chiâm 艇。

Thèng 聽 傍 pông 聽，聽從 chiông，重 tiōng 聽；聽候 hāu (等候)，坫 tiàm 此 chia 小 sío 聽候一下；(聽憑，任憑) 凊 chhìn 采 chhái 人 lâng 都 to 聽來 lâi 看 khòa^n，聽討 thó 聽還 hêng，聽入 ji̍p 去·khi，聽好 hó (不妨)，聽好講 kóng，聽好買 bé[bóe]，舊 kū 冊 chheh亦 ia̍h 聽 hó 好用 ēng，聽人 lâng (任人)，聽人 lâng 呼

hơ 換 hoàn，聽人的所 só͘ 愛 ài，聽其 kî 自 chū 然 jiân，聽天 thian 由 iû 命 bēng；(賠償賭注) 賭 kiáu 官还 iáu 未 bōe[bē] 聽我的注 tù，一元 khơ 聽兩元。

thèng 鐙 馬 bé 踏 ta̍h 鐙。

Thêng 停 停止 chí，停辦 pān，停手 chhíu，停工 kang，停頓 tùn，暫 chiām 停，小 síó 停 (稍微停一下；停會兒)，小停仔 á，較 khah 停仔 (等會兒)，無 bô 時 sî 停；停睏 khùn (休息)；停留 lîu，停腳 kha，停在 tī 高雄三日；車停在 tī 門 mn̂g 口 kháu；調 tiau/tiâu 停。

呈 呈現 hiān；呈獻 hiàn，呈上 siōng，呈正 chèng；呈送 sàng，呈交 kau，呈報 pò，呈文 bûn。

程 章 chiong 程；程序 sū，議 gī 程，工 kang 程，課 khò 程，程度 tō͘；路 lō͘ 程，里 lí 程，行 hêng 程，起 khí 程，啓 khè 程，前 chiân 程，送 sàng 你一 chit 程；雨 hō͘ 落 lo̍h 一程。

謄 謄寫 sía，謄錄 lio̍k，謄本 pún。

騰 (升到空中) 騰起來，騰真高 koân，騰空 khong，騰雲 hûn 駕 kà 霧 bū；殺 sat 氣 khì 騰騰。

thêng 挺 (伸直，挺) 挺身 sin (直立)，挺起來，坐 chē 咿 khi 挺，豎 khīa 咿挺，挺直 tit。

Thi 黐 麵 mī 黐，鳥 chiáu 黐；黐雀 chhek 鳥仔，黐蝕 am 蚨 pô͘ 蠐 chê；粘 liâm 黐黐，濁 lô 黐黐；牽 khan 黐 (絮叨)，講話真牽黐。

笞

Thí 耻 廉 liâm 耻，耻辱 jiȯk，耻笑 chhiò。

褫 褫奪 toȧt。

[Thí]→Thú 杵苧貯抒褚儲

thí 摛 (打開，張開，展開) 摛開 khui，摛雨 hō͘ 傘 sòa^{n}，摛扇 sì^{n}，摛翼 sit，目 bȧk 睭 chiu 摛金 kim 看 khòa^{n}。

Thì 滯 滯銷 siau。

thì 剃 剃頭 thâu，剃面 bīn，剃嘴 chhùi 鬚 chhiu。

thî 啼 過 kòe[kè] 山 soa^{n} 不 m̄ 知 chai 子 kía^{n} 啼，啼哮 háu，啼哭 khàu，淋 lâm 淚 lūi 啼 (潸潸淚下)；雞 ke [koe] 在 teh 啼，雞啼二 jī 落 lȯh。

苔 生 se^{n}[si^{n}] 苔，上 chhīo^{n}[chhīu^{n}] 青 chhe^{n}[chhi^{n}] 苔，海 hái 苔；滸 hó͘ 苔。

[Thî]→Thû 耡 耡劃 thóa^{n} (用鋤除草)。

儲

thī 雉 雉雞 ke[koe]。

thi^{n} 天 天頂 téng，滿 móa 天，半 pòa^{n} 天，天無 bô 邊 pi^{n} 海 hái 無角 kak，天 (腳 kha) 下 ē (天下)，滿 móa 天下；天窗 thang，天井 ché^{n}[chí^{n}]；天色 sek，天光 kng (天亮)，天要 boeh[beh] 光，天未 bōe[bē] 光，天拆 thiah 箬 hȧh (破曉)，烏 o͘ 天暗 àm 地 tē[tōe]；春 chhun 天，秋 chhiu 天，熱 joȧh 天，熱天時 sî，夏 hē 天，寒 kôa^{n} 天，冬 tang 天；天氣 khì，天候 hāu，天時 sî，看 khòa^{n} 天勢 sì (看天氣情況)，紅âng 天赤 chhiah 日 jit 頭 thâu，好 hó 天，不 m̄ 成chîa^{n}

天，歹 phái^{n} 天，烏 o͘ 陰 im 天，落 lo̍h 雨 hō͘ 天；天年 nî (時代)，伊的天年，好天年，歹天年；天公祖 chó͘，天在 teh 責 chek 罰 hoa̍t，天意 ì，天理 lí，天無照 chiàu 甲 kah 子 chí、人無照天理；天位 ūi(帝位)，打 phah 天位，爭 cheng 天位；天父 pē，天使sài。

添 加 ke 添，添較 khah 加 ke，添重 tāng，添水 chúi，添油 iû，買 bé[bóe] 添，補 pó͘ 添，添頭 thâu 貼 thiap 尾 bóe[bé]，添話 oē，添寫 sía；(盛，裝) 添飯 pn̄g，添一 chit 碗 oá^{n} 魚 hî 丸 oân 湯 thng 來 lâi 咧·leh。

[thì^{n}]→thè^{n} 掌

[thî^{n}]→thê^{n} 瞪

thī^{n} 紩 (縫) 紩衫 sa^{n}，紩鈕 líu 仔 á，紩倚 oá，縫 pâng 紩(縫級)，補 pó͘ 紩。

thia^{n} 聽 聽音 im 樂 ga̍k，聽到 kah 入 jip 神 sîn，聽見 kì^{n} 伊的聲 sia^{n}，聽無 bô 真 chin，聽無明 bêng，聽錯 chhò/tā^{n}，聽繪 bē[bōe] 曉 hiáu 得·tit，好 hó 聽，歹 phái^{n} 聽，聽眾 chiòng；聽從 chiông，聽伊的嘴 chhùi，聽話 oē，聽趁 thàn；探 thàm 聽 (打聽) 。

廳 大 tōa 廳，客 kheh 廳，餐 chhan 廳，辦 pān 公 kong 廳，廳堂 tn̂g，廳頭 thâu，廳面 bīn，廳屏 pîn，廳口 kháu 屏，廳邊 pi^{n} 房 pâng，廳後 āu 房；官 koa^{n} 廳。

thìa^{n} 痛 (疼痛) 頭 thâu 痛，腹 bak/pak 肚 tó͘ 會 ē[oē] 痛，做 chò[chòe] 陣 chūn 痛，抽 thiu 痛，痛搐 tiuh 搐

，揻 ui 揻痛，幽 iu 幽仔 á 痛，痠 sng 痛，風 hong 痛，痛到 kah 入 jip 骨 kut，生 se^{n}[si^{n}] 痛，病 pē^{n}[pī^{n}] 痛，身 sin 苦 khó͘ 病痛，知 chai 痛，忍 lún 痛，止 chí 痛，驚 kia^{n} 痛，哮 háu 痛；(疼愛) 痛疼 thàng，痛惜 sioh，相 sio[sa^{n}] 痛 (相愛)，痛子 kía^{n}，得 tit 人 lâng 痛。

thîa^{n} **程** (姓)。

檀 檀香 hio^{n}[hiu^{n}] 色 sek。

thīa^{n} **竫** (支柱，補強) 着 tio̍h 用 ēng 補 pó͘ 藥 io̍h 那 ná 竫、身 sin 體 thé 才 chiah 會 ē[oē] 勇 ióng，對 tùi 胳koh 下 ē 孔 khang 給 kā 伊竫咧·leh、才 chiah 艙 bē[bōe] 倒 tó，用一支 ki 柱 thiāu 來 lâi 給 ka 竫咧，竫胆 tá^{n} (壯膽)，竫頭 thâu。

thiah **拆** (撕) 拆紙 chóa，拆批 phoe[phe]，拆開 khui，拆衫sa^{n}，拆裂 lih，拆破 phòa；(拆掉) 拆墻 chhîo^{n}[chhîu^{n}] 仔 á，拆厝 chhù，拆除 tû；(分開) 打 phah 拆，分hun/pun 拆，拆散 sòa^{n}，拆離 lī，尪 ang 某 bó͘ 拆離，拆股 kó͘，拆吃 chia̍h，拆豎 khīa (分居)；(分析，說明) 開 khui 拆，拆明 bêng，拆白 pe̍h (說得淺顯明白)，拆白講 kóng，拆字 jī 數 sò͘；(買) 拆車 chhia 票 phìo，拆單 toa^{n}，拆藥 io̍h (抓藥)。

Thiam **添** 加 ka 添，添落去，添油 iû 香 hio^{n}[hiu^{n}]，添妝 chng，錦 kím[gím] 上 siōng 添花 hoa，添壽 sīu，添丁 teng，添設 siat，添補 pó͘，添枝 ki 加 ke 葉 hio̍h。

thiam 塡 塡表 píó。

Thiám 忝

忝 (累；厲害；徹底) 行 kîaⁿ 歸 kui 日 jit 路 lō͘ 有 ū 夠 kàu 忝，病 pēⁿ[pīⁿ] 真忝，予 hō͘ 人打 phah 真忝，忝頭 thâu (夠受)，煮 chú[chí] 咿 khi 忝 (煮透)。

諂 諂媚 mī/bī。

Thiâm[Tiâm] 恬 恬靜 chēng，風 hong 恬浪 lōng 靜。

Thiām 沉 (投入) 沉落 lòh 井 chéⁿ[chíⁿ]，沉海 hái，沉落去，沉錢 chîⁿ。

Thian 天 天文 bûn，天象 siōng，天體 thé；天涯 gâi，天下 hā；天線 sòaⁿ，天橋 kîo；天井 chéⁿ[chíⁿ]，天花 hoa 板 pán，天河 hô/lô 板，天房 pông；天旁 pêng (天庭)；今 kim 天，每 móe[múi] 天，天天；天然 jiân，天生 seng，天性 sèng，先 sian 天，後 hō͘ 天，天分 hūn，天資 chu；天災 chai，天變 piàn；天良 liông，天真 chin，天才 châi；上 siōng 天，天神 sîn，天女 lú[lí]，天數 sò͘，天命 bēng，天機 ki，西 se 天，昇 seng 天，歸 kui 天；天堂 tông，天國 kok，天使 sài。

thian 偏 (偏偏) 伊偏偏要 boeh[beh] 去，我偏 (偏) 仔 á 不 m̄，偏不予 hō͘ 你。

癲 (偷閑，閑逛) 四界 kòe[kè] 癲 (到處閑逛)，不 put 時 sî 在 teh 癲，拉 la 癲，癲癲 (不專心，糊裡糊塗)，癲體 thé (無所事事，無憂無慮，也不怕花錢)，癲懷 hoâi (無憂無慮，什麼都滿不在乎的)，真好癲懷攏 lóng

無 bô 煩 hoân 惱 ló，癲跖 tho̍h (糊塗)，癲癲跖跖，老 lāu 癲跖。

thián 展 (張開) 展起來，展開 khui，展翼 sit，展扇 sì^n，展雨 hō· 傘 sòa^n，目 ba̍k 睭 chiu 展大 toā 蕊 lúi，腳 kha 骨 kut 展開，展看 khòa^n。

Thiân 填 填平 pê^n[pî^n]，填海 hái；填補 pó·；填寫 sía，填履 lí 歷 le̍k，填表 pío。

Thiap 帖 帖仔 á，請 chhía^n 帖，喜 hí 帖，紅 âng 帖，白 pe̍h 帖，放 pàng 帖，回 hôe 帖，帖式 sek/sit，帖囊 lông，帖套 thò；庚 ke^n[ki^n] 帖，八 peh[poeh] 字 jī 帖，換 oā^n 帖；法 hoat 帖，字 jī 帖，碑 pi 帖，畫 oē [ūi] 帖，臨 lîm 帖；藥 io̍h 帖，一帖藥。

貼 (貼補) 貼錢 chî^n，貼伙 hóe[hé] 食 sit，貼人吃chia̍h，貼吃 (搭伙)，補 pó· 貼，幫 pang/png 貼，照 chiàu 貼，添 thi^n 頭 thâu 貼尾 bóe[bé]，做 chò[chòe] 公 kong 親 chhin 貼本 pún，貼水 chúi，貼現 hiān；津 tin 貼，米 bí 貼，房 pâng 貼；貼腳 khioh (配角)；體 thé 貼；掖 iap 貼；貼案 àn (高桌子) 。

thia̍p 㩸 (堆疊) 㩸起來，㩸磚 chng 仔 á，㩸高 koân，㩸成 chîa^n 堆 tui，㩸歸 kui 堆，㩸尖 chiam (冒尖兒)，㩸實 sit (收拾得不留縫兒；規規矩矩一絲不苟)，囤 tún 㩸；㩸字 jī；㩸環 khoân，㩸盤 phoân (盤腿)，㩸坐 chē。

Thiat 徹 透 thàu 徹，講 kóng 了 liáu 無 bô 透徹，通 thong

徹(通曉)，一 it 理 lí 通 thong 百 pek 理徹，徹底 té[tóe]/tí，講到 kah 徹底，輸 su 到徹底，徹頭 thâu 徹尾 bóe[bé]，徹悟 ngō͘，徹理，徹化 hòa (大徹大悟)，徹套 thò，無 bô 徹。

撤 撤除 tû，撤銷 siau，撤廢 hòe，撤職 chit；撤出chhut，撤退 thè，撤回 hôe，撤離 lī，撤兵 peng，撤守 síu，撤防 hông。

鐵 鐵血 hiat，鐵面 biān 無 bû 私 su。

Thiau 佻 輕 kheng 佻，佻撻 that。

挑 挑選 soán，挑揀 kéng；挑毛 mô͘[mâu] 病 pēⁿ[pīⁿ]/pēng，挑字 jī 眼 gán，挑剔 thek；挑踈 lāng (寬敞)，這 chit 間 keng 厝 chhù 不 put 止 chí 挑踈，毛 mn̂g 腳 kha 挑踈，挑暢 thiòng (舒暢)，講 kóng 到 kah 予 hō͘ 伊會 ē[oē] 挑暢；挑戰 chiàn，挑撥 poat，挑弄 lōng。

Thiau/tiau 刁 刁難 lân，刁頑 bân。

thiau 調 調戲 hì，調弄 lāng；調羹 keng。

特 (=tiau/thiâu/tiâu) (特地) 特來 lâi，特派 phài，特工 kang (專程)，特工來，特持 tî，特持佯 tèⁿ[tìⁿ]不 m̄ 知 chai，特致 tì，特意 ì，特意故 kò͘，特故意。

Thiáu 窕 窈 iáu 窕。

Thiàu 跳 咈 phut 咈跳，噗 phok 噗跳，趒 tîo 跳，跳踢 that/thah (歡蹦亂跳)，活 oah 跳跳；跳起來，跳走 cháu，跳高 koân，跳遠 hn̄g，跳腳 kha 雞 ke[koe]，跳索 soh

，跳舞 bú；跳級 kip，跳班 pan，跳頁 ia̍h，跳叕 chōa，跳坎 khám (跳過次序) 。

眺 眺望 bōng。

Thiâu 鮡 花 hoe 鮡。

thiâu→thiau 特

thiāu 柱 柱仔 á，門 mn̂g 柱，厝 chhù 柱，石 chio̍h 柱，lêng 龍柱，電 tiān 火 hóe[hé] 柱。

祧 (宗親) 宗 chong 祧，分 hun 祧，同 kāng 祧，祧仔 á 內 lāi (同族) 。

痳 痳仔 á (粉刺)，痳仔子 chí，爛 nōa 痳。

thih 鐵 生 chhe^{n}[chhi^{n}] 鐵，熟 se̍k 鐵，鉎 se^{n}[si^{n}] 鐵，鋼 kǹg 鐵，白 pe̍h 鐵 (不銹鋼)，洋 iô͘^{n}[iû^{n}] 鐵，馬 bé 口 kháu 鐵；鐵門 mn̂g，鐵枝 ki 路 lō͘，鐵線 sòa^{n}，鐵釘 teng；鐵人 lâng，銅 tâng 牆 chhiô͘^{n}[chhiû^{n}] 鐵壁 piah；鐵齒 khí (倔强)，鐵齒銅牙 gê 槽 chô。

剃 剃頭 thâu。

得 要 boeh[beh] 去 khì 亦 ia̍h 不 m̄ 得、要來 lâi 亦不得，家 ka 己 tī[kī] 都 to 顧 kò͘ 𣍐 bē[bōe] 得、要顧到 kàu 你，創 chhòng 這 che 都在 teh 不着 tio̍h 得、要復 koh 創到 kàu 別 pa̍t 項 hāng。

thih 怢 (口吃；說話不清楚) 講 kóng 話 oē 怢怢叫 kìo，怢半 pòa^{n} 日 jit 怢𣍐 bē[bōe] 出來，怢怢吶 thúh 吶，怢吶叫 kìo；(拖沓) 拖 thoa 怢，做 chò[chòe] 代 tāi 志 chì 不 m̄ 可 thang 拖怢；清 chhìn 怢怢。

thim 鴆 (陰險) 做人鴆，陰 im 鴆 (毒 to̍k)，陰鴆狗 káu 咬 kā 人 lâng 不 m̄ 哮 háu。

thìm 㑄 㑄頭 thâu (點頭)，㑄湧 éng (隨浪上下)。

thīm=Thiām 沉 沉海 hái。

thin 叮 叮叮鼕 thong 鼕。

thîn 斟 (傾倒) 斟茶 tê，斟酒 chíu，斟到 kah 淀 tīⁿ 淀；雨 hō͘ 直 tit 斟。

Thīn 佝 (匀稱) 四 sù/sì 佝 (相稱)，應 ìn 佝，頭 thâu 尾 bóe[bé] 相 sio[saⁿ] 應佝；(使均勻) 佝重 tāng，佝到 kàu 平 pêⁿ[pîⁿ]；(配成雙；許配) 佝頭 thâu (要使重量平均而附加的貨物；配成一雙；雙方不分上下)，錢 chîⁿ 量 liōng 剩 siōng、兩 nn̄g 个 ê 人 lâng 佝頭開 khai，伊不 m̄ 是好 hó 人 lâng、你勿 mài 佝伊，相 sio[saⁿ] 佝 (相配；許配)，佝人 ·lang (許了人)，姑 ko͘ 表 piáu 相佝。

thio 挑 (用細長的東西撥或扒) 挑火 hóe[hé] (撥旺炭火)，用 ēng 灯 teng 挑挑灯火，用火挑挑火灰 hu (用火鏟兒把灰扒出來)，挑刺 chhì (拔刺；指摘)；挑揀 kéng(挑選)；挑明 bêng (解釋，指出，事先談清楚)，搬 poan/poaⁿ 挑 (挑撥，中傷)；(漢字的筆畫) 一 chit 挑，挑手 chhíu 旁 pêng；(一種刺綉方法) 挑花 hoe 刺 chhiah 綉 sìu。

thìo 糶 (賣出糧食) 糶米 bí，糶出 chhut 糶 tia̍h 入 jip，做 chò[chòe] 米糶。

漂 (→phìo) 漂白 pe̍h。

Thîo 頭

thîo 挑 (挑選) 親 chhin 手 chhíu 挑，過 kòe[kè] 挑 (精選的)。

趒 (→tîo)

Thiok 畜 畜生 seng，六 lio̍k 畜，家 ka 畜；孽 gia̍t 畜；畜産 sán，畜牧 bo̍k。

蓄 儲 thú 蓄，積 chek 蓄，蓄意 ì，蓄電 tiān 池 tî。

搐 抽 thiu 搐。

Thiong 衷 衷心 sim。

Thióng 寵 寵愛 ài，寵信 sìn，恩 in[un] 寵。

塚 (墳墓) 塚仔 á，塚仔埔 po͘，公 kong 塚，荒 hong 塚，古 kó͘ 塚，修 siu 塚。

Thiòng[Thiàng] 暢 (無阻礙) 流 lîu 暢，暢銷 siau；(盡情) 暢談 tâm，暢飲 ím，暢遊 iû；(痛快) 暢樂 lo̍k，暢快 khoài；(鬧着玩) 講 kóng 暢，打 phah 暢，樂 lo̍k 暢，樂暢腳 kha 賬 siàu，暢舍 sìa，暢舍子 kíaⁿ (花花公子)，暢古 kó͘ (滑稽故事)。

Thiông 虫

thiōng 杖 杖期 kî (用孝杖期間)。

[Thit]→chhit 迌 (玩) 迌迌 thô (玩耍；玩弄；消遣)。

[Thit]→Thek 敕飭

thit 扶 (拉，扯，抻，使物體舒展) 紙 chóa 扶平 pêⁿ[pîⁿ]，扶(呼 khi) 直 tit，麵 mī 線 sòaⁿ 扶長 tn̂g；代 tāi 志

chì 扶𩛩 bē[bōe] 直 tit。

Thiu 抽 抽線 sòa^{n}，抽絲 si，抽劍 kiàm；抽簽 chhiam，抽鬮 khau，抽獎 chíơ^{n}[chíu^{n}]；抽水 chúi，抽石 chiòh 油 iû，抽風 hong；頭 thâu 抽老 lő 酒 chíu，二 jī 抽豆 tāu 油 iû；抽頭 thâu，抽稅 sòe[sè]，抽餉 hiòng [hiàng]；抽身 sin 退 thè 後 āu，抽退，抽倒 tò 轉 tńg；抽長 tn̂g（拉長），抽麵 mī 線 sòa^{n}，抽篙 ko（長梗，長莖），賢 gâu 抽，抽高 koân，抽壽 sīu（使壽命拉長）；（細長）瘦 sán 抽（瘦長），較 khah 抽，抽抽，抽躼 lò（瘦高），狹 èh[oèh] 抽（狹長）；（抽搐）會 ē [oē] 抽，抽筋 kin[kun]，抽痛 thìa^{n}。

紬 （衣襟裡的貼邊）牽 khan 紬，扇 siàn 紬，拗 áu 紬。

Thíu 丑 丑仔 á，草 chháu 丑仔，草丑仔神 sîn，丑腳 kioh，丑旦 tòa^{n}；丑時 sî。

thng 湯 菜 chhài 湯，肉 bah 湯，湯頭 thâu，湯匙 sî；（分泌液）流 lâu 湯流汁 chiap，粒 liàp 仔 á 湯。

thǹg 燙 予 hō͘ 滾 kún 水 chúi 燙着·tioh，會 ē[oē] 燙人·lang，燙手 chhíu；燒 sio 燙燙；燙菜 chhài，燙罐 koàn。

thǹg[thùi^{n}] 褪 （脫）褪衫 sa^{n}，褪褲 khò͘，褪腹 pak/bak 裼 theh，褪（赤 chhiah）裼，褪裼裼，褪光 kng 光，褪褲羼 lān，褪赤 chhiah/chiah 腳 kha，褪鞋 ê[oê]，褪孝 hà。

毻 （脫落）毻毛 mn̂g，毻殼 khak，毻皮 phôe[phê]，毻齒 khí，毻色 sek；（轉讓）我給 kā 你毻，你毻我，要

boeh[beh] 兓若 jōa 多 chē[chōe] 錢 chî^n？

thn̂g 糖 砂 soa 糖，白 pe̍h 糖，烏 o͘ 糖，角 kak 糖，冰 peng 糖，糖霜 sng；糖仔 á，糖果 kó。

thn̂g[thûi^n] 傳 傳香 hiơ^n[hiu^n] 煙 ian，好 hó 種 chéng 不 m̄ 傳、歹 phái^n 種不斷 tn̄g。

團 一團線 sòa^n。

thn̄g 碭 (搪瓷) 淋 lâm 碭，掛 kòa 碭，過 kòe[kè] 碭，碭光 kng。

杖 孝 hà 杖，錫 sek 杖。

thn̄g[thūi^n] 段 (片段) 樹 chhīu 段 (樹墩子)。

煅 (煮熟的食物涼後再加熱) 煅予 hơ 燒 sio，煅菜 chhài；(重複舊事物) 兩 nn̄g 句 kù 話 oē 一 it 直 tit 煅。

檔 門 mn̂g 檔。

Tho 叨 (＝lo) 鴨 ah 在 teh 叨，鴨 ah 母 bó[bú] 嘴 chhùi 罔 bóng 叨。

拖 拖累 lūi，予 hō͘ 人 lâng 拖累着·tioh。

滔 滔天 thian。

韜 韜略 lio̍k。

Thó 討 (討伐) 征 cheng 討，討伐 hoa̍t；(請求，索取) 討錢 chî^n，討賬 siàu，討有 ū，討無 bô，討膾 bē[bōe] 起來，討倒 tò 轉 tńg 來·lai，討債 chè (討回借款；浪費)，討咯 ka̍k (甩掉)，討人 jîn 情 chêng，討教 kàu，討功 kong 勞 lô，討賞 sió^n[síu^n]，討命 mīa，討人 lâng，討戰 chiàn；(謀，求) 討吃 chia̍h，討趁 thàn，

討賺 choán，討海 hái，討掠 liàh，討魚 hî，討罾 chan；(勾引) 討着·tioh，討人·lang，討契 khè[khòe] 兄 hia^{n}，討查 cha 某 bó͘；(招惹) 討好 hó，討厭 ià/ iàm，討人嫌 hiâm，討皮 phôe[phê] 痛 thìa^{n}，討腳 kha 行 kîa^{n} (白跑)，討費 hùi 氣 khì，討衰 soe，討見 kiàn 笑 siàu；(討論) 商 siong 討，研 gián 討，探 thàm 討，討論。

妥 豈 thái 妥 (哪里)，豈妥是 sī 按 án 尔 ne[ni]。

Thò 妥 妥當 tòng，妥善 siān，妥協 hiáp。

套 (套子) 外 gōa 套，枕 chím 頭 thâu 套，鞋 ê[oê] 套，冊 chheh 套，箱 sio͘^{n}[siu^{n}] 套；領 nía 套，衫 sa^{n} 套，內 lāi 套，裙 kûn 套，帽 bō 仔 á 套；套面 bīn 頂 téng，套外面 bīn，套裡 lí，套內 lāi 衫，套色 sek；全 choân 套，一 chit 套辦 pān 法 hoat，歸 kui 套新 sin 設 siat 備 pī，套房 pâng；新 sin 套，老 lāu 套，便 piān 套，客 kheh/khek 套，套頭 thâu (話 oē/語 gú[gí])(老調，口頭禪)，念 liām 套頭；(串通) 套歹 pháin^{n} 人 lâng，套好 hó 好要 boeh[beh] 吃chiáh 人·lang，套口 kháu 供 keng，套暗 àm 號 hō，套便 piān，相 sio[sa^{n}] 通 thong 套，圈 khoân 套，套謀 bô͘；(排練) 套戲 hì，套曲 khek，套腳 kha 步 pō͘，套拳 kûn。

透 透視 sī，透明 bêng，透支 chi。

唾 唾液 ėk。

橢 橢圓 îⁿ 形 hêng。

Thô 桃 桃仔 á，桃紅 âng，桃花 hoe 色 sek；核 hu̍t 桃，櫻 eng 桃，硬 ngē[ngī] 桃，夾 kiap (竹 tek) 桃。

迌 迌 chhit[thit] 迌。

thô 陀 曼 bān 陀花 hoe。

Thó͘ 土 土地 tē[tōe]，土壤 jióng；(本地的) 土產 sán，土腔 khioⁿ[khiuⁿ]，土生 seⁿ[siⁿ] 仔 á；(民間沿用的) 土方 hng，土法 hoat，土司 sai 阜 hū；(不仔細的，自个兒搞出來的) 土想 sīoⁿ[sīuⁿ]，土算 sǹg，土格 kek，土撰 choān，土劣 chân；(粗魯，鄙俗) 講 kóng 話 oē 真 chin 土，土土，土直 tit，土性 sèng，土人 lâng，土力 la̍t；(土裡土氣) 土伦 sông，土包 pau 仔 á；(土神) 破 phòa 土，動 tāng 土，起 khí 土，安 an 土，謝 sīa 土；(土葬) 歸 kui 土，土公 kong。

thó͘ 吐 吐大 tōa 氣 khùi，吐呃 eh；(伸出，凸出) 吐舌 chih，吐萌 íⁿ，吐目 ba̍k (眼球凸出)，吐 (肚 tō͘) 臍 châi，吐大 tōa 腸 tn̂g 頭 thâu，吐肉 bah 揞 chìⁿ (息肉)，吐鑴 sui，吐吐，吐出來；三十吐歲 hòe[hè] (三十出頭)，一百較 khah 吐 (一百多)。

Thò͘ 吐 吐血 hoeh[huih]，要 boeh[beh] 吐，嘔 áu 吐；吞 thun 吐；吐還 hêng (被迫退還)；娘 nîo[nîu] 仔 á 吐絲 si，稻 tīu 仔 á 吐穗 sūi；(說出來) 談 tâm 吐，吐露 lō͘，吐實 sit，吐血 hoeh[huih]土朵 tô，吐連 liân 涎 siân (胡言亂語，絮絮叨叨地說廢話或誇耀)。

兔 白 pe̍h 兔仔 á，山 soa^n 兔；兔仔灯 teng。

Thô͘ 頭

thô͘ 土 田 chhân土，紅 âng 土，潤 jūn 土，粘 liâm 土，爛 nōa 土，垄 lâm 土（泥濘），土米 bí 沙 soa，土粉 hún，土糜 môe[bê]，土漿 chio͘^{n}[chiu^n]，土漴 sîo͘^{n}[sîu^n]，臭 chhàu 土膻 hiàn，土角 kak，土堆 tui，土墼 kat；土腳 kha，土面 bīn，土坪 phîa^n；（泥水活）做 chò[chòe] 土，土水 chúi，土工 kang，土（水）司 sai，土匠 chhīo͘^{n}[chhīu^n]；土豆 tāu，土炭 thòa^n，土礱 lâng，土魠 thoh，土虱 sat，土鰍 liu，土蚓 ún。

涂 （姓）。

thoa 拖 拖車 chhia，拖去·khi，拖倚 oá，拖拖楝 sak 楝，拖鞋 ê[oê]，拖靪 te^n[ti^n]，裙 kûn 在 teh 拖土 thô͘，拖水 chúi（稍微浸在水裡），熟 se̍k 卵 nn̄g 拖水才 chiah 好 hó 掰 peh 壳 khak，拖後 āu 腿 thúi，拖目 ba̍k 尾 bóe[bé]，拖尾星 chhe^n[chhi^n]（彗星），拖拔 poe̍h[puih]＝硬 ngē[ngī] 拖；拖病 pē^n[pī^n] 做 chò[chòe] 工 kang，拖磨 bôa（辛苦勞累），拖身 sin 磨命 mīa，拖命；牽 khan 拖，拖累 lūi，拖倕 thūi（拖累）；賢 gâu 拖，拖延 iân，拖佚 thih（拖沓），拖佚病pē^n[pī^n]（慢性病），拖沙 soa（拖拉），賢 gâu 拖沙，拖工 kang，拖棚 pê^n[pî^n]，拖欠 khiàm，拖屎 sái 連 liân（駡人的話，喻老來孤苦淒涼或病倒床上便溺四溢；做事拖拉不爽利）；拖刀 to（漢字筆畫），拖傷 sio͘^{n}[siu^n] 長

tn̂g；一 chit 大 tōa 拖（一連串）。

thōa 汰 （用清水漂）洗 sé[sóe] 汰（洗涮），緩 ûn 仔 á 汰，衫 sa^{n} 若 nā 洗好 hó 着 tio̍h 復 koh 用 ēng 清 chheng 氣 khì 水 chúi 來 lâi 汰，汰水，汰了 liáu 復汰；（見習；溫習）汰生 seng 理 lí，不 m̄ 是 sī 學 o̍h 的 ·e、是汰的，淘 tô 汰（看樣學習），拳 kûn 着練 liān、曲 khek 着汰；（帶人家學）給 kā 人 lâng 汰到 kàu 會 ē[oē] 放 hòng 蕩 tōng，予 hō͘ 人汰歹 pháí^{n}，汰好汰歹，引 ín 汰（引導）。

豸 虫 thâng 豸（虫子）。

thoa^{n} 灘 （水深時淹沒，水淺時露出的地方）海 hái 灘，河 hô 灘，沙 soa 灘，灘地 tē[tōe]；（河中水淺多石而水流很急的地方）險 hiám 灘，淺 chhián 灘，上 chīo͘^{n}[chīu^{n}] 灘，落 lo̍h 灘，灘水 chúi。

攤 （分擔）分 pun/hun 攤，照 chiàu 攤，緩 ûn 仔 á 攤，攤錢 chî^{n}，攤賬 siàu，攤派 phài，按 àn 月goe̍h[ge̍h] 攤還 hêng，月 goe̍h[ge̍h] 攤（按月付款）；（設在外面的售貨處）攤仔 á，攤販 hoàn，攤位 ūi；（次）一 chit 攤，幾 kui 若 nā 攤，前 chêng 攤。

thóa^{n} 剷 （鏟）𣛮 thû[thî] 剷，剷土 thô͘，剷平 pê^{n}[pî^{n}]，剷草 chháu，剷草根 kin[kun]，剷草肵 phía^{n}；（拆開）剷肉 bah 腑 hú，剷荾 hun。

thòa^{n} 炭 火 hóe[hé] 炭，冇 tēng 炭，冇 phà^{n} 炭，木 bo̍k 炭，炭畫 oē[ūi]，炭窯 iô；土 thô͘ 炭，煤 môe[mûi] 炭，

炭屎 sái，炭礦 khòng，炭坑 khe^n[khi^n]。

湠 (蔓延) 芎 kin 蕉 chio 真賢 gâu 湠，直 tit 直湠去 ·khi，生 se^n[si^n] 湠，湠種 chéng，湠卵 nn̄g，湠子 kía^n，湠萌 í^n，墨 ba̍k 水 chúi 滴 tih 落 lo̍h 紙 chóa 一 it 直 tit 湠開 khui，字 jī 湠腳 kha；(多股捻成的東西鬆開) 索 soh 仔 á 湠股 kó͘，創 chhòng 予 hō͘ 伊湠。

碳 碳素 sò͘，碳酸 sng，碳化 hòa。

thôa^n 攤 (減少，退步) 攤伊的錢，攤伊較 khah 少 chío，今 kin 年 nî 伊的成 sêng 積 chek 有 ū 較 khah 攤，倒 tò 攤 [thoa^n] (退步)，學問倒攤。

thoah 汰 (揉着洗) 衫 sa^n 汰了 liáu 着 tio̍h 復 koh 汰 thōa，汰米 bí (淘米)；(揉和) 汰糕 ko 仔 á 粉 hún；撮 cheh 汰 (糟踏，浪費) 。

屉/屜 屜仔 á (抽屜)，屜仔牽 khian，桌 toh 屜，櫥 tû 屜，眠 mn̂g[bîn] 床 chhn̂g 屜，暗 àm 屜。

抴 (拉開) 抴開 khui，屜 thoah 仔 á 抴𣍐 bē[bōe] 開 khui，抴出來，抴倚 óa，抴窗 thang 仔 á；抴門 mn̂g，門抴，窗仔抴，抴鏈 liān (拉鏈)；抴窗 thang (斜眼)。

脱 (擺脱) 一 chit 日 jit 脱過 kòe[kè] 一日，罔 bóng 脱罔過，病 pē^n[pī^n] 人 lâng 脱節 cheh[choeh] 季 kùi，這 chit 關 koan 脱得 tit 過、後 āu 幫 pang 敢 ká^n 脱𣍐 bē[bōe] 過，脱年 nî 脱節，抽 thiu 脱 (脱身)，敨 tháu 脱 (回旋，抽身)，你 lí 亦 ia̍h 成chîa^n

無 bô 敨脫，你嗎 mā 着 tio̍h 小 sío 予 hō͘ 我敨脫咧 ·leh，脫險 hiám；(敷衍) 與 kap 伊 i 脫，我予你嬒 bē[bōe] 脫得·tit；(經得住) 這領 mía 衫 saⁿ 真 chin 有 ū 脫 (耐用) 。

鰨 鰨魦 se。

獺 海 hái 獺，水 chúi 獺。

Thoan 湍

Thoàn 鍛 鍛煉 liān，過 kòe[kè] 鍛的。

篆 篆字 jī，篆書 su，大 tōa 篆，小 sío 篆，篆刻 khek，真 chin 草 chhó 隸 lē 篆。

Thoân 傳 流 lîu 傳，祖 chó͘ 傳，秘 pì 傳，遺 ûi 傳，傳嗣 sû，傳子 kíaⁿ 孫 sun，傳種 chéng，傳位 ūi；傳授 sīu，師 su 傳；宣 soan 傳，傳播 pò͘，傳說 soat；傳話 oē，傳令 lēng，傳達 ta̍t，傳予 hō͘ 人 lâng 知 chai；傳神 sîn，傳情 chêng；傳道 tō，傳教 kàu；傳染 jiám；傳導 tō，傳電 tiān，傳熱 jia̍t。

團 團圓 îⁿ/oân，蒲 phô͘ 團，團團圍 ûi 住 chū；團體 thé，團員 oân；團聚 chū，團結 kiat。

Thoat 脫 脫出 chhut，脫離 lī，脫身 sin，脫殼 khak，脫險 hiám，脫走 cháu；脫軌 kúi，脫手 chhíu，脫節 chiat；超 chhiau 脫，脫凡 hoân，脫胎 thai，脫俗 sio̍k；脫化 hòa (看得開)，脫套 thò＝徹 thiat 套 (胸襟開闊，不拘泥小節)，洒 sá 脫；出脫 (發迹) 。

[thoe]→the 釵

[thőe]→thé 体

Thòe 蜕 蛇 chôa 蜕，蟬 siân 蜕（蛇蟬脫下的皮）。

退

[thòe]→thè 替

thōe/thē 傫（沒有精神）傫傫，老 lāu 傫，吃 chiah 老 lāu 在 teh 倒 tò 傫，傫神 sîn，傫涶 sōe[sē]（慢吞吞）。

[thoeh]→theh 提㩞

thoh 魠 土 thô 魠魚 hî。

thȯh 跅（迂闊）癲 thian 跅（糊塗），癲癲跅跅，戇 gōng 跅（愚蠢）。

瓺（裝酒油的陶器）酒 chíu 瓺，油 iû 瓺。

Thok 托（委托）委 úi 托，拜 pài 托，央 iong 托，付 hù 托，囑 chiok 托，轉 choán 托，受 sīu 托，托人 lâng 去 khì，托寄 kìa 物 mih 件 kīa^{n}，托辦 pān，托買 bé [bőe] 托賣 bē[bōe]；（借故）推 the 托，托病pē^{n}[pī^{n}]，托（事 sū）故 kò͘，托詞 sû；托夢 bāng；（依賴）托你的福 hok，托勢 sè 頭 thâu；（剔）托嘴 chhùi 齒 khí（剔牙），齒 khí 托（牙簽），托虱 sat 篦 pìn；（拄）托枴 koái^{n} 仔；（用舌頭把口中的東西推出）托奶 ni[lin] 頭 thâu 出來。

拓 開 khai 拓，拓寬 khoan。

Thȯk 讀 半 pòa^{n} 耕 keng 讀，讀音 im，讀本 pún，讀物 bu̍t，讀者 chía。

thōm→sōm 跄

Thong 通 會 ē[oē] 通，𣍐 bē[bōe] 通，有 ū 通，無 bô 通，打 phah 通，通敨 tháu，通透 thàu；通溝䬡 âm，通煙 ian筒 tâng；講 kóng 這 chit 句 kù 話 oē 真 chin 通，我想 sīo^{n}[sīu^{n}] 按 án 尔 ne[ni] 較 khah 通；通路 lō͘，通商 siong，通批 phoe[phe]，通話 oē，通報 pò，通知 ti，通風 hong，通順 sūn；普 phó͘ 通，通病 pē^{n}[pī^{n}]；通通，通共 kiōng，通有 ū，通人 lâng 知 chai，通四 sì 界 kòe[kè]，通天 thi^{n} 下 ē，通世 sè 界 kài；(最) 通賢 gâu。

蓪 湯 蓪草 chhó，蓪草紙 chóa。

thong 鼕 鼕鼓 kó͘。

Thóng 統 系 hē 統，傳 thoân 統，血 hoeh[huih] 統，體 thé 統，正 chèng 統；統共 kiōng，統稱 chheng，統轄 hat，統治 tī，統一 it；(凸起) 統出來，統頭 thâu，統罐 sui；(超過) 二十統，三十統頭，十統人lâng；寔 chȧt 統統。

倘 倘使 sú，倘然 jiân。

thóng ⿰舀攴/⿰舀鳥 (啄) 雞 ke[koe] 在 teh ⿰舀鳥粟 chhek，予 hō͘ 雞仔 á ⿰舀鳥着·tioh。

Thòng 痛 痛苦 khó͘；悲 pi 痛，痛切 chhiat；痛快 khoài，痛飲 ím，痛恨 hīn[hūn]。

thōng 幢 (堆，疊) 一幢碗 oá^{n}，一幢冊 chheh，乾 ta 草chháu 幢；(堆起來) 幢起來，幢冊，幢錢 chî^{n}，幢高 koân

高；(＝撞 tōng)(閑溜；做事動作遲緩) 真賢 gâu 幢。

Thú[Thí] 杵　舂 cheng 杵。

苧　苧麻 môa。

貯　貯藏 chông。

抒　抒情 chêng 詩 si。

褚　(姓)。

儲　儲蓄 thiok，儲存 chûn，儲金 kim。

Thû[Thî] 耡　耡剷 thóaⁿ，耡草 chháu。

儲

thû　躇　愚 gû 躇 thû/tû，迂 u 躇 (遲鈍)，迂迂躇躇。

thuh　托　(向上推，承受) 托起去，托高 koân，托住 tiâu，手 chhíu 托咧·leh，托手，手托頭 thâu 殼 khak，托嘴 chhùi 下 ē 斗 táu，和 hôe[hê] 尚 sīoⁿ[sīuⁿ] 托鉢 poah。

飥　(＝thoh) 土 thô͘ 飥。

拓　(鏟，刮，剔) 拓土 thô͘，拓煤 môe[mûi] 炭 thòaⁿ，拓雪 seh，拓鼎 tíaⁿ，拓飯 pn̄g 疕 phí，拓嘴 chhùi 齒 khí；拓仔 á (鏟子)，土 thô͘ 拓，鐵 thih 拓；拓額 hiah (前額光禿)；(挑剔) 拓人 lâng 的老 lāu 底 té[tóe]，當 tng 面 bīn 拓人·lang；(競爭) 與 kap 伊拓，拓人的飯 pn̄g 碗 oáⁿ，拓人的頭 thâu 路 lō͘，給 kā 伊拓走·chau。

禿　禿額 hiah。

thúh　吶　(遲鈍) 一 chit 箍 khơ 吶吶，吶吶若 ná 孝 hàu 男

lâm；(結結巴巴) 吶吶叫 kìo，佚 thih 佚吶吶，吶𣍐 bē[bōe] 當 tàng 出來。

Thui 推　推行 hêng，推銷 siau，推薦 chiàn；推理 lí，推測 chhek，推論 lūn，推斷 toàn，推算 sǹg；推責 chek 任 jīm，推卸 sìa，推諉 úi；(用力摩擦) 推藥 io̍h 膏 ko，推刮 koeh[kuih]，頭 thâu 壳 khak 痛 thìaⁿ 着 tio̍h 創 chhòng 薄 po̍h 荷 hô 冰 peng 推刮，推油 iû，推予 hō͘ 伊金；(打) 不 m̄ 驚 kiaⁿ 予人推。

thui 梯　樓 lâu 梯，樓梯子 chí，樓梯按 hōaⁿ，樓梯杆 koaiⁿ，旋 se̍h 螺 lê 梯，竹 tek 梯，索 soh 仔 á 梯，吊 tiàu 梯，雲 hûn 梯，電 tiān 梯。

Thúi 腿　腳 kha 腿，大 tōa 腿，頂 téng 腿，下 ē 腿，腿輪 lûn，腿頭 thâu (大腿根兒)；盤 phoân 腿；火 hóe [hé] 腿，前 chêng 腿，後 āu 腿。

thùi 蛻　(舊換新) 蛻毛 mn̂g，蛻葉 hio̍h，蛻齒 khí，浴 e̍k 桶 tháng 着 tio̍h 蛻底 té[tóe]，柱 thiāu 腳 kha 歹 pháiⁿ 去·khi、着 tio̍h 復 koh 蛻接 chiap，補 pó͘ 蛻，蛻換 oāⁿ (頂替，調換)，蛻換辦 pān，蛻換用ēng (轉用)；(壞換好) 偷 thau 蛻，歹 pháiⁿ 蛻好，蛻包 pau，使 sái 蛻包，予 hō͘ 人蛻包去·khi。

Thûi 槌　槌仔 á，摃 kòng 槌，柴 chhâ 槌，鼓 kó͘ 槌，鑼 lô 槌，鐘 cheng 槌，柝 kho̍k 仔槌，研 géng 槌，擂 lûi 槌，石 chio̍h 槌；(不尖利) 鉛 iân 筆 pit 槌去·khi 啦，筆尾 bóe[bé] 槌槌；(遲鈍，笨拙，不靈活)

真槌，槌槌，槌（仔）面 bīn，槌魯 ló͘，擂 lûi 槌（愚頑）。

鎚　鐵 thih 鎚，釘 teng 仔 á 鎚。

錘　稱 chhìn 錘，戥 téng 仔 á 錘，量 nīơ[nīu] 錘。

thūi　倕　（下垂）倕落去，倕倕，倕低 kē，倕重 tāng，` 陊 thām 倕；鉛 iân 倕（鉛墜子）；（拖累）累 lūi 倕，拖 thoa 倕，予 hō͘ 某 bó͘ 子 kíaⁿ 拖倕，拖倕着tio̍h 朋 pêng 友 iú。

[thùiⁿ]→thǹg 褪毻

[thûiⁿ]→thn̂g 傳團

[thūiⁿ]→thn̄g 段煅檔

Thun　吞　吞藥 io̍h 丸 oân，吞涎 nōa，吞落 lo̍h 喉 âu，吞膾 bē[bōe] 落 lo̍h，歸 ka 團 n̂g 吞，巴 pa 圇 lun 吞（整个吞下）；吞忍 lún，吞聲 siaⁿ 忍 lún 氣 khì，吞吐 thò͘；吞人的錢 chîⁿ，吞吃 chia̍h，家 ke 伙 hóe[hé] 予 hō͘ 人吞吃去，僥 hiau 吞公錢，吞没 bu̍t，吞占 chiàm。

杶　杶樹 chhīu。

黗　黗 un 黗（邋里邋遢）。

Thún　腯　（肥）肥 pûi 腯，武 bú 腯（粗壯）。

thún　踐　（踐踏，糟踏）踐踏 ta̍h，多 chē[chōe] 人踐踏、一些 kóa 菜 chhài 踏死 sí 了 liáu 了，濫 lām 摻 sám 踐，踐歹 pháiⁿ，眠 mn̂g[bîn] 床 chhn̂g 踐到 kah 茹 jû 冗 chhiáng/chháng 冗。

惷 愚 gû 惷。

Thùn **黗** 黖 ùn 黗（愚笨，遲鈍）。

thûn **黗** （烟子）鼎 tían 黗（鍋烟子），（烏 o͘）烟 ian 黗（黑烟子），黗埃 ai（塔灰），筅 chhéng 黗；（發黑而不鮮明）色 sek 緻 tī 黗黗，黗烏 o͘ 色。

豚 （幼小的）囝 gín 仔 á 豚，猪 ti 仔 á 豚，猪 ti 豚仔，牛 gû 豚仔，狗 káu 豚仔，鴨 ah 豚仔，老 niáu 鼠 chhú[chhí] 豚；豚母 bó[bú]（不能生育的女人或動物）。

thūn **塡** （把凹陷地方墊平或塞滿）塡海 hái，塡井 chéⁿ[chíⁿ]，塡岸 hōaⁿ，塡地 tē[tōe] 基 ki，塡土 thô͘，塡平 pêⁿ[pîⁿ]，塡淀 tīⁿ，塡嘴 chhùi 齒 khí；塡錢 chîⁿ，塡本 pún（錢）。

Thut **禿** 頭 thâu 毛 mn̂g 禿禿，禿毛 mn̂g，禿額 hiah，禿頭 thâu，頭殼 khak 禿禿。

捸 （除）捸鴨 ah 毛 mn̂g；（擦，蹭）用手捸，捸腳 kha 捸手 chhiú。

thu̍t **捝** （滑脫）腳踏 ta̍h 捝（踩滑了脚），捝去·khì，捝出去，捝走 cháu（脫掉），打 phah 捝，手 chhiú 臼 khū 打捝，捝臼，捝輪 lûn，捝骨 kut，捝位 ūi，捝腸 tn̂g，捝胎 the/thai，捝身 sin（流產），捝枕 chím（脫枕），捝裡 lí（裡兒離開），捝輦 lián（脫輪）；（擦）捝油 iû，大 tōa 力 la̍t 捝，捝予 hō͘ 伊金 kim（擦亮，磨光）。

秃　筆秃尾 bóe[bé]。

U

U 迂 迂拘 khu (迂闊拘執)，迂躇 thû (遲鈍)，迂迂躇躇。

吁

肝 腳 kha 頭 thâu 肝 (膝蓋)。

盱 (踞) 盱燒 sio (挨着取暖)，來 lâi 此 chia 盱燒；(暫住) 四界 kòe[kè] 盱，罔 bóng 盱，破 phòa 厝 chhù 仔 á 罔盱。

汚

U[I] 于

於 至 chì 於。

淤

瘀 瘀血 hiat。

u 窩 目 bak 窩，深 chhim 目窩，碗 oáⁿ 窩，凸 lap 窩 (洼陷)。

五 (音名)

Ú[Í] 予

宇 廟 bīo 宇；宇宙 tīu。

禹 大 tāi 禹。

雨 暴 pō 風 hong 雨，雨期 kî，雨量 liōng。

羽 羽毛 mô͘ 球 kîu，羽扇 sìⁿ，羽綢 tîu，羽緞 toān；黨 tóng 羽。

與 贈 chēng 與。

ú 吰 喝 hoah 吰喃 ō (＝iú-hō)

ù 污 污穢 oè，污味 bī，污染 jiám，污點 tiám，污辱 jio̍k，貪 tham 污。

ù[ì] 飫 (吃膩) 我真飫，飽 pá 飫，吃 chia̍h 獪 bē[bōe] 飫。

[ù]→ì 淤 淤漬 [chù]。

ù 煦 (兩種東西貼近或互相接觸) 用 ēng 燒 sio 水 chúi 煦腹 bak/pak 肚 tó͘，煦肉 bah，煦燒 sio，煦着 tio̍h 火 hóe[hé]，煦着驚 kiaⁿ 人 lâng，煦着水 chúi，煦澹 tâm，用冰 peng 煦頭 thâu 壳 khak，煦冰，煦涼 liâng，相 sio[saⁿ] 煦；(烙) 煦號 hō (烙印)，煦印 ìn。

迂 迂拙 choat。

ù/ò 澳 垵 oaⁿ 澳，澳內 lāi；船 chûn 澳。

û[î] 於 於今 kim。

于

盂 腎 sīn 盂。

予

余

餘 其 kî 餘，餘地 tē[tōe]，餘剩 sīn，餘款 khóaⁿ，餘韻 ūn。

輿 輿論 lūn，輿情 chêng。

愉 愉快 khoài。

û/ûi 圍 圍軀 su 裙 kûn (圍裙) 。

ū[ī] 預 預先 sian，預備 pī，預防 hông，預定 tēng，預料

liāu，預見 kiàn，預告 kò，預言 giân，預算 soàn，預兆 tiāu，預報 pò。

豫

與 參 chham 與。

譽 名 bêng 譽，榮 êng 譽。

ū 有 有抑 iah 無 bô？只 chí 有，还 iáu 有，若 nā 有，有望 bāng，有影 iáⁿ，有用 ēng (耐用)，有穿 chhēng (耐穿)，有的·e 無的·e (無聊的)，有夠 kàu 着 tio̍h (划得着)，有路 lō͘ 用 ēng。

[uh]→eh 呃 打 phah 呃 (打噎) 。

Ui 威 權 koân 威，威風 hong，威勢 sè，威力 le̍k，威嚴 giâm，作 chok 威，展 tián 威，示 sī 威，下 hā 馬 má 威，威脅 hia̍p，威望 bōng，威信 sìn。

摵 (轉動錐狀物在物體上穿孔) 摵孔 khang，摵破·phoa；摵心 im 肝 koaⁿ，摵摵痛 thìaⁿ，摵摵鑽 chǹg；(索取) 摵錢 chîⁿ，摵搤 iah (敲竹槓；挑剔) 。

萎 (磨損) 筆 pit 尾 bóe[bé] 萎去·khi，鞋 ê[oê] 底 té [tóe] 萎去。

ui 衣 (胞衣) 胎 thai 衣，囝 gín 仔 á 衣，衣帶 tòa (臍帶)；衣食 si̍t (吉利)，有 ū 衣食，吃 chia̍h 衣食。

Úi 韋

偉 偉大 tōa/tāi。

葦 蘆 lô͘ 葦。

委 委托 thok，委任 jīm，委派 phài，委員 oân；委屈

khut。

萎 枯 kơ 萎，陽 iông 萎，萎縮 siok。

諉 推 chhui/thui 諉。

ùi 畏 (畏懼) 驚 kiaⁿ 畏，恐 khiống 畏，畏懼 khū，畏驚 kiaⁿ，畏嚇 hiahⁿ，畏怕 phàⁿ，畏忌 khī；(佩服) 敬 kèng 畏，可 khố 畏，畏友 iú；(怕) 畏擽 ngiau，畏熱 joȧh，畏寒 kôaⁿ，畏冷 léng，畏事 sū，畏行 kîaⁿ，畏見 kìⁿ 人 lâng，心 sim 肝 koaⁿ 畏畏；(厭膩) 畏嘴 chhùi，畏吃 chiȧh (吃膩) 。

尉 尉官 koaⁿ。

慰 安 an 慰，慰問 būn，慰勞 lô，弔 tiàu 慰；欣 him 慰

ùi/tùi 對 (從，由) 對彼 hia 來。

ûi 爲 行 hêng 為，為難 lân，為止 chí，為限 hān，為憑 pîn，為據 kù，為記 kì (證據)，為荷 hô，為盼 phàn，為禱 tố。

圍 包 pau 圍，圍起來，圍咧 leh 看 khòaⁿ，解 kái/ké [kốe] 圍，圍籬 lî 笆 pa，圍爐 lô͘，圍巾 kin[kun]，圍軀 su 裙 kûn，圍身 sin 裙；四 sì 圍，周 chiu 圍，外 gōa 圍，旋 sėh 一个 ê 大 tōa 箍 khơ 圍，範 hoān 圍。

違 違反 hoán，違背 pōe，違約 iok，違章 chiong，違法 hoat，違規 kui；久 kíu 違。

闈 入 jip 闈。

遺 遺失 sit，遺棄 khì；遺漏 lāu；遺留 lîu，遺憾 hām，

遺風 hong，遺跡 chek，遺傳 thoân；遺囑 chiok，遺言 giân，遺訓 hùn，遺産 sán，遺物 bu̍t，遺著 tù，遺作 chok，遺稿 kó，遺像 siōng，遺照chiàu，遺容 iông，遺體 thé，遺骸 hâi，遺骨 kut，遺族 cho̍k，遺孀 song；夢 bōng 遺，遺精 cheng。

桅 船 chûn 桅，豎 khīa 桅，斜 sîa 桅。

帷 床 chhng 帷，桌 toh 帷，帷帳 tiò^{n}[tiù^{n}]，帷幕 bō͘。

Ûi[Î] 唯 唯一 it，唯物 bu̍t 論 lūn，唯心 sim 論。

惟 惟一 it，惟我 ngó͘ 獨 to̍k 尊 chun；思 su 惟。

維 維持 chhî，維新 sin，維生 seng 素 sò͘；思 su 維。

Ūi 爲 因 in 為，為何 hô；為着 tio̍h，為了 liáu，為什 sím 么 mih；(袒護) 相 sio[sa^{n}] 為，為歸 kui 旁 pêng，較 khah 為伊。

位 (處所) 一 chit 位，這 chit 位，那 hit 位，逐 ta̍k 位，何 tó 位，別 pa̍t 位，外 gōa 位，有 ū 位，無 bô 位，知 chai 位，徙 sóa 位，到 kàu 位，占 chiàm 位，鎮 tìn 位；(所在或所占的地方) 部 pō͘ 位，坐 chē 位，担 tà^{n} 位，地 tē[tōe] 位，職 chit 位，位置 tì；(皇帝的地位) 天 thi^{n} 位，登 teng 位，即 chek 位，在 chāi 位，坐 chē 位，退 thè 位，傳 thoân 位；(量詞) 諸 chu 位，各 kok 位。

胃 胃在 teh 痛 thià^{n}，胃酸 sng，胃潰 khùi/hùi 瘍 iông [iâng]，胃腸 tn̂g；胃口 kháu。

謂 無 bû 所 só͘ 謂。

[ūi]→oē 畫
[ui^n]→ng 揜
[úi^n]→ńg 袂抗笎阮
[ûi^n]→n̂g 黃
[ūi^n]→n̄g 暈
[uih]→oeh 穵
[ui̍h]→oe̍h 劃

Un 温／溫 (溫度) 溫度 tō͘，體 thé 溫，氣 khì 溫，水 chúi 溫，保 pó 溫；(不冷不熱) 溫暖 loán，溫室 sek，溫帶 tài，溫泉 chôa^n；(平靜，和緩) 溫和 hô，溫柔 jîu，溫馴 sûn，溫雅 ngá；(稍微加熱) 溫酒 chíu，溫予 hơ 燒 sio；(溫習) 溫習 si̍p，溫冊 chheh。

瘟／瘟 瘟疫 e̍k/ia̍h，瘟病 pē^n[pī^n]，着 tio̍h 瘟，雞 ke[koe] 瘟，猪 ti 瘟，牛 gû 瘟，瘟神 sîn。

蝹／蝹 (蜷縮) 去 khì 四 sì 界 kòe[kè] 蝹，蝹土thô͘ 腳 kha，蝹坫 tiàm 壁 piah 邊 pi^n，蝹咧 le̍h 睏 khùn，狗 káu 蝹在 tī 門 mn̂g 口 kháu 在 teh 睏，蝹皺 jiâu，蝹蜷 khûn (蜷曲)，蛇 chôa 蝹蜷，狗蝹蜷在睏；(無力地蹲下或躺下)蝹落去，蝹倒 tó，蝹咧半 pòa^n 路 lō͘；(許久賴在某處) 歸 kui 日 ji̍t 蝹在厝 chhù 內 lāi，蝹咧茶 tê 桌 toh 仔 á (賴在茶館)；(揉成團) 衫 sa^n 仔 á 褲 khò͘ 定 tīa^n 定蝹囥 khǹg 咧不 m̄ 洗 sé [sóe] (把衣服常常揉成團放着不洗)。

鰮／鰮 鰮仔 á 魚 hî。

䶐/䶐 䶐䶑 thun (邋里邋遢)。

[Un]→In 恩殷慇

un 冤 冤屈 khut/ut (受到不應該有的指責或待遇而心裡難過)。

ún 穩 (穩定，穩重，穩妥) 安 an 穩，真穩，穩穩，穩篤 tauh/tak 篤，無 bô 穩，占 chiàm 穩較 khah 𣍐 bē[bōe] 離 lī 經 keng (投資等時，選取安全較不會差勁)，我一 it 生 seng 做 chò[chòe] 代 tāi 志 chì 攏 lóng 是抱 phō 穩的·e (持重)，在 chāi 穩 (把穩)，穩吃 chiáh 穩睏 khùn，穩心 sim 仔 á (可以無顧慮地)，穩定 tēng，穩重 tiōng，穩妥 thò；(一定) 包 pau 穩 (必定，包管)，包穩你贏 iâⁿ，穩贏，穩輸 su，穩趁 thàn，穩當 tàng (一定，必定)，穩當成 sêng 事 sū，穩當的生seng 理 lí，穩當當。

隕 隕石 chióh/sėk，隕墜 tūi。

殞

ún[ín] 隱 隱痀 ku (駝背)，隱痀橋 kîo。

[ún]→ín 尹允隱癮

ún 晚 (晚季的) 晚冬 tang (晚季作物)，晚季 kùi，晚稻 tīu，晚粟 chhek，晚 (仔 á) 米 bí。

[ún]→kún 蚓 土 thô͘/tō͘ 蚓。

ùn 搵/揾 (蘸，沾) 揾豆 tāu 油 iû，揾塩 iâm，揾鹹 kiâm，揾糖 thn̂g，揾甜 tiⁿ，揾水 chúi，揾湆 tâm，揾墨 bak，揾釉 iu/iū。

塭/塭 塭仔 á，魚 hî 塭，鹹 kiâm 水 chúi 塭，淡chíaⁿ

水塭，洘 khó 塭底 té[tóe]。

蘊／薀　蘊藏 chông。

ùn　䵪　䵪黗 thùn（愚笨而乖戾）。

ûn　匀　（均匀）仝 chiâu 匀（均匀；繼續不斷），有 ū 匀（接三連四地，已成習慣）吃 chia̍h 了 liáu 有匀，打 phah 匀（使均匀），打匀平 pêⁿ[pîⁿ] 分 pun，打通 thong 匀，扯 chhé 匀（平均）；（行輩）字 jī 匀（字輩），頂 téng 下 ē 匀（上下輩），早 chá 匀（前輩）；（量詞：層；遍）一匀灰 hoe[he] 一匀土 thô͘，內 lāi 匀（裡面，內圈），外 gōa 匀（外邊，外圈），鋪 pho͘ 兩 nn̄g 匀磚 chng，旋 se̍h 一 chit 匀，敬酒三 saⁿ 匀（敬酒三遍），照 chiàu 匀（挨着次序），着 tio̍h 你的匀啦 lah，今 kin 年 nî 無 bô 可 thang 舊 kū 年的匀。

[ûn]→în　云芸

ûn　緩　（緩慢）緩緩（慢慢地），緩仔 á，緩緩仔，緩仔是 sī，緩仔（是）講 kóng。

原　（＝oân）原仔 á（仍然）。

巡　（閑逛，巡回）四 sì 界 kòe[kè] 巡（四處蹓躂），行 kîaⁿ 巡，巡街 ke[koe]，歪 oai 巡（繞遠兒，在路上閑逛耽擱時間）。

圓　圓仙 sian 夢 bāng。

輪　伸 chhun 輪（伸懶腰）。

ūn　運　運動 tōng，運行 hêng，運轉 choán；運搬 poaⁿ，運送 sàng，運載 chài，運貨 hòe[hè]；運用 iōng，運筆 pit

，運算 sǹg；運途 tô͘，運氣 khì，氣運，命 mīa 運，字 jī 運，老 lāu 運，家 ka/ke 運，時 sî 運，好 hó 運，順 sūn 運，幸 hēng 運，行 kîa^{n} 運，歹 phái^{n} 運，衰 soe 運，厄 eh 運，倒 tó 運，落 lo̍h 運，死 sí 運，無 bô 運，補 pó͘ 運，出 chhut 運。

韵 詩韵，尾 bóe[bé] 韵，音 im 韵，韵律 lu̍t，韵文 bûn，韵白 pe̍h，押 ah 韵，合 ha̍h 韵，倚 oá 韵（隨著音韵；順着對方說）；風 hong 韵，韵味 bī，韵致 tì，喉 âu 韵（余味，余韵），有 ū 喉韵，好喉韵。

ūn 熅／熅（微火慢慢地燃燒或漸漸地延燒）蚊 báng 仔 á 香 hio͘^{n}[hiu^{n}] 在 teh 熅；（逐漸地在化膿）熅膿 lâng。

Ut 軏 軏床 chhn̂g。

尉（姓）。

熨 熨斗 táu，熨衫 sa^{n} 仔 á 褲 khò͘，熨平 pê^{n}[pî^{n}]。

鬱（憂愁氣憤或熱氣等積聚不得發泄）鬱鬱不 put 樂 lo̍k，憂 iu 鬱，鬱悶 būn，鬱卒 chut，鬱抑 ek，解 kái 鬱，鬱症 chèng；鬱（卒）熱 joa̍h，鬱船 chûn（船內悶熱）；一項代 tāi 志 chì 鬱在 tī 我心肝底，鬱積 chek，鬱火 hóe[hé]，鬱雨 hō͘，鬱㾀 lô；鬱色（不鮮明的顏色），鬱口 kháu（口舌不伶俐，說話不清楚）。

ut 屈（弄彎）屈曲 khiau，竹 tek 仔 á 屈予 hō͘ 伊曲 khiau，屈彎 oan，屈圓 î^{n} 箍 kho͘ 仔 á（拗成圓環），屈撖 chih（拗斷）；（彎着身體）定 tīa^{n} 屈住 tiâu 咧 leh，屈咧 leh 坐 chē，屈咧做 chò[chòe] 工 khang 課 khòe [khè]；(扭筋) 腳 kha 屈着·tioh，屈枕 chím (睡落枕，睡扭了筋)；(委屈) 拗 áu 屈 (冤枉)，強 kiông 屈，賢 gâu 屈人·lang，冤 un 屈 (=un-khut=oan-khut)；(壓抑，拘束) 押 ah 屈，屈予伊落 lo̍h 性 sèng，屈死 sí 人的才 châi 調 tiāu；屈歲 hòe[hè] (虛歲) 。

Ut 聿 (划拉，用拂拭的方式除去或塗抹) 用 ēng 掃 sàu 帚 chhíu 聿兩 n̄ng 下 ē，聿烟 ian 黗 thûn；聿着 tio̍h 漆 chhat (沾上油漆)，聿着土糜 môe[bê] (泥沾到)；清 chhìn 采 chhái 聿 (隨意塗抹，潦草地寫) 。

遹 (徘徊) 無 bô 事 sū 做 chò[chòe] 四 sì 界 hòe[kè] 遹，要 boeh[beh] 坫 tiàm 彼 hia 緩 ûn 緩仔遹，罔 bóng 遹，遹來遹去 (轉來轉去) 。

鷸 鷸蚌 pāng 相 siong 持 chhî 漁 gû 人 jîn 得 tek 利 lī。

備◆忘◆錄

備◆忘◆錄

備◆忘◆錄

備◆忘◆錄

備◆忘◆錄

備◆忘◆錄

台灣語言叢書、台語教材

台灣語言的研究，在戰後的台灣幾乎是被遺忘了。幸好，仍有一些默默耕耘的學者及研究者在時機成熟後，將研究成果紛紛公諸於世，使得台灣語言的傳承不致中斷。

台灣語言叢書及台語教材有極具參考價值的台語、客語辭書、語言學者的研究論述、語言教材……等，均由國內外首屈一指的台語學者專家所編著。

1011台灣河佬語聲調研究

洪惟仁　著

本書是研究台灣河佬語聲調的專書。主要內容有台灣河佬語的調位、變化調的調類、外來語的台灣化、語調與曲調的關係，並有附錄、台灣話概說、台灣話研究現況……等。

初版：1985年2月　版本：25開　頁數：219　定價：平裝每册150元

ISBN：957-596-035-1

1012台灣禮俗語典

洪惟仁　著

本書廣泛蒐集台灣社會從出生、成人、結婚、祝壽到喪葬的所有禮俗用語，包括禮俗民稱、禮器名稱、慣用語、諺語、歌謠等，是台灣第一部禮俗語典，不分古今，不分漳泉，舉凡禮俗用語均儘量收入。

初版：1989年9月　增訂版1990年3月　版本：25開　頁數：403

定價：平裝每册280元

ISBN：957-596-036-X

1046走向標準化的台灣話文

鄭良偉　著

本書是語言學家鄭良偉對台灣話文研究的精華，主要內容有書面語實例、文學作品評介、語典用字評論及漢字用法，適合一般非語文專業者閱讀

初版：1989年2月　版本：25開　頁數：446　定價：精裝400元

1068演變中的台灣社會語文

——多語社會及雙語教育

鄭良偉　著

台灣是一個多語言多文化的島嶼移民社會，如何使各語言發揮特點和潛能，和睦共存，一直是語言學者關心的課題。本書是任教於夏威夷大學東亞語言學系的鄭良偉教授研究結集，書中除了探討台灣社會語言的演變趨勢，台語書面語的問題，並提出雙語教育課程的主張。

初版：1990年1月　版本：25開本　頁數：276　定價：精裝350元

ISBN：957-596-031-9

1076講客話

羅肇錦　著

本書共有〈學篇〉、〈勸篇〉二篇，以客語詞彙的溯源和認知為主，以及為保存客語文化而呼籲。希望為當代的台灣客家話做個見證，更讓想學客家話的人，有所參證。

初版：1990年8月　版本：25開　頁數：224　定價：150元。

ISBN：957-596-077-7

1093常用客話字典

劉添珍　著

本字典蒐羅豐富而實用的字彙和語彙，以客家四縣語音為基礎，並以羅馬字和萬國音的音序逐字排列，完全切合方言字書的編排。

初版：1992年2月　版本：25開　頁數：660　定價：550元。

ISBN：957-596-159-6

1094台語大字典

魏南安　著

《台語大字典》的編纂，是以《康熙字典》、《漢語大字典》、《普通話閩南方言詞典》為基礎，並結合聲韻學、訓詁學的理論；推擬出台語的本字。是一本頗具參考價值的工具書。

初版：1992年2月　版本：16開　頁數：1672　定價：1200元。

ISBN：957-596-160-9

1097台灣閩南諺語

周長揖、林鵬祥、魏南安　合著

諺語的輯錄最重風土情趣，文化內涵和音韻特色，本書編者長期從事台語音系研究，掌握嚴謹的用字原則，將所收錄的2500餘條台灣閩南諺語依首字筆畫排列，並加注羅馬音和解釋，極有參考功能。

初版：1992年3月　版本：25開　頁數：260　定價：叢書200元、卡帶500元。

ISBN：957-596-161-7

1108常用漢字台語詞典

許極墩　著

本詞典是爲了建立台語的文書法、漢字的規範化，並解讀文言音、白話音、訓讀音而編訂的詞典。對於了解台語歷史的流變、台灣文化的內容，本詞典提供了完整的介紹與解讀。

初版：1992年6月　版本：25開　頁數：1144　定價：700元。

ISBN：957-596-184-6

1109台語文字化的方向

許極墩　著

《台語文字化的方向》是作者根據多年教學經驗，結集台語拼音文字方案與語言文化的論述。書中主張採用拼音制度，結合常用漢字，以建立一套規範化的拼音式文字。

初版：1992年9月　版本：25開　頁數：275　定價：280元。

ISBN：957-596-197-8

1071生活台語

鄭良偉等　編

本書以培養台語會話能力爲目的，使讀者掌握各種會話場合的常用句型、詞彙和文化。書末並附新詞索引、音節表、台灣人名、台灣地名及聲調標示法，俾便參照。

初版：1990年6月　版本：16開　頁數：224　定價：叢書200元、卡帶500元

ISBN：957-596-060-2

1072親子台語

鄭良偉、方南强、趙順文、吳秀麗　編

本書以訓練幼兒台語的聽力及會話能力爲主要目的。編寫過程中，取材於母親和幼兒的實際生活對話，具有二大特色：㈠日常生活上的自然對話，㈡活潑生動的台語。

初版：1990年6月　版本：16開　頁數：128　定價：叢書150元、卡帶300元

ISBN：957-596-061-0

1073台灣話入門

阮德中　著

本書是一套能讓使用者自由拼湊的拼音系統，對於從未學過台語拼音法的初學者而言，不啻爲台語入門的階石。

初版：1990年6月　版本：16開　頁數：206　定價：叢書160元、卡帶500元。　ISBN：957-596-062-9

1087台灣泉、廈、漳三字經讀本

杜建坊　著

本書針對以往童蒙教材的缺失，特別標注純正的泉州音（包括𠍟港腔）、廈門音、漳州音三種讀書音，並配合有聲出版，不但適合使用以上三種語言的人學習，更具有學術研究的價值。

初版：1991年8月　版本：25開　頁數：120　定價：叢書160元　卡帶340元

ISBN：957-596-125-0

1091可愛的仇人

賴仁聲　原著　鄭良偉編著

了解台語的特性和台語的結構，是深入台灣基層文化的最佳途徑。

「可愛的仇人」是以百年來的台灣社會爲背景的寫實小說，語言學家鄭良偉以台語羅馬字編著而成，是高級台語閱讀的訓練教材。

初版：1992年1月　版本：16開　頁數：140　定價：220元

ISBN：957-596-153-6

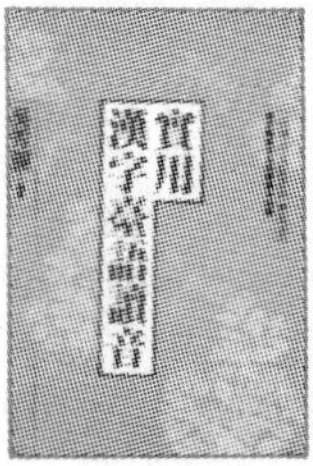

1103實用漢字臺語讀音

吳秀麗　著

本書爲學習台語最佳的教材，編者以多年的教學經驗，從基礎的羅馬音標示法、漢字的台語讀音到台灣話書面語用字，爲學習者作了簡明而系統的介紹。

初版：1992年5月　版本16開　頁數：250　定價：250元

ISBN：957-596-176-5

國立中央圖書館出版品預行編目資料

實用台語小字典／胡鑫麟編著--第一版--臺北市：
自立晚報出版:吳氏總經銷,1994〔民83〕
面； 公分.
參考書目：面
含索引
ISBN 957-596-293-1(精裝)
1.台語-字典，辭典

802.523204 83002542

實用台語小字典

作　　者：胡鑫麟
董 事 長：吳和田
發 行 人：吳豊山
社　　長：陳榮傑
總 編 輯：魏淑貞
主　　編：李彩芬
文字編輯：余敏媛
行政編輯：吳俊民
行　　銷：季沅菲　弭適中　彭明勳
　　　　　林徵瑜　許碧眞
出　　版：自立晚報社文化出版部
　　　　　台北市濟南路二段十五號
　　　　　電　話：(02)3519621轉圖書門市
　　　　　郵　撥：0003180-1號自立晚報社帳戶
　　　　　登記證：局版台業字第四一五八號
總 經 銷：吳氏圖書有限公司
　　　　　台北市和平西路一段一五〇號三樓之一
　　　　　電話：(02)3034150
法律顧問：蕭雄淋
印　　刷：松霖彩印有限公司
排　　版：啓林印刷有限公司

定　　價：一四〇〇元
第一版一刷：一九九四年五月

ISBN 957-596-293-1